북한문학의 사적 탐구

북한문학의 사적 탐구

박 태 상

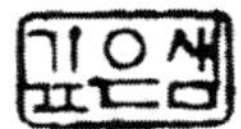

책 머리에

최근 북한 주변의 동향은 미묘한 양상을 나타내고 있다. 남북관계는 그렇게 나쁘지 않은 반면에 북·미관계와 북·일관계는 원만하지 않은 양상을 보인다. 북한의 위폐 제조와, 마카오의 중국계 은행에 대한 미국 재무성의 금융제재는 북한을 긴장시키고 있다. 야당 국회의원에 의해 북한의 위조 달러가 평양의 한 공장에서 제조되고 있으며 공공연하게 유통되고 있다는 뉴스와, 중국 단동의 북한 무역회사인 신흥무역회사에서 일하는 국가안전보위부 소속 기관원으로부터 70달러를 주고 위폐를 구입했다는 내용의 언론 폭로도 있었다. 다른 사건과 달리 미 달러 위폐 사건의 경우 북한 당국이 상당히 당황하고 있는 것만은 분명하다. 그것은 미국이 북한의 경제적인 돈줄을 차단하는 효과를 발휘하고 있기 때문으로 보인다.

반면에 긴장을 풀려고 하는 북미당국간의 대화채널도 가동 중에 있다. 3월 7일 뉴욕 맨해튼의 유엔 주재 미국대표부에서 북한의 외무성 미주국장과 미국의 국무부 동아태담당 차관보가 재무부의 테러자금 지원 및 금융범죄 담당 부차관보와 함께 위폐 문제에 대한 해법을 찾기 위해 회의를 한 것으로 알려져 주목을 받았다. 그 동안 북한은 미국의 위폐 문제 제기에 대해 "대북 압살정책에서 비롯되었다."고 주장해온 것에서 볼 때 상당히 변화된 모습을 보여주고 있어 이번 접촉이 6자회담의 중요한 고비가 될 것으로 언론들은 관측하고 있다.

또 다른 저서를 집필 중이었던 2년 사이에 북한을 둘러싼 커다란 정세의 변화는 김정일 국방위원장의 중국방문과 평양 능라도 5·1경기장에서의 '아리랑대공연'을 들 수 있다. 김위원장은 예정에도 없이 2006년 1월 13일 불쑥 광동성 광저우(廣州)에서 목격되면서 전 세계의 화제를 불러 모았다. 즉 김위원장 일행의 방문코스가 1992년 1월 18일 덩샤오핑이 88세의 노구를 이끌고 우한의 우창을 출발, 선전과 주하이를 거쳐 상하이(上海)를 시찰하였던 소위 남순 코스와 거의 일치하였기 때문이다. 당시 덩샤오핑은 인구에 회자된 흑묘백묘론을 주창하였고 이후 중국은 남부도시의 시장개방을 대대적으로 시행하여 오늘날의 경제성장의 발판을 마련했던 것이다.

하지만 김위원장의 중국방문에 따른 북·중 밀월에 대한 우려의 시각도 높아지고 있다. 중국의 중앙정부가 중국의 동북지방과 북한을 한데 묶는 개발전략을 취하고 있다는 지적이다. 소위 중국의 동북공정에 대한 두려움이 떠오르기 때문이다. 조선일보와 연합뉴스 등의 보도에 의하면, 중국이 북한 두만강 유역의 나진항에 대해 50년 동안 개발 사용권을 갖는 공동개발 프로젝트에 본격 착수한 것으로 알려지고 있다. 중국과 북한은 이 공동개발 프로젝트에 각각 3,045만 2,000유로(약 357억 원)씩 투자하기로 했는데, 중국은 현금과 기계 설비, 건축 재료를 투자하고 북한은 개발권과 5㎢의 토지사용권을 나선 국제물류 합영회사라는 합자회사에 넘겨주었다는 것이다. 나진항 공동개발 프로젝트의 항목은 원정 ―나진항 간 67㎞ 고속도로 건설, 나선시내 5㎢ 부지 종합개발과 보세가공구역 및 공단 건설 등이 주축을 이루고 있다. 즉 중국은 지린·랴오닝(遼寧)·헤이룽장(黑龍江) 등 동북지방과 북한을 한데 묶는 개발전략을 취하고 있으며 사회간접자본 통합을 통해 북한에 대한 경제적인 영향력을 확대시켜 나가고 있는 것을 알 수 있다.

　이러한 흐름은 필자가 2005년 10월 말 북한을 방문하고 돌아와서 다시 탈북자 연구를 위해 11월 초에 중국과 북한의 국경지대를 돌아볼 때 이미 감지할 수 있었다. 중국여행의 경우, 연구프로젝트를 수행하기 위해 북한 이탈주민들의 탈북경로와 배경 등을 살펴보기 위한 목적으로 방천, 투먼, 훈춘, 옌지, 하얼빈 등지를 자가용으로 둘러보았다. 그에 비해 북한은 평양어깨동무 학용품공장 준공식과 이미 작년에 개설한 어린이병원의 운영상태를 살펴보기 위해 방문했으며, 아리랑대공연도 참관했다. 현장에서 살펴볼 때 북한과 중국 모두 몇 년 전보다 상당한 변화가 일어나고 있었다.

　특히 인상적인 것은 북·중관계가 예전의 동맹관계로 복원될 정도로 가까워졌다는 것을 확인할 수 있었던 점이다. 북한의 국경지역을 방문하던 중, 중국 길림성 훈춘시와 북한의 함경북도 새별군이 북한의 '유다도'를 자유무역시장으로 개설하기로 협정을 맺었음을 확인하고 우리 언론에 특종 보도했다. 최근 북한이 6자회담에 복귀하고 중국 당국으로부터 에너지가 다시 제공되는 등 양국간의 관계가 복원되고 후진타오 주석의 북한방문으로 20억 달러의 차관 등 경제지원 방안이 발표됨에 따라 북한의 유다섬에 자유무역시장을 개설하는 방안이 급물살을 타고 있는 것으로 보인다.

　한편 북한에서는 2005년 8월 16일 첫 공연을 시작한 아리랑대공연이 10월말까지 연장되어 대내외적으로 화제를 몰고 다녔다. 왜 하필 이 시기에 북한당국이 아리랑공연을 대대적으로 펼치게 된 것일까? 그 하나는 6자회담 타결 후 미국과 일본 등 강대국을 향해 내부 결속력을 강조하고 대외적인 응집력을 과시('장군님을 중심으로 200만 명의 결사옹위')하기 위한 것으로 보여 진다. 그 목적은 북한의 청진, 해주, 평성, 신의주, 함흥, 혜산, 강계 등지에서 아리랑열차로 매일 북한인민들 4~5만 명을 동원하여 관람을 시켰다는 데서 뚜렷하게 드러난다. 또 하나 '흥하는 내 나라'라는 타이틀에서 잘 드러나듯 1990년대 말의 식량난 등 고난의 행군 터널을 뚫고 사회주의 건설의 대진전이 이루어졌음을 보여주려는 의도도 발견할 수 있다. 더욱 중요한 것은 관광객 유치를 통한 외화벌이의 속내가 엿보인다는 점이다.

아리랑공연은 서장 아리랑, 제1장 아리랑민족, 제2장 선군아리랑, 제3장 행복의 아리랑, 제4장 통일아리랑, 종장 강성부흥아리랑으로 구성되어 있으며, 북한의 과거-현재-미래를 화려하게 선보이는 예술적 퍼포먼스였다. 특히 제2장 선군아리랑의 제4경 '흥하는 내 나라'에서는 사회주의 건설에 앞장서는 김 위원장의 '댐 공사', '종자혁명', '두벌농사', '염소농사', '메기 붕어 농장', '속도전', '과학기술 혁명', '인민경제의 현대화 정보화'의 정치적 업적을 카드섹션으로 웅장하게 수놓았다. 이러한 미래의 경제적 성과를 올리기 위해서는 신흥 경제대국으로 부상하고 있는 중국과의 관계를 돈독하게 하는 것이 관건일 것이다.

2년 만에 『북한의 문화와 예술』에 이어 다시 새 저서를 내놓는다. 이 책은 2004년에 펴낸 『북한의 문화와 예술』과 쌍둥이 역할을 하는 저서가 될 것이다. 『북한문학의 사적 탐구』는 필자의 두 권의 공저를 포함하여 여섯 번째의 북한학 전문서이다. 이 책에 실린 논문의 하이라이트는 역시 최근 북한에서 가장 많이 창작되고 있는 '비전향장기수' 문제를 다룬 『북으로 가는 길』 연구일 것이다. 최초의 장편소설로 림재성의 『최후의 한 사람』과 김진성의 『지리산의 갈범』이 나온 이후 2003년부터 4·15문학창작단에서 최장기 비전향장기수 기록을 갖고 있는 김선명(현재 82세)의 일대기를 그린 『조국의 아들』과 『나의 추억 40년』, 『통일연가』, 『재부』, 『하얀 모래불』, 『북으로 가는 길』, 『봄날은 온다』, 『포옹』, 『자유』 등이 쏟아져 나왔다. 이중에서 2000년 9월에 북한에 송환된 비전향장기수 김영태의 일대기를 다룬 장편소설이 바로 『북으로 가는 길』이다. 권정웅의 장편소설을 분석하면서 아직도 한반도에서는 말로만 앞세우는 통일담론의 뒤편에서 체제경쟁이 얼마나 치열하게 전개되고 있는가를 확인할 수 있었다.

또 하나 이 책에서 비중을 둔 것은 홍석중의 『황진이』와 이태준의 『황진이』를 비교 고찰한 논문과, 홍석중이 작가로서 북한문단에서 큰 이름을 얻었던 『높새바람』 연구라고 할 수 있다. 그 외에도 이 책에서는 북한시문학과 시적 담론의 변화양상을 분석한 제2장과, 북한역사인식 변화와 조선문학사 기술의 문제를 다룬 글, 그리고 최근 북한작가들이 『황진이』 등 애정소설을 많이 창작하고 있다는 측면에서 「운영전」을 중심으로 북한 문학사가들이 애정모티프 문제를 어떻게 다루어나가는지를 살펴 본 논문 등이 중심을 이루고 있다.

항상 책을 새로 펴내는 과정에서는 많은 제자들의 도움이 밑거름이 되었다. 책의 교정과 편집과정에 많은 도움을 준 이경희 조교 선생과, 박사논문을 지도하는 과정에서 서로 학문적 이슈를 토론한 이지순·엄정희 선생, 그리고 『중앙일보』를 통해 뛰어난 활약을 펼치고 있는 홍성란 선생에게 감사를 드린다. 끝으로 항상 불황기에 팔리지도 않는 딱딱한 북한학 전문서를 묵묵히 간행해준 깊은샘 출판사의 박현숙 사장님께도 고마움을 전하고자 한다.

2006년 3월 10일

목 차

제2장　북한시문학과 시적 담론의 변화

서정시·혁명송가·민요 그리고 대중가요 · 135

제3장　민족주의 담론과 역사소설 창작

이태준과 홍석중의 『황진이』 비교고찰 · 175

북한 역사소설 『높새바람』 연구 · 211

제4장   체제경쟁과 통일담론 전개의 모순

제5장   부 록

제 1 장

북한문학의 전개

구전설화에서 발전한 「장화홍련전」의 가치평가

I. 「장화홍련전」의 문학사적 위상

「장화홍련전薔花紅蓮傳」은 조선조에 창작된 가정소설로 창작 시기나 작가 문제 그리고 가치 평가에 있어서 많은 논란을 가져온 작품이다. 창작 시기는 17세기, 18세기 중엽, 18세기 말 등으로 다양한 학설이 제기되었고, 작가문제와 한문본, 국문본 선행설을 둘러싼 논쟁이 있는 등 학설이 나뉘어져 있다. 가치 평가에 대해서는 공안류 소설의 대표작품이라는 점, 그리고 선악의 대립을 통한 투명한 인물성격 설정, 조선조의 인기소설이라는 점 등 몇 가지 특성으로 인해 높은 평가를 받아왔다.

그러면 북한문학사에서 이 작품은 어떤 평가를 받고 있는가? 10여 종의 북한문학사 중에서 『조선문학통사(상)』, 『조선문학사(1)』, 『조선문학사(2)』와 김일성종합대학 교수인 김춘택이 지은 『우리나라 고전소설사』에서의 서술을 중심으로 살펴보기로 한다.

Ⅱ. 북한문학사에서 「장화홍련전」의 가치평가

우선 1959년 해방 직후에 펴낸 『통사』에서는 「장화홍련전」을 18세기 문학을 다루는 항목에서 언급하고 있으나 아주 간단하게 처리하고 있는 점이 특이하다. 즉 이 작품에 대해 "임장군전 등 전 세기에 창작된 국문소설 작품들이 더욱 광범히 읽혔을 뿐만 아니라, 장화홍련전 기타 많은 작품들이 새로 창작되었다"라고 기술하고 있다. 17세기 문학에서 「사씨남정기」를 쓴 서포 김만중 문학에 대해 8쪽에 걸쳐 서술한 데 비해서는 너무 가볍게 다루고 있다고 할 수 있다.

『문학사(1)』에서는 '봉건가족제도의 모순을 반영한 소설들'[1]이란 항목에서 콩쥐팥쥐, 인향전과 함께 서술하고 있다. 그리고 창작시기에 대해서는 18~19세기 중엽에 창작된 구전문학에 토대한 소설들 가운데 봉건적 가족제도의 모순을 반영한 작품이라고 평가하고 있다. 봉건가정 안에서의 모순은 주로 본처와 첩 사이의 갈등, 본처 자식과 후처 또는 후처의 자식 사이의 갈등으로 표현되었는데, 그 기초에는 누가 재산의 상속자로 되며 누가 가정에서 지배적 지위를 차지하는가 하는 문제가 놓여 있었다. 이것은 인간에 의한 인간의 착취에 기초하고 인간을 도덕적으로 타락하게 만드는 봉건사회 자체가 낳은 필연적 결과라고 북한문학사는 언급하고 있다. 그리고 이러한 현상은 자본주의적 관계가 발생 발전하고 봉건사회의 부패성이 노골화되면 될수록 더욱더 강화되었다고 본다. 김일성의 평가에 근거하여 『조선문학사(1)』은 콩쥐팥쥐를 더 중요한 작품으로 가치평가를 내리고 있는 것이 남한문학사와 차이점이다.

북한문학사에서 「장화홍련전」의 창작시기에 대해서는 논란이 많으나 한문본 선행설을 따르고 있는 것[2]이 특징이다. 남한에서는 초기 학자들

---

1) 사회과학원 문학연구소 편, 『조선문학사』(고대중세편), 평양, 과학백과사전출판사, 1977, 433-440쪽.

은 한문본 선행설을 제기했으나 최근으로 올수록 국문본 선행설을 따르고 있는 추세인 점에서는 의외라고 할 수 있다. 특히 민중들에 유포된 구전설화에 바탕했다면 국문본이 먼저 창작되었다고 보아야 하는 것이 타당한데 한문본 선행설을 제기하고 있는 것은 모순이라고 할 수 있다.

『문학사(1)』은 이 소설의 한문본은 17세기 중엽으로부터 활동한 전동흘의 『가재집』에 박경수라는 사람이 창작한 것으로 기록되어 있다. 이로 미루어 보아 한문본 「장화홍련전」은 대개 17세기 말~18세기 초엽에 창작된 것으로 짐작되며 국문본 「장화홍련전」은 한문본에 기초하여 18세기 중엽 또는 그 이후에 씌어진 것으로 짐작된다고 파악한다. 그리고 판본끼리 내용상 차이점이 큰 것으로 서술하고 있다. 한문본은 민중들 속에서 돌아가는 설화에 의거하고 또 설화적 요소를 적지않게 끌어들이고 있으면서도 주로는 철산부사로 있었던 전동흘의 이른바 '덕망'을 찬양하는 데 많은 관심을 돌리고 있다면 국문본은 가부장적 봉건제도와 사람들의 물욕이 인간을 얼마나 불구화하고 양반들이 얼마나 무능한가를 비판하면서 장화와 홍련의 비극에 동정을 표시하는 데 주된 관심을 돌리고 있다고 비교하고 있다.

주체사상 형성 이후인 1977년 과학백과사전 출판사에서 펴낸 『문학사(1)』은 이 작품의 가치에 대해 장화, 홍련의 성격의 적극성을 중심으로 설명하고 있다. 무엇보다도 장화, 홍련을 두고 볼 때 그들이 아버지의 말에 거역할 수 없어 죽음의 길에 나서는 것은 자식은 아버지에게 무조건 복종해야 한다는 유교윤리에 중독된 데로부터 생긴 사상적 약점의 표현이지만, 다른 한편 죽어가서도 자기들에게 들씌워진 누명을 벗어버리고 원수를 복수하고야 마는 것은 이들의 형상에 민중적 감정이 체현되어 있음을 보여준다는 것이다. 이 작품의 창조자들은 그렇듯 어

---

2) 사회과학원 문학연구소 편, 위의 책, 436쪽.

여쁘고 형제 사이의 우애가 깊으며 마음씨 착한 장화와 홍련이 억울한 죽음으로 끝장날 것을 바라지 않았던 데로부터 그들을 환생시키며 철산부사를 통해 계모의 죄행을 적발하고 나중에는 행복하게 사는 것으로 사건을 꾸며놓았다. 이것은 압제자들에 대한 민중들의 반항감정의 표현이라는 것이다. 이런 점에서 장화와 홍련은 17세기 김만중의 소설 「사씨남정기」의 주인공 사정옥이 모든 것을 '운명'에 맡기고 무기력하게 행동하는 데 비하여 보다 적극적이라고 해석한다.

또한 「장화홍련전」의 가치평가에 대해 가정윤리적 문제를 취급하면서 봉건가정 안의 비극을 보여준 당시의 작품들에서 비극의 사회경제적 근원을 이 소설에서처럼 밝혀낸 것은 별로 없다고 평가하고 있다. 이것은 18~19세기에 와서 자본주의적 관계가 발생 발전함에 따라 양반들 속에서 물욕이 증대되었던 사정을 반영하고 있는 동시에 경제적 관계가 인간들의 사회생활, 도덕생활에 미치는 영향에 대하여 사람들이 점차 냉철하게 고찰하기 시작했음을 보여준다. 이런 점에서도 이 작품은 새로운 점을 보이고 있다고 언급한다.

물론 이 소설의 중세적 한계에 대해 비판을 가하면서도 전반적으로 작품성을 높이 평가하고 있다. 소설에서 작가는 부정적인 것에 대한 민중들의 증오와 아름다운 것에 대한 지지를 반영하며 부정 인물들인 허씨와 장쇠 등은 무지막지하고 추악하고 기형화된 인간들로 그리고 긍정 인물들인 장화, 홍련은 아름답고 마음씨가 착한 인물로 그리고 있다. 아울러 소설에 나오는 호랑이, 말, 창조, 연꽃과 같은 동식물들은 형상의 사실주의적 진실성을 약화시키고 있으나 장화와 홍련의 편에 확고히 서서 그들에 대한 인민들의 지지와 동정을 표현해 주면서 작품에 동화적 성격을 부여하고 있다는 것이다.

또 「장화홍련전」에서 철산부사의 의협심과 어진 정사에 의하여 사건이 해결되는 것으로 그린 것은 봉건 사회가 빚어낸 모순을 개별적 관료의 힘에 의거하여 해결할 수 있는 듯이 여긴 작가의 사상적 제한성의 표현이라고 비판하고 있다. 그리고 장화와 홍련이 옥황상제에 의하여 인간 세상에 다시 태어나 행복하게 사는 것으로 작품을 끝맺는 것은, 이 소설이 구성형식에서 고진감래식 중세기적 틀을 그대로 되풀이하고 있다는 것을 말해준다고 비판한다.

그러나 소설은 양반 가정 안에서 벌어지는 모순을 사회경제적 관계와 연결시키면서 생동한 예술적 형상을 창조하고 이야기를 처음부터 첨예한 갈등 속에서 흥미있게 전개해나감으로써 당시 민중들의 공감을 자아냈으며 중세소설 가운데서 가정윤리적 주제의 대표적 작품의 하나가 되었다고 그 소설사적 위상을 평가한다.

한편 1994년 과학백과사전 종합출판사에서 펴낸 『문학사(2)』는 18세기 문학을 다루면서 제5장 구전설화에 토대한 국문소설에서 「장화홍련전」과 「콩쥐팥쥐전」를 별도 항목으로 묶어 기술[3]하고 있다. 이 작품은 박경수가 지은 한문본이 선행한다는 것이다. 박경수의 생존연대는 알려져 있지 않으나 전동흘이 1651년에 벼슬하기 시작했다는 기록에 비추어 아마도 1651년 이후의 무인년인 1698년에 씌어진 것으로 추정된다는 것이다. 그 후에 이 이야기는 민중들 속에서 구전되면서 그 주제사상적 과업이 변했다고 본다. 한문본의 작자는 계모의 죄상을 밝힌 부사의 '현명성'을 찬양하는 데 중심을 두었었다면 민중설화자들은 장화, 홍련 형제의 불행한 운명을 동정하는 데로부터 봉건적 가족제도의 불합리성으로 말미암아 빚어지는 가정적 비극을 기본 줄거리로 하여 계모의 비행을 폭로 비판하는 것을 이야기의 주제사상적 기초로 전환시켰다고 평가한다. 이 설화를 토대로 하여 대체로 18세기 말~19세기 초에 이르는 기간에 국문본 「장화홍련전」이 창작된 것으로 추정한다.

---

3) 김하명, 『조선문학사』 5권, 평양, 과학백과사전출판사, 1994, 139-144쪽.

작품에 대한 해석은 다음과 같이 시도하고 있다. 어려서 어머니를 여의고 계모의 시기와 모해로 불행히 짧은 일생을 마치게 되는 장화, 홍련 형제의 비극적 운명을 추구하면서 봉건사회 양반 가정의 이면생활을 비교적 진실하게 재현하였다는 것이다. 작품에서는 계모와 전실 자녀간의 현실적 모순을 기본 갈등으로 하여 사건을 구성하고 있으며 계모 허씨는 '차마 바라보기 어려운' 추악한 형용에다 '그 심사 또한 불량한' 인물로 형상화된 반면에 장화 형제는 착하고 어진 처녀로 묘사되어 있다.

계모 허씨는 남편이 두 딸을 사랑할수록 그만큼 시기도 자라며 끝내는 그들을 살해할 음모를 꾸며낸다. 그는 우선 장화에게 행실이 부정하다는 누명을 들씌워 남편 배좌수를 속이고 제 자식 장쇠를 시켜서 깊은 산중의 연못에다 밀쳐 넣어 죽인다.

밤에 난데없이 외가에 다녀오마고 떠난 후에 같이 갔던 장쇠만 한 팔, 한 다리, 두 귀를 잃고 돌아오고 언니 장화의 소식은 묘연하여 슬픔에 잠겨 있던 홍련은 허씨가 밖에 나간 틈을 타서 장쇠를 달래어 그 전후 사연을 알게 된다. 그는 '침식을 전폐하고 주야로 한탄하던' 중에 청조의 인도로 장화가 빠져 죽은 연못을 찾아가서 그 뒤를 따르고 만다.

작품은 장화와 홍련이 당하는 불행과 비극적 운명을 파장된 수사로 묘사함으로써 미학정서적 작용을 강화하고 있다고 평가한다. 즉 작품은 당시의 양반가정에서 벌어지는 이러한 비극은 바로 봉건적 소유관계에서 기인함을 보여주고 있다[4]는 것이다.

또한 봉건사회에서 이러한 비극을 자아내는 다른 요인의 하나는 사물현상을 정확하게 이해하지 못하게 하며 인간생활을 불구화하는 봉건적 윤리라는 것이다. 봉건사회에서는 인간적 관계가 참다운 사랑이나 동지 우애심에 의하여 이루어지는 것이 아니라, 재물, 명예, 권세 등에 의하여

---

4) 김하명, 위의 책, 141쪽.

좌우된다는 것이다. 장화, 홍련의 아버지 배좌수가 원래 성품이 순후하고 자녀들에 대한 애정이 또한 지극할 뿐만 아니라 허씨의 사나운 심사를 곱지 않게 보아왔음에도 불구하고 허씨가 '문호에 화를 면치 못하리'라고 기만하고 위협하자 곧 장화를 죽여 없애자는 범죄행위에 동의하고 마는 것도, 딸의 생명보다도 '가문의 명예'를 지키는 것이 유교교리에 더욱 충실한 것이라고 믿고 있기 때문이다.

　작품은 그 예술적 형상화의 면에서 볼 때 현실생활의 재료에 기초한 사실주의적 요소가 강화되어 있기는 하나 아직 전세기 소설들의 제한성을 많이 극복하지 못하고 있다고 비판하고 있다. 사건체계는 평면적이고 단순하며 작가의 서술이 지배적이다. 동시에 작품은 인물들의 성격창조에 응당한 관심이 돌려져 있지 않다는 것이다. 장화, 홍련이 다시 배좌수의 쌍둥이 딸로 태어나 평양 이씨의 쌍둥이 아들과 결혼하여 부귀영화를 누리다가 '장화형제는 칠십오살에 죽으며 그 자손이 유자생녀하야 복록을 누리며 자손이 창성하더라'고 한 긴 후일담은 작품의 주제사상적 과업에 비추어볼 때 불필요한 부분이라고 비판한다.

　하지만 소재의 세속화현상에 대해서는 높은 점수를 주고 있다. 「장화홍련전」의 소재는 현실사회에서 흔히 볼 수 있는 세속적 현상이며 평범한 보통사람들이 주인공으로 등장하고 있다는 것이다. 장화, 홍련의 형상은 도덕적 선의 체현자로서 일면적으로 강조된 약점이 있지만 소설은 흔히 당나라나 송나라 등 중국을 사회적 배경으로 한 소설작품들보다 자기들이 잘 알고 있고 생활적으로 가까운 소재를 취급하고 있다는 점에서 더욱 독자들의 공감을 자아냈다[5]고 언급한다.

　북한문학사에서 「장화홍련전」에 대한 평가는 최근으로 올수록 더욱 높아지는 양상을 보인다. 그것은 아무래도 구전설화에 바탕한 작품이라

---

5) 김하명, 위의 책, 143쪽.

는 점에서 북한의 문예이론의 바탕 중 하나인 소위 '인민성'을 구현하고 있다고 판단하기 때문으로 보인다. 그리고 창작연대에 있어서도 『문학사(2)』에서는 국문본의 경우 18세기 말에서 19세기 초에 형성되었다고 다소 간행연대를 늦춰 잡고 있는 것이 특징이다. 한편 북한 김일성대학 교수인 김춘택이 1986년에 펴낸 『조선고전소설사 연구』는 18~19세기 중엽의 국문소설들에 가정윤리적 주제의 작품들이 적지 않은 중요한 원인의 하나는 봉건적 가족제도가 빚어내는 각종 불합리에 대한 당대 민중의 비판정신에 있었다고 전제한다. 또 이 시기의 국문소설 작가들은 이러한 현실에 눈을 돌리면서 봉건적 가족제도가 빚어낸 불합리성을 폭로 비판하는 데 바쳐진 가정윤리적 주제의 소설창작에 관심을 가졌다고 서술하면서 그 대표 작품으로 「콩쥐팥쥐전」「장화홍련전」을 들고 있다.

「장화홍련전」에 대해 김춘택은, 배좌수의 딸 장화와 홍련 자매와 흉악한 계모 허씨와의 관계를 통하여 봉건적 가족제도의 불합리성을 폭로하고 착한 것은 승리하고 악한 것은 망한다는 도덕관념을 보여주고 있다고 설명하고 있다. 그리고 장화, 홍련의 자매가 모진 비극적 운명을 겪게 되는 이유를 두 가지 측면에서 설명한다. 하나는 계모 허씨의 흉악한 행동과 결부시키고 있다. 작품에서 계모 허씨의 시기심과 흉악한 행동은 바로 봉건 가문에서의 재물의 상속과 결부된 탐욕심으로부터 나왔다는 것을 보여줌으로써 장화, 홍련의 비극적 운명은 바로 사적 소유에 기초한 봉건적 가족제도로부터 왔다는 것을 보여주고 있다[6]고 평가한다.

다른 하나는 봉건 유교 도덕관념과 봉건적 생활인습으로부터 나온다고 평가한다. 장화가 허씨의 음모로 누명을 쓰게 되었을 때 그들 자매는 그것을 밝히는 대신에 참아 나간다. 더욱이 아닌 밤중에 외삼촌집에 가라는 아버지의 말을 들었을 때 두 자매는 심상치 않은 일이 있을 것이

---

6) 김춘택, 『우리나라 고전소설사』, 한길사, 1993, 334-335쪽.

라고 예감했으나 '부령'을 지키기 위하여 눈물을 머금고 이별한다. 장화
와 홍련의 이러한 행동의 근저에는 부모에게 맹종맹동해야 한다는 유교
도덕의 엄격한 규범이 깔려 있는 것이다. 유교 도덕관념에 따라 사고하
고 판단하며 봉건적 생활인습에 따라 행동하는 바로 여기에 장화와 홍
련의 불행한 운명의 중요 원인의 하나가 있다고 파악한다.

 결국 소설은 등장인물들의 성격과 운명을 통하여 착하고 선한 것은
승리하고 악한 것은 망한다는 것을 보여준다. 작품이 보여주는 이러한
사상에는 착한 것을 지향하고 악한 것을 증오하는 당대 민중의 도덕관
념이 일정하게 반영되어 있다고 보는 것이다.

 그러나 이 작품도 제한성을 면치 못하고 있다고 비판하고 있다. 장화
와 홍련은 비극적 운명의 체현자이기는 하나 그러한 운명을 들씌우는
당대 사회의 악에 대하여 항거하지 못하고 묵묵히 순종함으로써 단순히
희생자가 된 것은 바로 그들의 성격에 구현된 봉건적 유교 도덕관념 때
문이라고 파악한다. 소설은 바로 이러한 제한성으로 인해 인간에게 불
행과 비극적 운명을 강요하는 봉건적 가족제도의 불합리성을 철저히 폭
로 비판할 수 없었다[7]는 것이다.

Ⅲ. 남한에서의 「장화홍련전」의 가치평가

 남한에서의 「장화홍련전」의 가치평가를 필자의 견해를 요약 정리하
여 실음으로써 남북문학사를 비교할 수 있도록 한다.

 「장화홍련전」은 계모형 가정소설로 한국소설사에서 독특한 위치를

---

7) 김춘택, 위의 책, 336쪽.

차지하고 있다. 가정소설은 조선후기 유교 중심의 봉건왕조의 모순이 극명하게 드러나던 시기에 창작된 작품군으로 주로 가부장 중심의 모순이 잘 드러나 있는 작품들로 구성되어 있다. 가정소설에는 흔히 계모가 재산탈취를 목적으로 전처 자식을 박해하거나 모함하는 이야기인 계모형 가정소설과 남편의 사랑을 독차지할 목적으로 처첩간의 갈등을 빚는 이야기인 쟁총형 가정소설의 두 가지 유형으로 나뉘어진다. 전자에는 「황월선전」, 「김인향전」, 「정을선전」, 「조생원전」, 「콩쥐팥쥐전」 등이 있고, 후자에는 「사씨남정기」, 「월영낭자전」, 「소씨전」, 「소현성록」 등이 있다. 이중 「장화홍련전」은 계모형의 대표적 작품으로 평가받고 있다. 아울러 이 작품은 개화기 무렵까지 상당수 독자층을 확보하고 있을 정도로 고소설 중에는 「유충렬전」이나 「조웅전」, 「춘향전」 등과 더불어 가장 인기가 높았던 작품이라는 데에도 그 의미를 찾을 수 있다. 특히 계모 허씨의 성격묘사를 비롯하여 인물의 성격을 치밀하고도 독창적으로 창조해낸 점, 사건의 진전을 추리소설 기법을 사용하여 빠르게 전개한 점, 송사소설인 공안류의 모티프를 사용하여 사건의 반전을 도모한 점 등 독창성을 지니고 있어 그 문학적 가치가 매우 높다고 할 수 있다.

한편 「장화홍련전」의 이본異本은 크게 한글본, 한문본, 국한문본, 개작본의 네 가지로 나눌 수 있다. 한글본에는 1) 필사본筆寫本, 2) 목판본木板本, 3) 구활자본舊活字本이 있으며, 한문본에는 박경수본朴慶壽本과 박인수본朴仁壽本의 두 가지가 있다. 박경수본은 김태준이 『조선소설사』에서 소개한 전동흘全東屹의 문집인 『가재집嘉齋集』속에 들어 있으며, 한문본 박인수본은 목판본 「가재사실록」(1865)에 실려 있는 작품인데, 「가재사실록嘉齋事實錄」은 고종 2년 을축乙丑에 8대손인 전기락全基洛 등이 편찬한 문집8)이다.

---

8) 설성경・박태상, 『고소설의 구조와 의미』, 새문사, 233-235쪽.

애정소설로서의 「운영전」의 가치평가

Ⅰ. 북한문학에서의 '애정윤리적 주제'

우리나라 소설문학의 전통 속에서 애정윤리문제를 본격적으로 다룬 이야기가 등장한 역사는 상당히 오래되었다. 소설이 생성되기 훨씬 전부터 사랑을 주제로 하거나 제재로 사용한 작품이 상당수 창작되었다. 패설류에서는 『태평통재』 소재의 「최치원」, 『대동운부군옥』 소재의 「수삽석남」, 『삼국유사』 소재의 「도화녀 비형랑」, 「조신」, 「김현감호」, 『삼국사기』 소재의 「온달」, 「도미」, 「설씨녀」, 그리고 끝으로 『보한집』 소재의 「이인보」 등이 있다. 애정소설의 구성요소로 (ㄱ)〈남녀 주인공의 만남〉—(ㄴ)〈친밀감 형성〉—(ㄷ)〈열정으로 진전〉—(ㄹ)〈성적 결합 여부〉—(ㅁ)〈사랑의 지속 또는 단절〉을 제시하여 각 텍스트에 적용하여 나타난 양상을 분석해본 결과 (a) 정격형, (b) ㄱ—ㄹ의 요약적 제시와 ㅁ의 요소를 구비한 변이형, (c) 몽환구조 속에 ㄱ—ㅁ이 삽입되어 있는 변이형의 세 가지 유형을 찾아내었다. (a) 유형에 속하는 작품으로는 「최치원」, 「김현감호」, 「온달」, 「설씨녀」, 「이인보」가 있으며, (b) 유형의 작품으로는 「수삽석남」, 「도화녀 비형랑」, 「도미」가 있다. (c) 유형에 해당되는 작품으로는 「조신」이 있다.

소설 단계에서는 조선조 초기에『금오신화』에 들어 있는「이생규장전」,「만복사저포기」,「취유부벽정기」의 세 작품이 애정모티프를 지니고 있다. 16~18세기에 오면「운영전」,「영영전」과「주생전」, 그리고「사씨남정기」가 있으며, 조선조 후기에 가면「춘향전」,「윤지경전」,「옥단춘전」,「채봉감별곡」등 수많은 애정소설이 쏟아져 나오게 된다.

특히 애정소설의 등장은 조선조의 양반 사대부 중심의 봉건왕조가 억압했던 인간의 자유스런 욕망의 분출에 대해 저항하는 성격을 지닌다는 점에서 큰 의미를 지닌다. 특히 궁중이나 대군들의 사궁에서 인간으로서의 자유에 대한 본능을 억눌러야 했던 궁녀들의 인간다운 삶에 대한 억압은 사대부 집안의 부녀자들에 대한 성 억압 상황과 연계되면서 이슈가 될 수 있는 문제였다. 그런 측면에서「운영전」은 복합적인 의미를 지니는 중요한 작품이다. 사랑의 문제를 정면에서 다루었을 뿐만 아니라 궁중에서 일어나고 있던 비밀스런 문제를 폭로했다는 점에서 사실주의 경향을 보여주는 작품이기 때문이다.

북한문학에서 애정 모티프가 많이 등장한 것은 1980년대 말부터 1990년대 사이라고 할 수 있다. 1990년대 북한의 소설가들은 혁명적 낭만주의의 구현에 심취[1]해 있으므로 낙관적 전망을 가진 긍정적인 인물을 대거 등장시키고 있으며, 따라서 그것이 애정 모티프가 많이 나타나는 요인으로 작용하고 있다. 또 하나는 3대혁명소조의 활동 이후 새로운 제

---

1) 김재용도 같은 견해를 보여주고 있다. 김재용,「위기와 기회 —1990년대 북한 단편소설의 흐름」, 리태윤 외,『뻐국새가 노래하는 곳』(북한 우수 단편선 II), 살림터, 1994, 355쪽 참조.

　　"해가 더할수록 작품의 경향이 달라지는데 초기의 작품에서는 현실의 모순 같은 것이 훨씬 예리하게 그려짐으로써 현실비판적 성격이 강한 반면, 최근의 작품에서는 그러한 것이 숨어들면서 현실변호적 성격이 강해지고 있음을 알아차릴 수 있다. 이는 1990년대 들어 북한 문학계 일각에서 제기된 혁명적 낭만주의의 경향이 점점 강한 비중을 가지게 되어 공식적 이데올로기와 목소리에 의해 작품이 지배되어 가고 있음을 말해 주는 것이다."

3~4세대의 등장으로 인해 청년전위인 이들의 도움 없이는 북한식 사회주의의 건설이 불가능하다고 믿게 되었으며 이들의 취향에 맞는 문학 창작이 필요하게 되었고 따라서 자연스럽게 애정 모티프가 대담하게 삽입되게 된 것으로 볼 수 있다. 또 한 요인은 청년 노동계급의 열정이 새로운 사회주의 건설의 원동력이라고 믿는 김정일의 창작 지침과도 연관이 있다고 하겠다. 또 김정일 위원장이 1980년대에 다양한 주제의 소설 창작을 주문하였으며, 소설문학이 재미가 있어야 한다는 지적을 한 것도 애정 모티프가 등장하는 한 배경으로 작용하였다.

북한의 1990년대 소설에는 단편, 중편, 장편을 가리지 않고 '사랑'을 다루는 작품이 쏟아져 나오고 있다. 이러한 현상은 남대현의 『청춘송가』 등 1980년대 문학으로부터 이어지는 경향이기도 하다. 물론 북한에서의 사랑은 남한에서의 개인적 사랑과 차이가 있다. 궁극적으로 청춘남녀의 사랑이 낭만적 사랑의 경향을 지니는 점에서는 일치하지만, 좀더 통속적인 경향을 보이는 남한과는 달리 사회적인 책무를 강조하고 있는 점이 근본적인 차이점이다. 특히 북한 소설에서의 사랑은 반드시 '과학기술문제'로 연결되고 있는 특징을 보인다. 또 하나 북한의 단편소설에서는 사랑의 문제를 통해 세대간의 단절이나 남녀평등 문제 등 새롭게 부각된 사회적 이슈들을 형상화하고 있다는 점이 특이하다.

1980년대 말에 등장한 『청춘송가』는 북한사회에 큰 충격을 주었지만 곧 젊은이들 사이에서 큰 인기를 끌게 되었다. 『청춘송가』가 북한에서 인기소설로 자리 잡게 된 것은 그전의 북한소설에서는 볼 수 없었던 남녀간의 대담한 애정문제가 그려지고 있다는 점 때문일 것이다. 물론 1990년대 들어오면서 북한의 단편소설과 장편소설에 애정 모티프가 많이 등장하고 있는 점은 주목된다. 그것은 그만큼 북한에서 통제하지 않으면 안 될 정도로 서구의 개방적인 문화가 중국이나 러시아를 통해 유입되고 있다[2]는 것을 입증해준다. 혁명 제1~2세대와 달리 최근의 전쟁을 겪지 않은 제3~4세대들에게는 남녀간의 가벼운 애정표현 정도는 허용이 되고 있으며 여성의 의식변화가 특히 심하게 나타나고 있음을 확인하게 된다. 하지만 북한소설문학에서 작가가 보여주려고 하는 애정관은 개인주의적인 행복관에 바탕하는 것이 아니라, 집단의 이해와 국가를 위한 책무를 능동적으로 수행하는 과정 속에서 나타나는 것이다. 물론 최근에 이혼문제나 나이 차가 많은 연인끼리의 로맨스, 그리고 애인이 아닌 다른 사람에 대해 연모의 감정을 품는 대담한 로맨스가 등장하는 등의 변화가 보이는 것은 주목해야 할 사항이다. 특히 여성을 묘사할 때 자본주의 사회와 마찬가지로 육감적이고 관능적으로 표현하고 있는 점과 포옹 장면이 대담하게 등장하고 있는 점도 특이하다. 그만큼 북한의 신세대는 변화를 원하고 있다고 할 수 있다.

『청춘송가』에는 세 쌍의 남녀가 등장하여 사랑을 나누고 있다. 물론 주인공은 진호와 현옥으로 묘사되지만, 태수와 은심, 기철과 정아의 로맨스도 보조적으로 그려지고 있다. 특히 작품의 말미에서 윤정아가 새 연료안을 창조하기 위해 열정과 집념을 보여주는 진호에게 한때나마 연모의 감정을 느끼게 묘사하는 것은 신선한 충격을 던져주는 사실이다. 『청춘송가』에서는 자본주의 사회와 달리 여성에 대한 사랑의 감정을 느낄 때 용모보다는 내적인 지향을 더 중시하는 경향을 보이고 있다.

단편소설인 정현철의 「삶의 향기」(조선문학, 1991. 11)는 아버지와 아들간의 애정관의 차이로 인한 갈등을 통해 세대간의 갈등, 남녀의 이성

---

2) 정영철, 「북한 사회통제 메카니즘의 변화와 특징」, 『통일문제연구』 통권 제28호, 1997년 하반기호, 평화문제연구소, 69쪽, 주석 42) 참조.
　　"외래사조의 영향에 의해 북한주민들 사이에 특히, 젊은층에게서 물질적인 욕구를 앞세우는 경향이 나타나고, 디스코 풍의 춤이나 남한의 트로트의 유행, 딱딱한 조직생활에 대한 기피 등이 나타나고 있다고 한다. 사로청 기관지에는 사상교육과 통제에 반발하는 청년들에 대해 경고하는 기사가 게재되었으며, 체제가 깨지면 배잠방이(식민지의 상징) 신세를 면치 못한다는 경고기사도 실리고 있다."(『중앙일보』 1995년 7월 24일자)

간의 문제, 주부의 역할과 사회적 위상 등에 대해 그 이전 소설에서 볼 수 없었던 새로운 시각을 보여주고 있다. 「삶의 향기」의 주인공 안천주는 공업대학을 나온 대학교수로 방금 달포 동안 출장을 갔다가 막 돌아오는 길에 아내가 보고 있는 아들 애인의 사진과 일기장을 몰래 훔쳐보면서 세대간 갈등과 애정관의 차이에 대해 심한 고뇌에 빠지게 된다. 안천주 교수는 아들의 신부감을 자신이 추천하기를 원하며, 좋은 신부감이란 남편의 일을 내조하고 순종적인 여성이어야 한다고 굳게 믿고 있다. 하지만 그의 아들은 중매나 부모의 소개보다는 자신이 연애를 통해 여성을 만나기를 원하고, 가정생활에 만족하는 순종적인 여성보다는 자신의 삶을 창조적으로 개척하고 남녀평등을 실현할 수 있는 열정적이고 개성적인 여성인 화학실험공 수미를 신부감으로 생각하고 있다. 공장대학 졸업반인 수미는 현재 가열로 개조를 실험하고 있으며 그것의 성공을 통해 전기를 절약하려는 미래에로 줄달음치는 아름다운 꿈을 가진 처녀이고, 안교수의 아들은 그 연구를 돕기 위해 문헌연구를 하고 그 실험을 위해 건강을 돌보지 않고 밤을 새는 등 헌신한다.

1990년대 초반에는 아예 '사랑'이라는 이름으로 명명된 작품이 창작되기도 한다. 이태윤의 「사랑」이 그 경우이다. 「사랑」(『조선문학』, 1992. 9)은 신세대적인 애정관과 여성관을 보여주는 작품이다. 「사랑」은 도시에서 농업대를 나온 여성 인텔리 이현심이 농촌 연포리의 관리위원장으로 부임하여 제대군인 출신으로 농촌현대화와 영농기계화에 앞장서는 농촌총각 임욱과 사랑을 나누는 이야기이다. 중요한 것은 이전의 북한 소설과 달리 여성이 우월한 위치에서 능동적으로 미묘한 로맨스문제를 처리해나가게 묘사하였다는 점과 도시처녀와 농촌총각의 결합을 실현시켰다는 점이다. 물론 북한소설에서는 '사랑'에는 반드시 과학기술 문제가 연루되는 상투성을 보이는데, 「사랑」에서도 이현심은 남주인공 임욱이 몸에 상처를 입는 것도 아랑곳하지 않고 15도까지의 경사지 밭을 갈

수 있는 기계를 만들어내는 집념에 감동을 받는 것으로 묘사하고 있다.

　장편소설에서도 애정 모티프는 중요한 몫을 차지한다. 김정일을 우상화한 불멸의 향도총서 중 한권인 백남룡의 『동해천리』(1996)에서도 세 차례나 사랑의 이야기가 나온다. 우선 북천강화학공장 지배인 차웅섭은 상처한 58세의 노인이지만 43세의 노처녀 심혜옥이 P촉매제를 개발할 수 있도록 헌신적으로 돕는데, 그러한 일로 인해 공장 안에 추문이 일어나게 되고 실험이 실패로 돌아가자 지배인 자리에서 물러나게 된다. 그렇지만 심혜옥은 창조에 대한 열정으로 이어진 애정의 힘으로 결국은 자신의 목표를 관철하게 되고 차웅섭은 김정일의 도움으로 복직이 된다. 이러한 사건을 처리하는 과정에서 김정일은 퀴리 부인의 예를 들면서 사랑의 힘을 강조하고 있다.

　　≪그렇습니다. 그것은 사랑입니다. 지배인 동무는 공장 실험실의 심혜옥 기사를 사랑하고 있습니다. 이 자료를 좀 보시오. 그가 어떤 녀자를 사랑하고 있는가.≫

　　김정일 동지께서는 심혜옥에 대한 료해 문건을 한만규 쪽에 밀어놓으시였다 …(중략)…

　　≪나는 결코 꼭 어떤 세계적인 발명성과를 기대해서 심혜옥 기사와 차웅섭 지배인의 사랑을 긍정하는 것이 아닙니다. 인간은 사랑이 없이는 살기 어렵습니다. 젊은 사람이든 나이 많은 사람이든 사랑의 심장은 다 가지고 있습니다. 사랑하는 사람은 늙지 않으며 진실하고 참된 사랑은 언제든지 아름다운 법입니다.≫[3]

　가장 최근인 2003년에는 홍석중의 『황진이』가 등장하여 세계문단에 큰 충격을 주었다. 홍석중의 『황진이』가 북한문단에서 화제를 불러일으

---

3) 백남룡, 『동해천리』, 평양출판사, 1996, 300-301쪽.

킨 주 요인은 작가의 창작적 개성이 잘 드러나고 있기 때문이다. 우선 이 소설은 인물들의 성격의 성장 과정이 생동하게 묘사되고 있다. 『황진이』의 스토리는 놈이와 진이의 사랑을 주축으로 삼으면서 한편으로 하인 괴똥이와 황진이의 몸종 이금이와의 사랑을 부선으로 장치하고 있다. 놈이와 진이의 사랑이 독자들의 마음을 움직이는 이유는 기생 황진이에게 접근하는 다른 양반 사대부 계층들이 모두 탐욕스럽고 위선적인 인물들로 황진이를 한 인간으로서라기보다는 단순한 섹스 파트너로서의 의미만을 염두에 두고 있는 것으로 묘사되는 데 비해, 놈이의 황진이를 향한 마음은 헌신적이면서도 순수한 연정에 바탕을 두고 있기 때문이다. 놈이와 진이의 사랑을 강조하면 할수록, 조선조의 지방관장을 비롯한 양반 사대부 계층의 위선적 행동이 더욱 강하게 부각된다. 한마디로 진실과 거짓의 대립갈등 구조를 이 소설은 기본 축으로 삼고 있음을 알 수 있다.

또 하나 『황진이』가 북한사회의 내부나 외부에서 화제가 되는 이유는 거의 최초라 할 정도로 질펀한 성적인 묘사나 에로틱한 사랑의 표현이 공개적으로 등장하기 때문이다.

놈이의 숨결이 가빠졌다. 후들후들 떨리는 그의 손이 진이의 몸을 더듬었다. 진이는 깜짝 놀라며 그의 손을 뿌리쳐 버리려고 했으나 이미 그럴 힘이 없었다. …… 진이는 달빛 속에 누워 있었다. 굳은 살이 박힌 놈이의 거친 손이 그의 부드러운 살결을 쓰다듬으며 점점 아래로 내려왔다. 진이의 온 몸이 불덩이처럼 달아올랐다. 입에서 신음소리가 저절로 새여나왔다. 문득 가슴이 무거워졌다.[4]

북한사회에서 성적인 묘사나 과도한 사랑의 표현은 금기시되었다. 영

---

4) 홍석중, 『황진이』, 평양, 문예출판사, 2002, 165쪽.

화에서마저도 키스신이나 포옹장면이 등장하는 경우는 극히 드물었다. 따라서 성적인 행위의 묘사는 상상할 수조차도 없었다. 그런데 홍석중의 『황진이』에서는 노골적인 성적인 묘사가 직접적으로 이루어지고 있는 것이다.

II. 남한문학사에서 「운영전」의 가치평가

「운영전雲英傳」은 궁녀인 운영과 궁외야인宮外野人인 김진사金進士가 조선의 봉건적 사회제도의 모순된 현실을 뛰어넘어 인간 본능의 자유스러운 표출을 모색하여 에로스를 추구하다가 결국 한계에 부딪쳐 자살한 내용을 담은 일종의 비극소설이다. 「운영전」은 천태산인天台山人 김태준金台俊이 '일명一名 수성궁몽유록壽聖宮夢遊錄'이라는 말을 한 이후 '수성궁몽유록壽聖宮夢遊錄'이라는 명칭으로도 한때 쓰였으나, 어느 이본異本에도 이런 제명題名이 발견되지 않아 현재는 쓰이지 않고 있다. 단지 국립도서관 소장 필사본 삼방요로기三芳要路記(표지表紙)에는 유영전柳泳傳으로 되어 있어 이 제명으로도 불려지고 있다. 「운영전」의 분석은 박태상의 『조선조 애정소설연구』(태학사, 1996)를 참조하여 요약하기로 하고 문학사적 가치평가는 조동일의 『한국문학통사』(3권)를 요약하기로 한다.

　우선 「운영전」의 기본 줄거리를 요약하면 다음과 같다.

(1) 가난한 선비 유영柳泳이 안평대군安平大君의 옛집인 수성궁壽聖宮에 놀러 간다.
(2) 술에 취해 잠시 잠이 들었던 유영이 잠을 깨어 바람결에 사람 소리를 듣는다.
(3) 유영은 김진사, 운영과 술을 마신다.

(4) 유영의 재촉에 김진사는 먼저 신분을 밝힌다.

(5) 운영이 과거지사를 말하며 김진사에게 붓을 들어 기록할 것을 당부한다.

(6) 안평대군은 글읽기를 좋아하여 수성궁에 10인의 궁녀 소옥小玉, 부용芙蓉, 비경飛瓊, 비취翡翠, 옥녀玉女, 김연金蓮, 은섬銀蟾, 자란紫鸞, 보련寶蓮, 운영雲英 등을 두고 매일 문사재인文士才人들과 강론하기를 게을리 하지 않았다.

(7) 안평대군이 하루는 "시녀 중 만일 하나라도 궁문 밖을 나간 즉 그 죄 마땅히 죽을 것이요, 밖 사람이 궁인의 이름을 알면 그 죄 또한 죽으리라"고 엄명을 내린다.

(8) 안평대군이 10명의 궁녀와 시를 화답하는 가운데 운영이 초창怊悵한 시를 지으나, 대군이 사람 생각하는 뜻이 있다고 지적한다.

(9) 어느 날 자란紫鸞이 운영의 심중의 뜻을 넌즈시 묻는다.

(10) 운영이 자란에게 김진사에 대한 사모의 정을 털어놓는다.

(11) 어느 날 중빈衆賓이 다 취한 사이에 운영이 봉서封書를 김진사에게 건네준다.

(12) 김진사가 궁중을 출입하는 무녀巫女를 찾아가 봉서의 전달을 부탁한다.

(13) 하루는 안평대군이 궁녀 중 5인을 서궁西宮으로 보낸다.

(14) 자란의 꾀에 의해 완사浣紗하는 길에 성내城內로 나가 운영은 무녀의 집에서 김진사를 만난다.

(15) 헤어지며 운영은 김진사에게 서궁담을 넘어 올 것을 권한다.

(16) 노복 특特이 마련해 준 사다리와 모말毛襪을 신고 김진사는 월장한다.

(17) 김진사는 매일 월장하여 사랑을 나누나, 정이 깊고 의의誼가 교공일하여 그칠 줄을 알지 못하니 두려움에 종일 부락不樂한다.

(18) 특特이 절부이도竊負而逃의 방책을 내니 그에 따르기로 한다.

(19) 운영이 많은 의복과 보화를 싣고 함께 도망가기를 원하니, 특特이 김진사에게 역사力士를 동원할 계획과 그것을 자신의 집에 적치積置할 것을 제안한다.(特特의 흉계)

(20) 안평대군이 비해당匪懈堂의 상량문을 짓기 위해 김진사의 글을 받아보고는 "담을 넘어 가만히 풍류를 도적하리라"는 한 구절을 의심한다.

(21) 자란이 도망갈 계책을 듣고, 네 가지 불가함을 들어 운영과 김진사를 설득한다.

(22) 대군이 궁녀들에게 왜철쭉꽃과 관련된 시를 짓게 한 후 운영의 글을 의심한다.

(23) 운영이 목매달아 죽으려고 하나, 대군이 만류한다.

(24) 이후 김진사가 출입을 못하게 되니, 두 사람이 모두 상사相思의 병이 든다.

(25) 특特이 강도를 당하여 재보財寶를 강탈당한 것으로 위장하나, 진사가 의심하여 특特의 집을 뒤진다.

(26) 특特이 맹인에게 점궤를 부탁하러 갔는데, 마침 그 자리에 있던 다른 사람으로 인해 궁중의 재보財寶가 반출된 사실이 안평대군에게 알려지게 된다.

(27) 안평대군이 서궁을 뒤져 사실을 확인하고 궁녀들을 문초한다.

(28) 궁녀들의 탄원으로 노기가 풀린 대군이 운영을 별당에 가둔다.

(29) 운영이 그 밤에 목매달아 자결한다.

(30) 운영의 재齋를 지내기 위해 김진사는 특의 죄를 사하고 불공佛供을 위해 그를 보내나, 특은 오히려 "진사는 오늘 즉시 죽고 운영은 명일 다시 살아나 특의 배필이 되게 하옵소서"라고 발원한다.

(31) 진사가 청령사淸寧寺에 올라가 특의 비행소식을 듣고 다시 운영을 위해 발제發題하니, 그후 7일만에 특特이 함정陷穽에 눌려 죽게 된다.

(32) 김진사가 세사世事에 뜻이 없어 목욕하고 고요한 방에 누워 불식절곡不食絶穀한 지 나흘 만에 숨을 거둔다.

(33) 유영이 두 사람을 위로하며 인간에 다시 나지 못함을 한하느냐고 하자, 두 사람은 뜻이 없다고 하고 다만 옛일을 생각하매 수성궁이 황폐해 감을 슬퍼한다고 말한다.

(34) 유영이 두 사람이 천상天上의 사람이 되었느냐고 묻자, 그간 적하謫下한 연유를 말하며 허물을 벗고, 다시 삼청三淸에 올라갔음을 말한다.

(35) 두 사람은 유영에게 이 기록을 거두어 세인世人에게 전하여 두 사람의 일이 민멸치 아니하도록 해줄 것을 당부한다.

(36) 유영이 진사와 더불어 술을 마시고, 잠이 들었다 깨어 보니, 주변에 사람

이 없고 김생金生이 기록한 책자만 있었다.

이러한 전체 줄거리를 통해 작품의 내적 구조를 살펴보면 다음과 같음을 알 수 있다.

    ㉠ 유영이 수성궁에 가서 술에 취하여 잠을 잠―깨어남.
    ㉡ 김진사와 운영이 자초지종을 이야기함.
    ㉢ 유영이 술에 취하여 잠을 잠―깨어남.

이와 같이 이 소설은 ㉠㉢의 외부구조 속에 ㉡의 내부구조를 품고 있는 형태를 지니고 있다. 간단히 말하면 유영의 이야기 안에 김진사, 운영의 로맨스 이야기가 포함되어 있는 상태이다. 이러한 형태의 소설을 우리는 흔히 액자소설額子小說이라고 한다. 액자소설이란 "이야기 속에 하나 또는 여러 개의 비교적 짧은 내부 이야기를 내포하는 소설의 구성형식"5)을 말하며, '나'와 '그' 또는 '그'와 '나'라는 이중의 인물시점의 서술방법을 택하는 소설을 의미한다.

그러면 작자가 이러한 액자소설의 형태를 취한 이유는 무엇이겠는가. 첫째 안평대군安平大君이란 실제 인물을 다룬 탓으로 사건의 전반적 전개를 꿈으로 처리하려는 의도에서 비롯된 것으로 파악된다. 특히 안평대군은 세조 이후 국적國賊으로 평가되어 민중의 입에 오르내리지 못하다가 영조 23년(1747)에 와서야 비로소 그 누명을 벗고 복위된 인물이다. 따라서 이 작품을 임진란 직후에서 숙종대 사이에 지어진 것으로 추정한다면, 작자가 국적인 실제 인물을 소설에 등장시켜 언급하였을 때의 위험성을 고려하지 않았을 리가 없는 것이다. 둘째, 물론 작품의 기본 흐름은 운영과 김진사의 로맨스 중심으로 되어 있지만, 드문드문 안

---

5) 이재선, 『한국단편소설연구』, 일조각, 1975, 95쪽.

평대군에 대한 회고조의 분위기를 자아내고 있다. 둘째, 또한 두 주인공의 사랑 자체가 비극적으로 종결된 것으로 보아, 작품 전체의 분위기를 페이소스를 자아내는 방향으로 이끌어 독자들에게 좀더 진한 감동을 주기 위한 작자의 배려도 자리잡고 있는 것으로 보인다. 특히 액자소설의 형태를 지니고 있으며, 이 작품과 유사한 흐름을 지닌 김동인金東仁의「배따라기」의 경우, 이러한 작자의 의도가 작품 속에 짙게 깔려있는 데서도 이를 알 수 있다. 셋째, 현실에서는 도저히 불가능한 궁녀宮女와 궁외宮外 인물과의 로맨스를 유영의 3인칭 서술을 통한 보고적 기술태도를 통해 좀더 현실감있게 (사실적 기법으로) 다루기 위한 한 방편으로 액자소설의 형태를 취한 것으로 보인다.

따라서 외부구조에서의 유영의 삼인칭 서술방식을 통한 보고적 기법과 내부구조에서의 일인칭 서술방식을 통한 고백적 기술태도는 불협화음을 조성하지 않고 작품을 극적으로 이끌어 효과적으로 마무리 처리를 할 수 있게끔 도와주고 있다.

핵심 모티프를 살펴보면,「운영전」은 '평범한 남자와 특수한 신분의 여자와의 로맨스—장애 요소 등장—모험시도—죽음—사랑의 성취'의 패턴을 지니고 있음을 알 수 있게 된다. 이러한「운영전」의 기본구조는「나중미부설화螺中美婦說話」또는 그 변이설화의 구조와 유사한 것이다. 또 콩쥐팥쥐형이나 신데렐라형 그리고 로맨스 문학의 모험을 통한 사랑 성취형 이야기와도 같은 구조를 지니고 있다. 단지 이야기마다 모험이 실패로 끝나느냐, 성공하느냐에 따라 죽음이 등장하느냐, 사랑의 성취가 이루어지느냐의 차이가 발생하게 된다.

한편「운영전」에는 당대 규범을 준수하여 순리대로 살아가려는 입장과 현실의 모순을 극복하여 새로움을 창조하려는 입장이 상충되면서 공존하고 있다. 전자는 현실의 논리라고 말할 수 있으며, 후자는 초월의 논리라고 명명할 수 있겠다. 운영의 입장에서 보면 두 갈림길에서 하나를 선택하기가 어렵게 되어 있다. 안평대군 사궁私宮의 한 궁녀로서 그 나름대로의 규범과 질서에 좇아 살아가는 자세는 현실안주의 자세로서 자아가 세계와 직접 충돌하는 것을 피하고 조화롭게 살아가는 한 방법인 것이다. 그러나 이러한 생활방법에는 인간적인 본능과 욕구를 억제해야 한다는 모순이 자리하게 된다. 반면에 현실모순의 장벽을 뛰어넘어 자기 동일성의 세계를 추구하는 데에는 많은 위험이 도사리게 된다. 결국 운영은 안평대군의 자애로움과 김진사의 사랑의 틈바구니에서 방황을 하게 되는 것이다. 예속적 사랑(어느 정도 충忠의 개념임)에서 벗어나려고 하니, 안평대군의 자애로움이 마음에 걸리고, 개체적 사랑을 취하려고 하니 궁녀라는 신분적 제약이 장애요소로 등장하여 심적 갈등을 야기하는 것이다.

그런 가운데서도 운영은 남자로 태어나서 자신의 능력과 기개를 떨쳐볼 기회를 갖지 못하게 됨을 한탄하며, 심궁深宮에 들어와 인간적인 욕정을 펴보지도 못하고 고목古木과 같이 썩게 됨을 안타깝게 여기고 있다. 그리고 이러한 모순을 극복할 수 있는 유일한 돌파구로 파악한 것이 바로 김진사와의 사랑의 성취인 것이다. 마음은 초월의 논리로 이끌리고 있으나, 현실 논리의 견제로 인하여 그녀는 쉽게 결단을 못 내리게 된다.

운영의 이와 같은 심회는 완사浣紗를 틈타 궁 밖에서 김진사를 만나러 가기 위해 보내는 편지에도 잘 나타나 있다. 그러나 자란의 현실적 논리제시에 일면 수긍하면서도 결국은 현실을 뛰어넘어 김진사와의 사랑의 성취를 기대하는 초월의 논리에 의존하던 운영은 확실한 단안을 내리지 못하고 우왕좌왕하다가 결국은 죽음의 길을 택한다. 이 죽음의 선택은 겉으로 보기에는 초월의 논리를 따르고 있는 것으로 보이나, 실상은 현실의 논리와 초월의 논리가 상충하여 방황한 끝에 내린 자기모순적 행동의 결과인 것이다. 이는 다음과 같이 운영이 안평대군에게 자신의 잘못을 회개하며 죽음의 의지를 표명하는 대목에서도 분명하게 나타나고 있다.

지금까지 학계에서는 「운영전」에서의 죽음에 커다란 비중을 두어 그 비극성을 높이 평가하였다. 고소설 중에 주인공이 죽는 비극소설이 거의 없는 실정에서는 물론 이 작품의 가치를 높이 평가하지 않을 수 없다. 하지만 이 죽음은 주인공의 분명한 지향성을 보이지 않는 우유부단한 행동의 한 표상이란 점에서 한계성을 보이고 있다. 또 이 죽음은 예속적 사랑을 벗어나 개체적 사랑을 성취하려고 하는 인간 본연의 자유성을 구가하는 초월의 논리에 바탕을 둔 것이 아니라, 현실의 논리에 적극적으로 대응하지 못하고 패배한 삶을 선택한 한 여인의 숙명적 인생관을 반영한 초경험적 논리에 바탕을 두고 있는 것이다. 이 초경험적 논리는 천상계天上界를 설정한 운명적 세계관의 반영인 것이다. 이것은 바로 「운영전」의 구성적 허점을 드러내 보이는 동시에 그 소설적 의미의 한계를 분명하게 보여주는 일면인 것이다. 이러한 면 때문에 「운영전」의 창작시기를 너무 후기로 잡지 못하고 조선 중엽으로 추정하게 되는 것이다.

「운영전」에는 인물간의 세 가지 갈등양상이 나오고 있다. 우선 운영이 안평대군과 김진사 사이에서 충忠과 애정愛情의 갈림길에 서서 방황하는 모습이 나오는데, 이러한 심리적 갈등양상은 이 소설에서 중추적 역할을 하는 부분으로, 여기에 대해서는 앞에서 이미 언급한 바 있다.

나머지 부수적인 두 가지 갈등양상은 안평대군과 궁녀 사이와 김진사金進士와 그 하인인 특特 사이에서 빚어진다. 전자는 인간의 본능과 욕정의 자연스러운 표출을 억압하는 사회규범 및 유교적 윤리(사궁私宮 속의 궁녀들은 대군大君에게 일종의 충忠을 바쳐야 하므로)에 대한 반항적 언행에서 나타나고, 후자는 하인인 특特이 상전인 김진사를 능동적으로 이끄는 행동도 하고, 모해할 흉계를 꾸미는 데에서 잘 드러나고 있다. 즉 후자는 양반과 종 사이의 갈등 양상으로 조선사회의 모순을 잘 반영하는 일면이다. 두 갈등 양상의 공통점은 모두가 양반·귀족 중심의 사회에서 비롯되는 모순에 기인한다는 데 있다. 또 하나의 공통점은 전자보다 후자가 좀더 갈등 양상이 심각하기는 하나, 궁극적으로 보면 두 대립인물간의 갈등은 파국으로까지 치닫지 않고 지배자의 아량이나 선심으로 인해 화해국면을 맞고 있다는 점이다. 이러한 현상은 「운영전」의 원본이 한문본일 가능성이 높고, 그 독자층이 주로 양반층이었을 것에 기인한다.

안평대군의 사궁私宮의 궁녀들이 인간적인 애욕을 자유롭게 표현하지 못하고 깊은 궁궐 속에서 젊음을 억누른 채 썩어가고 있는 것을 한탄하며, 자유로운 애정표출을 기대하는 동시에 신분에 따른 구속상태를 벗어나고 싶은 감정을 표현하는 대목은 여러 곳에서 등장하고 있다. 이것은 임란 이후의 당대현실의 모순 속에서 여성계층이 어느 정도 자아에 대한 관심을 갖게 된 것을 의미하며, 유교윤리에 입각한 남성 위주의 사회의 모순에 대한 여성계층의 자각 내지는 사회의식의 변화를 반영해 주는 현상이다. 자란紫鸞이 운영雲英의 의향을 떠보는 가운데 표현한 자신의 심정 술회에는 사궁私宮에 갇혀 모든 것을 구속받고 있는 데 대한 한탄과 어느 정도 그러한 모순에 대한 자각이 나타나 있다.

궁녀들의 생각은 운영이 재보財寶와 의복衣服을 궁 밖으로 빼낸 것이 발각되어 안평대군에게 문초를 받는 가운데 행한 은섬銀蟾의 초사招辭에서 좀더 심화되어 표현된다. 궁녀들의 자유에 대한 구가와 자유로운 욕정표현에 대한 갈구, 여성의식에 대한 자각 등은 대립인물과 갈등을 빚는 과정에서 적극적으로 표현되거나 행동으로까지 발전되지 못하고, 단지 의견표출에 머물고 말며, 내세를 기약하거나 체념하는 것으로 끝나게 된다. 또한 이 갈등양상은 안평대군의 자애로운 용서로 화해의 국면을 맞음에 따라 심각한 상태로까지 진전되지는 못한다.

　조동일은 『한국문학통사』(3권)에서 '애정소설의 새로운 양상'이란 항목을 별도로 달고 허균이나 김만중의 문학과 같은 비중으로 다루었다. 애정소설은 이미 『금오신화』에서 시작되었고, 「주생전」, 「최척전」 같은 좋은 전례가 일찍 나타났다. 남녀 주인공의 결연은 귀족적 영웅소설에서도 상당한 비중을 차지했으며, 그 확대, 변모인 대장편 가문소설에서까지 줄곧 긴요한 관심거리였다. 그런 작품 중에서 몇 편은 애정소설이라고 할 수 있을 정도로 애정의 문제를 간요하게 다루었다. 소설이란 일반적으로 여성 독자를 의식하면서 남녀 관계에서의 애정과 시련을 두드러지게 부각시킨다는 점에서 문학의 다른 갈래와 뚜렷한 차이가 있다. 남녀 주인공이 사춘기의 연령에 들어섰을 때 가장 많은 이야깃거리를 마련해서 노년의 안정을 중요시하는 문학에서는 찾을 수 없는 특징을 지닌다. 그러기에 소설은 거의 다 애정소설을 근간으로 하고, 거기다 다른 요소들을 붙여놓았다고 할 수 있다.

　그런데, 조동일은 19세기로 가까워올수록 애정소설이 더욱 분명한 모습을 드러내면서 주목할 만한 변모를 보였다고 강조하였다. 가문을 유지하고 번영시키기 위한 혼인, 일부다처제의 관습에 따른 남성 주인공의 여성 편력 대신에 정상적인 부부가 되기 어려운 남녀가 이해타산을 떠난 애정 때문에 결합되고 시련을 겪는 것을 내용으로 한 소설이 또 한편에서 계속 나타나 소설사의 판도가 다층적인 구조를 갖게 했다는 것이다. 대장편으로 늘어난 가문소설과 이런 성격을 지닌 애정소설은 같은 시기에 공존하면서 아주 극단적인 대조를 보여주었다. 단권짜리 전책에다 남녀 주인공의 애정을 집중적으로 다루면서 국내를 무대로 해서 사회적인 얽힘을 사실적으로 문제삼고, 기존의 관습을 뒤집어엎는 방향으로 나아간 작품군은 다른 기회에 다시 다룰 판소리계 소설과 함께 소설사의 저층을 새롭게 하는 구실을 맡았다[6]는 것이다.

　「운영전」에서는 사건의 결말이 비극으로 끝났다. 김진사가 안평대군의 궁녀인 운영을 사랑해서 애를 태우고, 궁의 담을 넘어가 몰래 만나는 모험을 감행하다가 소문이 나서, 안평대군이 하옥하자 운영은 자살을 했고, 김진사도 며칠을 울며 지새다가 운영의 뒤를 따랐다는 것으로 사건이 일단락 났다. 나중에 그 두 사람의 혼령이 안평대군 궁인 수성궁의 폐허에 나타나, 유영이라는 선비에게 원통했던 일을 털어놓은 것으로 작품이 전개되었다. 안평대군의 위세와 영화는 사라졌어도 사랑의 사연은 언제까지나 남아 있다는 생각을 액자소설의 형식에 담아 한층 절실하게 표현했다. 유영이 깨고 보니 모두 꿈속에서 들은 말이었다고 해서 이 작품은 「수성궁 몽유록」이라고도 하지만, 예사 몽유록과 같을 수 없는 고도의 치밀한 수법으로 사회적 장벽을 부정하고 사랑을 긍정한 문제의 소설이라[7]고 「운영전」의 위상과 가치에 대한 높은 평가를 매기었다. 유영이 역사에 이름을 남긴 인물이었으므로, 더욱 실감을 돋운다는 것이다.

Ⅲ. 북한문학사에서의 「운영전」 평가의 변천과정

북한에서 발행된 조선문학사에는 10여 종이 있다. 그중 역사적 가치가 있는 몇 종류를 열거한다면 『조선문학통사』(1959), 『조선문학사 1』(1977), 김일성종합대학 교수인 김춘택이 집필한 『조선문학사』(1982)와 소설문학을 박사학위 논문에서 정교하게 다듬은 『조선고전소설사 연구』(1986)가 있다. 끝으로 김정일 시대의 북한문학사라고 할 수 있는 1992년에 나온 『조선문학사 2』가 있다. 『조선문학사 2』는 총 15권으로 나온 시리즈 중 일부를 의미하는데, 최근 북한문학계의 업적을 집대성한 북

---

6) 조동일, 『한국문학통사』 3권, 지식산업사, 1984, 503쪽.
7) 조동일, 위의 책, 506쪽.

44

한문학사라고 할 수 있다.

첫째는 『조선문학통사(상)』[8]으로 북한과학원 언어문학연구소 문학연구실 간행의 1959년에 나온 문학사이다. 여기에는 초기의 마르크스—레닌주의에 입각하여 과학적 합리주의적 인식태도로 조선조 문학을 검증하려는 시각이 담겨 있어 편향되지 않는 균형감각에 입각한 서술태도를 보여주고 있는 것이 특색이다.

둘째는 사회과학원 문학연구소 간행의 『조선문학사』(고대중세편, 1977)[9]으로, 김일성 주체사상을 바탕으로 하여 교조주의적 입장을 취함에 따라 균형감각을 잃은 듯한 서술태도가 엿보이는 점이 한계점으로 드러나고 있다. 이를테면 실학자들의 긍정적인 점을 언급한 이후, "실학자들이 문학의 기능과 역할에 대하여 말하면서 강조한 '뜻'의 내용도 그들의 량반계급적 립장과 밀접히 련관된 것이었다"[10]라고 비판하는 자세에서 선명하게 비판적 사고가 드러나고 있다.

셋째, 김춘택이 쓰고, 김일성종합대학출판사에서 1982년에 펴낸 『조선문학사』[11]는 앞서의 『조선문학사』(고대중세편)의 시각에서 크게 벗어나지 않고 있어 김일성 주체사상의 바탕에서 쓰여지고 있음을 알 수 있다.

넷째, 주로 김하명이 집필된 『조선문학사 2』 중 「운영전」이 나오는 4권은 사회과학출판사에서 간행되었는데, 주체사상 이후에 나온 1977년의 『조선문학사 1』의 연장선상에 있지만, 사실상 북한을 1인 통치하는 김정일 국방위원장의 『주체문학론』(1992. 1)을 반영하여 집필되었다는 데에 의미가 있다.

우선 『조선문학통사』에서 「운영전」은 17세기에 간행된 것으로 파악하

---

8) 도서출판 화다에 의해 1989년 간행되었음.
9) 영인본으로 1992년에 간행되었음.
10) 사회과학원 문학연구소, 『조선문학사』, 백과사전출판사, 1977, 527쪽.
11) 도서출판 천지에서 1989년 간행하였음.

면, 이 시기에 소설이 본격적으로 발전한 것으로 본다. 임진조국전쟁을 전후하여 출현한 소설 작품으로 「주생전」, 「유영전」, 「운영전」, 「홍길동전」, 「전우치전」, 「서화담전」, 「임진록」 등의 작품[12]이 거론되었다. 이 작품들은 주로 개인 전기에 기초하거나 그렇지 않으면 중세적인 민담들로서 이른바 이야기책으로 불리었으며, 그 중에는 청파사인 유영의 작품으로 된 「운영전」이나 허균의 「홍길동전」에서와 같이 내용, 형식이 소설작품으로 완성되다 간 것을 확인하게 된다고 서술하고 있다.

또 17세기에 들어와서 소설문학이 활발하게 진출하게 된 조건으로 조국전쟁 이후에 일반 서민 계층의 진출과 외국과의 접촉에 따르는 시야의 확대, 그리고 '민족적' 자의식의 성장과 같은 일반적 조건들을 들게 되며 특히 국문 소설의 출현에는 훈민정음의 대중적 보급이 전제된다고 적시하고 있다. 이와 동시에 서사시적 형식으로서의 소설문학이 활발하게 된 직접적 계기로서는 임진조국전쟁 후의 현실생활이 복잡 첨예화하여 감에 따라서 좀더 큰 생활적 화폭을 담을 수 있는 형식을 찾게 되었으며 특히 현실을 폭로 비판하고 새로운 이상을 추구함에 있어서 소설 형식의 수요가 증대되었던 것이다. 동시에 중국의 소설 작품들이 벌써 막을 수 없는 기세로 보급되어 일반에게 소설에 대한 새로운 인식을 부식시킨 것도 우리 소설 창작을 왕성하게 한 요인의 하나[13]라고 해석하였다.

『조선문학통사』는 「운영전」을 별도의 항목으로 세분하여 설명하지 않고, 17세기 작품으로 추정할 수 있는 「운영전」, 「주생전」, 「홍길동전」, 「박씨부인전」, 「전우치전」, 「사씨남정기」, 「구운몽」 등과 함께 묶어서 설명하면서 이 작품들의 주제와 체제들은 다양하나 초기에는 개인 전기적 성격을 띤 작품들이 지배적이었으며, 「임진록」을 비롯한 작품들은 처음

---

12) 북한 과학원 언어문학연구소 문학연구실 편, 『조선문학통사』(상), 서울, 화다, 1989, 307쪽.
13) 북한 과학원 언어문학연구소 문학연구실 편, 위의 책, 308쪽.

부터 국문소설로 씌어졌으며, 「운영전」, 「홍길동전」 등의 작품은 한문으로 씌어졌음에도 불구하고 일차 국문으로 번역되어 유행하였으며, 김만중의 작품들은 다시 한문으로 번역되기도 하였다고 기술하고 있다. 『조선문학통사』는 마르크스—레닌주의 미학이론에 근거하고 있으므로 작품에 대한 해석과 가치평가를 과학적이고 객관적인 입장에서 다루고 있다. 하지만 해방이후 최초의 문학사라는 한계는 있겠지만, 치밀한 분석과 심도 있는 가치평가가 이루어지지는 못한 느낌이다.

즉 「운영전」은 일명 「수성궁 몽유록」이라고도 하여 안평대군 궁녀인 운영의 형상을 통하여 작가는 궁녀들의 정서 생활을 억압당한 비참한 운명을 보여주면서 그러한 비인간적 취급에 항의하는 한편 운영과 김진사와의 이 세상에서 미진한 사랑을 저 세상에 가서 꽃피고 있다는 것을 이야기하고 있다[14]고 하여 줄거리 파악 정도에 머물고 있다.

다만 이러한 작품들은 중세기 설화에 흔히 볼 수 있는 로맨스를 모티프로 한 것들로서 작가 및 년대는 미상하나 「회산군전」, 「홍백화전」 등이 역시 그러한 등속으로 된다[15]고 평가하고 있다.

『조선문학사 1』에서는 제8장 17세기 문학 제3절 '소설의 발전과 소설문학에서의 비판적 기백의 강화'에서 별도 항목을 설정하여 설명한 허균의 「홍길동전」이나 김만중의 「사씨남정기」보다는 비중을 낮게 잡고 있으나 『화몽집』의 존재와 「운영전」의 가치를 상당히 높게 평가하고 있다. 16세기 말~17세기 초에 활동한 시인 권필이 소설 「류영전」을 읽고 감격한 나머지 시를 지었다는 사실이나 소설 「운영전」이 1601년에 류영이라는 사람이 꿈에서 본 것을 기록한 형식으로 되어 있는 것 등은 이 소설들이 대체로 16세기 말 늦어도 17세기 초에는 창작된 작품들이라는 것을 추측할 수 있게 한다고 추정한다. 『조선문학사 1』은 주체사상에 바

---

14) 북한 과학원 언어문학연구소 문학연구실 편, 위의 책, 309쪽.
15) 북한 과학원 언어문학연구소 문학연구실 편, 위의 책, 309쪽.

탕한 주체미학이론에 근거하여 집필한 최초의 북한문학사이다. 따라서 『조선문학통사』에 비해서는 양적으로나 질적으로나 상당한 시간을 들여 준비한 연구 성과물을 토대로 하여 집필했다는 것을 알 수 있다.

『조선문학사 1』은 17세기 이후 시기에 편찬된 소설집인 『화몽집』에 소설 「운영전」이 16세기 말에 창작활동을 진행한 임제의 「원생의 꿈」과 함께 수록되어 있는 사실도 「운영전」을 비롯한 이 부류의 소설들이 16세기 말이 아니면 17세기 초의 작품들이라는 것을 추정할 수 있게 한다. 『화몽집』에 실려 있는 「동선기」, 「영영전」, 「운영전」 등은 봉건적 구속에서 해방된 남녀간의 자유로운 사랑에 대한 지향을 반영하고 있다. 이 가운데서 「운영전」은 사상예술적으로 비교적 우수하고 그 이후 시기까지 사람들에게 널리 읽혀진 소설의 하나[16]라고 평가하고 있다. 특히 『조선문학통사』와 달리 주체 미학이론을 토대로 하여 고소설의 역사적 미학적 제한성에 대해 신랄하게 비판을 가하고 있는 것이 특징이다. 이러한 『조선문학사 1』의 비판적인 기술태도는 『조선문학사 2』에서도 그 전통을 이어가고 있다.

특히 『조선문학사 1』은 「운영전」의 인물성격에 대한 설명에서 긍정적인 인물과 부정적인 인물상을 대비하여 분석을 시도하고 있어 자주성과 창조성에 바탕한다는 주체사상에 충실하고 있음을 느끼게 해주고 있다. 『조선문학사 1』의 분석에 의하면, 여주인공 운영은 소설의 사상주제적 과제의 실현에서 중심적 위치를 차지하고 있으며, 운영의 성격적 특질에서 중요한 것은 남녀간의 자유로운 사랑을 무참히 짓밟는 봉건적 압제에 굴하지 않고 자신의 지향과 염원을 실현하기 위하여 생명을 바치는 것도 서슴지 않는다고 설명하고 있어 이러한 맥락을 읽을 수 있게 된다.

사실 『조선문학사 1』에서의 이러한 해설은 김정일 위원장이 주체문학

---

16) 사회과학원 문학연구소 편, 『조선문학사』(고대중세편), 평양, 과학백과사전출판사, 1977, 334-335쪽.

론에서 자주 강조하고 있는 '주인공선' 이론에 근거하고 있는 것이다. 김위원장은 다음과 같이 '주인공선'에 대해 주문하고 있다.

> 구성에서 주인공은 여러 인물들을 련결시키고 끌고나가는 데서 언제나 중심에 서있어야 한다. 인물관계가 명백하고 탄력성 있게 되는가 못되는가 하는 것은 주인공선을 어떻게 살리는가에 달려 있다.[17]

운영은 아름다운 모습과 뛰어난 재주로 하여 안평대군의 총애를 받게 되었으며 궁중에서 부귀와 영화를 누릴 길이 열려져 있었다. 그러나 그는 이러한 더러운 삶을 원하지 않았으며 차라리 깨끗한 죽음을 택했던 것이다. 김진사 역시 소설에서 유교사상에 기초한 봉건도덕을 위반하는 이단자의 형상으로 봉건적인 압제 밑에 생명을 잃은 희생자의 형상으로 그려져 있다. 김진사는 결코 불합리한 봉건사회에서 높은 벼슬에 오르고 이름을 떨치는 것을 바라지 않고 운영과의 사랑을 귀중히 여기고 그와 함께 달아나려고 하다가 붙잡혀 애인뿐 아니라 자기의 생명까지도 잃고 마는 것으로 묘사되어 있다고 분석한다. 이렇게 소설은 운영과 김진사의 형상, 두 사람의 호상관계를 통하여 유교사상에 기초하고 있는 봉건적 도덕규범의 불합리성을 폭로하고 남녀들이 자기 의사에 따라 사랑할 데 대한 지향을 표현하였다. 이것은 봉건제도와 유교교리가 인간의 개성을 여지없이 짓밟고 자유로운 사랑을 완강하게 가로막고 있던 당시에 있어서는 진보적인 것이었다[18]고 해석하였다.

이들에 비해 안평대군은 조선 봉건사회의 절대군주제를 대변하는 부정인물로 형상되어 있다고 해석한다. 안평대군은 겉보기에 영민하고 의

---

17) 김정일, 『위대한 령도자 김정일 동지의 사상리론－문예학4』, 평양, 사회과학출판사, 1998, 115쪽.
18) 사회과학원 문학연구소 편, 『조선문학사』(고대중세편), 335-336쪽.

것할 뿐 아니라 너그럽고 인자한 듯하다. 그러나 그는 인민들의 피땀으로 이루어진 재물들을 탕진하면서 궁녀들과 선비들에게 둘러싸여 안일사치하고 부화타락한 생활로 세월을 보내는 방탕아이며 사람들의 자유를 구속하고 그들의 목숨까지 함부로 앗아내는 폭군이라고 규정짓고 있다.

특히 『조선문학사 1』은 주체미학이론에 근거하여 「운영전」의 세계관과 미학성에 있어서의 한계를 '제한성'이라는 이름으로 비판적으로 다루고 있어 주목된다. 소설 「운영전」은 첫째, 남녀간의 사랑에 대한 문제를 사회생활과 유리시켜 순전히 개인의 행복에 관한 문제에 귀착시킨 본질적인 약점을 가지고 있다고 비판한다. 작품의 이러한 사상적 결함은 김진사가 자신의 사랑을 성취하기 위해서는 비굴한 행동도 서슴지 않는데서 특히 두드러지게 나타나고 있다고 지적한다. 둘째, 「운영전」은 결속 대목에서 운영과 김진사가 원래 옥황상제에게 시중들던 하늘사람으로서 죄를 범하여 인간 세상에 귀양을 와서 인간의 괴로움을 겪은 것으로 사태를 묘사함으로써 작품의 비관적 기백을 약화시켰을 뿐 아니라 허황된 종교교리를 설교하는 사상적 결함도 발로시키고 있다[19]고 공격하고 있다.

그러나 「운영전」은 「이생의 사랑」에 비해 주인공들의 성격이 더 다면적으로 가려지고 개성이 더욱 선명하며 사건도 훨씬 복잡하고 구성도 입체적으로 짜여 있어 이전 시기 소설보다 한걸음 더 전진하고 있다는 것을 보여주고 있다고 긍정적인 가치평가를 내리면서 이 작품에 대한 서술을 마치고 있다.

한편 김일성종합대학교 교수인 김춘택은 그의 박사학위 논문인 『조선고전소설사 연구』(앞으로 '조선소설사'로 약칭)에서 중편소설의 특성, 소

---

19) 사회과학원 문학연구소 편, 위의 책, 337쪽.

설집『화몽집』에 수록된 작품으로서의 가치, 줄거리와 주제에 있어서의 사회적 모순 비판, 사실주의적 특성이라는 네 가지 관점에서 심도 있게 객관적으로 작품을 분석하고 있다. 우선 김춘택은 「운영전」을 중편소설로 규정하고 있다. 중편소설은 17세기에 이르러 점차 많이 창작되었는데 「몽유달천록」, 「운영전」, 「동선의 노래」, 「남궁선생전」, 「홍길동전」, 「전우치전」, 「임경업전」, 「박씨부인전」 등이 대표적인 작품이라고 밝혔다. 「운영전」이 중편소설인 이유로 첫째, 중편소설의 형상적 요구에 맞게 주인공의 성격과 운명을 다양하고 복잡한 인간관계 속에서 밝히려는 탐구과정에서 발전하였다고 주장하였다. 둘째 점차적으로 일인 일대기식 전기의 부정적인 영향에서 벗어나 중편양식의 소설로서의 새로운 모습을 보여주었으며 역사적으로 실재했던 인물들의 생활을 소재로 하였다고 강조하였다. 셋째, 이야기 줄거리를 엮어나가는 데서 '몽유록'의 형식(꿈의 형식)을 적절하게 받아들이는 과정에 중편소설로서의 면모를 갖추어나가게 되었다[20]는 것이다.

특히 김춘택은 「운영전」이 조선조의 첫 고전 중편소설집인 『화몽집』에 수록된 작품이라는 점에 주목했다. 우선 『화몽집』에 수록되어 있는 작품들은 단편의 구성에서 벗어나 더 큰 형식인 중편 양식의 구성에 관심을 돌리고 있다는 점을 강조했다. 그리고 「운영전」, 「영영전」, 「주생전」 등은 주로 현실생활을 소재로 하면서 그것을 바탕으로 이야기를 엮어 나갔다는 사실을 발견하였다. 아울러 이들 작품들은 17세기 창작소설들로 다양한 주제를 탐구하는 특징을 보여준다는 것이다. 앞의 작품들은 청춘남녀들의 사랑을 주제로 하고 있다는 점이 특징인데, 그전 시대에는 볼 수 없는 내용상 특징이라는 것이다. 아울러 「몽유달천록」이나 「동선의 노래」 경우처럼 반침략 애국적 주제의 작품들이 많다는 것

---

20) 김춘택, 『우리 나라 고전소설사』, 서울, 한길사, 1993, 201-205쪽.

도 한 특징이며, 「임꺽정전」, 「장생전」, 「황생의 망상」 등은 단편의 화폭 속에 인간성격과 생활을 비교적 선명하고도 인상 깊게 형상화함으로써 소성창작에서 사실주의 탐구정신을 잘 보여주었다[21]고 평가하였다.

김춘택은 「운영전」의 문학사적 위상과 가치에 대해서도 참신하고 새로운 시각을 던지고 있다. 첫째, 「운영전」은 이야기 줄거리에서 보는 바와 같이 궁녀들의 생활을 기본소재로 하면서 운영과 김진사 사이의 사랑에 대한 문제를 주제로 하고 그것을 생활적으로 밝혀나가는 과정에서 그들의 애정을 무참히 짓밟아 버리는 안평대군의 추악성을 밝히는 동시에 사랑은 봉건왕실의 그 어떤 공갈위협도 궁전의 그 어떤 높은 담벽도 막을 수 없다는 사상을 보여준다는 것이다. 즉 이런 의미에서 「운영전」은 15세기 『금오신화』에 나오는 소설들의 애정윤리적 주제의 경향을 이어받으면서도 그 사랑에 대한 문제가 보다 심각한 사회적 성격을 띠고 있다[22]고 주장한다. 둘째, 「운영전」은 운영과 김진사 사이의 사랑을 순수 사랑에 대한 문제로 보는 대신 그것을 인간다운 삶을 누리려는 염원과 그러한 염원을 짓밟는 궁중생활에 대한 비판과 결부시키고 있다는 것을 지적한다. 작가는 궁녀 은섬이가 토로한 것처럼 사랑이란 신분의 존비귀천에 관계없이 할 수 있는 것인데 어찌하여 운영은 안평대군의 눈을 피해가며 몰래 담벽을 넘어야 했으며 문틈으로 내다보면서도 다정한 말 한마디 전할 수 없는 것인가라고 비판하고 있다는 것이다. 셋째, 「운영전」은 무엇보다도 작가의 주관적인 개입을 피하고 주인공 운영을 비롯한 등장인물들의 성격을 사회계급적 관계 속에서 객관적으로 진실하게 묘사하는 사실주의 특성을 드러내고 있다고 지적한다. 심지어 운영과 김진사의 사랑을 짓밟아버리고 그들을 비극적 운명으로 몰아넣은 안평대군의 성격과 생활을 보여주는 데서도 작가는 그의 추악하고 포악

---

21) 김춘택, 위의 책, 206-207쪽.
22) 김춘택, 위의 책, 215쪽.

한 성격을 자기 말로 직접 밝히거나 작가의 목소리로 직접 저주하지 않는다[23]는 것이다. 넷째, 운영의 비극적인 종말은 그와 김진사 사이의 사랑에 대한 사실주의적 탐구와 묘사의 합법칙적인 귀결이라는 색다른 해석이다. 궁녀들이 운영을 비유하여 뜨락에 절로 핀 한 떨기 배꽃이라고 한 것처럼, 그는 인간으로서 삶의 꽃을 피우며 살아가려는 지향을 지닌 인간이었다. 운영이 김진사를 만나 사랑하려고 한 것도 그의 이러한 삶에 대한 지향의 충동으로부터 온 것이다. 그러나 운영의 지향은 그를 둘러싼 사회현실과 엄한 궁정의 담벽으로 인해 걸음마다 풍파에 부닥친다. 당대 봉건사회의 현실과 운영이 처한 생활처지로 보아 그의 비극적 운명은 피치 못할 합법칙적인 귀결인 것이다. 여기에 바로 운영의 비극적 운명에 대한 사실주의적 묘사의 특성이 있다고 주장하고 있다.

김춘택은 「운영전」의 제한성에 대해 두 가지로 압축하여 설명한다. 첫째, 부정적인 인물 형상인 안평대군의 위선적이며 추악한 생활을 폭을 넓혀 구체적으로 보여주지 못하고 있으며, 그의 성격을 밝히는 데서도 때로는 '시재'가 있고 '어진' 인간으로 묘사한 제한성을 나타내고 있다고 비판하였다. 둘째, 운영과 김진사 간의 사랑을 '음양론'의 견지에서 숙명론적으로 묘사함으로써 남녀간의 사랑에 대한 묘사에서 성격과 생활논리의 진실성을 약화시킨 면도 있다[24]고 주장하고 있다.

끝으로 김하명이 집필한 『조선문학사 2』 제4권은 첫째, 17세기 소설 문학편에서 '애정윤리 주제의 소설 「운영전」, 「영영전」, 「류록전」을 별도 항목으로 떼어서 다루고 있는 것이 특징이다. 아울러 애정소설의 계보를 「쌍녀분」-「금오신화」-「운영전」 등으로 제시하면서 청춘남녀간의 참다운 사랑에 대한 문제는 중요한 사회적 의의를 가진다고 강조하고 있다.

---

23) 김춘택, 위의 책, 218-219쪽.
24) 김춘택, 위의 책, 224쪽.

특히 둘째, 「운영전」의 구성조직은 이 시기 다른 소설들의 구성조직과 차별성을 보이는데, 「홍길동전」, 「전우치전」, 「박씨부인전」 등 17세기 전반기에 창작된 국문소설작품들은 일반적으로 작가의 말로 된 주인공의 인물소개로부터 시작되고 기본 사건의 해결과 주인공의 운명에 대한 작가의 설명으로 끝나고 있는 데 반해, 「운영전」은 먼저 기본사건의 직접적인 관계자가 아닌 제3자의 인물 유영을 등장시키고 그가 어떻게 남녀주인공을 만나 그들의 비극적인 사랑이야기를 듣게 되는가 하는 과정을 생활적 화폭으로 그려 보이면서 이야기가 시작된다고 그 특징을 설명한다.

셋째, 소설 「운영전」은 유영이 꿈에 남녀주인공을 만나 그들의 이야기를 듣는 몽유록 형식의 작품이지만 그들 운영과 김진사의 사랑 이야기, 즉 이 작품의 기본사건의 전개과정은 이 시기의 다른 소설 작품들에서 흔히 보게 되는 환상적 요소가 전혀 없는 현실 그대로의 구체성을 가진 사실주의적 화폭으로 그려져 있다고 주장한다.

『조선문학사 2』는 넷째, 「운영전」의 작품의 기본갈등은 운영 및 김진사와 안평대군과의 모순, 대립에 기초하고 있으며 이 갈등선을 타고 사건이 발생 발전하고 있지만 여기서 주인공은 어디까지나 운영이라고 강조한다. 운영의 형상 창조에서 소설이 거둔 예술적 성과는 그의 사랑의 열정과 그 실현을 위한 어느 정도 무모하다고 할만큼 대담하고 용감한 행동이 한갓 향락적인 충동에서가 아니라 인간의 고상한 정신세계의 발현으로 느낄 수 있도록 품위 있게 그려내고 있는 것이라고 하여 주인공의 형상 창조의 성공을 주장하고 있다.

북한의 주체문학 이론서는 작품에서 긍정 인물들과 부정인물들 사이의 호상관계는 그들 사이에 존재하는 모순과 충동, 대립과 투쟁을 첨예화시키는 방법으로 설정되며 해결된다고 기술하고 있다. 이러한 방법으로 "긍정인물의 성격도 부정인물의 성격도 살려낸다는 것이다. 그러나

54

궁정 인물들 사이의 관계에서는 이러한 방법이 적용될 수 없다. 그것은 궁정인물들 사이에는 그 어떤 적대적 모순이나 대립, 충돌이 있을 수 없기 때문이다. 작품에서 궁정인물들 사이의 호상관계를 적극화하고 심화시키는 가장 효과적인 방법은 그들 사이의 관계를 인정적으로 깊이 있게 엮어 놓는 것"25)이라고 설명하고 있다. 「운영전」에서 자란을 비롯한 서궁의 궁녀들은 한결같이 운영의 편에 선다. 운영과 궁녀들과의 관계는 궁정인물들간의 관계인 것이다. 작품에서 운영과 궁녀들 사이의 관계는 그 어떤 시기나 질투심에도 더럽혀지지 않은 순결한 우정과 의리의 발현으로서 아름답고 감명 깊게 그려져 있다. 작품에서 작가는 "운영과 같이 서궁에서 살고 있는 은섬, 비취, 옥녀, 자란이 써올린 자백문은 자기의 죄에 대한 고백이라기보다 오히려 인간의 본성적 요구를 횡포한 권세로 짓뭉겨버리려는 폭군에 대한 불같은 항변"26)이라고 묘사함으로써 궁정적인 인물간의 관계를 제대로 설정하고 있다.

다섯째, 「운영전」은 다른 작품들과는 달리 주제사상적 과제와 그려진 생활과 성격의 논리에 따라 주인공의 운명을 비극적으로 처리함으로써 생활반영의 진실성을 강화하고 당대 봉건사회제도의 반인민성과 비인간적 본질을 폭로 비판하는 데 효과적으로 이바지하게 하였다. 그것은 당시의 상당수 작품들이 봉건사회 현실에서는 주인공의 지향이 좀처럼 실현될 수 없을 것도 낭만주의적 수법에 의하여 '고진감래식'의 행복한 종말로 결속 짓고 있는 것27)과 구별되는 것이다.

여섯째, 『조선문학사 2』는 소설의 사실주의적 성격은 또한 주인공 운영은 말할 것도 없고 김진사, 안평대군 등 기타 인물형상들도 성격의 그

---

25) 김정일, 『위대한 령도자 김정일 동지의 사상리론-문예학 4』, 평양, 사회과학출판사, 1998, 123쪽.
26) 김하명, 『조선문학사』 4권, 평양, 사회과학출판사, 1992, 221-222쪽.
27) 김하명, 위의 책, 222-223쪽.

어느 한 면만을 일면적으로 과장하지 않고 현실 그대로의 구체성을 가지고 생동한 개성으로 그려 보여준 데서 나타나고 있다고 파악하였다. 예를 들면 김진사의 경우도 그의 나이 열 살에 시와 글짓기에 능하여 서당에서 이름이 있었으며 열네 살에 과거 제2과에 급제하여 세상에서 김진사로 불리웠다. 젊은 나이에 혈기가 있고 마음이 호탕하여 스스로 억제하지 못하는 데서 운영을 만나 봉건유교도덕을 배반한 '죄인', 양반 사회의 '이단자'로 되었다[28]고 지적하고 있다.

일곱째, 운영, 김진사와 대립관계에 있는 안평대군의 형상도 현실적인 구체성을 가진 생동한 개성으로 그려져 있다고 파악하였다. 안평대군은 전제적 군주제도하의 한 왕자로서 글공부에 진심하여 시짓기에 능하고 글씨도 잘 써서 성삼문 등 집현전 학사들을 비롯한 당대의 이름난 문장, 명필들과 사귀며, 사궁에서 궁녀들에게 글공부를 시키고 음률을 익히게 하여 생활의 흥취를 돋구는데, 이러한 그의 형상에는 봉건문화 발전의 절정을 이루었던 세종대의 현실이 반영되어 있다는 것이다. 이러한 해석은 김춘택의 분석과 상반되고 있다. 김춘택의 경우, 안평대군을 시재가 있고 어질게 그린 것은 제한성을 보여주는 것이라고 비판하였다. 김하명은 「운영전」에서 안평대군은 한 개인으로 볼 때 지식과 문화적 소양을 갖춘 점잖고 재능있는 젊은이지만 인민들에 대한 무제한한 착취와 압박에 기초하고 있는 전제적인 봉건왕권의 대변자로서 '시녀들이 만약 궁문을 나가기만 하면 그 죄가 마땅히 죽어야 하고, 또 바깥 사람들이 궁녀의 이름을 알기만 해도 역시 그 죄가 죽어야 한다'고 엄포를 놓고 모든 궁녀들의 자유를 무참히 짓밟아버리며 남녀주인공의 생명까지 빼앗는 범죄의 원흉으로서 형상되어 있다[29]고 지적하였다. 이러한 형상묘사는 사실주의적 일반화를 빛나게 실현한 소설 「운영전」의 또 하나의

---

28) 김하명, 위의 책, 223쪽.
29) 김하명, 위의 책, 224-225쪽.

예술적 성과라고 평가하였다.

부정적인 인물형상인 안평대군의 이러한 묘사는 북한의 주체이론서들에서 빈번하게 거론하고 있는 예술적 갈등 중 '적대적 갈등'에 해당한다. 김정일 국방위원장은 예술적 갈등에 대해 다음과 같이 교시를 내렸다.

> 예술의 갈등은 생활에서 벌어지는 계급투쟁의 반영이다. 생활에서 보게 되는 서로 상반되는 계급적 립장과 사상의 대립과 투쟁이 예술적 갈등의 기초로 된다.(『영화예술론』, 80쪽)[30]

북한의 주체미학 이론서들은 착취사회에서는 착취계급과 피착취계급, 지배계급과 피지배계급 간의 계급적 모순과 적대적 대립이 사회관계의 기본으로 된다고 주장한다. 조선조 봉건왕조의 정치체제와 사회제도가 바로 이러한 착취사회에 해당한다고 보는 것이다. 착취사회에서는 착취적 계급을 반대하는 인민대중의 투쟁이 끊임없이 벌어진다는 것이다. 아울러 착취와 억압을 반대하고 자주성을 실현하기 위한 계급투쟁은 그 어떤 힘으로도 막지 못한다는 것이다. 따라서 착취사회에서 창조된 문학예술 작품들이 '적대적 갈등'을 기본으로 하여 구성되는 것은 응당하다[31]고 주장한다.

『조선문학사 2』는 「운영전」의 제한성에 대해서는 운영과 김진사의 사랑은 순결하고 열정적이며 반봉건적 성격을 띠는 것이라 할지라도 그것이 사회를 위한 투쟁과 결부되어 있지 못하며 일부 미신적 계기로 사건을 전개시켜 나가는 것을 지적하는 것에서 간단하게 머물고 있어 김춘택의 비판적 해석과는 차이를 보이고 있다. 반면 「운영전」의 문학사적 위상과 가치에 대해 그 주제로부터 인물형상과 구성조직, 생활묘사에

---

30) 김정일, 앞의 책, 133쪽.
31) 김정일, 위의 책, 139-140쪽.

이르기까지 작가의 독창적인 탐구로 빛나고 있으며 중편소설 양식의 풍
격을 훌륭히 갖춘 17세기 사실주의 소설의 대표작의 하나로서 그후 시
기의 소설 발전에 커다란 영향을 미쳤다[32]고 높이 평가하고 있다.

Ⅳ. 「영영전」, 「주생전」과의 비교

「영영전」은 애정윤리적 주제를 다루고 『화몽집』에 수록되어 있는 작
품이라는 점과 17세기 초엽에 창작된 작품이라는 데 「운영전」과 공통점
을 지니고 있다. 또 인물관계와 이야기 줄거리의 전개에 있어서도 「운영
전」과 유사성을 많이 지니고 있다. 조선조 전반기 상층귀족들의 생활내
막을 궁전 내부와 결합시켜 사실주의적으로 폭로하는 점도 같고 궁전의
높은 담벽 안에 갇혀 불행한 삶을 강요당한 한 궁녀와 젊은 선비 사이
의 사랑관계를 이야기의 기본 줄거리로 끌고 나간 점 등이 두 소설에서
다같이 찾아볼 수 있는 공통점이다.

　하지만 「영영전」은 시대적 배경이나 갈등의 해결과 양상에서 차이점
을 보여주고 있으며 소설 분량에 있어서 「운영전」의 절반에 미치지 못
하고 있다. 「영영전」은 「상사동기」, 「상사동전객기」, 「회산군전」 등으로
도 불려졌으며 작자를 알 수 없는 작품이다.

　김춘택은 『조선소설사』에서 「주생전」은 『화몽집』에 실려 있는 중편
소설로 규정하고 있다. 북한문학사에서 권필의 문학은 시문학에서는 항
목을 따로 만들어 거론하는 등 큰 비중으로 다루어지지만, 소설문학은
『화몽집』에 묶여서 가볍게 다루어지고 있다. 그 이유는 아무래도 「주생
전」이 중국을 배경으로 하는 작품이기 때문일 것이다. 또 하나의 요인은

---

32) 김하명, 앞의 책, 225-226쪽.

「주생전」이 인물 전기의 양상을 크게 벗어나지 못한 때문이기도 하다. 어찌되었든지 『화몽집』에는 「주생전」, 「운영전」, 「영영전」, 「동선의 노래」, 「몽유달천록」, 「원생몽유록」, 「피생몽유록」, 「금화영희」, 「강노전」 등 9편[33]의 한문 중편소설들이 묶여 있다고 소개한다. 『화몽집』의 원본이 북한에서만 남아 있고 남한에서는 발견되지 않고 있어 구체적인 분석이 용이하지 않으며 북한문학사에서의 언급에 의존할 수밖에 없다.

김춘택은 『화몽집』이라는 중편소설집에 실려 있는 작품들의 작가명은 다 알 수 없으나 「주생전」, 「몽유달천록」, 「원생몽유록」 등은 권필, 윤계선, 임제에 의하여 창작되었다는 것이 알려져 있다고 설명한다. 즉, 「주생전」이 권필이라는 작가에 의해 창작된 중편소설이라고 평가를 내린 것이다. 둘째 「주생전」을 비롯한 『화몽집』에 수록된 작품들은 17세기 우리나라 중편소설의 발전과정을 보여준다고 규정지었다. 다같이 주인공의 운명선을 따라가면서 인간생활과 성격을 형상화하고 있는데, 이것은 이 소설들이 단편의 구성에서 벗어나 좀더 큰 형식인 중편양식의 구성에 관심을 돌리고 있다는 것을 보여준다는 것이다. 주목되는 것은 16세기 임제의 중편소설이 주로 의인화의 수법에 의하여 이야기 줄거리를 엮어 나간 데 반하여, 여기에 나오는 소설 「운영전」, 「영영전」, 「주생전」 등은 주로 현실생활을 소재로 하면서 그것을 바탕으로 이야기를 엮어 나갔다는 사실이다[34]라고 하여, 김춘택은 이들 소설의 사실주의적 경향을 강조하고 있다. 즉 17세기에 이르러 우리나라 중편소설이 인간생활을 구체적이고도 생동하게 현상화하려는 탐구과정에 중편소설로서의 양식상 특성을 점차 더욱 뚜렷이 갖추어나갔다는 것으로 분석한다.

셋째, 『화몽집』의 작품들이 17세기 소설로서 주제의 다양성을 추구하는 점에 주목한다. 「주생전」, 「운영전」, 「영영전」 등 청춘남녀들이 사랑

---

33) 김하명, 『조선문학사』 4권, 평양, 사회과학출판사, 1992, 160쪽.
34) 김춘택, 앞의 책, 205-206쪽.

을 주제로 한 작품들이 적지 않다고 지적한다. 그리고 이 시기 사랑을 주제로 한 작품들이 15세기 김시습의 단편소설의 형상적 경지를 벗어나 한걸음 더 발전했다는 것[35]을 알 수 있는데, 그것은 순수 애정이 아니라 불우한 처지에 있는 궁녀와 상전인 왕족과의 갈등 속에서 청춘남녀의 순결한 사랑을 비교적 인상깊게 보여주기 때문이라고 주장한다.

「주생전」은 선조 때의 시인인 석주 권필의 작품으로 권필에게는 이밖에도 「장경천전」이라는 작품도 전한다. 「주생전」은 작가가 임진조국전쟁 시기에 명의 원군인 이여송의 한 부장의 서기로 종군하여 온 주생이란 사람과 직접 접촉하면서 그의 안타까운 정사를 듣고 깊이 감동하여 쓴 작품이다.

주생은 중국 촉 땅의 사람으로 일찍이 과거에 응시하여 거듭 낙방이 된 끝에 벼슬길만 찾는다는 것이 남아로서 부질없는 일이라고 생각하여 가산을 팔아 배와 물화를 사가지고 전당으로 옮겨 왔다. 그는 이곳에서 어려서 같이 자란 배도란 이름 높은 기생을 만나 그와 동거하게 되었다. 배도는 원래 양반 가문에 태어났으나 그의 조부가 작죄한 탓으로 서인으로 전락하여 기생에 적을 올리게 된 것이다.

그러나 그는 기생의 몸으로 운상한 뜻을 품고 있었으며 그곳 고 노승상의 미망인과도 가까이 지냈다.

소설은 주생이 배도의 소개로 노승상 부인의 집에 가정교사로 들어가게 되면서 그 집 딸 선화와 새로운 애정 관계를 맺게 되는 데서 한층 발전하는데, 한동안의 곡절 끝에 배도가 병들어 죽고 선화와의 약혼도 성립되어 일단 해결을 보게 된다. 그러나 때마침 혼인날을 얼마 남기지 아니하고 왜적이 조선을 침범하는 임진란이 일어나서 명의 원군이 조선으로 파견될 때, 주생은 종군의 길을 떠나고 만다. 그리하여 조선에 나온

---

35) 김춘택, 위의 책, 207쪽.

주생은 멀지 않아 개선의 날을 앞두고 아깝게도 병들어 죽었다.

이상과 같은 주생전의 내용은 명의 원군 부대의 하나의 일화라고도 할 것인바, 거기에는 주생을 동정하는 작가의 고상한 인도주의 정신과 함께 조명 연합군의 우호 관계를 실증하는 한 측면을 보여준 점36)에서 주목을 끌게 한다.

이러한 『조선문학통사』에서의 「주생전」에 대한 언급은 단순히 작품의 줄거리의 개요를 서술한 데 지나지 않는다. 그 이유는 『조선문학통사』가 해방 후 북한에서 최초로 쓰여진 문학사이기 때문에 자료수집과 집필 준비기간이 짧은 데 기인하는 것으로 보인다.

「영영전」은 조선조 10대 임금인 연산군(1495~1506)때 왕족인 회산군 사궁의 궁녀인 영영과 성균관에서 공부하여 진사가 된 김생의 사랑이야기가 기본 줄거리를 이루고 있다. 작품은 먼저 김생의 사람됨을 소개하고 그가 영영과 처음 만나 사랑의 정을 느끼게 되고 인연을 맺는 과정을 그려 보여주고 있다. 김생은 용모가 아름답고 글을 잘 짓는 청년으로 세상에서 '기남자', '풍류방'으로 불렸는데, 진사시험에 합격하자 서울 장안에서 명성이 자자하여 양반 대가집에서 사위로 삼자고 했다. 그는 한식날 성균관에서 돌아오는 길에 술을 사가지고 성밖의 경치 좋은 곳에 소풍하러가서 놀다가 춘정을 이기지 못하여 시 한 수를 읊었다. 시를 읊고 나서 앞을 바라보니 마침 아름다운 한 여인이 걸어가고 있었는데, 그 황홀한 아름다움에 넋을 잃었다. 김생은 말을 타고 앞서거니 뒤서거니 여인이 가는 길을 따라 가서 집을 확인했다.

이런 일이 있은 후 김생은 그 여인을 잊지 못해 병이 들었다. 이를 걱정한 머슴총각 막동이의 지성스런 도움으로 그는 여인이 들어갔던 집의 노파를 찾아가서 그들의 관계를 알게 된다. 그 미인은 노파의 조카딸로

---

36) 북한사회과학원 언어문학연구소 문학연구실 편, 『조선문학통사』(상권), 서울, 화다, 1989, 310-311쪽.

서 이름은 영영이고 자는 난향이며 회산군의 시녀로 있다고 했다.

김생이 노파에게 중매해주기를 절절이 부탁하니 처음에는 궁중에 있는 그의 바깥출입이 자유롭지 못하여 어렵다고 하였으나 지난번 한식날에 다녀간 것은 부모의 제사를 지내기 위해서였는데, 다가오는 단오날에 돌아간 언니(영영의 어머니)를 위하여 차례를 지내게 반나절만 이모집에 나오게 해달라고 회산군의 부인에게 가서 말해보겠노라고 했다. 이렇게 노파의 주선으로 김생과 영영은 단오날 그 집에서 만나 즐거운 시간을 보냈고 후일 궁 안에서 다시 만나기를 기약하고 헤어졌다.

궁 안에서 정을 나눈 이들은 영영의 당부대로 3년 동안 이별해 있으면서 김생은 열심히 공부하여 문과에 장원급제하고 친구의 도움으로 끝내 영영을 아내로 맞이하여 행복한 한생을 보내는 것으로 소설은 끝이 난다.

김생은 삼일유가의 특전을 받아 광대들과 악공 등을 전후좌우로 거느리고 망을 타고 서울 장안거리를 돌다가 회산군 궁 앞에 이르렀을 때 영영의 생각이 간절하여 말에서 취한 체하고 말에서 떨어져 엎드려 있었다. 마침 회산군 부인이 유가행차를 구경하다가 그 장면을 목격하고 궁 안으로 데리고 들어가서 융숭한 대접을 했다. 이때는 회산군이 사망하여 벌써 3년이 지났는데, 부인이 그의 명복을 빈다고 무당, 광대 등을 끌어들여 매일같이 놀이판을 벌려놓고 있었다. 이때 영영이 술상을 가지고 나와 접대를 한 후 돌아가면서 편지를 한 장 놓고 갔다. 그 편지를 가지고 돌아와 보고 난 후 김생은 정말 미칠 지경이 되었다. 이들의 소망은 김생의 동갑 친구이며 회산군 부인의 조카뻘 되는 이정우의 도움으로 풀리게 되었다.

우선 「영영전」은 「운영전」과 다른 구별점을 보여주고 있다. 첫째, 주인공의 운명선을 놓고 볼 때 「영영전」은 「운영전」처럼 비극적인 결말로 끝나는 것이 아니라 두 청춘남녀들의 사랑이 성취되어 행복한 대단원으로 끝난다. 그것은 중세기 소설에서 흔히 보게 되는 꿈이나 도술과 같은 환상적인 계기에 의해서가 아니라 현실 그대로의 구체성을 가지고 생활의 논리에 맞게 처리되어 있다[37]는 점이다.

둘째, 「영영전」의 작가는 작품의 줄거리를 엮어나가는 데서 전래하는 인물전기식 구성의 정형을 그대로 답습하는 대신에 새로운 이야기 형식을 탐구하려고 하였다는 점을 들 수 있다. 설화적 이야기 형식 가운데에서 '들쥐의 혼인' 유형과 '견우와 직녀' 유형이 가장 많이 이용되었는데, '견우와 직녀' 전설은 서로 다정한 사이에 있는 사람들이 만났다가 헤어지는 간절한 이야기 형식을 통하여 착하고 부지런한 청춘남녀 속에 간직된 깨끗한 사람의 감정을 인상적으로 실감 있게 보여주고 있다. 「영영전」의 작가는 오래 전부터 민중 속에서 창조 전승된 '견우와 직녀' 전설의 이야기 형식에 깊은 관심을 돌리고 그 구성조직을 받아들였다[38]고 볼 수 있다.

셋째, 「영영전」에서 막동이의 선은 영영과 김진사 사이의 사랑에 대한 이야기를 전개시키는 데 없어서는 안될 중요한 복선인 동시에 바로 막동이의 선을 통하여 그들의 애정관계에 대한 이야기의 사회적 배경의 폭을 넓히고 있다. 다시 말하여 천하고 불우한 처지에 있는 궁녀 영영의 사랑에 대한 이야기는 이른바 양반사대부들의 '화촉동방'과 같은 한가하고 고답적인 분위기 속에서 엮어진 것이 아니라 당대의 천하고 불우한 사회적 처지에 있는 인간들과의 밀접한 연관 속에서 전개되어 나간다는 것을 보여준다. 즉 이른바 '순수 사랑'에 대한 일화의 좁은 범위에서가 아니라 당대의 사회계급적 관계, 특히 민중과의 관계 속에서 폭을 넓혀 전개시켜 나가려고 하였다는 것을 시사해준다[39]고 해석하였다.

---

37) 김하명, 위의 책, 226-229쪽.
38) 김춘택, 앞의 책, 231-233쪽.
39) 김춘택, 위의 책, 233-234쪽.

　　넷째, 「운영전」에는 풍자희극적인 장면이 별로 나오지 않고 있으나 「영영전」에는 회산군의 사궁 내막을 풍자로 통쾌하게 들춰내 보여주는 장면이 적지 않게 나온다. 우선 오월 보름달 구경놀이에서 돌아오는 회산군의 모습을 보여주는 장면은 무위도식하는 봉건귀족들의 정신도덕적 상태가 얼마나 저조하고 공허한 것인가를 잘 보여주는 풍자적 대목이다. 「영영전」은 회산군의 풍자적 형상을 영영의 깨끗하고 착한 성격적 특성과 대조적으로 보여줌으로써 궁전 안에서 무위도식하며 부화사치한 생활에 파묻혀 있는 봉건귀족들은 달구경과 같은 정서생활도 제대로 하지 못하는 저조한 존재임을 밝히고 있다는 것으로 해석한다. 또 회산군의 부인은 어느 때부터인지는 잘 모르지만 늘 있지도 않은 신이요 영혼이요 하는 것에 유혹당하여 미신을 하늘처럼 믿어왔다. 더군다나 남편인 회산군이 갑자기 죽은 다음부터 그러한 미신은 뼈에 사무치도록 더해갔다. 그녀는 특히 "살아서 사람들에게 은혜를 베풀면 내세에 가서 복을 받는다"는 '유명보응설'에 사로잡혀 매일같이 재산을 탕진해가면서 무당이요 광대요 하는 것들을 끌어들여 굿놀이판을 벌여 놓는다. 그리하여 그때부터 이른바 엄엄한 위세를 뽐내던 회산군의 으리으리한 사궁의 앞뒷마당들은 무당들의 굿놀이판으로 변하고 있었다. 「영영전」에서 "울긋불긋한 비단옷 차림의 옷단장을 한 수많은 궁중시녀들이 주렴을 활짝 거둬 올리고 구경하느라 야단이다"라고 묘사하여 이러한 풍자적 형상을 통하여 있지도 않은 신이요 귀신이요 하는 것에 사로잡혀 기생충적인 생활을 하는 봉건 상층귀족들의 정신도덕적 공허성을 폭로하는 동시에 그들의 부화사치한 생활의 진상을 집중적으로 생동하게 드러내 보여줄 수 있었다.40) 즉 『조선소설사』에서 김춘택은 「영영전」의 전반적인 양상을 놓고 볼 때 주인공 영영의 애정선을 기본으로 하고 거기에 그들의

---

40) 김춘택, 위의 책, 236-238쪽.

애정관계를 가로막는 부정적 역량을 폭로한 풍자적인 양상이 밀접히 결합되어 있다고 분석하였다.

　물론 「영영전」에도 막동이의 형상 창조에서 일정한 제한성이 등장한다. 이 작품에서 막동이는 「춘향전」의 방자와 비슷한 몫을 담당하고 있다. 그런데 「영영전」의 작가는 막동이의 형상 창조에 있어서 진사의 전별놀음 때 술병이나 들고 다니는 그의 행동을 보여주는 정도에서 머물고 있다. 이러한 형상 창조는 작가의 예술적 표현력의 결핍 탓으로만 볼 수 없고, 작가가 천대받는 막동이와 같은 인간을 대하는 데서 아직도 양반계급의 입장을 버리지 못하고 있는 계급적 제한성으로부터 온 것[41]이라고 평가하고 있다.

---

41) 김춘택, 위의 책, 238-239쪽.

북한의 역사인식 변화와 한국문학사 기술

I. 북한의 한국사 시대 구분론

남한과 북한의 역사학자들은 한국사를 바라보는 시각이 다르기 때문에 한국사의 시대구분에 있어서도 확연하게 다른 시각을 보여주고 있다. 특히 근 현대사를 바라보는 역사인식이 매우 다른 것을 사료에서 확인할 수 있다. 아울러 고대사에 있어서도 남한의 역사학자들이 신라와 통일신라를 중심으로 삼국시대의 역사를 정리하고 있다면, 북한은 고구려의 역사를 매우 비중 있게 다루고 있다. 사실 해방 이후 한국사의 시대구분은 북한 역사학계에서 먼저 시작하였다. 그 이유는 북한의 경우, 김일성 집권 이후 공산주의 사관에 따른 사회주의 사회의 역사적 선진성을 체계화하는 것이 시급하였기 때문이다. 물론 북한이 시대구분을 빨리 할 수 있었던 배경에는 월북한 우수한 역사학자들이 많았을 뿐만 아니라 남한과 달리 집단적인 연구와 서술을 할 수 있는 학적인 기반과 체계 때문이었다. 북한은 사회과학원 역사연구소 등을 통해 집체창작과 서술의 형태로 연구가 이루어진 데 반해 남한의 경우, 대학의 역사학과 교수를 중심으로 개인적인 연구의 형태로 이루어졌기 때문에 총체적인 연구 성과를 내는 데 상당한 시간이 필요하였기 때문이다. 특히 해방 직후 월북한 김석형을 비롯한 일부 유능한 역사학자들은 사회주의 국가 건설이라는 콘셉트에 상당한 기대와 희망을 걸었기 때문에 의욕적으로 유물사관에 입각하여 인류 역사의 발전 단계에 대한 기본 틀을 완성할 수 있었다. 그들은 유물사관의 관점에서 '원시공동사회-고대 노예제 사회-중세 농노제 사회-근대 자본주의 사회-현대 사회주의 사회'라는 공식에 의거하여 인류 역사가 일원적·단선적으로 진보·발전한다고 보고, 각국의 역사가 이 단선적인 발전선상의 어느 좌표에 위치하는가에 따라 반전과 정체 여부를 규정[1]했던 것이다. 이러한 작업은 소련에서 먼저 이루어졌고 그 다음 중국, 그리고 북한으로 연속적으로 연구가 이어졌다. 북한에서는 1950년대 말부터 1960년대 초에 걸쳐 고조선·삼국 시대 사회 성격에 대한 토론, 근세사 시기 구분 논쟁 등을 거치면서 연구가 활성화되었다. 이에 비해 남한의 경우 1960년대 말까지 몇몇 개설서 수준의 저술활동에 머물렀다.

하지만 북한의 경우, 김일성 집권 체제의 구축 등 정치적 상황의 변화에 따라 역사적 인식과 시대구분의 잣대가 바뀜에 따라 큰 변화양상을 드러내게 된다. 특히 주체사상의 확립을 전후로 해서 역사서술의 패러다임이 바뀌게 되었고 그에 따라 근현대사의 시점과 종점의 서술에서 큰 변화를 겪게 된다. 또한 1960년대까지는 북한의 시대구분론은『력사과학』등의 학술지를 통해 그 흐름을 파악할 수 있었으나, 1970년대 이후에는 주체사상 확립과정 속에서 어떠한 내부토론의 과정을 통해 시대구분의 틀이 마련되었는지에 대한 명시적인 언급이 없는 것이 특징이다. 북한의 경우 크게 주체사상의 등장 시기와 그 이전의 유물론적 사관에 의한 서술로 시대구분론을 정리할 수 있다.

---

1) 도면회, 「북한의 한국사 시대 구분론」, 한국역사연구회 편, 『북한의 역사 만들기』, 푸른역사, 2003, 59쪽.

1. 유물론적 사관에 의한 시대구분론

　북한의 1950년대 후반 역사학계와 문학계의 연구가 활성화된다. 북한의 역사학계에서 진행된 '시대구분논쟁'은 시대구분의 기본원칙, 기준의 문제와 근대사의 시점 및 종점의 문제였는데, 결국 1962년 사회과학원 창립 10주년을 앞둔 기념회에서 하나의 합일된 결론을 도출해내었다. 우선 '시대구분논쟁'은 크게 두 가지 학설 즉 계급투쟁설(리나영, 장문선, 최기환, 전석담, 박춘성 등)과 사회구성체설(자본주의설: 김희일, 김사억, 박린형, 김맹모 등)2)로 나뉘었다.

　이러한 북한 역사학계의 성과는 김일성이 1956년 이래 '반종파투쟁'을 전개하는 과정에서 "교조주의 형식주의를 퇴치하고 마르크스-레닌주의를 주체적으로 적용할 것"을 제창하고 나서면서 많은 토론 주제들이 설정되고 이 문제를 해결해 가는 과정 속에서 이루어진 것3)이었다.

　북한의 과학원 력사연구소는 1957년부터 역사학계의 10개년 전망계획을 작성하기 시작하여 1959년 초에 완료하였는데, 그 중심문제들은 ① 조국의 평화적 통일과 사회주의 건설에 관한 연구 ② 조선 인민의 혁명전통 및 애국전통에 대한 연구 ③ 우리나라 사회발전의 합법칙성에 관한 연구 ④ 민족문화에 관한 연구 등이었다. 그리고 이 시기에 제기된 연구 주제로는 국가의 형성, 노예제 사회의 존재 유무, 민족 형성, 한국사 시대구분과 각 시대의 사회 성격, 봉건 사회의 토지 소유 형태, 민족문화 유산 , 해방 이전 한국사회의 성격, 부르주아 민족 형성, 민족 부르주아 개념 등4) 한국사의 중요한 주제들이 포함되어 있었다. 이중 시대

---

2) 이병천 편, 『북한학계의 한국근대사 논쟁』, 창작과비평사, 1989, 11-20쪽.
3) 도진순, 「북한역사학계에서 근현대사 시기구분 논쟁과 그 변화」, 『역사와 현실』 창간호, 1989, 156쪽.
4) 력사과학편집부, 「8·15 해방 후 조선력사학계가 걸어온 길」, 『력사과학』, 1960년 4호.

구분과 사회성격 규정은 해방 후 북한 역사학계가 풀어야 할 시급한 과제였으므로, 이 문제가 1950년대 말부터 1960년대 초까지 삼국시기 사회경제 구성에 관한 토론, 고조선 논쟁, 조선봉건사회의 토지 소유 구조에 관한 토론, 근세사 시기 구분에 관한 토론 등으로 정리되었다.

우선 고중세와 근현대사의 시대구분을 집중적으로 살펴보기로 한다. 고중세 시대구분론은 1956년 9월부터 진행한 '삼국의 사회경제구성에 관한 토론'의 성과를 정리한 1957년『삼국 시기의 사회 경제 구성에 관한 토론집』의 간행에서 드러났다. 이 시기 토론에서 우선 한국 역사에 노예제 사회가 존재하였는가를 놓고 크게 노예제론과 봉건제론의 두 견해가 대립되었다. 백남운·림건상·도유호 등은 노예제 사회가 존재했다는 견해를 주장하였으며(이하 노예제론), 김광진·김석형 등은 노예제 사회가 존재하지 않았다는 견해를 주장하였다(이하 봉건제론).

노예제론의 핵심은 마르크스의 역사 발전단계설을 그대로 수용하여 삼국시대를 노예제 사회로 간주하고 신라의 삼국통일 이후를 봉건제 사회로 설정하는 것이다. 단 한국사에 그리스·로마와 같은 고전적 노동 노예제가 존재하지 않았던 사정을 감안하여 삼국시대에는 아시아적 특수성으로서의 가내적―가부장적 노예제가 존재하였고, 당시 총체적으로 예속된 공동체 농민이 모두 그리스·로마의 노예와 동일한 본질을 갖추었다고 주장하였다. 그리하여 원시공산사회 → 노예제사회(삼국시기) → 봉건제사회(7세기 신라통일 이후)의 단계로 발전해갔다는 시대구분론을 주장[5]하였다. 이 논리는 우선 일반적 합법칙성을 지나치게 강조한 공산주의라는 비판을 받았다. 특히 하호·부곡민·일반 농민 등 자기 경영을 보유하고 있는 농민들까지 대체로 노예라고 규정한 데 대하여 노예 개념을 확대 해석하는 오류를 범하였다는 비판이 제기되었다.

---

5) 도면회, 앞의 글, 62-63쪽.

이에 반해 봉건제론은 마르크스의 역사발전 단계설을 수용하되, 역사적 조건과 환경에 따라 노예제 사회를 거치지 않고 직접 봉건 사회로 이행할 수 있다고 한 마르크스의 이론에 방법론적 출발점을 두었다. 즉 삼국 시기에 나타나는 하호와 부곡민 등은 자기의 소경리를 가지고 노비와 동일한 정도로 착취당했으며 국가 사원 및 개인 귀족 영유자에게 일정한 공납을 지불할 의무를 졌으므로 중세 농노의 처지와 같다고 보아야 한다고 하였다. 그리고 이를 뒷받침하는 논리로서 원시사회의 말기의 철기 도입(기원전 3세기)이 생산력 발전을 비약적으로 추동하면서 계급분화를 급속히 촉진시켰고, 그로 인하여 한국 사회는 삼국 시기 초(기원 후 1~2세기)에 노예제를 거치지 않고 곧바로 봉건적 경제 형태로 성장하였으며 공납제도·식읍제도의 발전을 거쳐 봉건제 사회로 발전했다6)고 하였다. 봉건제론은 역사발전 단계가 원시 사회에서 봉건제 사회로 비약할 수 있다는 전제 아래, 한국 사회에서 봉건제의 시점을 기원후 1~2세기로 올렸다는 점에서, 7세기 이후로 비정한 노예제론과 큰 차이가 있다. 그러나 철기 사용이라는 지표만 가지고 삼국 시기 사회 경제 구성이 봉건제적이라고 결론짓는 것은 지나치게 도식적이고 추상적이라는 비판을 받았으며 비노예적 농민이 곧 농노적 농민이라는 해석 역시 너무 무리하다는 지적을 받았다.

대립된 두 견해는 이후 봉건제론의 입장으로 정리되었는데, 이는 교조주의·형식주의를 퇴치하고 주체를 강조하고자 했던 1950년대 후반의 정치적 분위기와 맞물려 나타난 결과로 판단된다. 이러한 입장에 따라 1962년판『조선통사』에서는 삼국 시기를 봉건제 사회로 규정하게 되었다.

한편 고조선에 관해서는 1960년부터 1962년까지 20여 회에 달하는

---

6) 도면회, 위의 글, 63쪽.

학술토론회가 개최되었다. 이때 역시 역사학자뿐 아니라 고고학자·민속학자·국문학자 등이 대거 동원되었고, 그 결과는 1963년『고조선에 관한 토론론문집』에 담겼으며, 주목을 받았던 리지린의 견해는『고조선 연구』(1963)로 정리되었다. 봉건제론은 당초 논리를 전면 부정할 수밖에 없는 상황에 처하게 된다. 봉건제론의 입장에서 삼국 사회를 봉건제로 간주하면 그에 앞서 존재했던 고조선·부여·진국 등은 국가 형태를 취한 이상 원시사회가 아닌 노예제 사회로 규정할 수밖에 없게 되는데, 이는 당초 노예제의 존재를 부정했던 논리와 충돌하게 되는 것이었다. 이 같은 논리적 모순을 미리 간파한 김석형은 이미 삼국 시기 사회성격 논쟁 과정에서 봉건제론을 개진하면서도 노예제론자의 의견을 수렴하여 삼국에 선행한 고조선·부여·진국을 노예제 사회로 규정하였다. 또 리지린의 논리인 곧 고조선 사회는 아시아적 공동체가 파괴되었으나 총체적 노예제의 유제가 강인하게 잔존한 노예제 사회였고 위만조선 이후 점차 봉건사회로 이행해갔다고 보는 견해가 정설로 자리 잡게 된다.

이 같은 논쟁과정을 겪으면서 1960년대 초에 이르면 북한 역사학계의 고중세 시대구분은 원시 사회(구석기·신석기) → 고대 노예제 사회(고조선·부여·진국) → 중세 봉건제 사회(기원 후 1~2세기 삼국)로 정리[7]되었고 1980년대까지 확고하게 유지되었다.

한편 근현대의 시대구분은 계급투쟁설과 사회구성설로 나뉘게 된다. 계급투쟁설의 핵심은 근대=자본주의라는 공식을 전제로 할 때 해방 전 조선사회는 자본주의적 관계가 이식된 식민지반봉건사회이지만, 이 식민지반봉건사회가 시작되는 1876년 개항을 근대사 시점으로 규정해서는 안 된다는 것이다. 이들은 한국 근대사의 가장 본질적인 특수성은 민족해방투쟁이므로 근대사의 시점은 조선 인민과 외래 자본주의 침략자

---

7) 도면회, 위의 글, 64-65쪽.

와의 민족적 모순, 반침략 투쟁이 시작되는 1860년대 중반이 되어야 한다고 주장하였다. 대표적인 이론가로는 이나영·장문선·최기환·박춘성·전석담 등이 있다. 이러한 계급투쟁설은 "응당 계급투쟁의 표현을 시기 구분의 기준으로 삼아야 한다"고 하면서도 "과거에 반식민지 또는 식민지였던 우리나라의 경우에는 특히 민족운동의 표현을 가장 중요한 표징으로 삼아야 한다"고 하여 시기 구분의 기준을 민족운동으로 슬쩍 바꾸고 있는 점이다. 또 식민지하 자본주의의 이식과 발전은 전적으로 일본 제국주의에 의한 침략과 약탈 수단이므로 이 측면을 중심으로 시대 구분을 해서는 안 되고 침략당한 한국민의 주체적인 투쟁 측면에 중점을 두어 시대구분을 해야 한다고 주장하였는데, 이는 유물사관이 아니라 민족주의 사관의 논리8)라고 할 수 있다.

이에 대립하여 사회구성설은 근대사는 자본주의 시기에 상응하지만 조선에서는 자본주의가 자주적으로 발전되지 못하고 이식되었으므로 조선의 봉건적 문화를 깨뜨리고 자본주의가 들어온 1876년 강화도조약이 근대사회(반봉건반식민사회)의 기점이 된다고 하였다. 이 때문에 이 시기가 우리나라에 있어서 부르주아 민족의 형성 시기-진보적인 민족혁명의 시기, 반침략반봉건투쟁의 시기-를 열어놓았다고 하였다. 사회구성설을 주장한 이론가로는 박린형·감사억·김희일 등이 있다. 이러한 사회구성설은 유물사관에 부합할 뿐 아니라 몇 년 앞서 소련에서 전개된 '봉건사회의 기본법칙'에 관한 논쟁의 결론과도 유사하다.9) 그럼에도 사회구성설은 당시 북한의 정세상 취약점을 지니고 있었다. 무엇보다 치명적인 약점은 일제로부터 해방된 지 10여 년밖에 되지 않은 시점에서 외래 자본주의의 규정력을 시대구분 기준으로 설정한 점이다. 즉 개항을 근대사의 시작으로 보는 것은 동아시아에 대한 유럽인들의 시각이며, 나

---

8) 도면회, 위의 글, 65-66쪽.
9) 도면회, 위의 글, 67쪽.

아가 일제가 한국 역사를 바라보는 기본 관점이었다. 일제시기에 나온 일본인들의 연구는 외래 자본주의, 특히 일본에 의한 개항을 한국 근대사의 시점으로 설정하고 있었다. 따라서 사회구성설은 주체적 입장을 강조하고 8·15 해방을 김일성 등 항일무장투쟁세력의 성과로 돌리는 당시 분위기에서 정치적으로 불리한 입장에 놓일 수밖에 없었을 것이다.

그리하여 과학원 력사연구소 근세 및 최근세사연구실은 1962년 8월과 9월 최종 토론을 거쳐 1876년 강화도조약 체결과 1866년 반침략투쟁을 분리할 수 없는 통일적 과정으로 보면서 1866년을 근세사의 시점으로, 1945년 해방을 근대사의 종점으로 설정한다는 결론을 내렸다. 또 근현대사의 시대 구분을 위한 실증적인 연구에 돌입했는데, 중요한 연구로 1959년에 열린 「부르주아 민족운동에 관한 과학토론회」에서 갑신정변은 사회발전의 합법칙성에 조응한 애국적·진보적인 부르주아 개혁운동이라는 결론이 내려졌다. 또 주목되는 연구로 1970년 『조선에서 자본주의적 관계의 발생』과 1973년 『조선에서 자본주의적 관계의 발전』이 있다. 이러한 연구결과 북한 역사학계는 조선 사회가 갑신정변 전후 급격히 자본주의적 발전을 이루었지만, 1894년 청일전쟁과 갑오개혁 좌절 이후 정상적인 발전을 저지당하면서 식민지적 성격을 띠게 된다고 하였다. 그리고 1905년 이후 일제에 의하여 식민지반봉건 사회구조가 형성되어 1920년대 이후 강화되어 간다고 정리하였다. 즉 일제에 의하여 내재적 발전의 좌절과 왜곡이 진행되었다[10]는 것이다.

2. 주체사관에 의한 시대 구분론

한편 주체사상이 확립된 이후 고중세 시대 구분론은 진전이 없었다가

---

10) 도면회, 위의 글, 68-70쪽.

1980년대 후반 이후 허종호의 글로 정리된다. 그에 의하면 세계 역사상 노예 소유자 사회의 토지 소유는 노예제의 특성에 따라 고대 동방적 토지 소유와 희랍·로마식의 고전적 노예제 사회의 토지 소유로 구분된다고 주장한다. 그는 이 두 가지 토지 소유의 특징을 각각 정리한 후 한국 사상 고대의 토지 소유는 고전적 노예 소유와는 현저한 차이를 보이며 고대 동방적 토지 소유에 더 가까웠으나, 토지 사유제가 엄연히 존재하였다는 점에서는 고대 동방과 근본적으로 구별되고 고전적 형태와 어느 정도 유사하다고 하였다. 즉 한국 고대사회의 특성을 토지 사유제를 포함하는 고대 동방적 토지 소유라고 정리하였으며 고조선·부여·진국 등을 노예제 사회로 규정했다.

조선조의 봉건사회에 대해서도 허종호는 이론을 전개하였는데, 조선을 비롯한 아시아형 봉건사회의 조숙성·선진성을 주장하였다. 그는 인류역사에는 아시아형과 구라파형의 봉건사회가 있는데, 아시아형은 전제군주의 중앙집권적 정치구조와 지주적 토지 소유에 기초한 사회이고, 구라파형은 분권적 정치구조에 영주적 토지 소유가 지배한 사회라고 대별하였다. 구라파형 봉건사회는 거의 예외 없이 상당히 오랜 기간 정체되고 지주적 토지 소유도 대개 봉건 말기 곧 근대의 여명기에 발생한 데 비하여 조선의 봉건사회는 첫 시기에 영주적 토지 소유 요소가 극복되고 지주적 토지 소유가 봉건적 토지소유의 지배적인 자리를 차지하였다는 점에서 매우 일찍 봉건제가 발전하였다고 주장하였다. 그리고 이처럼 일찍이 봉건적 제 관계가 발전하였던만큼 이질적이고 대립적인 것에 대한 봉건적 억압과 질곡이 강하였으며, 따라서 봉건 사회 안에서의 자본주의적 관계의 발생과 산업혁명의 가능성이 유린되었다[11]고 하였다.

---

11) 도면회, 위의 글, 74-75쪽.

북한 역사학계에서 주체사상이 확립된 이후 크게 달라진 것은 근현대사의 시점과 종점이다. 근대사는 "외래 자본주의 침략을 반대하고 민족적 자주권을 고수하며 력사 발전에서 멀리 뒤떨어진 봉건제도를 청산하기 위한 반침략반봉건투쟁으로 일관되었다. 조선의 근대 력사는 사회정치적 및 계급적 내용으로 보아 부르주아 민족운동의 성격을 띠고 있었다"고 정리한 후 그 시기는 1860년대 조선 인민의 반침략투쟁이 시작된 때로부터 3·1운동까지로 설정하였다. 이와 함께 1860년대 투쟁 중 제너럴 셔먼호 사건이 일어났을 때 인민 투쟁의 지도를 맡은 인물로 김일성의 증조부인 김응우가 부각되었다. 이에 비해 현대사에 있어서는 "자주시대 인민대중의 투쟁력사이고 현대력사는 로동계급을 비롯한 근로인민대중이 위대한 수령의 령도 밑에 참다운 투쟁강령과 조직을 가지고 자주성을 위한 투쟁을 벌여나감으로써 창조되게 된다. 따라서 로동계급의 위대한 수령의 출현과 혁명활동의 개시는 현대사의 서막을 올리는 시초로 되게 된다"라고 하여 김일성의 타도제국주의 동맹(소위 ㅌ.ㄷ동맹) 결성을 현대사의 시점으로 규정하였다. 이러한 도식에 의거하여 3·1운동 이후 1926년 김일성의 'ㅌ.ㄷ동맹'이 결성되기까지는 부르주아 민족운동에서 반제반봉건 민주주의 혁명운동으로 발전해가는 과도기로 설정되었고, 이 과도기를 주도해간 인물로 김일성의 부친인 김형직이라고 서술하고 있다. 또 1962년의 토론 총화에서는 1860년대~1945년까지를 '식민지반봉건사회'로 규정했던 데 반하여 주체사상에 근거해 집필한 최윤규의 『근현대 조선경제사』에서는 1876~1894년을 자생적 자본주의의 발전기, 1894~1910년을 식민지반봉건사회로의 전락기, 1910~1945년을 식민지반봉건사회의 강화 확대시기로 설정하고 있어 사회성격 규정이 세분화되고 구체화되었음[12]을 확인해주고 있다. 또 사회운동의 성

---

12) 도면회, 위의 글, 76-78쪽.

격 규정도 주체사상 이후에는 다르게 보고 있다. 1926년 이전을 근대=부르주아민족운동기로, 1926년 김일성의 '트.ㄷ동맹' 결성 이후를 현대=반제반봉건 민주주의혁명운동기로 설정하고 있다.

Ⅱ. 카프문학 중시에서 항일혁명문학 위주로

1. 실학파에 대한 긍정적 인식

북한학계의 사상사 연구를 분석해보면, 1979~1980년에 나온『조선전사』를 보면 15세기는 권근의 객관적 관념론 철학의 반동사상과 김시습의 유물론적 기철학의 '어진 정치'를 대비하여 서술하였고, 16세기는 서경덕의 진보적 기 일원론·이황의 반동적 이 일원론·이이의 진보적이지만 절충적이기도 한 이기이원론을 대비하여 서술하였으며, 17세기는 진보적 철학자인 실학의 선구자 이수광·장유·윤휴와 반동적 철학자인 송시열을 대비하여 서술하였다. 18~19세기는 철학사상과 별도로 실학사상 항목을 두어 사회개혁론 부분을 집중 서술하였는데, 그 중 18세기 실학 사상은 성호학파와 북학학파로 구분하여 소개하고, 이밖에도 류수원·이긍익·이종휘·한치윤·신경준·위백규 등을 실학자로 인정하였다. 서술방식은 정치·경제·교육·국방·과학과 기술로 나누어 종합적으로 서술하였으며 철학사상은 진보적 계층의 전기 실학사상으로서 유물론적 사상을 내놓은 이익·기 철학자 임성주·자연과학자 홍대용·진보적(유물론적) 철학자 박지원을 중심으로 서술하였다. 한편 19세기는 진보적 계층의 후기 실학 사상으로서 부르주아 철학 발생에 영향을 준 정약용―이규경―최한기를 집중적으로 서술하였다.[13]

주체사상 이후에 최근에 집필된 15권으로 구성된『조선문학사』4권과

5권은 임병양란 이후의 봉건사회의 혼란스러운 사회상을 사실적으로 묘사한 17~18세기 문학의 등장을 집중적으로 서술하고 있다. 17세기를 주로 다룬『조선문학사』4권의 경우 임진왜란 이후의 사회경제적 변동을 길게 서술한 후에 실학사상의 등장과 예술분야에서의 사실주의적 창작기풍이 나타난 것을 특징으로 다루고 있다. 시문학에서는 반침략애국투쟁 주제의 국문시가가 등장한 사실을 서술하고, 박인로의 노계가사와 권필의 현실비판시 그리고 윤선도의「어부사시사」의 중요성을 서술하고 있다. 소설문학에서는 임병양란 후에 쏟아져 나온「임진록」·「박씨부인전」·「임경업전」의 군담소설류 등과「임꺽정전」등의 개혁지향을 반영한 소설, 그리고「운영전」등의 애정윤리 주제의 소설의 등장의미를 비중 있게 서술하고 있다. 또 개별작가로는「홍길동전」으로 대표되는 교산 허균의 문학과 서포 김만중문학의 위상과 가치에 대해 별도 항목을 두어서 설명하고 있다.

18세기를 주로 다룬『조선문학사』5권은 18세기의 사회문화적 환경을 17세기 후반기 이후로 상품화폐경제의 장성과 함께 농업, 상업, 수공업 등 경제 분야에서와 계급관계에서 일어난 새로운 변화들은 18세기에 와서 더욱 뚜렷한 경향을 이루고 급속히 발전하였다고 파악하고 있다. 따라서 봉건적 관계는 정치, 경제, 문화의 모든 분야에서 근본적으로 뒤흔들리기 시작하였다는 것이다. 18세기 후반기에 이르러 상품화폐경제가 발전함에 따라 봉건국가에 의한 토지매매의 제한과 통제는 실질적으로 효력을 나타내지 못하게 되었다는 것이다. 종전과 같이 농민들에 대한 강탈과 함께 토지의 매점과 개간에 의한 대토지의 사유화가 촉진되고 새로 치부한 일부 상인들의 지주화도 진행되었다고 파악하였다. 18세기 후반기에 이르러 수공업과 상업은 더욱 발전하는 동시에 임금노동

---

13) 박광용,「북한의 사상사 연구동향」, 한국역사연구회 편,『북한의 역사 만들기』, 푸른역사, 2003, 144쪽.

자의 고용에 의하여 광산이나 염전을 경영하는 자본주의적 생산방법의 맹아적 형태도 출현하였다는 것이다. 상품화폐경제의 발전에 따라 봉건관료들과 양반지주들의 치부욕이 더욱 조장되고 농민을 비롯하여 상인과 수공업자들에 대한 착취는 더욱 강화되었다. 관리들의 부패타락은 극도에 이르고 조세 명목으로 진행된 소위 전정, 군정, 환정을 통한 협잡은 공공연하게 진행되었다. 게다가 낮은 생산기술은 주기적으로 오는 한재와 수재 같은 자연재해를 막을 길이 없었다. 따라서 살길을 잃고 방황하는 유민들이 해마다 늘어갔다. 이러한 사회경제적 조건들은 인민들을 계급적으로 각성시키는 계기로 작용했다[14]고 기술하고 있다. 이러한 사회적 환경 속에서 봉건왕조는 복고적 문화정책을 폈으며 선진적인 실학사상이 새롭게 발전했다고 진단하고 있다. 우선 봉건왕조는 당대의 계급투쟁에서 양면정책을 썼다는 것이다. 특히 18세기의 거의 전 기간에 왕위에 있었던 영조(1725~1776), 정조(1777~1800 재위)는 왕권을 공고히 하고 중앙집권적 봉건체제를 강화하기 위한 일련의 시책을 궁구하였다. 봉건왕조는 우선 인민들의 반봉건투쟁을 반대하였으며 다른 한편으로 하나의 당파에 권력이 집중되는 것도 반대하였다. 이로부터 봉건왕조는 첨예한 사회적 모순을 일정하게 완화시키기 위한 일련의 시책을 강구하였다. 그들은 한편으로 탕평책을 써서 각파를 다 등용하는 형식을 취하면서 극반동보수파들의 지나친 행동을 일정하게 억제하였으며 인민들의 요구에 대해서도 일정하게 양보하였다. 이들은 투쟁에 궐기한 인민들을 기만하기 위하여 균역법을 실시하고 신포법을 개정하는 등 조세제도의 개혁을 실시하였다고 파악하였다. 한편 북한사가들은 실학사상에 대해서 선진적인 개혁사상이라고 높이 평가하고 있다. 실학사상가들은 자기 조국과 인민의 운명에 대하여 깊은 관심을 가지고 자기 나라

---

14) 김하명, 『조선문학사』 5권, 과학백과사전출판사, 1994, 6-7쪽.

의 역사, 지리, 경제, 문화 특히 인민생활의 현실적 문제들을 깊이 연구하였으며 일련의 개혁안을 제기하였다고 본다. 그들은 완전히 교조로화한 주자성리학의 공리공담에 실사구시의 방법을 대치시켰다. 그들은 사실에 의하여 실증되지 않는 일체의 미신과 신비론을 부인하고 반대하였으며 실증실용, 이용후생의 구호 밑에 나라의 부강발전과 인민생활을 위하여 실천적 의의가 있는 학문의 연구를 주장하였다[15]고 파악하였다.

이러한 사회경제적 환경변화에 따라 평민시인들의 시조와 가사문학이 많이 출현하였으며, 국문소설에서는 구전설화에 토대한 국문소설인 「장화홍련전」 등과 판소리소설들 「심청전」, 「홍보전」 등과 우화소설이 창작되었다고 서술하고 있다. 그 외에도 민족의 고전인 「춘향전」과 연암 박지원문학을 비롯한 실학파문학 등이 쏟아져 나왔다고 분석하고 있다.

『조선문학사』 7권은 19세기 후반부터 20세기 초는 우리나라에서 근대문학이 발생발전하기 시작한 역사적 시기로 기술하고 있다. 이 시기 근대문학의 발생발전은 인민대중의 반봉건투쟁의 급격한 앙양과 외래침략자들을 반대하는 반침략애국투쟁의 강화 그리고 개화사상의 대두와 애국문화운동의 활발한 전개 등 역사적인 환경 속에서 이루어졌다고 파악하고 있다. 이 시기는 수공업, 농업 특히 광업이 발전하여 상품생산이 이전 시기보다 더욱 늘어났으며 생산력과 사회적 분업이 발전함에 따라 상업과 내외무역이 활발해졌다. 이 시기에 또한 봉건적 신분제도에서도 커다란 변화가 일어났다. 19세기 중엽에 이르러서는 노비제도가 거의 없어지게 되었으며 대부분의 농민들은 몰락하여 지주의 소작인으로 되어 사실상 노비와 농민간의 신분상 차이는 없어졌다는 것이다. 그리고 종래의 양반들 가운데서 몰락하는 자들이 늘어나는 반면에 재부를 축적한 상인들이 나타났다고 분석하고 있다. 북한의 사가들이 가장 두드러

---

15) 김하명, 위의 책, 8-12쪽.

지게 파악하고 있는 것이 농민들의 봉기와 사회경제적인 변화양상이라고 할 수 있다. 그것은 역시 주체사상이 등장하기 전부터 북한학자들의 역사인식의 핵심이 마르크스－레닌주의 사상이라는 유물사관에 바탕을 두고 있기 때문이다. 1862년의 진주농민폭동을 비롯하여 푹천(1864년), 온성과 철원(1868년), 광양과 고성(1869년), 녕해와 문경(1871년) 등 각지에서 연이어 일어난 농민들의 투쟁은 봉건통치배들에 대한 쌓이고 쌓였던 원한과 울분의 폭발로서 봉건통치체제의 붕괴를 더욱 촉진시켰다[16]고 사료를 제시하고 있다.

특히 북한사가들은 김일성의 교시를 제시하면서 1866년 대동강에 진입했던 미국의 화물선 샤면호가 김일성의 증조부인 김응우가 지휘한 평양인민들의 투쟁에 의해 격침시켰다고 과장해서 기술하면서 반미, 반제국주의 투쟁을 강조하고 있다. 주체사관 형성 이후 이러한 샤면호 격침 사건을 근대사의 기점으로 삼으며 김일성 가계의 영웅성을 부각시키는 것이 특징이다. 샤면호 사건 이후에도 병인양요, 신미양요를 묶어서 기술하고 있으며 갑신정변을 우리나라 최초의 부르주아개혁운동으로 추켜세우고 있다. 그 후에도 우리 인민들은 끊임없이 계속되는 자본주의 열강들의 침략을 받았으나 그때마다 용감히 떨쳐 일어나 투쟁에 궐기함으로써 1866년에는 프랑스 침략자들을 격퇴(병인양요)하였고, 1871년에는 또다시 침입해온 미국 해적선을 격퇴(신미양요)하였다.

그러나 미제는 우리나라에 대한 침략야망을 버리지 않고 1882년에는 무능한 봉건지배층과 조미조약을 체결하고 소위 미제공사의 뒤를 따라 수많은 상인과 선교사들을 침략의 전초병으로 들여보내기 시작하였다고 설명하고 있다. 또 1873년에 대원군을 몰아내고 정권을 장악한 민비 일당은 반인민적 정책을 계속하면서 도발적인 운양호 사건을 구실로 위협

---

16) 류만·리동수, 『조선소설사』 7권, 과학백과사전출판사, 2000, 4-5쪽.

하여 온 일제와 불평등적인 조일수호조규(강화도조약)를 체결하고 문화를 개방하는 매국적 행위를 감행[17]하였다. 이렇게 반미와 반일에 대해서는 북한학계가 날을 세워 비판적으로 서술하고 있는 것이 특징이다. 그 이유는 김일성 주석의 항일투쟁 이미지와 김정일 국방위원장의 반미투쟁의 이미지를 강화하려는 의도로 보여진다.

2. 갑신정변과 갑오농민전쟁에 대한 긍정적 서술

이에 비해 갑신정변과 갑오농민전쟁은 다음과 같이 긍정적으로 묘사하고 있다. 1882년 애국적 군인들의 폭동, 1884년 우리나라 최초의 부르주아개혁운동으로서 부르주아민족운동의 새로운 발전단계를 열어놓은 갑신정변, 일제침략자들과 그에 투항굴종한 사대통치배들에게 심대한 타격을 주고 조선인민의 열렬한 애국심과 강의한 민족적 기개를 크게 시위하였으며, 조선에서 근대화운동을 힘있게 추동한 1894년의 갑오농민전쟁 등은 이 시기에 벌어진 대표적인 반침략반봉건투쟁이었다[18]고 서술하고 있다.

이러한 역사적 배경 속에서 문학활동도 현실에서 뿌리를 맺으면서 성장하고 있었다. 우선 북한의 『조선문학사』는 당시 인민대중을 애국적인 민족정신으로 계몽각성시키고 고무하는 데 큰 역할을 한 대표적인 애국문화운동의 선구자로 리기(1848~1909), 유길준(1856~1944), 박은식(1860~1926), 장지연(1864~1921), 신채호(1880~1936) 등을 제시하고 반일의병투쟁을 했던 의병장들의 노래들인 류린석의 「세상을 걱정하여」, 「의병들에게」, 「5적과 7적을 저주한다」, 최익현의 「이 몸을 일으켜서」, 전해산의 「옥중에서 읊노라」, 안중근의 「만세가」 등을 의병장들의 숭고

---

17) 류만·리동수, 위의 책, 5-6쪽.
18) 류만·리동수, 위의 책, 6쪽.

한 사상감정을 담아 반침략반봉건 애국적 문학의 높은 경지를 실증[19]해 주고 있다고 극찬한다.

『조선문학사』는 19세기 후반기~20세기 초 문학의 '시가문학'에서 크게 네 가지로 분류하여 기술하고 있다. 1) 반일의병투쟁을 반영한 시가문학(농민투쟁을 반영한 구전가요와 반일의병가요/반일의병장들과 애국적 시인들의 한자시문학), 2) 새로운 시대상 반영의 가사와 시조, 3) 애국문화계몽에 대한 지향과 창가, 4) 새로운 시대사조의 도입과 신체시로 구분하여 설명하고 있다. 서술상의 특징으로는 『조선문학통사』에서는 최남선을 언급하되 비판적인 시각에서 다루었던 것을 주체사관 형성 이후에 간행된 5권의 『조선문학사』 2권(박종원, 류만, 최탁호, 1980)에서는 아예 언급을 피하고 있다는 점이다. 그런데 다시 김정일 시대를 대표하는 류만과 리동수의 『조선문학사』(2000)에서는 최남선을 자세하게 언급하되 제한성에 대해 신랄하게 비판하고 있는 점이 달라진 서술태도라고 할 수 있다. 또 『조선문학통사』에서는 근대시의 형성과정을 창가 → 자유시 정도로 파악했던 것을 『조선문학사』(2000)에 와서는 가사 → 창가 → 신체시 → 자유시로 세분하여 설명하고 있는 것이 주목된다. 이러한 시가문학의 발전과정에 대한 상세한 기술은 남한문학사를 읽고 그 업적을 어느 정도 반영한 것으로 파악된다.

3. 최남선문학에 대한 장단점 서술

최남선에 대해 『조선문학사』(2000)는 김정일 국방위원장의 교시를 다음과 같이 언급하면서 신체시의 업적과 제한성에 대해 서술하고 있다.

---

19) 류만·리동수, 위의 책, 12쪽.

최남선에 대하여 말한다면 그가 초기에 우리나라 민족시가 발전에 기여한 새로운 형식의 시를 창작한 사실을 긍정적으로 평가하여야 한다. 최남선의 시는 새로운 시대사조를 받아들여 사람의 눈을 틔워주고 새 시가형식을 개척하는 데 일정한 기여를 한 것만큼 그의 초기작품에 대하여 문학사에서 취급하는 것이 옳다.

— 『김정일선집』 12권, 389쪽

류만 등의 『조선문학사』는 최남선이 1908년에 잡지 『소년』을 창간하고 거기에 시 「해에게서 소년에게」를 발표하였으며 이 시가 신체시의 첫 작품으로 되었다고 그 공적을 인정하고 있으며, 국권회복과 사회적 진보를 위한 새 시대의 담당자인 소년들의 힘과 역할에 대한 고취, 소년들에 대한 기대와 깨우침, 소년들의 자각과 분투, 미래에 대한 호소 등은 신체시의 주되는 사상적 지향으로 되었다고 서술하고 있다. 그러나 신체시는 그 창작자들의 사회계급적 제한성과 부르주아 민족주의자로서의 취약성으로 말미암아 그 시적소재는 자연에 의탁되고 주제사상은 인성학적인 '도덕적 교훈'을 위주로 하는 경향에서 벗어나지 못하였다. 특히 최남선은 일제의 탄압이 날로 더욱 강화됨에 따라 1920년대 후반기에 와서 조선총독부의 조선사편수위원회 위원, 중추원 참의 등을 지내면서 일제의 식민지통치에 협력하는 길에 들어섰으며 조선청년학생들을 일제의 침략전쟁에 내모는 순회강연을 하는 등 조국과 민족 앞에 씻을 수 없는 죄악을 저질렀다고 비판[20]하고 있다.

4. 이인직 · 이광수의 복권과 제한성 비판

1910년대 소설문학에서 신소설을 언급하되 이인직을 배제하고 이해

---

20) 류만 · 리동수, 위의 책, 56-60쪽.

조 위주의 서술태도를 견지하던 북한문학계는 김정일 시대를 대표하는 『조선문학사』 7권(2000)에서는 이인직을 다시 등장시키되 그 제한성을 비판하였다. 또 애국계몽기의 신채호와 이광수 문학을 언급하되 이광수의 경우, 그 제한성을 비판하고 있다. 근대문학사에서 이인직과 이광수를 복권시킨 것에 대해 반드시 교시를 통해 김정일 국방위원장의 광폭정치의 일환으로 간주하는 서술태도를 취하고 있는 것이 특징이다. 우선 우리나라에서 신소설의 첫 작품으로 1906년에 발표된 이인직의 「혈의 누」를 제시하고 이 시기 신소설들은 그 주제사상적 내용에서 주로 당시 현실생활의 이러저러한 측면들을 소재로 하여 독립자주, 민권옹호, 내수외학, 문명개화 등 근대사회에로의 지향과 개화사상을 고취하는 데 기본을 두었다고 그 의의를 인정하였다. 이렇게 이인직을 복권시킨 것을 김정일의 교시를 통해 다음과 같이 설명하고 있다.

> 우리는 일제의 식민지민족문화말살정책으로 말미암아 인멸되었거나 파묻혀 있는 문학작품을 더 많이 찾아내야 하며 작가와 작품을 우리나라 문학사와 예술사 발전의 견지에서 정확히 평가하여야 한다.
> 우리는 이러한 립장으로부터 출발하여 오래전에 리해조와 같은 작가뿐아니라 21세기 초에 신소설을 개척하는 데서 선구자 역할을 한 작가 리인직을 문학사에서 취급하여 그의 작품을 조선문학선집에도 놓도록 하였다.
>
> — 『김정일선집』 12권, 388쪽

류만 등은 『조선문학사』(2000)에서 이인직 이외에도 이해조와 김교제, 안국선, 최찬식 등의 신소설의 위상과 가치를 상세하게 서술하고 있다. 또 1910~1926년대 문학(1) 제2장 일제식민지통치하의 사회현실을 비판하고 애국독립에 대한 지향을 반영한 문학에서는 착취시대의 모순을 파헤치고 사회악에 대한 불만을 보여준 소설작품으로 현상윤의 단편 「한의 일생」(1914년), 걱정없을이의 「절교의 서한」(1916년), 양건식의 「슬픈 모순」(1918년) 등과 이광수의 장편『개척자』그리고 신채호·현진건·나도향문학을 거론하고 있다. 이러한 서술태도는 김일성의 교시를 통해 이광수를 매국노로 비판하였던『조선문학사』(19세기 말~1925/1980년)와는 판이하게 달라진 양상이라고 할 수 있다. 그 중심에는 역시 다음과 같이 김정일 위원장의 '통큰 정치'와 예지를 홍보하려는 의도가 엿보인다.

> 장편소설『개척자』를 비롯한 리광수의 초기소설들은 1910년대의 우리나라 소설문학의 대표작으로서 당대의 사회악에 대한 불만이 일정하게 반영되어 있다.
>
> — 『주체문학론』, 83쪽[21]

> 리광수는 감옥에서 나온 혁명가들을 모욕하는 내용의 작품『혁명가의 안해』라는 소설을 썼습니다. 리광수는 또 조선사람은 일본제국주의자들과『동조동근』이라고 떠벌이던 놈입니다.
>
> — 『사회주의문학예술론』, 77쪽[22]

여기에 잘 나타나 있듯이 이광수에 대한 평가에서 김정일과 김일성의 인식이 얼마나 다른가를 알 수 있다. 김정일 시대를 대표하는『조선문학사』(2000년)는 이광수 문학의 위상을 인정하되 그 한계를 분명하게 비판하는 서술태도를 견지하게 될 것임을 보여준다. 이유는 잘 알 수 없지만 최남선에 비해 이광수의 친일행적에 대해 비판을 가하지 않은 것은 의아한 점이라고 할 수 있다.『조선문학사』(2000년)는 장편소설『개척자』를 쓰기 전에 장편소설『무정』(1917년)을 내놓았는데 이 작품에서는 청

---

21) 류만·리동수, 위의 책, 129쪽.
22) 박종원·최탁호·류만,『조선문학사』(19세기 말~1925), 평양, 과학백과사전출판사, 1980, 179쪽.

년들의 사랑과 연정에 대한 이야기를 다루면서 신문명에 대한 청년들의 이상과 시대적 기분을 보여주었다고 평가하고 있다. 부르주아 계몽주의 사상에서 경향을 같이하고 있지만 『무정』보다 뒤에 창작된 장편소설 『개척자』(1918년)는 『무정』의 약점을 적지 않게 극복하고 낡은 봉건도덕에 저항하는 신시대의 윤리, 개성적 자유와 해방에 관한 사상을 표현하면서 당대의 사회악에 대한 불만을 일정하게 반영하였다고 긍정적인 평가를 내리고 있다. 하지만 작품에는 과학기술을 습득하고 발전시키는 것을 나라의 독립과 문명개화를 위한 기본방도로 내세우고 여성의 인격문제, 자유로운 사랑과 결혼이 '신시대'의 근본문제인 것처럼 제기한 것, 그리고 형상에서의 생활적 진실의 빈약 등 작가의 세계관적 제한성으로부터 오는 일련의 부족점이 있다[23]고 제한성에 대한 언급을 하고 있다.

류만·리동수의 『조선문학사』(2000년)는 이전의 진보적 낭만주의 문학 → 비판적 사실주의 문학 → 프롤레타리아문학 → 항일혁명문학(사회주의적 사실주의 문학)으로 사실주의 문학발전론을 전개하였던 것에 비해 식민지통치하의 사회현실 비판과 애국독립에 대한 지향을 반영한 문학(비판적 사실주의 문학을 일부분으로 포함시킴) → 초기 프롤레타리아 문학 → 항일혁명문학(김형직·강반석의 혁명시가) 으로 세분화하고 있는 것이 특징이다.

5. 비판적 사실주의 문학

『조선문학사』 7권(2000년)은 「생을 구하는 마음」(1922년), 「광란」(1925년), 「흙의 세례」(1925년), 「위혁의 채찍」(1926년), 「쫓겨가는 이들」(1926년) 등의 단편소설을 발표한 이익상(1895~1932)과 단편소설 「서기생활」

---

23) 류만·리동수, 앞의 책, 130-131쪽.

의 송순일(1902~1950)의 소설문학을 거론하되 별도 항목의 제목에는 현진건과 나도향을 제시하고 있다. 시에서는 조국애의 한용운과 향토적 서정과 민요풍의 시의 김소월, 그리고 착취사회의 모순을 폭로비판한 시 문학으로 월파생의 「가을 한숨」(1920년), 한사배의 「직공의 탄식」(1921년), 월양의 「겨울은 왔는가」(1922년), 노초생의 「비 내리는 빈촌」(1922년)을 나열하고 있다.

현진건(1900~1943)의 경우, 1936년 일장기말살사건으로 일제경찰에 체포되어 감옥생활을 강요당한 이후 의분에 겨워 일체 창작활동을 그만두고 가정에 파묻혀 있다가 42살을 일기로 죽었다고 그의 전기를 소개하고 1926년 '조선혼과 현대정신의 파악'을 인용하여 "조선문학인 다음에야 조선의 땅을 수고로운 모방에서 한 걸음 뛰쳐나와 차근차근하게 제 주위를 관조하고 고요하게 제 심장의 고동하는 소리를 들을 제 이것이야말로 우리 문학의 운명인 줄 깨달을 수 있을 것이다"라고 쓴 바와 같이 비현실적인 창작태도를 배격하면서 좀더 주위를 관조하고 심장의 고동소리를 듣는, 말하자면 현실에 발을 붙이는 거기에 참다운 문학의 길이 있음을 주장해나섰다고 강조하고 있다. 이러한 현진건의 세계관과 문학관은 현실비판적 경향이 두드러지게 나타났다고 서술하고 있다. 현진건의 작품들 중 「빈처」, 「술 권하는 사회」, 「피아노」, 「고향」, 「동정」, 「운수 좋은 날」 등을 거론하면서 이들 중 「동정」과 「운수 좋은 날」은 최하층 인간들이 당하는 가난과 불행을 통하여 착취사회의 반동적 본질을 까밝히고 착취사회에 대한 울분과 원한을 보여주었기 때문에 의의 있는 사회적 문제 제기와 높은 예술적 형상으로 하여 작가의 비판적 사실주의 계열의 단편소설 가운데서 대표적인 작품24)으로 평가할 수 있다고 언급하였다.

---

24) 류만·리동수, 위의 책, 142-147쪽.

나도향(1902~1926)은 현진건과 함께 우리나라 비판적 사실주의 문학을 대표하는 작가의 한 사람이라고 평가한 다음 그의 단편들인 「청춘」(1922년), 「환희」(1922년), 「젊은이의 시절」, 「별을 안거든 울지나 말걸」, 「옛꿈은 창백하더이다」 등의 초기작품과 「17원 50전」, 「행랑자식(1923년), 「자기를 찾기전」, 「벙어리 삼룡이」(1925년), 「전차차장의 일기 몇 절」, 「계집하인」 등의 가치를 거론하고 있다. 그중 「벙어리 삼룡이」를 높이 평가하면서 주인공 삼룡의 형상은 단편소설 「물레방아」에서의 방원의 형상과 더불어 자주적인 인간의 권리와 자유를 옹호하는 성격으로 창조되었다는 점에서 의의를 가진다고 가치를 인정하면서 나도향의 소설은 현실적 모순에 대한 비판이 가난하고 천대받는 사람들에 대한 뜨거운 동정와 그들의 인간적 존엄성을 옹호하려는 인도주의적인 열정과 결합되어 있는 특성을 보여주고 있어 주인공들의 항거는 단순히 삶, 생존을 위한 항거라기보다 그 근저에는 짓밟히는 인간적 존엄을 찾고 지키려는 지향이 안받침되고 있어서 비판적 사실주의 계열의 다른 작품들에 비하여 나도향의 소설이 가지는 특성의 하나가 여기에 있다[25]고 높은 평가를 내리고 있다.

한편 시문학의 경우, 망국의 슬픔과 조국애를 노래한 시문학으로 한용운과 신채호의 문학을 제시하고, 향토적인 서정과 민요풍의 시로 김소월의 시를 거론하며, 착취사회의 모순을 폭로비판한 시문학으로 월파 생과 한사배 등의 시를 나열하고 있다. 우선 류만 등의 『조선문학사』(2000년)는 이 시기 시문학에서는 무엇보다도 일제침략자들에게 나라를 빼앗긴 인민들의 민족적 울분과 비통한 감정이 반영된 작품들이 다양하게 창작되었다면서 「거국가」(일명 망명자의 노래), 「망향가」, 「인산인해가」 등을 먼저 서술하고 있다.

---

25) 류만·리동수, 위의 책, 147-153쪽.

시문학에 있어서 비판적 사실주의 문학의 대표적인 것으로 김소월의 문학을 거론한다. 그 전통은 1957년부터 1963년까지 북한문학계가 사실주의—비판적 사실주의—사회주의 사실주의의 역사적 단계를 규정하는 문제를 놓고 논쟁을 펼친 과정과 연계된다. 그 결과 1963년 2월 27일부터 29일까지 과학원 언어문학연구소에서 진행한 토론회를 마치고 「우리나라 사실주의 발생·발전」이라는 토론집을 내놓게 되었는데, 그 당시 비판적 사실주의의 경우, 18~19세기 문학에서 발생했다는 김하명·박종식 등의 견해와 양건식의 「슬픈 모순」을 기원으로 보는 엄호석·최탁호의 견해, 그리고 1920년대 초 김소월과 나도향의 문학에서 발생했다는 김민혁·김해균·리응수·문상민의 견해로 나뉘어졌다. 당시 사실주의 문학의 발전과정에 있어서 설득력 있는 학설로는 리상태의 비판적 사실주의, 사회주의 사실주의의 맹아, 사회주의 사실주의의 초기 특성 등 세 부류의 공존으로 신경향파 문학을 규정한 견해였다. 리상태는 사실주의의 발전과정에 대해서 비판적 리얼리즘(나도향·김소월)—신경향파이지만 비판적 리얼리즘(이익상)—사회주의 리얼리즘의 맹아 도달(최서해의 「탈출기」, 이상화의 일부 작품)—사회주의 리얼리즘의 초기 특성 구현(조명희·한설야·이기영·송영)26) 등으로 세분하였다.

김소월의 경우, 이러한 토론의 결과 『조선문학통사』에서는 비판적 사실주의 문학으로 상세하게 서술되었으나 1980년의 『조선문학사』(19세기 말~1925)에서는 완전히 누락된다. 다만 인민창작가요와 강영균·리병욱·조운·김석송·강경애 등만 거론된다. 하지만 류만 등에 의해 저술된 『조선문학사』(2000)에서는 다시 화려하게 부활하여 6쪽에 걸쳐서 상세하게 기술된다. 다만 『조선문학통사』가 소월의 시를 "일제통치하의 자본주의 사회제도에 대한 귀중한 비판정신으로 하여 인민들로 하여금 자

---

26) 김성수 엮음, 『우리나라 사회주의 리얼리즘 논쟁』, 서울, 사계절, 1992, 335쪽.

기들의 최대의 원쑤가 누구라는 것을 더욱 잘 알게 하며 조선인민의 혁명투쟁에서의 약한 고리가 어디에 있느냐 하는 것을 잘 알게 하였다"[27]고 하여 비판적 사실주의의 관점에서 서술하고 있는 데 반해,『조선문학사』(2000)는 조국애와 향토적 정서의 관점에서 언급하는 것이 특징이다. 김소월은 「금잔디」(1922년), 「진달래꽃」(1922년), 「산」(1923년), 「산유화」 등 많은 작품들이 자연을 대상하면서 그 아름다움과 청아함, 자연과 끊을 수 없는 시인의 애닯은 심사를 두드러지게 노래한 것으로 묘사하고 있다. 소월은 조국의 아름다운 자연을 시의 대상으로 노래하면서 그 아름다움을 독특하게 부각하였으며 거기에 인생의 의미와 사연을 다양하게 굴절시킴으로써 자기의 시들에서 깊은 민족적 감정과 향토적 정서를 진하게 드러냈다는 것이다. 「접동새」에서 잘 드러나듯이 그의 시작품들은 전통적인 민족생활의 이모저모를 특색 있게 노래하고 있는데, 그의 시에서 민족생활에 대한 묘사는 많은 경우에 예로부터 내려오는 농민들의 풍속과 인정세계에 대한 형상으로 주어지고 있으며 그러한 민족생활의 모든 것이 시어와 표현 등에서의 강한 민족적, 향토적 색채와 결합되어 있는 것이 특징이라고 설명하고 있다.

또 그의 대표작이라고 볼 수 있는 「초혼」에서 시인은 조국에 대한 사랑의 감정을 집중적으로 표현하였다고 본다. 이 시에서 외형상으로 보면 구체적인 대상으로서의 '그 사람'이 등장하며 그에 의탁되어 이별의 애닯음과 사랑과 그리움의 감정이 유달리 절절하게 표현되고 있는 것으로 볼 수 있다는 것이다. 하지만 "선 채로 이 자리에 돌이 되어도/ 부르다가 내가 죽을 이름이여!/ 사랑하던 그 사람이여!/ 사랑하던 그 사람이여!"에서 보듯이 일제의 폭압이 짓누르는 암흑사회에서 민족적인 모든 것을 빼앗기고 아직은 그 속에서 헤어날 길을 찾지 못했던 시인에게 있

---

27) 과학원 문학연구소 편, 『조선문학통사』(현대편), 서울, 인동, 1988, 100쪽.

어서 조국에 대한 사랑은 이렇듯 '그 사람'이라는 상징적인 미로밖에 달리는 표현될 수 없었다고 분석하면서, 소월은 이처럼 자기의 시창작을 통하여 일제통치하에서 짓밟히고 버림받은 인민들에 대한 동정, 향토와 조국, 자연에 대한 사랑의 감정을 깊은 비애의 정서로 노래하였다고 강조하고 있다. 또 그의 시의 운율적 특성은 한마디로 민요조의 전통적인 율조시라고 말할 수 있는데, 자기의 시작품들에서 흔히 조선민요적인 형식인 3.3조 또는 4.4조와 그 결합으로서의 7.5조의 음조를 기본으로 하면서도 정서의 변화와 색깔과 흐름에 따라 그것을 다양하게 변형시켜 운율을 조성함으로써 전통적인 율조를 잘 살리면서 현대자유시를 특색 있게 발전시켰다고 분석한다. 이처럼 김소월의 시는 우리 인민의 민족적 감정과 생활정서를 노래하고 전통적인 율조를 살려씀으로써 1920년대 시단에서 민요풍의 시를 개척하고 발전시키는 데 이바지하였다고 평가하고 있다. 그러나 소월은 자기의 시에서 잃어버린 것에 대한 통탄, 향토와 조국에 대한 사랑, 인민들에 대한 동정과 인도주의적 감정을 일정하게 표현하였으나 노동계급의 계급적 이념과 인민적 입장에서 출발하지 못한 것으로 하여 1920년대의 시대의 높이에 이르지는 못하였다[28]고 그 제한성을 비판하고 있다.

6. 신경향파 문학과 카프문학의 가치

초기 프롤레타리아문학에 대한 서술에서는 『조선문학사』(현대편, 1980)와 『조선문학사』(7권, 2000)가 별다른 차이점을 보여주지 않는다. 전자는 이기영의 「민촌」(1925)과 「가난한 사람들」(1924), 「새거지」(1926), 최서해의 「탈출기」(1925), 「박돌의 죽음」, 「기아와 살육」, 「큰 물진뒤」, 「홍염」,

---

28) 류만·리동수, 앞의 책, 112-117쪽.

「농촌사람들」, 「무서운 인상」, 그리고 조명희의 「농촌사람들」(1926), 「땅 속으로」(1925), 「저기압」(1926), 류완희의 「영오의 노래」(1926) 등을 나열 하며, 이들 초기 프롤레타리아 소설문학은 일제 식민지통치시기 우리 인민들의 비참한 운명과 그를 강요하는 불합리한 현실에 대한 그들의 증오심과 반항의식을 반영하고 있으며, 이를 통하여 착취제도를 반대하 여 투쟁한 데 대한 사상을 힘있게 강조하고 있다고 높은 평가를 내리고 있다.

이에 반해 후자인 『조선문학사』 7권(2000년)은 조명희, 송영, 최서해, 이기영을 비롯한 일련의 작가들이 무산계급의 입장에서 그들의 요구와 이해관계를 반영한 작품창작을 부르짖으면서 그것을 창작실천에서 적 극 구현해나갔다고 언급하고 있다. 후자는 단지 송영의 「늙어가는 무리」, 「용광로」(1926년)를 추가한 정도에 그치며 별도 항목으로 최서해 문학을 설정하여 신경향파 문학으로서 그 문학사적 위상과 가치를 높이 평가한 것이 특징일 따름이다. 최서해는 단편소설 「탈출기」를 발표한 데 이어 「박돌의 죽음」, 「기아와 살륙」, 「보석반지」, 「기아」, 「큰물 진 뒤」, 「홍 염」, 「담요」, 「거류」, 「8개월」, 「무서운 인상」, 「전아사」 등 대부분이 1925~ 1926년 사이에 창작한 작품들인데, 이 시기 창작된 단편소설들은 사상 적 경향이 뚜렷하고 사실주의적 필치가 강한 것으로 하여 그의 작가적 면모와 개성을 뚜렷이 보여주고 있다고 분석하고 있다. 최서해는 작가 적 이념과 지향은 '참사람의 참생활'을 목표로 내걸고 무산문예는 그들 의 생에 대한 욕망, 신세계의 동경, 반항 등의 심리를 붙잡아서 그들에 게 빛나는 생과 새로운 세계와 줄기찬 힘을 보여주되, 그들의 힘이 아니 면 될 수 없다는 것을 또 그들의 힘은 무엇보다도 가장 위대하다는 것 을 그들에게 보여주어야 한다는 것을 주장해나선 데서 그리고 생활을 떠나서는 문예를 생각할 수 없다는 것을 창작원칙으로 내세운 데서 뚜 렷이 표현되었다[29]고 서술하고 있다. 특히 후자는 최서해는 자기의 소설에서 환경에 순종하는 인간이 아니라 착취사회에 적극 항거해 나서는 인간형상을 창조하였는데, 그의 소설은 작가 자신의 체험세계를 그대로 담고 있어 형상의 진실성을 담보하고 있다고 극찬하고 있다. 그 외에도 그의 소설은 구성이 째이고 시종일관 극적 긴박감을 가지고 있으며 묘사에서도 간결성과 선명성을 보여주고 있다고 찬양 일변도의 평가태도를 보여주고 있다. 다른 작가의 문학과 달리 제한성에 대한 비판이 뒤따르지 않는 것이 특징이라고 할 수 있다.

한편 시문학의 경우, 사실주의 문학으로서 초기 프롤레타리아문학이 출현하였다고 하면서 이들 시문학은 현실생활의 빈궁과 비참상을 폭로 비판하는 데 주되는 관심이 돌려졌던 세계에서 현실비판과 폭로, 그에 대한 항거의식이 좀더 강화되고 그 근저에 점차 계급의식이 놓이는 특성을 보여주었다고 서술하고 있다. 이러한 뚜렷한 사상지향성을 보여주는 작가로 김창술(1906~?), 류완희(1903~?), 김해강, 김형원, 박팔양 등을 거론하고 있으며, 별도 항목으로 이상화의 시세계를 서술하고 있다.

이상화는 「나의 침실로」, 「단조」, 「말세의 희탄」 등에서 주관주의적인 신비의 세계가 우울하고 추상적인 정서와 같은 감상적 낭만으로 채색되어졌으나 현실에 부딪치고 세계관이 성숙하는 과정에서 주관주의적이며 현실도피적인 창작경향으로부터 점차 사실주의적 경향의 창작의 길에 들어섰다고 강조한다. 그리하여 그는 『백조』에서 탈퇴하고 진보적 문학 단체인 파스큐라에 참가하였으며 그때를 전후하여 좀더 현실적 체험이 깃들고 생활의 지향이 담긴 시를 창작하기 시작했다고 서술하고 있다. 『조선문학사』 7권은 그의 시세계를 현실적 모순과 불합리를 파헤치면서 가난한 사람들에 대한 동정을 나타낸 「가장 비통한 기욕」(1925), 「조소」(1925), 「빈촌의 밤」(1925), 「가산」(1925), 「비를 타고」(1925), 「통곡」(1926)

---

29) 류만·리동수, 위의 책, 188쪽.

등과 자유, 해방에 대한 지향과 념원이 강렬하게 표현되고 그 실현을 위
한 투쟁에 대한 선동을 다룬「바다의 노래」(1925),「오늘의 노래」(1925),
「선구자의 노래」(1925),「폭풍우를 기다리는 마음」(1925) 등으로 구분하
여 서술하고 있다. 특히「빼앗긴 들에도 봄은 오는가」(1926)에 대해 3쪽
에 걸쳐 설명하면서 땅과 인연된 봄을 빼앗겨 자연의 봄조차 잃고 몸부
림치는 서정적 주인공의 비애와 울분, 땅을 가꾸는 인간의 아름다운 생
활과 신성한 노동에 대한 갈망은 이 시에 향토와 조국에 대한 숭고한
사랑과 함께 내일에 대한 갈망이 진한 낭만적 정서로 가득하게 하였다
고 언급하고 있다. 따라서 이 시는 일제에게 빼앗긴 땅에 대한 절통한
감정과 아름다운 향토와 생활을 짓밟은 놈들에 대한 울분과 저주의 분
출인 동시에 새로운 생활에 대한 무한한 동경과 갈망, 조국에 대한 뜨거
운 사랑의 노래라고 평가하고 있다.

 『조선문학사』7권은 결론적으로 이상화는 자기의 시들에서 당대현실
에 대한 예리한 비관과 폭발적인 저항의식을 강렬하게 표현하였으며 그
만큼 새 생활에 대한 지향도 힘있게 노래하였으며, 그의 시는 또한 격조
가 높고 호소적이며 서정이 깊고 풍만할 뿐 아니라 민족적 향취와 낭만
적 정서가 차넘치는 것으로 하여 개성적인 세계를 뚜렷이 보여준다[30]고
그 제한성에 대한 비판은 전혀 하지 않고 높은 평가를 내리고 있다.

7. 항일혁명문학 -「조선의 별」·「조선의 노래」·「안중근 이등박 문을 쏘다」·「혈분만국회」·「피바다」·「한 자위단원의 운명」

 북한은 김정일 국방위원장의 교시에 의해 민족문화유산에서 고전문
화유산과 혁명적 문화유산을 구분하였다. 우선 '민족문화유산'에 대해

---

30) 류만·리동수, 위의 책, 174-180쪽.

"민족의 선행세대들이 력사적으로 내려오면서 창조하여 후세에 물려주는 정신적 및 물질적 재부이다"[31]라고 개념정의를 내리고, 민족문화유산을 고전문화유산과 혁명적 문화유산으로 나누었다. 여기에서 혁명적 문화유산은 사회주의·공산주의를 위한 혁명투쟁 속에서 창조된 것으로 하여 그 이전시기에 선조들에 의하여 이룩된 고전문화유산과 본질적인 차이를 가진다고 강조한다. 그것은 노동계급의 혁명위업, 사회주의·공산주의 위업은 착취 없고 압박 없는 사회에서 자유롭고 행복한 생활을 누리려는 근로인민대중의 이상을 실현하기 위한 거창한 역사적 위업으로써 인민대중의 자주성을 위한 투쟁의 가장 높은 단계로 된다고 주장하고 있다. 그에 반해 고전문화유산은 장구한 역사적 기간에 걸쳐 고대사회·봉건사회·자본주의 사회에서 형성되고 축적된 것으로서 세계관적 제한성과 계급적 및 시대적 제한성을 가지고 있으며 따라서 사회주의·공산주의 문화건설에서 그것을 그대로 이어받을 수 없으며 새로운 현실의 요구에 맞게 비판적으로 계승하여야 한다고 지적하고 있다.

또 김정일 국방위원장의 교시를 인용하면서 "민족문화유산을 고전문화유산으로만 보아도 안 되지만 혁명적 문학예술전통을 과거의 민족문화유산과 뒤섞어놓거나 민족문화유산에서 차지하는 그의 위치를 다른 유산과 평균주의적으로 대하여서도 안된다"[32]라고 민족문화유산 내에서의 서열을 정해주고 있다. 이러한 역사인식 속에서 북한역사는 ㅌ.ㄷ (타도제국주의 동맹)를 현대사의 기점으로 삼게 된다. 따라서 김일성의 항일혁명의 역사를 가장 위대한 문화유산으로 미화시키게 된 것이다. 이러한 역사해석의 물줄기에서 유산과 전통 계승의 견지에서 볼 때 사회주의, 공산주의 문학예술의 발생발전의 역사는 혁명적 문학예술전통

---

31) 한중모, 『위대한 령도자 김정일동지의 사상리론』 문예학 1, 평양, 사회과학출판사, 1996, 153쪽.
32) 한중모, 위의 책, 157쪽.

이 형성되고 그것이 줄기차게 계승발전되며 개화만발하는 과정이라고 파악하게 된다. 그리하여 혁명적 문학예술전통은 사회주의, 공산주의 문학예술의 명맥을 이어주는 피줄기이며 그 발전을 영원히 떠밀어주는 생명선이라는 해석을 하게 된 것이다.

아울러 우리나라 역사에서의 민족문화유산의 한계를 지적하면서 혁명적 문학예술전통의 합법칙성을 스탈린의 공산주의 문학에 대한 지침에 근거하여 강조하게 된다. 사회주의, 공산주의 문학예술은 선조들이 창조한 지난날의 문학예술의 성과와 경험을 올바로 계승 발전시킴으로써만 훌륭히 건설되고 찬란히 꽃펴날 수 있었다. 그러나 오랜 역사적 기간에 걸쳐 이루어진 민족문학예술유산은 진보적이며 인민적인 것이라 하더라도 당시의 사회역사적 조건의 미숙성과 그 창조자들의 세계관의 약점으로 하여 내용면에서나 형식면에서 제한성을 면할 수 없으며 노동계급의 혁명적 문학예술을 창조 발전시키는 데서 그것을 그대로 이어받을 수는 없다고 비판하고 있다. 때문에 민족적 형식에 혁명적이며 사회주의적인 내용을 담은 새로운 사회주의 문학예술을 건설하려면 반드시 역사적으로 형성된 민족문학예술유산을 비판적으로 계승하여야 하며 혁신적으로 발전시켜야 한다[33]고 스탈린의 지침에 충실한 견해를 밝힌다. 스탈린은 『동방 민족대학의 정치적 임무』에서 "내용은 무산계급적이고 형식은 민족적이다. 이것이 곧 사회주의가 전인류의 공동문화로 보무당당하게 매진하고 있는 것을 보여준다. 무산계급 문화는 결코 민족문화를 폐기하는 것이 아니고 오히려 내용을 부여하고 있다. 다른 한편으로 민족문화는 무산계급 문화를 폐기하지 않고 형식을 부여해준다"[34]라고 말했다.

이러한 민족유산에 대한 북한의 기본 인식은 1970년 3월 4일 김정일

---

33) 한중모, 위의 책, 161쪽.
34) 이일·서성록, 『북한의 미술』, 고려원, 1990, 99쪽.

이 조선노동당 중앙위원회 선전선동부 일꾼들과 한 담화인 「민족문화유산을 옳은 관점과 입장을 가지고 바로 평가 처리할 데 대하여」[35]에서 출발하였다.

혁명문화유산에 대한 중시는 한국문학사의 서술태도에도 그대로 반영되고 있다. 김일성 주석은 항일혁명문학에 대해 다음과 같이 교시를 내리고 있다.

> 일제는 〈카프〉를 해산할 수 있었지만 조선문학의 시종일관한 저항정신과 애국애족의 터전에서 싱싱하게 싹트고 자라온 그 문학의 명맥은 도저히 끊어버릴 수 없었다.
>
> 〈카프〉출신의 문인들이 감옥에 끌려가거나 산간벽지로 쫓겨가고 있을 때 항일혁명대오안의 지식인들과 함께 북부국경지대의 작가들과 중국본토의 적색구역, 사회주의 쏘련에서 활동하던 우리나라의 망명작가들은 조선공산주의운동과 민족해방위업에 적극적으로 이바지하는 참신하고 전투적인 혁명문학을 창조하였다.
>
> 그들은 백두의 험산준령과 만주광야에서 혈전에 혈전을 거듭하고 있는 항일투사들을 민족의 총아로 높이 내세우고 찬양하면서 그들에 대한 사랑과 동정을 아낌없이 표시하였다.
>
> — 『세기와 더불어』5권, 53-54쪽[36]

총 15권으로 구성된 북한의 『조선문학사』 중에서 류만이 단독으로 집필한 8권은 온통 '항일혁명문학'으로 되어 있다. 책의 목차를 살펴보면 총 2편 6장으로 구성되어 있으며 1926년부터 1945년까지를 시대적 배경으로 삼아 각각 혁명적 시문학, 혁명적 극문학, 혁명적인 이야기와 동화(인민창작) 등을 대상으로 집필되어 있음을 알 수 있다.

---

35) 조선노동당 중앙위원회, 『김정일선집』 2, 평양, 조선노동당출판사, 1993, 52-60쪽.
36) 류만, 『조선문학사』 9권, 평양, 과학백과사전출판사, 22쪽.

1926년은 북한의 역사해석에서 가장 중요한 시기로 평가되는 해이다. 소위 김일성에 의해 타도제국주의동맹이 결성된 시기가 바로 1926년이고 이때를 북한역사학계가 한국현대사의 시점으로 삼기 때문이다. 이러한 현대사에 대한 새로운 해석이 확정된 것은 사실 그리 오래되지 않는다. 그 과정을 살펴보기 위해서는 이나영의 『조선민족해방투쟁사』(1949), 『조선근대혁명운동사』(1961), 『조선전사』를 참조해야 한다. 왜냐하면 북한에서 항일무장투쟁에 대한 연구가 정치적인 요인과 김일성의 권력 강화와 맞물려 세 차례나 바뀌었기 때문이다. 우선 『조선민족해방투쟁사』에서는 김일성을 중심으로 한 유격대의 항일무장투쟁을 주류로 놓으면서도 일제 강점하의 다른 사회주의운동세력, 즉 조선공산당 등 국내 사회주의운동, 중국 연안의 화북조선독립동맹과 조선의용군을 중심으로 전개된 사회주의운동도 긍정적으로 서술하였다. 1931년 일본이 만주를 침략하자 김일성을 중심으로 만주에서 일어난 무장투쟁은 "조선민족해방운동의 정통적인 계승 발전을 의미"하는 동시에 "김일성 장군의 무장유격부대는 화북에서 조선의용군과 함께 조선인민이 배출한 유일의 항일무장대오로서 일제에 직접적인 타격을 주었을 뿐만 아니라 해방 후 조국보위의 성새로서 조선인민군대의 근간으로 되었다"라고 평가하였다. 그런데 한국전쟁이 끝나고 "박헌영 간첩사건"으로 남조선노동당 계열이 권력에서 배제되자 조선공산당에 대한 평가가 달라지기 시작했다. 이청원 같은 경우는 조선공산당이 '민족해방운동에 올바른 정치노선을 수립하고 실천투쟁'을 전개한 것이 아니라 대중투쟁을 혁명적이고 볼셰비키적으로 보장하지 못한 소부르주아적 지식인들에 의해 운영되었다고 지적하였다. 따라서 1920년대 초기 공산주의자들 역시 "맑쓰-레닌주의의 전략전술을 조선혁명 운동에 실지로 정확하게 적용하지 못하였으며 민족해방운동에서 프롤레타리아트의 헤게모니를 정치적-조직적으로 실현할 만큼 그런 진실한 공산주의자로 되지 못하였다"고 부정적으로 평가하였다. 이는 ML파 출신이자 연안파의 일원이기도 했던 최창익에 대한 비판이라고도 볼 수 있다. 이청원은 일제 강점하에서 노동계급이 운동의 주도권을 장악하는 과정을 나름대로 논증하고 1930년대 만주지역 항일무장투쟁의 중심에 김일성이 있었다는 실증에 바탕을 둔 이론화 작업을 역사학계에서 처음 시도한 사람[37]이다.

하지만 1956년 '8월 종파사건'에서부터 1958년의 제1차 당대표자 회의 사이에 진행된 일련의 반종파투쟁 과정에서 이청원과 최창익의 견해를 청산하는 작업이 북한역사학계 내부에서 진행되었다.

한편 1961년의 『조선근대혁명운동사』에서는 "부르주아 민족운동"의 성격을 갖던 민족해방투쟁이 3·1운동이후 "맑스-레닌주의 기치 하에 민족해방투쟁의 새로운 발전" 단계에 들어섰으며, 그 중에서도 1930년대 항일무장투쟁은 "민족해방투쟁의 보다 높은 단계에로의 발전"을 의미한다고 규정하였다. 특히 이나영의 『조선민족해방투쟁사』나 『조선통사』(하)와 달리, 1920년대 말부터 1930년대 초의 노동운동과 농민운동을 별도의 장으로 독립시켜 서술함으로써 민족해방투쟁사가 3·1운동 이후 세 단계로 발전해갔음을 주장[38]하였다.

그런데 1966년~1967년을 거치면서 일제강점 하 민족해방투쟁과 항일무장혁명에 관한 이제까지의 서술 관점도 전면적으로 재검토되기 시작하였다. 그 결과 주체사관에 입각하여 1860년대는 근대사가 재검토되기 시작하였다. 그 결과 주체사관에 입각하여 1860년대는 근대사의 시작이고 3·1운동이 근대사의 종점이며, 1926년의 타도제국주의 동맹이 현대사의 출발점이 되었다. 북한에서 타도제국주의 동맹이 처음 언급된 책은 백봉의 『민족의 태양 김일성장군』(1968)으로, 이때는 김일성의 소

---

37) 신주백, "북한의 근현대 반침략투쟁사 연구", 한국역사연구회 편, 『북한의 역사 만들기』, 푸른역사, 2003, 232-233쪽.
38) 신주백, 위의 책, 236쪽.

년시절을 언급하는 차원에 서술된 것에 불과하였다. 그러다 1974년 '온 사회의 주체사상화' 작업이 북한사회 전체로 확산되는 과정에서 이 조직은 새로운 평가를 받기 시작하였다. 비록『항일무장투쟁사』제1권과 『조선전사』제16권에서도 이러한 관점이 관철되고 있다고 볼 수 있지만, 외적인 환경 변화에 대응하는 과정에서 주체사상에 입각하여 역사를 새롭게 해석해야 했던 북한 역사학계로서는 타도제국주의 동맹이 현대사의 시점이자 조선노동당의 시원이며 혁명의 전위조직으로 발전했다고 평가하기에는 조금 어색한 부분이 있었을 것으로 추측된다. 예를 들어 1967년 5월에 열린 조선노동당 중앙위원회 제4기 제15차 전원회의 이후인 10월 방문권이 발표한 항일무장투쟁사 논문에서는 새로운 시기구분에 관해 전혀 언급하지 않고 이전의 시기구분 방식을 취하고 있다.[39]

그런데 1980년대 북한 역사학계의 실력자 가운데 한 사람인 전영률은 북한 역사학계 40년을 회고하는 글에서 "최근에 우리는 조선현대사의 시점 문제도 새롭게 해결하였다. 1926년 '타도제국주의 동맹(ㅌ.ㄷ)의 결성'을 우리나라 현대역사의 시발점으로 규정하였다"[40]고 하였다. 최근에야 이것이 해결되었다는 것은 아마 1982년 3월 31일 전국주체사상토론회에서 김정일이 발표한 "주체사상에 대하여"와 10월 17일 타도제국주의 동맹 결성 56주년을 기념하여 김정일이 발표한 "조선노동당은 영광스러운 'ㅌ.ㄷ'의 전통을 계승한 주체형의 혁명적 당이다"라는 글을 통해 최종적으로 마무리되었음을 의미하는 것으로 보인다. 하지만 그것은 학문적 검토과정에서 해결되었다기보다는 정치적 선도과정에서 해결되었다[41]고 볼 수 있을 것이다.

---

39) 신주백, 위의 책, 237쪽.

40) 전영률, "위대한 수령 김일성동지와 친애하는 지도자 김정일 동지의 현명한 영도 밑에 력사과학이 걸어온 자랑찬 40년",『력사과학』3, 1988년, 이병천 편,『북한학계의 한국 근대사 논쟁사—사회성격과 시대 구분론』, 창작과비평사, 1989, 306쪽.

41) 신주백, 앞의 책, 237쪽.

이러한 북한역사학계의 현대사 시점 정리는 문학사를 서술하는 데에도 큰 영향을 미쳤다. 항일혁명문학을 중시하는 서술태도를 보일 뿐만 아니라 이 시기에 창작된 문학을 비판적 사실주의 문학을 뛰어넘어 주체적인 혁명문학의 시원기 및 사회주의적 사실주의 문학의 발전기로 설명하는 입장을 취하게 된 것이다. 또 항일혁명문학이 추구해야 할 궁극적인 목적을 '혁명적 수령관'의 확립[42]으로 파악하고 있어 그 정치적 목적성을 엿볼 수 있게 된다.

항일혁명문학의 작가들과 문학적 성격에 대해 김일성은 다음과 같은 교시를 내리고 있다.

항일빨찌산의 노래 가운데서 많은 것은 빨찌산 자신이 창작한 것입니다. 그들은 물론 예술가도 아니고 음악대학에 다닌 적도 없습니다. 많은 사람들이 기껏해야 중학졸업 정도의 지식밖에 가지지 못한 근로청년들이였으며 대학졸업생이라고는 얼마 없었습니다. 그들이 자기의 생활과 투쟁에서 느낀 것은 자연스럽게 있는 그대로 그린 것이 오늘 우리가 부르는 혁명가요들입니다.

—『김일성저작집』 14권, 460쪽

1926년 무렵부터 1931년까지의 혁명적 시문학에서 고전적 명작으로 『조선문학사』가 거론하는 작품으로는 김혁의 「조선의 별」을 비롯하여 「조선의 노래」, 「사향가」 등이 있다. 이러한 작품들은 조국에 대한 절절한 그리움과 사랑의 감정을 강도 일제를 몰아내고 빼앗긴 조국을 기어이 찾고야 말리라는 숭고한 지향과 결부하여 심오하게 노래한 기념비적

---

42) 류만, 『조선문학사』 8권, 평양, 사회과학출판사, 1992, 9쪽. 류만은 "항일혁명문학예술은 높은 당성을 구현하여야 철저히 주체의 혁명위업에 이바지하는 혁명적 문학예술로 될 수 있으며 항일유격대원들과 인민들을 혁명적 수령관, 주체의 혁명관으로 튼튼히 무장시키는 데 이바지하는 사상교양수단으로서의 사명과 역할을 다할 수 있다"라고 설명하면서 항일혁명문학의 등장을 혁명적 수령관의 확립과 연계시키고 있다.

작품이라고 극찬하고 있다. 김혁이 창작한 불멸의 혁명송가 「조선의 별」
을 비롯하여 「혁명가」, 「총동원가」, 「결사전가」, 「녀자투사가」, 「유희곡」
등 많은 시가작품들이 바로 수령과 혁명에 대한 끝없는 충실성, 견결한
투쟁정신과 반제반일혁명사상을 반영하여 창작되었다고 언급하고 있다.
또 이 시기 혁명적 시문학에서 중요한 자리를 차지하는 것은 투철한 반
제혁명사상으로 일관되면서 민족해방, 계급해방을 위한 성스런 혁명투
쟁에로의 궐기를 호소한 작품들로서 「총동원가」, 「결사전가」, 「적기가」
등의 작품이 있다고 서술하고 있다. 이 작품들에는 1920년대 말~1930
년대 초 우리나라에 조성된 정치정세 하에서 우리 인민이 나아갈 길은
오직 투쟁의 길밖에 없다는 사상지향성이 강렬하게 울려나오고 있다고
해설한다.

아침의 해빛이 아름답고 곱다고
우리의 이름을 조선이라 불렀네.
이처럼 귀하고 아름다운 내 나라
이 세상 그 어데 찾아볼 수 있을가

삼천리강산에 은금보화 넘치고
반만년 력사를 자랑하는 내 나라
간악한 왜놈들 이 땅에서 내쫓고
해방의 종소리 높이높이 울리자

왜놈도 자주도 모두 없는 새 조선
자유의 강산에 우리 주권 세우자
슬기론 인민이 살아가는 내 나라
우리의 손으로 길이길이 빛내자

「조선의 노래」는 조국애를 밑바탕에 깔고 있기는 하지만 객관적으로 볼 때 조야한 수준의 아마추어적인 작품에 지나지 않는다. 하지만 북한의 『조선문학사』는 "조국에 대한 무한한 긍지와 렬렬한 사랑, 일제에 대한 끝없는 증오심과 조국광복에 대한 불타는 열정은 가사의 3절에서 인민이 주인이 된 내 나라를 건설할 데 대한 혁명적 리상과 결부되면서 매우 랑만적인 정서로 폭넓게 펼쳐진" 명작[43]이라고 평가하고 있다.

북한문학사에서 최고의 항일혁명문학으로 손꼽는 「조선의 별」의 작가 김혁은 김일성과 함께 만주에서 항일무장투쟁을 펼치던 혁명동지로서 1927년 길림에서 김일성을 만난 이후 고유수에서 군중공작 임무를 펼치기도 하고 차광수와 함께 류하현 일대에서 활동하면서 고산자동성학교에 사회과학연구회를 움직이기도 했던 인물이었다. 또 카륜회의 후 김일성이 발간한 잡지 『볼쉐위크』의 첫 주필을 맡기도 하고 하얼빈에서 조선혁명군 소조를 책임지고 일하다가 비밀연락소를 급습한 일제와 총격전을 벌이다가 체포되어 여순감옥에서 옥사한 혁명적 영웅으로 평가받는 인물이다. 1920년대 창작한 것으로 알려진 혁명송가 「조선의 별」은 김일성을 혁명의 수령으로 높이 모시고 끝까지 믿고 따르며 김일성에게 조국과 민족의 운명을 전적으로 의탁하면서 주체의 혁명위업수행에 영원히 충성을 다하려는 청년공산주의자들과 인민들의 철석같은 의지와 신념이 뜨겁게 반영되어 있다[44]고 서술하고 있다.

> 조선의 밤하늘에 새별이 솟아
> 3천리강산을 밝게도 비치네
> 짓밟힌 조선에 동은 트리라
> 2천만 우리 동포 새별을 보네

---

43) 류만, 『조선문학사』 8권, 25-27쪽.
44) 류만, 위의 책, 36-38쪽.

캄캄한 밤하늘 바라다보니
신음하는 조국산천 어리여오네
변치말자 혁명에 다진 그 마음
2천만 우리 동포 새별을 보네

간악한 강도 일제 쳐물리치고
3천리 새별이 더욱 빛날제
조선아 자유의 노래 부르자
2천만 우리 동포 새별을 보네

『조선문학사』는 「조선의 별」의 첫 연에서 일제 통치의 암담하던 시기에 인민들은 새별이 안아오는 밝은 새날, 광복의 새날을 맞아 빼앗긴 민족의 존엄과 자주권을 다시 찾으리라는 기대와 염원이 확신에 넘쳐 토로되고 있다고 묘사하고 있다. 특히 첫 연부터 3연까지 반복적으로 묘사되고 있는 '새별'의 상징적 의미를 조국광복의 새날을 열어 올 위대한 수령으로 해석하여 주체의 혁명위업을 더욱 빛나게 수행해 나갈 청년공산주의자들의 원대한 이상과 우리 인민들의 절절한 염원이 희망에 차서 낭만적으로 격조 높게 표현된 혁명송가[45]라고 극찬하고 있어 항일혁명문학을 통해 혁명적 수령관을 전파하려고 하는 북한당국의 정치적 목적이 노골적으로 드러난 것으로 파악된다.

『조선문학사』 8권에는 혁명적 극문학의 대표작품으로 「안중근 이등박문을 쏘다」, 「혈분만국회」, 「3인 1당」, 「꽃 파는 처녀」 등이 제시되고 있는데, 이러한 작품들이 모두 항일빨치산 무장투쟁을 꾸려나가던 김일성에 의해 창작되었다고 기술한다. 현실적으로 일제와 무장 투쟁을 펼치며, 고난의 행군을 벌이던 열악한 상태에서 여유롭게 문학작품 창작

---

45) 류만, 위의 책, 38-39쪽.

에 몰두하기는 어려웠을 것으로 판단되지만, 1980년대 김정일에 의해 김일성 작가실[46]이 조작되어 각종 주체문학이론서와『조선문학사』를 장식하고 있는 것이다.

「안중근 이등박문을 쏘다」는 안중근의 형상을 기본으로 하여 심오한 사상을 깊이 있게 밝히면서 이등박문을 비롯한 일제침략자들과 부패무능한 봉건통치배들과 매국역적들의 형상을 통하여 제국주의자들의 침략적 본성과 야수성, 교활성을 예리하게 폭로단죄하고 외세의존과 사대주의는 망국의 길이며 재난의 화근이라는 심오한 진리를 힘있게 확증하고 있다고 설명하고 있다. 이에 비해 '헤이그밀사사건'과 관련한 리준의 애국적 행동을 첨예한 극성 속에서 예술적으로 진실하게 재현한 혁명연극 「혈분만국회」는 외세의존과 사대의 길에서 벗어나 인민대중 자신의 힘에 의거해야 나라의 자주독립과 국권을 회복할 수 있다는 사상을 강조하고 있다[47]고 서술한다.

한편 1931년~1945년 사이의 항일무장투쟁시기의 혁명적 문학에서는 혁명적 시문학에서 「조선인민혁명군」, 「조국광복회 10대 강령」 등이 제시되고, 혁명적 극문학에 유명한『피바다』,『한 자위단원의 운명』 그리고 「경축대회」 등이 거론되고 있다. 류만의『조선문학사』 8권은 "항일무장투쟁시기에 창작된 혁명적 극작품들에서 자주적 인간의 탄생과 민족해방, 계급해방의 위대한 진리를 가장 심오하게 밝힌 대표적인 작품은 불후의 고전적 명작『피바다』와『한 자위단원의 운명』이다. 이 명작들은 그 제재와 형상세계가 서로 다르지만 다같이 일제를 반대하는 무장투쟁이 치렬하게 벌어지던 1930년대의 현실을 반영하여 자주적 인간의 탄생과 민족해방, 계급해방의 진리를 심오하게 밝힌 것으로 하여 공통점을 가진다"[48]고 이들 작품의 가치와 의의를 높이 평가하고 있다.

---

46) 류만, 위의 책, 59쪽.
47) 류만, 위의 책, 68-73쪽.

우선 류만은 『피바다』를 불후의 고전적 명작이라고 단정짓고 있다. 그는 이 작품은 김일성의 영도 밑에 무송 현성전투를 승리적으로 진행한 조선인민혁명군주력부대가 1936년 8월 하순경 장백지구에로 진출하는 노정에 들린 무송현 만강부락에서 처음으로 무대에 올린 작품이라고 창작시기를 추정하고 있다. 『피바다』는 혁명에 대해서는 아무 것도 모르던 한 어머니가 생활의 모진 시련 속에서 점차 혁명을 인식하고 투쟁의 길에 나서는 과정을 폭넓고 깊이 있게 형상하고 있다고 이 작품의 문학사적 위상에 대한 화두를 던지고 있다. 이 작품에는 일제와 지주들의 모진 착취와 학대로 말미암아 고향에서 더는 살 수 없어 스산한 북간도 땅에 이주해온 을남이 일가의 운명이 펼쳐져 있다는 것이다. 을남이네 다섯 식구는 모진 가난과 고통 속에서 근근히 살아간다. 아버지 을섭이는 더는 참을 수 없어 마을청년들과 함께 3.7제를 요구하여 투쟁에 나선다. 이 무렵 들이닥친 일제의 '토벌'로 말미암아 을섭이는 희생되고 을남이네는 집을 잃었다. 남편과 집마저 잃은 어머니는 아이들을 데리고 먼 친척이 있다는 별재마을로 찾아갔으나 그곳 역시 잿더미가 되어 한 노인의 권고로 백두산이 바라보이는 마을에 가서 살게 된다. 이곳에서 원남이와 갑순이는 혁명조직에 연루되어 투쟁하며 을남이는 야학에서 배우고 어머니는 점차 유격대 공작원의 영향 밑에 연락임무를 수행하는 길에 나선다. 이러한 때 부상당한 공작원을 구원하다 을남이가 희생되며 여기에서 어머니는 다시금 혁명에 대한 굳은 각오를 가지고 투쟁에 적극 나서며 마침내 성시해방전투에 참가하여 영웅적 위훈을 세운다. 즉 유격대원이 된 원남이와 상봉하였을 때 어머니도 당당한 혁명가로 성장하였던 것이다. 『피바다』는 이러한 내용을 통하여 1930년대 전반기 일제강점하의 투쟁현실을 서사시적 화폭으로 재현하면서 우리나라를 피

---

48) 류만, 위의 책, 211쪽.

바다에 잠기게 한 강도 일제의 침략성과 야수성을 준열히 규탄하고 인민대중의 앙양된 혁명적 기세와 무장투쟁의 필연성을 힘있게 밝혔다[49]고 그 가치를 평가하고 있다.

북한의 문학사가인 류만은 『피바다』의 위상과 가치에 대해 주인공 어머니의 헌신성과 충실성이 성격의 핵심이며 여성적 혁명가로서의 성격적 특질을 다양한 측면에서 진실하게 밝히고 있다고 역설하고 있다. 즉 작품에서 일제 야수들이 유격대 공작원을 내놓겠는가 아니면 사랑하는 아들 을남의 목숨을 내놓겠는가 하면서 아들의 가슴팍에 총부리를 돌려댔을 때 어머니에게 더 귀중하게 생각된 것은 유격대 공작원의 생명이었으며 적들의 야수적 고문에 운신조차 할 수 없는 순간에도 목숨보다 귀중하게 생각된 것은 조직의 비밀이었다. 또 그가 생명의 위험이 길목을 지켜선 폭약운반과 성시해방전투의 진격로를 여는 어려운 과업을 스스로 맡아 나선 것도 바로 혁명을 먼저 생각하고 혁명을 해야 산다는 철석같은 신념과 의지를 간직하였기 때문이라고 해석한다. 이처럼 혁명가로 성장한 어머니에게 있어서 혁명은 생의 목표였으며 생활의 전부였다는 것이다. 류만은 어머니에게 있어서 초기 어질고 순박하던 그 모성적인 성품에 계급의식과 혁명적 각오가 심어지면서 그것이 혁명에 대한 성실성과 헌신성, 충실성으로 전화되었으며 따라서 어질고 순박한 어머니의 모습은 혁명 앞에 더없이 성실하고 충실한, 고결한 혁명가의 모습으로 안겨온다[50]고 작품의 내적 의미를 강조하고 있다.

한편 『한 자위단원의 운명』은 김일성이 1936년 초 조선인민혁명군 주력부대를 친솔하고 남호두를 떠나 만강에 이르는 간고한 행군길에서 구상하고 창작하여 그해 8월 무송현 만강에서 『피바다』와 함께 공연하도록 지도한 작품이라고 그 창작시기를 구체적으로 설명하고 있다. 또 당

---

49) 류만, 위의 책, 211-212쪽.
50) 류만, 위의 책, 212-214쪽.

시 항일무장투쟁을 중심으로 한 전반적 조선혁명이 끊임없이 앙양의 길을 걷고 있는 데 겁을 집어먹은 일제침략자들은 이르는 곳마다 폭압기구를 늘이고 인민들에 대한 파쑈적 탄압을 강화하기에 미쳐 날뛰면서 인민탄압의 도구인 '자위단'을 조작하여 수많은 청년들을 강제로 끌어넣고 항일유격대를 토벌하는 총알받이로 내몰았던 것이 창작배경이라고 강조하고 있다. 『한 자위단원의 운명』에는 억압과 착취, 멸시와 천대만을 받아오던 소박한 농촌청년 갑룡이가 우여곡절을 거쳐 마침내 혁명적으로 각성되고 일제를 반대하는 무장투쟁의 길에 들어서는 과정이 구체적으로 형상되고 있다고 역설한다.

　『조선문학사』 8권은 우선 줄거리를 소개한다. 소박하고 부지런한 갑룡이는 홀아버지를 모시고 고역과 천대 속에서 어렵게 살다가 영 너머 산판에서 돈벌이가 좋다는 말을 듣고 칠삼, 만식이와 함께 집을 떠난다. 산판에서 피땀 흘려 번 얼마간의 돈으로 간소한 물건을 사들고 집에 온 날 갑룡이 집에는 이미부터 말이 있던 금순이와 그의 어머니, 마을사람들이 찾아와 잔치부터 하자고 흥성거린다. 이러한 때 일제와 자위단장이 집집이 훑으며 청년들을 '자위단'에 끌어가는 소동이 벌어진다. '자위단'에는 들어도 죽고 안 들어도 죽는다고 하면서 칠삼이는 뛰었으나 아버지와 누이동생 생각으로 이러지도 저러지도 못하고 있던 갑룡이와 만삭이는 '자위단'에 끌려간다. '자위단'에서의 민족적 멸시와 갖은 구박 속에 더는 참을 길 없던 만식이는 마침내 자위단을 탈출하며 후에 체포되어 적들에게 사형을 당한다. 아버지와 금순이 등 가정일 때문에 만식이와 도망치지 못하였던 갑룡이는 죄 없는 만식의 죽음을 목격하며 피눈물을 삼키고 원쑤들에 대한 적개심으로 가슴을 불태운다. 그 후 적들의 포대공사장에 끌려나간 갑룡이는 역시 거기에 강제로 끌려온 죄 없는 아버지와 금순이를 비롯한 마을사람들을 보게 되며 마침내는 고역 속에 시달리던 아버지가 일제 장교의 총에 맞아 쓰러지는 것을 목격하

108

게 된다. 그렇게도 효성을 다해오던 아버지마저 적들에게 빼앗긴 갑룡의 분노와 적개심은 드디어 폭발하고야 만다. 그는 피맺힌 원쑤 일제장교를 때려눕히고 일제침략자들과 그 주구들을 무자비하게 처단한다. 갑룡의 행동에 고무된 수많은 다른 '자위단원'들도 총부리를 돌려 반변을 일으킨다. 갑룡이는 반변해 나선 단원들에게 왜놈에게 속지말고 왜놈들과 싸우기 위해 유격대를 찾아 산으로 들어갈 것을 호소하는 격동적인 연설을 한다는 줄거리를 가지고 있다고 소개하고 있다.

북한의 대표적인 문학사가인 류만은 『한 자위단원의 운명』은 이러한 이야기를 통하여 일제의 파쑈적 식민지통치 밑에서는 그 어디에서 무슨 일을 하든 인간의 존엄과 진정한 삶을 찾을 수 없고 식민지 노예의 처지에서 벗어날 수 없다는 것을 보여주면서 우리 인민이 나아갈 길은 오직 일제를 때려부수고 빼앗긴 조국을 찾기 위한 혁명투쟁에 나서는 길 밖에 없다는 생활의 진리, 혁명의 진리를 밝혀주고 있다[51]고 작품의 나름대로의 문학사적 위상을 높게 평가하고 있다.

요약하면 북한이 자랑스럽게 내놓고 있는 혁명가극 『피바다』와 『한 자위단원의 운명』 등의 3대 혁명가극은 첫째, 신파극이라는 한계성을 지니고 있다. 물론 그렇게 비극적으로 묘사하는 이유는 민족의 수난기에 고난의 행군을 나설 수밖에 없었던 김일성을 비롯한 항일혁명가들의 현실과 처지를 사실적으로 그리기 위해서 어쩔 수 없었다고 항변할 것이다. 둘째, 이들 혁명가극이 결국에는 항일투쟁이라는 민족적인 특성을 강조하기보다는 김일성의 혁명적 수령관에 초점을 맞추고 있는 정치적인 목적성을 지니고 있다는 점을 비판할 수 있다. 셋째, 갑자기 1980년대 김정일이 권력을 잡은 이후 주체사상을 강화한다는 목적에서 김일성의 우상화를 위해 역사적 왜곡도 마다하지 않는 서술태도에 의해 현대

---

51) 류만, 위의 책, 218-219쪽.

사의 자의적 해석이 자행되었다는 비판을 면할 수 없다. 즉 현대사의 시점을 타도제국주의 동맹 '타.디'로 잡고 김일성이 평소에 좋아한 혁명가극을 가장 중요한 사회주의적 사실주의 문학으로 평가하는 '역사적 짜맞추기 작업'을 시행한 것에 대한 비판을 피할 수 없다는 점이다. 이러한 역사의 왜곡 때문에 통일을 대비한 문화적 동질성의 확보가 어렵게 되었다는 점은 민족의 장래를 위해 큰 비극으로 생각된다.

Ⅲ. 민족주의 역사학의 등장과 부활한 작가들
― 신채호 · 한용운 · 정지용 · 백석 · 윤동주 · 심훈 · 채만식

김정일 국방위원장이 1994년 김일성 주석의 사망 후 유훈통치를 실시하고 3년이 지난 뒤에 국방위원장이라는 직위로 북한을 통치하게 되었을 때, 그 제일성이 강성대국의 건설이었다. 하지만 '강성대국의 건설'은 말뿐인 성찬으로 이루어지는 것은 아니다. 그러자 경제위기를 극복하기 위해 부지런히 외교에 치중하면서 중국과 러시아를 방문한다. 다음으로는 '우리 민족끼리'란 캐치프레이즈를 들고 나오면서 남북한의 대화를 활성화하고 급기야는 남북정상회담을 2000년 6월 15일 갖게 된다. 이 무렵 남한의 언론에 가장 많이 등장하게 된 것이 바로 '민족공조'라는 말이었다. 금강산관광의 시행과 평화자동차공장의 건립이 대표적인 남북경협의 실천이었고, 그 배경에는 '민족공조'라는 이데올로기가 개입되어 있었다. 사실 '민족공조'는 실천적인 명제이고 이념적인 용어로는 '우리 민족 제일주의'라는 말이 있다. 이 용어는 1980년대 후반 이후 김정일 국방위원장에 의해 본격적으로 사용이 되었다.

1970년대 이전까지 북한에서는 스탈린의 민족 개념, 즉 "민족이란 언어 · 지역 · 경제생활 · 문화 · 심리 등에서 공통성을 가진, 역사적으로 형

성된 사람들의 공고한 공동체"라는 규정을 보편적으로 사용하였으나, 1970년대 들어 혈통의 공통성을 민족 구성의 요소로 추가하였다. 그리고 이어 1980년대에는 스탈린의 민족 개념이 비정상적인 과정을 걸어온 유럽의 특수한 개념이라고 비판하면서, "민족을 이루는 기본 징표는 핏줄, 언어, 지역의 공통성이며, 이 가운데서도 핏줄과 언어의 공통성은 민족을 특징짓는 가장 중요한 지표로 된다"고 하여, 스탈린의 민족 개념에서 핵심 요소인 경제생활의 공통성을 삭제하고 언어와 혈통을 특히 강조하고 있다. 이 같은 변화는 '민족'이 부르주아 사회 형성기에 만들어진다는 유물사관의 기본 논리를 정면으로 부인하고, 민족의 원초성을 강조하는 방향으로 북한 학계의 입장이 바뀌었음을 의미[52]한다.

아울러 기존의 유물사관 논리에서와 같이 민족주의를 "계급적 이익을 전민족적 이익으로 가장하고 자기 민족의 '우수성'을 내세우면서 다른 민족을 멸시하고 증오하며 민족들 사이의 불화와 적대를 일삼는 부르주아 사상"으로 규정하면서도, 진정한 민족 자주권을 주장하기 위해서는 자기 민족 제일주의가 필요하다고 주장하였다. 이는 1986년 김정일이 '조선민족제일주의'를 제창하면서 체계화된 내용으로서 매국배족적인 민족 허무주의, 민족 개량주의와 민족 배타주의, 인종론, 세계주의를 철저히 반대 배격하는 것을 우선적인 특징으로 삼고 있다.

그러면 북한은 언제부터 조선민족제일주의를 들고 나왔을까? 대체로 학계에서는 1986년 7월 15일에 발표된 김정일 위원장의 논문 「주체사상 교양에서 제기되는 몇 가지 문제에 대하여」를 기점으로 파악하고 있다.

세계혁명 앞에 우리 당과 인민이 지닌 첫째 가는 임무는 혁명의 민족적 임무인 조선혁명을 잘하는 것입니다. 자기 나라 혁명에 충실하자면 무엇보다도 자기 민족을 사랑하고 귀중히 여길 줄 알아야 합니다. 나는 이런 의미에서 우

---

52) 도면회, 앞의 글, 79쪽.

리 민족제일주의를 주장합니다. 우리 민족이 제일이라고 하는 것은 결코 다른 민족을 깔보고 자기 민족의 우월성만 내세우라는 것이 아닙니다. 내가 우리 민족 제일주의를 주장하는 것은 자기 민족을 가장 귀중히 여기는 정신과 높은 민족적 자부심을 가지고 혁명과 건설을 자주적으로 해나가야 한다는 것입니다.[53]

그러면 북한이 주장하는 '우리 민족 제일주의'의 구체적인 내용은 무엇인가? 그것은 "인민대중의 정치적 자주성, 경제적 번영과 문화적 진보를 이룩하려는 민족 염원을 실현하며 진보적 사회제도에 대한 인민 대중의 열망, 자주, 평화, 친선이 지배하는 새 세계를 건설하려는 인민 대중의 지향과 투쟁정신을 집대성한 민족의식으로서… 역사상 있었던 모든 민족의식의 긍정점을 투철한 민족자주정신에 바탕하여 새롭게 음미·해석하여 계승하고 인민 대중의 자주성 실현을 중심으로 하여 새롭게 정립된 민족의식 발전의 최고 형태"로 규정되었다. 이에 의하면 '우리 민족 제일주의' 정신을 형성하기 위한 객관적 기초는 크게 두 가지이다. 즉 고유한 문화와 전통을 창조한 자기 민족의 우수성에 대한 인식과 모든 민족이 고유한 내용과 방식으로 인류 역사에 공동으로 기여했다는 인식이다. 여기서 자기 민족의 우수성에 대한 인식은 오로지 시대의 지도자상을 자기 민족의 운명 개척을 위한 투쟁에 올바르게 구현한 민족의 지도사상을 밝힌 탁월한 지도자를 모신 민족만이 가질 수 있다고 하여 주체사상에서 이론화한 수령론으로 귀결[54]되고 있다.

이러한 조선민족제일주의의 기치아래 북한은 고전문학 예술유산에 대

---

53) 김정일, "주체사상교양에서 제기되는 몇 가지 문제에 대하여", 『로동신문』 1986년 7월 15일, 안찬일, 「북한의 민족공조의 본질과 전망」, 『2003년 북한연구학회 춘계학술세미나 논문집: 참여정부 평화와 번영의 실천과제와 전망』, 2003. 3. 28, 고려대 인촌기념관, 북한연구학회, 3-4쪽 재인용.

54) 도면회, 앞의 글, 80쪽.

한 조사 발굴 및 연구사업을 활발하게 전개하여 수백 권의 책으로 출판하였다. 그리하여 그 성과물을 "백수십 편의 고전소설들과 고대, 중세 시문학의 발전면모를 보여주는 수천 편의 시가들, 그리고 설화, 패설, 기행문 등 다양한 형식의 수많은 작품들이 발굴되어 100여 권에 달하는 고전문학작품집과 단행본들이 새로 출판되고 민족고전문학에 대한 새로운 연구성과들이 세상에 나왔다. 최근 년간 1만여 편의 다양한 내용과 형식의 민족음악 유산이 발굴 수집되고 2천여 편의 민요가 채보 정리되여 영구보존할 수 있게 된 것도 민족고전문학예술 유산을 조사발굴하고 계승 발전시키는 사업에서 이룩된 귀중한 성과의 하나이다"[55]라고 선전하고 있는 실정이다.

그리고 민족고전문학예술 유산의 평가와 계승에서 몇 가지 원칙적 문제를 고려해야 한다고 하면서, 1) 인민적이고 진보적인 유산의 비판적인 계승발전, 2) 주체적인 입장의 견지, 3) 역사주의 원칙과 현대성의 원칙의 구현, 4) 복고주의와 민족허무주의의 배격의 네 가지 원칙을 내세우고 있다.

북한학계의 민족주의 역사학 부활의 바탕에는 김정일 국방위원장의 교시가 큰 역할을 하였다. 그는 최근인 2003년 1월 2일 조선노동당 중앙위원회 책임일군들과 한 담화에서 "우리 인민의 우수한 민족적 전통을 적극 살려 나갈 데 대하여"라는 문건을 제시하였다. 이 담화에서 우리 민족제일주의와 민족적 전통을 지켜나가야 하는 이유로 "우리나라의 대외적 환경이 복잡하고 제국주의자들이 사상문화적 침투책동이 우심한 조건에서 우리가 민족적 전통을 잘 살려나가지 않으면 사람들이 썩어 빠진 부르주아문화와 생활풍조에 물 젖을 수 있으며 우리 사회의 건전하고 혁명적인 생활기풍이 흐려질 수 있습니다. 우리 인민들이 우수한

---

55) 한중모, 『위대한 령도자 김정일동지의 사상리론』, 문예학 1, 평양, 사회과학출판사, 1996, 201쪽.

민족 전통을 고수하고 민족성이 강하면 제국주의의 사상문화적 침투도 막아낼 수 있고 그 어떤 이색적인 풍조도 스며들지 못하게 할 수 있습니다"[56]라고 밝히고 있다. 김정일 위원장은 민족적 전통을 구체적으로 지켜나가기 위한 방안으로 음력설을 비롯한 민속명절을 잘 쇠도록 하는 방안, 민속놀이의 장려, 부모를 존경하고 가정례의 범절을 잘 지키도록 하는 것, 민족 옷차림과 민족음식을 적극 장려하고 발전시키는 방안, 문학예술부문에서 민족성을 잘 살리는 방안으로 이를테면 민요를 장려하는 것, 민족악기를 잘 살려나가는 것, 계몽기 문학예술을 잘 연구하고 거기에서 우수한 민족적 정서를 찾아내며 현대적 미감에 맞게 발전시켜 나가는 것[57] 등을 제시하였다.

이러한 북한 역사학계의 민족주의 사관의 부활과 '우리 민족 제일주의'의 등장은 문학사 기술에도 큰 영향을 미치게 되었다. 그 결과 그 동안 다루는 것을 금기시 했던 작가들인 정지용·백석·윤동주·심훈·채만식 등의 부활과 신채호·한용운 등의 민족적인 기질을 강하게 가진 작가들에 대한 서술의 강화라는 양상이 확연하게 드러나고 있다.

1. 한용운과 신채호

『조선문학통사』(1959)는 비판적 사실주의 문학으로 김소월의 문학을 거론하면서도 신채호와 한용운은 전혀 언급하지 않았다. 1980년에 간행된 5권으로 된 『조선문학사』(19세기 말~1925, 1980)의 경우, 신채호는 '자유, 독립에 대한 애국적 지향과 갈망을 반영한 문학'에서 구체적으로 상세하게 다루고 있으나 그에 비해 김소월과 한용운은 언급하지 않고

---

56) 김정일, "우리 인민의 우수한 민족전통을 적극 살려 나갈데 대하여", 민족문화유산 편집위원회 편, 『민족문화 유산』, 평양, 조선문화보존사, 2003, 3-4쪽.
57) 김정일, 위의 글, 4-7쪽.

아리랑 등 인민창작문학과 초기 프롤레타리아문학만을 집중적으로 다루고 넘어갔다. 그에 비해 북한의 민족주의 역사학의 분위기를 반영한 15권으로 구성된 사실상의 김정일 시대의 『조선문학사』 7권(2000)은 신채호·한용운·김소월을 모두 상세하게 다루고 있는 것이 특징이다.

한용운의 경우, 그의 시를 관통하고 있는 기본 사상 감정은 일제에게 짓밟히고 빼앗긴 겨레의 삶과 조국과 향토에 대한 뜨거운 동정과 열렬한 사랑이며 많은 시 작품에서 자기의 독특한 시풍으로 애국의 정을 강렬하게 표현하고 있는데, 여기서 가장 특징적인 것은 '님'을 두고 토로되는 절절한 사랑의 감정이라고 강조하고 있다. 또 '님'의 진정한 의미에 대해 한용운이 지닌 투철한 반일저항정신과 애국의 순정을 놓고 보아도 그렇고, 그의 시에 관통되어 있는 서정세계 전반을 음미해 보아도 그렇고, 그가 그렇듯 귀중하고 사랑하는 대상으로 부르는 '님'은 많은 경우 조국과 겨레의 상징적 의미로 쓰여졌다고 볼 수 있다고 해석하고 있다. 여기에서 민족주의적 역사학에 따른 우리 민족 제일주의의 세계관이 반영되어 있음을 확인하게 된다. 한용운의 시에 관통되어 있는 님에 대한 사랑의 감정은 그의 대표적인 시 「님의 침묵」에서 보다 심원하게, 높은 경지에서 일반화되어 노래되었으며 그의 시에 이러저러하게 나타나던 이별과 만남의 정서는 이 시에서 극한점을 이루고 있으며 이별과 만남의 정서 속에서 분출되던 님에 대한 사랑의 열정 역시 이 시에서 절정을 이루고 있다고 파악하고 있다.

한용운의 시문학의 문학사적 위상과 가치에 대해 다음과 같이 설명하고 있다.

한룡운은 님에 대한 사랑의 열정을 토로하는 그 정서적 지향의 욕구에 맞게 시형식도 독특하고 새롭게 개척하였다. 그의 시는 깊은 사색을 담고 있고 철학성이 강하며 이에 따라 시적 론리도 매우 심오하게 되여 있다. 또한 대부분의 시들이 시행이 끊기지 않고 산문식으로 쭉 련결되지만 운률적 미, 음악성을 잘 살리고 있다. 그의 시는 그 사상정서적 내용에서나 시형상적 측면에서 새롭고 독특한 것으로 하여 우리나라 시문학의 애국주의적 전통을 살리며 자유시의 령역을 다채롭게 하는 데서 특색있는 기여를 하였다.[58]

『조선문학통사』에서는 언급이 없었던 신채호문학의 경우, 1980년의 『조선문학사』(19세기 말~1925)는 소설문학만을 거론하면서 진보적 낭만주의 경향의 대표적인 작품으로 「룡과 룡의 대격전」(1927년)을 제시하면서 "소설 「룡과 룡의 대격전」은 민족적 및 계급적 모순이 첨예화된 1920년대 우리나라 사회현실을 반영하면서 일제참략자들과 착취계급의 반동성을 예리하게 폭로비판하고 그 멸망의 불가피성을 랑만주의적 수법으로 밝혀내고 있다"[59]고 그 문학적 성격을 설명하였다. 이 작품은 작가 신채호가 3·1인민봉기 후 민족해방운동의 선두에 나선 로동계급의 혁명사상과 투쟁에 일정하게 공감해 나섰다는 것을 말하여 주고 있는 등 긍정적인 측면이 있으나 민중의 구현자로서의 드래곤의 형상창조에서 우의적이고 상징적인 수법을 지나치게 적용한 나머지 일제침략자들과 그의 앞잡이들인 지주, 자본가들의 반동성과 죄악성을 예리하게 드러내지 못하고 있다[60]고 그 제한성을 비판하고 있다.

2000년에 간행된 『조선문학사』 7권에서도 신채호문학에 대해 『조선문학사』(1980)의 서술태도를 그대로 답습하고 있지만, 진보적 랑만주의 문학을 강조하기보다는 애국의 열정과 독립에 대한 지향을 강조하고 있어 민족주의적 성향을 부각시키는 점이 변화된 면모라고 할 수 있다. 시문학의 경우 한용운 다음에 바로 신채호를 4쪽에 걸쳐 설명한다. 또 소

---

58) 류만·리동수, 『조선문학사』 7권, 평양, 과학백과사전출판사, 104쪽.

59) 박종원·최탁호·류만, 『조선문학사』(19세기 말~1925), 평양, 과학 백과사전출판사, 1980, 157쪽.

60) 박종원·최탁호·류만, 위의 책, 159-160쪽.

설문학에서도 6쪽에 걸쳐 상세하게 다루었으므로 총 10쪽에 걸쳐 신채호 문학을 집중적으로 분석하고 있을 정도로 북한의 문학사가들이 그의 문학의 가치를 높게 평가하고 있음을 확인하게 된다. 『조선문학사』 7권에서 이렇게 신채호문학의 비중이 높아진 배경에는 김정일 위원장 집권 이후의 민족주의적인 정치적 성향과 밀접한 관련이 있다. 신채호의 시 문학의 경우, 「한나라 생각」, 「새벽의 별」을 인용하면서 "신채호는 애국의 열정과 독립에 대한 지향이 강렬했던 그만큼 이 시에서도 바람에 따라 돛을 달며 애국과 우국을 떠돌다가도 세월의 풍파 속에서 자기의 신조를 저버리는 사람들에 대한 경멸과 함께 별빛과 같이 새벽과 같이 그렇듯 신선하고 순결하며 밝은 애국의 열정을 매 사람들이 가슴마다에 지닌 것을 열렬히 열망하였다"고 분석하고 있다. 하지만 "시인은 1910~1920년대 초의 엄혹한 사회력사적 환경 속에서 애국의 열정을 직접적으로 자유분방하게 터뜨릴 수 없었던 조건에서 시형상을 주관적인 공상과 상징 등의 수법으로 실현하였다. 때문에 보다 과장되고 확대되고 상징화된 그런 시형상 속에서 애국의 열정이 강렬하게 표현되었던 것이다"[61]고 민족주의적 색채가 강한 '애국의 열정'을 부각시키고 있다. 신채호의 소설문학에 대해서도 '애국독립에 대한 지향'을 소항목으로 달면서 김일성의 다음과 같은 교시를 인용하며 '조국애의 고취'를 부각시키고 있다.

> 신채호는 후대들에게 우리 민족의 유구한 애국전통과 찬란한 문화를 소개하고 조국애를 고취할 일념 밑에 국사서술에 많은 시간과 정력을 바친 사람이다. 그는 민족의 계몽을 위하여 한동안 출판활동에도 열정을 쏟아부었다.
> — 『김일성저작집』 46권, 4쪽

소설 『꿈하늘』과 『룡과 룡의 대격전』 등 소설문학에서 신채호 소설의

---

61) 류만·리동수, 앞의 책, 106-107쪽.

형상세계는 "1919년 3·1운동 이후 일제가 감행해 나선 시대상황을 여실히 그려내고 침략자, 략탈자들을 반대하여 투쟁할 데 대한 지향을 강렬하게 표현하면서 그 승리의 필연성을 확인함으로써 인민들을 반일독립투쟁정신으로 교양하는 데서 일정한 의의를 가지였다. 작품에는 작가의 세계관적 제한성으로 하여 피압박인민들의 해방을 위한 참다운 길을 밝히지 못한 부족점도 있다. 그러나 소설『꿈하늘』과『룡과 룡의 대격전』은 일제강점 밑에 민족적 및 계급적 모순이 첨예화된 우리 나라의 불합리한 현실과 착취제도를 반대하고 나라의 독립을 이룩할 데 대한 인민대중의 투쟁과 념원을 랑만주의적 수법으로 반영한 작품으로서 우리나라 진보적 문학발전에서 커다란 의의를 가진다"[62]고 문학사적 가치를 다른 어떤 작가보다도 높게 평가하고 있다.

2. 정지용 · 백석 · 윤동주

시인 정지용과 백석, 그리고 윤동주는『조선문학통사』와『조선문학사』(1980년)에서 전혀 다루어지지 않았던 작가들이다. 그런데 어떻게 갑자기『조선문학사』7권(2000년)에서 크게 부각될 수 있었는가? 그것은 첫째, 김정일이 1980년대 말부터 새롭게 들고 나와 1990년대 후반에 하나의 이데올로기로서 크게 대중적인 선동적인 이념으로 활용하였던 '조선민족제일주의'와 밀접한 관련이 있다. 둘째, 김정일시대에 있어서 당의 문화적 테크노크라트들이 남한의 한국문학사를 분석하여 김정일에게 '사료의 충실성과 풍부화'를 건의하여 수용되었던 것도 한 요인으로 작용하였던 것으로 파악된다. 셋째, 김정일의 '광폭정치'의 영향 때문이다.

『조선문학통사』하권의 1930~1945년의 문학「온갖 부르주아 반동문

---

62) 류만 · 리동수, 위의 책, 137-138쪽.

학을 반대하는 투쟁에서의 프롤레타리아 문학평론의 역할 및 사회주의 사실주의 문학의 승리」에서 퇴폐주의, 형식주의, 자연주의 문학을 비판하면서 '9인회'를 조직한 이태준과 해외문학파 및 박영희, 최재서, 백철, 임화, 이원조, 김남천, 이광수, 김동인, 염상섭, 현진건, 황석우, 오상순, 김광섭, 이헌구 등을 비판하고 있다. 그러나 정지용, 김기림, 백석 등의 모습은 어디에도 그 자취를 찾을 수 없다. 그것은 『조선문학사』(1980년)에서도 마찬가지로 드러난다.

그러나 정지용은 류만이 집필한 『조선문학사』 9권(1995년)에서 총 두 곳, 4쪽에 걸쳐 상세하게 서술되고 있다. 「조선문학통사」와 『조선문학사』(1980년)에 전혀 언급이 없던 정지용이 어떻게 부활하게 된 것일까? 그것은 세 가지 이유 때문이다. 하나는 민족주의 역사학의 등장과 조선민족제일주의라는 이데올로기 덕분이다. 『조선문학사』 9권에서 처음으로 부활한 정지용 시인에 대해 "민족적 정서와 색채가 진하고 향토적 정취가 강하게 풍긴다"[63]고 평가한 것에서 입증이 된다. 둘째, 중요 언론인으로 북한에 생존해 있는 정지용 시인의 삼남 정구인의 노력과 김정일 위원장의 광폭정치의 일환으로 정지용 시인이 애국시인으로 재평가받은 때문으로 보여진다. 셋째, 남한문학사를 분석하여 연구하는 류만 등의 김정일 측근의 북한 테크노크라트 학자들의 재평가와 연관이 있다고 할 수 있다. 그들은 지속적으로 김위원장에게 민족문화유산의 발굴과 문학사료의 풍부화를 주장하였고 그러한 건의가 받아들여진 것으로 판단된다.

『조선문학사』 9권에서는 정지용 시인에 대해 다음과 같이 '조선민족제일주의'의 이념적 시각에서 새롭게 재조명하고 있다.

---

63) 류만, 『조선문학사』 9권, 평양, 과학백과사전출판사, 1995, 33쪽.

프롤레타리아 시문학이 주류를 이루면서 활발하게 창작되고 있던 이 시기 동시대의 경향적인 시작품들을 창작한 시인들과는 달리 정지용을 비롯한 일련의 시인들은 사회정치적 문제나 현실적 생활세계 같은 것은 거의나 관심밖에 두면서 내용이나 형식에서 민족적이며 향토적인 색채가 짙은 시창작의 길을 걸었다.

정지용은 1930년을 전후한 시기에는 감각주의적인 시를 주로 씀으로써 그 경향에 있어서 형식주의, 예술지상주의적인 데로 기울어졌지만 그의 초기 시들은 민족적 정서와 색채가 진하고 향토적인 정취가 강하게 풍기며 민요적인 아름다운 시풍으로 하여 1920년대 민족시가의 한 모습을 보여주었다. 정지용과 함께 조운, 리은상을 비롯한 여러 시인들도 서정시, 시조 등의 창작으로 이 시기 민족적 색채가 짙은 진보적 시문학을 풍부히 하고 다채롭게 하는 데 기여하였다.[64]

앞의 둘째에서 북한에 현재 생존하고 있으며 2003년 남북이산가족 상봉 때 남한에 내려와서 큰아들인 정구관을 만나고 돌아간 정구인의 노력 또한 북한문학사에서 정지용 시인이 부활하는 데 큰 기여를 하게 되었다. 정구인은 아버지의 친구인 박산운 시인과 소설가 박태원 등을 찾아다니면서 아버지 정지용의 마지막 행적을 찾는 데 주력하였던 것으로 알려져 있다. 결국 정지용 시인의 아들이라는 사실 때문에 조선중앙통신의 기자인 정구인은 김정일 국방위원장으로부터 북한에서는 영예로운 선물환갑상을 받게 된다. 공교롭게도 북한문학계에서 정지용 시인에 대한 재평가가 이루어진 시기와 정구인의 활동상이 알려진 시기는 거의 일치하고 있다.

어찌되었든지 1995년을 기점으로 한 정지용 문학에 대한 북한평단에서의 호의적인 평가는 급기야 대학용 문학교과서에 그의 시작품이 삽입되는 단계에까지 발전한다. 하지만 이러한 이야기는 북한을 다녀온 학

---

64) 류만, 위의 책, 32-33쪽.

자들의 입을 통해서 전해지고 있을 뿐 구체적으로 문학교과서가 외부로 흘러나온 것은 아니었다. 단지 1920년대 아동문학집(1)(『현대조선문학선집』 제18권)에서 박팔양편 다음에 정지용편이 나오는데, 그곳에 「굴뚝새」(1926년 12월 『신소년』에 발표된 동시)65) 등 11편의 동시가 수록되어 있는 것이 남한학계에 확인되었다. 그중 「굴뚝새」는 처음 발굴된 작품이다.

그러던 중 2000년 10월에 발행된 북한의 『조선대백과사전』 권17에 드디어 정지용이 수록되는 경사를 맞게 되었다. 물론 이러한 조짐은 1995년 무렵부터 조금씩 나타나고 있었다. 1994년 5월 15일 북한에 생존해 있는 정지용의 삼남 정구인은 김정일 국방위원장으로부터 선물 환갑상을 받게 되었다. 그러한 회고의 이야기는 정구인이 쓴 『통일신보』 1995년 6월 17일(1288호)자 기사인 「애국시인으로 내세워주시여」에서 구체적으로 묘사되어 있다. 그 기사에서 김정일 국방위원장은 환갑상을 보내면서 "정지용은 1920년대와 1930년대에 창작활동을 한 애국시인의 한 사람이었다고 분에 넘치는 평가도 해주시고, 나라의 전반 사업을 돌보시는 그 바쁘신 속에서도 1994년 6월 8일 이름 없는 평범한 방송기자가 올린 감사의 편지를 친히 보아주시는 크나큰 은정도 베풀어주시었다"66) 고 정구인은 회상한다. 김정일 국방위원장의 이러한 긍정적 평가는 북한문학사에서의 정지용 문학의 부활을 예고하는 증표였다.

그 이후 북한에서는 1995년부터 2001년까지 7년에 걸쳐 총 30권의

---

65) 정지용 외, 「1920년대 아동문학편」(1), 『현대조선문학선집』 권18, 평양, 문예출판사, 2000, 90쪽.

이 선집에는 「굴뚝새」, 「해바라기씨」, 「지는 해」, 「별똥」, 「종달새」, 「할아버지」, 「산너머 저쪽」, 「홍시」, 「삼월 삼질날」, 「산에서 온 새」, 「바람」의 총 11편이 수록되어 있다.

「굴뚝새」는 "굴뚝새 굴뚝새/ 어머니 ―/ 문 열어놓아주오, 들어오게/ 이불안에/ 식전 내 ―재워주지 / 어머니 ― / 산에 가 얼어죽으면 어쩌우/ 박쪽에다/ 숯불 피워다주지"라는 내용의 짧은 동시이다.

66) 『통일신보』 1995년 6월 17일자 3면, 「애국시인으로 내세워 주시여」.

『조선대백과사전』을 간행하였다. 마지막 권인 제30권이 2001년 12월 20일에 발행된 것에서 알 수 있듯이 『조선대백과사전』은 2002년의 김정일 국방위원장의 회갑에 맞추어 경축의 의미로 기획된 것임이 확인된다. 북한에서는 『조선대백과사전』을 기획하면서도 식량난 등 경제난이 겹쳐 사전의 완간에 자신감이 부족했던 것으로 판단된다. 그래서 남쪽의 출판사 등 자본가들에게 지원을 요청했던 것67)으로 알려지고 있다. 이 백과사전에 정지용이 수록된 것은 커다란 의미를 지닌다. 그 이유는 북한의 최고지도자인 김정일 국방위원장의 회갑에 맞추어 출판된 백과사전에 정지용 시인이 들어가게 된 것은 북한문학에서 정지용 문학의 완전한 부활을 의미하기 때문이다. 그러한 근거는 이 사전에 식민지 시대의 중요한 시인들인 김기림·백석·이용악·오장환 등이 수록되지 않았다는 것에서도 확인이 될 수 있다.

　　8·15 후에는 남조선에서 진보적 문학운동에 적극 참가하였다. 8·15전에 그가 창작한 대표적인 시들은 시집 『정지용 시집』(1935년), 『백록담』(1941년)에 실려 있다. 그는 초기 작품들에서 주로 향토와 자연을 대상으로 하면서 민요풍의 시인으로서의 개성적인 면모를 두드러지게 보여주었다. 그러한 작품으로 「향수」, 「압천」, 「고향」, 「할아버지」, 「산 넘어 저쪽」 등이 있다. 시에서 그는 일제 침략자들에게 빼앗긴 향토에 대한 사랑과 그리움을 짙은 민족적 정서 속에서 노래하였다. 일제의 탄압과 세계관적 제한성으로 하여 1920년대 말~1930년대 초에 오면서 그는 점차 형식주의적인 창작세계로 기울어졌다. 주체 22년에 예술지상주의를 들고 나온 《9인회》의 성원이 된 그는 이 시기를 전후하여 쓴 「호수」, 「바다」, 「밤」 등과 같은 시에서 상징주의적이며 기교주의적인 경향을 보여주었다. 그러나 시인이 초기에 쓴 민요풍의 시작품들은

---

67) 현재 북한의 단행본 서적을 로얄티를 지불하고 공식적으로 수입하여 판매하고 있는 대훈서적의 김주팔 사장이 중국 출판공사 이사장(북한의 정무원 출판국 책임자와 교류가 활발함)으로부터 간접적으로 전해들은 소식이다.

122

8·15전 진보적 시문학발전에 기여하였다.[68]

백석(1912~1995)은 그의 나이 25세 때인 1936년 첫 시집 『사슴』을 간행함으로써 장안의 화제를 불러일으켰다. 사실 그의 문단 데뷔는 그 1년 전인 1934년 「정주성」을 『조선일보』에 발표함으로써 이루어졌다. 백석이 『사슴』을 낼 때 그는 조선일보 기자였으며, 출판기념회를 할 때 발기인으로 안석영, 홍기문, 김기림, 이원조 등이 가담한 것으로 보아 그의 시에 대한 당대의 평가는 상당히 호의적이었다고 할 수 있다. 그는 곧 조선일보 기자를 그만 두고 함흥의 영생여고보에서 교원으로 전직을 하였고, 그것도 얼마 되지 않아 그만두고 만주의 신경(장춘)에서 측량보조원, 측량서기, 소작인생활 등을 하며 생계를 꾸린 것으로 알려져 있다. 백석에 대한 남한의 평가는 그의 전집을 1987년에 펴낸 이동순에 의하면, "백석의 시는 민족 주체성이 망가뜨려진 시대에서 고향의식과 그 끈질긴 생명력을 팽팽히 응집하여 나타냄으로써 꺼져가는 이 나라 모국어시의 명맥을 되살려내었다"고 분석하면서 "백석은 무너진 시대 안에서의 주체적 정서와 자아를 모국어로써 견결히 유지하려 하였고 이러한 그의 어법은 실제로 청록파 계열을 비롯한 『문장』지 출신 시인들과 윤동주를 포함한 당대의 젊은 시인들에게 깊은 영향을 주었다"[69]고 문학사적 위상을 평가하였다. 김용직은 백석이 등장하기 이전 한국 시단은 대체로 세 개의 유파에 의해서 그 판도가 결정되어 있었다고 전제한다. 그 하나는 김기림이 주도한 주지주의계 모더니즘 시이고, 다른 하나의 유파로 부각될 수 있는 것이 카프의 발전적 형태에 해당되는 현실주의의 흐름이며, 또 하나의 만만치 않은 흐름을 이룬 것이 비주지주의계 시인들에 의해 씌어진 시들로 그 제작자는 이상을 비롯하여 서정주·오장

<hr>

68) 강경구 외 편, 『조선대백과사전』 제17권, 평양, 백과사전출판사, 2000, 396쪽.
69) 이동순 편, 『백석시전집』, 창작사, 1987, 177쪽.

환 등이라고 구분하였다. 그런데 이런 1930년대 중반기경의 시단상황으로 보면 백석의 시집 「사슴」은 매우 특징적인 것, 이색적인 것이었다고 평가하고 있다. 모더니즘의 영향을 받았으면서도 그의 시집 『사슴』에 나오는 '가즈랑집' 이하 33편의 작품이 도시문명이나 도시감각에 입각한 것이 한 편도 없다는 것은 모더니즘과 다른 개성적인 것이라고 설명한다. 즉 백석의 시는 반도시反都市, 산촌山村 성향이라는 것이다. 또 백석의 시에는 그의 고향을 중심으로 펼친 의도적 방언 사용과 갖가지 토속적 소재 이용은 일찍 박용철이 지적한 바와 같다. 그런데 평론가 김종철은 백석의 시에 나오는 방언에 대해 일종의 고향 그리기라고 보면서 그것이 공동체 의식의 다른 이름이라고 바라보면서 「사슴」에 실린 대부분의 작품이 궁핍하고 어두운 색조에 싸여 있는 것을 현실을 객관적 눈으로 살피려는 시도의 소산으로 파악하였다. 최두석은 「사슴」과 그 후의 백석 시는 얼핏 보면 동화적 관점에 의거한 것이 많지만, 작중 화자가 어린아이가 아님을 지적하면서 '조상과 자손 사이에 놓인 성인'이라고 해석했다. 김용직은 백석 시에 나오는 지방색에 주목하면서, 이웃과 고향에 대한 백석의 관심이 공동체에 그 뿌리가 닿았다고 보는 것은 정당한 듯이 보이지만, 우리가 살피는 한 그의 시는 객관적인 것이 아니라 상당히 주정적이라고 해석하였다. 이것은 백석의 시가 공동체의식을 지니기 이전의 사적인 차원에 머물렀음[70]을 뜻한다고 분석하고 있다.

　이러한 백석 시문학에 대한 남한에서의 1980년대부터의 열정에 비해 북한문단에서는 거의 거론이 없었다. 그러다가 갑자기 1995년 간행된 『조선문학사』 9권에서 등장한 것이다. 따라서 북한문학사에서의 백석문학의 부활은 '조선민족제일주의'의 영향이 가장 크다고 볼 수 있다. 『조선문학사』 9권은 1930년대 중엽~1940년대 전반기 문학 중 제4절 '시문

---

70) 김용직, 『한국 현대시인 연구(상)』, 서울대출판부, 2000, 642-652쪽.

학에서 진보성의 고수와 시인들의 특색 있는 시창작'에서 이 시기 북부 국경지대에서 활동하던 시인들에 의하여 항일무장투쟁에 대한 지지와 공감을 노래한 시작품들이 창작되어 조선문학의 시종일관한 저항정신과 애국애족의 터전 위에서 싱싱하게 싹트고 자라온 문학의 명맥이 이어지고 있을 때 주로 1930년대 이후에 시창작활동을 벌인 백석, 이용악, 김태오, 윤동주 등은 자기들의 특색 있는 시창작으로 그 명맥을 이어가는 데 일정하게 보탬하였다고 서술하고 있다. 특히 백석은 세태풍속을 기본으로 노래하면서 민족적 정서를 진하게 체현하고 독특한 시풍을 보여준 시인이라고 평가하고 있다. 류만은 백석의 시 「녀승」(1934)이나 「비」(1935)를 포함해서 「모닥불」(1939)에 이르기까지 그의 시들은 대체로 하나의 풍속도라 할 만치 세태적인 생활감정으로 일관되어 있다[71]고 서술하고 있다. 『조선문학사』 9권은 백석의 시 「통영」, 「고성가도」, 「삼천포」를 직접 인용하면서 "그의 '풍속도'는 단순히 하나의 풍속묘사에 그치는 것이 아니라 거기에는 가지가지의 생활도 있고 한 많은 사연도 있으며 웃음도 있고 눈물도 있다. 분명 시인은 그 무엇에 대하여 옛말처럼 구수하게 이야기하고 있는 것 같은데 우리에게는 그것이 시로 느껴지는 것이다. 다른 작품들과 마찬가지로 시 「모닥불」도 그러한 특성을 보여주는 작품"이라고 분석하고 있다. 북한의 문학사가인 류만은 시의 마지막 부분에서 "모닥불에 깃든 할아버지의 불행한 력사를 상기시킴으로써 조상 대대로 내려오는 생활의 가난과 불행은 계속되고 있다는 것을 서럽게 이야기하였다"고 사회적인 배경에 대해 언급하였다. 또 "그의 모든 시가 다 이런 것은 아니지만 풍속과 생활세태를 그린 적지 않은 시들이 그 평범한 이야기 속에 이런 깊은 의미를 간직하고 있다. 그 의미는 때로 가난과 설음에 대한 고발이기도 하고 때로 조상전래로 우리 인민이

---

71) 류만, 『조선문학사』 9권, 평양, 과학백과사전출판사, 1995, 204-205쪽.

간직해 오는 생활풍습과 미풍이기도 하며 때로는 인정세계이기도 하다"
고 파악하였다. 류만은 특히 그의 시에는 '멋'이나 '식'은 도저히 찾아볼
수 없는 반면에 구수한 이야기가 있으며 '토장'냄새가 있다고 해석하였
다. 요약하면 민족적 풍속을 독특한 시풍으로 그려낸 백석의 시는 민족
적인 모든 것이 짓밟히던 시기 시문학의 진보성, 민족성을 지켜내는 데
서 한 모습을 보여주었다[72]고 문학사적 위상과 가치를 '우리민족제일주
의'라는 이념의 틀에서 새롭게 평가하고 있는 것이다.

　윤동주(1917~1945)의 경우도 이전의『조선문학통사』나『조선문학사』
(1980)에서는 전혀 거론된 적이 없었다. 물론 윤동주의 시가 북한에 알
려지게 된 것은 문익환 목사가 평양 순안공항을 방문하여 환영식 도중
양복 주머니 속에서「서시」를 꺼내 낭독함으로써 최초로 전파되었다고
한다. 즉 윤동주의 시문학은 전적으로 남한문학사의 영향 때문에 북한
문단에 널리 알려지게 된 것으로 생각한다. 류만은『조선문학사』에서 윤
동주의 전기에 대해 "그는 북간도 명동촌에서 태여나 룡정에서 중학교
를 졸업하고 1938년에는 서울에 있는 연희전문학교에 입학하였으며 1942
년에는 일본에 가서 릿교대학과 도오시야同志社대학에서 공부하였다. 대
학재학중 독립운동건으로 일제경찰에 체포되어 조국해방의 날을 반년
앞두고 일본 후꾸오까형무소에서 옥사하였다"[73]고 기술하고 있다. 류만
은 '잃어버렸습니다' 이렇게 시작되는 시「길」에서 시인은 잃어진 것을
두고 끝없이 모대긴다고 분석한다. '돌과 돌과 돌이 끝없이 연달아' 있
고 더욱이 '쇠문'도 굳게 닫아 이어진 그 길을 찾는다는 것은 참으로 어
렵고 간고한 길이라고 분석하였다. "내가 사는 것은 다만/잃어진 것을
찾는 까닭입니다" 북한의 문학사가들은 잃어진 것을 찾는 거기에 삶의
목적이 있다는 이 심각한 자각은 조국의 아들로서 잃은 조국을 찾는 거

---

72) 류만, 위의 책, 206-207쪽.
73) 류만, 위의 책, 212-213쪽.

기에 자기를 바쳐가리라는 절개 굳은 투지와 애국의 열정이 세차게 굽이치고 있다고 해석한다. 시인은 바로 이런 숭고한 조국애를 안고 빼앗긴 조국의 운명을 두고 설움과 울분을 토하기도 하고 조국의 운명을 건지는 그 길에 자기의 삶이 있음을 절감하면서 삶의 목적과 지향을 언제나 그 높이에 두고 시에서 그것을 열정적으로 노래하였다고 분석하고 있다. "죽는 날까지 하늘을 우러러/ 한 점 부끄럼이 없기를" 시 「하늘과 별과 시」에서 토로한 시인의 이 심장의 말은 그가 지닌 애국의 순정과 열도를 아름답고 깨끗하고 순결한 삶의 지향 속에서 파악하게 한다고 강조한다. 한마디로 윤동주는 당시 적지 않은 시인들이 식민지 통치의 암흑 속에서 우울과 절망과 방황 속에서 헤어나지 못하고 있을 때 하늘과 별을 우러러보며 비운에 찬 조국의 운명을 걱정하면서 참된 삶을 갈망하고 그 길에서 투지를 가다듬은 애국적 시인이라고 말할 수 있다[74]고 요약하여 평가하고 있다.

3. 동반자작가 - 심훈과 채만식

카프가 결성될 당시에 카프에 가입하지는 않았으나 작품의 경향은 카프 작가의 그것과 같은 동반자작가로 논의의 대상이 된 사람은 채만식·이효석·유진오였다. 이들이 주로 1930년대 초반에 쓴 작품들을 근거로 동반자작가라고 불렸던 것이다.

사실 '동반자 작가'라는 용어는 비평가 백철이 처음 사용한 용어로 알려져 있다. 하지만 실제 식민지시대의 평단에서는 박영희가 먼저 '수반자隨伴者'라는 용어를 사용하였다. 그것은 계급문학운동의 조직확대라는 당면 과제와 결부되어 사용한 것이다.

---

74) 류만, 위의 책, 213-215쪽.

근자의 조선의 예술적 활동의 경향은 그 대부분이 프로레타리아의식을 전 취하면서 잇는 것은 무엇보다도 명확한 사실이다. 즉 다시 말하면, 캅푸의 예 술적 활동에 수반자隨伴者가 날로 증가되여 가는 사실이다. 캅푸의 작가가 아 니면서도 캅푸의 예술적 활동강령에 추종하랴는 경향을 가진 작가를 나는 위 선 캅푸의 수반자라고 일흠하엿다. 이 일흠이 수반자 자신의 처지로 보든지 캅푸의 입장으로 보든지 상호 불명예의 것은 결코 안일 것이다. 그러나 이 수 반자는 어느째든 수반자로서만 그 존재의 의의를 갖게 될 째에 물론 그는 계 급적 견지에서 불명예로울 것이다. 그는 캅푸의 작가가 됨으로서 더욱 큰 진 전이 잇슬 것이다.75)

동반자문학에 대한 관심은 계급문학운동에 동정적 입장에 서 있던 작 가들을 대상으로 정치성을 옹호하는 조직의 입장을 내세워 그들을 계급 문학운동 속으로 끌어들이고자 하는 의도를 지니고 있다. 그러나 조선 프로예맹의 조직 자체가 지니고 있는 좌익적 편향과 지도력의 문제로 인하여 실제로 동반자의 획득 문제가 조직적 차원으로 실천되지는 못하 였다. 당시 문단에서 동반자문학이라는 영역 속에 유진오, 이효석, 이무 영, 채만식, 박화성, 전무길 등으로 포함76)시킨 예도 있지만, 이것은 계 급 문단의 조직과 무관하게 이루어진 문단적 분류에 불과한 것77)으로 평가되었다.

북한에서는 1986년에 정홍교·박종원·류만이 쓴 『조선문학개관』 II 에서 채만식·심훈·이효석을 동반자작가로 지칭하고 그들의 문학을 비 판적 사실주의 문학으로 규정하는 견해가 삽입되어 화제를 모았다. 그 리고 『조선문학사』 9권은 위의 견해를 어느 정도 수용하는 입장에서 식 민지 시대의 문학사를 정리하고 있다. 아무래도 김정일 시대를 상징하는

---

75) 박영희, "카프 작가와 그 隨伴者의 문학적 활동", 『중외일보』(1930. 9. 18).
76) 백철, 『신문학사조사』, 신구문화사, 1992, 404쪽.
77) 권영민, 『한국현대문학사』, 민음사, 2002, 378-379쪽.

『조선문학사』 9권이 심훈과 채만식을 상세하게 다시 거론하는 것은 그들의 문학이 식민지 시대의 모순과 불합리한 점을 비판함으로써 어느 정도 저항적인 민족주의적 색채를 지녔기 때문으로 파악된다.

> 1930년대 프롤레타리아문학의 영향 밑에 진보적인 작가들 속에서는 사회현실을 비판하고 근로자들의 생활과 지향을 의식적으로 반영하려는 경향이 나타났다. … 채만식·이효석·심훈은 진보적 작가로서 세계관적 및 미학적 제한성에도 불구하고 당대 현실의 불합리성을 예리하게 비판하고 선진적 이상을 진실하게 사실주의적으로 구현했다.[78]

다만 북한의『조선문학사』 9권은 이효석과 유진오는 거론하지도 않고 농촌계몽운동과 연관시키면서 심훈의「상록수」를 언급하고는 동반자적인 작가라고 단정짓고 있다. 특히 심훈에 대해서는『조선문학사』 9권의 두 군데에서 비중 있게 언급이 되고 있으며 채만식도 4쪽에 걸쳐 기술되고 있다. 위의 책 북한문학사 1920년대 후반기~1930년대 중엽 문학의 '제3장 무산대중의 투쟁과 생활·애국적 지향을 폭넓게 반영한 중장편소설'에서 이기영, 강경애, 한설야의 소설문학을 먼저 언급한 후 장편소설『영원의 미소』(1933)의 심훈과『탁류』(1937)의 채만식의 문학을 상세하게 서술하고 있다. 심훈의『영원의 미소』에서 작가는 지식청년인 수영의 체험을 통하여 지주들의 착취에 시달리면서 가난살이에 신음하는 농민들의 비참한 생활상과 황폐화된 농촌현실을 생동하게 그려냈다고 분석하고 있다. 작품은 수영의 형상과 그가 목격한 농촌현실을 통하여 일제의 식민지수탈정책으로 말미암아 황폐화된 농촌과 헐벗고 굶주리는 농민들의 생활을 보여줌으로써 착취사회의 모순과 불합리를 폭로하였다. 동시에 비참한 현실을 체험한 한 청년지식인의 자각 속에서 가

---

78) 정홍교·박종원·류만,『조선문학개관』II, 평양, 사회과학출판사, 1986, 인동, 1988, 78쪽.

난과 빈궁에 살아가는 농민들을 동정하여 모순된 현실에 항거해나서는 선각자의 모습도 일정하게 보여주었다[79]고 평가하고 있다. 또 「농촌계몽운동과 심훈의 장편소설『상록수』」에서 류만은 심훈(1901~1936)에 대해서 "프롤레타리아문학과 동반자적인 작가로서 특히 1930년대 중엽이전 진보적 문학창작에서 뚜렷한 흔적을 남긴 작가"라고 하여『조선문학개관』II에서와 마찬가지로 그를 '동반자작가'라고 규정지으면서 그가 창작한 것은 10년 내외의 길지 않은 기간이지만 이 기간에 그는 진보적이며 애국적인 경향의 작품들을 왕성하게 창작하였는데, 장편소설인『동방의 애인』(1930),『불사조』(1932),『영원의 미소』(1933),『직녀성』(1935)과 대표작인『상록수』(1935)와 같은 작품은 그것을 잘 실증해준다고 기술하고 있다.

또 북한의 문학사가인 류만은 다섯 쪽에 걸쳐 그의 대표작인『상록수』를 분석하고 있다.『상록수』에는 농촌계몽운동이 전개되던 1930년대 중엽의 시대상이 사실주의적으로 재현되어 있으며 계몽운동에 기대를 건 선진적 청년학생들의 제 나름대로의 이상과 그 실현을 위한 활동과정이 그려져 있다고 해석한다. ○○신문사에서 주최한 겨울방학간 문맹퇴치운동에 참가하였다가 뛰어난 성적을 낸 농업전문학교 학생 동혁과 여자신학교 학생 영신은 경험토론에 출현하여 계몽대의 운동이 글자를 가르치는 데만 그치지 말고 한 걸음 더 나아가서 농민들의 살길을 열어주기 위해서 그네들에게 희망의 정신을 넣어주자는 견해의 공통성으로 하여 서로가 신뢰하며 계몽활동에서 새 출발할 것을 언약한다. 그리하여 동혁과 영신은 학교를 그만두고 동혁은 고향 한곡리에서 영신은 낯선 고장인 청석골에서 농촌계몽에 발벗고 나선다. 그들은 농우회와 부인근로회를 조직하고 야학도 열고 무산아동교육도 진행하며 농민들과

---

79) 류만,『조선문학사』9권, 평양, 과학백과사전출판사, 1995, 125쪽.

어린이들을 위한 회관도 짓고 학교도 세운다. 이 과정은 결코 순탄하게 된 것은 아니었다. 한곡리에서 지주 강기천과 청석골에서는 유산자들과 충돌하고 이어 동혁은 류치장 신세까지 지지 않으면 안 되었다[80]고 그 대체적인 줄거리까지 소개하고 있다. 작품에서 동혁이와 영신은 농촌계몽운동에 투신하면서 계몽운동을 단순히 문맹퇴치의 정도에 머물게 할 것이 아니라 어떠한 수단과 방법을 써서래두 우리 민중에게 위선 희망의 정신과 용기를 길러주기 위해서 노력하는 것이 우리 계몽대원의 가장 큰 사명이라고 인정한다고 분석하고 있다.

『조선문학사』 9권은 심훈 문학의 제한성에 대해 공격을 가하기도 한다. 작품에는 순수한 계몽운동의 영역을 벗어나 보려는 주인공들의 지향은 있으나 그것이 대중을 혁명화하고 조직화하는 문제와는 거리가 멀게 형상된 것, 돈 때문에 지주 강기천이 회장자리를 타고 앉고 회의 간판을 '진흥회'로 바꾸는 문제에 타협해 나선 것 등은 작품의 사상적 결함이 된다고 비판하고 있다. 15권으로 된 『조선문학사』의 특집답게 한계에 대한 지적 다음에는 반드시 긍정적인 평가가 뒤따른다. 장편소설 『상록수』는 실재하였던 농촌계몽운동에 토대하여 동혁이와 영신과 같이 선진적인 이상과 지향의 높이와 그 실현을 위한 헌신성을 지닌 농촌계몽운동 선구자의 성격을 그린 것으로 하여 1930년대 진보적이며 양심적인 지식인의 형상 창조에서 의의 있는 작품의 하나가 된다고 심훈문학의 문학사적 위상에 대해 요약하는 제시로 끝을 맺는다.

북한문학사는 작가 채만식이 진보적인 성향을 가져서 그런지 염상섭에 대해서는 부르주아 반동작가로 평가하면서도 채만식에 대해서는 동반자적 작가라고 긍정적인 언급을 하고 있다. 특히 채만식이 친일을 했다는 사실을 볼 때도 북한문학사 서술의 모순을 깨닫게 해주는 장면이

---

80) 류만, 위의 책, 159-160쪽.

라고 할 수 있다.

채만식의 경우 주로 장편소설인 『탁류』(1937)를 중심으로 분석을 시도하고 있다. 『탁류』는 그 제목이 말해주는 바와 같이 공장이나 농촌이 아니라 도시를 무대로 하여 사기와 협잡이 판을 치고 인간의 존엄이 유린당하는 착취사회의 추악한 생활 이면을 파헤친 작품이다. 작품에는 초봉이와 같이 순진하고 선량한 인간을 마구 짓밟는 착취사회의 탁류에 대한 신랄한 해부와 함께 승재와 같이 그 탁류에 휩쓸리지 않으면서 인간성과 양심을 지켜가려는 인도주의적 이상을 체현한 인간의 형상이 구현되어 있다고 설명한다. 류만은 주인공의 특성을 분석하면서 우선 작품의 개략적인 줄거리를 요약하고 있다. 초봉이는 굶주림과 헐벗음이 계속되는 속에서 여학교까지 졸업했지만 일자리가 없이 가난 속에서 살지 않으면 안 되었다고 요약한다. 열세 해나 군청서기로 일한 아버지도 도태되어 나중에는 미두꾼으로 전락해버렸다는 것이다. 아버지와 쌀장사 한참봉의 흥정 끝에 초봉이는 박제호가 주인으로 있는 약국에 일자리를 얻게 되며, 제호는 제호대로 초봉의 인물덕에 약장사에서 이익을 얻는다. 그러나 초봉이가 버는 돈으로 집식구들이 살아가기엔 너무도 부족하였다고 줄거리를 요약한다. 따라서 초봉의 부모들은 그 딸로 하여 가난을 모면해보려는 한가닥 희망을 갖고 초봉이를 은행원인 고태수에게 시집보내나 열흘도 못 되어 사기꾼인 태수가 참살되고 그날 저녁 초봉이는 남편의 친구라는 병신이며 역시 협잡꾼인 장형보에게 유린당한다.

한편 작품에서 병원의 조수로 일하는 남승재는 가난한 사람들을 동정하여 자기 월급돈도 떼내어 약을 사주며 밤에는 그들의 병을 무료로 봐주기도 하면서 의사가 되기 위해 성실히 공부해 나간다. 그는 다 죽게 된 어린 명남이를 살펴주며 그가 유곽에 팔려갔을 때는 그를 구원하기 위해 힘껏 노력한다. 그리고 의사자격을 받게 되자 빈민들을 위한 병원까지 설치하는 것이다[81]라고 분석하면서 중재자적 인물인 남승재에 관심을 보여주고 있다. 작품에서는 초봉이와 승재의 운명선을 야릇하게 결부시키면서 그들 서로가 마음 속 생각도 있고 정도 있는 관계로 그렸지만 마지막까지 그 이상의 진전은 보여주지 않았다고 설명해나간다. 작품에서 초봉이는 착취사회의 희생자로 그려졌다. 그는 도시빈민으로 오직 돈이 없고 가난한 탓으로 하여 이리 뜯기고 저리 밟히며 추악한 인간쓰레기들과 자본주의 도시생활의 탁류 속에서 헤어나지 못한다. 초봉이와는 달리 남승재는 탁류의 희생자가 아니라 탁류에 휘말리지 않는 한줄기 샘으로서 작가의 선진적 이상을 대변하고 있는 인물이라고 해석한다.

류만은 『조선문학사』 9권에서 채만식문학이 자본주의의 사회적 모순과 불합리의 근원을 파헤치는 '비판적 사실주의문학'의 성격을 지니고 있다고 다음과 같이 결론짓고 있다. 작품에서는 초봉이와 승재와는 다른 착취사회의 탁류를 이루는 사기꾼인 고태수, 협잡꾼인 장형보, 호색한인 박제호 등을 등장시키고 돈과 이기와 개인향락을 위해서는 그 무엇도 서슴지 않는 착취사회의 기생충, 인간추물로서의 그들의 성격적 특성을 적나라하게 해부함으로써 사회적 모순과 불합리의 근원을 일정하게 밝혔다고 해석하면서, 『탁류』는 인도주의적 이상이 선명하게 조명되면서 현실부정과 항거정신이 간간히 울리고 있으나, 그 보다는 현실의 모순과 불합리에 대한 폭로와 비판적 기색이 강한 작품으로서의 특성을 보여주었다[82]고 결론짓고 있다.

---

81) 류만, 위의 책, 125-127쪽.
82) 류만, 위의 책, 127-128쪽.

제 2 장

북한시문학과 시적 담론의 변화

서정시 · 혁명송가 · 민요 그리고 대중가요

　　북한의 문학적 담론은 시대에 따라 많은 변화를 겪었다. 해방 직후에는 마르크스－레닌주의 사상에 따라 정치·경제·사회·문화의 모든 분야의 핵심 사항들이 결정되었다. 아울러 구소련을 '따라 배우기 운동'이 각 분야에서 전개되었다. 우선 조소문화친선단이 조직되어 1950년대 중반까지 여러 차례 소련을 방문하였다. 그들은 주로 소련의 국영농장과 협동농장을 방문하여 소련의 농업기술과 생산방법 그리고 농민들의 조직방법 등에 대해 배웠다. 또 각종 공장을 방문하여 경공업과 중공업의 선진기술을 습득하고 공장운영상태 그리고 노동자의 조직운용 방법 등에 대해 상세하게 질문을 하고 배웠다. 이러한 조소문화친선단[1]의 기행문은 이기영과 이태준에 의해 간행되어 그 당시의 북한의 유력인사들의 국가 만들기의 흐름을 대충이나마 살펴볼 수 있게 해준다. 소위 이 시기는 북한에서 국가 정체성 만들기 운동이 전개된 것이고 이에 따라 마르크스 레닌주의 미학이론이 문예분야에 도입이 되었다.

　　그러나 정치적인 격변은 문화사 혹은 문학에도 큰 영향을 미치게 되

---

1) 이기영은 1946년 조소친선협회('조소문화협회'로도 호칭함) 중앙위원회 위원장(1982년까지 35년간 재임) 자격으로 북한 인민대표 25명을 인솔하고 처음으로 소련을 방문하였다. 박태상, 『북한문학의 동향』, 깊은샘, 2002, 189-218쪽 참조.

었다. 대표적인 경우가 6·25 한국전쟁 직후의 박헌영의 실각과 그 측근들의 숙청이었다. 박헌영과 함께 그와 가까운 문화계 인사들이었던 임화·김남천·이태준·이원조 등이 갑자기 체포되어 군법회의에 회부되었고 그 후 종적을 알 수 없게 되었다. 다음으로는 스탈린 사후 흐루시초프의 등장에 따라 스탈린 격하운동이 전개되어 공산주의 사회를 뒤흔들었다. 이러한 북한의 종주국이었던 소련의 변화는 북한의 지식인 사회에 큰 영향을 미쳤다. 당시 경제적인 지원과 원조를 얻기 위해 동구권을 방문중이었던 김일성은 급히 귀국하여 소위 '반종파투쟁'이라는 정치적인 사건을 일으켜 반대파들을 숙청하였다. 반종파주의를 극복한 김일성은 1950년대 말 항일혁명사적 방문단을 꾸려 독재화와 영웅화의 수순을 밟게 된다. 송영을 단장으로 한 항일혁명사적단은 김일성의 항일빨치산 투쟁을 미화하고 김일성 유일체제를 구축할 수 있는 명분과 자료를 제공해준다. 또 1960년대 중국에서 일어난 4인방에 의한 문화혁명도 북한사회에 큰 충격을 주었다. 그 결과 유일체제와 김일성독재체제가 흔들리게 되는 반향을 불러오게 된다. 이러한 국제정세에 의한 정치적인 변화는 북한의 지도층에게 독재화와 고립주의를 더욱 가속화하게 하는 부작용을 가져오게 되었다. 이러한 국제정세는 일시적이나마 북한사회에 민족주의 성향과 '주체'라는 이론을 창안케 하는 요인으로 작용하였다. 이 시기에 잠시 민족주의 담론이 문화계에 넘실거렸다.

1970년대는 남북한의 냉전구조에 의한 치열한 체제경쟁이 격화되던 시기였다. 따라서 북한사회는 군사비의 증가에 따른 경제의 쇠락이 동시에 이루어졌다. 또한 김정일의 후계구도가 가시화되고 그에 의한 군중동원이 새롭게 시도되었다. 그것은 군사력 증강에 따른 경제 분야의 쇠퇴를 막기 위해 경제적인 증산을 도모하기 위한 어쩔 수 없이 취하게 된 대중노선이었던 것이다. 소위 사상혁명·과학기술혁명·문화혁명의 3대혁명소조운동이 이 무렵 고개를 내밀었다. 이 시기에는 문화분야에 있어서도 주체사상에 따른 주체적 미학이론이 속속 쏟아져 나왔다. 하지만 이러한 저술작업은 노동당의 테크노크라트에 의해 진행되는 것이 아니라 김정일과 그 측근들에 의해 주도되었으므로 대중인민들에게 퍼져나가는 데 상당한 어려움을 겪게 된다. 대표적인 사례로 김정일이 저술했다는 『영화예술론』, 『주체문학론』, 『주체음악론』 등이 쏟아져 나온다. 소위 주체적 미학이론과 주체담론이 문화계를 강타하게 된 것이다.

1970년대 말부터 1980년대는 북한사회가 급격한 체제경쟁 속에 발전 동력을 잃고 정체를 거듭하던 시기였다. 북한당국은 경제적인 비약을 거듭하던 남한사회를 바라보며 점차 커지는 국력의 차이를 메우기 위해 노심초사하던 시기였다. 따라서 중국과 소련 사이에 등거리 외교를 하면서 고립주의를 택하던 북한은 경제적인 쇠퇴를 막기 위해 다시금 새로운 대중노선을 들고 나오게 된다. 그것이 '속도전'이라는 군중노선카드였다. 특히 평양속도를 비롯하여 강선속도 등 중공업 산업의 발전과 생산성 증가를 위해 인민들을 재촉하기 시작했으며 노력영웅 혹은 '숨은 영웅 찾기'라는 프로그램을 시작하였다. 하지만 남북한의 경제적인 격차는 커가기만 하였고 북한인민들의 피로도는 극에 달하게 되었다.

1980년대 말부터 1990년대의 북한은 구소련연방의 해체와 글라드노스트와 페레스트로이카의 시행으로 큰 충격을 받았다. 이러한 국제적인 공산주의의 퇴조는 동구권에 자유화 바람을 불러일으켜 1950~60년대와 성격이 전혀 다른 역도미노 열풍이 불게 되었다. 이러한 국제정세의 급변은 북한지도층을 당황하게 하였고 결국은 다시금 고립주의를 재촉하게 하였다. 그 결과 '조선민족제일주의'라는 이데올로기가 등장하게 되었다. 1960년대 초 '주체'라는 용어의 등장으로 잠시 불었던 민족주의 담론이 재점화하게 된 것이다. 이 시기에는 민족주의 담론이 북한 문화계 전반에 강하게 불어닥쳤다.

그러나 북한당국의 고민은 더욱 커지게 되었다. 김일성 주석의 사망과 3년 연속 발생한 자연적 재해로 말미암아 식량난의 심각한 양상이 확산되어 체제붕괴의 위기로까지 전개된 것이다. 이러한 와중에 3년의 유훈통치 끝에 1997년에 최고 권력자로 등장한 김정일은 주석이나 총리라는 공식적인 명칭보다는 국방위원장이란 특이한 호칭으로 대중들 앞에 '강성대국의 건설'을 외치며 나섰다. '국방위원장'이란 명칭은 소위 '선군정치'를 모토로 내걸기 위한 전략적인 용어선택이라고 할 수 있다. 김정일 국방위원장은 중장거리 미사일을 개발하여 국경지대에 배치하는 동시에 핵무기를 개발하였다고 국제적으로 선언하면서 국제적인 시선을 모으는 데 성공하게 된다. 소위 벼랑끝 전술의 구사와 지렛대로서의 필요성에 의해 '민족 공조'라는 이데올로기로 남북한간의 평화적 공존의 카드를 내밀게 되었다. '조선민족제일주의'에서 출발한 '민족공조'는 핵개발에 따른 미국의 경제봉쇄정책에 맞서 상당량의 식량과 비료를 남한으로부터 얻기 위한 고육지책이라고 할 수 있다.

I. 서정시와 유물사관담론

해방직후와 한국전쟁 이후의 북한 문단에는 서정시에 대한 창작이 많이 이루어졌고 그에 따라 서정시를 둘러싼 비평계의 논쟁도 활발하였다. 물론 그러한 '서정성'에 대한 진지한 논쟁은 그리 오래가지 못한다. 그것은 정치적인 상황에 따라 문학을 검열하는 북한의 현실에 기인한다. 서정시의 정의를 둘러싸고도 1950~60년대와 1980~90년대의 개념정의가 달라지고 있다.

물론 사회주의적 사실주의를 해방 직후부터 견지해온 북한문학계는 서정시의 고유한 특성과 대상을 강조한다. 서정시는 무엇보다도 흥분, 긴장, 열정 등 정서적 앙양을 요구하며 이러한 정서적 충일성이 없이 어떤 공민적인 시, 철학적인 시, 사랑의 시로 존재하지 못한다[2]고 주장하고 있다. 또 그 대상으로 현실의 광범한 화폭을 포괄하여 인민 생활의 사회 정치적 사변, 역사적 사건, 철학적 사색, 애국적 감정, 사랑, 우정, 자연 등 그 영역은 무한히 크고 넓다고 설명하고 있다. 그래서 제2차 쏘베트 작가대회에서 싸메드 부르군이 서정시를 '불새'라고 했다고 한다. 평론가 김명수는 자신의 평론에서 다른 입장을 가진 평론가 리정구를 줄곧 비판하면서 무엇이 불새를 낳는가라고 자신에게 질문한 뒤에 그것은 무엇보다도 "우리의 시대이며 우리의 생활이다"[3]라고 확고하게 답을 하고 있다. 서정시는 다른 문학예술 장르와 함께 현실의 합법칙성을 반영하며 현실을 인식한다는 것이다. 다만 소설이나 희곡장르와 달리 일관된 사건과 인물의 행동에 대한 직접적 모사로서가 아니라 시인의 내부적 체험을 통하여 표현된 사상과 감정에서 현실을 반영하고 사회적 현상의 본질을 인식할 뿐이라고 설명한다.

북한의 1950년대를 대표하는 평론가 김명수는 서정시는 '시대와 인민의 목소리'라고 강조한다. 따라서 시인이 얼마나 그 사회의 시대정신과 인민들의 생활 감정을 광범하게 대변하고 본질적으로 노래하는가에 의하여 그의 시적 재능은 결정된다는 것이다. 한 예로써 북한인민들이 시인 조기천의 시편들을 사랑하는 것은 그가 해방된 인민들의 사상과 감정들—벅찬 환희, 민족 기개, 타오르는 애국적 정열, 창조적 노력 정신들을 가장 광범하고 진신하게 노래했기 때문[4]이라고 강조하고 있다.

아울러 평론가 김명수는 벨린스키의 견해를 인용하면서 서정시가 전형성을 표현해야 한다고 강조하였다. 「레르몬또브의 시」라는 평론 속에

---

2) 김명수, 「서정시에 있어서의 전형성 · 성격 · 쓰찔」, 『조선문학』(1955년 10월호), 평양, 조선작가동맹출판사, 1955, 143쪽.
3) 김명수, 위의 글, 같은 쪽.
4) 김명수, 위의 글, 144-145쪽.

서 벨린스키는 "위대한 시인은 자기 자신, 자기의 '나'에 대해서 말하면서 일반적인 것-인류에 대해서 말한다. 왜냐하면 그의 성격 속에는 인류가 살고 있는 그만큼 일반적인 것이 깃들어 있기 때문이다 그런 까닭에 그의 비탄 속에서 모두가 자기의 비탄을 알아차리며 그의 령혼 속에서 모두가 자기의 것을 느끼며 그 속에 시인뿐만이 아니라 인간 즉 인류적인 자기 형제를 보게 된다"고 말하였다는 것이다. 여기에서 '나'에 대해서 말하면서 일반적인 것을 말한다고 하는 것은 당해 사회의 가장 본질적인 것을 천명할 수 있는 그러한 생활감정을 포착하라는 말로 된다고 강조하였다. 김명수는 덧붙여 전형적인 이 시대의 목소리는 새것, '보급되지 않은 것' 보급된 것 등 다양한 형태로 나타남은 물론이라고 언급하였다.

이어서 김명수는 당대에 활동이 많았던 평론가 리정구의 글 「최근 우리 시문학상에 제기되는 몇 가지 문제」(『조선문학』, 1954년 9월호)에서 잘못 제시된 전형성의 문제에 대해 재비평하였다. 리정구는 전후 북한의 서정시가 개성이 없고 서정이 적으며 주제가 다채롭지 못한 원인을 분석하면서 첫째로 우리 시인이 일제히 용광로나 전기로, 방직공장과 벌목장으로 달려가 공작기계 옆에서나 작업 현장에서만 노래하며 거의 류사한 언어와 류사한 표현들로 시종하고 있음을 지적, 비판하였다는 것이다. 즉 "우리 시인들은 로동자나 또는 그의 감정은 다만 공작 기계 옆에서나 작업 현장에서만 묘사될 수 있고 그와 반대되는 경우에 있어서는 벌써 전형이 아니거나 적어도 전형적 환경이 아니라고 생각하는 경향이 확실히 있는 것이다"고 지적하면서 이것이 우리 시가 류사하게 된 원인이라고 언급하면서 "전형적인 것은 일상적인 것이 아니며 가장 자주 반복되는 평범한 것이 아니다"[5]고 단정한 것에 대해 김명수는 비

---

5) 김명수, 위의 글, 145-146쪽.

판을 가하였다. 이러한 기준으로 마우룡의 「첫 새벽」에 대해 리정구가 문제 삼은 것에 대해 김명수는 반론을 제기하고 있다. 즉 이 시가 우리에게 절실한 공감을 주지 못하는 것은 그것이 일상적으로 반복되어 흔히 일어나는 감정과 체험을 쓴 때문이 아니라, 첫 출격에 오른 젊은 매의 감정과 체험의 본질적인 것을 노래하지 못하였으며 그의 감정이 개성화되지 못한 데 있는 것이라고 김명수는 꼬집고 있다.

조국 해방 전쟁 시기에 우리 인민들의 가슴을 지배한 전형적인 감정은 끓는 조국애와 난관을 극복하려는 영웅주의와 원쑤들에 대한 불타는 적개심이었다. 그리고 이러한 감정은 우리 인민들의 투쟁의 매걸음마다에서 거의 일상적으로 반복된 것이다. 또한 오늘 전후 인민 경제 복구 건설 투쟁을 각 방면에서 치열하게 전개하고 있는 우리 인민들의 전형적인 생활 감정에서 로동에 대한 사랑과 영예감은 가장 기본적인 자리를 차지하며 또 가장 광범히 보급된 일상적인 감정이며 사고이다. 로동 속에서 아름답게 개화 천명되는 우리 인민들의 성격을 보여 주는 것은 중요한 임무이다. 우리는 시인들이 작업 현장에로 가는 것을 반대하는 것이 아니라 이것을 극력지지 옹호한다. …(중략)…
오늘 우리의 서정시는 공민적 감정을 기본 빠포쓰로 확인한다. 개인적이며 개별적인 것의 령역을 넘어서 전 인민적인 것, 전 사회적인 것으로의 지향은 우리 사실주의 문학의 고귀한 전통이다. 이 전통은 해방 후 문학에 계승되여 활짝 꽃피기 시작했다.[6]

사실 1950년대 서정시문학을 놓고 펼친 김명수와 리동수의 문학적 논쟁은 형식과 내용의 문제, 전형성의 범주와 대상 문제에 해당하는 것이며 어쩌면 사회주의적 사실주의 문학을 놓고 치열한 노선갈등을 벌인 것으로 보인다. 물론 북한문단에서의 결론은 뻔하다. 서정시에 있어서 내용 못지 않게 형식과 수사기교의 중요성을 제시한 리동구는 '내용편

---

6) 김명수, 위의 글, 146-147쪽.

중의 서정시'를 강조하는 김명수와 엄호석 등에게 패퇴할 수밖에 없다. 즉 상당한 시간이 흐른 1950년대 후반이나 1960년대로 가면 소련식 유물사관에 근거하여 내용중시의 전형성을 강조하는 김명수는 모더니스트나 자연주의자 혹은 형식주의자로 몰려 역사에서 사라질 운명에 처하게 될 것이다. 이러한 논쟁이 가능한 것은 1950년대 후반부터 1960년대 초반까지의 북한 문단의 마르크스-레닌주의 미학이론에 근거한 토론문화의 활성화와 연관이 있다.

김명수는 같은 논문에서 서정시의 특성 확장까지 내세우면서 서정시의 사회적 기능이 높은 고무력과 선동력에 있다고 결론짓는다. 이러한 그의 견해는 레닌 시대가 도래하기 직전의 정통적인 마르크스주의자였던 플레하노프보다도 스탈린 시대의 주다노프에 가까운 것으로 느껴질 정도이다. 이어서 김명수는 서정시의 호소력을 강화하는 방안은 인민들의 지향과 요구에 부응하는 시대적 사명에 충실하는 것이라고 역설하고 있다. 이러한 그의 논리는 마치 주체사상이 형성된 이후의 북한문예이론서를 읽는 느낌을 준다. 그는 우리의 일부 서정시들이 호소성의 빈약으로 인민들의 사랑을 받지 못하는 까닭은 그 시가 다만 생활의 뒷꼬리만 따라다니면서 현실이 딛고 나아간 발자취에만 열중하며 광범한 인민대중의 감정, 지향을 민첩하게 포착하면서 우리의 생활에서 이미 미래를 예고하는 혁명적 로맨틱의 본바탕을 잡아내지 못하는 데 있다고 파악하였다. 서정시에 있어서의 사상적 및 정서적 높이와 풍부성은 시인이 얼마나 인민들의 지향과 요구에 민감하며 얼마나 시대의 앞장에 서 있는가에 많이 의존한다는 것이다. 여기에 서정시의 전투적 성격이 있는 것[7]도 사실이라고 강조하고 있다. 김명수는 자신의 이러한 서정시에 대한 논리를 전개해 나가기 위해 조기천·이상화·김소월·김순석·박

---

7) 김명수, 위의 글, 149쪽.

팔양 · 박문서 · 민병균 · 이용악 · 안막 등의 시를 인용하고 있다.

이러한 서정시의 특성과 주제적 특질 등에 따라 1950년대와 1960~70년대의 천리마 시기인 전후복구시대와 사회주의 건설의 시대까지 서정시의 효용성은 높은 가치를 지니며 활용된다.

우선 서정시는 해방이후 한국전쟁의 전후 복구 시기까지 소련과 중국을 해방군과 지원국으로 환영하면서 형제애를 표현하는 그릇으로 활용하게 된다. 김북원의 「형제의 땅에서」와 김순석의 「잣나무」에는 각각 중국의 모택동 주석에 대한 감사의 마음과 해방 직후 해방군으로 북녘에 들어온 소련군인 글린까에 대한 고마움을 표현하고 있다.

장강 만리 거슬러 오르는
대숲 우거진 마을들에서도
야자나무 열매 따는 남방의 땅에서도
사람마다 우러러 노래하는 그이

동쪽에 우뚝한 섬 대만을 바라보면
그 눈에 불이 인다 ─끓는 가슴 말하여
남해바다 지켜선 인민 해방군도
우러러, 우러러 힘인 그이!

오, 륙억의 머리 우에
태양으로 솟아
그들의 나가는 걸 밝혀 주는
위대한 모 주석 ─

그 모습 우러러 륙억의 목소리
광활한 대지에 공업화를,
사회주의를, 항미 원조를,

평화를 노래하는 것을 나는 들었노라.

- 김북원, 「형제의 땅에서」 일부

고향을 떠나 간곳 어느 곳인들
나의 젊음 흡족히 섬길 보람은 항시 컷거니
며칠 발을 돌린 고향이래서
이렇게도 마음 뛰놀믄..

나서 자란 나의 집 문턱을 딛기 전에
나의 걸음 스스로 이끈
언덕 우에 한그루 잣나무여라.
그 나무 곁에 굵직하니 새겨 넣은
몇 마디 글 자욱이여라.

…너와 나의 영원한 우정의 표로
두 나라의 꺼짐 없는 친선과
번영을 위한 싸움의 맹세로…

글린까!
지금은 멸망한 쏘베트의 하늘아래
고향 땅 우끄라이나에 뜨락똘을 달릴
벗의 이름 부르면
마음 치며 일어서는 회상도 생생타.

새해전 8월이였지
숨 막히던 이 나라의 긴긴 밤을 깨치고
산야를 뒤덮던 은은 포성이여!
포성과 함께 붉은 기 붉은 기 저으며
영용한 해방의 첫 발자국

이땅에 올린
제1선 상륙병 글린까!

낮은 전진에 타도 련방 웃음 날리며
두 손 힘껏 잡아 흔들던 기억이
그 기억이 나를 그 날로 이끈다
회상 속에 발구름하며 일어서는
벗의 모습이여!

청진에서 라남으로, 라남에서 이곳까지
그래 이곳에 며칠을 묵어
패잔 왜병을 모는 진격의 발걸음
남으로 돌려야 하는 그날이였지!

— 김순석, 「잣나무」 일부

1947년에 씌여진 김순석의 「잣나무」는 해방되어 제일 먼저 북한에 상륙한 소련군인 글린까에게 바치는 시이다. 패잔 왜병을 몰아내 이 땅의 인민들에게 해방의 기쁨을 가져다준 형제의 나라 소련군에 대한 감사함을 표현한 이 시에서 김순석은 새로운 나라에서 자라나는 새 청년인 자신들이 잣나무처럼 햇살을 받아 잎새 번쩍거리며 우뚝 서 있을 것이라고 다짐하고 있다.

한국전쟁 때 전투에서 인민군인들이 승리를 위해 헌신하게 만들기 위한 선동의 역할을 떠맡기에도 서정시는 효용성이 있는 그릇으로 인식이 되었다. 가열한 전투의 현장에서 전호에 기대어 노래를 부르는 전사의 모습을 담거나 전선을 지원하는 후방의 노력전선에서 참신하고 감흥을 주는 생활세부를 담아서 노래하는 것 등은 전쟁의 시련을 뚫고 나가는 군민이 하나로 얽힌 삶의 정서가 충만케 하는 정서세계의 표현이라고 할 수 있으며 서정시나 전시가요는 그러한 역할을 떠맡게 되는 것이다.
즉 서정시는 군대영웅을 창조하는 그릇 역할을 했던 것이다.

> 나의 학교명은
> 1211고지,
> 나의 스승 ―그는
> 영웅 리 수복.
>
> 하나 둘 셋…
> 나는 발자욱을 센다,
> 영웅이 화점 향해 달려 간
> 열 다섯 발자국…
>
> 나는 공부한다,
> 많지 않은 그 발자욱에 새겨진
> 영웅의 붉은 뜻 ―
> 내 한 생 배워 갈 학습 과정표 ―
>
> 이 과정표 속에서
> 나는 한 자 두 자 심장에 옮겨 적는다.
> 애국주의 !
> 영웅주의 !
>
> ― 리범수, 「나의 스승」[8]

전후 복구시기에도 서정시는 인민들의 젊은 피를 달구어 생산성을 끌
어올리는 삶의 정서로 자리잡았다. 천리마운동 또는 천리마 작업반 운
동으로 부르는 대중운동은 1956년 12월 조선노동당 중앙위원회 전원회

---

8) 오영재 편, 『청춘송가』, 평양, 조선문학예술총동맹출판사, 1964, 39-40쪽.

의에서 최초로 제창, 북한에서 처음으로 전국적 범위로 확산시킨 사회
주의 노력경쟁운동이다. 김일성은 천리마운동에 대해 "사람들을 공산주
의 사상으로 교양하며 집단적 영웅주의와 집단적 혁신을 불러일으키는
대중적 대진군운동" 또는 "많은 사람들을 계속 전진하고 계속 혁신하는
사회주의 건설의 적극분자로 만드는 하나의 공산주의 교양운동이며, 많
은 사람들이 대중적 영웅주의를 발양하여 사회주의 건설을 힘있게 밀고
나가게 하는 공산주의적 전진운동"9)이라고 규정하였다. 북한의『조선대
백과사전』은 천리마운동의 태동에 대해 천리마운동은 우리나라에서 전
후시기에 이루어진 위대한 사회경제 변혁에 기초하여 우리 당과 인민이
오랜 기간의 간고한 투쟁에서 쌓은 모든 물질적 및 정신적 역량에 기초
하여 생겨났다고 설명하고 있다. 그리고 운동의 성과에 대해서 "천리마
운동의 위대한 생활력은 사람들을 공산주의적으로 교양개조하는 사업을
성과적으로 실현하며 모든 사람들을 혁명화, 로동계급화하는 과정을 빨
리 다그쳐 나가는데서 나타났다. 또한 사회주의 경제건설에서 높은 속
도와 끊임없는 비약을 이룩하며 근로자들의 문화기술수준을 높이고 과
학문화를 빨리 개화발전시키는 데서 나타났다"10)고 강조하고 있다.

  북한당국은 천리마운동의 성공을 위해 소위 노력영웅에 해당하는 '천
리마기수'를 뽑아 표창을 하여 증산을 독려하였다. 또 김일성은 작가와
예술가들에게 천리마 기수들의 전형 창조를 주문하였다. 문학이 인간들
의 사상을 개조하고 대중을 혁명 위업에로 고무하는 데 적극 기여할 수
있는 장르이므로 그 중심과업으로서 천리마기수들의 정형을 창조해야
한다고 요구하고 있다. 그리고 작가의 시대정신의 구현과 시대적 감각
의 체득을 요구한다. 시대정신의 구현, 그것은 작가의 현실에 대한 열도,
이상의 높이, 바로 작가의 빠포스를 전제로 한다는 것은 주지의 사실이

---

9) 고태우,『북한사 100장면』, 가람기획, 1996, 158-159쪽.
10) 강건익 외 편,『조선대백과사전』, 평양, 백과사전출판사, 2000, 544-545쪽.

라고 강조하면서 시대정신의 구현, 이것은 두말할 것도 없이 작가들의 현실 체험과 떼어서 생각할 수 없다[11]고 주장한다.

천리마기수들의 전형창조를 잘한 작품으로 소설문학 중에서 김북향의 단편「당원」, 권정웅의 단편「백일홍」, 리윤영의 단편「진심」등을 들고 있다. 이들 작품에서 작가들은 천리마 시대의 전형을 재현하면서 우리 시대 노동계급의 당적 성격을 훌륭히 창조하였다고 강조한다. 아울러 이 작품에서 우리가 감동을 받게 된 것은 이 미담 같은 사건 속에 천리마 시대의 당적 인간의 성격이 집약적으로 표현되어 있으며, 비교적 생동하게 전형화되었으며, 거기에서 무엇인가 새로운 것 시대적 감각을 느낄 수 있도록 그렇게 작품이 형상화되었기 때문[12]이라고 평가를 내리고 있다.

> 조국은 강이 많은 나라
> 나는 강의 정복자 !
> 봄이랴 가을이랴 비는 심술궂게도 내리고
> 흘러 가는 구름도 산발에 걸려 비로 쏟아지고,
> 한 달 서른 날에 마흔 날 비 내린다는 이 고장엔
> 해마다 여름이면 바위'돌을 굴리는 사나운 홍수 ―
> 정복자인 네 한 몸이 두려웠으랴,
> 허리의 바' 줄을 두르고
> 울부짖으며 날뛰는 격랑에 뛰여 들어
> 기계를 건져 내며 자재를 메여 나른,
> 이러한 나날 속에
> 가슴은 넓어졌고 심장은 억세여졌노라.

---

11) 로금석,「천리마 기수들의 전형 창조와 작가의 시대적 감각」,『조선문학』(1962년 1월호), 평양, 조선문학예술총동맹출판사, 1962, 115쪽.
12) 로금석, 위의 글, 116쪽.

둘러 앉은 산'발을 벽으로 바라 보며,
깎고 앉은 언제를 의자로 생각하며,
불같은 목소리로 일당 청원서를 읽었노라.
나와 함께 온 우리의 동갑들 속에서
그 누구는 또한 한다라는 기사도 되었고,
누구는 벌써 두 아들의 아버지가 되었고,
또 누구는 온 타입장을 돌보는 직장장이 되었고…,

이 모든 동갑들의 얼굴을 눈앞에 그려 보는
네 가슴에서 웃음이 출렁임은,
우리 청춘들이 이 언제를 세운,
이 언제를 세운 그 기쁨 때문만이라,
조국은 그 많은 강'줄기를 우리에게 맡겼거니,
미덥다 ! 우리는 이 땅에
발전소를 세우는 청년 건설자들이다.

조국은 강이 많은 나라
우리는 강의 정복자 !13)

　　　　　　　　　　　　　　　　－ 박호범, 「나는 강의 정복자」 일부

「나는 강의 정복자」는 강을 막아 댐을 건설하고 수력발전소를 짓는 건설노동자들의 투지와 열정을 선동하는 서정시이다. 오늘은 이곳에서 일을 하고 일을 마치면 이곳을 훌쩍 떠나야 하지만 단지 청춘의 영광과 한 생을 빛나게 해준 조국을 위해 한 몸을 바친다는 아름답고 숭고한 풍모가 드러나고 있다. 즉 긍정에 대한 확고한 계급적 관점에 기초하여 건설노동자들의 아름다운 풍모들이 그려지고 있는 것이다. 즉 작가는

---

13) 오영재 편, 앞의 책, 89-90쪽.

시대정신의 구현을 통해 시적 화자의 사회주의적 애국주의를 투명하게 묘사하고 있으며 새 것을 창조하려는 로동계급의 영웅주의적 성격과 고상한 도덕적 품성을 잘 보여주고 있다.

1950년대에 나온 김영철의 「평양」, 김학연의 「당이 부르는 길에」, 전초민의 「평화의 집」, 박석정의 「이른 아침」, 김철의 「나의 거리」, 김상오의 「평양역」 등은 평양을 중심으로 하는 도시건설과 문화적 근대성을 표출하고 있다. 도시의 근대화가 빌딩과 대도로와 같은 높이와 속도라면, 농촌의 근대화는 기계화를 통한 해방의 이미지로 나타난다. 김병두의 「발자국」과 최진용의 「천리마 첫 뜨락또르」, 신진순의 「눈 온 아침」, 김응하의 「인사」는 농촌의 풍경을 통하여 중공업중심주의의 근대화가 농촌 삶을 어떻게 변화시켰는지14) 보여주고 있다.

이지순은 그의 박사학위 논문에서 전후복구 건설에서 천리마시대에 이르는 변혁의 중심에는 기술을 통한 미래 선취라는 의식이 들어 있다고 파악하였다. 인간이 자연을 정복하고 지배한다는 주제의 시에는 조령출의 「행복한 언덕」, 김광섭의 「비단」, 한진식의 「바다의 천리마」, 김영철의 「파견장아, 너와 함께」, 채정린의 「나는 바다를 막는다」, 민병균의 「쇳물은 흐른다」, 양운한의 「거대한 심장」, 박팔양의 「청춘의 노래를 부르며」 등이 있다. 또 원진관의 「밤 렬차의 기적 소리」는 열차를 매개로 공간과 시간의 변화를 속도로 표현하였다. 이렇게 전후 복구에서 천리마시대로 이르는 경제적 성장은 '기적'으로 칭송되면서 노동의 기쁨과 열광의 결과를 예찬하였다15)고 이지순은 해석하였다. 북한에서 이 시기까지가 '서정시'의 전성시대였던 것이다.

---

14) 이지순, 「북한 시문학의 이데올로기적 담론구조 연구」, 단국대 대학원 박사학위 논문, 2005, 178쪽.
15) 이지순, 위의 박사학위 논문, 같은 쪽.

Ⅱ. 혁명송가와 주체사관

북한의 문예이론서들은 시문학의 갈래를 형태적으로 구분하여 크게 서정시·서사시·서정서사시로 나누고 있다. 묘사 방식 특성상에 의하여 이러한 시형태를 더 세분하면 서정시를 일반서정시와 가사로 구분할 수 있고 가사는 정론가사·송가가사·서정가사·정책풀이 가사·가극가사·영화음악가사 등으로 구분된다고 설명한다. 또 서사시는 일반서사시와 송가 서사시로 구분할 수 있다고 한다. 시문학형태를 이렇게 서정시·서사시·서정서사시로 구분하게 되는 것은 그것들이 다같이 서정적 묘사방식에 의거하고 있지만 서정시는 서정적 묘사방식의 전형적 형태이고 서사시는 서사성을 기본으로 하고 있는 시형태이며 서정서사시는 서정적 묘사방식과 서사적 묘사방식을 유기적으로 결합 이용하고 있는 시문학 형태라는 데서부터 출발한 것16)이라고 설명하고 있다.

사실 혁명송가의 창작과 보급은 해방 직후 북한정권의 건국신화를 창출하려는 정치적 목적과 연관성이 있다. 김일성은 1956년 1월 반종파사건을 무사히 넘긴 후 아직도 지역당 안에 잔존해 있던 종파분자들을 제거하는 한편 사회주의 공업화를 이룩하기 위해 부르주아 잔재 투쟁과 병행하여 사회주의 건설 대고조운동으로서 대중노선인 천리마운동을 추진하였다. 또 1956년 8월의 전원회의 후 1956년 10월 제2차 조선작가대회가 소집되었고 1956년 12월에는 전국 작가, 예술인협의회가 열렸다. 그리고 김일성은 1958년 11월 전국 시군 당위원회 선동원들을 위한 강습회에서 연설 〈공산주의 교양에 대하여〉를 강연하였다. 또 이 시기에 김일성은 두 가지 중요한 교시를 내렸는데, 그 핵심은 부르주아문학예술의 독소를 반대하여 투쟁하여야 하고, 천리마 기수의 전형을 창조하

---

16) 안희열, 『문학예술의 종류와 형태』, 평양, 문예출판사, 1996, 151쪽.

여 공산주의적 새 인간을 창출하여야 한다고 주문하였다. 그리고 공산주의적 인간의 본보기 형상 창조로서 두 가지 방향, 즉 항일혁명 투사들과 천리마 기수들의 전형적 성격을 창조하여야 한다고 강하게 요구한다. 이러한 움직임은 1959년 제2차 항일혁명 전적지 답사단(답사단장 송영)으로 이어지게 되었고 이러한 흐름은 북한문학사에서 카프문학을 뛰어넘어 '항일혁명문학'이 가장 중심을 이루는 혁명전통이 되는 계기로 작용한다.

이후 북한문학사는 현대문학의 시점을 1926년 10월 17일 '타도제국주의 동맹'의 결성으로 파악하고, 항일혁명 투쟁의 첫 시기 혁명적 문학이라는 항목을 정해 김혁의 『조선의 별』, 혁명적 극문학 『안중근 이등박문을 쏘다』(1927), 혁명가극 『꽃 파는 처녀』(1930) 등을 대표적인 작품으로 소개하였다.

북한문학사에서 혁명송가의 첫 손으로 꼽는 작품은 역시 김혁의 『조선의 별』이다. 이 작품은 1928년에 창작되었다고 북한 문예이론서들은 소개한다. 하지만 사실은 1980년대 초에 김정일에 의해 발굴되어 공개된 것[17]으로 소개하고 있다. 또 혁명송가문학 장르가 북한의 대표적인 항일혁명문학 장르가 된 것도 김정일에 의해 주도된 정치적 선전·선동 전략에 의해 이루어진 것임을 밝히고 있다. 이러한 언급은 사실상 혁명송가는 김정일이 1970년대 중엽부터 1980년대에 주도한 주체사상의 확립과 밀접한 연관성이 있음을 입증해 주는 것이다. 또 혁명송가는 수령형상창조이론의 테두리 안에 있다[18]고 공공연하게 밝히고 있다.

반세기가 넘는 오랜 세월 력사의 갈피 속에 묻혀있던 불멸의 혁명송가 ≪조선의 별≫을 발굴한 이 력사적 사변은 오직 위대한 수령님에 대한 끝없는 충

---

17) 최길상, 『주체문학의 새 경지』, 평양, 문예출판사, 1991, 173쪽.
18) 리수림, 『혁명송가문학』, 평양, 문예출판사, 1989, 8쪽.

성과 효성을 지니신 친애하는 지도자 동지께서만이 이룩하실 수 있는 문예사
적 업적이다.

혁명적 시가문학에서 수령송가문학의 력사적 뿌리를 올바로 찾고 그것을
빛나게 계승발전시키는 숭고한 사업은 친애하는 지도자 동지를 혁명의 령도
자, 문학예술의 향도성으로 높이 모신 때로부터 시작되였다.

친애하는 지도자 김정일동지께서는 다음과 같이 지적하시었다.

수령님께서는 ≪조선의 별≫을 어떻게 발굴하였는가고 하시면서 지난날
반당반혁명분자들이 있을 때에는 이런 노래를 발굴하지 않았다고 하시였습
니다.[19]

『조선의 별』의 문학적 성격에 대해서는 "반만년의 유구한 민족사에서
처음으로 맞이하고 높이 모신 경애하는 김일성 동지를 민족의 태양으
로, 위대한 수령으로 우러러 받들며 따른 청년공산주의자들과 인민들
의 한결같은 칭송의 열정을 담아 부른 심장의 노래, 충성의 첫 혁명송
가이다"[20]라고 칭찬하고 있다. 작가 김혁에 대해서는 "김혁은 시도 잘
짓고 다른 글도 잘 썼습니다."라고 김일성의 회고담을 싣고 있다. 1927
년 여름 길림을 찾아와서 김일성을 처음 만난 김혁은 고유수에서의 군
중공작임무를 훌륭히 수행하고 1928년 여름부터 차광수와 함께 류하
현 일대에서 활동하면서 고산자동성학교에 사회과학연구회(특별반)도
내오고 반제 청년지부도 조직하고 강의를 담당하여 진행했다고 그의
항일혁명투쟁의 공적을 설명하고 있다. 당시 혁명적 출판물『볼쉐위
크』의 첫 주필로도 활동했던 김혁은 하얼빈으로 가 혁명조직을 움직
이고 국제당과의 연계활동도 하던 중 비밀연락소에서 일본군과의 총
격전 끝에 생포되어 여순감옥에서 고문 끝에 사망한 것[21]으로 그려지

---

19) 최길상, 위의 책, 173쪽.
20) 류만, 『조선문학사』 8권, 평양, 사회과학출판사, 1992, 35쪽.
21) 류만, 위의 책, 36쪽.

154

고 있다.

> 조선의 밤하늘에 새별이 솟아
> 3천리강산을 밝게도 비치네
> 짓밟힌 조선에 동은 트리라
> 2천만 우리 동포 새별을 보네
>
> 캄캄한 밤하늘 바라다보니
> 신음하는 조국산천 어리여오네
> 변치말자 혁명에 다진 그 마음
> 2천만 우리 동포 새별을 보네
>
> — 김혁, 『조선의 별』 일부

『조선문학사』는 이 시는 일제통치의 암담하던 시기에 시인이 김일성을 인민의 희망의 등대로 묘사하면서 새 시대의 여명을 안아올 찬란한 새별로 묘사하였다고 설명하고 있다. 송가에서는 계속하여 광복의 새날에 대한 굳은 확신을 노래하면서 새별을 우러러 영원히 혁명의 한길로 억세게 싸워나감으로써 그날을 더욱 앞당겨오리라는 전투적인 혁명정신을 웅심 깊게 일반화하였다[22]고 분석하고 있다.

항일무장투쟁 시기의 혁명적 문학으로는 김일성이 직접 창작하거나 직접 불렀다는 「조선인민혁명군」, 「반일전가」, 「조선광복회 10대 강령」, 「조선의 노래」, 「여성해방가」, 「혁명군은 왔고나」 등이 있다고 선전한다. 사실상 군가류에 가까운 이들 노래에는 당시 조선혁명의 성격이 반제반봉건민주주의혁명이며 일제를 타도하고 민족해방과 나라의 독립을 실현하는 것이 당면과업임을 밝힌 김일성의 주체적인 혁명사상이 구현

---

22) 류만, 위의 책, 38쪽.

되어 있다고 언급하고 있는 것이다. 따라서 당시에는 반제사상과 민족해방, 계급해방에 관한 사상을 힘있게 반영한 시작품들이 많이 창작되었다[23]고 설명하고 있다.

해방 후의 대표적인 혁명송가로는 리찬이 지은 「김일성장군의 노래」가 높은 평가를 받고 있다. 김정일 국방위원장은 "혁명송가 「김일성장군의 노래」는 수령을 흠모하는 우리 인민들의 심정을 송가적인 품격도 있고 통속적인 군중가요의 행진곡 맛도 나게 예술적으로 잘 형상한 훌륭한 명곡입니다. 지금까지 창작된 노래들 가운데서 「김일성장군의 노래」만큼 좋은 노래가 없습니다."라고 극찬하고 있다. 아울러 이 노래가 명곡인 이유는 대중적으로 보급되었다는 데 있는 것이 아니라 누구나 부르기 쉽고 부를수록 좋기 때문이라고 분석하면서 「김일성장군의 노래」는 관현악으로 연주하는 것을 들어도 좋고 합창으로 부르는 것을 들어도 좋습니다. 이 노래는 들을수록 힘이 솟고 긍지와 자부심이 생깁니다[24] 라고 김정일의 감상평을 적시하고 있다.

> 장백산 줄기줄기 어린 자욱
> 압록강 굽이굽이 피어린 자욱
> 오늘도 자유 조선 꽃다발 우에
> 력력히 비쳐주는 거룩한 자욱
> 아 ~~ 그 이름도 그리운 우리의 장군
> 아 ~~ 그 이름도 빛나는 김일성 장군
> － 리찬, 「김일성장군의 노래」[25]

그러나 「김일성장군의 노래」는 1940년대에 지은 노래인만큼 1970년

---

23) 류만, 위의 책, 112-115쪽.
24) 리수림, 앞의 책, 30쪽.
25) 정근용 외 편, 『조선의 노래』, 평양, 예술교육출판사, 1995, 10쪽.

대에 들어서게 되는 오늘, 수령을 더 높이 우러러 모시려는 인민들의 심정을 담은 새로운 노래가 나와야 한다26)고 강조한다.

리수림의 『혁명송가문학』은 수령송가 창작은 혁명적 시인의 근본사명이라는 항목을 달고 '주체사상'을 골격으로 한 수령형상창조이론을 전개하고 있다. 생활이란 자주성을 옹호하며 실현해나가는 인민들의 투쟁이며 그것은 혁명과 건설을 위한 인민들의 창조적 투쟁 속에서 가장 본질적으로 적극적으로 벌어지게 된다고 말한다. 그러면 자주성을 위한 투쟁 속에서 생활을 누리는 인민들의 감정과 정서에서 정수를 이루는 것은 무엇인가? 근로인민대중이 자주성을 지향하며 실현해나가는 생활과정에서 체험하는 가장 필연적이며 가장 본질적인 감정, 그것은 수령에 대한 감정이며 수령에 대한 다함없는 존경과 흠모의 감정27)이라고 역설하고 있다.

물론 사람은 부모에게서 육체적 생명을 받아 안고 부모의 사랑 속에서 성장하게 된다고 말한다. 그러나 부모의 사랑과 도움만으로는 사람들의 운명이 성과적으로 개척될 수 없으며 사회적 존재로서의 의무를 다할 수 없다고 강조하고 있다. 인민들이 오직 수령이 이끄는 혁명의 길에서만 더없이 귀중한 정치적 생명을 지니고 삶의 보람과 행복을 누릴 수 있다. 인민대중의 모든 지향과 염원은 오직 수령의 영도 밑에서만 완전히 실현되게 된다고 주장한다. 즉 수령에 대한 존경과 흠모의 감정이 혁명하는 인민들의 생활감정의 정수로 되는 것은 사회정치적 생명체의 중심으로서 수령이 차지하는 지위와 역할, 그 위대성으로 하여 필연적인 것28)이라고 혁명적 수령관으로 종결짓고 있다. 김정일 위원장은 혁명적 수령관은 수령에 대한 끝없는 충성심을 혁명적 신념과 의미로 간

---

26) 리수림, 앞의 책, 18쪽.
27) 리수림, 위의 책, 22-23쪽.
28) 리수림, 위의 책, 23-24쪽.

직할 것을 요구한다고 주문하였다. 송가시인들은 무엇보다 먼저 인민들의 신념과 의지의 대변자로 될 때 수령의 위대성을 심장으로 노래하는 풍만한 송가적 서정을 펼치게 된다고 강조하고 있다. 수령송가에 인민들의 신념과 의지를 뚜렷이 반영할 데 대한 시론은 지난 시기 송가문학 형식의 제한성을 타파하고 수령의 풍모와 업적에 대한 시인의 정서적인 침투를 더욱 적극화하며 송가의 서정성을 더욱 강화하게 하는 탁월한 시론29)이라고 강하게 역설하고 있는 것이다.

이러한 시론에 따라 1970년대에 창작된 송가 『수령님의 높은 뜻, 붉게 피였네』, 송가 『수령님의 만수무강 축원합니다』가 본보기 작품으로 창작된 것은 수령송가문학발전에서 획기적인 의의를 가진다30)고 강조한다.

결국 김정일 위원장의 지시에 따라 혁명송가문학 시집들이 쏟아져 나오게 되는데 그것은 김일성 주석의 60돌(『우리 인민은 행복합니다, 1972』), 65돌(『인민은 수령님의 만수무강 축원합니다, 1977』), 70돌(『수령님께 드리는 축원의 노래, 1982』), 75돌(『만민의 축원, 1987』)31)을 기념하여 주로 간행되었다.

김일성을 신격화하고 우상화하는 과정에서 신화가 창조되고 심지어 김일성 민족의 형성을 주장하는 단계까지 다다른다. 아울러 김일성의 조부로부터 시작되는 가족사를 미화시키거나 역사적 사실을 왜곡하여 상징성을 부여하고는 혁명적 영웅화를 시도하고 있는 것이 혁명송가와 혁명적 수령관의 요체라고 할 수 있다. 이러한 주체 미학이론의 막후 지휘자가 바로 김정일인 것이다.

---

29) 리수림, 위의 책, 55쪽.
30) 최길상, 앞의 책, 175쪽.
31) 최길상, 위의 책, 181쪽.

Ⅲ. 민요와 대중가요와 민족주의 담론

1980년 중엽이후에 북한사회에서 새롭게 등장한 '조선민족제일주의'의 이념적 구호는 1990년대 들어와서 북한시문학 분야에서 민요의 발굴과 정리, 민족수난기 대중가요의 발굴과 정리 그리고 신민요의 창작으로 그 모습을 뚜렷하게 드러내었다. 즉 북한시문학 분야에서 민요와 계몽기 가요의 부상은 민족주의 담론과 밀접한 관련성 속에서 진행되고 있다는 점에 주목해야 한다.

북한에서 1980년대는 1970년대의 연장선상에 있었다. 그것은 80년대 후반까지 정치적으로나 사회적으로 커다란 변화양상이 없었기 때문이다. 이러한 현상은 1960년대 말부터 1970년대 초에 이르러 확고하게 자리 잡은 주체사상이나 김정일의 후계자수업이 어느 정도 정착되어 가고 있었음을 시사하는 것이다.

하지만 1980년대 후반에 가면 국제정세의 변화에 따른 심각한 위기에 봉착하게 된다. 대외적으로는 구소련연방의 해체와 동구권의 자유화 바람, 그리고 중국정부의 시장경제를 발판으로 한 개혁·개방정책의 도입 등이 체제 자체를 뒤흔들 수 있는 도화선으로 작용하고 있었고, 대내적으로는 1950년대 말에 기획하여 1970년대에 거의 완성이 된 평양의 신도시 건설사업의 성과와 문제점이 드러나기 시작하여 도농간의 갈등이 시작되었다는 점, 남북한의 무한경쟁에 따른 과학기술의 혁신문제와 인테리의 사회적 위치와 역할문제, 중국과 러시아 유학생들의 귀국과 일본 북송 교포자녀들의 활동 등에 따른 젊은 세대의 등장으로 인한 세대 간의 갈등문제, 여성들의 사회적 활동의 증대에 따른 여성의식의 고양(가정과 사회 내에서의 여성들의 위상과 역할 문제) 등이 부각되어 사회의 균열현상이 심각한 지경에 이르게 되었다.

이러한 급변하는 국제정세 속에 1980년대에 김정일 위원장이 새롭게 들고 나온 이데올로기와 군중노선의 정책이 바로 '조선민족제일주의 정신'과 '속도전'이다.

북한은 1980년대 들어와서 러시아와 중국의 에너지 등 경제적인 지원이 사실상 끊어지게 되자 〈자력갱생〉의 방침을 정할 수밖에 없는 처지에 놓였다. 따라서 1970년대부터 줄기차게 군중노선으로 내세웠던 〈속도전〉을 '80년대 속도전', '90년대 속도전'이란 슬로건으로 서랍 속에서 다시 끄집어내게 되었다. '속도전'의 개념에 대해 "속도전은 모든 사업을 전격적으로 밀고 나가는 사회주의 건설의 기본 전투형식"32)이라고 김정일은 정의를 내렸다. 김정일은 1974년 사회주의 대건설의 강령을 실현하기 위해 속도전의 혁명적 방침을 제시했는데, 속도전은 최단기간 내에 양적으로나 질적으로 최상의 성과를 이룩하는 것이라고 강조하였다.

한편 1980년 후반에 들어서서 국제정세의 급변은 북한 체제를 뒤흔들게 되고 국가 존립의 문제로까지 그 심각성이 확대된다. 특히 김정일의 후계구도의 확립과 더불어 문제의 해결책을 찾아야 하는 대안모색이 요구되었다. 그래서 제기된 것이 '조선민족제일주의'의 기치이다. 북한의 사회주의는 우월한 민족적 전통성을 바탕으로 하고 있어 여타 사회주의 국가와는 다르다는 점을 강조하기 시작하였다. 그리고 이를 선전홍보하기 위해 각 예술분야에서 민족적인 요소를 도입한 민족예술을 강화하였다. 아울러 김일성에서 김정일로 이어지는 권력 승계를 민족적 차원의 문제로 확대함으로써 전통적 왕도정치 구현의 방편으로 활용하게 되었다. 우선 전통문화 발굴과 보존정책을 도입하였다. 1985년 7월 11일 조선민주주의 인민공화국 주석명령 제35호로 〈문화유적 보존관리사업을 더욱 강화할 데 대하여〉를 공포하게 되었다. 이 명령에 의해 민족문화유산 복원 사업이 추진되어 왕건릉의 복원, 동명왕릉의 개건, 단군 유적

---

32) 강경구 외 편, 『조선대백과사전』, 평양, 백과사전출판사, 2000, 355쪽.

의 발굴과 복원 사업이 강력하게 추진되었다. 1992년에 들어와서는 발해유적에 대한 대대적인 발굴조사 사업까지 전개된다. 그리고 1980년대 중반부터 폐지되었던 민속명절이 부활하기 시작하여 추석이 1988년부터 휴무일로 지정되었고, 음력설과 한식, 단오가 1989년부터 휴무일로 공포되었다. 그 외에 미술분야에서의 조선화의 개척, 무용분야에서의 민속무용의 개발, 가극에서 평양교예단에 의한 새로운 형식의 민족가극「춘향전」·「박씨부인전」의 창작공연 등이 이어지게 되었고, 평양교예단의 레파토리에 민속놀이인 널뛰기, 밧줄타기, 말타기 등이 교예종목[33]으로 변형되어 삽입되었다. 영화분야에서도 그러한 현상은 두드러지는데, 1991년 첫 작품을 내놓은『민족과 운명』은 현재 61부까지 상영되고 있다. 문학분야에서 한설야·박팔양 등이 복권되었으며 한설야의 경우 애국열사릉에 안장된 모습이 확인되는 것 등 작가와 문학작품에 대한 과감한 해금은 1980년대 후반부터 새로운 이념체계로 등장하기 시작한 '조선민족제일주의'의 한 갈래로 볼 수 있는 측면이 있다는 해석[34]이 내려지고 있다. 또 계몽기 대중가요(민족 수난기의 가요)의 연구와 보급, 일상복 입기 그리고 전통음식의 강조 등은 민족 전통문화의 되살리기 현상에 해당되는데, 북한 당국이 언론매체를 동원하여 이러한 민족문화의 생활화를 도모하는 것은 북한 체제로 볼 때 상당히 이채로운 일이라고 할 수 있다.

사실 1970년 이전까지 북한은 스탈린의 민족 개념, 즉 "민족이란 언어·지역·경제생활·문화·심리 등에서 공통성을 가진, 역사적으로 형성된 사람들의 공고한 공동체"라는 규정을 보편적으로 사용하였으나 1970년대 들어 혈통의 공통성을 민족 구성의 요소로 추가하였다. 1980

---

33) 전영선,『북한의 문학예술 운영체계와 문예이론』, 역락, 245-247쪽.
34) 안찬일,「북한의 민족공조의 본질과 전망」,『참여정부 — 평화와 번영의 실천과제와 전망』(2003년 북한연구학회 춘계학술세미나 발표논문집), 북한연구학회, 2003. 3, 11쪽.

년대에는 스탈린의 민족 개념이 비정상적인 과정을 걸어온 유럽의 특수한 개념이라고 비판하면서 "민족을 이루는 기본 징표는 핏줄, 언어, 지역의 공통성이며 이 가운데에서도 핏줄과 언어의 공통성은 민족을 특징짓는 가장 중요한 지표로 된다."고 하여 스탈린의 민족 개념에서 핵심 요소인 경제생활의 공통성을 삭제하고 언어와 혈통을 특히 강조하고 있다. 이 같은 변화는 '민족'이 부르주아 사회 형성기에 만들어진다는 유물사관의 기본 논리를 정면으로 부인하고 민족의 원초성을 강조하는 방향으로 북한 학계의 입장이 바뀌었음을 의미[35]한다.

아울러 기존의 유물사관 논리에서와 같이 민족주의를 "계급적 이익을 전민족적 이익으로 가장하고 자기 민족의 우수성을 내세우면서 다른 민족을 멸시하고 증오하며 민족들 사이의 불화와 적대를 일삼는 부르주아 사상"으로 규정하면서도 진정한 민족 자주권을 주장하기 위해서는 '자기 민족 제일주의'가 필요하다고 주장하였다. 이는 1986년 김정일이 '조선민족제일주의'를 제창하면서 체계화된 내용으로서 매국배족적인 민족허무주의, 민족 개량주의와 민족 배타주의, 인종론, 세계주의를 철저히 반대 배격하는 것을 우선적인 특징[36]으로 삼고 있다.

그러면 조선민족제일주의는 어떤 의미를 지니는가? 북한의 『조선대백과사전』은 우선 세계주의와의 대립을 강조한다. 이것은 1980년대 후반 이후 조선민족주의가 북한의 대표적인 이데올로기가 된 배경을 잘 말해주고 있다. 즉 구소련연방의 해체와 중국의 시장경제의 도입 등 주변 국제정세가 북한에게 불리하게 돌아가자 체제를 수호하기 위해 일시적인 '고립주의'로 나아가기 위한 하나의 책략임을 입증해준다. 또 그것은 인종주의, 민족배타주의, 민족이기주의와의 상충도 역설하고 있다. 이것은

---

35) 도면회, 「북한의 한국사 시대구분론」, 한국역사연구회 편, 『북한의 역사 만들기』, 푸른역사, 79쪽.

36) 도면회, 위의 책, 80쪽.

조선민족제일주의가 편협된 국수주의와는 다른 이데올로기임을 강조하는 것이다.

『조선대백과사전』(17권)은 '조선민족제일주의'의 개념에 대해 "조선민족의 위대성에 대한 긍지와 자부심, 조선민족의 위대성을 더욱 빛내여 나가려는 높은 자각과 의지로 발현되는 숭고한 사상감정"37)을 뜻한다고 밝히고 있다. 그리고 이 이데올로기는 김정일 위원장이 주도하였음을 천명하고 있다. 조선민족제일주의 정신에 관한 문제는 위대한 영도자 김정일 동지에 의하여 역사상 처음으로 완벽하게 해명되었다고 강조하고 있다. 따라서 조선민족제일주의 정신을 높이 발양시켜 나가는 것은 사회주의의 기치를 고수하고 주체혁명위업을 끝까지 완성해나가기 위한 절박한 요구라고 역설한다. 조선민족제일주의 정신을 높이 발양시켜 나가야 제국주의자들과 반동들의 반사회주의적 책동이 강화되는 속에서도 조금도 흔들리지 않고 자기의 혁명적 지조를 굳게 지킬 수 있으며 신심과 낙관에 넘쳐 부닥치는 애로와 난관을 자체의 힘으로 뚫고 나갈 수 있다38)는 것이다. 아울러 조선민족제일주의의 근본에는 '주체사상'이 자리잡고 있다고 분명하게 밝히고 있다.

그러면 북한이 1980년대 후반부터 유난히 이 이데올로기를 내세우고 있는 근본적인 이유는 무엇인가? 요약하면 하나는 구소련연방의 해체와 동구권의 자유화 물결의 불리한 국제정세 속에서도 김일성과 김정일로 이어지는 세습체제를 유지하기 위해 폐쇄적인 고립주의도 감수하겠다는 의지의 표현이라고 할 수 있다. 즉 자신들을 세계주의와 개혁·개방주의의 이념아래 무너뜨리려는 제국주의자들과 맞서기 위한 사상투쟁의 일환이라고 파악하고 있는 것이다. 다른 하나는 그러한 맥락에서 혁명적 수령관에 바탕하여 '수령결사옹위주의'로 뭉치자는 군중노선으로 해

---

37) 강경구 외 편, 『조선대백과사전』17권 , 평양 , 백과사전출판사, 2000, 666쪽.
38) 강경구 외 편, 위의 책, 666쪽.

석할 수 있다.

우선 조선민족제일주의는 조선민족의 위대성을 더욱 빛내어 나가려는 자각과 의지로 발현되는 숭고한 사상감정이라고 강조하고 있다. 또 자기 민족의 위대성에 대한 긍지와 자부심을 체험하기만 하고 자기 민족의 위대성을 빛내여 나가기 위하여 투쟁하지 않는다면 그것은 자기의 의의를 다 나타내지 못한다고 말한다. 그래서 조선민족제일주의 정신에서 두 본질적 내용은 밀접히 연관되여 호상작용을 한다는 것이다. 여기에서 북한당국이 강조하려고 하는 것은 자신들의 체제에 대한 긍지와 자부심을 가지고 자신들의 사회주의 독재체제를 무너뜨리려는 미국을 중심으로 한 제국주의자들에게 강하게 투쟁해야 한다고 역설하고 있는 것이다. 북한당국은 우리가 조선민족제일주의를 내세우는 목적은 단순히 우리 민족에 대한 긍지와 자부심을 가지도록 하자는 데만 있는 것이 아니라 자체의 힘으로 사회주의 건설을 더 잘하여 민족의 존엄과 영예를 더욱 높이 떨치도록 하자는 데 있다고 말한다. 특히 다음 대목이 중요하며 그들의 속내가 담겨 있다. "뒤떨어졌다고 하여 비판하지 않고 앞섰다고 하여 자만하지 않는 것이 우리 인민의 락관적이며 근면한 기질이다. 그리고 승리에 자만할 줄 모르고 계속혁신, 계속 전진하는 우리 인민의 투쟁은 인민대중의 자주위업, 사회주의, 공산주의 위업을 끝까지 수행하려는 높은 혁명적 자각의 표현이다. 우리 인민은 혁명과 건설을 수행하면서 오늘의 행복만을 생각하는 것이 아니라 조국을 통일하고 후손만대의 번영을 이룩하여야 할 력사적 사명과 인류의 자주위업의 종국적 승리를 앞당겨야 할 국제주의적 의무도 생각한다. 혁명을 끝까지 하려는 계속혁명의 의지를 지니는 것은 자주세력과 반동세력 사이, 사회주의와 제국주의 사이에 치렬한 대결전이 벌어지고 있는 오늘 더욱 중요한 문제로 나선다"[39]고 주장하고 있다.

둘째, 북한당국이 1990년대와 21세기에도 조선민족제일주의를 지속적으로 앞세우는 또 다른 이유는 혁명적 수령관으로 연계시키기 위한 목적 때문이다. 심지어 2000년의 밀레니엄 시대의 『조선문학』 1월호는 '김일성민족론'을 부상시키기도 했다. 「200년대가 왔다 모두 다 태양민족 문학건설에로!」에서 '태양'이란 태양절이란 북한 특유의 우상화정책에서 나온 것이다. 이미 고인이 된 불멸의 영웅 김일성 수령을 태양으로 받들고 새로운 문화를 창달하자는 구호성 글이다. 그런데 재미있는 것은 태양의 원조로 단군을 들고 나온 것이다. 물론 종국에는 민족의 시원으로 김일성을 앞세운다. 사대와 인류가 지향하고 민족과 겨레가 염원하던 그 모든 것이 차려지는 최대의 특전을 우리 문학이 누리게 되었으니 김일성 동지를 모시어 드디어 태양문학의 시원을 맞아 주체사실주의의 새 역사를 펼치자는 논리로 전개된다. 이리하여 우리 문학의 혁명전통이 마련되고 자주시대문학의 휘황한 진로인 주체의 인간학이 태동하여 시대를 반영하게 되었다는 것이다. 끝으로 수령형상을 창조하는 것은 새 세기에도 태양민족 문학건설의 기본의 기본[40]이라고 강조한다. 즉 혁명적 수령관의 확립이 민족주의 담론의 핵심임을 확고하게 드러내고 있다. 『조선대백과사전』 제17권도 다음과 같이 같은 논지를 전개하고 있다.

여기서 중요한 자리를 차지하는 것은 우선 위대한 수령 김일성동지의 령도 밑에 주체의 혁명위업을 곧바로 승리의 한길을 따라 개척하여왔을 뿐 아니라 수령님의 유훈대로 위대한 령도자 김정일동지를 높이 모시고 주체의 혁명위업을 대를 이어 빛나게 계승 완성해나가고 있는 김일성민족으로서의 긍지와 자부심이다. 이와 함께 중요한 것은 백전백승의 주체의 혁명적 당의 령도를 받으며 인류사상발전의 가장 높은 단계를 이루는 영생불멸의 주체사상을 지도사상으로 삼고 있으며 세상에서 가장 우월한 사람, 인민대중 중심의 사회주

---

39) 강경구 외 편, 위의 책, 667쪽.
40) 북조선작가동맹, 『조선문학』 1월호, 평양, 문예출판사, 2000, 4쪽.

의 사회에서 살며 혁명하는 긍지와 자부심이다. 우리 민족의 위대성에 대한 이 모든 긍지와 자부심이 하나로 합쳐져 조선민족제일주의 정신의 가장 본질적인 내용의 하나를 이룬다.[41]

최근 2005년 9월부터 약 2개월간 북한 능라도의 5·1 경기장에서는 아리랑대공연이 대대적으로 펼쳐졌다. 필자가 10월 17일 능라도공연에 참석[42]했을 때, 2등석의 입장료는 100유로 즉 남한 돈으로 약 15만원에 해당하였다. 이번 공연으로 7,000~8,000명의 남한관광객들이 방북했다고 치더라도 엄청난 외화벌이를 한 셈이다. 1등석과 2등석의 바깥쪽에는 북한 인민들이 미리 입장해 있었다. 어림짐작으로 5~6만여 명은 되어 보였다. 북한 관람객들은 남한 관람객들과 외국인 관람객들이 입장할 때마다 박수를 치면서 환호하고 있었다. 건너편의 카드섹션(북한 용어로는 '배경대')에 2만여 명의 중학교 (남한 개념으로 중고교생) 학생들이 동원되었다고 한다. 그 양 옆은 사각지대로 좌석배치를 안 했으므로 좌석에만 거의 10만여 명(배경대 2만 명 포함)이 관람을 하는 셈이다. 여기에서 이번 북한당국이 아리랑공연을 대대적으로 하는 이유가 명약관화하게 드러난다. 왜 하필 이러한 시기에 아리랑공연을 대대적으로 펼치는가? 북한당국의 의도가 몇 가지 점에서 분명하게 드러난다. 그 하나는 6자회담 타결 후 미국과 일본 등 강대국을 향해 내부 결속력을 강조하고 대외적인 응집력을 과시('장군님을 중심으로 200만 명의 결사옹위')하기 위한 것으로 보여 진다. 또 하나 '흥하는 내 나라'라는 타이틀에서 잘 드러나 있듯이 1990년대 말의 식량난 등 고난의 행군의 터널을 뚫고 사회주의 건설의 대진전이 이루어졌음을 보여주려는 의도도 엿보

---

41) 강경구 외 편, 앞의 책, 666쪽.
42) NGO성 학술단체인 **CODS**의 이사인 필자 박태상은 NGO 단체 〈남북 어린이 어깨동무〉가 평양에 건립한 '평양학용품공장'과 '어린이병원'을 참관하고, '아리랑대공연'을 관광하였다.

인다. 부수적으로 관광객 유치를 통한 외화벌이의 속내도 엿보인다.

아리랑대공연이 대내외적으로 주목을 받는 것은 이러한 북한당국이 국가의 명운을 걸고 추진하였던 대규모행사가 바로 '조선민족제일주의' 정신의 기치 밑에서 수행되었기 때문이다. 즉 아리랑대공연은 바로 북한의 과거-현재-미래를 상징적으로 펼쳐보인 퍼포먼스라는 데에 큰 의미가 있다. 이러한 공연의 배경에는 그동안 축적된 문화적 경험이 밑바탕이 되었다. 1990년대 중반부터 북한당국은 민요의 수집과 정리작업에 몰두하였고 윤이상 민족음악원을 중심으로 계몽기 대중가요의 정리작업에도 주력하였던 것이다. 북한 문화계에서 이 분야에서 최고의 전문가로 통하는 최창호는 『민요따라 삼천리』(1995년) 서문에서 "민요는 우리나라의 귀중한 문화적 재부로 후세에 물려주어야 할 음악유산으로 되는 것이다."라고 밝히고 있다. 오늘 우리 앞에는 선조들이 남겨놓은 귀중한 민족음악 유산들을 옳게 살리고 계승하면서 이를 토대로 하여 새로운 민족음악들을 많이 창작하여 우리의 찬란한 민족문화를 더욱 활짝 꽃피워나가야 할 과업이 있다고 강조하고 있다. 그리고 자신의 저술에 담겨진 관북민요들은 함경북도 화성군에 사는 로의각 노인과 청진시의 림수창 노인, 그리고 북청지방에서 대를 이어오며 살아온 박길산 노인의 가창들을 참고로 하였으며, 1920년에 출판된 『잡가집』과 1920년대 초에 출판된 『신구잡가』에 실린 자료들을 참고하였다고 참고자료의 출전을 제시하고 있다. 그리고 평안남북도를 포괄하는 관서지방과 황해도, 개성, 강원도, 경기도, 충청도의 민요들은 인민배우 김진명과 왕년의 공훈배우들인 왕수복, 김관보, 선우일선, 홍탄실, 장재천, 최관형 등이 불러준 가락들을 참고로 하였으며, 민간에서 전래의 민요들을 보존해오면서 애창하고 있는 김춘옥, 오봉필, 최봉순, 박봉녀 등이 불러준 가락들도 참고했다고 밝혔다. 이밖에도 1920년대 말엽과 1930년대 초에 관서명창들로 널리 알려진 김종조, 최순경, 김칠성, 장학선, 문명옥을 비롯하여,

경기도의 명창들인 백모란, 이영산홍, 장경순, 조모란, 김갑자, 김란홍, 박부용 등이 음악에 남긴 가락들과 여러 음악자료들을 참고로 하였다[43]라고 1차 자료들을 제시하였다. 또 전라도민요는 왕년의 공훈배우인 신우선과 민족음악교육가였던 조해숙의 가창을 참고로 하였으며, 송만갑, 이동백, 정정렬, 임방울, 이화중선, 박록주 등이 음판에 남긴 가락들과 1940년에 출판된 정노식의 『조선창극사』도 참고로 하였다고 언급하고 있다.

우선 한민족의 유래와 역사를 담고 있는 '아리랑'의 전설과 당대의 역사반영성에 대해 구체적으로 설명하면서 최창호는 자신의 저서를 풀어나가고 있다.

> 아리랑 아리랑 아라리요
> 아리랑 고가로 넘어간다
> 나를 버리고 가시는 님은
> 십리도 못가서 발병난다

'아리랑'의 발생과 그 어원에 대해서는 여러 가지 설이 있지만 인민배우 김진명의 구술에 따라 '리랑과 성부'에 대한 이야기가 기본을 이룬다고 서술하고 있다. 대표적인 관련설화로는 밀양의 「아랑각전설」과 「알영전설」, 「영남루전설」 등과 대원군의 경복궁 수축공사에서 발생하였다는 이야기가 있다그 먼저 밝힌다. '리랑과 성부'이야기는 조선조 중엽 한 마을에 김좌수라는 지주가 살았고 그 집안에 리랑이라는 총각과 성부라는 처녀가 살고 있었다고 전해진다. 어느 해에 전래가 없는 가뭄이 닥쳐 식량난으로 아우성을 쳤다고 한다. 그렇지만 지주는 이에 아랑곳없이 도조를 바치라고 하면서 농민들과 소작인들을 못살게 굴었다고 한다. 마

---

43) 최창호, 『민요따라 삼천리』, 평양, 평양출판사, 1995, 7-8쪽.

름이 성과 없이 돌아오자 지주는 매 농가들에서 얼마 안 되는 종곡을 모조리 빼앗아냈다. 이에 격분한 농민들은 폭동을 일으켰는데, 리랑과 성부도 이 폭동에 참가하게 되었다는 것이다. 지주의 고발을 들은 원은 폭동을 진압할 데 대한 관군의 출격명령을 내렸고 온 마을은 농민들의 시체와 피로 물들었다. 바로 이 유혈적인 참변에서 리랑과 성부는 다행하게도 관군의 추격에서 몸을 피하여 수락산이라고 하는 산 속에 들어가 행복하게 살았다[44]고 한다.

그 후 봉건관료배들과 지주들의 착취를 반대하여 농민들의 투쟁이 고을의 여러 곳에서 일어나자 리랑은 폭동군의 진압으로 억울하게 죽은 마을사람들의 원수를 갚아줄 결심을 품고 싸움터를 향해 고개를 넘어갔는데 그때 성부가 사랑하는 남편과의 이별이 서글퍼서 즉흥적으로 부른 노래로 '아리랑'이라는 이야기가 전해온다는 것이다. '아리랑'이란 어원은 문자 그대로 사랑하는 나의 낭군님과 헤어진다는 뜻에서 유래된 곡명이라고도 하며 성부의 남편인 리랑의 이름에서 유래되었다는 설도 있다고 설명하고 후설에 대해서도 구술에 근거하여 자료를 제공[45]하고 있다.

최창호는 계속하여 '아리랑'이라고 하면 대체로 「본조아리랑」, 「신조아리랑(신아리랑)」, 「진도아리랑」, 「밀양아리랑」, 「영천아리랑」, 「강원도아리랑」, 「정선아리랑」, 「해주아리랑」, 「서도아리랑」을 비롯하여 「열두아리랑」에 '열두고개'라고 전해오고 있다고 하면서 이에 깃든 전설들도 각이하나 다음과 같은 공통점을 찾아볼 수 있다고 언급하였다. 사랑하는 님과의 이별이 어렵다는 뜻에서 '아난리我難離'라고 부른 것이 오늘에 와서는 '아라리'로 되었다는 점과, 고생의 한계를 넘기가 어렵다고 하여 '고계苦界'라고 부른 것을 오늘에 와서는 '고개'로 부르게 되었다는 것이 아리랑의 전설들에서 일치하게 찾아볼 수 있는 공통점이라는 것이

---

44) 최창호, 위의 책, 10-12쪽.
45) 최창호, 위의 책, 12-14쪽.

다. 또 「신조아리랑」은 가락이 신민요를 의미하는 것은 아니지만, 무성영화 '아리랑'을 제작하면서 「본조아리랑」을 부르자고 보니 작품의 내용과 가사가 잘 맞지 않기 때문에 서정 김영환이 영화의 주인공 나운규의 부탁을 받고 「본조아리랑」의 선율을 일부 다듬고 가사도 다듬었으며 「신조아리랑」은 어디까지나 「본조아리랑」이 좀더 예술적으로 보완된 가락46)이라고 최창호 나름대로의 해설을 가하고 있다.

  『민요따라 삼천리』는 아리랑 이외에도 관북지방의 옛노래인 「나무타령」, 「어랑타령」, 「한탄가」 등과 북청의 「돈돌라리」와 「흘라리」, 함흥의 「넋두리」와 「애원성」, 관서지방의 「배뱅이」, 「향산록」, 「수심가」, 「용강기나리」, 해학적인 민요인 「평양경치가」, 「장타령1」, 「코타령」, 「물감타령」 등을 소개하고 있다. 그 외에도 서사적인 민요 「배따라기」, 「봉죽타령」, 「앞산타령」, 「양산도」, 「달거리」, 「윷놀이」 등과, 황해도의 「도라지타령」, 「풍구타령」, 「박연폭포」, 「산타령」, 강원도의 「금강산타령」, 「신고산타령」, 「정선아리랑」 등과, 관동지방의 옛노래인 「관동팔경가」, 「한오백년」, 「고성아리랑」, 「어부사시사」 등을 제시하고 있다. 경기도민요로는 「노랫가락」과 「창부타령」, 「매화타령」, 「닐리리야」, 「사발가」 등을 소개하고, 충청도 민요로는 「천안삼거리」와 「산유화」, 호남민요로는 「사랑가」, 「춘향이별가」, 「옥중가」, 「농부가」, 「육자배기」, 「비타령」, 「호남가」, 「죽장망혜」, 「진도아리랑」, 「강강수월래」, 「화초가」 등을 나열하고, 영남민요로는 「밀양아리랑」과 「메나리」, 「영천아리랑」, 「쾌지나 칭칭 나네」, 「옹혜야」를 소개하고 제주도 민요를 마지막으로 다루고 있다.

  한편 최창호는 2003년에 펴낸 『민요따라 삼천리 2』에서 2000년 6월의 역사적인 평양상봉이 이루어지고 6 · 15북남공동선언이 채택되어 조국통일의 밝은 전망이 열려지는 때에 민요가 통일의 새봄을 안아오는

---

46) 최창호, 위의 책, 14-16쪽.

힘있는 가락으로 승화되기를 간절히 바라면서 경기도 민요를 간추려본다고 책을 펴낸 소감을 밝히고 있다. 『민요따라 삼천리 2』는 경기도민요, 충청도민요, 영남민요, 제주도민요를 추가로 소개하면서 특집으로 '이름난 민족음악연주자들', '민족음악의 공헌자들', '민요와 현대조선민족무용', '민간의 명고수와 명무가들'을 덧붙이고 있다.47)

또 최창호는 『민족수난기의 대중가요들을 더듬어』(1997년)에서 홍난파의 「봉선화」 등의 예술가요, 민족수난기의 신민요, 「황성옛터」와 「타향살이」 등의 민족수난기의 대중가요들에 대한 문화적 비평과 자료발굴을 동시에 시도하여 치밀하게 정리하고 있다.

> 황성옛터에 밤이 되니
> 월색만 고 ~ 요해
> 폐허에 설은 회포를 말하여 주 ~ 노라
> 아 ~ 가엾다 이 내~ 몸은
> 그무엇 찾 ~ 으려
> 끝 ~ 없는 꿈~의 거리를
> 헤매여 왔~는가
>
> — 왕평 작사, 전수린 작곡, 리애리수 노래

최창호는 민족수난기의 대중가요는 사람들 속에서 널리 불려지면서 예술가요나 신민요에 비해 그 노래의 수가 많다고 지적한다. 특히 대중가요는 비가들의 비중이 높다고 하면서 그 예로 「황성옛터」, 「눈물 젖은 두만강」, 「진주라 천리길」, 「울며 헤진 부산항」, 「나그네 설움」 등의 작품들에는 겨레의 마음속에 흐르던 눈물과 그 울분을 담고 있다고 설명하고 있다. 그 외에도 「목포의 눈물」, 「칠석날」, 「애수의 소야곡」 등 연

---

47) 최창호, 『민요따라 삼천리 2』, 평양, 평양출판사, 2003, 2-3쪽.

정을 담은 비가들도 있다고 언급하였다.

다음으로 「잃어진 고향」, 「타향살이」, 「연자방아」, 「고향설」, 「어머님 안심하소서」 등을 비롯한 애향의 주제들도 있고 비가에서 탈피해보려고 시도한 「낙화유수」, 「피리소리」, 「꽃이 핍니다」, 「망향초사랑」, 「아주까리등불」을 비롯한 정서적인 작품들과 겨레의 힘찬 박동을 담아보려고 시도한 「감격시대」, 「바다의 고향시」 등과 같은 작품들도 있다고 분석하였다. 특히 이들 대중가요들은 도식적인 경향을 보여주고 있지만 민족의 애환을 담고 겨레의 마음속에 반려되어 오면서 민족수난기의 기나긴 노정을 겨레와 함께 호흡하여 온 옛 노래들이며 이를 통하여 그 시기의 물정들을 역력히 투시해 볼 수 있다[48]고 그 역사적 의미와 특징을 강조하고 있다.

2005년 10월의 평양의 소년학생궁전에서 있었던 외국인 상대의 예술공연에서 북한의 초등학생이나 중학생 정도의 학생 1,000여 명이 부른 노래 중 신민요와 동요도 있었지만, 「감격시대」라는 민족수난기의 대중가요도 포함되어 있어 최근 북한의 민족주의 담론이 어느 정도 대중화되어 있는지를 확인해주었다.

---

48) 최창호, 『민족수난기의 대중가요들을 더듬어』, 평양, 평양출판사, 75-76쪽.

제 3 장

민족주의 담론과 역사소설 창작

이태준과 홍석중의 『황진이』 비교고찰

I. 머리말

2004년 남한의 TV방송과 신문에서는 북한소설 한 작품에 대한 화제로 문화면이 가득 채워지고 있었다. 북한 작가인 홍석중이 창작한『황진이』가 계간지『창작과 비평』사가 주는 만해문학상을 수상한 소식이 톱뉴스가 된 것이다. 특히 북한작가 홍석중이 창비사의 초청으로 수상을 위해 서울을 방문할 수 있을 것인지도 화제에 올랐다. 결국 홍석중은 2004년 12월 금강산에서 열린 시상식에서 만해문학상을 수상하였다.

사실 홍석중의『황진이』는 2003년 북경국제도서전시회에서 북한부스에서 처음으로 소개되어 필자에 의해 계간지『통일문학』에 실림으로써 한국 언론에 처음으로 공개되었다. 하지만 이 작품은 북한 원전의 잡지 수록은 보안법 위반이라는 통일부의 반대로 어려움에 처한 끝에 필자가 신문사 칼럼(『한겨레신문』 2003년 12월 26일 19면, ‘『황진이』는 출판되어야 한다’) 등을 쓰는 동시에 통일부 실무자들을 설득하여『통일문학』에 게재되었고 2004년 봄에 대훈닷컴이 출판함으로써 한국독자들의 손에 쥐어지게 되었다. 우선 이 작품은 해방이후 정부의 허가를 받아 남한에서 출판된 최초의 북한소설이라는 점에서 커다란 의미를 지닌다.

사실 일제시대부터 황진이를 서사적으로 형상화하려는 작가들의 노력은 끊임없이 계속되었다. 소설 『황진이』는 일제 말기에 잡지 『문장』의 편집책임자였으며 한국 근대문학의 문체적 확립에 혁혁한 공적을 세운 이태준이 처음으로 썼다. 장편소설 『황진이』는 1936년 6월 2일부터 『조선중앙일보』에 연재되다가 9월 4일부터 연재가 중단되었다가 1938년 2월 동광당서점에서 출간되었으며 해방이후 1946년 8월 같은 출판사에서 재출간되었다.

이태준이 『황진이』를 출간한 이후 정한숙, 박종화, 안수길, 유주현, 정비석, 한말숙, 최인호, 김남환, 최정주, 김탁환 등에 의해 소설화되었으며 최근 전경린에 의해 2권 분량의 장편소설이 패미니즘 시각에서 창작되어 베스트셀러의 반열에 올라있다.

우선 이태준의 『황진이』는 황진이라는 역사적 인물에 대해 이 땅에서 최초로 서사적 형상화를 시도한 장편소설이라는 데 그 창작 의의를 찾을 수 있다. 따라서 그 이후에 나온 다양한 성격의 황진이 창작물들에 비해 매우 취약한 양상을 보이고 있는 것도 사실이다.

이제부터 이태준의 『황진이』의 서사구조상의 특징과 최근에 나온 북한소설 『황진이』와 어떤 변별성을 보이는지 분석해 보기로 한다.

II. 이태준 『황진이』의 창작동기와 야담 수용 양상

황진이에 대한 고사는 여러 책에 남겨져 있다. 구체적으로 이덕형(1566~1645)이 지은 『송도기이松都記異』, 허균(1569~1618)이 지은 『성옹지소록惺翁識小錄』, 유몽인(1559~1623)의 『어우야담於于野談』, 임방(1640~1724)이 지은 『수촌만록水村漫錄』, 서유영(1801~1874)이 지은 『금계필담錦溪筆談』, 김택영(1850~1927)이 지은 『소호당집韶濩堂集』, 개성 유수를 지낸 김이재金履載, 1767~1847의 『중경지中京誌』, 홍중인(?~1752)의 『동국시화휘성東國詩話彙成』, 그 외에 『조야휘언朝野彙言』, 김택영이 짓고 풍기 군수 김신영이 간행한 『숭양기구전崧陽耆舊傳』1) 등에 황진이에 대한 일화가 전해지고 있다. 이덕형은 암행어사가 되어 송도에 나아가 남문 안에 사는 서리 진복의 집에 거처를 정했는데, 마침 진복의 아비가 늙은 아전으로 황진이와 가까운 일가가 되어 황진이에 대한 전말을 모두 알고 있어 기이한 이야기를 넓힌다고 하면서 황진이에 대한 일화를 기록하고 있다. 『송도기이』의 기록 중 중요한 것으로는 진이의 어미인 현금이 나이 18세에 병부교 밑에서 빨래를 하다가 형용이 단아하고 의관이 화려한 사람을 만나 표주박에 물을 가득 떠서 준 것이 인연이 되어 서로 좋아하여 진이를 낳았다는 출생비밀 이야기, 개성 유수 송공이 황진이의 노래를 듣고 천재로 평가한 것과 그의 첩이 절색이라고 질투를 느낀 사실 및 송공 어머니의 수연壽宴에서 진랑이 화장도 하지 않고 담담한 자세로 나와 국색國色의 광채를 빛낸 일, 악공 엄수와의 일화, 중국 사신 일행이 황진이를 보고 천하절색으로 평가 한 일화, 황진이가 선비들과 놀기를 즐기며 당시 읽기를 좋아하며 서화담을 사모하여 그 문하에 나아가 담소를 나눈 일화2) 등이 있다.

　유몽인의 『어우야담』에도 황진이에 관한 새로운 일화가 기록되어 있다. 첫째, 황진이가 서화담의 학문과 사람 됨됨이를 시험하고자 허리에 실띠를 묶고 『대학』을 옆에 끼고 나아간 일화와, 밤을 틈타 서화담의 침소에 접근하여 마등摩登이 아난阿難을 어루만지는 것처럼 유혹한 일화가 짧게 기록되어 있다. 둘째, 성격이 호탕하고 소탈한 재상의 아들인 한량

---

1) 김택영이 지은 5권 1책으로 된 책으로 고려 말기 충신들의 일사와 조선 개국 초부터 고종때까지의 개성 명사들의 사실을 모아 편찬한 책. 1903년(고종 40년, 광무 7년)에 풍기 군수 김신영이 간행하였다.

2) 이덕형, 『松都記異』, 이민수 역, 민족문화추진회, 1975, 336-339쪽.

이생원과 금강산 유람을 떠난 후 자신의 몸까지 팔아 승려에게 양식을 얻은 일화가 묘사되어 있다. 셋째, 한양의 절창 이사종의 노래에 반해 그와 송도에서 3년, 한양에서 3년간 동거(첩살이)했던 일화도 에피소드로 전하고 있다. 넷째, 송도 큰길가에 황진이의 무덤이 있는데, 평안도사로 부임하던 백호 임제가 축문을 지어 제사를 지내 조정의 비판을 받았던 이야기[3]도 기록되어 있다.

허균의『성옹지소록』에는 노래를 잘한 사인 이언방과의 일화, 황진이를 개성 장님의 딸로 묘사하면서 거문고를 잘 타고 노래를 잘한 것으로 서술한 이야기, 금강산·태백산·지리산을 거쳐 금성에 와서 고을 원님이 절도사와 잔치를 벌이고 있는 곳에 나아가 헤진 옷과 누추한 행색으로 노래하고 거문고를 타면서 다른 기생들을 주눅들게 한 일화, 평생에 서화담을 사모한 황진이가 평소에 "지족선사가 30년을 면벽하여 수양했으나 그의 지조를 꺾었다. 하지만 화담 선생은 여러 해를 가까이 했으나 끝내 선을 넘지 못했으니 실로 성인이로다"라고 한 일화, 진랑이 서화담에게 송도삼절을 꼽은 일화[4] 등이 기록되어 있다.

한편『수촌만록』에는 양곡 소세양과의 한 달 간의 동거 일화가 소개되어 있으며 황진이가 양곡에게 준 율시 "월하정오진月下庭梧盡～～"이 기록되어 있다.『금계필담』에는 종실 벽계수가 손곡 이달과 상의하고 황진이를 찾아간 일화가 소개되어 있으며 시조 "청산리 벽계수야 수이 감을 자랑 마라～～"로 초장이 시작되는 시조가 기록되어 있다.

사실상 이태준의『황진이』는 철저하게 당시 전해오던 야담이나 설화적 에피소드에 충실하고 있다. 그 이유는 당시의 시대적 상황과 밀접한 관련이 있으며, 작가 이태준의 창작태도와도 상당한 연관성이 있을 것

---

3) 유몽인,『於于野談』, 박명희 외 역, 김탁환,『나, 황진이』, 문학동네, 2002, 286-288쪽 재인용.

4) 허균,『惺所覆瓿藁』, 신승운 역, 민족문화추진회, 1967, 171-173쪽.

으로 추정된다. 당시 이태준은 『문장』의 사실상의 편집책임자였다. 그리고 『문장』은 1930년대의 고전부흥론의 확산에 힘입어 전통주의와 상고주의의 편집태도를 보여주고 있었다. 1930년대의 고전부흥론은 조선일보 등의 저널리즘에 힘입은 바 크다. 『조선일보』는 1935년 1월 학예면 특집 "조선고전문학의 검토"(1. 1~1. 13, 필진으로 권덕규, 김윤경, 이병기, 김태준, 이희승 등의 필진)와 "조선문학상의 복고사상 검토"(1. 22~1. 31, 김진섭, 최재서, 김태준 등의 필진)를 통해 고전문학 유산의 탐구와 계승이라는 테마에 집중하였다. 『조선일보』가 이러한 기획물을 준비할 수 있었던 것은 당시에 학예부장으로 홍기문이 있었고 학예부 기자로 이원조가 있었기 때문에 가능한 일이었다. 당시 이태준은 고전문학 연구가인 가람 이병기와 매우 가까웠다. 둘 사이의 친분관계는 이태준이 『황진이』의 서문을 이병기에게 맡긴 것에서도 확인이 된다.

1930년대 중반 이후에 확산된 고전부흥론은 국수적 민족주의에 근간한 군국주의의 물결에 위기를 느끼고 한국 민족의 전통성과 특수성을 찾아내어 민족의 정체성을 찾아가자는 목적이 최우선적으로 모색되었기 때문에 등장하였다. 하지만 이러한 고전부흥론의 실체는 자칫 1920년대 최남선 등의 계몽주의자들에 의해 시도되었던 복고주의가 되살아날 우려가 있었다. 따라서 복고주의에 대한 경계를 하면서 고전부흥론에 힘을 실어준 논객이 바로 김태준과 이원조였다. 물론 복고주의에 대한 경계의 글을 쓴 중요한 이로는 임화와 철학자 박치우도 있다. 임화는 카프 해체를 전후한 시기에 고전부흥론의 출현을 가장 노골적인 현실도피의 선동으로 파악하고 "현대 대신에 중세로! 문명 대신에 야만에로!"[5]를 외치는 반동적 현상으로 이해했던 것이다. 박치우는 우리들이 응당 가져

---

5) 임인식(임화), 「조선문학의 신정세와 현대적 諸相(7)」, 『조선중앙일보』 1936. 2. 3, 황종연, 「한국문학의 근대와 반근대—1930년대 후반기의 전통주의 연구」, 동국대 박사학위논문, 1992, 21-22쪽 재인용.

야 할 보물의 상속권을 포기해서는 안 되지만, 과거에 대한 자랑에 수반되는 회고주의가 잃어버린 시간에 대한 미련의 발로인 골동취미, 그리고 역사적 진실을 왜곡하는 선양주의적 복고운동 상고운동에 귀착될 위험이 있다[6]고 지적하고 있다. 이에 비해 이병기는 우리는 지금 고문화의 재음미가 아니고 초음미하는 것이라면서 지금 우리 자신으로서 우리 자신의 것을 얼마나 알고 있는가[7]라고 되묻고 있다.

김태준은 당시의 중국은 역사연구가 활발하게 일어나 민족해방운동에까지 기여하고 있음을 지적하면서 '조선적이라고 해서 구박할 아무런 이유도 없으며 그와 같은 편견이 가져온 것은 우리 역사에 대한 무지와 왜곡밖에 없으며 가르칠만한 단 한 권의 조선역사서도 갖고 있지 못한 참담한 학문적 후진성이라고 말하고 있다. 그는 과거에 대한 정당한 인식없이 미래에의 의지만으로 달려온 문화운동이 정체의 국면을 맞이한 당시로서는 역사적 회고와 반성이 필수적이라는 이유에서 고전부흥의 취지에 지지를 보내고 있다. 다만 고전부흥운동이 문화적 진보가 실질적으로 봉쇄된 상황에서 복고주의의 성행이나 몽매주의적 문학의 득세와 같은 우려할 만한 풍조와 함께 등장했다는 사실에 주목하고 그것의 저의가 무엇인가 경계의 눈길[8]을 보내고 있다. 한마디로 김태준은 마르크스주의적 역사발전론의 입장에서 과거 한국문학의 합법칙적 전개과정을 규명하고 그것에 바탕하여 사회문화건설의 이론적 토대를 마련하려는 생각이었다. 따라서 고전부흥론과 민족주의의 유착에 대해 경계심[9]

---

6) 박치우, 「고문화 음미의 현대적 의의」, 『조선일보』 1937. 1. 1, 황종연, 위의 논문, 31쪽.
7) 이병기, 「고대가사의 총림은 조선문학의 발상지」, 『조선일보』 1937. 1. 4.
8) 김태준, 「고전탐구의 의의」, 『조선일보』 1935. 1. 26.
9) 김태준, 「문학의 조선적 전통」, 『조선문학』 13, 1937. 6, 122-123쪽. 황종연, 앞의 논문, 36-37쪽.
　김태준은 조선적인 것이란 아세아적 생산양식이 던져준 바 문화의 기형적 발전에 있을 따름이라고 단정하고 문화에 있어서의 조선적 특수성을 그것만 떼어놓고 논의하는 것은 타당하지 않다고 간주했다. 각각의 민족은 세계민족 발전의 일반적 도정에 있으면서 또을 드러냈던 것이다.

한편 불문학을 전공하고 당시 조선일보 학예부 기자였던 이원조는 새로운 이념의 필요성과 과거 유산 자체에 대한 애정에서 고전부흥론을 전개하였다. 그는 「고전부흥론 시비」에서 역사의 고쳐 쓰기는 과거의 사실을 새로운 각도에서 검토하고 기술함으로써 역사를 창조하는 것이라고 하면서 고전부흥도 고전적 작품을 새로운 각도에서 해석하고 비판하는 것이어야 한다[10]고 주장하였다. 그러면서 역사의 창조가 영웅숭배와 같은 역사추수주의로 전락할 때가 있듯이 고전부흥도 복고주의로 떨어질 때가 있다[11]고 경고하였다. 이원조는 「조선적 교양과 교양인」에서 유교적 요양 이념의 공과를 평가하면서 유교가 인격의 도야에 치중하고 학문의 순수성을 인정하지 않았다고 비판하면서도 유교적 교양에는 풍류운사風流韻事가 포함되어 있어서 지성의 취미화라는 현대적 교양의 개념과 유사한 측면이 있다고 주장하였다. 아울러 유교적 전통에서 자라나온 영정조시대의 실학이 조선에 있어서 르네상스에 해당하는 지성사의 대전환을 이룩했다고 강조하면서 완당 김정희가 두드러진 교양인의 풍모를 드러냈다고 언급했다.

> 만약 지성의 갱생이 곧 르네상스라면 이조 영정조 연간에 일어난 실사구시의 학풍이란 우리의 르네상스가 아닐 수 없을 것이다. 이것은 …… 천문, 지리, 역사, 경제 같은 현대과학의 선구가 그 큰 者에 있어서 星湖, 蟠溪, 茶山, 楚亭, 炯菴 같은 이는 말할 것도 없고 이밖에 林林叢叢한 斯學의 학도가 일시 배출한 것은 우리 문화사의 전계열 중에서 일찍이 보지 못할만큼 찬란한

한 그 도정의 외곽에서 각개의 지방적 성격을 갖고 있는만큼 조선적 특수성은 한편으로는 세계성의 차원에서 다른 한편으로는 민족성의 차원에서 고찰해야 한다는 입장을 취했다.

10) 이원조, "고전부흥론 시비", 『조광』 29, 1938. 3, 298쪽.
11) 이원조, 위의 글, 299쪽.

장관이었다. …(중략)… 그래서 이네들의 새로운 지성의 획득과 과학적 방법의 추구가 일세의 역사적 배경을 이루었을 때 또한 운명적으로 나타난 한 사람의 위대한 교양인이 바로 阮堂 金正喜이다.

완당의 글씨는 말할 것 없이 우리 금석학의 대가이며 역사학의 석금이며 시문의 거벽이며 화법의 묘수이며 심지어 다류의 명인이며 하는 정평을 거두어 보더라도 우리는 완당에 이르러서 비로소 한 사람의 두드러진 교양인의 풍모를 상살할 수 있지 아니한가[12]

또 이원조는 『동아일보』 등에 홍대용의 한글여행기 『을병연행록』의 존재를 알리는 해설[13]을 쓰는 동시에 자신이 스스로 주석을 달아 잡지 『조광』에 소개하기까지 한다. 그만큼 이원조는 한계에 봉착한 식민지 시대의 한계를 극복하고 새로운 문화의 진로에 대한 모색을 꿈꾸었다. 그러한 과정의 한 방향으로 실학의 근대성을 찾은 것은 상당한 의미를 지닌다.

한편 당시 『문장』에는 주도적인 지도자가 분명하게 드러나지 않는다. 정치적으로 이야기하자면 집단지도체제라고 할 수 있다. 형식상으로는 이태준이 편집주간의 역할을 맡고 있었다고 전해진다. 하지만 사실상 편집은 정인택(1939년 2월 창간 때부터 1939년 12월 제12집까지)·조풍연(제13집, 1940년 정월부터 폐간 때까지)에 의해 이루어진 것으로 알려져 있다. 조풍연의 회고담에 의하면, 당시 편집기자인 조풍연이 판매를 빼고는 거의 모든 일을 도맡아 했던 것으로 묘사되고 있다. 조풍연은 "편집 계획에서부터 원고 청탁·수집, 총독부 도서과에 드나들기, 인쇄소 드나들기, 교정보기, 그리고 책이 나온 뒤 포스터에서 신문 광고에 이르기까지 혼자 하였다. 편집장이라기엔 부하 직원이 없었고, 편집기자

---

12) 이원조, 「조선적 교양과 교양인」, 『인문평론』 2, 1939. 11, 39쪽.
13) 이원조, 「담헌 연행록」, 『조선일보』 1940. 8. 3.
   이원조, 주해 「담헌 연행록」 1-2, 『조광』 68, 71, 1941.

라기엔 너무나 권한과 책임이 컸다. 이태준은 이화여전의 강의에 나가는 일과 자기 작품 쓰는 일에 시달리고 있었을 때 한번 훑어보고는 대개 말없이 넘겨주는 것뿐이었다"[14]고 편집 당시를 회상하고 있다.

하지만 문장은 각 분야를 나누어 몇 사람이 편집을 주도해 나간 것으로 보여진다. 즉 소설은 이태준, 시는 정지용, 시조와 고전 발굴소개는 이병기로 영역이 분명하게 나뉘어진 것만은 분명하다. 그래서 학계에 '문장파'[15]라는 말이 등장하게 된 것이다. 이러한 세 사람에 김용준을 포함시키면 문장파는 구색을 갖추게 된다. 김용준은 길진섭과 더불어 잡지 『문장』의 장정과 표지화를 주로 담당한 인물로 장욱진 화백과 더불어 해방 후에 서울대학교 미술대학에서 동양화를 강의하게 된다.

잡지 『문장』은 독특한 편집상의 특성과 미학적 취향 그리고 정신적인 지향성을 드러내고 있었다. 김윤식은 그것을 상고주의尙古主義로 파악하고 그 문학사적 위치를 고전부흥운동의 맥락 속에 두었으며 선비다운 맛과 고전에의 후퇴[16]라고 정리하였다. 그에 비해 김용직은 전통지향 또는 전통주의라는 용어를 사용[17]하였고 최승호는 선비문화에의 지향과

---

14) 조풍연, 「문장·인문평론시대」, 『대한일보』 1969년 4월 7일~1970년 12월 10일, 강진호 엮음, 『한국문단 이면사』, 깊은샘, 1999, 240쪽.

15) 최승호, 「1930년대 후반기 전통지향적 미의식 연구 ─문장파 자연시를 중심으로」, 서울대학교 박사학위 논문 1994, 11쪽.
　최승호는 "소위 문장파의 주체세력은 무엇인가? ……그들이 바로 이병기, 정지용, 이태준, 김용준 등이다. 이병기는 주지하다시피 바로 문장파의 정신적 지주였다. 문장파의 정신적 지향이 소위 선비문화였다면 그 선비의 한 전형이 이병기였던 것이다."라고 하여 문장파라는 용어를 사용하였다.

16) 김윤식, 『한국근대문예비평사연구』, 한얼문고, 1973, 347-349쪽.

17) 김용직, 「『문장』과 문장파의 의식성향 고찰」, 『先淸語文』 23, 1995년 4월, 서울대학교 사범대학 국어교육과, 731쪽.
　김용직은 위의 논문에서 잡지 『문장』의 의식사적 성격을 전통지향으로 파악하였다. "의식사의 맥락에서 볼 때 『문장』은 어느 문예지와는 뚜렷이 다른 변별적 특징을 지니고 있다. 그것이 우리 문화전통에 대한 선호벽이었고 고전 탐구를 중심으로 한 전통 지향이었다. …(중략)… 『문장』은 그 편집의 주조를 우리문화전통의 계승 쪽에 두었다."

문인화 정신의 추구로 해석하였다. 우선『문장』은 장정에 상당한 배려를 하였다. 장정의 책임을 맡은 서양화가 길진섭은『문장』제3집의 '여묵'에서 "우리의 문학이라면 우리의 장정, 우리의 표지가 창조되어야 하며 거기에는 우리의 색감과 우리의 정조가 있어야 한다"[18]고 말하고 있다. 이렇게 상고주의와 전통주의의 색채를 표명했던『문장』의 편집진은 제자題字부터 완당 김정희의 필체를 사용하여 미학적 특색과 고풍을 되살렸고 표지화의 대다수를 그린 김용준을 통해 민족적 색감을 드러내려고 노력하였다. 완당의 제자는 처음에는 행서체였으나 제5호부터는 이태준이 한 달 가까이 애써 필적을 찾아내어 예서체로 바꾸었고 김용준은 산수山水, 화훼花卉, 소과蔬果, 기명器皿 등을 소재로 문인화 양식의 고상하고 품격 높은 필치를 구사하였다.

『문장』의 전통주의적 입장을 잘 보여주는 것이 바로 고전의 발굴과 복원작업이었다.『문장』은 순수문예지였음에도 불구하고 고전과 학술분야에 상당한 지면을 배정하였다. 우선 창간호부터 이병기 주해로『한중록』을 연재한다. 이러한 고전소개는「한중록」(제6집~13집),「도강록」(이윤재 역주, 제11집~22집),「호질」(양주동 번역, 제12집),「인현왕후전」(이병기 주해, 제14집~제19집),「고시조선」(이병기 편, 제15집),「서대주전」(제16집),「토별가」(이병기 해설, 제17집),「고가사 이편」(이병기 주해, 제20집),「요로원야화기」(이병기 주해, 제21집),「춘향전이본집」(제22집~26집) 등으로 이어진다. 순수문예지에 이렇게 많은 양의 고전문학작품을 실은 것은 대단히 파격적인 일이다. 그것은『문장』편집진들이 얼마나 고전문화 유산 발굴과 민족적인 특성 부각에 심혈을 기울였는가를 단적으로 말해준다. 또 잡지『문장』은 국학이라고 할 수 있는 고전문학(민속학 포함)과 국어학 그리고 고미술분야의 논문과 평론을 대대적으로 실

---

18) '여묵',『문장』3집, 1939. 4.

었다. 창간호부터 이희승의「조선문학연구초」(제1집~10집 매화가해설), 양주동의「근고동서기문선」(제2집~22집 사뇌가역주서설), 김용준의「이조시대의 인물화, 신윤복과 김홍도」(제1집), 김용준의「최북과 임희지」(제5집), 김용준,「회화적 고민과 예술적 양심」(제10집), 김용준,「한묵여담翰墨餘談」(제11집), 김용준,「오원吾園(장승업)질사軼事」(제12집), 조선어학회의「외래어표기법」(제18집),「봉산가면극 각본」(송석하 편, 제18집), 손진태의「무격의 신화」(제19집), 조윤제,「조선소설사 개요」(제19집), 조윤제,「설화문학고」(제20집), 이병기의「조선어문학 명저 해제」(제20집), 정인승의「고본 훈민정음의 연구」(제22집), 최현배의「한글의 비교연구」(제26집, 폐간호), 고유섭,「완월당잡식」(제17집~제21집, 신세림申世霖의 묘지명, 거조암불정居祖庵佛幀, 인왕제색仁王霽色, 인재강희안소고仁齋姜希顔小考) 등을 게재하였다. 이렇듯『문장』은『인문평론』이 서구 문예이론을 도입하는 데 주력했던 것에 비해, 우리의 국학을 수용하고 고전적이고 전통지향의 편집태도를 보였던 것이다.

이렇게 볼 때, 이태준이 장편소설『황진이』를 창작하게 된 동기가 분명하게 드러난다. 30년대 일제의 편협된 민족주의에 근간한 군국주의의 물결에 위기의식을 느낀 당대 조선의 지식인들은 고전부흥론에 바탕하여 고전의 발굴과 복원작업에 몰두하게 되었던 것이다.

따라서 이러한 창작동기에 따라 이태준이 집필에 몰두하였기 때문에 장편소설『황진이』는 역사적 고증에 충실하면서 야담의 수용에 적극적으로 나섰던 것이다. 이러한 요인은 동시에 이태준『황진이』의 한계로 나타나기도 했다. 이태준이 야담의 수용에 얼마나 충실하였는가는 그의 소설에서 스토리 전개에 중요한 에피소드가 대체로 야담에서 그대로 가져온 것에서도 확인이 된다.『황진이』의 상편 서두에서 가장 중요한 에피소드인 이웃총각이 황진이를 사모하다가 상사병으로 죽은 것과 상여가 진이 집 앞에서 나가지 못하고 멈추자 황진이가 저고리를 가져와 관

을 덮어주자 상여가 앞으로 나아갔다는 이야기는 김택영(1850∼1927)의
『송도인물지』에서 그대로 차용해왔다.

　　바야흐로 십오륙 세가 될 무렵, 이웃에 사는 서생 하나가 남몰래 눈길을
주며 좋아하여 아내로 삼으려다 뜻을 이루지 못하자 마침내 이 일로 병을 얻
어 죽고 말았다. 서생의 상여가 집을 나서서 황진의 집 앞에 이르러 앞으로
나가려 들지 않았다. 이보다 앞서 서생이 병이 났을 때, 그 집에서 그 자초지
종을 웬만큼 알고 있었다. 이에 사람을 시켜 황진이에게 간청하도록 하여 그
녀의 저고리를 구해 관을 덮어주니, 비로소 관이 앞으로 나아갔다. 황진이는
크게 느낀 바 있었다. 그로부터 이에 마침내 차차 창기로 행세했다.[19]

이태준의 소설에서는 홍석중의 작품과 달리 개성유수의 성씨가 송화
영으로 되어 있다. 이것은 이덕형(1566∼1645)의 『송도기이』에서의 송공
에서 근거한 것으로 보인다. 『황진이』 중편에서 송공의 모친 수연에서
노악공 엄수가 황진이의 소리를 듣고 "과시 선녀로다!" 하면서 "이는 동
부洞府: 신선이 사는 곳의 여운餘韻이라 세상에 아직 이 곡조가 있단 말
가!"[20]라고 하였는데, 이 또한 『송도기이』의 기록에 충실한 표현이다.
『황진이』 하편에서 황진이가 지족선사를 파계시키지만, 서화담의 경우
밤에 여흥을 즐기면서 유혹하지만, 지조를 꺾는 것에 실패하는 에피소
드는 허균의 『성옹지소록』에서 도움을 받았고, 『송도기이』에서도 참조
한 것으로 판단된다.
　또 황진이가 대제학 소세양을 만나 운우지정을 나누면서 10여 일을
동거하면서 헤어지지 못하고 다시 3일을 머물면서 황진이가 한시 율시
를 지어 바치는 에피소드는 임방(1640∼1724)의 『수촌만록水村漫錄』에서

---

19) 김택영, 『松都人物志』. 김탁환, 『나, 황진이』, 서울, 푸른역사, 2002, 282-283쪽.
20) 이태준, 『황진이』, 서울, 깊은샘, 1999, 174쪽.

도움을 받은 것이다. 『수촌만록』에는 소세양이 송도에 들렀다가 첫 눈에 황진이에게 반했지만, 친구하고 한 약속인 황진이가 아무리 출중해도 30일만 함께 지내고 30일이 지나면 즉시 헤어지겠다고 한 것을 지키기 위해 이별의 아픔을 참아내면서 진이와 한 달 기한으로 지내는 이야기가 나온다.

이태준의 『황진이』에서 종실인 벽계수를 진이가 피하는 에피소드는 서유영(1801∼1874)의 『금계필담錦溪筆談』에서 차용해 온 것이고, 당대 최고의 가객인 선전관 이사종과의 3년씩 번갈아 가면서 자신의 집과 이사종의 한양의 집으로 옮겨가면서 동거생활을 하는 에피소드는 유몽인의 『어유야담』에서 도움을 받은 것이다.

이사종은 송경에서 명월과 삼 년, 명월은 다시 한양에서 이사종과 삼 년, 합쳐 육년의 광음이 바뀌는 동안, 명월의 청춘도 앞으로 흐를 것보다는 이미 흘러가 버린 것이 더 많아졌다

"인생 부득 갱소년은 풍월 중에 진담이라더니!"

명월은 이사종과 헤어지는 것보다 청춘과 헤어지는 것 같아 마음이 아프다.

멀리 임진강 나루까지 따라온 이사종과 몇 잔 술로서 작별하고 오래간만에 혼자 나그네 되어 나룻배에 오르니, 지나간 일이 모두 그림자도 없는 한자리의 꿈이었다. 생각하면 지나간 일만이 꿈이 아니라 이제 몇 날을 더 살아가든지 역시 꿈 같은 인생일 뿐이다.

옛집으로 돌아간대도 더 오래 항간에 몸을 굴리어 정을 쏟을만한 자리가 있을 것 같지 않다.

"허무하구나!"

강물은 보름 가까운 봄 조수라 눈이 모자라게 망망하다.

돌아보면 이사종의 그림자도 아득하다.[21]

---

21) 이태준, 위의 책, 211-212쪽.

Ⅲ. 이태준『황진이』의 서사구조의 특징

앞서 설명하였듯이 이태준의『황진이』는 역사적 인물인 황진이를 소재로 한 우리나라 최초의 장편소설이라는 기록을 세웠지만, 그 한계 또한 분명하게 드러나는 작품이다. 우선 이 작품은 서구적인 소설이론에서 자주 등장하는 긴장과 갈등의 서사구조가 분명하게 나타나지 않는다는 점에서 서정적이고 낭만적인 예술성은 돋보이지만, 근대 역사소설로서의 가치성은 취약하다고 할 수 있다. 작품이 전반적으로 여주인공인 황진이의 삶의 궤적을 뒤따라가면서 서술하고 있어서 극적인 긴장도가 떨어지고 있다. 그렇다고 문체 미학의 토대를 이룰 탄력적인 언어감각을 잘 살리고 있는 것도 아니다. 이러한 문제점은 역사적 인물 황진이를 다룬 이후 출간된 역사소설에서 많이 보완되었다.

그러나 이태준의『황진이』는 몇 가지 점에서 뚜렷한 서사구조상의 특징을 보여주고 있다. 첫째, 일제말기의 민족성 말살의 상황전개와 전쟁과 군국주의의 물결 속에서 민족의 정체성을 살려내기 위해 작가 자신이 전통주의 혹은 상고주의의 문학관을 펼치게 되며, 그것은 그 직후 그가 관여한 잡지『문장』을 통해 구체적인 모습으로 등장하게 된다. 따라서 장편소설『황진이』에서도 야담에서 적극적으로 소재를 취해 오는 등 역사적인 고증에 충실한 자세를 보여준다. 그것은 잡지『문장』이 실학파의 실용적이고 사실주의적인 문학관을 받아들이고 있는 자세와도 맥이 통한다. 이태준은 작품에서 여주인공 황진이가 서화담을 유혹하기 위해 소나기를 맞은 젖은 몸으로 찾아가 고혹적인 몸매를 뽐내면서 성적인 접근을 하는 대목을 다음과 같이 묘사하고 있다. 이러한 묘사는 이덕형이『송도기이』에서 "일찍이 화담선생을 사모하여 매양 그 문하에 나가 뵈니, 선생도 역시 거절하지 않고 함께 담소했으니 어찌 절대의 명기가 아니랴"라고 한 표현을 그대로 답습하였으며, 유몽인의『어우야담』

에서의 "화담처사 서경덕이 고상한 행실로 벼슬에 나아가지 않고 학문의 정수를 이루었다는 소문을 듣고는 그를 시험하기 위해 허리에 실띠를 묶고 「대학」을 옆에 끼고 가서 절하며 말하기를 첩이 듣기로는 『예기』에 남자는 가죽띠를 띠고 여자는 실띠를 띤다고 했습니다. 첩 또한 학문에 뜻을 두고 실띠를 두르고 왔습니다 라고 하자 선생은 웃음으로 가르쳤다고 한다. 진이는 밤을 틈타 친근하게 굴며 마등摩登이 아난阿難을 어루만지듯 하기를 여러 차례 하였지만 서화담은 끝내 동요하지 않았다"는 묘사를 근거로 하여 디테일을 꾸미고 있다.

　　또 며칠 뒤였다.

　　밤 늦어 집으로 돌아오려던 명월은 동구 밖을 나섰다가 소나기를 맞았다. 호주루하게 젖어 도로 뛰어들어왔다. 비 맞은 홑옷이라 명월의 살은 생선보다도 더 금실거렸다.

　　"선생님 추워 이가 다 맞칩니다"

　　"그럼 벗어 말리어라."

　　명월은 옷을 벗어 널었다.

　　"절 그럼 좀 녹여주세요."

　　"그래."

　　화담은 태연히 팔을 벌려 실 한오리 걸드리지 않은 명월을 품어준다. 그러나 품었을 그뿐, 조금도 다른 빛이 보이지 않는다. 하두 보이지 않는 것이 이상하여 새벽녘에는 가만히 물어보았다.

　　"선생님?"

　　"그래."

　　"선생님은 황송하오나 음양 이치를 모르십니까?"

　　"모를 리야 있나, 그걸 즐기면 다른 낙을 모르게 되는 거야."

　　"다른 낙이란 무업니까?"

　　"학락이지, 학문의 낙처럼 좋은 게 어딨나? 학은 낙할 것이로되, 음양은 낙할 것이 아니어, 공자님께서도 가이인불여조호아加而人不如鳥乎하시지 않었나?[22]

둘째, 이태준은 그의 작품에서 황진이가 기생으로 변신하는 필연적 계기에 초점을 맞추어 서술하고 있다. 그래서 이후의 다른 소설작품『황진이』들과 달리『황진이』의 상편을 주로 옆집 총각의 월장과 상사병으로 인한 죽음에 관한 에피소드에 집중하고 있다. 즉 소설가 이태준은 황진이가 왜 평범한 양반의 아낙네에 머물지 않고 험난한 기생의 길을 택했는가에 관심을 모았던 것이다. 만약에 황진이가 기생 명월이가 되지 않았다면 역사에 이름을 남기지 못하고 묻혀버렸을 것임을 포착한 것이다. 따라서 작가는 기생 명월이가 됨으로써 그가 역사에 이름을 남기게 된 계기를 설득력 있게 설명하는 것이 근대적 안목을 가진 소설독자들을 이해시킬 수 있을 것으로 판단했을 것이다. 특히 이태준은 야담이나 다른 소설작품들이 단순하게 이웃총각이 황진이를 한번 보고 반해 짝사랑하다가 상사병으로 죽었다는 에피소드를 클로즈업시켜 사실은 이웃총각이 몇 차례나 담을 넘어 황진이의 일거수 일투족을 살펴보았으며, 황진이와 혼담이 오고가는 윤판서댁이나 김참판댁이 보잘것없는 자신의 집안과는 큰 차이가 있어서 좌절하는 것까지도 섬세하게 묘사하고 있는 것이다. 즉 작가 이태준은 소설문체의 미학이나 근대소설로서의 '필연적인 계기'의 모색이 가장 중요한 관건임을 제대로 파악하고 있었던 것이다.

'오오 얼마나 아름다운 베개냐! 무지개보다 찬란할 저 베개 위에 머리를 얹을 자는 누구냐?'

총각은 이것을 생각만 하여도 벼락을 맞는 듯 정신이 새카매진다. 얼른 들어도 윤판서나 무슨 판서니 하는 명문, 자기의 지체를 거기다 견주어본다면 그야말로 달과 남생이의 거리다.

그러나 단념할 수는 없다. 그 빤작빤작하는 바늘을 꼭 눌렀다 쏙 뽑았다

---

22) 이태준, 위의 책, 204-205쪽.

하는 손, 마디마디 옴폭옴폭 들어간 손, 그 손만 하나라도 가져보았으면 싶어진다. 손 하나를 가질 수가 없으면 손가락 하나라도, 새끼손가락 하나만이라도 자기가 먼저 가지고, 그리고 나서 남에게 온통을 빼앗겨도 덜 원통할 것 같다.

그러나 나무라고 한 가지만을 찢어낼 수도 없는 일, 총각은 이날 밤에도 진이가 불을 쓸 때까지 문구멍으로 들여다만 보다가 진이가 툇마루 위에 벗어 놓은 꽃당혜 한 짝을 가슴에 품고 쓸쓸히 비에 젖으며 돌아왔을 뿐이다.

이튿날 아침, 진이는 다른 날보다 훨씬 이르게 잠을 깨었다. 창에는 먼동이 훤—하게 비치었으나 집 안은 밤중인 채 고요하다.

"혼인?"

하고 생각해 본다.[23]

셋째, 작가 이태준은 장편소설 『황진이』에서 여주인공이 기생이 되는 계기 다음으로 중요한 것이 바로 황진이의 '자유를 향한 몸짓'이라는 것을 깨닫는다. 그래서 여주인공의 성격에 예술가적 소양과 자유분방한 기질을 불어 넣는다. 이러한 이태준의 담금질은 그 이후 창작된 소설 『황진이』에서 일관되게 강조되는 부분으로 자리 잡게 된다. 그가 기생이 된 직접적인 계기는 세 가지로 묘사된다. 하나는 황진사의 서녀라는 절름발이 양반이라는 신분적 한계이다. 다른 하나는 윤판서댁이나 김참판댁으로부터의 파혼이라는 충격 때문이다. 이러한 일이 발생된 단초는 앞의 이유와 연관성이 있다. 나머지 하나는 이웃집 총각의 죽음 등으로 인한 삶에 대한 회의와 번민 때문이다. 황진이가 추구한 '자유'라는 모토는 현실의 굴레나 속박으로부터 벗어나는 것을 의미한다. 일종의 인간성 해방에 해당되는 것이다. 하지만 중세의 봉건적 체제나 제도는 그것을 용납하지 않았다. 특히 여성인 황진이로서는 더더욱 중세적 장벽이 커보였을 것이다. 하지만 작가 이태준은 그러한 굴레나 속박의 초월

---

23) 이태준, 위의 책, 50-51쪽.

을 제도상 개선하는 것은 불가능하므로 개인적인 복수심을 통해 우회적으로 뛰어넘게 한다. 이를테면 김참판댁과의 혼담이 깨어진 개인적인 충격의 덫을 김참판과 그 아들 김지학(원래의 남편후보)과의 삼각로맨스의 틀을 설정하고 김지학에게 자신의 첫 순결을 바치는 사적으로 매우 의미 있는 에피소드를 삽입한다. 아울러 첫날밤에 동시에 들이닥친 김참판을 슬기롭게 따돌리고 다음 날 아침 김참판이 기증한 백마에 태워 김지학을 집으로 돌려보내는 수법을 쓴다. 그렇게 함으로써 황진이는 양반의 위선적 행동에 대한 징계와 자신에게 한을 품게 한 중세적 신분제도의 굴레를 동시에 벗어던지는 일석이조의 효과를 도모하는 것이다. 그 외에도 황진이는 자신이 싫어하는 남자에게는 갖은 지혜를 다 써가면서 회피하지만, 자신이 마음에 두는 남자에게는 능동적이고 적극적으로 다가가 품에 안는 당돌함을 보여준다. 이를테면 권력의 힘으로 자신을 넘보는 개성유수 송화영이나 왕실 종친인 벽계수에게는 트릭을 써서 피해나가지만, 소세양이나 이사종 그리고 서화담 등에게는 스스로 접근하여 유혹을 하면서 모든 것을 던지고 동거생활에 접어드는 것으로 묘사된다. 이러한 황진이의 모습은 최근 여성 페미니스트 작가인 전경린의 『황진이』에게 와서는 더욱 강하게 부각되게 된다.

　　깜짝 놀라 일어나 앉아 갓부터 쓰는 이사종이, 명월의 소리를 다 듣고는.
　　"에헴."
　하고 기침을 내며 일어선다.
　　"소리만 들어도 뉘신지 알 만하외다."
　　"피차 그러합니다."
　하고 명월도 나서며 맞았다.
　　그 소리에 그 사람으로, 이사종의 기골이 또한 그 소리와 같이 호협하다. 같이 정자에 올라 한 병 술을 나눈 뒤에 소리는 술처럼 서로 사양하지 않았다.
　　가흥이 겨운 뒤에 남는 것은 정뿐이다.

정담은 나직하여 길에서도 주고 받으며 집에 들어서니 달은 제 먼저 와 불을 켠 듯, 창 위에 쏟아져 있었다.

정은 밝기를 잘하여 하루만 지내도 구정이라 벌써 명월과 이사종의 사이에는 품고는 못할 말이 없게 되었다.

명월이 편이 먼저 청하기를,

"내게 삼 년간 용게는 있느니 내집서 삼 년만 살아주시겠소?"

하니

"그말 듣던 중 반가운 소리요."

이사종은 생각할 것도 없이 단번에 승낙한다.[24]

넷째, 이태준은 『황진이』를 창작하게 된 배경에 대해 "실상 나는 황진이를 쓰기보다 읽고 싶어 한 사람이다. 중앙일보에 있을 때 몇 분 선배들에게 두루 황진이를 청해 보았으나 모다, 한번 써보고는 싶으나 기약을 할 수 없노라 하여 소원을 이루지 못하고 있던 것인데, 내가 동보의 객원으로 나앉으며 첫 청을 받게 된 것이 공교롭게도 황진이였다. 무슨 인연일까? 진이와 인연이니 인연만도 좋다마는 감당할 길이 망연하였다. 누구나 다 아는 황진이, 누구나 다 좋아하는 황진이, 그러니까 젠체하고 붓을 들 용기가 나지 않았다"라고 토로하고 있다. 이러한 이태준의 고백을 들어보면 야담이라는 역사적 고증을 통해 무엇인가 새로운 것을 발굴하고 새로운 재창작을 통해 성격창조의 신기원을 이루어보려는 작가 개인의 욕심이 들어있지 않음을 알 수 있게 된다. 단지 시공을 초월하여 황진이라는 '매혹적인 예술인 그 자체'를 음미하고 그 매력에 젖어보겠다는 생각을 밝히고 있는 것이다. 따라서 이태준은 욕심을 버리고 사료에 충실하되 있는 그대로의 소탈한 황진이상을 부조한다. 되도록이면 황진이에게는 짙은 화장이나 화려한 옷차림을 장식케 하지 않고 장신구

---

24) 이태준, 위의 책, 209-210쪽.

등 소품도 거의 설정하지 않는다. 이를테면, 송유수의 애인인 성산월이라는 기생에게는 화려한 옷차림과 짙은 화장 그리고 멋진 장신구를 부여하지만, 황진이는 담벼락 옆에 소담하게 피어있는 한 떨기 야생화처럼 수수하게 소묘함으로써 대조를 보이고 있다. 한마디로 작가 이태준은 장편소설『황진이』에서 '절제의 미학'을 동원하고 있는 것이다. 말하지 않고도 주절거리는 것 이상의 마음의 느낌을 표현하며, 그저 바라보고만 있어도 정이 우러나는 사랑의 화신으로서의 여성상을 창조하고 있는 것이다. 이러한 황진이의 모습은 바로 당시 일제의 압제 속에서도 면면히 생명력을 지켜나가고 있었던 조선인의 표상인 것이다. 이러한 이태준의 창작태도는 최근 북한소설『황진이』에서 작가 홍석중이 보여주었던 섹시하고 농염한 모습의 황진이 이미지와는 전혀 색다른 모습을 창조해내고 있다. 다음과 같이 이태준은 황진이가 소문만 듣고 만나고 싶어 하던 당대 최고의 지성인 소세양과 정을 나누는 장면묘사에서 홍석중의 섹스장면과는 아주 다른 은근한 분위기의 세부묘사를 하고 있다.

"밤이 꽤 깊었나보오."
하여 보았다.
　그러나 명월은 그말 대답은 없이 구석에 섰는 거문고를 당기어다 안는다. 안족雁足을 두어 번 어루만지는 듯하더니 잔기침을 한번 기치고 나서 옛 노래 한 장을 타며 부르며 한다.

　"얼음 위에 댓잎자리 보아
　님과 나와 얼어죽을망정
　얼음 위에 댓잎자리 보아
　님과 나와 얼어죽을망정
　정 둔 오늘밤
　더디 새오시라

더디 새오시라"

달은 이내 넘어갔으나, 밤은 기러기 소리가 세 차례 네 차례 지나가도록 같았다. 그러나 이들에게는 장장추야란 거짓말 같았다. 정은 긴데 밤은 모자라니 어서 다시 하루 낮이 지나 버리고 새로 밤 되기만 기다리는 수밖에 없다.[25]

다섯째, 이태준은 그의 소설 『황진이』에서 황진이 창작의 시조나 한시뿐만이 아니라 심지어 향가(「헌화가」), 고려가요(「만전춘」, 「청산별곡」, 「정석가」 등) 등을 적재적소에 배치하여 인간의 맺고 끊는 정 나눔의 미학과 은은한 여운을 절묘하게 우러나게 하고 있다. 그러한 모습은 기생 황진이가 부르는 가요나 창 등의 우리 가락에서 뿐만이 아니라 그가 행하는 거문고 연주에서도 그 손놀림과 은근한 자태의 세부묘사를 통해 사실적으로 드러나고 있다.

Ⅳ. 이태준과 홍석중의 『황진이』의 작품상 변별성

1. 사료의 충실성

앞서 누차 설명하였듯이 이태준은 당시에 잡지 『문장』의 편집책임자로 있으면서, 일제의 말기적 현상인 군국주의에로의 몰입양상을 지켜보고 있었다. 따라서 우리 민족의 정체성 확보차원에서 민족정통성과 연관된 고전작품에 대한 복원과 재창조에 치중하였다. 장편소설 『황진이』의 경우도 이태준의 이러한 문학관을 반영하면서 창조되었다고 할 수 있다. 이에 따라 이태준은 황진이에 대한 야담의 자료를 충실하게 수집

____

25) 이태준, 『황진이』, 160쪽.

하여 작품의 성격창조과정에서 잘 살려나가고 있다. 물론 이태준이 황진이를 서사적으로 형상화하는 데에 이병기와 이은상의 도움이 컸던 것으로 보인다.

이와 대조적으로 북한작가 홍석중은 철저하게 이태준을 의식하고 작품을 썼던 것으로 보인다. 그 증거는 홍석중이 창작과 비평사에서 주는 만해문학상을 수상하면서 가진 『한겨레신문』과의 단독인터뷰에서 창작과정에 대해 소상하게 밝힘으로써 남한에 알려지게 되었다. 홍석중은 "상허 이태준의 『황진이』를 읽어보았는데, 상허의 다른 작품에 비해 예술성이 못한 것 같다"[26]는 소회를 밝혔다.

특히 홍석중은 이태준의 작품을 읽고 다음과 같이 황진이가 기생이 되는 과정에 대한 묘사에 불만을 가지게 되어서 새롭게 그려보았다고 설명하고 있어 주목이 된다.

> 상허 선생의 소설에 대해서는 황진이가 기생이 되는 동기가 불만이었다. 내 소설의 남자 주인공인 '놈이'는 처음에는 그렇게 비중이 큰 인물이 되리라고 생각 못했는데, 진이가 기생이 된 뒤로 갑자기 커졌다. 나도 어쩔 수 없이, 놈이는 놈이대로 진이는 진이대로 달려가더라.[27]

위의 인터뷰를 참조해볼 때, 홍석중은 상허가 옆집 총각이 상사병이 걸려 죽음에 이른 것에 대한 충격과 윤판서댁과 김참판댁에서 오가던 혼사가 깨진 것에 충격을 받아 기생이 된 것으로 묘사한 데 불만을 가진 것으로 보여진다. 그래서 자신은 전혀 다른 방향으로 스토리를 전개하게 된다. 즉 놈이라는 가공인물을 설정하고 하인인 놈이와 황진이를 사랑하게 만든다. 그리고 그 과정에서 황진이를 짝사랑하던 놈이가 혼담

---

26) 『황진이』로 만해상 받은 홍석중 씨 인터뷰, 『한겨레신문』 2004. 12. 15, 20면 '문학'면.
27) 위의 인터뷰.

이 오가던 한양의 윤승지댁에 황진이의 출생비밀에 대한 투서를 보내 파혼되게 유도하는 것으로 묘사한다. 즉 황진이가 기생이 되는 것은 사실상 놈이의 질투심에서 기인하는 것으로 묘사하고 있는 것이다. 이것은 야담의 어느 곳에서도 거론된 적이 없는 내용이다. 이렇게 홍석중은 상허와 다른 방향에서 역사적 인물인 황진이를 서사화하였던 것이다. 즉 이태준과 달리 그는 야담 등의 사료를 완전히 개작하여 재창조한 것이다.

홍석중의 『황진이』에서 황진이의 모친은 다음과 같이 황진이에게 윤승지댁과의 파혼의 원인에 대해 소상하게 이야기한다. 하지만 작품의 다른 곳에서는 놈이의 편지를 인용하면서 사실은 놈이의 질투심에 의해 파혼이 된다는 진실이 밝혀진다.

며칠 전에 너와 정혼을 한 서울 윤승지댁에서 전인이 왔다 갔느니라…… 파혼을 하겠다는구나. 우리가 보냈던 혼서를 되돌려 받았구. 그 댁에서 보냈던 납패를 전부 물려 줬다. 물론 너두 알겠지만 결혼이란 인륜의 대사 가운데서도 제일 큰 대사인데 일단 정했던 혼사를 깨버린다는게 어디 턱에서 수염 뽑듯 쉬운 일이야?… 아주 힘든 일이지. 상서롭지 못한 일이기두 하구. 그렇지만 내가 벙어리 랭가슴 앓듯 하구 있는건 그까짓 파혼을 당한 것때문이 아니다. 댁 체면으루 좀 수릉스럽구 당자인 네가 좀 창피스럽겠지만 그건 일 없다. …(중략)… 내가 지금 마른 벼락을 맞은 사람처럼 생병을 앓구 있는건 다름이 아니라 그 댁이 판혼을 하겠다고 내세운 리유때문이니라, 그 리유라는 게 바로 네 출생의 비밀을 까밝힌 것인데 정말 모를 일이로다. 돌아 가신 네 부친과 죽은 네 유모를 내놓으면 나밖에 모르는 비밀을 그 댁에서 어떻게 알았을까, 구신이 곡할 노릇이 아니냐?

이젠 너한테 다 털어 놓구 솔직히 말하자. 사실 너는 네 오래비와 이복남매지간이다. 너는 내 친딸이 아니란 말이야.[28]

---

28) 홍석중, 『황진이』, 평양, 문예출판사, 2002. 11, 131쪽.

2. 서사구조의 차이점

이태준의 『황진이』는 황진이의 삶을 중심으로 시대순으로 배열되어 있다. 따라서 서구적인 이론으로 설명할 수 있는 갈등구조를 취하고 있지 않아서 별로 심각하지 않다. 오히려 야담처럼 에피소드 중심의 서사구조를 지니고 있는 것이다. 요약하면 연쇄형 서사구조라고 명명할 수 있다. 이를 테면 작품 서두에서 이웃총각의 월장과 짝사랑 에피소드, 중반에서 송화영 유수의 채화동놀이, 김참판 부자의 유혹과 망신, 소세양과의 동거 등이 이어진다. 그런데 에피소드끼리 상호연계가 되거나 최고정점을 향해 긴장구조로 치닫는 양상을 보이지 않고 있다. 이러한 서사구조는 우리 문화 중에서 판소리나 탈춤의 서사구조와 유사한 양상을 보이고 있다. 작품 말미에서 지족선사와의 만남, 서화담과의 학문적 교류, 이사종과의 6개월 간 거처를 이동하면서의 동거생활 등의 에피소드도 같은 양상을 띠고 있다.

이에 비해 홍석중의 『황진이』는 전혀 다른 양상을 보이고 있다. 이 작품의 표제명은 『황진이』이지만, 사실상 극적인 전개를 끌어가고 있는 것은 여중인공 황진이의 하인인 놈이이다. 오히려 황진이가 부차적인 인물인 것처럼 느껴질 정도로 놈이를 중심으로 한 스토리의 전개가 극적으로 이루어지고 있다. 스토리는 제시-복잡화-클라이막스-대단원으로 구성되어 있다. '제시'단계에서는 황진이의 모친 현금의 이야기와 놈이의 보살핌 그리고 황진이의 출생 비밀 인지 등이 설정되어 있다. '복잡화' 단계에서는 황진이와 윤승지댁과의 혼담 전개와 파혼 그리고 그 과정에서의 놈이의 질투심에 의한 투서, 황진이의 청루 진출 등 긴장으로 치닫는 이야기가 급박하게 전개되어 분규를 자아내게 된다. '클라이막스' 단계에서는 송유수의 비리와 상황반전을 위한 고려 보물 탈취사건, 그에 따른 놈이와 괴똥이의 억울한 범죄조작과 투옥 등이 긴박하게 전개된다. 대단원에서는 놈이와 괴똥이의 혐의를 풀고 투옥된 괴똥이를 살려내기 위해 황진이가 개성유수를 찾아가 성상납을 통해 문제를 해결하려는 협상이 이루어지고 결국 황진이의 의도와 달리 반전이 이루어져 놈이의 투옥과 교살로 사건이 종결짓게 된다. 이러한 일련의 스토리 전개 과정을 살펴볼 때, 홍석중의 『황진이』는 서구적인 갈등구조를 지녔다고 단정할 수 있다.

　　"괴똥이를 살려 달라? 그놈을 살려 달란 말이지… 그런데 그놈은 화적당이야. 놈이놈의 졸개지."

　　"아니 올시다. 그것만은 쇤네가 담보합니다. 괴똥이는 화적당두 아니구 화적당의 졸개두 아니올시다. … 억울합니다. … 불쌍합니다. 제발 괴똥이를 살려 주세요."

　　"그래? … 네가 담보한단 말이지? 그럼 어디 한번 담보해 봐라." …(중략)…

　　"알아 둬라. 전에두 말했지만 난 여직 마음에 없어 하는 계집을 억지로 자리에 눕혀 본 일이 없어."

　　"압니다. 쇤네가 압니다. … 쇤네가 스스로 사또를 모시고 싶어 그래서 하는 일이옵습니다."

　　진이의 목소리는 낮으나 똑똑하게 들렸다. 바라지에서 비껴드는 해빛이 진이를 엇비듬히 내리 비치고 있었다. 해빛속에 드러난 그의 벌거벗은 윗몸은 상아로 비다듬은 듯 맑고 깨끗하고 부드럽고 조화롭고 아름다웠다. 그는 아직 희열이 쪽으로 돌아 앉기를 주저하며 두 손으로 가슴을 가리고 있었다. 한순간 그는 쏟아지는 해빛쪽으로 고개를 쳐들며 눈을 감았다. 눈귀에 눈물 같은 것이 반짝였다. 그러나 다음 순간 눈을 뜨고 희열이를 바라보는 그의 얼굴에는 가냘픈 웃음이 비껴 있었다.[29]

---

29) 홍석중, 위의 책, 500-501쪽.

3. 작가의 주안점의 차이

이태준의 경우, 작가는 여주인공 황진이의 예술가적 취향과 자유분방함에 집중하고 있다. 우선 황진이의 타고난 예술적 소양을 강조하고 있으며 외모에 있어서도 별다른 화장이나 장신구를 하지 않아도 바탕 자체에 아름다움이 배어져 있음을 강조하고 있다. 또한 이태준은 황진이의 자유를 추구하는 몸짓에 상당한 비중을 두고 작품을 서술해나간다. 특히 황진이가 자신에게 접근해오는 남자들을 요리해내는 처세술의 묘사를 통해 황진이 특유의 애정관을 설정하여 사랑에 대한 관점을 보여주고 있다. 그 과정에서 당시 중세 봉건왕조의 가부장제적 사회에서 여성들로서는 지닐 수 없었던 자유에 대한 희구를 황진이를 통해 표현하고 있다. 이태준은 그의 장편소설『황진이』에서 황진이가 상대할 남성에 대해 세 부류로 나누어 체계적으로 묘사하고 있다. 이러한 황진이의 남성관 혹은 애정관의 표현은 다른 여타 작가와 차별화되는 이태준만의 독특한 서술태도라고 할 수 있다.

'첫째, 내가 사랑할 수 있는 사나이' 하고 명월은 오래 생각할 것도 없이 대답한다. 차라리 나이는 자기보다 한두 살 어릴지라도 아직 소년다운 애티있는 사람, 인물이 깨끗이 트이고 재기가 떨치고 아직 사랑의 한 끝을 어머니의 품에 박은 채 비로소 이성에 눈뜨려는 순정의 사나이를 한번 사귀어 보고 싶다. 저쪽의 사랑을 자기가 받기 위해서가 아니라 이쪽에서 저쪽을 울리기도 하고 달래기도 할 수 있는 그런 사랑의 포로를 한번 가져보고 싶은 것이다. 명월은 방긋이 자기를 웃고 이어,

"둘째로는 서로 사랑할 수 있는 사나이다." 하였다. 계집 하나로 속이 꽉 차 버릴 그런 사나이가 아니라 뛰어들면 바다처럼 시원하고 술 마실 줄 알고 풍류 다 한 자리 꾸릴 줄 알고 멋을 멋대로 부릴 줄 알아 저도 날 사랑하고 나도 절 사랑할 수 있는 그런 호협남아가 그립기도 하였다. 그리고,

　"셋째로는 내가 사랑을 받고 싶은 사나이다."
　하였다. 학식으로 보든 인망으로 보든 풍도로 보든 무얼로나 어머어마하게 우러러보이도록 높이 솟은 사나이에게 폭 기어올라 안 기어서 때로는 피곤한 인생을 어린아이처럼 쉬이고 싶은 생각도 나는 것이다.
　"내가 사랑하고 싶은 사나이?"
　명월은 눈을 감고 그런 사나이부터 찾아본다. 머릿속에 아직은 그런 사나이가 들어 있지 않았다.30)

　홍석중의 『황진이』는 이태준의 경우와 달리 황진이가 표제명과 달리 스토리를 주도하지 않는다. 어떻게 보면 수동적일 정도로 시대와 현실에 이끌려나가고 있다. 오히려 시대적 모순에 부대끼고 현실의 부조리를 개조하여 새로운 세상을 열어나가려고 주도하는 인물은 황진이의 하인신분인 놈이로 설정되어 있다. 물론 작품의 결말에서는 화적패의 두목인 놈이가 현실의 벽에 부딪쳐 실패하고 좌절하는 것으로 묘사된다. 하지만 그 과정에서도 놈이는 체포당하여 수동적으로 희생되는 것으로 묘사하지 않고 자신의 사실상의 하수인인 괴똥이를 풀어주고 자신이 체포되어 교살되는 것으로 대단원의 막을 내리고 있다. 이렇게 작가는 놈이와 황진이의 진지한 사랑을 통해 중세 봉건왕조의 사대부중심사회의 모순을 파헤치고 있는 것이다. 즉 홍석중은 그의 장편소설 『황진이』를 통해 위선과 진실의 대립구조를 설정하여 나름대로의 시대정신을 표상하고 있다. 황진이의 몸을 노리는 징그럽고 더러우며 위선에 가득 찬 양반사대부들 보다도 괴똥이와 이금이의 사랑이 고상한 품격의 아름다움을 지니고 있다고 묘사하면서 "지식은 있을지 몰라도 인간의 품격은 눈곱딱지만큼도 없는 저 천박한 무리들, 개뼉다귀에 은을 올린 저 위선자들의 징그러운 정염에 비기면 이금이와 괴똥이의 사랑은 그야말로 이 박

---

30) 이태준, 위의 책, 126쪽.

연의 물과 같이 맑고 깨끗한 것이요 이 가을의 단풍잎처럼 붉고 아름다운 것이었다"[31]고 표현하는 데에서 작가의식이 분명하게 드러나고 있다.

4. 문체상의 변별성

이태준의 문체는 전통성에 바탕한 은근하고 우아한 서정미의 표출에 주안점을 두고 있다. 여주인공 황진이의 역사적 삶의 줄기를 따라 에피소드 중심으로 이야기를 서술해가면서 그 과정에서 기생 명월(황진이)이 내뿜는 예술적 향취와 장인적 예술미를 담아내는 데 주력하고 있는 것이다. 작가가 가장 강조하는 것은 황진이의 자연그대로의 순수한 아름다움이다. 이태준의 장편소설 『황진이』에서 여주인공 황진이는 거의 외적인 꾸밈이 없는 자연친화적인 아름다움의 화신으로 묘사되고 있다. 황진이는 외모만 순수성을 가진 것이 아니라 내면의 소박한 멋을 지녔기 때문에 남성들에게 흡인력이 더욱 강했던 것이다. 황진이는 자신을 유혹하면서 자신을 괴롭히는 양반 사대부라 해도 거칠게 거부하거나 항거하는 모습을 보이지 않는다. 그녀는 여유 있는 웃음과 애교 있는 우회적인 방법으로 그들을 외면하거나 비껴가는 처세술을 보여준다. 그런 측면에서 볼 때, 전통적으로 온화하면서도 슬기로운 한국 여성상의 면모를 지녔다고 할 수 있다. 이러한 황진이의 모습에서 우리는 우아미를 발견하게 된다. 하지만 황진이는 자신이 좋아하거나 사랑하는 남성에게는 상당히 적극적인 모습으로 다가간다. 물론 여염집 여성이 아니라 기생이라는 신분이었기 때문에 가능한 현상이다. 황진이는 당시의 일반 여성들이 흉내 내지 못할 이중적인 태도로서의 마력을 가지고 있었던 것이다. 물론 후자의 모습은 작가 이태준에 의해 '자유를 향한 몸짓'으로

---

31) 홍석중, 위의 책, 344쪽.

묘사된다. 또 하나 작가가 강조하는 황진이의 매력 포인트는 예술적인 재능과 천재성을 가진 기예인으로서의 모습이다. 황진이는 타고난 예술적인 품성도 지니고 있지만, 자신의 재질을 극대화시키기 위해 항상 노력하는 창조인의 자세를 견지하는 것으로 묘사된다. 그가 당대 최고의 성리학자인 서화담을 찾아가는 것도 그를 성적으로 유혹하기 위한 목적보다는 그의 학문적 경지를 시험해보고 그에게서 인간의 성정에 대한 근본적인 원리를 배우기 위한 것으로 표현된다. 그것은 황진이가 서화담을 맨 처음 본 인상 자체가 자신이 애초에 생각했던 것보다 더 나이가 들어 보이고 노숙한 면모를 지니고 있는 것으로 묘사되고 있는 데에서 확인이 된다. 또 황진이는 서화담에게 한 첫 인사에서 '수학코져 왔다'고 분명하게 밝히고 있다. 또 당대 최고의 예술인 엄수로부터 선전관 이사종의 이름을 듣고는 이 날로라도 한양 길을 떠나고 싶어 한다. 세상에 놀기를 즐기는 사나이처럼 흔한 것이 없건만 알고 보면 제법 놀 줄을 아는 사나이처럼 또 드문 것도 없는 것이기 때문이라고 설명한다. 황진이는 이사종과 예술적인 끼(?)가 통할 것으로 파악한 것이다. 물론 당대 가객으로서 창법이 최고라는 인식도 한몫을 하였을 것이다. 요약하면, 이태준이 황진이를 묘사하는 기법은 '우아한 서정미의 표출'이라고 할 수 있다.

그에 비해 홍석중의 황진이 묘사의 기법은 상당히 변별성을 보인다. 그 이유는 이태준의 『황진이』가 황진이의 삶의 편린과 관계되는 에피소드 중심의 서사구조를 지니고 있는 데 비해, 홍석중의 경우는 위선과 진실의 대립이라는 서구적 갈등구조의 서사구조를 큰 틀로 삼고 있기 때문이다. 따라서 홍석중은 '디테일을 중시하는 서술기법'을 주로 구사하고 있다. 이러한 양상이 두드러지게 나타나는 장면은 황진이와 놈이의 첫 관계 장면이나 괴똥이와 이금이의 동질적인 계급간에 형성되는 의사소통 장면 그리고 자신을 유혹하는 양반사대부들의 위선을 폭로하는 대목에서 구체적으로 확인이 된다. 홍석중이 디테일에 치중하는 서술태도를 보이는 것은 그가 추구하는 문예사조가 사회주의적 리얼리즘이기 때문이다. 즉 디테일의 세부묘사 치중을 통해 당대 조선조의 양반사대부 중심 사회의 모순과 부조리를 극대화하기 위함인 것이다.

그런데 홍석중의 『황진이』가 남한 독자들과 언론에 집중적인 조명을 받은 것은 대립갈등구조에 바탕한 세밀하고 건조한 디테일이라기보다는 감칠맛 나는 외설적인 표현과 질박한 성적인 묘사에 있지 않았는가 생각된다. 건조한 사회풍자와 섬세하고 질탕한 외설적인 성 묘사는 폐쇄적인 북한사회에서는 공존하기 어려운 양상인데도 불구하고 홍석중의 작품에서는 구체적으로 드러나기 때문에 뉴스의 스포트라이트를 집중적으로 받은 것이다. 그는 이러한 질탕한 성묘사에 대해 한겨레신문과의 단독 인터뷰에서 "분단 이후 남쪽 작가들이 쓴 황진이 소설에 대해서는 좀 외설적이라는 얘기를 들었다. 나는 본래 외설을 잘 모르는 작가인데, 이번 소설에서는 나도 늙음을 핑계 대고 외설을 한번 구사해 봤다"[32]라고 웃으면서 우회적으로 답변하였다.

홍석중의 『황진이』의 또 하나의 묘미는 작가의 창작적 개성이 잘 드러나는 탄력적인 언어구사와 문체미라고 할 수 있다. 그는 조부 홍명희의 문체를 이어받아 조선조 상층부 사람들의 구어뿐만이 아니라 하층민들인 말구종, 반빗아치, 여릿군, 깍정이패, 각설이패, 화적패, 논다니, 더벙추 등이 구사하는 일상어를 가감 없이 사용함으로써 문체에 윤기를 더해주고 있다. 그 외에도 '곰살궂은', '살가운', '거쿨지다', '수삽하다', '두메밥' 등의 토속어와 '비단 옷두 한끼라는데', '인총에 거미알 끼듯', '멍석구멍으로 생쥐 대가리 내밀 듯' 등의 전통적인 속담을 사용하여 독자들이 작품을 읽어나가는 데 감칠맛을 더해주고 있다.

---

32) 『황진이』로 만해상 받은 홍석중 씨 인터뷰, 『한겨레신문』 2004. 12. 15(수), 20면 문화면.

"이년 명월아! 이 볶아먹을 년들아!"

소리를 치며 방 안에 뛰어들려는 것을 송유수가 어느 틈에 일어서 가로막았고, 이내 남녀 하인들이 몰려와 안으로 떠받들고 들어간 것이다.

송유수의 첩 평양집이었다. 종일 속에서 기생들을 내어다 보고 그중에 명월을 내어다볼 때마다 속에서 불이 났다. 남편이 성산월과 즐기는 줄은 전부터 알았지만 성산월로 하여서 자기의 지위가 헐릴 염려는 한 번도 느껴본 적이 없었다. …(중략)…

명월은 수여 일을 두문불출하고 방 안에만 있었다. 누워서는 당시를 읽고 일어나선 서화에나 붓을 적시었다. 송유수에게서도 전인이 여러 번 왔었고 다른 데서도 갈 만한 놀이가 여러 차례였으나 한 번도 나서지 않았다.

"기생노릇은 고만두리라."

하였다.

여러 날을 종이 위에 위의 산수山水만 들여다보니 정말 산수가 그리워진다. 그런데다 밤새도록 내리던 비가 동이 트면서 개어버렸다. 명월은 필낭과 술 몇 병을 나귀 등에 달고 박연朴淵 길을 찾아 나섰다.[33)]

지금까지 이 방 문턱을 넘어 서서 저한테 무릎을 꿇지 않은 사내란 없습니다. 지금까지 이 방 문턱을 넘어 섰던 사내치고 지옥의 악귀인 저한테 넋을 빼앗기지 않은 사내란 없습니다. 지금까지 이 방의 향기 그윽한 함실에서 옷을 벗었던 사내치고 나갈 때까지 점잖은 정인군자의 허울을 쓰고 견딘 사내는 아직 없습니다. 미안한 말씀이지만 사내들이란 계집앞에서 벌거벗으면 얼굴생김새가 서로 다를뿐 모두가 어슷비슷한 ≪짐승≫들입니다. …(중략)…

저는 사내의 옷을 벗기고 자리에 눕힙니다. 노루발풀을 달여서 만든 물약으로 사내의 벌거벗은 몸을 부드럽게 문지릅니다. (이것은 쫓겨난 임금인 연산군이 정욕을 불러 일으키기 위해 쓰던 비방인데 우리 집 할멈이 홍청으로 있을 때 대궐에서 배웠다고 합니다.) 물약에 젖은 저의 손이 가볍게 동그라미를 그리며 우에서 아래로 내려 갑니다.

---

33) 이태준, 앞의 책, 175-178쪽.

저는 귀신의 귀속말처럼 조용히 속삭입니다.

"눈을 감으세요… 어서요. 눈을 감고 제가 드리는 기쁨을 마음껏 즐겨 보세요."

사내는 화산을 가슴에 통째로 불안은 듯 몸부림치며 신음소리를 내지릅니다.

저는 사내를 무아의 황홀경으로 이끌어갑니다. 문득 정점에서 멈춰 섭니다. 다시 더 높은 벼랑끝으로 끌어 올립니다. 아득한 하늘의 구름 우에서 저는 드디어 고삐를 놓아 줍니다. 순간 사내의 입에서 터져 나오는 울부짖음은 악귀한테 넋을 빼앗기는 달콤한 고통의 통곡소리와 같은 것입니다.

끝났습니다. 위선의 허울은 벗겨 지고 넋을 빼앗긴 그림자가 이 방에서 나갑니다. 그러나 제 아무리 애원을 하고 비두발팔을 해도 또다시 이 방 문턱을 넘어 서지는 못할것입니다. 일단 넋을 빼앗긴 그림자는 악귀한테 소용 없는 무용지물에 불과한것이니까요.34)

V. 맺음말

한국사람치고 황진이를 모르는 사람은 없다, 그만큼 황진이는 인구에 회자되고 있다. 하지만 한국사람 중에서 황진이를 제대로 알고 있는 사람 또한 그리 흔하지 않다. 그 이유는 황진이가 야담 등 설화를 통해 퍼져나간 인물이며, 그 동안 역사상 실존인물로 확실하게 규명되지도 않았기 때문이다.

그러나 최근 송도관청 편제에 관한 공문서가 발견됨으로써 황진이는 역사상 실존했던 인물로 확인이 되었다. 황진이가 속한 송도관에 관한 조선조시대의 귀중한 고문서가 필자에게 입수35)되었다. 이 자료에서 가

---

34) 홍석중, 앞의 책, 226-227쪽.

35) 이 자료의 원본 소장자는 시흥의 이열 정형외과 원장이다. 이원장은 이 자료를 필자가 펴낸 『북한의 문화와 예술』의 부록으로 싣도록 허락을 해줌으로써 학계에 최초로 소개될 수 있었다. 대체적으로 조선조의 기생에 관한 자료는 거의 남아 있는 것이 없다는 점

장 중요한 것은 관비의 이름 중에 황진이가 포함되어 있다는 점이다. 관비는 1차로 18명이 나온다. 18명의 이름은 설운雪雲·추옥秋玉·취단翠丹·오정五貞·이매二梅·별애別愛·월단月丹·봉화鳳化·진이眞伊·몽애夢愛·월정月貞·단정丹貞·천애賤愛·계단桂丹·성애聖愛·연이蓮伊·계금桂今·장정長貞으로 나열되어 있다.

또 한국의 황진이는 이제 한국만의 역사적 인물이 아니라 세계적인 인물이기도 하다. 그 이유는 1993년에 이미 세계천문연맹이 금성의 분화구 명칭에 황진이와 신사임당의 이름을 클레오파트라나 이사도라 던컨 등의 이름과 함께 등재하였기 때문이다. 하지만 2002~2004년 사이에 황진이는 다시 한번 한반도를 용광로처럼 달궈놓았다. 그것은 홍석중이 역사소설 『황진이』를 2002년에 북한에서 출판하였고, 그 작품이 2004년에 남한당국의 허가를 받아 간행됨으로써 남한독자들의 큰 호응을 받아 읽혀지고 있기 때문이다. 더욱이 2004년 12월 북한작가 홍석중은 금강산에서 남한의 창작과 비평사가 주는 만해문학상을 수상하기도 했다.

이러한 화제의 인물 황진이를 우리나라에서 문학으로 최초로 서사적으로 형상화한 작가는 이태준이다. 이태준은 1930년대 중반 이후의 일제의 군국주의 물결이 넘실대는 것을 우려하면서 우리 고전 전통의 재

에서 이 고문서는 당시 조선조의 세시풍속과 기생의 활동상황을 파악하는 데 매우 소중한 자료가 될 것이다. 이 고문서는 두루말이 형식의 필사본으로 길이가 2m 50cm에서 3m정도 된다. 제작연대는 간지가 갑술甲戌 유월六月로 되어 있는 것으로 보아 1514년(중종 9년)이나 1574년(선조 7년)에 간행이 된 것으로 추정된다. 그런데 황진이 출생연대를 대개 1516년으로 파악하고 있는 것으로 보아 1574년(선조 7년)에 간행된 것으로 판단된다. 송도관의 편제를 살펴보면, 총 106명으로 구성되어 있다. 그 구성을 분석해보면, 수호장首戶長이 1명, 부호장이 1명으로 짜여져 있고, 수이방首吏房, 1명·부이방副吏房, 1명·공생貢生, 1명·병영리兵營吏, 1명·율생律生, 6명·가이假吏, 10명·공생통인貢生通引, 3명·율생통인(5명)·가통인(5명)·사령使令, 11명·광제인리光除人吏, 5명·사령使令, 6명·악부樂夫, 1명·묵장墨匠, 1명·악공樂工, 2명 등이 등장한다.

현과 복원에 골몰하였기 때문에 황진이의 창작도 이러한 관점에서 추진한 것으로 파악된다. 따라서 이태준의 『황진이』는 역사적 고증의 충실성, 기생으로 변신하는 필연적 계기에 초점, 황진이의 예술가적 소양과 자유분방한 기질 표현에 주력, 시조·한시·향가·고려가요 등 전통가요를 적절하게 배합, '황진이' 캐릭터 자체에 대한 애정 표현과 절제의 미학 구사 등의 나름대로의 특징을 보여주고 있다.

그러므로 북한소설 홍석중의 『황진이』와는 상당한 차이점을 보여준다. 두 작품은 사료의 충실성, 서사구조의 차이점, 작가의 주안점의 차이, 문체상의 변별성 등 크게 네 가지 관점에서 중대한 이질성을 드러내고 있다. 우선 이태준의 작품이 '연쇄형 서사구조'의 양상을 띠고 있는 데 비해 홍석중의 작품은 '서구적인 갈등구조'의 양상을 보여주고 있다. 그에 따라 이태준이 '주인공 황진이를 중심으로' 스토리를 전개해 나가는 데 비해 홍석중은 '황진이와 놈이의 유기적인 관계'에 초점을 맞추고 있다. 어떻게 보면 놈이가 사실상 주인공 역할을 맡고 있는 것이 홍석중의 『황진이』의 서사구조상의 특징으로 나타난다. 다음으로 이태준이 문체상 '서정미의 표출'에 치중하고 있다면, 홍석중은 사회주의적 사실주의의 미학이론에 근거함에 따라 '디테일에 충실'하는 묘사를 하고 있다. 한마디로 이태준의 『황진이』가 전반적으로 복고풍에 근거한 문체의 아름다움에 몰두하는 다소 밋밋한 구조를 보이고 있다면, 홍석중의 『황진이』는 지배계층의 위선과 하층민의 진실이라는 대립구조를 부각시키는 데 주력하고 있다. 따라서 계급성에 바탕하는 양상을 보여줌에 따라 긴장미가 느껴지는 것이 특징이다.

그러나 두 작품은 모두 많은 허점과 한계를 동시에 보여주고 있다. 이태준의 경우, 고전적인 사료에 충실하여 황진이의 캐릭터에 행동의 리얼리티를 부여하는 방향으로 스토리를 전개함에 따라 독자들에게 지금까지의 황진이에 대한 지식 이외에 새로움을 더해주지 못하고 있다. 서구의 문예사조에 적용해 본다면, 관습과 규범에 충실하는 '고전주의'에 근접하는 양상을 보여주고 있다. 이에 비해 홍석중의『황진이』는 놈이라는 가공인물을 창조하여 황진이의 로맨스 파트너로 삼았을 뿐 아니라 '위선과 진실'이라는 대립구조를 설정하여 긴장을 유발하는 등 '혁명적 낭만주의'의 형태를 보여주고 있다. 따라서 홍석중의 작품은 탄력적인 언어감각을 보여주고는 있지만, 황진이보다는 놈이가 사실상의 주인공으로 느껴지고, 놈이와 괴똥이를 구하기 위해 황진이가 김희열 개성 유수에게 정조를 바치는 성상납의 낙후된 여성의식을 보여주는 등의 허점과 한계성을 동시에 드러내고 있다

북한 역사소설 『높새바람』 연구

I. 서언

장편소설 『높새바람』은 북한에서 1983년과 1990년에 각각 1부와 2부가 발행된 역사소설이다. 이 작품은 1510년의 삼포왜란을 배경으로 하여 왜구의 침략과 노략질 횡포, 그리고 이에 맞서는 조선조 봉건왕조의 양반사대부들의 근시안적인 대처와 비리 등에 대해 민중계층의 저항의 모습을 상세하게 다룬 장편소설이다. 홍석중(1941. 9. 서울 출생)은 김일성종합대학을 졸업한 후 10여 년 동안 연극 활동에 주력하느라 소설가로는 마흔 살이 넘어 늦깎이로 문단에 데뷔하였다. 그는 1970년 첫 단편소설인 『붉은 꽃송이』를 발표하였다. 홍석중은 북한 문단에서 이기영·한설야와 더불어 최고의 소설가로 손꼽히는 『임꺽정』의 작가 벽초 홍명희의 손자이기도 하다. 홍석중의 부친 또한 국학자로 유명한 홍기문(1903~1992)이다. 홍기문은 김일성종합대학교의 교수를 지냈으며, 사회과학원 부원장으로 활동하였다. 홍석중은 조부의 소설가적 핏줄과 부친의 인문학적 소양을 이어받은 북한에서는 유능한 소설가이다.

홍석중이 북한문단에서 알려지게 된 계기는 조부 홍명희의 미완성작품인 『임꺽정』의 완결편을 내놓았기 때문이다. 벽초는 생전에 『임꺽정』

을 소설이라고 하면 화를 냈으며, 왜놈들이 조선말과 조선 정조를 탄압하니까 그것을 살려서 널리 알리려고 『임꺽정』을 쓴 것이었지 소설을 쓰려고 한 것은 아니었다고 말했다는 것이다. 해방 뒤 미완으로 끝난 『임꺽정』을 완성시키라는 주문에 대해서도 슈베르트의 미완성교향곡처럼 미완으로 놔두는 게 좋다며 끝내 완성하기를 거부했다고 홍석중은 남한 언론과의 인터뷰에서 그 비화를 털어놓았다. 홍석중은 미완으로 끝난 뒷부분이 궁금해서 벽초에게 물어 보았으나 좀체 이야기를 안 해 주다가 조금씩 알려 주신 것을 토대로 하여 직접『임꺽정 완결편』을 쓰게 되었다고 술회하였다.

그러면 구체적으로 작품을 분석하면서 『높새바람』에 담겨진 역사적 의미와 소설사적 위상, 그리고 언어와 문체의 아름다움에 대해 논의하기로 한다.

II. 『임꺽정』과 『높새바람』과의 영향관계

홍석중은 잘 알려져 있다시피 벽초 홍명희의 손자이다. 벽초는 1948년 4월 18일부터 30일까지 평양에서 열린 남북 제 정당 사회단체 대표 연석회의에 김구, 김규식 등과 함께 민주독립당 대표 자격으로 참석하였다가 김일성을 면담한 후 평양에 체류하게 된다. 북한에서 홍명희는 1948년부터 1962년까지 내각 부수상을 연임하였고, 1968년 사망 시까지 조선최고인민회의 상임위원회 부위원장, 과학원장, 조국평화통일위원회 위원장 등 여러 주요 직책을 역임하였다. 벽초의 가족은 1948년 8월 중순 38선을 넘어 평양에 도착하였다. 그해 5월 김일성을 면담한 후 평양 잔류를 결심한 벽초는 장남 기문에게 편지를 보내 월북할 것을 지시한 것으로 알려져 있다.

손자 홍석중의 회고에 따르면, 1948년 당시 아홉 살이었던 그는 증조할머니가 계시는 괴산집으로 간다는 어머니를 따라나섰다가 넘는 줄도 모르고 삼팔선을 넘어서 평양으로 왔다고 전했다. 월북한 홍명희 일가는 부인 민씨와 세 딸, 장남 기문 일가, 차남 기무일가 그리고 아우 홍성희 일가 등 20명이 넘는 대가족이었다[1]고 한다.

벽초의 사후에도 장남 홍기문이 조국평화통일위원회 위원장, 조선최고인민회의 상설위원회 부의장 등의 중책을 이어받았고 손자 홍석형이 부총리 겸 국가계획위원회 위원장에 발탁되는 등 계속 고위직에 오른 것으로 알려지고 있다. 홍석중도 북한에서 상당히 중요한 작가로 위치를 쉽게 찾게 된 것도 모름지기 벽초의 후광이라고 할 수 있다. 7월 20일부터 25일까지 평양과 백두산, 묘향산 등지에서 해방후 최초로 열린 남북작가대회에서도 홍석중은 작가동맹의 위원장(김병훈)이나 부위원장(장혜명)도 아니면서 북측의 호스트 역할을 도맡았다. 백두산에서 23일 오전 5시부터 열린 '통일문학의 새벽'에서 남한 작가 100여 명을 상대한 20여 명의 북한 작가 중에서 오영재, 남대현, 김병훈, 장혜명, 백남룡과 더불어 홍석중이 돋보였다. 남한의 중앙일보를 상대로 황석영과 2인 인터뷰[2]를 한 것도 홍석중이 유일하다. 중앙일보와의 인터뷰에서 홍석중은 16년 전에 황석영과 한 약속대로 둘이 같이 작품을 쓰기로 결의를 다졌다. 즉 "우리의 인간적이고 문학적인 친교를 이제 총화의 차원으로 갖고 가야 한다. 우리 둘이 같이 쓰는 것이 우리 문학이 하나 되는 것이다. 편지글도 좋고 대담도 좋다. 장르를 구분하지 말자"[3]라고 다짐했다.

벽초와 그의 손자 홍석중은 여러 가지 측면에서 많은 차이점을 보인다. 벽초가 소설가라기보다는 정치가이자 민족주의자를 자처했다면, 홍

---

1) 강영주, 『벽초 홍명희 연구』, 서울, 청작과비평사, 1999, 566쪽.
2) 『중앙일보』 2005. 7. 26(화), 〈문화면〉.
3) 『중앙일보』 2005. 7. 26(화), 〈문화면〉.

석중은 한때 연극을 했었고 다시 소설가로 돌아와서 현재 북한을 대표하는 작가로 군림하고 있다. 하지만 작품에서는 두 사람은 매우 유사한 양상을 보인다. 홍석중이 『늪새바람』과 『황진이』 등 역사소설로 이름을 날리고 있는 것은 조부인 벽초의 『임꺽정』의 영향이 크다고 할 수 있다. 특히 장편소설 『늪새바람』은 『임꺽정』의 영향하에 썼다고 해도 과언이 아니다. 그 근거는 홍석중이 관심을 가진 시대적 배경이 조선 중엽인 16세기 초인데 그 시대는 바로 『임꺽정』의 시대적 배경과 일치하고 있다.

불후의 명작 역사소설 『임꺽정』은 무려 13년에 걸쳐 연재와 중단을 반복하면서 결국 미완으로 끝난 작품이다.

> 제1차 연재:『조선일보』1928년 11월 21일~1929년 12월 26일
> 「봉단편」「피장편」「양반편」
> ―투옥으로 인해 제1차 장기 휴재
> 제2차 연재:『조선일보』1932년 12월 1일~1934년 9월 4일
> 「의형제편」
> 제3차 연재:『조선일보』1934년 9월 15일~1935년 12월 24일
> 「화적편」'청석골'장
> ―신병으로 인해 제2차 장기 휴재
> 제4차 연재:『조선일보』1937년 12월 12일~1939년 7월 4일
> 「화적편」'송악산'장부터 '자모산성'장의 서두까지
> ―신병으로 인해 제3차 장기 휴재
> 제5차 연재:『조광』1940년 10월호
> 「화적편」'자모산성'장의 일부
> ―미완으로 중단4)

우선 첫째, 홍명희의 『임꺽정』 중 「봉단편」「피장편」「양반편」은 화

---

4) 강영주, 앞의 책, 261-262쪽.

적패가 아직 결성되기 전인 연산군의 갑자사화(1504년)로부터 명종조의 을묘왜변(1555년)에 이르는 50여 년의 시대상황을 묘사하고 있다. 이에 비해 홍석중의 『높새바람』도 제3장의 일본의 역사를 다루는 장면에서 1510년 경오년의 삼포왜란, 1555년의 을묘왜란, 1592년부터의 임진왜란을 거시적으로 거론하고 있으나 실제로는 중종반정 이전의 연산군 때부터 삼포왜란이 일어났던 1510년경의 서울과 삼포의 밤내말 마을을 배경으로 하여 스토리가 전개되고 있다. 이러한 점에서 미루어볼 때 작가 홍석중은 벽초의 『임꺽정』을 꼼꼼하게 정독하면서 15~16세기의 조선조의 봉건적 모순이 극명하게 드러나던 시기를 주목하였던 것으로 보여진다. 그것은 북한의 역사학자들 또한 중시하여 기술하는 시대적 배경이라고 할 수 있다. 북한의 『조선통사』(상, 1991년)를 보면, 제7장에서 '15세기 봉건통치체제의 재편성, 1592~1598년 임진조국전쟁'의 소 항목을 달았는데, 제2절 15~16세기 경제의 발전, 제3절 봉건적 착취와 억압의 강화, 제4절 각지 농민들의 투쟁, 제5절 일본 및 여진의 침입을 쳐 물리친 인민들의 투쟁, 제6절 1592~1598년 임진조국전쟁5) 등으로 설정되어 있다. 벽초의 역사학자들의 기술 중 '제4절 각지 농민들의 투쟁'을 시대적 배경으로 설정하였다면, 그에 비해 그의 손자 홍석중은 '제5절 일본 및 여진의 침입을 쳐 물리친 인민들의 투쟁'을 시대적 배경으로 삼은 것이다.

둘째, 『임꺽정』의 작가 홍명희는 신문연재 시기의 시대적 한계 때문에 신간회운동 당시의 민족의식·민중의식의 정치적 실천을 추구하는 것을 포기하는 대신에 그러한 의식을 『임꺽정』의 창작을 통해서나마 구현하려고 혼신의 힘을 기울였다6)고 하는데, 그와 마찬가지로 홍석중의 『높새바람』 또한 작가의 민중의식과 민족의식이 강하게 드러나고 있다

---

5) 손영종·박영해 외, 『조선통사』(상), 평양, 사회과학출판사, 1991, 322-385쪽.
6) 강영주, 앞의 책, 290쪽.

는 점에서 일치점을 보이고 있다.

멍텅구리 같은 것. 왜놈을 쳐죽였으면 천만 번 잘한 일이구 어떻게든 살아서 또 쳐죽여야지 겨우 한 놈 죽이구 자수라는 건 도대체 무언구. 자수하면 동무를 대신 놓아줄 줄 알았어? 흥, 잘은 논다. 왜놈이나 양반놈이나 둘다 짝지지 않는 악귀들이야. 자네 같은 얼간이가 왜놈 죽일 생각은 어떻게 했는지 신기하거던. 아마 호랑이한테 먹히운 동무를 구하겠다구 그 아가리에 제 대가리를 또 들여미는 미련둥이는 아마 자네밖에 없을 걸. 정 옥에 갇힌 동무의 일이 마음에 걸리면 그까짓 밤에 친구 몇을 끌구 와서 옥을 부시구 꺼내갈 게지 자수라.. 싸지 싸. 잘코사니란 말야. 임자같은 반편은 모가지 없는 귀신이 되어두 당연하단 말야. 무얼? 살고 싶은 생각이 없다? 어랍쇼, 이 사람이 정말 멍텅구리가 아니야? 죽긴 왜 죽어 살아야지. 살아서 그 악귀같은 왜놈들을 씨가 안 남두룩 모조리 쳐죽여야지.[7]

셋째, 벽초는 『임꺽정』 '봉단편'에서 연산군 때 유배지에서 탈출한 남주인공 이장곤이 우물가에서 우연히 봉단을 만나 서로 눈이 맞은 끝에 신분을 감춘 채 봉단과 혼인하여 금슬 좋은 부부생활을 하는 장면이 나온다. 이러한 연애장면을 능수능란하게 벽초가 그렸다고 하여 당시에 잡지 가십란에 기록될 정도로 화제를 모았던 것으로 알려지고 있다. "현재 『조선일보』 지상에 연재하는 씨의 장편소설 『임꺽정전』 중에는 가다가 달콤한 러브신(연애장면)이 나온다. 곧 남주인공이 백정의 딸과 처음 만나는 장면이다." 그런데 이 대목을 읽은 홍명희의 부인이 늦게 돌아온 남편에게 "요사이에 왜 늦게 들어오시나 했더니 정말 늦바람이 나신 모양이오구려" "바람이 나서 다른 여자와 관계를 했게 이런 이야기를 썼지요?"라고 따졌다는 것이다. 이러한 일화가 세간에 알려지자, 짓궂은 젊은 문인들은 홍명희에게 "만풍선생"이라는 별호를 붙였다고 한다.[8]

---

7) 홍석중, 『높새바람』 2권, 서울, 연구사, 1993, 233쪽.

그런데 벽초의 손자 홍석중도 역사소설 『황진이』뿐만이 아니라 삼포왜란을 다룬 역사소설 『높새바람』에서도 달콤한 로맨스를 빈번하게 묘사하고 있어서 화제를 불러일으켰다. 『황진이』에서는 황진이와 하인 놈이뿐만이 아니라 다른 양반 사대부와 지족선사 등과의 섹스장면을 노골적으로 질펀하게 묘사하였으며, 『높새바람』에서는 농도는 짙지 않지만, 놉쇠와 희영녀의 포옹장면 등을 상세하게 묘사하고 있다. 이러한 연애장면의 에로틱한 묘사는 『임꺽정』의 영향이라고 할 수 있다.

> 동정의 순결성을 깨끗이 간직한 여성만이 이런 경우에 체험할 수 있는 무시무시한 공포가 전율처럼 온몸에 흘러퍼졌다.
> 한 순간 놉쇠는 총각애(실상 이순간부터 놉쇠는 총각애라고 부를 수 없었다)를 품에 안은 채 돌처럼 굳어져 있었다. 점점 가빠지는 잦은 숨소리와 온몸을 자기에게 맡긴 채 잦아들 듯 몸서리치는 가벼운 떨림이 느껴지자 그 역시(놉쇠는 아직 상대를 처녀라고 부를만한 자신이 없었다.) 자기와 같은 그런 공포 속에 갈팡질팡하고 있다는 것을 깨달았다.
> 다음 순간 놉쇠는 정신이 번쩍 들었다. 처녀를 품에서 떼어내려고 허겁지겁 뒤로 물러섰다. 엉겁결에 손 끝이 처녀의 부푼 가슴을 건드렸다.[9]

넷째, 홍석중이 『임꺽정』에 가장 크게 영향을 받은 부분은 아마도 언어적 측면이라고 할 수 있다. 홍석중은 『높새바람』에서 고유어를 많이 쓰고 있으며, 민중들의 토박이말을 되도록이면 그대로 살려 쓰려고 애쓰고 있다. 이러한 민중언어의 구사는 벽초의 『임꺽정』에서 상당한 영향을 받은 것으로 파악된다. 홍석중은 금강산에서 『황진이』로 만해 문학상을 수상한 후 한겨레신문과의 인터뷰에서 "그 자신 소학교 시절 할아버지가 신문에 연재하던 『임꺽정』의 애독자였다고 밝히면서 그러나

---

8) 강영주, 앞의 책, 276쪽.
9) 홍석중, 『높새바람』 3권, 서울, 연구사, 1993, 264쪽.

할아버지는 작가연하지 않았을 뿐만 아니라 『임꺽정』을 소설이라 하면 화를 내실 정도였다"[10]고 소개했다. 홍석중의 그 말은 벽초가 왜놈들이 조선말과 조선 정조를 탄압했기 때문에 『임꺽정』을 썼다는 말과 상통한다.

"누군 누구겠소. 사모 쓴 도적놈들 말이지. 한 말두 거두나마나한 열매를 닷 말이나 공물루 바치라는구먼. 작년엔 까마귀가 다 쪼아먹구 닷 되두 못 땄는데 종내 서 말을 구해다가 바쳤소. 달구치는데 안 맞는 장사가 있습디까?"
"그러기루서니 아까운 나무를 찍을 것까지야 있나?"
"개꼬라지 미워서 낙지 사온단 말이 있지 않소? 왜놈들 하나 잡죄지 못하는 주제에 백성들 등골 뽑는 건 고양이 닭알 굴리듯 한다니까. 말할 놈들."
"이 사람, 말 좀 낮춰하게."
아랫길 주말쪽에서 저녁술에 취한 포교놈들이 왁자지껄 떠들어댔다. 되지도 않는 목청이 육자배기를 내리뽑았다.
"진영의 배를 띄운단 말은 아직 없습디까?"
"아직은 없나 보네만 눈썹 위에서 떨어지듯하는 재앙을 미리 알수가 없지."
"참, 나배기가 다른 말은 안 합디까?"[11]

Ⅲ. 북한문학사에서의 『높새바람』의 위상

북한문학사에서 홍석중은 그동안 그렇게 비중 있게 다루어진 작가는 아니었다. 일테면, 주체문학의 대표적 작품으로 거론되는 김규엽의 『새봄』이나 변희근의 『생명수』, 김보행의 『빈터 우에서』, 박태원의 『갑오농민전쟁』, 김리돈의 『철의 신념』, 최학수의 『평양시간』이나 『불멸의 력사

---

10) '만해상 받은 홍석중 씨 인터뷰', 『한겨레신문』 2005. 1. 11.
11) 홍석중, 『높새바람』 1권, 서울, 연구사, 1993, 84쪽.

총서』를 저술하여 이름을 드높인 천세봉이나 석윤기에 비해 지명도가 매
우 낮은 작가였다. 그 이유는 홍석중이 나이에 비해 소설을 쓰기 시작한
것이 마흔 넘어서이므로 1980~90년대에 새롭게 부상한 신세대작가군
인 남대현, 백남룡 등과 같은 그룹에 포함되었기 때문으로 보인다.

김정일 위원장이 강조한 우리식 소설문학의 창조에 대해 가장 잘 설
명하였다고 평가되는 문학평론가 최길상이 저술한 『주체문학의 새 경
지』에 보면, 『생명수』, 『새봄』, 『평양시간』, 『갑오농민전쟁』 등이 상세하
게 인용되면서 주체문학의 새 경지를 열었다고 찬양되고 있다. 하지만
동시대에 작품을 내놓은 홍석중의 경우, 전혀 거론이 되지 않고 있다.

> 장편소설 『새봄』은 해방직후 토지개혁을 하던 시기 우리 당의 로선을 옳게
> 반영하였으며 극좌, 극우분자들을 반대하여 싸운 그때의 형편을 아주 잘 그렸
> 습니다. 장편소설 『새봄』은 아주 좋은 소설입니다. 수령님께서는 지금 청년들
> 이 해방직후 토지개혁을 하던 때의 실정을 잘 모른다고 하시면서 그들이 장
> 편소설 『새봄』을 많이 읽고 토론도 하게 하라고 교시하시였습니다.
>
> 위대한 수령 김일성동지에 대한 친애하는 지도자동지의 가장 고결한 충성
> 과 효성이 빛나는 결실로 장편소설 『새봄』뿐 아니라 력사물주제의 작품을 쓸
> 데 대한 수령님의 뜻이 빛나게 실현되여 다부작장편소설 『갑오농민전쟁』이
> 훌륭히 창작되여 어버이 수령님께 기쁨을 드리였다. 위대한 사상과 령도와 사
> 랑의 손길아래 주체적인 소설문학은 승승장구하며 장편소설들인 『녀당원』,
> 『빈터우에서』, 『철의 신념』, 『뜨거운 심장』, 『붉은기』 등 로동계급의 형상을
> 훌륭히 창조하여 경애하는 수령님께 기쁨과 만족을 드리였으며 우리 문학의
> 위용을 과시하고 있다.[12]

그러나 홍석중은 1990년대 중반부터 북한의 문학평론서와 주체이론
서에서 이름이 거명되기 시작한다. 그가 북한문단에서 존재를 드러내게

---

12) 최길상, 『주체문학의 새 경지』, 평양, 문예출판사, 1991, 93쪽.

된 결정적 계기는 역사적 주제의 장편소설 『높새바람』(1부)을 1983년에 출판한 사실에서 비롯된다. 홍석중이 『높새바람』을 창작할 즈음 마침 김정일 위원장은 소설문학에서 주제분야의 확대를 주문하였다. 이 시기 김위원장은 ≪현실발전의 요구에 맞게 작가들의 정치적 식견과 창작적 기량을 결정적으로 높이자≫, ≪주체적문학예술을 더욱 발전시키기 위하여≫, ≪연극예술에 대하여≫, ≪혁명적문학예술작품창작에서 새로운 앙양을 일으키자≫, ≪작가, 예술인들 속에서 혁명적 창작기풍과 생활기풍을 세울 데 대하여≫ 등에서 소설문학이 나아갈 주제방향에 대해 지침[13]을 내렸다고 한다. 김위원장은 소설문학의 다양한 발전과 그 사회적 기능의 확대를 위하여 몇 가지 주제의 강화를 주문하였다. 혁명전통의 주제, 약동하는 현실생활을 반영한 작품창작(1983년 5월 사회주의 현실주제 소설창작정형을 분석하여 지침을 내려줌), 계급교양의 주제, 조국해방전쟁주제, 역사주제 등을 중요한 과제로 내려주었다.

특히 이 시기 김위원장은 현실적인 문제들과 함께 역사주제 작품 창작에 깊은 관심을 돌리었는데, 그 이유는 역사주제 작품이 민족의 력사와 문화에 대한 풍부한 지식을 주고 역사의 심각한 교훈으로 사람들을 교양하는 데서 큰 기능을 수행하게 되는 것을 인식하였기 때문이다. 그것은 김위원장이 1979년 3월 13일 『안중근 이등박문을 쏘다』를 영화로 옮기는 사업을 지도하면서 역사물 창작에서 역사주의원칙과 현대성의 원칙을 옳게 결합할 것에 대한 지침[14]을 내린 것이 계기가 되었다. 우선 북한문학에서 사실주의적 역사주제 작품에서 과거의 역사적 사건, 인물들을 그리는 것은 역사적 사실과 이물들을 소개하고 전달하는 데 그 목적이 있는 것이 아니라고 주장한다. 오히려 역사주제 작품들은 과거의 역사적 사건과 인물들의 생활을 통하여 오늘의 우리 인민들이 제기하는

---

13) 오승련, 『주체소설문학건설』, 평양, 문예출판사, 1994, 241쪽.
14) 오승련, 위의 책, 263쪽.

문제에 해답을 줌으로써만 의의를 가진다[15]고 강조하고 있다. 즉 북한의 주체문학을 강조하는 이론서들은 역사적 인물의 세계관과 그의 활동의 제한성을 똑똑히 보여주며 그를 통하여 심각한 역사적 교훈을 밝히는 것이 주체적인 역사물 창조에서 해결하여야 할 가장 중심적인 사상미학적 과제라고 주장하고 있는 것이다.

이러한 김위원장이 제시한 지침과 방침에 따라 다음과 같은 많은 역사주제 작품들이 쏟아져 나왔다고 강조하고 있다.

1978년 1월과 2월에 박태원의 『갑오농민전쟁』(1부와 2부)을 비롯하여 침략선 샤먼호를 격침한 민중들의 투쟁을 반영한 『성벽에 비친 불길』, 삼포왜란을 취급한 『높새바람』(1부와 2부) 등 역사주제소설 창작이 활발하게 진행되었다. 이 과정에서 김정일 국방위원장은 『평양성 사람들』의 초고에서 주인공 김응서장군이 군사들을 일당백으로 키워야 한다는 사상을 내놓으면서 형상의 부족점을 바로 잡아주시였으며, 력사소설 『갑신정변』(『개화의 려명을 불러』라는 제목으로 출판됨)에서 김옥균을 지나치게 내세우고 있는 것을 바로잡아주시었다.

1987년 8월 13일에는 김정일 국방위원장이 역사주제 소설 창작을 주체적으로 발전시키는 방안에 대한 기본 방침을 직접 제시하기도 하였다. 이 방침에서 국가간의 관계를 고려하여 취급하지 못했던 을지문덕·연개소문·강감찬·서희 등 애국명장들을 그린 역사물들을 창작할 것에 대한 문제, 우리나라 왕권 내부의 알력과 당파싸움을 비롯한 봉건 지배층 내부의 권력 쟁탈전을 현대성의 견지에서 취급할 것에 대한 문제, 동족싸움을 고려하여 취급하지 못한 고구려·신라·백제 통치배들의 전쟁을 고구려의 강대성을 보여주기 위하여 취급할 것에 대한 문제 그리고 역사자료를 작가들이 마음대로 이용할 수 있도록 하는 문제 등에 대해 상세하고 과학적인 해명을 하였다. 장편소설 『높새바람』, 『이순신장군』, 『개화의 려명을 불러』, 중편소설 『울릉도』 등은 그 실

---

15) 오승련, 위의 책, 같은 쪽.

례의 일부이다.16)

위에 잘 나타나듯이 홍석중의 삼포왜란을 깊이 있게 다룬『높새바람』(1부)은 단행본으로 출간된 북한문학이론서에서 처음으로 등장하였다. 그리고『높새바람』(2부)가 1990년에 발간됨으로써 북한문단에서 작가 홍석중의 위치는 확고하게 굳어지게 되었다.

특히『높새바람』(2부)는 1980년대 후반 김정일 위원장이 작가들을 모아놓고 펼친 군중대회에서 내린 지침인 "주체형의 인간전형 창조에서 혁명적 수령관의 의의를 강조할 데 대한 문제, 사회주의 제도의 우월성을 사람 중심의 관점에서 보여줄 데 대한 문제, 작품창작에서 조선민족제일주의 정신을 심오히 구현할 데 대한 문제 등도 다같이 오늘의 시점에서 생활을 진실하게 반영하고 우리 문학의 주체적 면모를 더욱 철저히 확립하여 나갈 수 있게 해야 한다"는 방침을 잘 반영하여 창작함으로써 1990년대 중반 무렵 이후에 나온 북한이론서에서 주요한 작품으로 예시되었다. 김정일 위원장은 소설문학에서 부정인물 처리와 애정윤리 문제의 해결에서 도식주의를 근절할 것을 주문하였다고 한다. 부정인물을 처리하는 데서 일률적으로 교양 개조되는 대상으로만 그리지 말고 그의 성격발전과 생활의 논리, 작품의 양상과 교양목적에 따라 비판을 받고 잘못을 고치는 인물로, 또는 강직되거나 다른 직무로 조롱되어가는 인물로 다양하게 처리될 수 있다고 밝혔으며, 이성간의 애정문제를 취급하는 경우에도 사랑의 곡절을 겪다가 작품마감에 가서 결합되는 것으로 일 본새로 처리하지 말고 사랑의 대상자가 사상도덕적으로 극히 저열하여 이상에 맞지 않을 때에는 대담하게 서로 결별하는 것으로 그릴 수 있다17)고 방향을 지시하였다고 한다.

---

16) 오승련, 위의 책, 264-265쪽.

17) 정룡진,『친애하는 지도자 김정일동지 문학령도사』3권, 평양, 문예출판사, 1993, 162쪽.

이러한 김정일 위원장의 교시는 소설문학의 사실주의적 묘사수준을 높일 수 있게 하였고 문학양상의 다양성을 보장하게 하였으며 다음과 같이 소설가들이 많은 역사소설 창작물을 쏟아내는 자극제가 되었다고 북한이론서들은 찬양하고 있다.

지난 기간 소설가들은 력사물창작을 활발히 벌릴데 대한 당의 방침을 받들고 커다란 성과를 거두었다. 그것은『갑오농민전쟁』(2부),『높새바람』(상),『성벽에 비낀 불길』,『평양성사람들』,『김정호』등 장편소설들과『부루나의 밤』을 비롯한 중편소설들이 성과적으로 창작되고『높새바람』(하),『리순신장군』,『불우한 렬사』등 장편소설들이 또한 활발히 창작되고 있는데서 뚜렷이 나타났다. …(중략)…

친애하는 지도자동지께서는 지도에서 현재 창작중에 있는 작품을 성과적으로 완성하는 것과 함께 당원들과 근로자들의 미학정서적 요구에 맞게 더 많은 력사소설을 창작하여야 한다고 가르치시였다.

친애하는 지도자동지께서는 평안도 농민전쟁지도자인 홍경래를 주인공으로 하여 중세가 우리나라 농민들의 계급투쟁을 형상한 작품, 고려시기 화약을 제조하여 나라의 국방력강화에 크게 이바지한 최무선을 형상한 작품,『훈민정음』창제와 그 보급을 내용으로 하여 우리 선조들이 창조한 슬기로운 문화유산을 보여주는 작품, 고대 일본의 문화발전에 커다란 영향을 준 고구려의 중 담징을 형상한 작품, 1919년 3·1인민봉기를 형상한 작품들을 쓸 수 있다고 밝혀 주시였다.

또한 고구려와 고려, 그 이후시기에 옛중국과 몽골침략자들을 반대하여 싸운 을지문덕, 연개소문, 강감찬, 서희 그리고 중국과 로씨야, 일본의 각축전 속에서 나라의 근대화를 위하여 부르주아혁명을 시도한 김옥균 등을 취급한 작품들도 쓸 수 있다고 가르치시였다.[18]

북한에서 김정일 시대의 문학사라고 할 수 있는 15권으로 펴낸『조선

---

18) 정룡진, 위의 책, 163쪽.

문학사』의 마지막 권인 15권은 1980년대 북한문학사를 다루고 있다. 특히 이 책에서는 1980년대 말의 구소련연방의 해체와 동구권의 자유화물결의 역사적 현상을 다루고 있다는 점이 특이하다. 그리고 이러한 미묘한 세계사의 변천 속에서 우리식 사회주의를 고수한 북한당국을 적극적으로 옹호하면서 주체사상화의 위업에 이바지한 문학의 역사적 가치를 기술하고 있다. 제2장 소설문학에서는 김일성과 김정일을 우상화한『불멸의 력사 총서』와『불멸의 향도 총서』를 맨 앞에 집중적으로 서술한 후 혁명전통을 형상화한 소설작품, 사회주의 현실에 대한 새로운 예술적 탐구, 조국해방전쟁을 형상한 장중편소설들, 역사적 주제의 소설작품 창작의 항목으로 구분하여 1980년대 소설문학사를 서술하고 있는 것이 특징이다. 그 중에서 이채로운 것은 제4절에서 천세봉과 석윤기의 창작활동이라는 항목을 따로 설정하여 개인이름의 소설문학을 거론한 것은 획기적인 일이다. 이어서『조선문학사』15권은 천세봉(1915～1986)의『석개울의 새봄』(1부～3부, 1957～1960),『대하는 흐른다』(1부, 1962),『고난의 력사』(1부, 1964),『안개 흐르는 새 언덕』(상, 하권, 1966), 불멸의 역사총서 중의『혁명의 려명』(1973),『은하수』(1982) 등과 석윤기(1929～1989)의『시대의 탄생』(1부 1964, 2부 1966),『무성하는 해바라기들』(1부 1970),『피바다의 장편소설 각색』(1973), 불멸의 역사총서 중『고난의 행군』,『두만강지구』,『대지는 푸르다』,『봄우뢰』등의 문학적 가치를 높이 평가하고 있다.

드디어 홍석중 문학은 김정일의 교시인 "력사물에서는 영웅호걸이나 뛰어난 인물에 의해서가 아니라 인민대중에 의하여 력사가 창조되고 사화가 발전한다는 사상을 두드러지게 그려야 한다"[19]는 이데올로기를 반영하고 있는『북한문학사』15권의 '역사적 주제의 소설작품 창작'편에서

---

19) 김정웅·천재규,『조선문학사』15권, 평양, 사회과학출판사, 1998, 113쪽.

기술이 되었다. 이 시기 북한문학사에서 홍석중의『높새바람』(상, 1983)
은 임진조국전쟁을 진실되게 묘사한 장편소설들인『평양성 사람들』,『관
북의병장』과 조선조 후기와 구한말시기에서 일제시대로 넘어가는 과도
기에 나라의 과학기술을 발전시키며 문명개화와 융성번영을 이룩하기
위해 헌신한 역사적 인물들인 지리학자 김정호와 개화운동의 중심인물
인 김옥균의 활약상을 상세하게 기록한 장편소설인『김정호』,『개화의
려명을 불러』와 대등한 위치에서 그 역사적 가치와 미학적 의미가 다루
어지고 있다는 점에서 북한문학사에서 그의 입지가 확고해 졌음을 말해
주고 있다.

　　이 시기에 창작된 반침략애국투쟁을 그린 장편소설들 가운데서 이채를 띠
는 것은『높새바람』(상)이다. 이 장편소설은 1506년부터 1510년사이 왜구들의
침입과 그와 결탁된 량반통치배들의 매국매족행위를 반대하는 인민들의 애국
적인 투쟁을 형상한 작품이다. …(중략)…
　　장편소설은 실재한 력사적사실에 대한 해부학적인 분석적 묘사와 각계각
층 인물들의 성격형상을 통하여 왜놈들과 그 행패를 막기 위하여서는 량반통
치배들의 악정과 비행부터 근절해야 한다는 사상을 형상적으로 실현하였다.
　　장편소설에서는 왜놈들이라면 죽음도 두려워하지 않고 달려드는 놉쇠의
형상을 통하여 우리 인민의 반일감정은 오랜 력사적 기간에 걸쳐 형성된 것
으로서 민족자주의식과 결부되어 있다는 것을 확인하였다.[20]

요약하면, 북한문학사에서 홍석중은 '조선민족제일주의'라는 이데올로
기를 잘 구현하여 민중들의 항일투쟁정신을 잘 표현한 사실주의적 민족
주의 작가로서 평가되고 있으며 특히 1980년대 이후의 소설문학을 다양
한 양상으로 발전시킬 수 있도록 역사소설을 창작한 독특한 위치의 작

---

20) 김정웅·천재규, 위의 책, 115-116쪽.

가로서 자리매김되고 있음을 확인할 수 있다.

Ⅳ. 『높새바람』의 의미구조 분석

1. 삼포왜란의 문학적 형상화

홍석중의 『높새바람』은 가덕섬 사건이 일어난 1495년(병진년)부터 삼포왜란이 발생한 1510년을 시대적 배경으로 삼아 왜놈들에 의한 약탈과 조선조의 양반 사대부들의 부패상을 상세하게 다루면서 이러한 봉건왕조의 모순에 의해 질곡 속의 피폐한 삶을 살던 민중계층의 고통과 아픔을 다룬 역사소설이다. 홍석중의 장편소설은 가덕섬 사건에서 왜놈들에게 무참하게 살해를 당한 김서방의 한을 풀기 위해 그의 아들 놉쇠가 복수의 칼날을 갈면서 힘을 비축해가는 과정과 중종반정을 꾀하는 양반 사대부인 우중과의 연대성을 묘사하면서 권력장악을 위해 왜놈과의 결탁도 마다하지 않는 양반 관료들의 부패상과 모순을 극명하게 보여주는 사실주의적 경향을 보여준다.

그러면 이 작품의 중심 배경이 되는 삼포왜란은 어떤 사건이며 실제의 역사적 사건이 『높새바람』에서는 사실적으로 그려지는가 아니면 허구적으로 형상화되어서 묘사되는가를 구체적으로 살펴보기로 한다.

우선 『높새바람』의 시대적 배경은 1495년의 가덕섬사건에서 출발한다.

'선린정책'의 수립자인 세종이 올 데 갈 데 없는 불쌍한 것들이라고 해서 받아들여 삼포에 살게 한 수십호의 왜놈들이 불과 수십 년도 못 되어 수천 명으로 불어났다.

가덕섬에서 참화가 빚어진 병진년(1495년)에는 내이개 한 곳에만도 사백여

호의 큰 부락에 삼천여 명의 왜놈들이 두 개의 절과 여남은 명의 중까지 데리고 아주 붙박이로 살고 있는 형편이었다.

이놈들은 싸다구니가 늘어나자 근처 어민들에게 어장과 어구를 훔치려고 바스락거렸고 근처 농민들에게서는 땅을 빼앗아내려고 억지를 부렸다. 이놈들 자신이 공공연하게 해적질을 할뿐만 아니라 일본이나 대마도에서 건너오는 왜놈들의 앞잡이로 길라잡이 노릇을 하고 다녔다.

우리나라에 살면서 우리나라의 허실을 빤드름히 알고 있는 이놈들은 거칠 것이 없었다. 가덕섬사건이 있기 전전해인 1493년에 이놈들은 역사에서 '동도어장점거사건'이라고 부르는 파렴치한 강도행위를 일으켰다.[21]

사실 삼포왜란은 한국의 역사서보다는 북한의 역사서에서 상세하게 기술하고 있다. 그것은 북한의 김일성 주석이 항일 빨치산 투쟁에서 카리스마를 얻게 된 것과 무관하지 않다. 따라서 북한은 민중주의적이고 민족적인 성격의 역사를 강하게 기술하는 것이 특징인 것이다. 즉 민중들이 왜놈들에게 항쟁한 것을 상세하게 묘사하는 것을 자랑스럽게 생각하고 있다. 하지만 한국의 역사서들은 삼포왜란을 가볍게 기술하면서 여진과 왜적 등 이민족들의 침입을 선린외교차원에서 어떻게 다루었는가에 포커스를 맞추고 있다.

한국역사연구회에서 펴낸 『한국역사』에서는 삼포왜란에 대한 언급이 없다. 한국사특강편찬위원회 편의 『한국사특강』에서는 제 7장 조선초기의 정치와 문화의 '대왜 관계'나 '대여진 관계'에서 간략하게 서술하고 있다. 즉 조선왕조가 대왜정책을 선린외교관계의 구축이라는 측면에서 다루었음을 강조하는 선에서 약술하고 있는 것이 특징이다.

그러나 그들의 경제적 욕구를 무한정 충족시켜 줄 수는 없는 일이므로, 때

---

21) 홍석중, 『높새바람』 1권, 53쪽.

로는 강경하게, 때로는 회유하며, 왜인의 왕래와 교역을 허락하기도 하고, 단교하기도 하고, 토벌하기도 하였다.

왜인들은 개항지의 설치를 희망하여 세종대에는 3浦를 개항하여 왜인들의 왕래를 허락하였으며, 중종 5년(1510) 三浦倭亂으로 폐쇄하였다가 일부 개항을 허락하는 등 강경과 회유책을 섞어 가면서 왜인을 대하였다. 개항장에는 到泊處·接待處·貿易處로서 왜관이 설치되었고 개항장의 설정과 변경에 따라서 왜관도 치폐가 거듭되었다. 왜인의 왕래를 제한하기 위한 장치로서 圖書(우리나라에서 새겨 보내준 인장. 일종의 입국사증에 해당함)·行狀·路引·文引 등의 제도를 두기도 하였고 1년에 입국할 수 있는 왜선의 수효와 사람 수를 제한하기도 하였다. 조선 초기 1년에 입국한 倭使人이 5,000∼6,000명에 이르렀고 입국한 왜인의 체류기간이 8개월씩이나 되고 있어 조선 정부로서는 매년 1만여 석에 달하는 과중한 접대비를 부담스럽게 여겼다.[22]

그러나 북한의 『조선통사』(1991)는 제7장 15세기 봉건통치체제의 재편성, 1592∼1598년 임진조국전쟁 '제5절 일본 및 녀진의 침입을 쳐물리친 인민들의 투쟁'에서 삼포왜란을 상세하게 다루고 있다. 또한 한국의 역사학자 이상옥이 지은 『한국의 역사』 제3권 '안정되는 왕정'의 제5장 학자와 정객들의 갈등 '삼포왜란'도 왜적들의 침입과 조선왕정의 대응과정을 다음과 같이 상세하게 묘사하고 있다.

첫째, 삼포에 왜인들이 거주하게 된 것은 세종 6년 대마도 왜인에 대하여 웅천의 내이포, 동래의 부산포, 울산의 염포 등 삼포를 개항장으로 지정하고 그자들의 호시조어互市釣魚를 허락하여 필요한 때 삼포에서 고기잡이와 물품 매입을 허락하였다. 점차 삼포에서 거주하는 자가 1,600여 명에 이르러 처리하기에 곤란하게 되었다. 세종 25년 계해조약을 맺어 대마도주에 쌀과 콩 200석을 주기로 하고 그 외에 세견선 50척을 보내 무역할 것을 허락하였다.[23](『조선통사』에는 15세기 말 16세기 초에

---

22) 한영우 외 편, 『한국사특강』, 서울대출판부, 1990, 149-150쪽.

삼포왜인 거류자가 1만여 호로 늘어났다고 기술됨)

둘째, 중종반정 후 부산첨사 이우증은 경솔한 자로서 허식만을 부리며 남을 깔보았다. 그뿐 아니라 왜인 거류민들에게까지 무리한 토목역사를 시키며 말을 듣지 않으면 죽여서 나무 끝에 목을 매달고 사람을 시켜 그 줄을 맞히라고 하여 사람들은 무슨 일이 날는지 걱정하고 있었다.24)

셋째, 1510년 4월 쓰시마 도주는 성친이라고 하는 자를 두목으로 하는 해적단을 무어 100여 척의 배에 태워 삼포거류 왜인들과 함께 합세하여 약 4,000~5,000여 명이 내이포와 부산포에 쳐들어와 내이포 성밖 조선인 민중들의 집에 불을 지르고 성을 공격하였고 왜적 다른 패걸이 200여 명은 부산포를 공격하여 첨사 이우증을 살해하였다.25)

넷째, 내이포 첨사 김세균은 아무런 방비도 하지 않고 있다가 불시에 침략을 받자 성을 넘어가다가 적장에게 잡혀 끌려가고 말았고 우도병마사 김석철도 웅천으로 응원한다고 군사를 끌고 가다가 적병이 운집한 것을 보고 창원에서 대기하며 조정에 원병을 요청하였다. 그리하여 조정은 병조판서 유담년과 전승지 황형을 경상좌우방어사로 임명하고 좌의정 유순정을 도원수로 삼아 정벌군 지휘부를 편성하여 내려 보낸다.26)

다섯째, 황형은 김해와 안동의 석전군石戰軍을 모집하여 웅천성으로 향하고 수군에게는 내이포에서 적선을 포위하라고 하였다. 황형은 성문을 향해 돌진한 후 다시 돌편쌈군을 시켜 봉우리쪽으로 돌을 던지게 하여 도망가는 왜적을 유담년의 2천의 군사가왜적들을 추격하여 승리하였다.27)

여섯째, 1512년 조정은 삼포왜란의 주모자들의 머리를 베고 사죄하러

---

23) 이상옥, 『조선의 역사』 3권, 마당, 1982, 445쪽.

24) 이상옥, 위의 책, 같은 쪽.

25) 손영종, 『조선통사』, 평양, 사회과학출판사, 1991, 363-364쪽.

26) 이상옥, 앞의 책, 446-447쪽.

27) 이상옥, 위의 책, 447-448쪽.

온 일본 막부사신에게 이 사건의 책임을 엄격히 추궁한 다음 다시는 침략사건을 도발하지 않겠다는 다짐을 받았다.[28] 다시 임신약조를 맺어 그전보다 세견선의 수를 줄였고 삼포의 거주지를 내이포로만 지정하였다가 중종 말년에 다시 부산포 한 곳에만 거류하게 만들었다.[29]

이러한 역사적 사실을 홍석중의『높새바람』은 나름대로 민중적 시각과 민족주의적 시각에서 허구적으로 형상화한다. 첫째, 역사적 사실과 달리 부산첨사 이우증을 우중이라는 이름으로 바꾸어 중종반정의 일등공신인 유순정의 문하로 만들고 사실상의 주인공인 놉쇠와 연대성을 맺는 것으로 플롯을 설정하고 있다. 둘째, 역사에서는 삼포왜란의 진압을 황형의 공로로 묘사하는 데 비해 홍석중은 민중적 영웅인 놉쇠와 화적패들의 공로가 큰 것으로 허구적으로 형상한다. 셋째, 역사와 달리 홍석중의『높새바람』은 중종반정의 공신들과 왜인들이 결탁한 것으로 줄거리의 얼개를 짜면서 그 연결고리로 김해의 갑부 주룡갑을 내세운다. 그리하여 양반이나 왜적이나 모두 인민들을 착취하고 약탈하는 적대세력으로 설정하여 작품에서 적대적 갈등을 유발하는 것이 특징이다.

2. 부정적 인물에 맞선 '민중적 영웅'의 창조

홍석중의『높새바람』은 역사적 해석과 달리 허구적 서사물로 창조하면서 역사에서 부정적인 인물로 조선왕조실록에 기술되어 있는 이우증을 우중이라는 중종반정에 참여하여 백성들의 삶을 도탄에 빠지게 하고 자신의 쾌락만을 위해 홍청에만 몰두하였던 연산군의 폐위에 가담하는 주체적이고 자주적인 인물로 변모시킨다. 아울러 역사에는 등장하지 않

---

28) 손영종,『조선통사』, 365쪽.
29) 이상옥, 앞의 책, 449쪽.

는 내이포의 뱃군 김서방의 아들 놉쇠를 민중적 영웅으로 작품에서 부각시킨다. 특히 홍석중의 예술가적 면모는 하층민인 주인공 놉쇠와 한미한 시골양반의 아들 이우중이 다같이 아버지를 악랄한 왜적에게 희생되게 설정함으로써 외세에 대한 원한과 분노에 의해 신분을 뛰어넘어 동지적 유대감을 형성할 수 있게 만드는 인물창조성에서 생생하게 드러나고 있다. 두 사람은 봉건왕조의 모순과 민중계층을 질곡 속으로 몰아넣는 지배계층의 폭압에 염증을 느끼고 그러한 세상을 개조하여 새로운 세상을 열어가기 위해 중종반정에 앞장서는 인물로 작가에 의해 창조된다. 소위 북한식의 혁명적 의리와 동지애를 가진 인물로 연대하게 스토리를 짜맞추고 있는 것이다.

그러나 무엇보다도 강한 힘으로 우중이를 격동시킨 것은 왜놈으로 해서 빚어진 자기들 두 사람의 공통된 불행과 엇비슷한 운명이었다. 왜놈에게 죽은 아버지, 왜놈에게 죽은 김서방, 아버지와 김서방의 유다른 관계와 한날한시의 비참한 죽음.

비록 그들 사이에는 양반과 상놈이라는 하늘과 땅같은 엄청난 간격이 놓여 있었으나 그러한 공통성만으로도 손을 내밀어 접기에 충분한 거리만큼 공간이 좁아진 듯싶었다.

우중이는 자신에게도 똑같은 피맺힌 원수인 그 왜놈을 칼로 찔러 죽인 놉쇠의 통쾌한 복수를 그 어떤 은공처럼 받아들였다. 바로 그렇기 때문에 그는 놉쇠의 운명과 내일에 대하여 결코 무심할 수가 없었다.

우중이는 놉쇠의 지금 처지가 몹시 어렵다는 것을 잘 알고 있었다. 그는 놉쇠를 도와주고 싶었다. 혹시 놉쇠를 서울로 데리고 가면 어떨까. 우중의 머리 속에는 이런 엉뚱한 생각이 움텄다.[30]

하지만 놉쇠와 이우중은 세계관의 차이로 인해 몇 가지 점에서 큰 간

---

[30] 홍석중, 『높새바람』 1권, 131쪽.

격을 보여주게 된다. 첫째, 중종반정의 일등공신 중 한 명인 유순정이나 성희안 등의 지배관료들의 인물성격이 지니게 되는 권력지향성과 탐욕성을 목도하고 놉쇠가 비판적 시각을 갖게 하는 점을 보여줌으로써 작가 홍석중의 민중적 시각을 극명하게 드러낸다. 즉 연산군 때의 집권세력이나 중종반정 후의 집권세력이나 너나없이 왜적과 결탁하는 반민족적인 부정적 인물이며, 권력장악을 위해서는 민중계층을 착취하는 부패 상권과도 연대하는 반인륜적인 인물이라는 점을 부각시키고 있다. 둘째, 우중은 세상을 바로잡는 것과 함께 세상을 바로 잡은 후에 어떤 논공행상의 몫을 기대하는 복잡한 생각과 타산을 지닌 양반이라면, 놉쇠는 오직 불공지대천의 원수인 왜적을 쳐부수고 바른 세상을 만들 것에만 관심을 가지고 있는 건강한 의식과 품성을 가진 인물로 그려지고 있는 데에서 변별성을 보이고 있다.

아울러 『높새바람』에서 작가는 한 축에는 놉쇠와 희영녀의 로맨스를 설정하고 다른 한 축에는 이우중과 기생 국아의 애정관계를 설정함으로써 이들이 씨줄과 날줄로 교차하는 지점에서 인물들간의 내면세계와 심리적 움직임을 포착하여 한민족 고유의 높은 정신적인 풍모와 새로운 세상에 대한 강렬한 열망 등을 진실되게 형상화하고 있다.

물때를 기다리던 희영녀는 별들이 보석처럼 빛나는 하늘을 말끄러미 올려다보며 군소리를 외웠다.

"별 하나 나 하나, 별 둘 나 둘……"

입을 벌릴 때마다 희영녀의 박속 같이 흰 이가 반짝였다. 희영녀는 문득 놉쇠를 올려다보며 빙그레 웃었다.

"참 좋지?"

"뭐가?"

"별빛두 곱구 또…"

희영녀는 더 말하기를 망설이는 듯 옷고름을 입으로 가져갔다. 그러나 놉쇠를 바라보는 눈은 여전히 생글거렸다.

"오빠, 저 별빛이 왜 저렇게 밝구 고운지 아우?"

"몰라, 넌 아니?"31)

우중은 울고싶었다. …(중략)…

주위는 칠흑 같은 어둠 속에 파묻혔는데 안방에서 내비치는 밝은 불빛이 문창호지 위에 두 여인의 선명한 그림자를 그려놓았다. 큰머리를 얹은 것은 국아가 분명했으나 마주앉은 귀밑머리는 누군지 알 수 없었다. 말소리, 웃음소리가 냇물처럼 도란도란 흘러나왔다.

'그렇거니, 어디 가든 나를 내놓구는 모두가 웃고 지껄이고 흥겹게 즐기는구나.'

여기서도 바라는 마음의 안식을 구할 수가 없을 것이다. 우중의 가슴 속에는 마치 문전거절을 당한 사람과 같은 질투와 실망과 고독의 슬픔이 고여 올랐다.

국아의 목소리가 높아졌다.

"바보 같은 소리 말아."

"왜요?"

"사랑이 나는 게 꽃이 피면 저절루 날아드는 나비 같은 건 줄 아느냐? 설사 꽃이 펴서 날아들었다구 해두 앉은 채 손을 내밀어서 손쉽게 붙잡을 수는 없는거야."

"……"

한숨소리. 국아의 그림자가 다가앉으며 처녀의 손목을 잡았다.

"도대체 뇌영원의 담을 뛰어넘든 너답지 않구나. 어째서 아버지한테 네 맘을 곧이곧대루 여쭙지 못하니? 그렇지, 내일 아침 너를 데리러 들리시거든 내가 말씀을 드려보랴?"

"……"

우중은 뇌영원이라는 소리에 대뜸 처녀가 누구라는 것을 짐작했다.

---

31) 홍석중, 위의 책, 243쪽.

234

“선생님.”

“응?”

“선생님두 저처럼 이런 것 때문에 속을 태워보신 일이 있으세요?”

“사랑 때문에 말이냐?”

“네.”

가는 한숨소리.

“그래 나한테두 그런 때가 있었지. 그런데 알구 보니 그것은 늦가을의 햇빛과 같이 덧없는 것이었더란다.”

“네?”

“가을볕이란 아무리 따뜻하게 내려쪼여두 꽃이나 잎을 피우지는 못하는 게거든.”

우중의 가슴 속을 뭉클한 그 무엇이 짜릿하게 내려훑었다. 가을볕… .혹시 국아의 서글픈 목소리에 담긴 이 한마디의 표현이 사랑뿐이 아닌 우중이 자신의 공허한 인생을 그대로 담고 있는 진실이 아닐까.32)

특히 작가 홍석중은 놉쇠를 자주성을 지닌 민중적 영웅으로 창조하기 위해 동지인 명록을 구해내기 위해 자수하여 감옥에 갇히게 하거나 포작한이자 화적패의 두목인 날치꾼이 제안하는 탈옥을 받아들이지 않고 우직하게 감옥에 갇혀있게 묘사함으로써 인민들에게 크게 감동을 주는 도덕적 품성이 스스로 드러내게 만든다. 이러한 놉쇠의 순수성과 건강성은 이우중과 달리 김해 갑부이자 부를 얻기 위해서는 외세와도 쉽사리 결탁하는 부정적 인물의 화신 주룡갑과 작품의 종결시까지 내내 긴장관계를 유지하게끔 설정하고 있다.

---

32) 홍석중, 『높새바람』 4권, 55-56쪽.

3. 외세에 대한 저항과 민족의식

홍석중의 『높새바람』은 최근 북한의 김정일 정권이 자주 들고 나오는 이데올로기인 조선민족제일주의의 이념을 담고 있다. 북한은 1980년대 중반부터 '조선민족제일주의'라는 이데올로기를 선전선동기구를 총동원하여 대내외적으로 외치고 있다. 우월한 민족적 전통성을 앞세우는 이러한 민족주의적 색채는 김일성 → 김정일로의 세습체제를 확고하게 하고 강화하려는 의도에서 출발하였지만, 1980년대 후반부터 구소련 연방의 해체와 동구권의 자유화물결이 도래하면서 북한이 자연스럽게 고립화의 길로 접어들면서 더욱 강화되는 양상을 보이고 있다.

북한은 1985년 7월 11일 조선민주주의 인민공화국 주석명령 제35호로 〈문화유적 보존 관리사업을 더욱 강화할 데 대하여〉라는 문건을 공포하고 이 명령에 근거하여 민족문화유산 복원사업이 대대적으로 추진되어 왕건릉의 복원, 동명왕릉의 개건, 단군 유적의 발굴 및 복원 등이 전개되었으며 1992년 5월에는 발해유적에 대한 발굴조사 사업이 전개되었다. 그리고 1994년 4월에는 제9기 7차 최고인민회의에서 조선민주주의 인민공화국 문화유물보호법이 채택[33]되기도 하였다. 또 1988년부터 추석이 휴무일로 다시 부활하여 지정되었고 1989년부터 음력설과 한식, 그리고 단오가 휴무일로 지정[34]되었다.

북한의 조선민족제일주의는 1994년 김일성 주석 사망 100일 추모회에서는 '김일성 민족'이라는 우상화정책에서 변모된 영생사상으로 바뀌었다가 1996년 7월 8일 평양방송은 김일성 주석 2주기를 맞이한 '우리는 김일성 민족이다'라는 프로그램에서 "태양이 영원하듯 김일성 민족·김정일 민족은 영원무궁하리라"라고 주장하기까지 한다. 그리고 조선민

---

33) 전영선, 『북한의 문학예술 운영체계와 문예이론』, 서울, 도서출판 역락, 2002, 245-246쪽.
34) 전영선, 위의 책, 246쪽.

족제일주의는 북한의 경제사정의 절박함으로 인해 '민족공조'라는 용어로 바뀌어 적극적으로 활용된다.

이러한 조선민족제일주의라는 이데올로기의 심오하게 구현하기 위해 작가는 우선 주인공들인 이우중과 놉쇠를 정의감과 애국심으로 가득 찬 인물로 묘사하고 있다. 두 사람은 모두 연산군과 그 측근들의 횡포와 폭압정치로 인해 민생이 도탄에 빠진 현실을 타개하기 위해 중종반정에 앞장서게 설정함으로써 정의감에 불타는 젊은이로 형상한다. 또 두 사람 모두 왜적에게 아버지를 잃은 인연이 있으며 그러한 원한을 갚기 위해 왜적에 대해 복수심을 토해내는 인물로 묘사함으로써 애국심을 화신으로 그려내고 있다. 특히 삼포왜란이 발발했을 때 왜적을 물리치고 조국을 지켜내기 위한 싸움에서 몸을 아끼지 않고 투쟁하는 화적패와 돌쌈군의 전투력을 생동감 있게 묘사함으로써 외세에 저항하면서 나라를 지켜낸 인물은 지배계층이 아니라 오히려 인민대중이었다는 점을 크게 부각시키고 있는 것이다. 이것은 바로 홍석중이 노리고 있는 애국주의적 민족주의 내지는 외세저항적 민중주의의 현현이 아닌가 판단된다.

4. 고유어의 활용과 토속적인 문체

홍석중의 문장력은 대단하다고 할 수 있다. 고유어를 살려내어 구사하고 속담과 고사성어를 절절하게 활용하여 문장의 감칠맛을 십분 살려준다. 마치 홍석중의 장편소설을 읽고 있다보면 독자들은 조선조 중엽의 화적패의 외딴 섬에 있는 본채나 산골에 있는 산채를 방문하여 그들과 말을 주고받는 착각에 빠지고 기생들을 만날 때면 다시 양반들의 사랑채나 색주거리로 돌아온 듯한 환상에 젖게 되는 것이다. 특히 민중들의 살아 있는 현장언어를 생동감 있게 표현하는 것이 특징이다. 비속어를 구사할 때는 그들의 신분에 맞게 욕설과 구어를 사용한다. 하지만 양반들의 담화의 경우, 그들의 신분에 맞게 품위 있는 문어체로 어느새 바뀌어 있다. 바흐찐이 항상 말하는 사회적 언어로서의 방언과 구어를 활용하고 있는 것이다.

즉『높새바람』의 특징 중 하나는 작가의 창작적 개성이 잘 드러나는 표현이나 어휘의 구사라고 할 수 있다. 홍석중은『임꺽정』의 작가인 조부 홍명희의 글재주와 부친 홍기문의 인문학적 소양을 이어받아 조선조의 상층부 사람들의 구어뿐만이 아니라 하층민들과 하급관리들인 화적패, 말구종, 포작한, 상노, 동자아치, 반비앗, 침모들, 견마잡이, 도차지, 장인바치, 방직이, 보발꾼, 수교, 장교, 사령, 군노, 검률형리, 편쌈군, 목대잡이, 마바리, 도부장사, 교꾼, 초롱꾼 등 보쌈 패거리들, 반빗아치, 여릿군 등이 구사하는 일상어를 가감 없이 사용함으로써 문체에 윤기를 더하고 있다.

감영으로 보발꾼이 떴다.

그 다음 다음 날에는 눈을 까뒤집은 부사가 자라목이 되어 고을로 달려내려왔다. 숙정패가 내걸리고 동헌에 좌기한 부사의 천둥 같은 호령소리가 삼문 기둥을 찌렁찌렁 울렸다……

개불이를 잡으러 밤내말로 내려갔던 장교들은 허탕을 쳤다. 그의 아내와 마을 사람들의 말에 의하면 며칠 전에 전라도에서 들어온 조깃배를 타고 난바다로 삯일을 나갔다는 것이었다. 개불이의 행방은 따져보나마나 뻔했다. 닭 쫓던 개가 울타리 쳐다보듯 할 수밖에 없게 된 관속들은 그래도 행여나 해서 개불이가 나타나기를 며칠 더 기다려보다가 뒤통수를 치며 돌아가고 말았다.

부사는 몸이 달았다. 애꿎은 관속들만 못살게 굴었다. 연일 관채가 뜨고 장채가 떴다.

근 보름째나 동래, 양산, 밀양, 창원쪽 길목들과 강으로 나드는 나루를 개미 한 마리 새지 못하게 지켰으나 애꿎은 행인들만 들볶였을 따름이었다.

옥사쟁이가 살인 죄인 놉쇠를 옥에서 끄집어내가지고 도망쳤다는 감사의

장계가 서울로 올라간 지 이십여 일 만에 김해부사는 벼슬자리에서 내쫓기고 말았다.[35]

아울러 등장인물들인 하층민이나 화적패들의 이름 또한 민중언어의 극치라고 할 수 있다. 놉쇠, 개불이, 토산불이, 진무, 갈매, 얼룩이, 업동네, 나배기, 거북이, 천개불이, 쇠득이, 날치꾼, 당래, 미륵, 동자치, 노마, 귀얄잡이, 차종이, 억만이, 땅달보 등등의 하층민이나 화적패의 이름은 한백남, 한치봉, 류순정, 성희안, 김수동, 김세균, 박영문, 신윤무, 황형, 윤필상, 주룡갑, 이우중 등의 양반 사대부들이나 주변 하급관리들의 이름과 차별화되면서 계급적 한계성과 신분적 갈등을 유발하게 만든다.

놉쇠는 뜸배질을 하려는 황소처럼 잔뜩 머리를 앞으로 숙이고 서서 씩씩거리다가 왕청같은 소리를 해버렸다.

"서루 제 좋을대루 생각하면 그뿐이지. 까닭을 캐서는 무엇해요? 소뿔두 각이구 염주두 뭃뭃이라는데……"

우중이는 어처구니가 없었다. 머리를 설레설레 흔들었다. 그러나 설상 놉쇠 자신도 그 까닭을 모르기 때문에 더 다른 대답을 할 수가 없다는 것을 우중은 알지 못했다.

놉쇠는 벌서부터 그 까닭을 밝혀보려고 혼자 모진 애를 쓰고 있었다. 물론 그런 감정의 첫 씨앗은 개불이가 심어놓고 간 것이었다. 심어진 그 씨앗이 그 당장 뿌리를 내리고 싹이 튼 것만은 사실이었으나 그렇다고 해도 그 싹은 아직 기연가 미연가 하는 의심에 불과한 것이었다.

오히려 룡갑이에 대한 놉쇠의 반감은 그를 자주 만나보게 되고 가깝게 관찰할 수 있게 된 요근래에 와서 바싹 자라난 것이었다. 마치 저울대의 눈금 위에 추를 걸었을 때 처음에는 균형을 유지하는 듯하다가 급격히 저울대가 위로 쳐들리듯이 생명의 은인이라는 무거운 추를 가지고도 저울접시에 시각

---

35) 홍석중, 『높새바람』 1권, 294-295쪽.

마다 덧쌓여지는 놉쇠의 반감을 내려눌러 억제하기가 어려웠다. 룡갑이의 모든 일거수일투족이 놉쇠의 결바른 성미를 자극했다.36)

특히 속담과 토속적인 문체는 작품을 읽어나가는 독자들을 저잣거리나 어촌의 선술집으로 시공을 초월하여 인도하고 있다. '차치구 포치구 용의 알을 훔쳐서 볶아먹는다', '제길 뒷간 개구리한테 무얼 물린다더니', '그물이 삼천코라도 벼리가 으뜸이다', '홀지에 벼락을 맞은 사람처럼', '도마 위에 오른 고기와 같이', '병진년 까마귀가 빈 뒷간을 들여다보듯', '개꼬라지 미워서 낙지 사온단 말이 있지 않소', '키 큰 암소 똥누기요', '쥐구멍으로 소를 들여 몰기', '오이 넝쿨에 가지 열린단 말 들으셨소', '그건 다 제 발등에 오줌누기야', '셋방살이꾼이 주인집 마누라의 속옷 걱정하듯' 등등의 속담은 민중언어의 현장성과 유포성의 묘미를 느끼게 해준다. 『높새바람』은 마치 판소리의 문체와도 같이 양반사대부의 고상한 문체와 하층민들의 욕설, 비속어 등이 공존하고 있는 것이 특징이다.

V. 마무리

홍석중이 지은 북한소설 『높새바람』은 역사소설로서 매우 높은 가치를 지니고 있다. 북한의 다른 소설에 비해 혁명교양 등 사상성이나 계급성이 뚜렷하게 드러나지 않고 있다는 점이다. 따라서 분단문학을 극복하고 통일문학을 지향해야 하는 한국문학의 현실에서 중요한 텍스트가 될 수 있다는 점에서 주목해야 할 작품이다. 또 하나는 홍석중은 남한 문단이나 언론에서 자세하게 알려진 몇 되지 않는 인기작가라는 점이다.

---

36) 홍석중, 『높새바람』 2권, 106-107쪽.

그가 남한 사회에 알려진 계기는 『황진이』가 해방 이후 최초로 통일부의 허가를 받아 그의 소설이 남한 출판사에 의해 출판되어 시중 서점에서 판매되고 있기 때문이다. 이러한 과정에서 언론에 칼럼도 쓰고 정부를 상대로 설득도 하는 등 학자로서 중요한 역할을 담당하였다는 점에 연구자는 보람을 많이 느끼고 있다. 이러한 바탕에서 『황진이』는 창작과 비평사의 만해문학상 후보에 오를 수 있었으며 결국 만해문학상을 수상하여 금강산에서의 시상식에 작가 홍석중이 참석하여 수상을 하게 됨으로써 전 세계 언론에 크게 보도가 되었다. 즉 남한 출판사에서 홍석중의 『황진이』가 출판되고 남한독자들이 그의 작품을 읽게 되었다는 것은 통일한국을 지향하는 현 단계에서 커다란 의미를 지닌다.

또 하나 홍석중의 작품과 그의 문학을 통해 남북한 문학의 교류의 물꼬를 틀 수 있는 발판이 마련되었다는 점에 주목해야 한다. 여러 가지 북한의 어려움과 두려움 때문에 북한작가 홍석중이 서울을 방문하지 못하였지만, 앞으로 남북관계의 경색 국면이 풀려 홍석중이 서울을 방문하게 된다면 한반도에서의 평화의 정착과 통일기반 조성에 큰 기여를 하게 될 것으로 판단된다. 홍석중의 남한 방문이 실현된다면, 다른 북한작가들도 서울방문을 추진하는 계기가 될 것이라는 점에서 기대가 크다고 하겠다.

사실 홍석중은 『황진이』로 유명해 졌지만 그가 북한문단에서 이름을 알리게 된 계기는 1983년에 항일투쟁의 역사적 사실에 바탕 한 창작소설 『높새바람』의 1부를 내놓았기 때문이다. 여러 가지 점에서 『높새바람』은 벽초 홍명희의 『임꺽정』의 영향을 많이 받았다. 작품의 시대배경이 거의 일치하며, 작품에 내재되어 있는 민중의식이나 민족의식의 흐름이 대동소이하다는 점이다. 아울러 팽배한 갈등구조 속에서 긴장 이완의 역할을 하는 장치가 남녀 주인공의 로맨스라는 점에서도 일치를 보이고 있다. 그리고 고유어와 방언에 바탕하여 민중적 언어를 구사하고 있는 점에서도 조부와 손자의 문체가 큰 차이점을 보이지 않고 있다. 따라서 홍석중의 『높새바람』은 그의 조부 벽초 홍명희의 『임꺽정』의 영향을 크게 받았다고 단언할 수 있다. 물론 그것은 작가 홍석중의 남한 언론과의 인터뷰에서 자신이 소학교시절부터 할아버지의 작품을 정독했다고 밝힌 데에서도 실증적 입증이 된다.

작가 홍석중은 그의 나이가 40대 초반이었을 때까지 북한문단에서 거의 알려져 있지 않았다. 그 이유는 그가 예술가로서 중요한 시기인 30대를 연극 활동에 심취하여 보냈기 때문일 것이다. 하지만 홍석중은 1983년에 『높새바람』 제1부를 펴냄으로써 역시 '벽초의 손자답다'는 평가를 받게 되었다. 특히 김정일 국방위원장이 1979년 『안중근 이등박문을 쏘다』를 영화로 옮기는 사업을 지도하면서 역사문 창작에서 역사주의 원칙과 현대성의 원칙을 옳게 결합할 것에 대한 지침을 내린 것에 호응하여 역사소설 『높새바람』을 창작함으로써 북한 최고 지도자 김정일의 눈에 띄게 되는 계기를 마련하게 되었다. 이 무렵 드디어 홍석중의 역사소설은 북한의 소장 평론가 오승련의 『주체소설문학건설』에서 『개화의 려명을 불러』, 『리순신장군』, 중편소설 『울릉도』 등과 함께 바람직한 역사소설의 리스트에 이름을 올리게 된다. 결국 1998년에 나오는 북한 당대의 최고의 문학사인 『조선문학사』 15권에서 김정일의 교시인 "력사물에서는 영웅호걸이나 뛰어난 인물에 의해서가 아니라 인민대중에 의하여 력사가 창조되고 사회가 발전한다는 사상을 두드러지게 그려야 한다"[37)]는 이데올로기를 반영하여 북한문학사에서 중요한 역사소설로 평가받고 있는 『평양성 사람들』, 『관북의병장』, 『김정호』, 『개화의 려명을 불러』 등과 대등한 위치에서 그 역사적 가치와 미학적 의미가 다루어짐으로써 북한문학사에서 그의 위상이 공공해졌음을 확인시켜주고 있다.

---

37) 김정웅·천재규, 『조선문학사』 15권, 평양, 사회과학출판사, 1998, 113쪽.

이어서 홍석중의 『높새바람』에 대한 의미구조를 분석한 본문을 요약함으로써 논문을 마무리짓도록 하겠다. 북한의 김일성 주석은 항일 빨치산 투쟁으로 북한민중들로부터 카리스마를 인정받았다. 그에 비해 그의 아들 김정일 국방위원장은 강성대국론을 들고나와서 반미투쟁을 주도함으로써 아버지의 후광을 벗어나서 자체적인 강한 이미지를 부각시킬 수 있게 되었다. 그러한 정치적인 의미를 감안해 볼 때, 북한문학사에서 『높새바람』이 높은 평가를 받고 있는 주요인으로는 조선조 시대에 민중계층이 자주적으로 항일투쟁을 한 역사적 사실에 근거하기 때문으로 보인다. 첫째, 삼포왜란이라는 역사적 사실을 문학적으로 형상화한 『높새바람』은 나름대로 민중적 시각과 민족주의적 시각에서 작품을 예술적으로 형상화하였으며, 역사적 사실과는 달리 부산첨사 이우증을 우중이라는 이름으로 바꾸어 중종반정의 일등공신인 유순정의 문하로 만들고 사실상의 주인공인 놉쇠와 연대성을 맺는 것으로 플롯을 설정하고 있다. 아울러 역사에서는 삼포왜란의 진압을 황형의 공로로 묘사하는데 비해 홍석중은 민중적 영웅인 놉쇠와 화적패들의 공로가 큰 것으로 허구적으로 형상화함으로써 민중의 자주적이고 주체적인 시각을 부각시키는 것을 목적으로 삼고 있음을 보여준다. 둘째, 『높새바람』은 실제의 역사적 해석과 달리, 허구적 서사물로 창조하면서 역사에서 부정적인 인물로 조선왕조실록에 기술되어 있는 이우증을 우중이라는 중종반정에 참여하여 백성들의 삶을 도탄에 빠지게 하고 자신의 쾌락만을 위해 흥청에만 몰두하였던 연산군의 폐위에 가담하는 주체적이고 자주적인 인물로 변모시킨다. 아울러 역사에는 등장하지 않는 내이포의 뱃군 김서방의 아들 놉쇠를 민중적 영웅으로 작품에서 부각시킨다. 특히 홍석중의 예술가적 면모는 하층민인 주인공 놉쇠와 한미한 시골양반의 아들 이우중이 다같이 아버지를 악랄한 왜적에게 희생되게 설정함으로써 외세에 대한 원한과 분노에 의해 신분을 뛰어넘어 동지적 유대감을 형성할 수 있게 만드는 인물창조성에서 생생하게 드러나고 있다. 한마디로 민중적 영웅의 창조를 통해 역사를 새롭게 해석한 점에 홍석중의『높새바람』의 가치가 상향적으로 평가될 여지가 있는 것이다.

  셋째,『높새바람』에서 작가 홍석중은 외세에 저항하는 민중들의 애국심을 극대화시키고 민족의식을 고양시키는 데 주안점을 두고 있다. 이러한 민족의식의 부각은 북한이 1980년대 중반부터 강하게 이데올로기화하면서 군중노선에 활용하고 있는 '조선민족제일주의'에 근거하고 있다. 작품에서 주인공들인 이우중과 놉쇠를 정의감과 애국심으로 가득 찬 인물로 묘사하고 있는데, 두 사람은 모두 연산군과 그 측근들의 횡포와 폭압정치로 인해 민생이 도탄에 빠진 현실을 타개하기 위해 중종반정에 앞장서게 설정함으로써 정의감에 불타는 젊은이로 형상화된다. 특히 삼포왜란이 발발했을 때 왜적을 물리치고 조국을 지켜내기 위한 싸움에서 몸을 아끼지 않고 투쟁하는 화적패와 돌쌈군의 전투력을 생동감 있게 묘사함으로써 외세에 저항하면서 나라를 지켜낸 인물은 지배계층이 아니라 오히려 인민대중이었다는 점을 크게 부각시키고 있다. 넷째, 홍석중문학의 최대 묘미는 뭐니 뭐니 해도 토속적이고 민중적인 문체미학이 아닌가 생각된다. 작가 홍석중은 고유어를 살려내어 문체의 감칠맛을 잘 되살려주면서 속담과 고사성어를 적절하게 구사하여 버무림으로써 독자들을 조선조 사회로 가상적으로 인도한다. 또 조선조 시대의 하층관료계급이나 민중들의 직업군의 이름을 절절하게 사용함으로써 민중영웅의 삶에 리얼리티를 부여하였으며 인물들의 이름에서도 아리스토텔레스가 언급하였던 문체의 통일성을 살림으로써 생동감과 사실성을 증대시키고 있다. 특히 '차치구 포치구 용의 알을 훔쳐서 볶아먹는다', '제길 뒷간 개구리한테 무얼 물린다더니', '그물이 삼천코라도 벼리가 으뜸이다', '홀지에 벼락을 맞은 사람처럼', '도마 위에 오른 고기와 같이', '병진년 까마귀가 빈 뒷간을 들여다보듯', '개꼬라지 미워서 낙지

사온단 말이 있지 않소’, ‘키 큰 암소 똥누기요’, ‘쥐구멍으로 소를 들여
몰기’, ‘오이 넝쿨에 가지 열린단 말 들으셨소’, ‘그건 다 제 발등에 오줌
누기야’, ‘셋방살이꾼이 주인집 마누라의 속옷 걱정하듯’ 등등의 속담을
문맥 속에 적절하게 배치함으로써 민중언어의 현장성과 유포성의 묘미
를 독자들이 느낄 수 있도록 해준다.

　요약하면 홍석중의 『높새바람』의 가치는 분단문학의 장벽을 허물고
통일문학의 새 시대를 열어가는 데 촉매제 역할을 할 수 있는 비전을
제시한 점에 놓여지게 될 것이다. 아울러 장편소설의 가능성과 역사소
설의 사실성을 동시에 펼쳐 보여줌으로써 미래에 새롭게 쓰여질 통일문
학사에서 중요한 위상을 점하게 될 것으로 판단된다. 특히 홍석중 문장
의 생동성과 고유한 언어를 되살려 쓴 문체의 아름다움은 남북의 후세
작가들에게 큰 자극제가 될 것임에 틀림이 없다. 하지만 그의 문학에 나
타나는 주인공 놉쇠의 과도한 역할 부여를 통한 어느 정도의 계급성의
부각이나 중종반정 과정이나 삼포왜란 수습 과정에서의 화적패의 주도
적 역할 묘사는 역사적 왜곡의 성격을 지니고 있어 옥의 티로 보인다.

제 4 장

체제경쟁과 통일담론 전개의 모순

『북으로 가는 길』에 담긴 '비전향장기수'문제

I. 머리말

　참여정부 초기에는 남북관계가 매끄럽지 못하고 긴장 상태의 연속이었다. 그러나 최근 남북관계는 사상 유례가 없을 정도로 친밀하며, 교류도 활발한 편이다. 남북 장관급회담이 열렸으며, 남북이산가족 화상상봉도 예정대로 진행되었다. 하지만 여러 가지 대외적인 변수로 인해 밀월관계의 미래는 그렇게 밝지 못한 것이 현실이다. 그 이유는 역시 북한 핵개발의혹을 해소하기 위한 6자회담이 교착상태에 빠져 있기 때문이다. 특히 마카오 중국계 은행에서 북한당국의 미 위폐 거래의혹이 불거져 나오고 미국의 부시대통령이 북한을 직접적으로 겨냥하여 범죄국가라고 지칭한 것에서 알 수 있듯이 북미관계가 풍전등화의 상황이라고 할 수 있는 것도 큰 변수이다.

　2006년 새해 들어 김정일 국방위원장의 급작스런 중국 남부 경제특구의 순방은 중국의 도움으로 위기를 타개하고 6자회담에서 국제적인 규약과 질서에 따르려는 북한의 제스처가 아닌가 하고 외신들은 조심스럽게 관측하고 있어 다행스럽다고 할 수 있다. 특히 김 위원장의 방문코스가 덩샤오핑의 남순 코스와 일치한다는 점에서 세계 언론들의 큰 주목

을 받았다. 하지만 우려되는 측면은 남북관계는 문화예술 분야에서조차
도 국제적인 상황이나 정치적인 현실에 따라 좌우되고 있는 것이 문제
점이라고 할 수 있다. 즉 대외적인 요인에 따라 언제라도 상황이 급변하
여 대화가 단절되고 긴장관계가 조성될 수도 있다는 점이 걱정스런 측
면이다.

최근 북한 문화예술계에서 가장 큰 특징은 2005년 9월부터 10월 말까
지 약 2개월 간 계속된 아리랑대공연의 실시와 남한에서 송환된 비전향
장기수의 이야기가 장편소설로 속속 창작되고 있는 사실이다. 사실 비
전향장기수의 이야기가 단편이나 장편소설로 창작되기 시작한 것은
1993년 전 인민군 종군기자였던 이인모(당시 74세)의 북한 송환 직후부
터 모색되었다. 하지만 2000년 6·15 남북정상회담에서의 합의에 의해
그해 9월에 63명의 비전향장기수가 북한으로 송환됨으로써 김정일 위원
장의 지시에 따라 4·15문학창작단에 의해 장편소설이 창작되기 시작한
2002년부터 급물살을 타고 있다.

2005년 10월 북한을 방문하면서 구입해온 권정웅 창작『북으로 가는
길』을 중심으로 하여 비전향장기수 문제가 북한에서 어떻게 다루어지고
있으며, 그것이 남북관계나 민족통일을 지향하는 데 어떤 기여를 하는
지에 대해 분석해보기로 한다. 아울러 그것을 통해 최근의 북한 문학계
의 동향을 살펴보기로 한다.『북으로 가는 길』은 비전향장기수 김영태
(1931년 7월 23일 출생)를 실제 모델로 삼고 있다는 점에서 사실주의 문
학적 경향이 강한 작품이라고 할 수 있다.

Ⅱ. '비전향장기수'의 존재와 사상 전향 공작

'비전향장기수'란 용어는 1993년 문민정부의 김영삼 대통령이 이인모

를 북한으로 송환하기로 하면서 언론에서 처음 사용한 용어이다. 사실 이때는 '미전향장기수'란 용어가 언론에서 사용되었다. 이러한 정치적인 의미를 제외하고는 1989년 김하기가 『창작과 비평』 가을호에 「살아있는 무덤」을 발표하면서 '미전향장기수'란 용어가 문학 분야에서 최초로 사용되기도 했다.

그러면 누가 비전향장기수인가? 최정기에 따르면, 범죄로 규정된 행위를 중심으로 수형자를 분류하는 방법과, 체제에 대한 위협 정도를 중심으로 분류하는 방법으로 구분된다고 한다. 이러한 방법을 절충하여 최정기는 가장 협의의 개념으로 비전향장기수를 "사상범 중 7년 이상의 장기형을 선고받고 복역 중인 좌익수 또는 사상범으로 전향하지 않은 수형자(불번의한 좌익범)를 가리킨다"[1]고 개념 정의를 내리고 있다.

앞서의 '미전향장기수'란 용어는 2000년 6월 15일 남북정상회담 공동선언문이 발표되면서 북측이 요구한 '비전향장기수'란 용어로 바뀌게 되었다. '비전향장기수'란 용어는 북한에서 펴낸 『조선대백과사전』에 나오지 않으며, 통일부가 2003년 12월에 펴낸 『2004 북한개요』에도 언급되어 있지 않다. 다만 2004년 1월 통일부가 펴낸 『남북합의서』 Part Ⅲ. (2000~2003) '정치군사' 〈6·15 남북공동선언〉 3항 "남과 북은 올해 8·15에 즈음하여 흩어진 가족, 친척 방문단을 교환하며, 비전향장기수 문제를 해결하는 등 인도적 문제를 조속히 풀어 나가기로 하였다"[2]에서 처음으로 언급되었다. 북한에서는 2002년 10월에 나온 『조선중앙년감』 주체 91년(2002)에서 최초로 공식적으로 다음과 같이 언급이 되었다.

비전향장기수들이 조국의 품에 안기는 격동적인 순간을 노래한 시초 『두 세월의 상봉』, 서정시 『맏아들의 목소리』 등이 창작되어 21세기 시문단을 빛

---

1) 최정기, 『비전향장기수-0.5평에 갇힌 한반도』, 책세상, 2002, 20쪽.
2) 통일부 편, 『남북합의서』, 통일부 남북회담 사무국, 2004. 1, 94쪽.

나게 장식하였다.

　비전향장기수들을 원형으로 한 장편소설『의리』,『최후의 한 사람』,『인생행로』,『지리산의 갈범』등 6편의 작품들도 당의 의도를 잘 반영한 것으로 하여 평가되었다.[3]

사실 북한에서 '비전향장기수'란 용어는『조선문학』2002년 1월호에서 한웅빈의 인터뷰 "금년에는 비전향장기수를 형상한 작품을 소설다운 소설로 완성해 보려고 한다"고 밝힌 데서 처음 등장하였다. 한웅빈은 1995년 북으로 송환된 이인모 노인을 주인공으로 한 단편소설「93년 3월 19일」을 발표하여 북한문단에서 주목을 받았다.『문학신문』2002년 1월 26일자도 북송 비전향장기수 함세환의 일대기를 그린 소설「최후의 한 사람」을 언급하면서 "신념에 대한 필자의 견해가 주인공을 통해 잘 형상된 이 소설은 주인공의 성격발전을 진실하게 그려냄으로써 신념과 의지의 강자가 누리는 삶의 절정을 잘 보여주고 있다"고 평함으로써 이러한 용어를 사용하였다.

　'비전향장기수非轉向長期囚'란 용어는 위에서 언급한 것처럼 2000년 6월 15일 남북정상회담 후 발표된 남북공동선언문에서 분명하게 명기됨으로써 정치적이자 학술적인 용어로 굳어지게 되었고, 포탈사이트의 백과사전에도 공식용어로 등재하게 되었다. '비전향장기수'는 흔히 사상전향을 거부한 채 장기 복역한 인민군 포로나 남파간첩을 의미한다. 이들은 해방 이후와 6·25전쟁 당시의 빨치산 및 인민군 포로, 6·25 전쟁이후 북에서 남파된 정치공작원, 통혁당 사건 등 남한에서의 자생적 반체제 운동가 출신, 1970년대 이후 해외활동으로 체포된 재일동포, 1970년대 중반 이후 인혁당 등과 같은 사건으로 연루된 인사 등으로 분류된다.

---

3) 조선중앙통신사 편,『조선중앙년감』주체 91(2002) 루계 55호, 평양, 조선중앙통신사, 2002. 10. 30, 182쪽.

즉 이들은 국가보안법, 반공법, 사회안전법으로 인해 7년 이상의 형을 복역하면서도 사상을 전향하지 않은 장기수를 뜻하는데, 1960년대를 전후하여 풀려났다가 1975년 사회안전법이 제정되면서 보안감호처분을 받아 재수감되어 평균 31년 정도 감옥생활을 한 것으로 알려져 있다. 이들을 지칭하는 용어로는 출소공산주의자, 미전향좌익수, 미전향장기수, 비전향장기수 등으로 혼용되어 불려졌으나 정부 당국의 공식 입장은 1998년 7월 남파간첩 등에 대한 전향제도를 폐지한만큼 비전향이란 표현과 용어는 부적절하여 또 더 이상 수감된 상태는 아니기 때문에 장기수란 표현도 적절치 않다는 논리로 '출소간첩 등 공안사범'이란 용어로 통합하여 사용할 것을 권장[4])하였다. 하지만 6 · 15 남북공동선언 이후에는 합의문에 표기된 대로 '비전향장기수'라는 표현을 사실상 사용하고 있다.

그러면 비전향장기수들의 수는 얼마나 될까? 5 · 16직후 대전교도소에 집결시킨 비전향장기수는 8백 명 정도였다고 전해진다. 한편 1970년대 초반 전국 네 개 교도소에 수감된 비전향장기수는 450여 명에 이른다는 증언과, 같은 시기 대전교도소에 수감되었던 비전향장기수의 수가 168명이라는 조사결과가 있다. 두 자료의 숫자가 비교적 맞아떨어진다는 점에서 1970년대 초반 수감 중이던 비전향장기수는 대략 450명 정도로 짐작할 수 있다. 한편 1970년대 초를 넘어서면서 정부는 강력한 강제 전향공작을 실시한다. 이러한 전향공작이 일단락된 1988년 이후 석방된 비전향장기수는 모두 102명이다. 1970년대 초반과 비교하면 350명 정도 차이가 나는데 이들은 전향했거나 비전향한 채로 사망했다고 보면 맞을 것이다. 이들을 모두 감안할 경우 1960년대 이후 확정된 한국의 비전향자의 총수는 2백~3백 명 정도로 추측할 수 있다[5])고 한다.

---

4) '비전향장기수', Naver 백과사전.
5) 최정기, 앞의 책, 22-23쪽.

2000년 9월에 63명의 비전향장기수를 북송한 이후 거의 잊혀지고 있었던 용어는 지난 2006년 1월 6일 북한의 조선중앙통신이 북한으로 송환된 비전향장기수들이 과거 남한의 군사정권 시절 겪었던 탄압에 대한 보상을 요구하는 공동고소문을 남측에 전달했다고 보도하고 정부당국자가 판문점을 통해 고소장을 접수했다고 확인함으로써 다시 우리 언론에 대대적으로 등장하게 되었다. 이들은 고소장에서 "극악한 사상전향제도로 비전향장기수들은 30~40년 동안 남조선의 철창 속에서 참을 수 없는 고문과 박해, 학대를 강요받았다"고 주장했다. 그리고 "장기수에게 악행을 저지른 파쇼독재 정권 시기의 주모자와 교형리들 그리고 후예들을 역사와 민족의 심판대에 세워 엄격히 처형해야 한다"고 강조하면서 "육체적 피해가 10억 달러에 달할 뿐 아니라 감옥에서 사망한 장기수의 몫까지 감안하면 수십억 달러"[6]라고 주장했다.

그러면 과연 우리나라의 해방 후 역사에서 사상전향 공작이 있었는가? 비전향장기수 중의 한 명인 재일교포 서승이 옥중체험을 저술한 『옥중 19년』을 보면 자신의 구체적인 체험을 근거로 하여 '사상전향공작반'의 실태를 폭로하고 있다. 일제는 1931년 치안유지법(1925년 제정)의 보완책으로 사상전향 제도를 만들고 우리나라에도 이를 실시하였다. 일본에서는 패전 직후 미군사령부가 일제의 가장 악랄한 제도인 사상전향 제도를 폐지했다. 남한에서는 미국의 후원을 받은 친일파가 권력을 잡고 좌우이데올로기가 대립하는 가운데 일제의 법과 제도를 그대로 온존시켰다. 우리 민족을 탄압하는 데 쓰인 치안유지법, 조선 사상범 관찰령, 조선 사상범 예방 구금령은 각각 국가보안법, 반공법, 보안관찰법, 사회안전법이란 이름으로 계승, 재생되었다[7]는 것이다.

1947년 좌익단체 비합법화 조치로부터 1949년 국가보안법 개정까지

---

6) 『국민일보』 쿠키뉴스 2006년 1월 7일(토).

7) 서승, 『옥중 19년』, 김경자 역, 역사비평사, 1999, 147-148쪽.

사상전향제도는 법적으로 명문화되지 않은 채 주로 경찰이 구속자들을 전향시켰다. 그후는 개정 국가보안법의 보도 구금령 조항에 의거해 비전향수를 구금하고 전향자의 갱생, 복리를 도모한다는 미명 아래 전향자를 전부 보도연맹에 소속시켰다. 6·25가 터지자 후환을 없앤다며 이들 전향자 수만 명을 학살한 악명 높은 '보도연맹사건'이 일어났다. 6·25전쟁 후 반공체제가 점점 경직되는 가운데 1956년 사상전향은 법무부장관령에 의해 공식적 제도로서 확립되었다. 그전까지 전향유무에 관계없이 공장에 출역하던 비전향수는 공장에 나갈 수 없게 되어 온종일 감방에 수용되었다. 이로써 비전향수에게 주어졌던 약간의 신체적 자유, 운동할 기회, 더 나은 식사와 처우의 기회마저 박탈하고 특사를 비인도적 감시하에 두어 폭행, 학대를 일삼으며 전향을 강요했다.[8]

1961년 박정희 대통령은 쿠데타를 일으킨 다음 그때까지 전국 교도소에 흩어져 있던 비전향 정치범을 대전교도소로 집결시켰다가 1968년 4월 북한의 특수부대가 정치범 탈환을 기도하고 있다는 소문이 나돌자 대전, 광주, 전주, 대구, 목포 교도소로 분산시켰는데, 1년 뒤 목포는 취약지구라 하여 수용중인 비전향수 전원을 대전교도소로 복귀시켰다. 1973년 6월 사상전향공작반이 대전, 광주, 전주, 대구 교도소에 설치되어 전향공작은 체계적이고 조직적으로 전개되기 시작했다. 중앙정보부법에 중앙정보부는 조정권을 가지고 다른 기관을 조정(명령, 지휘)할 수 있다고 되어 있으므로 교도소도 중앙정보부의 조정을 받았다.

사상전향공작은 대 공산주의, 대 북한 이데올로기 전쟁의 하나로서 중앙정보부 대공심리국 통제 아래 있었다. 1972년 박정희 대통령은 영구 집권할 야망으로 유신체제를 발동하고, 베트남전에서 미국이 패배하자 위기감을 고조시켜 시국을 준전시로 규정했다. 박정희 대통령은 모

---

8) 서승, 위의 책, 148쪽.

든 정치운동과 정부비판을 금하고 반정부, 반체제운동의 말살을 공공연
하게 내세웠다. 이런 정황에서 국시인 반공의 근본에 도전하고 스스로
공산주의자라고 주장하는 비전향 정치범을 살려줄 수 없었다. 서승은 책
에서 사상전향공작반 설치는 분명히 유신체제의 일환으로서 이런 정책
의지를 분명히 한 것이었다고 주장하였다. 1975년 대구교도소 교무과장
에 부임한 강철형은 자신들 비전향수를 모아놓고 "너희들은 전향하든지
죽든지 하나만 택해야 한다"라고 공언했다[9]는 것이다.

권정웅의 『북으로 가는 길』에는 도처에 사상 전향 공작이 나옴으로써
리얼리티를 더해준다. 작품에서 5·16군사혁명 후 전국 교도소에 분산
수용하였던 정치범들을 대전으로 집결시켜 사상전향공작반을 만들어 사
상 전향을 시도한 역사적 사실을 다음과 같이 교도소장 양구식의 입을
빌려 묘사하고 있다.

전향공작전담반 명칭이 시사해주는 것처럼 이번 여기에 집결된 1,000여 명
에 가까운 사상범을 적어도 2~3년 안으로 완전히 사상전향을 시켜 모두 량
민으로 만들자는 것입니다. 잘돼서 한 1년으로 끝내면 더욱 좋고 이것이 우리
전담반의 목표입니다. 그런데 명백히 알아야 할 것은 이 작전의 근본원리입니
다. 전향이란 무엇인가? 알기 쉽게 표현하면 우리는 정치범들의 사상을 빼앗
든지 아니면 그의 생명을 빼앗든지 두 가지 중 하나를 성취하자는 것입니다.
리치는 이렇게 단순하고 명백하지요. 이를 위해서는 수단과 방법을 가릴 것
없이 마음대로 할 수 있습니다. 이것은 내 말이 아니라 (대통령)각하의 훈령입
니다.[10]

---

9) 서승, 위의 책, 148-150쪽.
10) 권정웅, 『북으로 가는 길』, 평양, 문예출판사, 2004, 127-128쪽.

Ⅲ. 다양한 장르에서 모색한 '비전향장기수'

'비전향장기수' 문제를 제일 처음 소설장르로 형상화한 작가는 김하기였다, 그는 1980년 5월 계엄령 위반으로 구속되고 부림사건으로 재구속되어 10년 언도를 받고 복역 중 1988년 가석방으로 출소하게 되었다. 그는 교도소에서 직접 체험한 것을 근거로 하여 비전향장기수 문제를 최초로 다룬「살아있는 무덤」을『창작과 비평』1989년 가을호에 발표하여 커다란 충격을 주었다. 또 김하기는 1980년대 말과 1990년대 초에 쓴 단편과 중편을 묶어 1990년 11월 작품집『완전한 만남』을 펴냈다. 김하기는 교도소에서 직접 만났거나 전해 들었던 독특한 체험인 비전향 장기복역수의 이야기를 형상화하여 새로운 문학영역을 개척하는 공을 세웠다. 3인칭 전지적 작가 시점의「살아있는 무덤」은 비전향장기수를 수용하는 특별사동 안에서 벌어지는 비인권적 상황과 폭력, 인간 이하의 고문, 노동착취 등을 객관적으로 묘사하여 인간의 삶에 대한 애착과 이데올로기에 의한 인간희생의 역사를 고발한 작품이다. 작가 김하기는 인간은 자유로운 개체로써 존중되어야 한다는 전제 아래 분단을 고착화시키고 있는 가장 큰 원인은 바로 사상의 자유를 통합하려고 하는 데 있다고 갈파하였다. 특히 이 소설은 100여 명의 미전향장기수들이 1973년 9월 23일 오전부터 10월 유신의 단행 이후 감행된 전향공작에 의해 갖은 고문과 폭력 속에서 전향을 선언한 동지들의 변절 속에서도 확고한 신념으로 0.75평을 지켜나가 15명이 역사의 한모서리를 함께 돌파해나가는 연대의 투쟁과정을 예리한 통찰력으로 지켜본 기록이다. 결국 칠성판과 물고문을 이기지 못하고 주검이 되고 마는 박석기의 자기가학적인 죽음의 미학을 통해 최해종 등 비전향장기수들의 이데올로기에 대한 투철한 신념과 냉전구조 속에 희생되어가는 민족의 비극을 심층적으로 묘사하였다. 즉 작가는 물리적 폭력에 의해 사상의 자유를 구속당한 비전향장기수 문제를 최초로 본격적으로 다루면서 통일은 민족의 근원적인 자유사상과 인간성 회복의 차원에서 진행되어야 한다는 것을 강조하고 있다.

인생은 미완성이다. 그러나 미완성인 인생은 죽음에 의해서 비로소 완성된다. 불완전한 생을 죽음이 완성한다는 것은, 고립되고 추상화된 한 개인의 죽음이 아니라 역사 속에서 사회적 연대를 가진 구체적 인간의 계승적 죽음을 의미한다. 그러므로 죽음이야말로 유적 인간의 부활행위이며 사회적 계승을 위한 적극적 실천행위이다. 삶이 아니라 죽음을 통해 낡은 것과 새로운 것이 교체되며 정치 경제 문화 예술 사상이 전승된다. 인간 삶의 완벽성은 수명에 의해서 좌우되는 것이 아니다.[11]

최선생은 어두운 표정뿐인 방안을 힘차게 살아 있는 밝은 방으로 만들고 싶었다. 0.75평 속에 밀착해오는 15명의 살들을 고통의 살로서가 아니라 어둔 역사의 한모서리를 함께 돌파해나가는 연대의 살로서 느끼고 싶었다.

최선생은 좌우의 동지 어깨를 쓸어안으며 말했다.

"동지들! 힘냅시다. 조국의 광복을 위하여 모진 추위와 가슴을 넘는 눈길을 헤치고 100여 일의 고난찬 행군을 했던 독립군 전사들을 생각해 봅시다. 발톱까지 무장한 왜놈들의 포위 속에서도 혁명적 낙관주의와 백절불굴의 투쟁정신으로 행군하여 마침내 적들에게 섬멸적 타격을 주고 조국광복의 위업을 안아오지 않았습니까! 이제 우리들은 항일전사들이 피흘려 열어놓은 광복의 길을 행군하여 통일의 길까지 헤쳐 이어 나가야 하지 않겠습니까?"[12]

「완전한 만남」에서 빨치산인 송춘호는 지주집안의 외아들로 6·25동란 통에 북으로 넘어갔다가 5·16때 10년 만에 간첩으로 어머니와의 완전한 만남을 위해 남파된다. 하지만 이웃 이장집의 신고로 체포되어 무

---

11) 김하기, 「살아있는 무덤」, 『완전한 만남』, 창작과비평사, 1990, 30쪽.
12) 김하기, 「살아있는 무덤」, 50쪽.

기징역을 살고 있는 비전향장기수이다. 고향이 경남 지리산 밑 산청인 그의 삶 자체가 혁명적 낭만주의에 물든 혁명가의 일생이었다. 그는 서울로 유학 갔다 온 후 지주집안 속에 자리 잡고 있는 비인간적인 계급사회를 뒤엎기 위해 하인 통님을 데리고 떠나 지리산의 공비가 된다. 6·25이후 북으로 들어간 그는 박헌영의 숙청과 동시에 개마고원 귀밀농장으로 추방되어 공산주의의 환상을 깨닫게 된다. 하지만 그는 그곳에서 농민들과 생활하면서 자신의 결함을 깨닫고 그들이 계급적 기반 위에 튼튼히 서 있으면서도 민족의 정서라든가 화기애애한 가정의 분위기를 놓치지 않는 것을 눈으로 보게 된다. 결국 간첩으로 남파된 후 목적의식과 핏줄이 하나가 되고 과학과 감정이 통일되는 만남을 기대하며 어머니와의 완전한 만남을 시도하였지만 현실에서는 감정이 끓어올라 체포되고 말았다고 술회를 한다. 이 작품에서는 단순한 비전향장기수의 투쟁사를 묘사하는 틀에서 벗어나 진정한 화해방법에 대한 대안을 제시하고 있는 점이 주목된다.

북한에서는 1995년 작가 한웅빈이 북으로 송환된 이인모 노인을 주인공으로 한 단편소설 「93년 3월 19일」을 발표하여 북한문단에서 주목을 받았으며 2002년 이후 김정일 위원장의 지시로 4·15문학창작단을 중심으로 비전향장기수 문제를 다룬 약 60여 편의 장편소설이 쏟아져 나온 것으로 알려지고 있다.

'비전향장기수' 문제는 영화 장르에서도 다뤄졌다. 북한에서는 이인모가 북송된 후 예술영화 『민족과 운명』 속편 제12~14부 이인모 편에서 그를 의지의 화신이며 신념의 강자로 영웅화시켜 묘사했다고 전해지고 있다.

남한에서는 홍기선 감독에 의해 『선택』이 2002년에 제작되어 2003년 부산국제영화제에서 관객상을 수상하여 화제가 되었다. 홍기선 감독과 이맹유 작가는 기네스북에도 올라있는 세계 최장수 장기수인 비전향장기수 김선명의 이야기를 다큐영화로 제작하기로 하고, 1995년 그들의 거처인 만남의 집을 찾아가 허드렛일을 하면서 접근을 시도하지만, 그들은 쉽게 마음의 문을 열지 않는다. 결국 그들의 집요한 노력 끝에 닫혀 있던, 한국 사회에서 몇십 년간이나 비밀로 간직되어 오던 자신들의 존재와 삶에 대한 이야기를 하나 둘 풀어놓기 시작했다고 한다.

시나리오에서 작가는 1951년 유엔군 포로가 돼 수감된 뒤 전향서 쓰기를 거부하다 1995년 45년 만에 자유의 몸이 된 세계 최장기수 김선명 씨의 일생을 그렸다. 1951년 국방경비법에 의거해 15년형을 선고받은 김선명은 2년 후 간첩 혐의가 추가되어 사형을 선고받은 후 결국 무기로 감형된다. 서울구치소에서 마포형무소, 대구에서 대전, 목포, 다시 대전⋯ 1970년에 대전교도소에 다시 모이게 된 비전향수들, 김선명, 이영운, 안학섭, 남영만, 종달이⋯, 오직 통일에만 희망을 걸고 살아가는 이들이지만, 그날이 언제 올지는 그 누구도 기약할 수 없다.

하지만 죽음보다 더한 감옥에서의 고통을 이겨내는 것은 오직 그 실낱 같은 희망 때문이다. 인민군에 의해 가족을 잃고 다리마저 절뚝거리는 비전향수 전담반장 오태식은 갖은 방법을 동원해 김선명을 포함한 비전향수들을 전향시키려 하지만 성과가 미미하다. 결국 오태식은 고상구 등 교도소 내의 깡패 잡범들을 이용해 이들에게 무자비한 고문을 가하기 시작한다. 오태식의 회유와 고상구의 폭력 하에 전향을 하는 이들은 점점 늘어만 간다. 종달이의 딸 선미는 종달이를 찾아와 더 이상 자신들의 삶에 걸림돌이 되지 말아달라는 부탁을 하고, 종달이는 결국 전향서를 작성하게 된다. 이어 남영만은 미쳐버리고, 박윤기는 자살하며, 비전향수들의 정신적 지주였던 이영운마저 이러한 처참한 상황을 타개하기 위해 자신의 몸을 버린다.

이영운의 자살에 충격을 받은 김선명은 독방에서 단식 투쟁에 돌입하고, 마침내 교도소 내의 처우개선이 이루어진다. 그러나 김선명을 비롯한 비전향장기수들이 감옥에서 풀려날 기미는 보이지 않고, 이들도 역시 끝내 전향서를 쓰지 않는다는 줄거리이다.

「가슴에 돋는 칼로 슬픔을 자르고」를 연출했던 홍기선 감독은 폐쇄된 공간 내에 놓인 사회적 타자들을 통해 음각화처럼 살아나는 우리 사회나 역사의 얼개들을 펼쳐 보이는 데 수완을 발휘한다. 카메라는 좀처럼 교도소 울타리를 벗어나지 않지만 관객은 '폭력의 세기'였던 한국사의 굴곡이 김선명의 고독한 투쟁과 어떻게 얽히는지를 보게 해준다[13]고 영화평론가 김종연은 말하고 있다.『선택』은 2003년 부산국제영화제에서 관객상을 수상하게 된다.

『선택』이 세상에 나온 다음해인 2003년에는 다큐 영화의 대부 김동원 감독의『송환』이 12년간의 각고 끝에 완성되어 관객들 앞에 선을 보이게 된다.『송환』은 김동원 감독의 내레이션이 영화 전체에 깔려 있는, 자기 고백과도 같은 다큐멘터리이다. 처음 간첩을 만났을 때의 낯섦과 두려움, 그들과 친해지면서 겪는 갈등, 그리고 이별의 안타까움 등이 감독의 목소리와 함께 솔직하게 드러나고 있다. 특히『송환』에는 다큐 영화답게 실제 남파 공작원들이 등장한다는 것이 특징이다.

1992년 봄 나는 출소 후 갈 곳이 없던 비전향장기수 조창손, 김석형을 내가 살던 동네인 봉천동에 자가용으로 데려오는 일을 부탁받는다. 나는 그들이 북에서 내려온 간첩이라는 사실에 낯설음과 호기심을 갖고 첫 대면을 하게 된다. 한 동네에 살면서 난, 특히 정이 많은 조창손과 가까워지고 이들의 일상을 꾸준히 카메라에 담게 된다. 하지만, 내 아이들을 손자처럼 귀여워하는 모습에 정을 느끼는 한편 야유회에서 거침없이 '김일성 찬가'를 부르는 모습에선 여전한 거부감을 확인하기도 한다. 얼마 후 조창손은 고문에 못 이겨 먼저 전향한 동료 진태윤, 김영식을 만

---

13) 김종연, 「정치적인 소재의 공감할 수 있는 드라마화—선택」,『시네21』424호, 2003. 10. 21.

나게 되는데, 이들 전향자들에게는 떳떳치 못한 자괴감이 깊게 배어있음을 확인하게 된다. 난 이들의 송환 운동에 도움이 되고자 장기수들의 북쪽 가족을 촬영할 계획을 세운다. 하지만 입국 절차가 무산되고 오히려 허가 없이 영화 제작을 했다는 이유로 체포되는데, 대신 이 사건을 계기로 장기수 할아버지들과 나의 친밀감은 두터워지게 된다.

1999년부터 본격적인 송환 운동이 시작되고 2000년 6·15 남북공동선언과 함께 송환 운동은 급물살을 탄다. 송환이 현실이 되자 남쪽이 고향인 장기수들, 옥중에서 전향을 하여 북으로 갈 요건이 안 되는 이들, 결혼을 발표하여 동료들의 비난을 받는 이에 이르기까지 크고 작은 갈등 상황이 빚어진다. 송환을 앞두고 조창손은 30년 전 체포되었던 울산을 찾아가 죽은 동료의 넋을 달래고 그의 가족에게 전해 줄 흙 한 줌을 퍼 간다. 그리고, 비전향장기수 63명은 2000년 9월 2일 북으로 송환된다는 줄거리이다.

『송환』은 국내 최초의 본격적인 오테르 다큐이다. 전 세계적인 사적 다큐멘터리의 열풍과 함께 부각되기 시작한 오테르 다큐는, auteur가 '작가'를 의미하는 것에서 알 수 있듯이 감독의 시선이나 주관이 직접적으로 드러나는 다큐멘터리라 할 수 있다. 『송환』에 대해 영화평론가 이영진은 "무엇보다 『송환』을 흥미진진하게 만드는 건 등장인물들을 바라보는 방식이다. 감독은 이들을 다 같은 비전향장기수로 넘겨짚지 않는다. 미국이 있는 한 남한은 아직 해방된 것이 아니라는 고집불통 이념가도 있지만 마치 아이들을 자신의 손자마냥 귀여워하는 할배 또한 있다. 다양한 캐릭터가 생생하게 드러난다"[14]고 언급하였다. 또 이영진 평론가는 "그러나 비전향장기수, 그들은 누구일까라는 질문은 여전히 남는다. 임무를 수행하지 못한 패배자일까, 체제 전복의 의도로 똘똘 뭉친 괴물

---

14) 이영진, 「시대와 이념에 거세당했던 인간들에 대한 진심어린 고백—송환」, 『씨네21』 444호, 2004. 3. 16.

일까, 죽음을 무릎 쓰고 이념을 사수한 투사일까, 남북 모두에 이용당한 희생자일까.『송환』은 이 물음에 대해 명확하게 답하지 않는다. 대신 한 발 물러서서 한반도에 비극의 역사가 계속되고 있다고, 그것을 들여다 보라고 주문한다. 동시에 시대와 이념에 거세당했던 인간의 모습도 드러난다"[15]고 해석하고 있다. 이 영화는 한국 다큐멘터리 사상 최초로 선댄스 영화제에 진출, '표현의 자유상'을 거머쥔다.

한편 2002년 1월에는 사진 작가 신동필에 의해『우리 다시 꼬옥 만나요』라는 사진집이 출판되기도 했다.

VI.『북으로 가는 길』의 의미구조 분석

비전향장기수 문제를 심층적으로 다룬『북으로 가는 길』은 4·15문학창작단 소속 작가 권정웅에 의해 2004년에 간행된 북한 장편소설이다. 작가 권정웅은 1925년 평양에서 출생한 소설가로 1960년 작가학원을 졸업한 것으로 알려져 있다. 그의 문단 데뷔작품은 1956년에 발표한 단편소설「백일홍」이다. 그 이후 권정웅은 수십 편의 중단편을 발표하여 명성을 얻게 되고 결국 4·15문학창작단에 들어가게 된다. 작가 권정웅이 북한문단에서 이름을 휘날리게 된 것은 김일성 수령의 항일투쟁의 역사를 다룬『불멸의 력사 총서』1932년부터 1933년 1월까지의 남만원정기간을 주로 다룬『1932년』(1972)과 해방 직후부터 1946년까지의 해방공간의 북한역사를 다룬『빛나는 아침』(1988)을 펴내면서였다. 이들 작품으로 권정웅은 김일성상 계관인이라는 북한 최고의 작가 반열에 오르게 되었다.

---

15) 이영진, 위의 글.

북한에서 비전향장기수를 다룬 소설은 이인모를 다룬 한웅빈의 단편소설이 최초이지만, 장편소설은 2000년 9월에 63명이 송환된 직후부터 김정일 위원장의 지시에 의해 창작되기 시작한 것으로 알려져 있다. 최초의 장편은 2002년 김일성상 수상작가들인 림재성의 『최후의 한 사람』과 김진성의 『지리산의 갈범』으로 추정된다. 『최후의 한 사람』은 북송 장기수 함세환의 일대기를 그린 작품이다. 함세환은 올해 75세로 2000년 북으로 간 뒤 칠순이 넘은 나이에 늦장가를 가서 2004년 손녀뻘 되는 딸을 낳아 화제를 불러일으킨 인물이기도 하다. 또 2003년에는 4.15 문학창작단에서 최장기 비전향장기수 기록을 갖고 있는 김선명(현재 82세)의 일대기를 그린 『조국의 아들』과 『나의 추억 40년』, 『새벽하늘』, 『의리』, 『한 피줄』, 『통일연가』, 『피젖은 이끼』, 『재부』, 『하얀 모래불』 등 40여 편이 창작되었다. 또 2004년에는 권정웅의 『북으로 가는 길』, 김종석의 『봄날은 온다』, 김은옥의 『포옹』 등이 간행되었고 2005년에는 김정의 『자유』가 출판되었다.

1. 분단상황과 이데올로기 갈등

한반도의 분단상황은 어떻게 조성된 것인가? 지금까지의 대체적인 학계의 통설은 한반도의 분단은 연합국의 제2차 세계대전의 전후 처리과정의 한 부산물로 파악하고 있다. 그러므로 한반도의 분단경위도 2차대전 외교사의 큰 테두리 안에서 다뤄져야 할 것[16]으로 생각한다. 1943년 11월 20일 카이로에서 루스벨트, 처칠, 장개석의 3거두회담이 열렸고, 이들은 카이로공동선언을 통해 일본은 1914년 이후 태평양지역에서 탈취한 모든 섬들을 반환해야 하며 만주, 대만, 팽호군도를 중국에 돌려주

---

16) 김학준, 「분단의 배경과 고정화 과정」, 송건호 외 편, 『해방전후사의 인식1』, 한길사, 1989, 71쪽.

어야 한다고 선언했으나, 한국은 적당한 시기에 독립이 허용될 것이라는 단서를 붙여 자주독립을 잠정적으로 유보하겠다는 뜻을 나타냈다. 한국 탁치안은 그 해 11월 28일 테헤란에서 열린 루스벨트, 처칠, 스탈린 사이의 3거두회담에서 재론되었으며, 1945년 2월 8일 미국, 영국, 소련의 거두 사이의 얄타회담에서 계속되었다. 1945년 4월 12일 루스벨트가 사망한 뒤 한국탁치에 관한 얄타에서의 불확정한 양해는 협상에 의해 어느 정도 분명해졌다. 미국과 소련은 미, 소, 영, 중의 단기간의 탁치가 한국에게 독립국가로서 최선의 출발이며 장래의 독립을 보장할 수 있다는 데 합의하였다. 이어 7월 26일 공표된 포츠담선언은 카이로선언을 재확인함으로써 한국이 '적당한 시기에' 독립되어야 한다[17]는 것을 명백히 했다.

12월 16일부터 모스크바에서 열린 미, 영, 소 3국의 외상회의는 전후의 세계문제와 함께 한국에 대한 연합국의 신탁통치의 구체적 실시 방안을 다루게 되었다. 12월 17일 미 국무장관 번스는 「한국의 통일행정」이라는 각서를 통해 우선 한국에 통일행정부를 창설할 것을 제안하였다. 그는 4대국의 신탁통치가 '하나의 독립한국'을 낳을 가장 가능성 있는 기구를 준비할 것으로 믿는다면서 그러므로 4대국이 가능한 한 빨리 신탁통치협정 아래 하나의 통일행정부를 설치하기 위한 토의에 착수할 것을 제안하였다. 이에 대해 소련외상 몰로토프는 한국인에 의한 임시정부 수립과 과도적 임시정부 수립에 관한 공동위원회의 창설 및 탁치기간의 5년 한정을 제의하였다. "1. 한국 민주임시정부를 수립한다. 2. 한국 민주임시정부의 수립을 위해 미, 소 점령군사령부의 대표들로 구성되는 공동위원회를 설치한다"를 골자로 한 모스크바협정은 처음부터 실현 가능성이 크지는 않았다. 이 시점에 주로 동구 문제를 둘러싼 미, 소

---

17) 김학준, 위의 글, 72-73쪽.

양국간의 불화가 고조되고 있었다. 더구나 신탁통치에 대한 한국민중 특히 미국의 지지세력인 우익진영의 격렬한 반대는 미국으로 하여금 카이로선언 이래의 한국정책이었던 탁치안의 포기를 불가피하게 만들었다. 한편 소련은 이미 구축되고 있는 북한에서의 민주기지를 토대로 임시정부의 수립과정을 통해 소련지지 세력의 우위를 확보하기 위해 북한에서의 일체의 반탁운동을 억압하고 남북한의 공산당을 중심으로 한 좌익세력으로 하여금 찬탁운동을 전개, 모스크바협정의 이행을 촉구한다는 태도를 취하였다.[18]

모스크바협정에 따라 미소공동위원회의 예비회담과 본회담이 잇달아 열렸다. 1946년 3월 20일부터 제1차 위원회가 서울에서 개최되었다. 회의 첫날 소련대표 슈티코프는 "조선에는 민주주의의 제도를 건립하려는 노력을 방해하려는 반동적 반민주적 당파와 일부분자의 맹렬한 반항으로 초래된 중대한 난관이 있다. 앞으로 수립될 민주임시정부는 모스크바 3상회의의 결정을 지지하는 민주적 제 정당, 사회단체를 망라한 대중단결의 토대 위에 창설되어야 한다"고 말하고 소련의 목적은 "조선이 소련에 대한 공격기지로 되지 않는 우호적 민주국가가 되게 함에 있다"고 선언하였다. 이에 대해 미국대표는 "표현의 자유는 절대적이어야 하며… 미국 대표단이 의도하는 바는 비록 아무리 잘 조직되어 있고 아무리 정력적으로 정치활동을 할지라도 소수파에 의한 한국지배를 저지함에 있다"고 반박[19]하였다.

미·소공위가 열리고 있는 동안에도 북한에서는 소비에트화가 급속도로 진행되어갔다. 탁치문제를 계기로 민족진영이 몰락, '반순수형 연립'이 깨어졌다. 따라서 이 시기에 공산당은 그의 민주적 진보적 우당들인 천도교 청우당과 신민당 및 조선민주당(조만식의 연금 후 공산주의

---

18) 김학준, 위의 글, 82-83쪽.
19) 김학준, 위의 글, 85-86쪽.

자들에게 장악되었다)과 '사이비형 연립'을 이룩한다. 이 사이비형 연립의 기초 위에 1946년 2월 8일 '북조선 민주정당 사회단체 5도행정국 인민정치위원회 확대회의'가 평양에서 소집되었다. 이 회의에서 김일성은 "소련의 주요한 노력으로" 이 회의가 열리게 되었음을 치하한 다음, 북한에 있어서 "중앙정치기구의 결여가 북조선의 정치 경제 문화의 계획되고 통일된 발전에 대한 주요한 장애"라고 지적하고. "조국의 통일까지 북조선임시인민위원회의 구성이 긴요하다"고 주장하였다.

임시인민위원회는 발족과 동시에 토지개혁의 실시를 포함한 10개 강령과, 3월 23일에는 이를 확대한 20개 정강 등 북한을 민주기지로 건설할 것을 표방한 기본정책을 발표하였다. 이에 병행하여 민주기지 정책을 수행하기 위한 대중적 기반의 강화를 목적으로 7월 22일에는 이른바 '북조선민주주의 민족통일전선'이 결성되고 이 기반 위에서 8월 30일에는 조선공산당 북조선분국과 신민당이 합당하여 북조선노동당이 결성되었다. 이것은 당 체제에서도 공산당의 '서울 중앙'이론이 배격되고 북한 단독의 공산당이 결성된 것을 의미[20]한다.

한국문제에 관한 모스크바협정이 미소공위를 통해 해결될 수 없음을 깨달은 미국은 결국 1947년 9월 17일 한국의 독립 문제를 국제연합에 이관하기로 결정, 제3차 유엔총회의 의제로 제출하였다. 하지만 유엔을 통한 한국의 통일정부의 수립이 거의 어렵다는 예측은 유엔의 한국문제 토의과정에서 하나의 현실로 나타났다. 우선 소련은 한국문제의 유엔이관이 모스크바협정에 위반된다고 지적, 유엔의제에 포함시키는 것을 반대하였다. 그러나 유엔 일반위원회는 12 대 2의 표결로, 총회는 41 대 6(기권 7)의 표결로 한국문제를 유엔정치위원회에 회부하였다.

1948년 1월 초부터 서울에서 활동을 개시한 임시위원단은 북한에 대

---

20) 김학준, 위의 글, 86-87쪽.

해서는 소련군의 입북 거부로 원래의 기능을 수행할 수 없게 되었다. 또 남한에서는 정치지도자들 사이에 남한총선을 놓고 다시 한번 날카로운 대립이 일어났다. 1946년 6월의 정읍발언 이후 단선, 단정을 주장해온 이승만과 그의 독립촉성국민회의파는 남한에서의 강력한 정부가 북한의 군사력에 대한 안전판으로서 필요하다고 역설하고 북한 주민의 35퍼센트가 월남해온만큼 남한에서의 정부가 전국적 정부로서의 정통성을 갖는다고 주장하였다. 그러나 김구와 김규식은 임시위원단에 의한 단선이 한반도의 분단을 영구화한다고 주장, 이를 배격하면서 2월과 3월에 걸쳐 북한의 공산지도자들에게 통일 민주정부의 수립을 위한 제반 조처를 토의하기 위해 남북한의 정치지도자회담을 개최할 것을 제의하였다. 북한당국은 두 김의 제의를 받아들여 남북대표자 연석회의를 4월 14일 평양에서 열도록 제의[21]하였다.

남북지도자 연석회의가 끝난 지 열흘 뒤인 5월 10일 남한에서는 유엔한국임시위원단의 감시 아래 제헌의회를 구성하기 위한 총선거가 실시되었다. 이 한국사 최초의 선거에서 784만 871명의 등록된 유권자 가운데 748만 7,649명 즉 전체 등록유권자의 95퍼센트(또는 전체 유권자의 75퍼센트)가 투표에 참가, 198명의 국회의원을 선출하였다.

제헌의회는 5월 31일 최초로 개원, 이승만을 의장으로 선출하고 7월 12일 헌법을 제정(17일 공포됨)한 뒤 신정부 초대 대통령으로 이승만을 선출하였다. 이승만이 8월 초까지 조각을 완료하자 8월 12일 미국정부는 신정부가 "1947년 11월 14일 유엔총회 결의에 의해 구성된 한국의 정부로 간주된다"고 공식성명을 발표하여 신정부를 승인하였다.

한편 북한에서는 8월 25일 대의원선거가 실시되었다. 북한당국에 의하면 등록된 유권자 총수 452만 6,065명 가운데 99.97퍼센트에 이르는

---

21) 김학준, 위의 글, 90-93쪽.

452만 5,932명이 투표에 참가했는데, 백함투표 수는 445만 6,621명, 즉 총투표자수의 98.49퍼센트에 해당된다고 했다. 이 같은 선거를 거쳐 최고인민회의는 9월 3일 북한헌법을 공식으로 채택하여 9일 김일성을 수상으로 하는 조선민주주의 인민공화국 정부의 수립을 선포하였다. 10월 12일 소련은 이 정부를 승인하였다.

이처럼 남북한에 사실상 두 개의 실질적 정부가 수립됨으로써 군사적 편의주의에 입각하였던 한국의 분단은 고정화[22]되고 말았다.

한편 강만길은 그의 『고쳐 쓴 한국현대사』에서 한반도의 분단 상황의 원인을 "38도선이 확정되고 나아가 민족분단선으로 된 민족사회의 외적인 원인은 한반도의 지정학적 위치와 일본의 식민통치, 소련의 한반도 전체 점령을 방지하기 위한 미국의 제의와 그것을 수락한 소련의 책략, 모스끄바 3상회의 결정을 폐기하고 한반도문제를 유엔으로 가져간 미국의 책략, 제2차대전 후 미·소 양국을 중심으로 한 동서냉전의 심화 등에 있었다고 분석하였다. 그리고 민족 사회 내적 원인은 패전국의 식민지라는 국제정치상의 냉엄한 현실을 돌아보지 않고 전승국으로 자처하여 즉각적 독립 이외의 어떤 유예기간도 용납하지 않으려 했던 일부 국민감정, 그것을 이용하여 분단국가의 지배권만이라도 확보하려 한 일부 정치세력의 책동과 일부 대중들의 추종 등에 있었다"[23]고 파악하였다.

이러한 한반도 분단 상황의 고착화는 많은 문제점을 드러냈다. 특히 세계정세에 있어서 미·소를 중심으로 한 냉전체제의 지속은 더욱 분단된 한반도에 좌우 이데올로기의 갈등을 부추겼다. 특히 해방 후 남한에서의 박헌영을 비롯한 공산주의자들의 파업 등의 과격한 투쟁은 혼란을 가속화시켰으며 결국 조선정판사사건(1946. 5)을 계기로 미군정의 탄압

---

22) 김학준, 위의 글, 93-96쪽.
23) 강만길, 『고쳐 쓴 한국현대사』, 창작과비평사, 1994, 208쪽.

을 받게 되어 대다수의 좌익운동가들이 월북하거나 지하운동으로 잠복하게 되었다. 그 과정을 살펴보면, 전남 광주에서 해방을 맞이했던 박헌영은 곧바로 서울로 상경하여 서울 명륜동 김해균의 집에서 경성 콤그룹파에 속했던 동지들과 만나 앞으로의 활동을 구상하였다. 그는 장안파를 와해시키기 위해 과거 그와 함께 화요회계에 속했던 이승엽, 조두원, 조동우 등을 포섭했다. 박헌영은 8월 20일 그가 머물고 있던 명륜동에서 콤그룹과 화요계의 중심인물을 모아 조선공산당 재건준비위원회를 결성하고 스스로 작성한 '현 정세와 우리의 임무'라는 테제를 정식으로 제기해 잠정적인 정치노선으로 통과시켰다. 이것이 이른바 '8월 테제'인 것이다. 따라서 8월 테제는 조선공산당 재건준비위원회의 활동지침서라고 할 수 있다. '8월 테제'에는 현 정세, 조선혁명의 현 단계, 조선공산주의운동의 현상과 그 결점, 우리의 당면임무, 약간의 이론문제－혁명을 높은 정도로 전환하는 문제[24] 등이 담겨 있었다.

한편 남한 단독정부를 구성한 이승만 정권은 좌익세력과의 대결을 이유로 친일세력을 비호함으로써 좌익세력의 공격대상이 되었음은 말할 것도 없고 민족해방전선에 참가했던 우익세력의 지지도 받지 못했다. 따라서 식민지배에서 해방된 민족사회의 한쪽에 처음으로 성립된 정권으로서의 정통성에 취약성이 있었다. 제헌국회 임기가 끝날 즈음 다음 선거에서 승산이 낮았던 이승만은 선거 연기를 원했으나 미국의 압력으로 실패했다. 5·30선거(1950) 결과 이승만 지지 세력은 전체 의석수 210석 중 30여 석에 지나지 않았고 그 대신 무소속이 126명이나 당선되었다. 이들 중에는 남북관계에서의 정치적 중간파들이 많아서 이승만 정권의 앞날을 불안하게 했다.

이승만 정권에 대한 무장저항도 계속되었다. 남로당의 이승만 정권

---

24) 김남식, 「박헌영과 8월 테제」, 강만길 외 편, 『해방전후사의 인식 2』, 한길사, 1985, 108-111쪽.

성립 반대투쟁 과정에서 일부 야산대가 조직되었다가 '제주도 4·3항쟁'을 계기로 본격적으로 유격투쟁으로 전환했다. 한편 미군정시대에 성립된(1946. 1. 14) 남조선국방경비대가 정부 수립과 함께 한국군으로 되었지만, 군인 속에도 상당한 좌익세력이 있어서 '4·3항쟁'에도 주둔군의 일부가 가담했다. 이승만 정권 성립 후 2개월 만에 '여순군반란'(1948. 10. 20)이 일어났고, 경상북도 대구에서도 1차에서(1948. 11. 2) 3차(1949. 1. 30)에 걸친 제6연대 군인의 반란이 있었다.

'여순군반란'에 참가한 군인 700여 명은 민간인 가담자 1,300명과 함께 유격부대를 이루어 지리산을 중심으로 경남의 산청, 함양, 거창, 하동, 남해, 전남북의 무주, 장수, 임실, 남원, 순창, 구례, 곡성, 고창, 장성, 무안 등지에 걸치는 유격구를 만들고 인민위원회를 구성했다. 이밖에도 오대산과 태백산을 중심으로 영월, 제천, 단양, 영주의 일부에 걸치는 오대산유격전구, 영광, 함평, 장흥 등지를 중심으로 하는 호남유격전구, 태백산과 소백산, 안동, 청송에 걸치는 태백산유격전구, 경북의 경주, 영천, 영일, 청도, 경산과 경남의 양산, 울산, 동래 일대를 포함하는 영남유격전구와 제주도유격전구가 형성[25]되었다.

한편 이 시기 미국의 한반도정책도 6·25전쟁 발발의 배경이 될 만했다. 이승만 정권이 성립된 후 미국은 한반도에서의 외국군 철수를 의결한 유엔 결정(1948. 12. 12)에 따라 전투부대를 완전히 철수하는(1949. 6. 30) 대신 약 500명의 군사고문단만을 남겨두고, 연간 약 1천만 달러의 군사원조를 제공할 계획을 세우는 한편 한미상호방위원조협정을 체결했다(1950. 1. 26). 그러나 이승만 정권이 경제정책에서 실패하고 정치적으로도 혼란을 거듭하자 미국의 국무장관 에치슨은 태평양지역의 방위선에서 한국을 제외한다고 발표하여 북한으로 하여금 전쟁도발을 자극하

---

25) 강만길, 앞의 책, 216-217쪽.

게 되었다[26]고 평해지기도 한다.

이 시기 김일성 정권은 소련과 경제문화협정을 맺고(1949. 3. 17) 다시 6개 보병사단과 3개 기계화부대, 비행기 150대의 원조를 내용으로 하는 군사비밀협정을 체결했다. 또한 중국 공산군과의 군사비밀협정으로(1949. 3. 18) 중공군에 참가하고 있던 약 5만 명의 조선인을 인민군에 편입시켜 군사력을 급격히 강화했다. 반면 이승만 정권은 국내정치의 실패를 호도하기 위해 북진통일론을 내세우고, "점심은 평양에서 저녁은 신의주에서"를 호언했다. 그러나 군사력의 열세는 현격했고, 정치, 경제적 불안도 가중되어 가고 있었다.[27] 이러한 가운데 38선을 사이에 두고 크고 작은 군사적 충돌이 계속되다가 급기야 1950년 6월 25일 새벽 전면전으로 확대되었다.

권정웅의 장편소설 『북으로 가는 길』에서 작가는 비전향장기수인 주인공 김병택을 통해 인민군에 자원입대했다가 퇴로가 끊어져 퇴각하던 중 빨치산에 합류하여 유격대의 일원으로 소백산에서 지리산을 향해 가면서 토벌대와 치열한 전투를 펼쳐나가는 것으로 묘사하여 당시의 역사적 상황을 사실적으로 반영하고 있음을 보여주고 있다.

100여 명의 인원으로 이루어진 부대가 소백산줄기를 끼고 남쪽으로 행군해 가고 있었다. 한인석의 소대도 거기에 포함되어 있었다. 1950년 12월 중순에 이르자 적들의 공격은 동서 량전선에서 완전히 좌절되고 그것은 파멸적인 총퇴각으로 이어지게 되었다. 악에 받친 적들은 전선에서 단말마적인 발악을 하는 한편 저들의 후방을 공고히 하기 위하여 빨찌산 ≪토벌≫에 그 어느때보다도 미쳐 날뛰였다. 특히 속리산에 웅거하고 있는 빨찌산을 소멸하는데 큰 힘을 넣고 있었다.

---

26) 강만길, 위의 책, 217쪽.
27) 강만길, 위의 책, 217-218쪽.

속리산은 이 아근에서 그중 높고 험준한 주봉이다. 북으로 올라가면 문경 고개가 있고 남으로는 민주지산이 있다. 이제 얼마 안 있어 응군 한개 련대가 속리산 ≪토벌≫에 투입되는데 그 선발대는 산간마을인 립석에 이미 도착하였다고 하였다. 증강된 대대력량이었다. 그 인원은 1,000여 명에 달한다고 하였다.

이에 대처하여 빨찌산지휘부에서는 선제타격으로 그 선발대를 소멸해치울 계획을 세우고 기습대를 출동시킨 것이었다.

김병택과 리만식은 그 부대에 섞이여 걸음을 다그치고 있었다.[28)]

2. 6 · 15공동선언과 '비전향장기수' 송환

'비전향장기수' 문제가 불거진 것은 상당히 오래되었다. 앞서 언급한 것처럼 1989년 교도소생활을 경험한 적이 있는 소설가 김하기가 「살아 있는 무덤」을 『창작과 비평』 가을호에 발표함으로써 언론지상에 이들의 존재가 공식적으로 오르내리게 되었다.

하지만 정치적으로는 김영삼 정부의 통일부장관이었던 한완상 부총리가 비전향장기수 이인모(당시 74세)를 1993년 3월 19일 북측에 넘겨줌으로써 남북 양쪽에서 공식화되었다. 사실 이인모의 송환은 예상 밖으로 일찍 이루어졌다. 이씨의 북한 송환은 김영삼 전대통령이 언론사 간부들을 만난 자리에서 불쑥 꺼냈다고 알려지고 있다. "취임 후 첫 대면이니 선물을 하나 주겠소!" 아직 관계 부처간에 논의도 하기 전의 일을 언론에 토해낸 것이다. 집권 초기의 치솟는 인기에 취해 있던 김영삼 전대통령은 자신 특유의 정치적 깜짝쇼를 한 것이다. 그러자 정부는 대통령의 말대로 부랴부랴 서둘러 3월 11일 이인모 노인의 북한송환을 언론지상에 공식 발표하였다.

---

28) 권정웅, 『북으로 가는 길』, 평양, 문예출판사, 2004, 52쪽.

결국 3월 19일 그는 북한에 송환되었으니 그 시기는 문민정부 출범 22일 만이었다. 당시 보수언론의 반발은 대단하였다. 북한의 정치선전 이용의 위험성도 다분히 있고, 상호주의에 의해 국군포로나 납북자들에 대해 북측에 요구도 하기 전에 송환했으니 관련 시민단체의 반발은 거셀 수밖에 없었다. 하지만 김영삼 전대통령은 취임사에서 "어떤 동맹국도 민족보다는 우선할 수 없다"고 했던 공약을 특유의 뚝심으로 실천한 것이다.

당시 문민정부가 시작되었다는 것을 국민들에게 피부로 느끼게 해줄 필요성이 있었던 김영삼 정부의 정치적 계산도 있었겠지만, 그 이전인 1990년『말』지에 이인모의 북한에 있는 어머니에게 보내는 편지가 공개됨으로써 큰 반향을 불러일으켰기 때문이다. 우선 북한측의 정치적 공세를 막을 필요가 있었고 국제사면위원회가 그를 정치적 희생자로 보고 있는 점도 정치적 부담이 되었다. 고령인 그의 건강도 우려되는 점이었다. 사실 그 당시 북한측의 반응은 놀랄 정도였다. 바로 그 다음날 북한은 핵확산금지조약(NPT)탈퇴를 선언해버린 것이다. 김영삼 정부의 충격은 어머어마한 것이었고 한완상 부총리에 대한 언론들의 비난도 엄청났다.

최근 북한의 평양에서 발간되는 계간잡지『역사과학』(2004년 1월)은 "지난 1989년『말』지에 이인모 노인의 수기가 발표된 뒤 이인모 노인을 북한으로 송환하기 위한 투쟁이 벌어졌다"고 보도했다. 이후 1994년에는 김정일 국방위원장의 지시에 따라 비전향장기수 송환을 위한 구체적인 방침과 실천방안 등이 마련되었으며 비상설기구인 '비전향장기수 구원대책 위원회'도 발족됐다[29]고 소개했다.

주춤했던 비전향장기수 문제는 김대중의 국민의 정부에 들어와서 추

---

29) YTN TV 2004. 1. 23, 12시 뉴스 보도.

진력을 받았다. 햇볕정책으로 남북대화와 통일문제에 가장 심혈을 기울였던 김대중 전대통령은 박지원, 임동원 등의 밀사를 중국 등에 보내 북한측과 남북정상회담 추진을 실행에 옮기고 있었다. 당시 중국에서 몇 차례나 비밀스럽게 만났던 국민정부의 문화관광부 장관이었던 박지원 장관과 북한의 조선아시아태평양평화위원회 송호경 부위원장은 2004년 4월 8일 역사적인 정상회담 추진에 따른 「남북합의서」를 언론에 발표하게 되었다. 그 내용은 "남과 북은 역사적인 7·4 남북공동성명에서 천명된 조국통일 3대원칙을 재확인하면서 민족의 화해와 단합, 교류와 협력, 평화와 통일을 앞당기기 위하여 다음과 같이 합의하였다. 김정일 국방위원장의 초청에 따라 김대중 대통령이 금년 2000년 6월 12일부터 14일까지 평양을 방문한다. 평양 방문에서는 김대중 대통령과 김정일 국방위원장 사이에 역사적인 상봉이 있게 되며 남북정상회담이 개최된다. 쌍방은 가까운 4월 중에 절차문제 협의를 위한 준비접촉을 갖기로 하였다."30)로 압축되었다.

결국 김대중 전 대통령은 6월 12일 평양으로 날아가 김정일 국방위원장과 남북정상회담을 하고 6·15남북공동선언에 6월 15일 역사적인 서명을 하였다. 6·15남북공동선언의 총 5조항 중 3번 조항에 '비전향장기수' 문제가 다음과 같이 언급되었다.

남북정상들은 분단 역사상 처음으로 열린 이번 상봉과 회담이 서로 이해를 증진시키고 남북관계를 발전시키며 평화통일을 실현하는데 중대한 의의를 가진다고 평가하고 다음과 같이 선언한다.

1. 남과 북은 나라의 통일문제를 그 주인인 우리 민족끼리 서로 힘을 합쳐 자주적으로 해결해 나가기로 하였다.

---

30) 통일부 편, 『남북합의서』, 통일부 남북회담사무국, 2004, 91쪽.

2. 남과 북은 나라의 통일을 위한 남측의 연합제 안과 북측의 낮은 단계의 연방제 안이 서로 공통성이 있다고 인정하고 앞으로 이 방향에서 통일을 지향시켜 나가기로 하였다.

3. 남과 북은 올해 8·15에 즈음하여 흩어진 가족, 친척 방문단을 교환하며, 비전향장기수 문제를 해결하는 등 인도적 문제를 조속히 풀어 나가기로 하였다.

4. 남과 북은 경제협력을 통하여 민족경제를 균형적으로 발전시켰고, 사회, 문화, 체육, 보건, 환경 등 제반분야의 협력과 교류를 활성화하여 서로의 신뢰를 다져 나가기로 하였다.

5. 남과 북은 이상과 같은 합의사항을 조속히 실천에 옮기기 위하여 빠른 시일 안에 당국 사이의 대화를 개최하기로 하였다.

김대중 대통령은 김정일 국방위원장이 서울을 방문하도록 정중히 초청하였으며, 김정일 국방위원장은 앞으로 적절한 시기에 서울을 방문하기로 하였다.[31]

사실 남북정상끼리 합의한 위의 남북공동선언은 선언문 그대로 지켜지지 않았다. 남북화해협력에 가장 중요한 의미를 지니는 북한의 김정일 위원장이 아직 서울을 방문하지 않고 있다. 그리고 3번 조항만 하더라도 "흩어진 가족, 친척 방문단을 교환하며"라는 정신도 선언문 그대로 지켜지지 않고 있다. 방문단을 교환한다는 것은 서울과 평양을 오고 가면서 상호 방문한다는 것을 의미하는데, 남북정상회담이 열렸던 2000년을 제외하고는 북측의 주장에 따라 금강산에서 이산가족들이 상봉하거나 화상상봉으로 형식이 바뀌어 지고 말았다.

다만 공동선언문에 합의된 것처럼 63명의 비전향장기수를 2000년 9월에 약속대로 북으로 송환하였다.

---

31) 통일부 편, 『남북합의서』, 94쪽.

북송 비전향장기수 명단(63명)

연번	성명	연령	연번	성명	연령	연번	성명	연령	연번	성명	연령
1	강동근	84세	17	김종호	84	33	양정호	69	49	전 진	77
2	고광인	65세	18	김중종	74	34	오형식	68	50	전창기	82
3	김국홍	74	19	김창원	66	35	우용각	71	51	조창손	71
4	김동기	68	20	류연철	88	36	윤용기	74	52	최선묵	72
5	김명수	78	21	류운형	76	37	윤희보	83	53	최수일	61
6	김석형	86	22	류한욱	89	38	이경구	70	54	최하종	73
7	김선명	75	23	박문재	78	39	이경찬	65	55	한장호	77
8	김영달	66	24	박완규	71	40	이공순	66	56	한춘익	75
9	김영만	76	25	방재순	83	41	이두균	74	57	함세환	68
10	김영태	69	26	석용화	75	42	이세균	78	58	홍경선	75
11	김용규	77	27	손성모	70	43	이재용	55	59	홍명기	71
12	김용수	69	28	송상준	73	44	이 종	89	60	홍문거	79
13	김우택	81	29	신광수	71	45	이종환	78	61	황용갑	76
14	김은환	70	30	신인수	82	46	임병호	84	62	한종호	82
15	김일진	68	31	신인영	71	47	장병락	66	63	한백열	80
16	김인수	76	32	안영기	71	48	장 호	80			

* 〈통일부〉 자료제공.

그러면 북으로 송환된 비전향장기수들은 어떻게 생활하고 있는가? 2002년 9월 2일자 한겨레신문 인터넷판은 "장기수들은 북송 후 북한에서 '의지의 화신' 혹은 '신념의 강자'로 불리며 '영웅' 대접을 받고 있다. 북한은 북송 직후 이들에게 '조국통일상'과 노동당 당원증을 수여한 것은 물론 냉난방 시설이 갖춰진 평양 시내 대형 아파트를 비롯한 생활에 필요한 모든 물품과 건강관리를 위한 고급약재까지 공급하고 있다. 또 가족이 없는 장기수들은 결혼을 하기도 한 것으로 전해졌다"[32]고 근황을 소개하고 있다.

---

32) 『한겨레신문』 2002년 9월 2일 14:30 인터넷판 북한/통일면.

또 2003년 2월 7일자 한겨레신문 인터넷판도 평양조선중앙통신과 연합뉴스를 인용하면서 비전향장기수들의 근황을 소개하고 있다. "북한은 2월 7일 지난 2000년 9월 북송된 비전향장기수들 가운데 김선명, 김우택, 우용각, 김석형, 류연철, 홍문거, 전창기, 김용규 씨 등 8명의 일기를 공개하며 근황을 소개"했다. 조선중앙통신이 소개한 일기에서 이들은 "남한에서의 옥중생활을 회고하고 북한으로 송환된 뒤 김정일 국방위원장으로부터 '생일상'을 받는 등의 특별 대우를 받으며 살고 있다"고 밝혔다. 이들은 또 "오래 살아 꼭 통일이 이뤄지는 것을 보겠다"는 의지를 표시하기도 했다[33]고 밝혔다고 전하고 있다.

그러나 심각한 것은 이들 63명의 비전향장기수들이 북한의 각종 행사에 참가하여 정치적인 홍보에 이용당할 뿐만 아니라 조선중앙 TV에 등장하여 사실과 다른 체험담이나 증언을 하기까지 하면서 정치선전에 악용되고 있다는 현실인 것이다. 2005년 8월 6일부터 인터넷 포털사이트에 떠 있는 북한의 조선중앙TV에 방영된 동영상 프로그램을 보면, 생방송으로 진행된 프로그램에서 "(남한의) 반공의식에 꽉 차인 사람들까지 장군님의 위인적 풍모에 매혹돼서 따르고 있다는 것이 사실입니까?라는 여자 MC의 질문에 한 비전향장기수는 (남한에서) 오랜 세월 장군님을 따르거나 본보거나 영상을 모시는 것이 하나의 열풍처럼 퍼지고 있습니다"라거나 "거리에 나가보면 단추가 달린 김정일 잠바가 유행의 선두를 달리고 있습니다"라는 답변을 하고 있음을 확인하게 되어 충격을 준다. 심지어 영화의 한 장면을 캡처한 영상을 방영하면서 "백화점 안내원들이 인민군 군복을 입고 (호객행위를 위해) 백화점을 돌아다니는 것이 유행입니다"[34]라는 거짓된 증언을 능청스럽게 말하고 있다는 사실이다.

이러한 과장이나 거짓된 정치선전을 제외하면, 북한에서 나온 책자나

---

33) 『한겨레신문』 2003년 2월 7일(금) 16:56 인터넷판 북한/통일면.
34) 포털사이트 Naver 2005. 8. 6, '비전향장기수' 관련 조선중앙TV 좌담프로그램 동영상.

화보집에서는 대체적으로 일어났던 현상을 객관적이고 사실적으로 다루고 있다. 물론 비전향장기수의 북한 송환을 "불신과 오해를 끝장내고 화해와 단합의 새 장을 열어놓은 자랑스런 6·15시대, 이는 애국애족의 화신이신 경애하는 김정일 장군님의 현명한 령도에 의하여 펼쳐진 것입니다"라는 화보집의 서문(화첩을 펴내며)에서 북한 김정일 위원장의 광폭정치의 일환으로 홍보하고 있기는 하다.

우선 2000년 남북정상회담 관련 사진을 비롯하여 김정일 위원장의 통치 5년을 미화시킨『사진으로 보는 5년』에서는 〈비전향장기수들 조국에로의 귀환 실현〉 항목에서 아래의 설명에 이어 총 140쪽 중 5쪽에 걸쳐 사진화보를 소개하고 있다. 사진목록은 '판문점을 넘어서는 비전향장기수', '어버이장군님에 대한 고마움에 눈물짓는 비전향장기수', '판문점에 세워진 어버이수령님의 통일친필비 앞에서 목청껏 만세를 외치는 비전향장기수들', '평양시 각 계층 근로자들이 수십리 연도에서 신념과 의지의 강자 비전향장기수들을 열광적으로 환영하였다' 등으로 구성되어 있다.

> 주체89(2000)년 9월 2일 불굴의 통일애국투사들인 비전향장기수들이 꿈결에도 그리던 어머니조국의 품, 경애하는 김정일 장군님의 품에 안기였다. 한두 명도 아닌 60여 명의 비전향장기수들이 한꺼번에 조국의 품으로 돌아온 이 경이적인 현실은 사랑과 인덕의 화신이신 위대한 장군님의 숭고한 인간애, 동지애가 낳은 대서사시적 화폭이였다.[35]

권정웅의 장편소설『북으로 가는 길』의 결말부분에서도 판문점 환영식에 참석한 비전향장기수들의 모습이 다음과 같이 묘사되고 있어『사진으로 보는 5년』과 유사함을 확인하게 된다.

---

35) 박영철 외 편,『사진으로 보는 5년』, 평양, 평양출판사, 2005, 49쪽.

나는 승리하였다. 이 이상 더 바랄 것이 과연 무엇이겠는가.

조국은 나를 따뜻이 감싸주었다.

평양으로 떠나기에 앞서 김병택은 옷매무시를 바로하고 위대한 수령님과 경애하는 장군님 초상화 앞에 정중한 자세로 다시 섰다. 만민이 우러러 받들어 모시는 그이, 온 인류의 운명을 이끄시는 전설적 영웅이신 김정일장군님!

≪부디부디 건강하십시오. 장군님의 건강은 인류의 행복입니다.≫

김병택은 허리를 깊이 숙여 인사를 올리였다. 일행은 마당에 나섰다. 통일친필비쪽으로 걸어갔다.

지심깊이 세워진 듬직한 비석이다. 화강암으로 새긴 요란한 글발이 눈에 띄였다.

≪김일성 1994. 7. 7≫

9월 2일 하늘은 끝없이 푸르렀다. 찬란한 해빛은 누리에 쏟아져 내리고 있었다.[36]

한편 북한에서 최근 펴낸 『6·15시대와 민족공조』에서도 비전향장기수들의 북송을 6·15공동선언의 실현이라고 다음과 같이 객관적으로 서술하고 있어 주목된다.

1천만 흩어진 가족은 민족분렬의 깊은 상처를 직접적으로 부여안고 있는 사람들이다. 부모형제혈육의 생사안부조차 알지 못한 채 반세기이상 통일의 그날만을 애타게 기다리는 그들의 소원은 6·15공동선언에 의해 마침내 실현되게 되었다.

력사적인 공동선언에서는 북과 남이 8·15에 즈음하여 흩어진 가족, 친척방문단을 교환하며 비전향장기수문제를 해결하기로 하였다.

이에 따라 2000년 9월 63명의 비전향장기수들이 이북으로 송환되였으며 여러 차례의 흩어진 가족, 친척상봉이 진행되였다.

흩어진 가족, 친척방문단교환사업은 1차에서 3차까지는 서울과 평양에서

---

36) 권정웅, 『북으로 가는 길』, 평양, 문예출판사, 2004, 294-295쪽.

진행되었고 4차부터는 민족의 명산 금강산에서 이루어졌다.[37]

3. '수령형상 창조이론'에 따른 영웅화

북한소설 『북으로 가는 길』에는 김일성 주석에 대한 묘사가 무려 20여 차례 나오며, 김정일 국방위원장에 대한 형상묘사가 15차례 등장한다. 김일성에 대한 형상묘사는 책의 1장부터 8장에 걸쳐 두루 나오지만, 김정일에 대한 형상묘사는 김일성이 사망한 뒤인 제 9장부터 10장과 종장의 총 3장에 걸쳐 집중적으로 나오는 것이 특징이다.

이 소설에서 김일성이 등장하는 이유는 크게 세 가지라고 할 수 있다. 특히 동지들의 변절에 따라 마음이 흔들릴 때마다 김병택은 김일성에 대한 일종의 신앙과도 같은 수령관을 독백으로 읊조린다. 하나는 김일성이 해방 직후 토지개혁을 하여 지주로부터 국가가 환수한 땅을 소작농들에게 나누어 준 것에 대한 고마움을 표현하고 있다. 『북으로 가는 길』의 주인공인 김병택은 소작농 출신인 아버지 김명진으로부터 "토지개혁의 혜택을 잊지말라. 토지는 누가 주었는가? 김일성 장군님께서 주시었다. 이것을 잊지 말라"는 말을 반복해서 듣게 된다. 그러한 고마움에 대한 보답으로 김병택은 6·25한국전쟁이 발발하자 곧바로 인민군에 자원입대를 하는 것으로 묘사되고 있다. 심지어 결혼까지 하고 아들까지 둔 주인공 김병택이 가족에 대한 어떠한 배려나 고민도 하지 않고 바로 인민군에 입대를 결심하는 것으로 형상화되고 있다.

　　김병택은 입을 꾹 다물고 아무런 설명이 없었다. 이렇게 되자 리만식은 자기 주장이 옳다는 것을 증명하기 위해 본인인 김병택이 말하라고 졸라대었다.
　　"나야 뭐 할 말이 별로 있나요. 겸해 말주변도 없구요. 간단히 말하면 8·

---

37) 최기환, 『6·15시대와 민족공조』, 평양, 평양출판사, 2005, 136-137쪽.

15전 소작살이를 하던 우리 집에서는 밥굶기를 부자집 밥 먹기만치나 자주 했었지요. 오죽했으면 내 형 하나가 굶어죽었겠나요. 그런데 김일성 장군님께서 나라를 찾아주시고 땅까지 주시여 우리는 영영 굶주림에서 해방되었단 말입니다. 나는 밥상에 마주앉을 때면 항상 그 은덕을 생각했습니다. 결국 내가 총을 들고 전쟁에 참가한 것도 김일성 장군님께서 주신 땅을 목숨으로 지키기 위한 것이라고 할 수 있지요. 그래 나는 밥상을 마주하고 혁명을 배웠다고 자랑스럽게 말합니다. 그저 이렇습니다. …"38)

다른 하나는 김일성 주석에 대한 믿음을 표현하고 있다. 김병택의 김일성에 대한 마음은 일종의 존경심 혹은 충성심이라고 할 수 있다. 그러한 충성심과 신뢰가 나오게 된 배경으로 작가 권정웅은 항일투쟁의 역사를 내세운다. 주인공 김병택은 김일성 장군이 있기에 자신들은 싸움에서 이긴다는 것을 반복해서 외친다. 그러한 배경으로 김일성이 왜놈들을 쳐물리치고 광복을 시켰기 때문이라는 근거를 그럴싸하게 묘사하고 있다.

김병택이 그의 말을 받으며 입을 열었다.
"로인님 말씀은 형세가 이렇게 되었은즉 우리나라, 우리나라라는 것은 조선민주주의인민공화국을 말합니다. 우리나라 운명이 어떻게 되는가 걱정하는 것 같은데 그에 대해서는 전혀 근심할 필요가 없습니다. 우리나라는 최고사령관이신 김일성 장군님께서 세우시였고 그것을 미국놈들이 없애치우자고 하는 것을 반대해서 전쟁을 하고 있습니다. 일제통치에서 나라를 광복하신 장군님이신데 미국놈들을 이기시지 못하겠습니까? 그에 대해서는 걱정 안해도 되겠습니다. 꼭 우리는 승리합니다. 믿으십시오. 지금 우리가 일시 전략적으로 후퇴하고 있는데 그건 이제 곧 밀고나오면 됩니다."39)

---

38) 권정웅, 『북으로 가는 길』, 19쪽.
39) 권정웅, 위의 책, 17쪽.

마지막으로 자기 수령에 대한 신뢰와 충성심을 견지해야 한다는 당위적 명제로서의 '혁명적 수령관'을 제시하고 있다. 혁명투쟁에서는 당사자의 마음의 기둥이 든든해야 한다는 것이 기본이라고 강조한다. 이러한 사고방식과 의식화가 바로 주체사상인 것이다. 주체사상의 기본은 주체적 인간전형을 창조하는 것이라고 북한의 주체문예이론은 설명하고 있다. 주체적 인간은 바로 산 인간을 만들어내는 것인데, 그것은 주인공이 자주성, 창조성, 의식성이 있는 존재로 살아 움직여야 함을 의미한다고 강조한다. 그리고 주체적 인간 전형에 의해 낡은 것을 변혁시키고 새로운 것을 창조해낼 수 있게 된다는 사회적 개조론으로 옮아가게 되며 혁명을 위해 계급투쟁이 필요하며, 그러한 계급투쟁을 위해서 사회적 생명체론이 등장하게 된다. 혁명에 있어서 개체적 생명체는 큰 의미가 없다고 주장한다. 소위 당, 인민, 수령의 삼위일체론의 근거가 되는 이론이 사회적 생명체론이다. 당의 최고뇌수인 수령으로부터 뇌수를 이어받아야 노동자 개개인이 혁명의 과정에서 품성 있고 투쟁의식을 갖춘 바람직한 존재로 거듭나게 된다는 것이 사회적 생명체론의 요체이다. 그리고 사회적 생명체론은 이어서 혁명적 수령관으로 옮겨가게 된다. 자기 수령에 대한 신뢰와 충실성을 다바쳐야만 적대적 갈등에서 적을 물리치고 혁명을 완성할 수 있게 된다는 논리이다.

묵묵히 앉아서 상대방의 표정을 살피고 있던 김병택이 정중한 어조로 말하였다.

"제가 체험해본데 의하더라도 혁명투쟁에서는 무엇보다도 그 당사자의 마음의 기둥이 든든한 것이 기본이라고 봅니다. 그것이 약하면 투항, 전향, 변절, 배신, 별의별 일이 다 있게 됩니다. 그 기둥이란 자기 수령에 대한 신뢰와 충성심일 것입니다. 이것만 든든하면 그 어떤 일이 있어도 굴하지 않으며 변심을 모르게 됩니다. 방금전에도 말했지만 우리 인민군전사들은 모두 이 점에서 확고합니다. …"

"참말 옳은 말씀입니다. 마음의 기둥, 그것은 자기 수령에 대한 절대적인 믿음일 것입니다. 그런데 저는 여태 맑스—레닌주의문헌의 명제들만을 계속 외우게 하고 혁명에서 기본인 수령의 지위와 역할에 대해서는 깊이 생각을 못하고 있었으니 얼마나 어리석었습니까.

제가 요새 알게 된데 의하면 북에서는 벌써 오래전부터 당안에 수령관을 확고히 세워야 한다고 제기했다고 합니다. 그것을 제기한 분이 누구인가는 이제 차츰 알게 될 것입니다. 아! 위대한 분이지요! 국제로동운동사의 그 어데를 뒤져보아도 당안에 사상사업의 기본을 수령관의 확립으로 제기한 것은 없었습니다. …"[40]

북한의 김정일 위원장이 직접 만들었다고 자랑하는 '수령형상 창조이론'은 김일성 수령의 위대성을 최초 최상의 위치에서 형상화할 것을 요구하는 문예이론이다. 특히 이러한 수령형상창조이론은 그동안 주체사상의 한 부분으로 다루어져 왔었으나 문학평론가 윤기덕이 1991년 단행본 저서로『수령형상문학』을 내놓음으로써 김정일시대 문학의 대표적인 이론으로 자리매김되고 있다. 책의 서론에 해당하는 제1편을 보면 '친애하는 지도자 김정일 동지의 수령형상에 대한 탐구와 령도'라는 소항목이 달려 있는 것을 확인하게 된다. 즉 수령형상창조이론은 김정일 위원장에 의해 직접 주창되었음을 밝히고 있는 것이다. 따라서 북한에서 창작되는 모든 문학의 앞에는 수령형상문학이 반드시 나와야 하는 것이다.

김정일이 그의 명저라는『영화예술론』에서 제시한 바 있는 주체의 인간학으로부터 수령형상창조이론은 출발한다. 김정일은 다음과 같이 교시를 내리고 있다.

우리가 요구하는 인간학은 자주성에 대한 문제, 자주적인 인간에 대한 문

---

40) 권정웅, 위의 책, 187-188쪽.

제를 내세우고 새시대의 참다운 인간전형을 창조하여 온 사회를 주체의 요구에 맞게 개조하는데 이바지하는 문학이다.(『영화예술론』)[41]

이러한 주체적 인간학은 수령의 혁명역사는 인간의 자주성을 실현하고 참다운 인간문제를 해결하기 위한 헌신적 복무의 가장 빛나는 귀감의 역사로 된다는 수령형상창조이론과 접목된다. 그 이유는 김일성 동지의 혁명역사에는 인간들이 자주성을 지키기 위하여 투쟁하는 데서 나서는 모든 문제, 혁명의 전략과 전술문제, 혁명역량편성문제, 투쟁방도와 방법문제 등 모든 것이 다 있기 때문이라고 주장한다.

제2편에서는 작품의 당성과 수령형상창조이론을 연결시키고 있다. 수령의 형상을 창조하는 데 사회주의, 공산주의 문학에 당성이 있게 되는 근거는 무엇인가라고 질문하고는 자문자답을 하고 있다. 그것은 수령형상이 노동계급의 혁명적 문학으로 하여금 자기 사명을 다하게 하는 데서 중심위치에 놓이고 결정적 역할을 놓기 때문이라고 강조한다. 문학예술의 당성은 형상을 통하여 당의 이익을 옹호하는 성질을 말하는데, 노동계급의 문학예술에서 당의 이익은 문학예술의 사명을 다하는 것과 관련된다는 것이다.

문학예술의 사명으로부터 출발하여 인민의 형상도 혁명가의 형상도 혁명적 문학예술에서는 다 당성을 옹호하는 형상으로 창조된다. 그러나 수령의 형상은 사정이 다르다고 강변한다. 수령의 형상은 당과 혁명의 최고영도자의 형상임으로 하여 그 활동에 대한 묘사는 다 혁명의 근본이익, 당의 근본이익에 관계되는 활동의 형상으로 되기 때문이라는 것이다. 이렇듯 사회주의, 공산주의 문학예술의 여러 형상들 가운데서 수령형상은 중심위치에 놓이면서 혁명문학이 당성을 구현하는 데서 핵으로 되고 중추로 되는 기본형상[42]이라고 결론짓는다. 즉 수령의 형상은

---

41) 윤기덕, 『수형형상문학』, 평양, 문예출판사, 1991, 9쪽.

284

빛나는 예지와 과학적 통찰력으로 역사발전의 합법칙성과 시대의 절박한 요구, 노동계급의 역사적 임무, 계급적 세력의 호상관계와 혁명투쟁이 진행되는 환경 그리고 혁명수행방도를 누구보다도 잘 아는 혁명의 최고영도자의 형상임으로 하여 그의 혁명 활동과 혁명역사는 그 자체로써 시대의 본질과 역사발전의 합법칙성을 전형적으로 체현하게 된다고 역설하고 있다.

윤기덕의 『수령형상문학』의 가장 중추적인 부분은 수령형상의 본질과 합법칙성을 설명하는 항목이다. 수령을 형상한다는 것은 수령의 혁명적 역사와 숭고한 풍모를 진실하고 생동하게 예술적 화폭에 그려 수령의 위대성을 예술적으로 감득하게 하는 것이라고 강조한다. 수령형상을 잘 창조하기 위해서는 무엇보다도 지금까지 창조한 모든 형상과 구별되는 수령형상의 특성을 잘 알아야 한다는 것이다. 우선 수령형상은 보통혁명가의 형상과 구별되어야 한다는 점을 주장한다. 수령은 위대한 혁명가, 위대한 공산주의자의 귀감이므로 수령형상은 보통혁명가와는 엄격히 구별해서 형상화되어야 함을 역설하고 있다. 인민대중은 자주적인 사상의식과 창조적인 활동능력을 가지고 목적지향성 있는 의식적인 활동을 할 때 역사의 주체로 사회발전의 힘 있는 동력으로 된다는 것이다. 인민대중의 자주적인 사상의식, 창조적인 활동능력, 목적지향성 있는 의식적인 활동은 타고난 것이 아니며 저절로 생기는 것도 아니라는 것이다. 그것은 계급적 처지와 역사적 사명을 자각하고 자주성을 옹호하여 투쟁할 수 있게 하는 올바른 사상, 이론, 방법을 가질 때라야 생겨나고 키워진다고 설명한다. 그런데 이 모든 것은 오직 노동계급의 수령만이 창조할 수 있고 인민에게 줄 수 있다[43]고 결론을 유도한다.

실로 수령형상은 참된 인간, 위대한 혁명가의 형상인 동시에 그 누구

─────────────────

42) 윤기덕, 위의 책, 13-14쪽.
43) 윤기덕, 위의 책, 157-159쪽.

도 비길 수도 대신할 수도 없는 인민의 최고뇌수, 혁명의 최고영도자, 단결의 유일중심의 형상이며 오직 한 분밖에 없는 노동계급의 정치적 수령의 형상이다. 그러므로 수령형상을 창조하는 데서 기본은 수령의 위대성을 그리는 것이라고 수령형상창조이론은 역설하고 있다. 즉 수령에 대한 충실성을 신념으로 간직하자면 수령의 위대성을 깊이 체득하여야 한다는 것이다. 그리고 수령에 대한 위대성이란 1) 수령이 지닌 사상의 위대성, 2) 영도와 풍모의 위대성, 3) 수령이 이룩한 혁명업적의 위대성44)을 그려야 한다고 강조한다.

수령의 위대성을 잘 알아야 자기의 수령을 진심으로 받드는 신념과 의지가 생기고 수령을 충심으로 높이 모시는 자세와 입장이 확고해진다는 것이다. 북한의 수령형상창조이론의 핵심은 노동계급의 문학예술에서의 수령의 형상을 창조하는 중요한 목적의 하나는 예술형상을 통하여 인민들에게 혁명적 수령관을 철저히 세워주려는 데 있다고 내세운다. 이러한 혁명적 수령관을 세우는 데서 중요한 것은 수령의 위대성에 대한 인식과 체득이라고 이론을 연결시킨다. 따라서 혁명적 수령관은 수령에 대한 충성심을 혁명적 신념과 의리로 간직할 것을 요구한다고 강조한다. 수령에 대한 충실성은 혁명적 신념과 의리로 간직되어야 가식을 모르는 가장 진실하고 순결한 것으로 되며 어떤 바람이 불어도 동요와 변심을 모르는 영원한 것으로 된다45)는 것이다.

권정웅의 장편소설 『북으로 가는 길』은 이러한 '수령형상창조이론'을 근간에 두고 창작된 작품임을 확인하게 된다. 작품 도처에서 김일성 주석의 위대성을 찬양할 뿐만 아니라 등장인물인 전 서울대교수 현창만의 입을 빌려 김정일의 혁명적 수령관(수령중심론)까지 위대한 사상이라고 역설하고 있기 때문이다. 현창만이 위대성연구소조를 꾸려나가고 남한

---

44) 윤기덕, 위의 책, 163-164쪽.
45) 윤기덕, 위의 책, 168-169쪽.

사회에서 그것의 확대를 위해 실천적 행동에 나서는 것을 김병택과 만나 설명하는 가운데, 앞서의 수령형상창조이론에 나오는 1) 수령이 지닌 사상의 위대성, 2) 영도와 풍모의 위대성, 3) 수령이 이룩한 혁명업적의 위대성을 차례로 묘사하는 데서 확인이 된다.

김정일장군님께서는 벌써 오래전부터 위대한 수령님의 혁명사상을 과학적으로 풍부화시키시면서 혁명사상에서 진수로 되는 수령중심론을 제기하셨습니다. 혁명 그 자체가 수령의 령도에 의하여 발전되고 승리에로 전진해 나아간다는 것입니다. 이로부터 당도 국가도 군대도 모두 수령에 의하여 창건되고 발전강화된다는 철의 론리를 제기하시였습니다.

저는 이것을 알게 되었을 때 환성을 올렸습니다. 현창만은 차차 흥분돼서 얼굴이 벌겋게 상기되였다.

"저는 맑스-레닌주의에 대한 교조적인 립장에서 벗어나 위대한 수령님과 경애하는 김정일장군님의 혁명사상과 이론을 열렬히 신봉하게 되였습니다."46)

70을 이미 넘긴 미거한 이 력사학자는 얼마 남지 않는 여생을 다 바쳐 경애하는 수령님의 위대성을 체계화한 이 글을 완성하려고 한다.

이렇게 시작된 론문은 탁월한 사상리론가, 위대한 강철의 령장, 인민의 자애로운 어버이로서의 경애하는 수령님의 위인적 풍모와 비범한 령도업적을 깊이있게 론증하고 나서 오늘은 위대한 령도자 김정일장군님께서 수령님의 혁명위업을 빛나게 계승하시여 21세기의 위대한 태양으로 세계만방에 빛을 뿌리고 있는데 대하여 격조높이 서술하였다.47)

『북으로 가는 길』의 주인공인 비전향장기수 김병택은 두 가지 이유 때문에 변절을 할 수 없었다고 고백한다. 하나는 위에서 다룬 수령형상창조이론에 근거한 확고한 혁명적 수령관 때문이고 다른 하나는 어머니

---

46) 권정웅, 『북으로 가는 길』, 244-245쪽.
47) 권정웅, 위의 책, 245쪽.

때문이라고 마음 속으로 다짐하고 있다. 청주보안감호소의 교무과장은 북출신 비전향장기수 4명을 요정으로 불러내어 술과 여자로 유혹하면서 전향을 유도하지만, 김병택이 여자를 거부하면서 말려들지 않자 폭행과 고문을 자행한다. 의식이 가물가물한 가운데서도 김병택은 "그리고 속으로 계속하였다. 어머니는 왜 이 아들을 이렇게까지 목숨이 검질지게 낳았는가요. ≪어머니!≫ 어머니는 왜 한두 번에 꼬꾸라져서 생을 끝내고마는 그런 자식을 낳지 못하고 이런 아들을… 그러나 어머니, 걱정마세요. 목숨이 붙어있는 한 변절은 안합니다. 안합니다!"[48]라고 울부짖는다. 여기에서 어머니는 실제의 낳아주신 어머니를 의미하기도 하지만, '노동당'을 상징하고 있는 것으로도 볼 수 있다.

4. '적대적 갈등이론'과 사상적 순결성

장편소설 『북으로 가는 길』은 전형성의 원리와 갈등구조를 구성조직의 근간으로 삼고 있다. 이러한 구성원리는 사회주의적 사실주의의 문예사조를 반영하는 것이기도 하다. 여기에서 대립갈등구조는 낡은 것과 새로운 것의 대립이라는 북한의 상투적인 플롯의 틀이기도 하다. 북한의 주체문예이론서들은 예술적 갈등에서 적대적 갈등과 비적대적 갈등의 두 가지를 주축으로 삼고 있다. 문학예술작품에서 적대적 갈등이란 인물들 사이의 불상응적인 모순과 대립을 반영한 갈등이라고 개념정의를 내리고 있다. 그 전제조건으로서 착취사회에서는 착취계급과 피착취계급, 지배계급과 피지배계급간의 계급적 모순과 적대적 대립이 사회관계의 기본으로 된다고 제시하고 있다. 착취사회에서는 착취계급을 반대하는 인민대중의 투쟁이 끊임없이 벌어진다는 것이다. 아울러 착취와

---

48) 권정웅, 위의 책, 209쪽.

288

억압을 반대하고 자주성을 실현하기 위한 계급투쟁은 그 어떤 힘으로도 막지 못한다고 강조한다. 따라서 착취사회에서 창조된 문학예술작품들이 적대적 갈등을 기본으로 하여 구성되는 것은 응당하다[49]고 주장하고 있다.

'적대적 갈등'을 옳게 설정하고 해결하는 것은 사회주의 현실을 그리는 문학예술작품에서도 중요한 미학적 요구로 제기된다는 것이다. 사회주의 사회는 착취계급을 계급으로서 완전히 생산한 사회이지만 전복된 착취계급의 잔여분자들이 남아 있고 사회주의제도를 반대하는 내외원쑤들의 파괴암해책동이 있게 되면 따라서 그들을 반대하는 계급투쟁이 계속되기 때문이라고 역설하고 있다. 또한 사회주의 사회에서도 외래제국주의자들의 침략책동을 반대하는 투쟁이 계속된다는 것이다. 따라서 이러한 조건에서 사회주의 현실을 그린 문학예술작품에서도 적대적 갈등 문제가 중요한 미학적 요구로 제기[50]될 수밖에 없다는 인식이다.

권정웅의 『북으로 가는 길』에서 김병택을 비롯한 비전향장기수들은 그들을 억압하고 착취하는 교도관이나 독재사회의 권력자들과 대립갈등 관계에 놓이게 설정하고 있다. 작품에서 비전향장기수들을 긍정적인 인물로 묘사하고 있으므로 대립관계에 있는 교무과장, 교도소장을 비롯한 교도관들은 부정적인 인물로 그들을 착취하는 세력으로 규정짓고 있다. 따라서 이 작품에서 김병택은 자신들의 자주성을 실현하기 위해 계급투쟁을 벌이며, 계급모순을 해결하기 위해 저항을 하는 것으로 묘사되고 있다. 투철한 계급의식을 가지고 비전향장기수들은 적대세력과 투쟁하기 때문에 사회적 존재로서의 그들의 모습은 열정과 뚜렷한 지향성을 드러내게 창조해야 한다고 북한의 주체문예이론서들은 강조한다.

---

49) 차영애 편, 『위대한 령도자 김정일동지의 사상리론』, 문예학 4, 평양, 사회과학출판사, 139-140쪽.
50) 차영애 편, 위의 책, 140쪽.

우선 부정적인 인물들은 권력과 힘을 가지고 있는 만만찮은 인물들이다. 따라서 긍정적인 인물들에게는 시련과 일시적인 곡절이 있게 마련이다. 하지만 그들은 피어린 투쟁을 통하여 혁명의 승리를 가져오게끔 작품에서 그려야 한다고 강조한다. 『북으로 가는 길』에서 김병택은 교도소 소장 양구식으로부터 사상전향 공작에 시달리는 것으로 묘사된다. 부정적인 인물인 양구식은 일제시대에 서대문형무소의 부소장이었던 니시무라였으며 1940년부터 1953년 현재까지 15년 동안 연 인원 15만여 명을 다루었다고 큰소리 치면서 죄수 김병택, 우리 법에 복종할테냐 불복하고 오늘 끝을 맺을테냐라고 협박을 가한다. 김병택이 응답이 없자, 양구식은 매질과 구두발로 차는 등 폭력을 행사하면서 고문을 자행한다. 하지만 김병택은 신음소리를 내거나 고통을 나타낸다는 것은 적들에게 투항하는 것이 된다고 생각하며 붕대를 감은 눈을 손으로 가리고 세멘트바닥에 누운 채 양구식이 차고 굴리고 하는 대로 내버려두는 것으로 묘사한다. 결국 정신을 잃었다가 깨어난 김병택은 또 한 차례의 투쟁에서 이겼다고 혼자 스스로를 위로[51]한다.

1960년대 들어와서는 비전향장기수들은 통방을 하면서 은밀하게 단식투쟁을 펼친다. 그러자 양구식은 주모자 중 한 명인 김병택을 끌어내어 입에 고무호스를 밀어넣고 강제로 급식을 단행한다. 그리고 며칠 뒤에는 회유공작을 하면서 단식투쟁의 요구를 들어주겠다면서 타협안을 제시한다.

5·16군사혁명 후에는 군사정권이 비전향장기수들을 바다에 처넣어 죽일 것이라는 루머가 교도소 안에 퍼진다. 하지만 전국 교도소에 흩어져 수용하고 있던 비전향장기수들을 대전교도소로 집결시킨 후 사상전향공작반을 꾸려 전기고문 등으로 강하게 전향공작을 시행한다. 그 결

---

51) 권정웅, 앞의 책, 115-116쪽.

과 1,000여 명의 정치범 중에서 상당수가 전향을 한다. 하지만 김병택은 전기고문에도 굴복을 하지 않는다. 그러자 양구식은 한때 빨찌산 소대장을 했던 군의관 한인석을 불러 김병택에게 약물을 투약하여 뒷문으로 내보내라고 은밀히 지시한다. 한인석은 김병택을 만나 가짜 전향을 권유한다. 하지만 김병택은 다음과 같이 죽음을 불사한 자신의 소신을 내세운다. 즉 소설의 긍정적인 인물은 어떠한 난관 속에서도 '사상적 순결'성을 지키는 인물로 그려지고 있는 것이다.

> 가짜전향! 가소롭다. 전향, 그것은 곧 죽음이다. 신념을 지키고 북으로의 길을 꼿꼿이 걷는 길, 그것은 죽음을 각오하는 길이며 바로 거기에 김병택의 생의 의의가 있고 영예와 긍지가 있는 것이다. 이렇게 놓고 볼 때 여태 고맙게 생각되였던 한인석은 나를 야금야금 끌고 와서 결국은 양구식의 비위를 맞추고 그 함정에 밀어넣자는 수작이었단 말이지. 가소롭기 그지없다! 김병택은 가슴이 벅차올랐다. 하나의 전쟁을 승리적으로 치른 기분이였다. 실로 이것은 나와 나사이의 결투. 이루 말할 수 없는 가렬처절한 자신과의 전쟁이였다. 총포성의 울림이 없이 고요속에서 진행되는 삶과 죽음의 교차, 가렬한 전쟁! …
> 한동안 둘은 마주 볼뿐 말이 없었다.[52]

북한의 주체문예이론서는 적대적 갈등은 긍정인물과 부정인물사이의 격렬한 대립과 동반한다고 전제한다. 적대적 갈등의 담당자인 긍정인물과 부정인물들 사이의 대립과 투쟁은 적대적이고 불상용적인 모순에 기초하고 있기 때문이라고 설명한다. 이 투쟁에서는 화해가 있을 수 없다. 적대적 갈등에 놓여 있는 인물들은 격렬한 투쟁을 벌이다가 마지막에는 서로 결렬되는 것으로 끝나야 한다고 주문하고 있다. 적대적 갈등관계에 있는 인물들이 결렬된다는 것은 긍정인물과 부정인물들 가운데에서

---

52) 권정웅, 위의 책, 147쪽.

어느 한 인물이 승리하고 다른 인물이 멸망하는 것으로 끝난다[53]는 것을 말한다고 강조하고 있다.

다시 『북으로 가는 길』로 돌아가면, 비전향장기수들은 사상전향공작에 맞서 통방신호를 보내 서로 연락을 취하고 아침식사 시간에 투쟁을 전개하기로 약속을 하는 것으로 묘사된다. 모두 '전향공작을 중지하라!', '암살을 중지하라!', '전기고문을 중지하라!'등의 구호를 외치면서 함성을 지르고 투쟁을 전개한다. 밖에는 무장경찰대를 동원하여 호동을 포위하고 공포탄을 쏘면서 제압을 시도하지만 별다른 묘책을 강구하지 못한다. 하루종일 함성을 외치며 적기가와 지리산유격대의 노래 그리고 인터나쇼날 노래를 부르며 투쟁하는 비전향장기수들에게 양구식 교도소장은 타협안으로 대표를 내세워 대화를 시도한다. 결국 '함성 그만'이라는 통방신호에 따라 교도소 내에서의 함성은 멈추게 된다.[54] 결국 한달 후에 사건이 매듭지어지고 교도소측은 사상전향공작을 당분간 고려하기로 결론을 낸다. 그리고 주동자 2명을 교수형에 처함으로써 양보와 징벌의 이중효과를 노리는 대응책이 취해지는 것으로 작품은 묘사된다. 『북으로 가는 길』은 북한의 주체문예이론서에서와 마찬가지로 전향공작에 맞선 함성투쟁에서 긍정인물인 비전향장기수들의 사실상의 승리로 매듭지어진 것으로 그려지고 있다. 즉 주체문예이론에서 주인공과 상대편이 적대적 갈등에서 투쟁을 펼치다가 마지막에는 서로 결렬되는 것으로 묘사해야 한다는 주문대로 종결처리를 한 것이다.

5. 철학적 심오성과 신념의 교양

북한의 언론매체들은 2000년 9월 2일 북으로 송환된 63명의 비전향장

---

53) 차영애 편, 앞의 글, 142쪽.
54) 권정웅, 『북으로 가는 길』, 156-162쪽.

기수들을 '신념과 의지'의 강자라고 찬양하고 있다. 그리고 김정일 위원장은 4·15문학창작단에게 그들 모두의 삶을 소재로 한 장편소설 창작을 주문했다고 전해진다. 비전향장기수들의 인생의 역정은 바로 혁명적 동지애와 의리의 표상이라고 판단한 것으로 간주되며 그들의 삶의 이야기를 소설이나 영화로 제작하여 인민들에게 신념교양의 표본으로 선전 선동하려는 목적을 보이는 것으로 생각된다.

최근 북한의 주체문예이론서들 중에서 주목되는 것이 바로 '철학적 심오성'에 대한 문학비평서이다. 철학적 심오성의 문제는 혁명적 수령관과도 연계되고, 종자론과도 이어지며, 주체의 세계관과 연결되기 때문에 최근 북한의 평론가들이 이 문제에 대해 천착하는 것으로 보여 진다.

문학평론가 김용부에 의해 간행된 『철학적 심오성과 문학예술작품』을 펼쳐보면, 머리말에서부터 철학적 심오성은 작품의 질을 규정하는 기본요인으로서 높은 정치사상적 풍격과 예술적 가치를 담보해준다는 이야기로부터 이야기를 풀어나가고 있음을 확인하게 된다. 철학적 심오성을 구현함으로써 주체의 문학예술작품들은 사람들에게 혁명의 진리, 참된 삶의 진리를 깨우쳐 주는 가장 혁명적인 문학예술의 높은 경지에 오르게 되었으며 혁명적 수령관을 기본으로 하는 주체의 혁명관과 인생관을 세워 주는 자기의 사명과 역할을 더욱 훌륭히 수행할 수 있게 되었다[55]고 역설하고 있다.

특히 저자 김용부는 최근 자본주의 국가의 문학예술에서 정치적 성격을 거세하려고 책동하고 있다고 비판하고 있다. 오늘 미제를 괴수로 하는 제국주의자들은 사회주의를 내부로부터 변질시키려고 악랄하게 책동하고 있다고 성토한다. 반동적인 작가들과 부르주아 문예 이론가들은 여기에 발을 맞추어 혁명적인 문학예술을 말살하고 그 승리적 전진을

---

55) 김용부, 『철학적 심오성과 문학예술작품』, 평양, 문예출판사, 2002, 3쪽.

멈춰 세울 목적 밑에 이른바 ‘내면화’와 ‘철학성’을 운운하면서 모더니
즘문학을 비롯한 온갖 반동적 부르주아 문예사조들을 내세워 문학예술
의 정치적 성격을 거세하고 인민대중의 자주적인 사상의식과 창조적 능
력을 마비시켜 통일단결된 힘으로 전진하는 그들의 도도한 흐름을 가로
막고 자본주의의 ‘번영’과 ‘영원성’을 합리화하려고 책동하고 있다고 비
판하고 있다. 따라서 철학적 심오성은 주체문학에서 매우 중요한 문제
라고 강조하고 있다. 참으로 문학예술작품의 철학적 심오성에 관한 사
상이론은 사람들에게 주체의 세계관을 튼튼히 세워주며 온 사회의 주체
사상화에 참답게 이바지하는 사회주의 문학예술건설의 가장 정확한 방
도를 밝혀준 혁명적인 이론이며 주체의 혁명문학을 찬란히 개화발전시
킬 수 있게 한 과학적인 학설56)이라고 주장한다.

최근 북한에서 비전향장기수를 다룬 장편소설이 많이 쏟아져 나오는
이유로는 크게 두 가지 문제를 부각시킬 수 있기 때문이다. 하나는 혁명
적 수령관을 내세우기 좋기 때문이고 다른 하나는 북한 인민들에게 신
념과 혁명적 동지애의 중요성을 교양시키는 데 가장 좋은 소재이기 때
문이다. 이러한 신념의 교양은 ‘철학적 심오성’과 연계시켜 작품의 질을
높이는 데 작용할 것으로 북한의 주체문예이론서들은 판단하고 있다.

> 비전향장기수들을 원형으로 하는 장편소설『조국의 아들』,『나의 추억 40
> 년』,『의리』등 17편의 작품들이 훌륭히 창작되어 우리 수령제일주의 교양과
> 신념교양에서 커다란 역할을 하였다.57)

북한 문예이론서들이 ‘철학적 심오성’을 내세우는 가장 근본적인 이
유는 철학적 심오성은 인간의 존엄과 가치를 좌우하는 근본문제를 높은

---

56) 김용부, 위의 책, 4쪽.
57) 김일권 외 편,『조선중앙년감』, 조선중앙통신사, 2003, 202쪽.

예술적 경지에서 해명하기 때문이라고 판단한다. 『북으로 가는 길』에서 비전향장기수들이 비록 공산주의자들이긴 하지만, 그들을 사상 전향시키기 위해 고문이라는 폭력을 사용한 것은 인간 존엄성에 대한 훼손이기 때문에 문제점이 많다고 작가는 지적하고 있다.

또 북한이론서는 "문학에서 철학적인 것은 생활적인 것을 떠나서 존재할 수 없다. 문학에 철학적인 것을 담는다고 하여 철학에서처럼 론리적인 것만 추구한다면 예술성을 살필 수 없는 것은 물론 그 철학성도 옳게 보장할 수 없다"[58]고 주장한다. 지금까지 세계문학에서 작가들이 철학적 주장을 했지만 실패한 원인은 편향성을 보였기 때문이라고 하면서 그 편향적 유형을 세 가지로 구분하고 있다. 첫째, 정연한 체계를 가진 옹근 하나의 철학사상을 작품에 그대로 옮겨놓아 문학작품이라기보다는 하나의 철학교과서를 방불케 하는 작품 아닌 작품을 만들어 놓은 유형이 있다. 둘째, 작가들이 자기의 철학사상을 작품의 어느 한 대목에 이러저러한 형식으로 직접 대입시키는 현상으로 『전쟁과 평화』의 제4권에서 작가 톨스토이가 논문의 형식으로 자기의 사회적 역사관을 그대로 피력하고 있는 경우가 여기에 해당된다고 비판한다. 셋째, 철학적인 것이 지나치게 노출되어 있는 생경한 대사나 설명, 주정적 토로를 망탕 쓰는 현상이라고 비판하고 있다. 따라서 철학도 있고 생활도 있는 성공작, 철학적 심오성이 보장된 가치 있는 작품을 창조하려면 이러한 편향을 극복하면서 생활 속에서 철학을 이야기하고 심오한 철학사상을 꾸밈없는 생활적 형상을 통하여 밝혀내야 한다[59]고 강조한다.

아울러 북한주체문예이론서는 문제작이 될 수 있는 조건을 제시한다. 문제작이란 본질에 있어서 예리한 사회적 문제를 안고 심각한 사회적 논의를 불러일으키는 작품을 말한다고 개념정의를 내리면서 문제작은

---

58) 김용부, 앞의 칙, 51쪽.
59) 김용부, 위의 칙, 53-54쪽.

쉽게 창조되지 않는다고 말한다. 창작가의 심오한 철학적 사색과 정치적 안목, 새롭고 예리한 혁신적 안목이 동반되어야 사회적 충격을 불러일으킬 수 있는 작품을 창작할 수 있다[60]고 그 방안을 제시하고 있다. 창작가들이 높은 정치적 안목을 가져야 한다는 것은 모든 문제를 정치적 각도에서 당 정책적인 요구의 견지에서 분석하고 평가할 수 있는 능력을 소유한다는 것을 의미한다고 주장한다.

또한 작가, 예술인들은 언제나 혁명과 건설에서 제기되는 기본문제를 자기의 작품에 적극적으로 제기하여야 한다고 강조한다. 혁명과 건설에서 제기되는 기본문제는 언제나 투쟁, 생활 속에 있다는 것이다. 아울러 작품의 철학성은 생활의 본질과 합법칙성을 밝혀내는 사상과 형상의 깊이에 달려 있다. 사람의 참된 삶이란 무엇이며 진정한 행복은 어디에 있는가, 인간이 자기 운명을 개척하기 위하여서는 어떻게 살며 투쟁하여야 하는가 하는 진리를 예리하고 심각하게 제기하고 높은 예술적 경지에서 심오하게 해명하여야 작품의 철학적 깊이가 보장된다[61]고 강조하고 있다. 『북으로 가는 길』에서 작가 권정웅은 한 때 빨치산 소대장이었던 군의관 한인석이 죽음의 길에서 주인공 김병택을 우선 벗어나게 하기 위해 가짜 전향을 권유하는 대목을 디테일로 묘사하면서 혁명적 투쟁의 길과 신념의 철학적 심오성을 내세우며 김병택이 생활 속의 투쟁을 통해 참다운 삶의 길을 찾아가고 있음을 부각시키고 있다.

기왕 이렇게 된 바에는 내가 마지막 삼아 한마디 당신에게 말하겠소. 전향, 가짜전향을 하고 살아나서 혁명을 계속한다 그거지? 똑똑히 들어두오. 전향에는 가짜가 없소. 아무 전향이나 전향은 변절이고 혁명의 배반이요. 그러구 죽음을 피하기 위해 전향한다? 그것도 말이 안되오. 목숨을 아껴서는 혁명을 못

---

60) 김용부, 위의 책, 114쪽.
61) 김용부, 위의 책, 125쪽.

하오. 이건 내가 체험한 진실이오. 도대체 혁명이란 시작부터 목숨을 걸고 하는거요. 때문에 혁명이란 목숨명자를 쓰는게 아니겠소.

목숨이 아까우면 애당초 혁명을 시작하지 말아야지. 그런데 어떻게 돼서 겁을 먹고 변절하게 되는가? 내 여태 내가 직접 보아온 변절자들은 모두가 승리에 대한 신심이 확고하지 못해 그러더란 말이요. 승리에 대한 신념이 없으면 공연한 죽음, 값없는 개죽음을 하는 것 같지. 그러니 도중에서 포기할 생각을 하게 되는거요.

혁명을 령도하는 수령을 믿고 따르는 의지가 떨떨하면 그렇게 되오. 우리 혁명은 경애하는 김일성장군님께서 령도하고 계시오.[62]

요약하면 작가 권정웅은 『북으로 가는 길』에서 비전향장기수 김병택의 삶을 인간의 자주성의 문제로 접근하고 혁명적 수령관에 따라 초지일관하게 신념을 지켜나가는 화신으로 묘사함으로써 주체문예이론에 부합되게 '철학적 심오성의 깊이'를 더해준 문학작품으로 완성하려고 시도하고 있는 것이다.

V. 맺음말

최근 북한문학에서 가장 두드러진 현상은 비전향장기수들의 삶을 장편소설로 형상화하는 작업이다. 2004년 봄까지 약 40여 편이 창작된 것으로 공식 발표가 되었고 2005년까지는 약 60여 편이 간행된 것으로 추정된다. 그것은 김정일 국방위원장이 4·15문학창작단에 비전향장기수들의 이야기를 장·중편소설로 창작하라고 요구한 것 때문으로 알려져 있다. 최초의 장편소설로 림재성의 『최후의 한 사람』과 김진성의 『지리

---

62) 권정웅, 앞의 책, 147-148쪽.

산의 갈범』이 나온 이후 2003년에는 4·15문학창작단에서 최장기 비전향장기수 기록을 갖고 있는 김선명(현재 82세)의 일대기를 그린『조국의 아들』과『나의 추억 40년』,『새벽하늘』,『의리』,『한 피줄』,『통일연가』,『피젖은 이끼』,『재부』,『하얀 모래불』 등 40여 편이 창작되었다. 또 2004년에는 권정웅의『북으로 가는 길』, 김종석의『봄날은 온다』, 김은옥의『포옹』 등이 간행되었고 2005년에는 김정의『자유』가 출판되었다.

그러면 북한당국은 왜 비전향장기수들의 삶의 영웅화에 매달리고 있는 것인가? 첫째는 정치적인 선전선동에 가장 좋은 소재로 판단되기 때문이다. 1990년대 식량난 이후 북한은 남한과 중국의 도움으로 겨우 체제붕괴의 위험을 극복했지만 인민들에게 무엇인가 신바람을 일으킬 만한 정치적인 소재가 없었다. 그러던 중 이인모 노인의 북송이라는 쾌재를 만나 정치적인 선전에 최대한 이용하는 재미를 보았다. 그 이후 2000년에 단행된 63명의 북송은 체재홍보에 더할 나위 없는 호재로 작용했다. 둘째, 김정일 위원장의 광폭정치의 일환으로 홍보하기에 적절한 정치적 소재였기 때문이다. 북한의 주체이론서들은 김정일 국방위원장을 탁월한 정치활동을 펼치는 지도자로 묘사하고 있다. 구체적인 정치활동의 성과로 흔히 당의 유일적 영도체제의 확립, 자주정치의 실현, 인덕정치의 구현, 선군정치의 실현, 애국애족의 정치실시 등을 제시하고 있다. 그 중에서 '인덕정치의 구현'이란 인민에 대한 사랑과 믿음의 정치를 의미한다고 정의를 내리고 있다. 김정일 위원장은 인민대중 중심의 사회주의를 이끌고 있기 때문에 사회생활의 모든 분야에서 동지적 단결과 협조, 사랑과 믿음의 관계를 가장 훌륭히 구현하며 정치를 사랑과 믿음의 정치로 전환시킨다는 것이다. 이러한 인덕정치의 정책적 구현을 위해 1994년부터 비전향장기수 송환을 위한 구체적인 방침과 실천방안을 마련하여 실행에 옮겼다고 2004년에 발간된 북한의 계간잡지인『역사과학』은 밝히고 있다. 따라서 비전향장기수의 송환과 그들 삶의 영웅화는 김 위원장의 인덕정치구현이라는 목표를 성취하는 데 소중한 정치적인 소재인 것이다. 셋째, 인민들에게 주체사상과 신념의 교양을 심어주는 데 중요한 실천사례이기 때문이다. 비전향장기수들을 북한의 각종 정치적인 행사에 동원하여 참관시키는 것도 좋은 홍보수단이 되겠지만, 보다 많은 사람들에게 홍보하기 위해서는 장편소설이나 영화로 만들어 수많은 인민들에게 보여주거나 상영하는 방안일 것이다. 북한의 주체문예 이론서들이 많이 거론하듯이 최근의 주체적 인간학 내지는 주체적 인간 전형의 창조라는 명제는 인민대중들을 역사의 자주적인 주체로 등장시켜 세계와 자기 운명의 주인이라는 높은 자각을 가지게 해주는 것이다. 그렇게 될 때, 그들은 주인의 시점에서 주인다운 태도로 생활과 문학을 새롭게 보게 되며, 어떤 작품에서나 자기 자신의 운명과 관련된 절실한 인간문제를 될수록 완전하게 보다 깊이 있게 요구하게 될 것이라는 것이다. 즉 주체시대의 독자는 주체시대의 작가들과 마찬가지로 문학예술 작품을 통하여 단순한 위안이나 쾌락을 얻으려 하는 것이 아니라 시대의 주인으로서 개척해 나가야 할 생활의 올바른 진로를 보고자 시도하게 된다는 것이다. 이러한 주체적 독자들에게 비전향장기수들을 다룬 장편소설을 독서하게 하는 것은 그들의 자주적인 삶의 방향을 설정해주고 신념의 철학적 심오성을 심어주는 데 큰 기여를 하게 될 것으로 판단한 것이다.

비전향장기수 문제는 문민정부와 국민의 정부시절에 보수 세력들의 많은 반대에도 불구하고 통치자가 정치적인 목적에 의해 북으로 송환을 결단한 정치적 실천행위로 발전되었다. 그 목적은 몇 가지로 요약된다. 그 한 가지는 자유지향성의 인간기본권 추구 혹은 인간존엄성의 문제일 것이다. 비전향장기수는 군부독재시대의 부산물로서 인권의 차원에서 상당한 정치적 부담으로 작용하고 있었다. 특히 국제 인권단체와 국제사면위원회 등의 압력이 끊임없이 지속되는 문제였으므로 일정한 시기에 과단성 있게 풀어나가는 것이 현명하다고 당시 정치를 책임지고 있던 최고 권력자가 판단했을 것으로 생각된다. 다른 한 가지는 문민정부가 들어선 이후 체제우월성의 과시를 하고 싶은 충동에서 비롯되었다는 점을 들 수 있다. 그것은 국민의 정부에서 들어와서도 마찬가지였을 것이다. 그 외에도 해방 이후 지속되어온 분단상황의 극복이라는 대승적인 판단에서 정책적인 고려를 한 것으로 생각된다. 즉 통일문제의 접근을 민족의 자주적인 입장에서 추구하기 위해 장애물의 하나인 비전향장기수 문제의 해결을 모색했을 가능성이 있다. 즉 북한당국으로부터 양보를 받기 위해 선수를 친 것이라는 해석이 가능하다.

『북으로 가는 길』 연구를 마무리하는 시점에서 볼 때, 앞으로 산적한 과제도 많다고 생각된다. 우선 '남—남 갈등' 문제를 해소하는 것이 시급하다. 2000년의 63명의 비전향장기수들을 송환한 이후 교도소에 있는 동안 사상 전향 각서를 쓰고 풀려났던 나머지 비전향장기수들 30여 명의 송환요구가 시민단체를 중심으로 활발하게 모색되고 있다. 이러한 움직임은 반대로 국군포로나 납북자문제 해결을 먼저 할 것을 요구하는 시민단체들의 강력한 반발에 직면해 있다. 최근 이종석 신임 통일부장관과 이봉조 통일부 차관은 국회 청문회나 통일부의 신년계획을 보고하는 자리에서 국군포로와 납북자문제 해결을 위해 남북장관급회담에서 노력할 것임을 공개적으로 밝혔다.

비전향장기수문제와 국군포로 및 납북자문제를 연계해서 해결방안을 모색하는 것은 당연하다고 생각된다. 따라서 최근 우리 민족끼리의 통일방안 모색을 모토로 내세우고 있는 북한당국의 대승적 견지에서의 접근이 요구된다. 특히 이 문제와 더불어 통일을 앞당기기 위해 남북이산가족의 직접적 상봉의 확대 등의 인적교류의 증대에도 더욱 노력해야 할 것으로 보인다.

북한소설 『인생의 흐름』과 망명문학의 특성
- 최덕신의 삶을 통한 대남 정치비판

I. 들어가기

2004년 6월 말부터 남북관계는 경색 국면에 있다. 미국의 대선이 끝나면 곧 풀릴 것으로 낙관하는 남북관계의 긴장 상태가 상당히 오래 지속되고 있다. 하지만 2004년도 6월까지 남북관계는 매우 좋은 상태였다. 이러한 유연한 분위기를 타고 북한은 전세계 500여 명의 학자들이 참가하는 국제고려학회 주최 제2회 '세계코리아학대회'를 사회과학원 주관으로 평양에서 개최하기로 결정하였으며, 남북작가대회도 평양에서 수백 명이 참가하는 대회로 열기로 허가하고 남북 실무자간의 실무협상을 진전시켜나가기도 했다. 그 외에도 남북 어린이 어깨동무가 주관한 '평양 어깨동무 어린이병원' 준공식 등에 참가하기 위해 2004년 6월 12일부터 16일까지 남측 어린이 11명이 직항 전세기편으로 평양을 방문하여 평양 제4소학교와 만경대 학생소년 궁전 등을 북한 어린이들과 뜻 깊은 시간을 보내고 돌아왔다. 또 6월 11일부터 12일까지 금강산 온정각 휴게소 앞마당 등지에서 남과 북의 쟁쟁한 역사학자들이 대거 참여한 가운데 '고구려 유적 세계문화유산 등록 기념 남북 공동 사진전시회 및 학술대회'가 열렸는데, 이 행사는 중국의 '동북공정'에 따른 한—중간 고구려사 논란이 인 이후 남북 역사학계의 첫 공동보조로 기록될 수 있는 의미 있는 행사였다.

이러한 문화행사뿐만이 아니라 정치적인 행사와 경제적인 행사가 서울과 개성에서 동시에 펼쳐졌다. 6·15 남북정상회담 4주년 기념 국제토론회에 참가한 이종혁 조선아시아태평양평화위원회 부위원장 등 북측 대표단이 서울을 방문하여 6월 16일 연세대학교를 방문한 데 이어 SK텔레콤과 새로 신사옥을 완공한 SBS TV를 방문하는 등 정치적인 행사를 펼쳤다.

또 경제적인 행사도 줄을 이었다. 북한이 개성공업지구 부동산규정을 2004년 8월 25일 발표함에 따라 대규모 남북경협 프로젝트인 개성공단 사업 추진이 더욱 탄력을 받게 되었다. 이 규정은 개성공단 안에서의 건물 취득이나 분양, 임대, 매매, 양도, 교환, 증여, 상속, 저당 등 부동산에 관련된 모든 내용을 담고 있어 입주기업의 재산권을 보호할 수 있는 법적 토대를 새로 마련한 것이다.

비록 외적으로 남북관계는 냉랭하지만, 이러한 남북한간의 신뢰를 바탕으로 하여 최근 주방용품 제조업체인 리빙아트는 개성공단 시범단지 입주업체 가운데 처음으로 2004년 12월 15일 개성공장 준공식을 갖고 첫 생산한 냄비·프라이팬·압력솥 등 주방용품 중 이날 만든 냄비 1천 세트를 8톤 트럭에 싣고 군사분계선을 통과해 서울로 운반한 뒤, 오후 서울 소공동 롯데백화점 8층 특설매장에서 일반인을 대상으로 판매에 들어가는 이벤트 행사를 펼치기도 했다.

그러나 2004년 6월 말부터 남북관계는 갑자기 악화되었다. 북한이 김일성 10주기 조문을 하려는 한총련 소속 학생들의 행사를 통일부가 불허한 것과 한미간의 정례적인 을지포커스 훈련 등을 핑계 삼아 북한이 후반기까지 잡혀있던 모든 행사를 중단시켜 2005년 새해 들어서까지 경색 국면이 이어지고 있다.

이렇게 남북관계는 남녀간의 애정문제처럼 친밀한 관계와 냉랭한 관계가 수시로 반복되는 독특한 양상을 보이고 있어 민족의 숙원인 통일의 과업을 성취하기가 쉽지 않아 보인다. 그렇다고 해도 민족화해와 통일과업의 달성은 우리 민족이 21세기에 풀지 않으면 안 되는 중차대한 문제이다. 이러한 힘들고 지난한 과제를 풀어나가기 위해서는 북한사회에 대한 치밀한 연구와 분석이 요구된다.

독서를 하던 중 3년 전 평양을 방문했을 때 구입했던 수십 권의 도서 중에서 김원종의 소설이 눈에 크게 들어왔다. 이 소설은 특이하게도 남한에서 요직을 맡았다가 월북하여 매스컴을 탔던 전 외무부장관 최덕신을 주인공으로 내세운 장편소설이다. 『인생의 흐름』은 최덕신의 전기적 생애를 사실적 역사소설로 다룸으로써 남한사회를 비판하려고 하는 '정치성'을 보이는 작품이라는 점이 특이하여 심층적으로 분석해 보기로 하였다.

Ⅱ. 역사소설로서의 망명문학의 특성

김원종의 『인생의 흐름』은 북한소설로서는 이색적인 소재를 다룬 작품이라는 데서 그 의미를 찾을 수 있다. 즉 이 작품은 최덕신이라는 월북자 혹은 정치적 망명자를 주인공으로 내세우고 있다. 우선 북한문학은 세계문학사에서 유래가 없을 정도로 국가나 최고 권력자가 주제를 공식적으로 정해주는 반민주적인 양상을 보이고 있다. 그 이유는 아무래도 문학예술이 민중들에게 미치는 파급효과와 선동성이 매우 강하기 때문일 것이다.

북한은 오래 전에 이미 정치사상적 통일을 견지하기 위해 김일성에 의해 기본원칙이 정해졌다. 그것이 천리마운동시절에 마련된 ≪공산주의 교양에 대하여≫라는 명시적인 선언이다. 정치사상적 통일성을 확보하기 위한 운동이었던 천리마운동의 시초는 1958년 11월 김일성이 제시한 교시인 ≪공산주의 교양에 대하여≫에서 비롯[1]된다. 1956년 8월의 전원회의이후 1956년 10월 제 2차 조선작가대회가 소집되었고, 1956년 12월에는 전국 작가, 예술인협의회가 열렸다. 그리고 1958년 11월 전국 시·군 당위원회 선동원들을 위한 강습회에서 ≪공산주의 교양에 대하여≫[2]를 연설하였는데, 그 골자는 다섯 가지로 요약된다. 첫째, 공산주의 교양에서 중요한 것은 무엇보다도 자본주의에 비해 사회주의와 공산주의의 우월성을 잘 알려주는 것이고, 둘째, 새것은 반드시 승리하고 낡은 것은 멸망한다는 진리를 알려주는 것이며, 셋째, 근로자들을 집단주의정신으로 교양하는 것임을 강조한다. 넷째, 사회주의적 애국주의와 프롤레타리아국제주의 정신으로 교양하는 것이고 다섯째, 사람들이 로동을 사랑하도록 교양하는 것[3]이라고 주장하고 있다.

이러한 김일성의 교시는 매우 낡은 것이지만, 명제의 상당수는 21세기 오늘날의 북한사회에서도 그대로 통용되고 있다. 공산주의와 사회주의 체제가 자본주의 체제보다 우월하다는 것을 보여주어야 한다는 명제나 낡은 것은 소멸하고 새로운 것은 반드시 승리한다는 것을 묘사해야 한다는 원칙 그리고 사회주의적 애국주의를 표출하는 것과 인민들이 노동을 사랑하도록 독려(증산을 강조)하는 원칙은 그대로 견지되고 있다.

김원종의 장편소설『인생의 흐름』은 이러한 몇 가지 원칙 중에서 북한식 공산주의가 자본주의보다도 우월하다는 점을 강조하고 있는 작품

---

1) 최성, 『북한정치사』, 풀빛, 1997, 139쪽.
2) 북한에서는 이미 1952년에 엠. 이. 깔리닌의 『공산주의적 교양에 대하여』(외국문서적출판사)가 번역되어 당 간부와 인민들에게 읽혀지고 있었다.
3) 리수림, 『위대한 수령 김일성동지 문학영도사』, 평양, 문예출판사, 1994, 114-115쪽.

이다. 김일성이 영도하던 공산주의는 이승만과 박정희가 주도하던 남한 정권보다도 도덕적, 정신적으로 우월하다는 점을 역설하고 있다. 우선 해방 이후 1970년대까지의 남한사회는 친일파가 득세한데 비해 북한사회는 친일파를 제거하고 출발하였다는 점을 앞세운다. 둘째, 남한사회는 점령군 미군이 들어오면서 미국이 사실상 지배하고 있는 체제인데 비해 북한사회는 김일성의 독자적인 정치체제를 유지하고 있으므로 정치체제상 비교우위에 있음을 역설하고 있다. 셋째, 자본주의 사회(특히 박정희 정권)는 정경유착에 따라 부패가 만연하고 지역파벌주의가 횡행하였으나 북한사회는 반종파투쟁 등을 통해 그것이 해소되었다고 노골적으로 남한의 정치체제를 비판하고 있다.

사실상 '정치적 망명'이라는 용어는 남북한이 치열하게 체제경쟁을 벌이고 있던 1970~80년대에 난무하던 용어였다. 자본주의와 공산주의 체제가 비교우위에 있다고 박정희와 김일성이 서로 정치공세를 펼치던 시절에는 정치적, 경제적, 외교적으로 앞다투어 국제사회에서의 실적을 내세웠다. 이를테면, 우리의 GNP는 얼마인데 저쪽은 얼마밖에 안 된다든지, 전 세계의 국가와 맺은 외교관계(공관 숫자 등)가 월등하게 앞섰다는 등 최고 권력자의 치적을 대대적으로 홍보하였다.

그런데 1990년대(1980년대 말부터)에 들어와서 남북대화를 실제 전개해나가고 한반도의 평화와 민족화해를 강조하는 시대로 접어들면서 이러한 체제우위를 내세우는 논리는 실리에도 맞지 않고 명분에서도 의미가 없으므로 퇴색되어야 마땅했다. 하지만 21세기로 접어든 시기에도 북한은 김원종의 장편소설을 통해 망명자문제를 공식적으로 들고 나왔다.

그 이유는 체제 내적인 의미와 체제 외적인 의미에서 찾아볼 수 있다. 첫째, 체제 외적인 의미로 1980년대 말부터 불어닥친 전세계적인 공산주의 몰락과 변신의 광풍 속에서 북한이 그 폭풍우를 피해나가기 위한 정치이데올로기의 한 전략이라는 측면에서 원인을 찾을 수 있다. 이 시

306

기에 북한은 김정일이 우리식 사회주의를 앞세우면서 구소련연방의 해체와 동구권에서의 자유화물결을 피해나가려고 몹시 애썼던 것이다. 이 무렵의 북한의 실상은 리종렬의 『평양은 선언한다』에서 사실적으로 묘사되고 있다. 물론 『평양은 선언한다』는 김정일의 영도력과 예지를 강조하기 위해 창작된 「불멸의 향도총서」의 한 작품이지만 작품 속에는 국제문제연구소의 정세분석 자료를 통해 소련의 붕괴와 유럽에서의 사회주의의 전복 그리고 자본주의의 복귀가 가져다준 북한식 사회주의 체제의 위기감이 잘 반영되어 있다.

둘째, 식량난 등 북한사회가 직면하고 있던 경제적 위기를 김정일 체제의 공식 출범을 계기로 '강성대국론'으로 정면돌파해 나가던 시기에 『인생의 흐름』이 출현했다는 데에서 또 다른 원인을 찾을 수 있다. 즉 선전·선동의 귀재인 김정일이 문학과 영화 등 민중에 대한 파급효과가 큰 매체를 동원하여 가상적인 환타지를 통해 이상적인 정치매카니즘을 실현할 수 있을 것 같은 착각 속으로 북한 인민들을 몰아가기 위한 도구라는 관점에서 바라볼 수 있다.

한편 『인생의 흐름』은 소설의 내용상 분류에는 '역사소설'에 포함시킬 수 있다. 또 이 작품은 망명자를 주인공으로 내세우고 있으므로 '망명자문학' 내지는 '망명문학'이라고 명명할 수도 있다. 물론 어느 역사소설이나 사실과 허구가 공존하게 된다. 『인생의 흐름』은 형식에 있어서는 허구적인 요소를 많이 가미하고 있다. 그것은 남한의 정치현실을 비판하고 있는 정치성을 띤 작품이기 때문에 리얼리티를 담보하기 위한 것으로 파악된다. 소설의 등장인물은 최진혁, 장기홍, 이윤석, 최봉환, 류선영 등 모두가 만들어낸 허구적인 이름으로 되어 있다. 그러나 구체적인 내용을 살펴보면, 남한의 정치현실이 누가 보아도 생생하게 역사적 사실로 묘사되어 있다. 물론 상당수의 내용은 작가나 북한당국이 원하는 내용으로 역사적 왜곡이 이루어져 있다.

그러면 『인생의 흐름』이 사실성에 바탕한 역사소설의 양상을 띠게 된 이유는 무엇이고 아울러 이러한 역사소설이 최근 북한사회에서 많이 창작되는 이유는 무엇인가? 우선 김일성 주석이 1950년대 천리마운동시기부터 작가들에게 현실을 주로 다루는 사회주의적 사실주의 문학을 창작할 것을 주문한 데에 그 첫째 원인이 있다.

작가들은 인민들 속에서 우리 당 정책을 해설 선전하는 열렬한 선전자이며 군중을 교양하는 참다운 교양자입니다. 그러므로 작가들은 문학예술작품을 통하여 당과 정부의 로선과 정책을 인민들에게 관철되는 것만큼 작가들은 마땅히 현실주제의 작품을 많이 창작하는데 큰 힘을 넣어야 합니다. 작가들은 사대주의, 교조주의적 경향을 배격하고 사회주의적 사실주의 창작방법에 철저히 의거하여 우리나라에서 일어나고 있는 사회경제적 변혁과정을 반영한 문학예술작품을 많이 써야 하겠습니다.[4]

작가 김원종은 주인공 최진혁(사실상 최덕신)이 살았던 시기의 현실주제를 다룸으로써 정치성을 고조시키려고 의도하였기 때문에 남한의 정치현실비판을 위해 이러한 교시에 충실하였던 것으로 보인다.

또 다른 이유는 1980년대 말부터 김정일이 작가들에게 주문한 다양한 예술작품의 창작과 깊은 연관성이 있다. 1970~80년대 북한문학은 거의 혁명전통 주제를 표방하였기 때문에 교조화 획일화의 양상을 띠고 있었다. 따라서 소설은 재미를 잃게 되었고 독자계층인 대중들로부터 점차적으로 멀어지게 되었다. 생활총화시간이나 독보회에서 독서를 강요하였기 때문에 억지로 읽는 시늉만 하는 것을 최고권력자인 김정일은 파악하였던 것이다. 따라서 획일화된 내용을 탈피하기 위해 소설소재의 다양성과 작가의 창발성을 주문하게 되었으며 역사에서 좋은 소재를 찾

---

4) 리수림, 『위의 책』, 71쪽.

으라고 요구하였던 것이다. 그 동안 박태원의『갑오농민전쟁』(1부와 2부)을 비롯하여 침략선 샤먼호를 격침시킨 민중들의 투쟁을 반영한『성벽에 비친 불길』, 삼포왜란을 취급한『높새바람』(1부와 2부) 등 역사 주제 소설 창작이 활발하게 이루어졌다. 1980년대 말에는 김정일 국방위원장이 역사 주제 소설 창작을 주체적으로 발전시키는 방안에 대한 기본방침을 직접 제시하기도 하였다. 이 방침에서 국가간의 관계를 고려하여 취급하지 못했던 을지문덕, 연개소문, 강감찬, 서희 등 애국명장들을 그린 역사물들을 창작할 것에 대한 문제, 우리나라 왕권 내부의 알력과 당파싸움을 비롯한 봉건 지배층 내부의 권력쟁탈전을 현대적인 견지에서 취급할 것에 대한 문제, 동족싸움을 고려하여 취급하지 못한 고구려, 신라, 백제 통치배들의 전쟁을 고구려의 강대성을 보여주기 위하여 취급할 것에 대한 문제, 그리고 역사자료를 작가들이 마음대로 이용할 수 있도록 하는 문제 등에 대해 상세하고 과학적인 해명을 하였다[5]고 북한문예이론서『주체소설문학건설』은 설명하고 있다.

북한은 남북한과 서로 관련이 있는 최근 인물들을 소재로 한 역사소설을 이미 수차례 발행하였다. 망명자를 다룬 역사소설은 아니지만, 북한의 유명한 생물학자인 원홍길(아버지)과 남한의 아들 원병오 교수라는 실제인물을 다룬 단편소설「쇠찌르레기」와 영화「새」를 제작하였으며, 비전향장기수로서 남한이 북한으로 넘겨준 인물들을 다룬 소설인『북으로 가는 길』등 20여 작품을 2004년도에 발행하였다.

북한의 조선작가동맹 중앙위원회 기관지인『문학신문』2004년 6월 12일자는 "비전향장기수를 원형으로 하는 장편소설들이 출판되기 시작한 때로부터 독자 대중의 반향을 크게 불러 일으키고 있다"면서「붉은 수인」(박태수),「축복」(최봉무),「삶의 보람」(백현우),「북으로 가는 길」(권정웅),「인간의 한 생」

---

5) 오승련,『주체소설문학건설』, 평양, 문예출판사, 1994, 265쪽.

(허춘식), 「봄날의 선택」(안동춘) 등이 대표적인 작품이라고 소개하였다.

특히 비전향장기수 김영태를 모델로 한 「북으로 가는 길」과 최하종을 그린 「삶의 보람」, 박왕규를 다룬 「인생의 한 생」은 기대되는 작품이라고 강조하였다.[6]

이미 북한은 2002년부터 비전향장기수들을 소재로 한 역사소설을 많이 창작하였다. 이러한 작품들이 쏟아져 나오게 된 배경은 2000년 9월 남한이 63명의 비전향장기수들을 인도적인 차원에서 북한으로 넘겨준 데에 기인한다. 2002년에만 해도 김일성문학상을 수상한 작가인 김진성의 「지리산의 갈범」과 림재성의 「최후의 한 사람」이 창작되었다. 2000년 9월 63명의 비전향장기수가 북송되면서 이들에 대한 북한 문학계의 관심이 높아졌기 때문으로 보인다. 「지리산의 갈범」은 비전향장기수들이 강인성을 갈범(백두산 호랑이)의 용맹성에 비유한 것에서 착안한 작품이고, 「최후의 한 사람」은 북송 장기수 함세환의 일대기를 다룬 작품이다.

Ⅲ. 실존인물 최덕신의 카멜레온적 성격과 미국 망명 및 월북 동기

최덕신은 남한에서 월북한 최고위 인물이라는 점이 전 세계의 뉴스를 탔던 이유였다. 탈북한 북한 최고위층 인물이 황장엽이라면, 월북한 최고위층 인물이 최덕신인 것이다. 그런 이유로 인해 북한의 김일성이 그를 얼마나 환대하였을까를 상상해 볼 수 있을 것이다. 최덕신이 사망한 이후에는 그의 아내인 류미영이 북한의 극진한 환대 속에서 중요한 고위 직책을 부여받아 오늘날에 이르고 있다.

---

6)『연합뉴스』, 2004년 6월 17일자.

그러면 최덕신은 어떤 인물이기에 평생을 몸담았던 조국 남한을 배신하고 불쑥 북한으로 넘어갔던 것인가? 최덕신은 1914년 9월 17일 평북 피현군 마룡리에서 출생하여 중국 황포군관학교를 졸업하였다. 그는 1945년 해방되던 해에 장개석의 국민군에 몸을 담아 모택동의 중공군과 맞서 싸웠던 중국군 상교(대령)로 있었다.

해방을 맞이하여 남한으로 들어온 최덕신은 이승만의 눈에 띄어 사단장과 육군사관학교 교장을 거쳐 1955년 국군 제1군단장을 지내고 중장으로 예편하였다. 이승만 정권하에서 베트남대사를 역임하였던 최덕신은 5·16군사혁명 후 1961년 외무부장관을 거쳐 1963년에는 서독주재 대사를 끝으로 공직에서 물러나게 된다.

1967년 9월 최덕신은 그의 아버지 최동오(1892~1963, 상해임시정부 법무부장, 화성의숙 학장, 1948. 4, 남북연석회의 참석)의 정신을 이어받아 천도교의 정신적 지주이자 최고위직인 교령의 자리에까지 오르게 된다.

그러나 박정희 대통령이 유신체제를 가동시켜 영구집권을 꾀하자 그것을 비판하고 1976년 2월 갑자기 미국으로 건너가 반정부활동을 펼치게 된다. 그는 미국에서 배달민족 회장 등을 역임하다가 1981년 평양을 일시 방문하고 김일성을 만나고 다시 미국으로 돌아온다. 드디어 1986년 8월에는 미국에서 입북하여 조평통 부위원장과 통일신보 명예사장을 역임하다가 1986년 9월에 제8기 최고인민회의 대의원에 취임하게 되었다. 1989년 3월에는 천도교 청우당 위원장에 오른 동시에 5월에 조선종교인 협의회 결성을 주도하기도 한다. 최덕신은 1989년 11월 16일 파란만장하였던 생을 마쳤는데, 북한당국은 그의 장례식을 국장으로 성대하게 치루었으며, 김일성이 직접 조문[7]하기도 했다.

최덕신은 남북한의 여러 가지 당시 자료들을 종합해보면, 항상 권력

---

7) 대한매일신보사, 『북한인명사전』, 2000. 11, 1222쪽.

의 노른자위만을 좇아다니는 해바라기성 인물로 보여지며, 새로운 환경에 적응하기 위해 카멜레온적인 변신을 주저하지 않는 성격인 것으로 판단된다. 박정희 대통령에게 충성을 다 바쳐 높은 관직을 보장받았다가 돌연 유신체제 시기에는 태도를 바꿔 야당 지도자 김대중과 대화를 나누면서 재야인사그룹에 동참을 하게 되고 결국은 미국으로 이민·망명을 떠나게 되는 것에서 확인이 된다.

한편 김원종의 『인생의 흐름』에 자주 등장하는 그의 아내 류미영 또한 남편 최덕신의 후광으로 2005년 현재까지 북한 여성으로는 최고의 요직에 앉아 있다. 1921년 서울에서 출생한 류미영은 남편을 따라 1977년 미국 망명을 거쳐 월북하여 1990년 4월에 최고인민회의 제9~10기 대의원이 되어 현재에도 대의원을 맡고 있는 동시에 1994년 1월에 조선 천도교 중앙지도위원회 위원장을 맡은 이후 1997년 9월에 단군민족통일협의회 회장을 거쳐 현재 천도교 청우당 위원장을 맡아 종교사회단체를 주도적으로 이끌고 있다. 그녀의 남한과 관련된 주요 행사 및 북한의 주요 행사 참여내용을 살펴보면, 1990년 3월 팀스피리트 한미군사훈련 규탄 평양시 군중대회 참석, 1995년 8월 조국 통일상 수상, 1998년 2월 정당, 단체 연합회의 참석, 1998년 8월 8·15 통일대축전에 참가, 1998년 11월 판문점에서 진행된 밀입북 한총련 대표 황선 군중집회 참석, 1999년 4월 최고인민회의 제10기 2차 회의 참석, 1998년 8월 김일성경기장에서 남북 노동자 연대 연합 통일축구경기 관람, 2002년 2월 김정일 58회 생일 기념 중앙보고대회 참석[8] 등으로 드러나고 있다. 또 가장 최근인 2004년 12월 노동신문 기고문에서 "선군정치의 고향인 다박솔 언덕을 선군봉으로 우러르고 싶습니다"[9]라고 하면서 "다박솔 언덕은 무궁토록 번영할 선군시대와 더불어 김정일 조선의 선군봉으로 높이 솟아 빛

---

8) 연합뉴스, 『2001년 북한자료·인명편』, 2000. 10, 342쪽.
9) 『중앙일보』 2004년 12월 22일자, 『연합뉴스』, 2004. 12. 21. 재인용.

날 것"이라고 말했다고 북한의 조선중앙통신은 전하고 있다. 다박솔 언덕은 김일성 주석이 사망한 이듬해인 1995년 1월 1일 김정일 국방위원장이 "전체 인민이 수령님의 제자, 전사답게 조국 부강을 위해 한 마음 한 뜻으로 일해나가자"[10]는 내용의 서한을 전 주민에게 보낸 후, 처음 시찰한 인민군 214부대 초소가 있는 곳이다. 즉 북한은 김위원장의 다박솔 초소 시찰을 선군정치의 시발점으로 잡고 있는 것이다. 최덕신 사후에도 그의 아내 류미영에게 이러한 최고의 예우를 갖추고 있는 것은 북한당국이 최덕신 월북의 효용가치를 얼마나 높게 보고 있는가를 입증해 주는 것이다.

최덕신의 월북동기에 대해서는 구체적으로 설명된 자료가 없다. 언론의 추정보도가 약간 있을 뿐이다. 그 이유는 박정희 군부독재시대에 공개적으로 유신체제를 비판하면서 미국으로 망명한 인물에 대해 당시 언론이나 저서가 보복이 두려워서 최덕신 자신의 주장을 여과 없이 게재할 용기를 가지지 못하였기 때문일 것이다. 1996년 문민정부가 들어선 이후에 『북한사 100장면』을 출간한 북한연구소 연구부장인 고태우는 최덕신의 월북 동기에 대해서는 소상하게 언급하지 않고 단지 그를 월북자라는 테두리에 넣어 '분단이 낳은 희생자들'이라는 카테고리에 다음과 같이 묶어두었다.

문익환·문규현·임수경·황석영·서경원·김성락·홍동근·최홍희·최덕신·안호상·한정남 등은 밀입북자로 우리들에게 비교적으로 낯익은 사람들이다.

이들 밀입북자들은 공통점이 몇 가지가 있는데, 북한의 공작차원에서 북한을 갔다기보다 자진해서 갔다는 점이다. 또한 이들은 통일에 기여하겠다는 소박한 열정의 소유자들이기도 하고, 이를 위해서는 통일의 걸림돌이라는 보안

---

10) 위의 기사, 같은 면.

법을 어기는 것도 괜찮다고 생각하는 사람들이기도 하다. 그러나 이들은 한결같이 북한에 남아 있지 않고 다시 돌아왔다는 공통점도 가지고 있다. 물론 돌아오진 않았지만 외국에 머물러 있던 경우도 있기는 하지만, 이 역시 북한에 남아 있지는 않았던 것이다.

　단 한 사람의 예외가 있다. 전 천도교 교령·외무부장관·주 서독대사 등 굵직굵직한 요직을 두루 거친 최덕신이 그 예외의 경우다. 더욱이 그는 6·25 한국전쟁 당시 휴전회담 서명식에 한국군 대표로 참가했던 사람이다. 그의 부인 유미영은 현재 북한의 최고인민회의 대의원이고, 천도교 중앙위원회 위원장이다.

　그가 사망한 것은 1989년 11월 16일, 지금은 애국열사릉에 묻혀 있지만, 남한에서는 월북자라는 굴레에서 벗어날 수 없는 인물이 되었다. 그가 다른 밀입북자들과 다르게 분류되는 이유가 여기에 있다.[11]

북한소설『인생의 흐름』에서 남한의 정치상황 묘사는 시기적으로 상당히 정확하게 꿰어 맞추고 있다. 이러한 세부묘사를 볼 때, 작가가 실존인물 최덕신을 방문하여 그의 구술에 근거하여 집필한 것으로 추정된다. 이를테면, 실제적으로 북한의 작가는 탄광이나 제철소 이야기라면, 작가가 몇 개월 동안 탄광이나 제철소에서 노동자로 근무하면서 취재하는 것으로 알려져 있다. 만약에 작가 김원종이 최덕신의 구술에 의존하였다면, 그의 진술에 근거하여 남한의 정치현상 등 역사가 작가의 집필 의도에 따라 상당히 변질되면서 역사왜곡이 일어났을 개연성이 높다.

　어찌되었든지『인생의 흐름』에서 최덕신은 주서독대사 사임승락을 받기 위해 박정희를 청와대로 방문하였다가 새로 천도교 교령 취임을 축하한다면서 제공하는 수운회관 건립자금을 지원[12] 받고 돌아온다. 하지만 그것이 족쇄가 되어 그는 검찰청에 불려가 공금횡령혐의로 조사를

---

11) 고태우,『한권으로 보는 북한사 100장면』, 가람기획, 1996, 344-345쪽.
12) 김원종,『인생의 흐름』, 평양, 문예출판사, 197-201쪽.

314

받게 된다. 아울러 중앙정보부 프락치의 사회적 매장 각본에 의해 중상비방에 휩싸이게 되어 정신적 고통을 받게 된다. 그리하여 결국 한울님께 "조국이 저를 버리였지 제가 조국을 버리였나이까? 자식을 버리는 어머니를 어찌 어머니라 하겠나이까?"[13]라고 기도하면서 미국으로의 망명을 실행에 옮기게 된 것으로 묘사되고 있다. 『인생의 흐름』에서는 최덕신이 검찰청 조사를 받기 전에 중앙정보부장 이후락의 초청으로 태릉골프장에서 골프를 치다가 잔디밭에서 은밀하게 "교령님, 미구하여 제 8대 대통령선거가 있고 또 새 헌법안(유신헌법)에 대한 국민투표가 벌어지겠는데 여기서 천도교인 전원이 지지표만 던져 주신다면 그 이상 고마운 일이 없겠습니다"라는 제안을 받고 오래 생각하지 않고 "그건 좀 어려운 일입니다. 교인들도 개개의 국민인 것만큼 자기들의 의사가 있을 터인데 교리와 관련이 없는 그러한 일을 아무리 교령이라도 어떻게 강요하겠소. 교회가 정치와 무관하다는데 대해서는 중정부장인 당신이 잘 알겠는데요"[14]라고 잘라서 말한 것이 화근이 되어 보복을 받은 것이라고 설명하고 있다.

Ⅳ. 작품 속에 내재된 '정치성'과 역사적 왜곡

북한소설 『인생의 흐름』은 '정치성'이 매우 강하게 드러나고 있는 작품이다. 이 작품은 지금까지 남한에서 북한으로 월북한 사람 중에서 최고위층이었던 전 3성장군이자 외무장관이었던 최덕신을 주인공으로 내세워 사실상 남한정권을 신랄하게 비판하려는 목적에서 창작된 작품이라는 점에 그 특징이 있다. 이 작품을 통해 우리는 북한당국이 남한사회

---

13) 김원종, 『인생의 흐름』, 208-213쪽.
14) 김원종, 위의 책, 207쪽.

를 바라보는 시각을 파악할 수 있게 되므로 작품의 내적 서사구조를 분석하면서 재미를 느낄 수 있게 된다. 따라서『인생의 흐름』의 작가는 주로 남한사회의 아킬레스건을 건드는 악취미를 노골적으로 보여주고 있다고 하겠다. 대체적으로 프로파간다적인 의도성이 드러난다면, 소설을 읽어나가는 흥미를 잃어버리게 되는 것이다. 남한의 비판적 작가가 그런 시각을 드러내었다면 반독재성향의 민주인사라고 칭송을 받겠지만, 보안법이 아직 존재하는 한에 있어서 적대국가로 설정되어 있는 북한작가가 남한사회의 치부적인 부분만을 세부묘사하고 있으므로 그렇게 호의적으로 느껴지지는 않는다.

물론 북한당국이 노리고 있는 꼼수를 파악해 본다는 측면에서 이 작품에 내재한 문화코드를 읽어 내려간다면, 상당한 흥미거리를 발견할 수도 있을 것이다.

1. 다큐 성격의 서사구조

『인생의 흐름』은 분명히 장편소설이다. 그것도 역사적인 사실을 토대로 하여 쓰여진 역사소설에 해당하는 작품이다. 역사상 실존인물의 구술을 바탕으로 쓰여진 작품인데도 불구하고 이 작품은 철저하게 주인공과 보조인물의 이름을 허구적인 코드로 바꾸어버렸다. 그 이유는 무엇인가? 첫째는 순수한 의미에서 볼 때는 문학적 허구로서의 서사성을 훼손하지 않으려는 의도로 보여진다. 즉 사실만을 토대로 한 다큐멘터리의 성격을 강하게 풍긴다면 독자들이 역사라고 파악하지, 문학이라고 해석하지 않을 것이라는 점을 염두에 두었을 것이다. 이를테면 남한작품 중『태백산맥』이나『지리산』은 독자계층의 상당한 호응을 얻은 데 반해, 빨치산 기자 출신인 이태의 다큐적 성격이 짙은 작품인『남부군』은 독자층의 호응을 거의 이끌어내지 못했던 경험에서도 확인이 된다.

출생 및 주요 경력	『인생의 흐름』	쪽수	최덕신의 실제 전기적 생애	특이점
출생지	평북 출생	4	1914. 9. 17. 평북 피현군 출생	
해방 전 행적	전 중국 국민당군 대령	2	중국 황포군관학교 졸업 1945년 중국군 상교(대령)	
군 주요 경력	1) 국방경비대사관학교 특별반 제3기생	40		
	2) 미국 마이애미 보르베링 보병학교 류학생	2		
	3) 6 · 25휴전담판 국군대표	2		
	4) 육군사관학교 교장	2		
	5) 제1군단장	2	1955년 국군 제1군단장	중장예편
주요공직 경력	1) 외무부장관	2	1961년 외무장관	
	2) 서도이칠란드주재 대사	2	1963년 서독주재 한국대사	
	3) 아시아 반공련맹 이사	2		
	4) 유신학술원 원장	2		
	5) 국토통일원 고문	2		
	6) 천도교 중앙본부 교령	2	1967. 9. 제7대 천도교 교령	
미국이민 망명	1976년 이른봄 김포공항 출발	212	1976. 2. 미국 이민, 반정부활동	민주민족통일 해외한국인연 합회상임고문
평양 방문	1981. 6. 김일성 초청	259	1981. 6. 평양 방문	
북한 정착	미국에서 돌아오는 것으로 묘사	297 ~ 302	1986. 8. 미국에서 입북 1986. 9. 조평통 부위원장 1986. 11. 제8기 최고인민회의 대의원	
북한 종교지도자	미국 귀국에서 결말 처리		1989. 3. 천도교 청우회위원장	
사망			1989. 11. 16. 사망 11. 18. 김일성 조문	애국렬사릉 안장
망명 동기	검찰청의회관건립공금횡령 조사 및 중정의 탄압	206 ~ 213		
월북 동기	평양방문 LA 방목사에 영향 받음	237 ~ 242		
가족관계	부친 최봉환/아내 류정화/ 동생 진옥/자녀 민철, 세철	241 ~ 268		

둘째, 남한의 정치현실과 역사적 과거 등 치부에 메스를 가하려는 노골적인 의도를 감추기에는 익명 성격의 허구적인 인물을 등장시키는 것이 타당성을 확보할 것으로 파악했을 것이다. 따라서 이 작품에서 실존인물 최덕신은 최진혁으로, 그의 부친 최동오는 최봉환, 아내 류미영은 류정화로, 그의 친구이자 동지인 국제태권도연맹 회장인 최홍희는 장기홍으로 명명되어 허구적인 장치를 달고 등장하고 있다.

어찌되었든 『인생의 흐름』은 장편소설의 형태를 취했지만, 사실상은 다큐멘터리의 성격이 매우 강한 작품이다. 우선 주인공의 이름이 최덕신에서 최진혁으로 바뀌었을 뿐이지 그의 인생역정을 묘사하는 세부묘사에서는 역사적 사실에 충실하고 있는 것을 확인하게 된다.

이것을 도표(앞면 참조)를 통해서 확인해 보기로 한다.

위의 도표에서 확인할 수 있듯이 작품 속에서의 주인공 최진혁의 이력과 실제적 인물인 최덕신의 주요 경력은 거의 일치하고 있음을 알 수 있다. 그것은 장편소설 『인생의 흐름』이 다큐멘터리의 성격을 지닌 서사구조를 지니고 있음을 입증해주는 것이다.

2. 인물 전기를 이용한 정치비판

『인생의 흐름』은 겉으로는 주인공 최진혁의 파란만장한 삶의 역정을 다룸을 통해 그의 반공적 사상이 어떻게 연공적 사상으로 바뀌어 가는가를 생생하게 다룬 망명문학의 성격을 띠고 있다. 하지만 작품을 좀더 꼼꼼하게 분석해나가다 보면, 이 작품을 쓴 작가의 참된 의도가 노출되어 부각됨을 느끼게 된다. 요약하면 작가 김원종은 주인공 최진혁의 삶의 궤적을 쫓아가는 형식을 통해 남한 사회의 정치구조의 모순과 부패상에 대해 정치비판을 가하려고 하는 함축적인 의도를 품고 있음을 확인하게 된다. 따라서 『인생의 흐름』은 북한작가가 쓴 북한소설임에도 불구하고 오히려 남한의 정치사와 남한사회의 내면을 속속들이 파헤치는 양상을 보이고 있다.

그러면 왜 21세기로 넘어가는 민족 화해의 시대에 북한의 역량 있는 작가들이 상대편을 자극하고 비판하는 '정치성' 강한 작품을 창작했을까? 앞에서도 언급한 것처럼 크게 두 가지 관점에서 그 원인을 찾을 수 있다. 하나는 1980년대 말부터 불어오는 개혁개방의 역풍을 막기 위한 것이 아닌가 판단된다. 즉 구소련연방의 해체와 동구권의 자유화 바람 그리고 중국의 시장경제 메커니즘의 도입은 가뜩이나 폐쇄적인 사회인 북한을 더욱 고립정책으로 몰아가게 유도하였다고 할 수 있다. 따라서 우리 식 사회주의를 대외적으로 외치면서 구소련이나 중국을 한때 수정주의로의 변신이라고 맹비난하면서 내부 체제를 공고히 하는 체제유지의 극단적인 방식을 취해나갔던 것이다. 『인생의 흐름』에서 남한사회를 비판하는 정치비판의 양상을 보이면서 공산주의 사회가 자본주의 사회보다 우월하다는 억지주장을 펴는 것 자체가 우물 안 개구리 신세를 자초하는 편협된 방식인 것이다. 다른 하나는 식량난 등 경제 위기를 극복하기 위한 뚜렷한 방법이 없기 때문에 드라마나 영화 그리고 문학예술 등의 대중선동 매체를 최대한 활용하여 인민들에게 착시현상이 일어나도록 유도하는 방식을 취하는 것이다.

사실 최덕신의 일대기를 문화예술로 다룬 것은 『인생의 흐름』이 처음이 아니다. 이미 영화광이라 할 수 있는 김정일 국방위원장이 심혈을 기울여 제작을 지시한 『민족과 운명』의 제1부부터 4부 사이에 최덕신은 최현덕이라는 허구적인 인물로 바뀌어 등장한다. 그리고 그의 부친은 최정로로, 그의 아내는 순녀로 형상화되었다. 소위 100부로 이루어진 다부작 영화 『민족과 운명』의 제1부에 최덕신의 일대기가 나온다는 것은 최덕신의 망명과 월북을 북한당국이 얼마나 환영하였는가를 보여주는 것이다. 『민족과 운명』 제1부는 미국에 이민, 망명한 최현덕이 자신의 국군 장성시절의 사진을 바라보면서 해방정국과 6·25 한국전쟁 때의 일을 회상하는 것으로 묘사된다. 특히 천도교 교령 때 중앙정보부장 이후락과 골프 치면서 천도교측이 대통령선거에서 박정희 대통령을 지지해달라는 부탁을 받고 그것을 실행에 옮겨 박정희가 대통령에 취임한 후 수운회관 건립자금을 지원받는 내용과 김대중 납치사건으로 국내에 들어온 김대중과 사실을 확인하기 위해 통화한 것이 도청되어 천도교 내에서 공금 부정횡령 주범으로 몰리게 되어 조국을 떠나게 되었던 일들15)이 그려지고 있다. 제2부에서는 장남 건혁과 차남 인혁이 직장에서 쫓겨나는 등 곤란을 겪고 자신 또한 중정요원인 박소령으로부터 협박을 받는 가운데 최현덕은 평양을 방문하기로 결심을 하는 내용16)이 묘사된다. 제3부에서는 평양을 방문한 최현덕이 조평통 부위원장으로 있는 친구 강훈의 안내로 고향집을 방문하는 이야기17)로 되어 있다. 제4부는 고향친구이지만 인생의 방향이 달랐던 대식의 집에서 곽대식과 강훈 그리고 최현덕이 술을 마시면서 추억에 젖어들고, 현덕은 부친 최정로의 무덤이 있는 애국열사릉을 방문하는 것으로 이야기가 종결된다. 그리고 4부에서 미국에 있는 아내 순녀에게 친구 차홍기(세계태권도 연맹 총재 최홍희)가 찾아와 평양에서 현덕이 부친 편지를 전해주는 대목18)이 대단원이라고 할 수 있다.

『민족과 운명』의 제1부부터 4부까지 최덕신의 일대기를 다룬 스토리는 등장인물의 이름부터 장편소설 『인생의 흐름』과 다르고 몇 가지 역사적 사건을 묘사하는 데 있어서도 디테일에서 상당한 차이점을 보여준다. 아무래도 시나리오를 쓴 작가가 다르고 영상매체로 표현하는 데서

---

15) 최수봉 편, 『영화문학 민족과 운명』(1~5부), 평양, 문예출판사, 1992, 2-65쪽.
16) 최수봉 편, 위의 책, 66-123쪽.
17) 최수봉 편, 위의 책, 124-173쪽.
18) 최수봉 편, 위의 책, 174-208쪽.

320

오는 제약이 있으므로 콘셉의 포인트가 다를 수밖에 없다고 하겠다.

승용차에서 내릴넘을 못하고 앉아 있는 현덕에게 다가서는 강훈.
"현덕이, 어서 내리게."
위대한 수령님과 친애하는 지도자동지의 존함으로 된 화환.
현덕이가 렬사릉비문앞에서 숭엄한 감정에 싸여 읽어본다.
"조국의 해방과 사회주의 건설, 나라의 통일위업을 위하여 투쟁하다가 희생된 애국렬사들의 위훈은 조국청사에 길이 빛날 것이다."
≪최정로선생≫, ≪애국지사≫라고 새긴 묘비앞에 앉은 현덕.
"아버님……"
≪묘주 최현덕.≫이라고 새긴 묘비.
향대에 불을 켜대는 현덕의 손.
현덕이 묘비앞에서 엎드려 절을 하여 목매인 소리로 말한다.
"아버님……이 불효막심한 자식이 아버님의 말씀을 명심해 듣지 못한탓에 아버님의 가슴속에 지울 수 없는 상처를 남긴 채……이제야 왔습니다. 이 배은망덕한 자식 때문에……"[19]

그러면 『인생의 흐름』은 강한 '정치성'을 통해 남한사회의 무엇을 비판하려고 시도하고 있는가? 이 작품은 남한정권의 정통성을 부정하려는 데 초점을 맞추고 있음에 따라 첫째, 해방 후 친일파의 잔재를 청산하지 못한 뼈아픈 역사를 공격하고 있다. 구체적인 역사적 사례로는 이승만 정권 시절 창군 과정에서 일만군 출신을 우대한 점을 비꼬고 있다. 그리고 박정희 정권의 한일회담에 있어서의 굴욕적인 자세와 친일적인 태도를 비판하고 있다.

그러나 최진혁은 오산했다. 그때까지만 해도 천진난만했던 그는 이 나라의

---

19) 최수봉 편, 위의 책, 204-205쪽.

앞을 내다보지 못했었다. 그때로부터 2년 후 ≪국군≫이 창설되었을 때 리응준은 준장으로 초대 륙군참모총장이 되였으며 리형근은 1956년에 대장으로 9대 참모총장을 하였다. 그는 그전에 합동참모회의의 의장까지 지냈다.

왜군일색화, 왜군주도의 추세는 이미 지난 해 동지달에 ≪국방경비대사령부≫간판이 나붙었을 때부터 기정사실화 되여 있었다. 이 ≪사령부≫의 주동인물은 일만군 장교출신들인 리응준, 김석원, 김홍석, 신태영, 유재홍, 채병덕, 정일권, 백선엽, 리형근 등이였다.

지난 3월에 나온 ≪군사영어학교≫ 제1기 졸업생들만 보아도 일본사관학교 출신인 리형근, 채병덕, 일제학도병출신인 장도영, 리후락, 일제지원병 출신인 송요찬, 위만군출신인 정일권, 백선엽… 이런 자들이였다. 이자들이 바로 장차 창립될 ≪국군≫의 골간으로 선발되였던 것이다.[20]

그러나 지난날의 손해배상이 아니라 재산청구권, 무상원조, 경제차관 등의 명목으로 도합 3억 달라 밖에 안되는 배상 아닌 배상을 주장하고 있었다. 그것조차 실행단계에 가서는 ≪독립축하금≫이라는 명목으로 으스대며 던져 줄 속심이였다. 그들은 이미 국제의 여론과 압력에 못 이겨 필리핀에 배상금 5억 4천만 딸라와 차관 2억 5천만 딸라를, 인도네시아에 배상금 4억 딸라와 경제협력 명목으로 5천만 딸라를, 버마에 배상금 2억 딸라와 차관 2천만 딸라를 제공하였었다. 거기에 비하면 식민지 피해가 가장 극심하고 오랬던 이 땅에 차례지는 몫이 너무도 적지 않은가

이에 대하여 고사까는 그 얍쓸한 낯가죽에 야멸찬 웃음을 띄우며 최진혁을 향해 건방진 어투로 말하였다.[21]

둘째, 여순반란사건과 지리산에서의 빨치산의 무장항쟁 그리고 6·25 한국전쟁 당시의 거창양민 학살사건 등 남한정권이 민중들을 탄압하고 학살한 역사적인 과오를 파헤치면서 노골적인 힐난을 하고 있다. 그런

---

20) 김원종, 『인생의 흐름』, 34-35쪽.
21) 김원종, 위의 책, 170-171쪽.

데 재미있는 것은 이러한 좌익의 반란과 무장투쟁을 애국적 청년들에 의한 반미 반이승만 투쟁 성격의 구국항쟁으로 해석하면서 역사적 왜곡을 시도하고 있다는 점이다.

소백산줄기가 남해로 뻗어 내려 가다가 해발고 1900m를 넘는 지리산 주봉으로 우뚝 솟구쳐 올라 걸음을 멈춘 곳, 호남과 령남의 경계를 이룬 그 산악지대에는 해발 천여메터를 헤아리는 황매산, 오도산, 비계산, 가야산 등의 높은 산들이 연줄연줄 잇달아 천험의 요새를 이루었다.
광복된 이듬해인 주체 35(1946)년에 대구에서 폭발하여 남조선전역을 휩쓴 10월 인민항쟁으로부터 시작하여 해를 거듭하며 일어난 2. 7구국투쟁, 제주도인민봉기, 려수순천군인폭동 등 반미반리승만투쟁을 거쳐 오면서 구국항쟁의 신념을 버리지 않은 애국적 청장년들이 무장을 들고 이 산악지대에 의거하여 싸워 왔다.
조국해방전쟁이 일시적 후퇴시기인 주체39(1950)년 말에 이곳에서 활동하는 무장유격대의 력량이 적의 먼 후방 깊은 종심을 부단히 타격하고 위협하였다.[22]

셋째, 박정희 정권의 독재와 권력욕 그리고 민중 탄압의 양상을 구체적인 역사적 사건을 열거하면서 공격하고 있다. 대표적인 사건으로 재독 작곡가 윤이상의 동백림사건, 야당 지도자 김대중 납치사건, 전 중앙정보부장 김형욱 납치사건, 궁정동 박대통령 시해사건 등을 예로 들면서 비판의 날을 곧추 세우고 있다. 특히 이승만 정권과 박정희 정권 시절의 숙군, 정쟁, 유혈 등을 공격하면서 군대내의 파벌주의 조성을 신랄하게 비판하고 있다. 박정희 정권이 '텍사스작전', '알라스카작전', '하와이작전' 등의 이름으로 정군작업을 하면서 서북출신, 함경도출신, 전라도출신 등을 차례차례 정리하였다고 공격하고 있다. 이러한 내용은 아

---

22) 김원종, 위의 책, 105쪽.

무래도 작가 김원종에게 구술한 최덕신 자신의 사감에 의한 역사왜곡의 성격이 상당히 강하게 작용하고 있다고 할 수 있다. 특히『인생의 흐름』에서 파리에서의 김형욱 실종사건의 결론을 전두환군사독재정권이 보안사령부 지하실에서 김형욱의 목을 짜르는 참형으로 죽였다고 묘사하고 있어 남한 언론의 보도와 달리 역사적 왜곡이 극에 달하고 있다.

그후 곧 미국으로 망명한 김형욱은 앙갚음을 하느라고 가는 곳마다에서 반 박정희 ≪붐≫(공세, 바람)을 일으키어 여론을 뒤흔들어 놓았다. 그가 떠들어대는 말과 글은 전부 극비사실들이였다 …(중략)… 노발대발한 박정희는 중앙정보부에 특별지시를 내려 끝내 빠리에서 김형욱을 잡아 오게 하였다.

그런데 예심기간에 ≪궁정동사건≫이 터졌다. 정국은 혼란에 빠지고 중앙정보부도 뒤죽박죽이 되였다. …(중략)…

이러한 혼란된 기회를 타서 김형욱은 정보부 안에 있는 옛 친구들의 도움을 받아 뒤문으로 조용히 빠져 나올 수 있었다. …(중략)…

전두환은 김형욱을 가리켜 ≪탕쳐 죽여도 시원치 않을 놈≫이라 하면서 ≪아버지의 유언을 내가 실행하겠다.≫고 선언했다. 박정희가 죽이겠다고 하다가 죽이지 못하고 갔으니 그 뜻을 받들어 제가 김형욱을 죽여 버리고 말겠다는 뜻이겠다.

이렇게 되여 김형욱은 전두환의 살인소굴이였던 보안사령부 지하실에서 목을 짤리우는 참형을 당하였다. 전두환은 보자기에 싸서 가져온 그의 대가리에 권총을 쏜 다음 발길로 차서 복도로 내던졌다……23)

넷째, 6·25한국전쟁을 북침으로 묘사하는 등 노골적인 반미적 서술을 하고 있다. 작품의 서두에서 일본이 패망하고 한반도에 새로 들어온 미군을 점령군으로 묘사하는 장면은 그동안 줄곧 주장해오던 북한당국의 상투적인 시각을 잘 반영해주고 있다. 특히 이승만이 6·25 한국전쟁

---

23) 김원종, 위의 책, 224-225쪽.

324

당시에 국군통솔권을 미국에 넘겨준 것에 대해 이승만이 군대를 미국에 팔아먹었다는 비난과 항의가 물 끓듯 하였다고 묘사하여 반미를 선동하고 있다.

　　중년의 배군은 낯이 꺼멓게 질려 애걸했다. 그러나 미군상사는 껌을 질겅질겅 씹다가 통역원의 말이 끝나기 바쁘게 랭소를 던졌다.

　　"우린 점령군이다. 점령군! … 불복하면 군법에 넘길뿐이다. 더 말하지 말고 나가라."

　　"나으리… 한번만 용서해 주십쇼. 한번만…"

　　"나가라!"

　　통역원이 바빠 맞아 밀어내는 통에 중년의 배군은 그에 문밖으로 밀려 나갔다. 문밖에서 사나이의 통곡소리가 들려 왔다.[24]

　　그런데 졸업식날자가 왜 갑자기 6월 23일로 앞당겨 졌는지 모를 일이였다. 6월 25일이 어떤 날로 되리라는 것을 그때는 누구도 몰랐었다.

　　간단한 졸업식이 있은 후 기차를 타고 텍사스주에 오니 조선에서 전쟁이 일어났다는 소식이 들려왔다. 모두들 놀라서 남의 얼굴만 쳐다보았다. 그래서 졸업식을 앞당겼던가? 그렇다면 미군부에서는 전쟁개시 날자를 알고 있었다는 말이 아닌가!

　　한주일이 지나서야 쌘프란시스코에 당도하여 간신히 군용기를 얻어 타고 도쿄를 거쳐 이틀후인 7월 14일에 대전상공에 이르렀다. 비행기 안에는 전부 미군장교들이였다. 규슈에 있던 미군 스미스부대가 긴급 공수되고 있었다.[25]

　　그가 요청문을 써 보낸 러취소장이라는 작자는 지난 해 민정장관을 할 때 식량문제가 상정되자 골살을 찌푸리면서 "왜 한국인들은 사과나 계란 같은 것은 안 먹고 쌀만 먹으려 하는가."고 망발을 하여 사람들을 아연실색케 한

---

24) 김원종, 위의 책, 14쪽.
25) 김원종, 위의 책, 75쪽.

인물이었다. 그런 자가 군정장관으로 앉아 있으니 무슨 일이 바로 되겠는가, 일체 생산은 중지상태요, 장마당에서는 일본제 상품과 미군 ≪피엑스≫(군인 매점)상품이 맹렬히 거래되고 자고 깨면 미군이 강간사건, 백주에 여자사냥 등으로 신문지면이 어지러울 지경이었다. 혼란되고 향방을 잃은 사회에서 사람들은 멋없이 해덤비고 타락하여 도처에 빠, 카바레, 댄스홀이 생겨 나 춤바람을 일으켰다. 서울에서 하루 밤 자고 난 최진혁이 그 모든 것을 어떻게 알 수 있었겠는가……26)

3. 인덕정치·광폭정치의 프로파간다

북한에서 발행된 김정일 국방위원장을 찬양하는 저작물들의 특징은 그의 능력에 대해 크게 두 가지 점에서 비범함을 내세우고 있다. 하나는 위대한 사상이론가로 거론하는 것이고 다른 하나는 그를 위대한 정치가로 칭송하는 경우이다. 전자의 경우 1996년부터 발행되고 있는 경제학 1권에서 4권,27) 철학 1권과 2권,28) 그리고 문예학 1권부터 5권29)까지가 있다. 가장 뒤에 나온 문예학 4권과 5권은 1998년에 평양에서 출판된 것이고 나머지는 1996년에 펴낸 것이다. 모두가 사회과학출판사에서 발간된 것으로 보아 김일성종합대학교와 사회과학원 교수들과 연구원들이 주동이 되어 펴낸 것으로 판단된다.

한편 2001년에 조선로동당출판사에서 펴낸 『주체혁명위업의 위대한 령도자 김정일동지』 1권 위대한 사상이론가와 2권 위대한 정치가는 매우 중요한 의미를 지니는 책이다. 북한을 21세기의 강성대국으로 이끄는 견인차인 김정일 국방위원장을 노동당 선전선동부와 조직부가 주축

---

26) 김원종, 위의 책, 36쪽.
27) 황한욱, 『위대한 령도자 김정일동지의 사상리론: 경제학 4』, 평양, 사회과학출판사, 1996.
28) 김민, 『위대한 령도자 김정일동지의 사상리론: 철학 2』, 평양, 사회과학출판사, 1996.
29) 서재경, 『위대한 령도자 김정일동지의 사상리론: 문예학 5』, 평양, 사회과학출판사, 1998.

이 되어 위대한 지도자로 부상시킨 저서이기 때문이다. 1권에서는 주로 김정일 위원장을 천재적인 사상이론적 예지를 가졌고 위대한 사상이론 활동을 폈다고 목차를 달고 있다. 그리고 그 예지에 대해 비범한 탐구력과 사색력, 비상한 통찰력과 분석판단력, 특출한 기억력과 해박한 식견 그리고 출중한 저술력30)으로 나누어 분석하고 있다. 특히 김위원장의 위대한 활동의 예로 주체철학의 정립을 들고 있다.

정치가로서의 김정일 위원장에 대한 북한 당국의 총체적 평가는 2권 『위대한 정치가』에 담겨 있다. 이 책은 정치가로서의 김정일 위원장에 대해 정치철학과 리념, 비범한 령도력과 령도풍모 그리고 탁월한 정치 활동으로 세분하여 기술하고 있다. 요약하면 출중한 령도력은 천리혜안의 과학적 예견성, 비상한 조직동원력, 완강한 실천력, 특출한 창조력에서 나오며, 강철의 정치신념과 의지, 무비의 정치담력과 지략, 숭고한 인민성, 강의한 혁명적 원칙성에 의해 비범한 령도풍모가 나온다31)고 영웅적으로 그의 영도력을 형상하고 있다.

아울러 김정일 위원장의 정치력에 대해서는 자주정치의 실현, 인덕정치의 구현, 선군정치의 실현, 애국애족의 정치실현이라는 네 가지 국가적 지표와 인간적 덕목을 조합시켜 극적으로 미화시키고 있다. 첫째, 자주정치는 자주독립국가의 첫째 가는 징표이며, 인민대중이 혁명의 주체로서의 지위를 차지하고 역할을 다하기 위한 근본조건이라는 것이다. 이러한 자주정치를 펴게 된 배경으로 제국주의자들과 반동들, 현대수정주의자들의 책동이 강화되었기 때문이라고 설명하고 있다. 자주정치의 대표적인 구호가 바로 〈우리 식대로 살아나가자!〉라는 것이다. 둘째, 인

---

30) 사회과학원·김일성종합대학 등 편,『주체혁명위업의 위대한 령도자 김정일동지 1권―위대한 사상리론가』, 평양, 조선로동당출판사, 2001, 9-144쪽.
31) 사회과학원·김일성종합대학 등 편,『주체혁명위업의 위대한 령도자 김정일동지 제2권―위대한 정치가』, 평양, 조선로동당출판사, 2001, 45-227쪽.

덕정치는 인민에 대한 사랑과 믿음의 정치를 하자는 것이다. 이것은 인민에 대한 참된 믿음과 사랑은 영도자의 가장 고결한 천품으로 천하를 얻는 힘이 된다는 신념에서 출발하는 정치라는 것이다. 셋째, 사회주의 사회에서는 그 발생발전의 합법칙성으로부터 정치와 군사, 당과 군대가 서로 뗄 수 없이 결합되어 있다는 것이다. 그것은 사회주의 제도의 수립과 발전의 역사적 과정이 제국주의자들과 그와 결탁한 반혁명세력과의 끊임없는 군사적 대결전을 동반하기 때문이라는 것이다. 김정일의 선군정치는 바로 김일성의 혁명투쟁역사가 총대로 혁명을 개척하고 전진시켜 온 선군혁명영도의 역사라는 것에서 시원을 찾은 것이다. 넷째, 김정일은 "주체는 애국이고 애국은 주체이다"라는 신념에서 조국과 민족의 강성부흥을 위한 애국애족의 정치를 펴나가겠다는 것이다. 그가 김일성 사후 유훈통치를 끝내고 국방위원장에 재취임하면서 세계를 향해 한 첫 발언이 강성대국이었다. 그것은 김 위원장이 조국을 부강번영하는 강성대국으로 건설하는 것은 애국애족의 최고발현이며 사회주의 정치지도자의 기본사명으로 파악하기 때문[32]이라는 것이다.

북한당국은 김정일이 권력핵심에서 집무하기 시작하면서 '인덕정치'와 '광폭정치'라는 이름으로 그의 지도자로서의 포용력과 통 큰 정치를 강조하고 있다. 이를테면 과거에 흠결이 있는 인물이거나 남한이나 일본 등 다른 나라에서 들어온 인물들도 차별하지 않고 포용하여 국가에 충성하게 만들었다고 예찬하고 있다. 과거 숙청되었던 한설야나 박팔양 등의 거물예술가들을 포용하여 애국열사릉에 매장하도록 하거나 사후에 유족들이 시집을 내려고 할 때 적극적으로 후원해줌으로써 북한인민들이 김정일을 광폭정치의 화신인 것처럼 생각하게끔 이미지를 만들었다. 하물며 스스로 자기 발로 적대국가인 남한의 최고위층의 한 사람이 찾

---

32) 사회과학원·김일성종합대학 등 편, 위의 책, 253-375쪽.

아들어온 경우는 호박이 넝쿨째 굴러들어 왔다고 할 수 있을 것이다. 따라서 최덕신이나 최홍희 등의 해외 망명인물들을 적극 포용하여 대내외적으로 활용함으로써 남한과의 경쟁에서 비교우위에 설 수 있게 하는 것은 정치가 김정일의 통치를 위한 전략적 선택의 한 방안이라고 할 수 있다.

『인생의 흐름』후기에서 작가 김원종은 최덕신이라는 인생의 길을 잘못 들었던 한 사람을 김정일이 품어 안아줌으로써 인민들이 애국애족의 뜻을 향해 일심단결하게 되었다고 다음과 같이 찬양하고 있다. 한마디로『인생의 흐름』은 인덕정치·광폭정치의 프로파간다의 역할을 성실하게 수행하고 있는 것이다.

> 사람이 한생을 살아 가노라면 길을 잘못 들수도 있습니다. 그러나 길을 잘못 들었다고 한생을 망치는 것은 아닙니다. 길을 잘못 들었다가도 그것을 깨닫고 바른 길로 돌아 선다면 그런 사람들은 한생을 보람 있게 살 것입니다.
> 이 위대한 인생철학은 어버이수령님께서 ≪위민위천≫의 높은 뜻을 품으시고 한평생 험난한 혁명의 폭풍우를 헤쳐 오시며 실천 속에서 찾아 주신 고귀한 진리입니다. 이 철학이 있어 나의 주인공 최진혁도 보람찬 삶을 누리게 되였고 우리 당의 인덕정치, 광폭정치의 넓은 품에 안긴 우리 인민 모두가 위대한 장군님의 두리에 일심단결 되였습니다.[33]

4. 위장된 통일문학

작가 김원종의 『인생의 흐름』은 누차 말했듯이 망명문학의 성격을 지닌 역사소설이라는 범주에 포함시킬 수 있다. 하지만 작가 김원종은 이 작품을 일종의 통일문학의 카테고리 안에 넣으려고 시도하고 있다. 최

---

33) 김원종, 위의 책, 303쪽, 후기.

고권력자인 김일성이나 김정일이 남한에서 월북한 최고위직 인물을 대내외적으로 이용하기 위해 전략적인 우대정책을 쓴 것을 문학작품에서는 통일지향적 자세를 취한 것으로 억지해석을 하고 있는 것이다. 특히 1970년대 이후 남북한이 치열하게 체제경쟁의 레이스를 펼친 역사를 회상해본다면, 남한에서 월북한 최덕신 같은 망명인사를 활용하여 남한을 제압하는 대외적 홍보정책을 구사하는 것은 북한 입장에서 보면 어쩌면 당연하다고 하겠다.

그런데 작품을 관통하는 논조는 최덕신(주인공 최진혁)의 부친 최동오(작품에서는 최봉환)의 일관된 민족의식과 애국애족정신이 그의 아들 최덕신과 아내 류미영(작품에서는 류정화)에게로 전수되어 민족화해와 통일을 앞당기게 하는 선도자 역할을 떠맡게 된 것처럼 미화시키고 있다. 하지만 진실은 북한 당국이 두 사람에게 천도교 청우회장이나 조평통 부위원장 등의 종교지도자나 사회단체의 장을 맡겨서 대남사업 분야에서 활동하게 한 것은 그들의 전략적 가치가 높기 때문이라는 점을 명심해야 한다.

그러나 『인생의 흐름』은 망명과 월북이라는 두 사람의 행보를 통일사업의 차원에서 해석하고 있다. 따라서 이러한 문학적 설명에 근거해 볼 때 이 작품은 '위장된 통일문학'이라고 진단할 수 있다.

> "……최선생, 다음 번에는 그들 모두와 함께 오시오. 평양이 고향이라는 송목사도 오고 리윤식이도 오고 장기홍이도 문재철이 내외도 다 오라고 하시오. 사상과 정견, 신앙은 달라도 애국애족의 일념을 간직한 동료들이 아닙니까. 그 어떤 사상이나 주의주장도 민족우에 놓을 수 없습니다."
>
> "주석님!…"
>
> "우리 민족이 단결하면 그것이 바로 통일입니다. 그래서 우리는 조국 통일 3대원칙에 자주, 평화통일, 민족대단결이라고 밝혔습니다. …"
>
> 위대한 수령님께서는 최진혁이 리해하기 쉽게 조국통일의 원칙과 방도들

도 차근차근 일깨워 주시였다. 그러시면서 해외교포단체가 명실공히 애국적인 단체로 되려면 통일운동에 매진하여야 하며 그러자면 뚜렷한 리념과 목표가 있어야 한다고 가르쳐 주시였다.

최진혁은 지난 날 자기가 걸어 온 길을 새삼스럽게 돌이켜 보면서 좀 더 일찍이 위대한 수령님을 찾아오지 못한 자신을 가슴 아프게 뉘우쳤다. 그러나 이제부터라도 주석님의 가르치심을 명심하고 통일성업에 한몸 바쳐 나아갈 굳은 결심을 다지였다.[34]

V. 나가기

한반도는 1950~70년대의 남북 대결과 적대화 시기를 탈피하여 1980~90년대에 들어와서 민족 화해와 민족통일의 기반 조성의 시기를 맞이하였다. 아울러 희망의 21세기에 들어와서는 통일한국이 동북아시대의 중심국가로 도약하기 위해 남북한 공히 서로의 발전에 도움이 될 수 있는 평화와 번영의 시대를 열어가야 할 것이다. 그러기 위해서는 남북 정상이 다시 만났을 때 정치·경제적인 회담에 국한하지 않고 민족의 정서적 통합을 열기 위해 문화통합론에 근거한 문화공조의 틀을 마련해야 할 것이다. 이를테면 '신 남북문화교류 5원칙' 등을 제안하여 민족공조의 토대 속에서 문화공조의 꽃을 피워나가야 할 것으로 보인다.

그런데 이러한 무지개빛 구상은 환타지에 불과한 현실이다. 최근의 남북한 각각의 개별적 정치상황에 기인한 남북한 당국간의 경색 국면의 현실을 바라보면 씁쓸한 기분이 들 수밖에 없다. 특히 21세기 들어와 경제여건이 더욱 열악해진 북한은 생존전략의 일환으로 개방과 일시적 폐쇄적 조치를 다람쥐 쳇바퀴 돌리듯 반복하고 있다. 북한의 입장에서는

---

34) 김원종, 위의 책, 294쪽.

중국식 개혁 개방정책을 밀고 나가면 물가상승과 생필품의 부족현상 그리고 자본주의식 시장의 개설 등 경제기반이 흔들리는 양상이 심각하게 들어나게 된다. 이에 비해 지금까지의 폐쇄정책을 고수하자니 식량난과 달러 부족이 가속화되어 어느 날 갑자기 1980년대 말의 동구권의 어느 나라 모양으로 민중폭동에 의해 공산주의 체제가 무너질 공산도 크다는 것이 고민의 정도를 더해주게 된다.

앞서 분석해 본 것처럼, 김원종의『인생의 흐름』은 실존인물인 최덕신의 카멜레온식의 변신과 파란만장한 삶의 과정을 사실적으로 다룸으로써 '정치성'을 강하게 드러내고 있는 망명문학 성격의 역사소설이라고 할 수 있다. 특히 과거 남한정부에서 육군사관학교 교장과 1군단장 등 화려한 군 경력과 외무부 장관과 주 서독대사 등 공직을 오랫동안 역임하였던 인물이 갑자기 남한체제를 비판하면서 북한 김일성의 품에 안긴 것은 엄청난 충격을 주었다. 그는 1981년 6월 평양을 일시적으로 방문하고 1986년 8월에는 북한에 영구 귀국함으로써 전 세계의 스포트라이트를 받는 동시에 남한의 제5공화국 전두환 정권에게 큰 타격을 안겨주었다.

어찌되었든지 간에 21세기의 희망찬 시기에 북한이 과거 냉전체제 아래에서 상호비방과 중상모략 정책을 시행하였던 과거회귀적인 문학예술을 다시 들고 나온 이유는 무엇인가? 첫째, 생존전략의 일환으로 내부적 결속을 다지기 위한 문예정책의 하나로 파악된다. 최근 김정일이 군중집회에서 항상 강조하고 있는 "총대 우에 평화가 있고 사회주의가 있다. 군대를 틀어쥐지 않고서는 사회주의를 고수할 수 없다"고 하면서 선군정치까지 생존전략으로 들고 나온 절박한 처지를 감안해 볼 때 이해가 가는 대목이다. 최덕신의 화려한 군 경력에도 불구하고 남한정부에 등을 돌린 행위는 북한 최고권력자에게 반면교사의 가르침이 될 수 있다. 둘째, 대외적으로 소련연방의 해체 등 사회주의 국가들의 몰락의 도미

노 현상을 지켜보면서 불안한 심리적 상태에서 내부 통제를 강화하기 위해 '우리 식 사회주의'의 우월성을 강조할 수밖에 없는 북한당국의 사회통제 기제의 하나로 보여 진다. 북한당국이 대외적으로는 우리식 사회주의가 자본주의 체제보다 비교우위에 있다고 선전선동매체를 총동원하여 강조하지만, 경제난 이후의 실상은 굶주림을 해소하기 위한 주민이동이 빈번해짐에 따라 인민보안성만으로 치안유지가 어려워지자 협동농장과 주요 기업소, 철도역, 중국과의 국경도시와 국경지대까지 넓은 지역의 경비를 군이 담당하는 현상이 빚어지고 있는 절박한 현실에 처해 있는 것으로 언론매체는 보도하고 있다. 셋째, 『인생의 흐름』이라는 장편소설과 다부작 영화인 『민족과 운명』의 제1~4부까지 최덕신의 변신에 변신을 거듭한 일대기가 중요하게 형상화된 또 다른 요인으로 강성대국론의 무지개빛 청사진을 들고 1990년대 말에 화려하게 등장한 김정일 국방위원장의 인덕정치·광폭정치의 프로파간다가 자리 잡고 있다고 하겠다. 작품 후기에 잘 드러나 있듯이 "길을 잘못 들었다가도 그것을 깨닫고 바른 길로 돌아선" 최덕신을 최고지도자의 따뜻한 사랑의 품안에 품어 안았다는 것을 부각시키는 것은 북한당국이 김위원장의 통 큰 정치의 실체를 홍보하고자 하였기 때문이다.

끝으로 실존인물 최덕신의 삶을 과감 없이 다룬 『인생의 흐름』이 21세기의 벽두에 등장한 것은 통일사업의 주도권 확보를 위한 내공 다지기 차원의 발상으로 판단된다. 작품 속에서 평양을 방문한 주인공 최진혁에게 김일성이 "우리 민족이 단결하면 그것이 바로 통일입니다. 그래서 우리는 조국통일 3대원칙에 자주·평화통일·민족대단결이라고 밝혔습니다"라고 설명하는 것에서 그 잠복된 의도를 간파하게 된다. 즉 남한의 통일운동의 실체는 미국의 세계화 전략에 놀아나는 사기극인 데 비해, 북한의 김일성과 김정일로 이어지는 지배세력의 통일논리의 순수성은 민족단결을 바탕으로 한 평화통일에 근거하고 있음을 선전하고 있

는 것이다. 이러한 순수성은 최덕신 같은 남한 군부정권이 키운 최고위
층 인사의 자발적인 월북까지 가져오게 되었다는 것을 떠들썩하게 홍보
하고 있는 것이다.

제 5 장

부 록

최근 북한의 문화와 예술, 어떻게 변하고 있는가

최근 북한의 문화와 예술, 어떻게 변하고 있는가
-김정일 정권 10년의 변화와 전망-

I. 전제

북한은 과연 내부적으로 변하고 있는가? 이 문제는 수많은 북한 문제 연구기관과 통일부를 비롯한 정부의 초미의 관심사이다. 특히 북한 핵 위기에서 비롯된 6자회담이 개최된 이후 미국과 일본 그리고 러시아 및 중국 등 한반도를 둘러싼 주변 국가들의 관심사이기도 하다. 아무래도 한반도 주변의 국가들은 북한이 중국식 개혁·개방으로 변화되기를 희망할 것이다. 그것만이 북한이 생존할 수 있는 유일한 방안이며 한반도의 안정과 전 세계적으로 평화를 가져올 수 있는 상징적인 방안이기 때문이다.

최근의 움직임만으로 본다면 북한은 분명하게 변화의 조짐을 보이고 있다고 해도 과언이 아니다. 우선 김정일 국방위원장이 빈번하게 러시아와 중국을 방문하는 등 과거의 우방 국가들을 방문하고 있다는 점을 들 수 있다. 중요한 것은 이들 국가들이 최근에 개혁개방정책을 폄으로써 경제적으로 놀라울 정도로 급성장을 하고 있는 국가들이라는 점에 관심을 가져야 한다. 즉 북한의 최고 권력자가 변화만이 살길이라는 인식을 눈으로 체득하였을 것이라는 점에 주목해야 할 것이다. 둘째, 6자회담의 정체 등이 문제가 되고 있기는 하지만, 그 동안 남북한간의 대화와 교류·협력이 그 어느 때보다 긴밀하게 전개되었다는 점에 시선을 집중해 볼 필요가 있다. 물론 그 배경에는 북한에게 직접적으로 도움을 줄 수 있는 곳이 남한밖에 없다는 인식에서 비롯된 측면이 있기는 하다. 우선 경제 분야에서의 개성공단 조성의 급진전과 남북 군사회담의 성과 그리고 남북이산가족 상봉 등 적십자회담의 성과 등이 구체적인 사례가 될 것이다. 물론 최근에는 남북관계가 일시적으로 경색국면에 들어간 상태이다. 그 이유는 북한이 겉으로는 김일성 조문파동과 을지 포커스 훈련 등 한미 군사훈련을 핑계되고 대화를 기피하고 있지만 속 내면을 들여다보면 미국의 대선결과까지 시간을 벌자는 측면도 있는 것으로 판단되기 때문이다. 셋째, 북한당국이 당정간의 고급관료들과 상당수의 테크노클라트들을 중국이나 유럽의 선진국에 보내 자본주의 시장의 원리와 기술 등을 습득하고 있다는 점에 주목해야 한다. 물론 작년의 18명으로 구성된 북한경제시찰단(장성택 노동당 조직지도부 제1부 부장을 단장으로 함)의 남한기업 방문과 금년의 이종혁 아·태위원회 부위원장의 삼성전자와 SK 텔레콤의 방문 등이 대표적인 예가 될 수 있다.

이러한 몇 가지의 구체적인 현상은 북한당국이 중국식 개혁·개방이라는 큰 그림을 그려놓고 단계적으로 세부사항을 시행하고 있는 것이 아닌가 하는 생각이 들 정도이다.

최근 북한은 독특한 정치체제를 가지고 있다. 국가 주석제도가 있는 것도 아니고 내각 수상이 통치하는 것도 아닌, 다른 나라에서는 볼 수 없는 특이한 제도로 국가를 통치하고 있다. 즉 북한의 김정일은 1993년 4월 '국방위원장'으로 추대됨으로써 명실상부하게 북한의 최고지도자로 부상하였다. 아마도 '국방위원장'이라는 직책을 가지고 국가를 통치하는 나라는 전 세계에서 북한밖에 없을 것이다. 김정일은 인민들 사이에서는 '장군님'으로 호칭되고 있다. 아울러 김정일은 1994년 김일성 수령의 서거 이후 3년간의 유훈통치를 한 다음 1997년부터 선군정치와 강성대국론을 들고 나오면서 사실상의 국가수반의 위치에서 통치를 시작하였다. 1994년 김일성 주석의 사망을 기점으로 할 때 올해 북한은 김정일 정권이 들어선 지 10주년을 맞이한다.

사실상 북한은 김정일 국방위원장이 모든 국정을 혼자서 책임지는 일인 군주의 성격을 지니고 있다. 따라서 사회 문화적 측면에서 김정일 정권 10년의 변화와 전망을 살펴보기에 앞서 김정일 위원장의 성장 과정과 집권배경 등 그의 전기적 생애에 대해 개략적이나마 분석해 보는 것도 북한정권의 현상을 파악하는 데 의미가 있을 것이다. 또 김정일 정권의 강성대국론을 비롯한 정치이데올로기의 큰 테두리를 살펴보는 것도 연구의 기초적 토대가 되리라고 판단된다.

그러면 이러한 토대에 기초하여 김정일 정권의 10년 동안 문화·예술 분야에서 어떠한 변화가 있었는지 살펴보고 앞으로의 전망에 대해서도 짚어보면서 정책적 대안을 제시하기로 한다.

II. 김정일 위원장의 성장 및 집권과정

북한에서는 사실상 김정일 국방위원장 한 사람이 연출하는 연극이나 영화같이 모든 정책이 입안되고 결정이 되어 시행되고 있다고 해도 과언이 아니다. 따라서 그의 삶 자체도 세계 어느 지도자의 전기와는 비교가 안 될 정도로 과장되고 미화되어 있다.

북한의 최고 지도자인 김정일 국방위원장의 생애와 경력을 요약 정리하는 것은 간단한 작업이 아니다. 그 이유는 그의 출생에서부터 남·북한에서 발행된 저서들이 다른 견해[1]를 표명하고 있기 때문이다. 또 김정일 위원장이 문화예술부장을 지낸 경력에 대해서도 이의를 제기하는 견해가 있으며 사생활에 대해서도 날조된 기사라는 북측의 반응이 있다.

　따라서 김정일 위원장의 개략적인 생애와 경력은 최근 나온 30권으로 된『조선대백과사전』을 주 텍스트로 하여 정리하되 남한학계에서 이의를 제기하는 항목은 같이 밝히기로 한다. 백과사전을 참조로 할 때 김정일 국방위원장의 전기적 생애는 총 5기로 나눌 수 있다. 그것은 1) 수학기, 2) 후계자 수업기, 3) 1970년대 중반의 권력 장악과 후계구도 완성기, 4) 1980～90년대의 향도자로서의 활동기, 5) 권력승계 및 홀로서기의 시련기로 구분된다. 앞서 김동규 교수는 김정일의 생애를 소년기, 청년기(정치 실무 학습기), 성인기(권력 장악기), 장년기(국가 통치기)로 구분[2]하였다.

〈도표 1〉 김정일 위원장의 성장 및 집권과정

	제1기	제2기	제3기	제4기	제5기
박태상	수학기	후계자 수업기	1970년대 중반의 권력장악과 후계구도 완성기	1980～90년대의 향도자로서의 활동기	권력 승계 및 홀로서기의 시련기
김동규	소년기	청년기 (정치실무학습기)	성인기 (권력장악기)	장년기 (국가통치기)	

---

1)『조선일보』2002년 8월 23일(금) 정호선특파원 기사.
　정호선 특파원은 하바로프스크에서 70km 떨어진 바트스코예 마을에 살고 있는 아우구스타 세르게예브나 할머니(73)를 인터뷰하여 김정일 국방위원장이 바트스코예 마을에서 쌍둥이로 태어났으며 어릴 때 "똘똘했고 아이들과도 잘 어울렸다"는 사실적 증언을 보도했다. 그녀는 "김위원장 아버지인 김일성은 1942년부터 1948년까지 소련 88여단에 소속된 3개 대대 중 1개 대대를 지휘했다"고 말하고, 또 "김위원장은 1941년 2월 16일 쌍둥이로 태어났으며, 그의 동생은 3～4세 때쯤 우물에 빠져 죽었다"는 증언과 "김위원장의 러시아 이름은 유라였고, 동생은 슈라로 불렸다"는 기억을 되살려 증언하였다.
2) 김동규,『북한학총론』, 교육과학사, 1999, 411-420쪽.

『조선대백과사전』은 1권(1995)에서 '위대한 김일성 수령'과 '위대한 령도자 김정일 동지'에 대한 전기적 생애와 업적에 대해 나열하고 있다. 백과사전은 김정일 위원장이 1942년 2월 16일 백두산 밀영에서 탄생했다[3]고 서술하고 있다. 이 사전은 "김정일 동지의 탄생은 영광스러운 주체시대의 무궁한 개화발전과 경애하는 수령님의 혁명위업의 종국적 승리를 이룩해 나갈 향도성을 맞이한 우리 민족과 진보적 인류의 일대 경사였으며 우리 당과 혁명의 양양한 전도와 조국과 민족의 영원한 행복, 인류의 자주위업의 찬란한 미래를 기약하는 력사적 사변이었다"고 장황하게 언급하고 있다. 어릴 때부터 남달리 총명하고 영특한 천품을 펼쳐나간 김정일은 1953년 2월 10일 만경대혁명학원에서 〈김일성장군의 략전연구소조〉를 결성하였으며 김일성의 혁명사상과 혁명전통을 깊이 연구하고 따라 배우도록 하기 위한 사업을 힘 있게 조직전개하였다[4]고 찬양한다.

1960년 9월 청년 김정일은 김일성 종합대학교 경제학부에 입학하였고, 시 「조선아 너를 빛내리」를 지어 조선혁명과 세계혁명의 종국적 승리를 이룩하려는 구상을 밝혔으며, 1961년 3월에는 김일성 수령의 로작학습을 기본으로 하는 만페이지 책읽기운동의 봉화를 지폈다[5]고 한다. 아울러 1962년 8월 중순부터는 어은동 군사야영훈련에 참가하여 대학생들의 군사훈련을 구체적으로 지도했다[6]고 한다. 김일성대학을 졸업한 김정일은 1964년 6월 19일부터 조선로동당 중앙위원회 지도원으로 사업을 시작[7]했다. 이 시기에 대해 백과사전은 "우리 당은 력사상 처음으로 수령의 위업계승문제를 훌륭히 해결한 혁명적 당으로 될 수 있었다"[8]라

---

3) 강경구 외 편, 『조선대백과사전』 1권, 평양, 백과사전출판사, 1995, 18쪽.
4) 강경구 외 편, 위의 책, 19쪽.
5) 강경구 외 편, 위의 책, 19쪽.
6) 강경구 외 편, 위의 책, 19쪽.
7) 강경구 외 편, 위의 책, 20쪽.

고 서술하고 있다. 1967년 5월에 있었던 당 중앙위원회 제4기 제15차 전원회의를 계기로 김정일은 당의 유일사상체계를 세우는 사업을 주도하고 당 안에 숨어있는 부르주아분자, 수정주의분자들을 적발분쇄하였다[9]고 설명하고 있다. 이것은 이 회의에서 박금철, 이효순, 허학송 등 갑산파 고위간부들과 당내 선전·문화를 담당하던 간부들이 유일사상을 위배하는 정책을 전개해왔다[10]고 비판하면서 숙청한 것을 뜻한다. 그리고 1967년 8월 함흥지구를 찾아 용성의 노동계급이 새로운 혁명적 대고조의 앞장에 서서 경제건설과 국방건설의 병진로선을 관철해 나가도록 공장, 기업소, 협동농장들에 현지지도의 길을 이어나갔다고 선전하였다.

김정일은 1969년에 당선전선동부 부부장을 지내고 1970년 9월에는 당 문학예술부 부부장에 임명되었으며, 1973년 9월 17일에 당 조직 및 선전담당 비서[11]가 되었지만 백과사전은 이러한 경력에 대해서는 기술하고 있지 않은 것이 특이하다. 그 대신 김일성 주석의 60돌을 계기로 수령을 중심으로 하는 당과 인민의 정치사상적 통일과 혁명적 단결을 더욱 반석같이 다지도록 정력적으로 지도한 공적과 1960년대 초부터 영화예술을 비롯한 문학예술부문의 사업을 지도하여 불후의 고전적 명작들인 『피바다』, 『한 자위단원의 운명』, 『꽃 파는 처녀』 등을 영화로 옮기는 사업을 힘 있게 밀고 나가 혁명적 영화예술의 빛나는 전통을 이룬 업적을 찬양하고 있다. 1965년에 김정일은 김일성 주석을 수행하여 인도네시아를 방문하였다.

1974년 2월 13일 조선노동당 중앙위원회 제5기 제8차 전원회의에서 김정일은 정치위원이 됨으로써 유일한 후계자, 주체적 혁명위업의 위대

---

8) 강경구 외 편, 위의 책, 20쪽.
9) 강경구 외 편, 위의 책, 21쪽.
10) 이종석, 『현대 북한의 이해』, 역사비평사, 2000, 498쪽.
11) 이종석, 위의 책, 499-501쪽.

한 계승자로 높이 추대되었다고 서술하고 있다. 황장엽 전 노동당 비서는 당시 김정일의 권력 장악과 김영주의 권력약화에 대해 중요한 발언을 하고 있다. 1974년 2월의 당 전원회의에서 김일성은 동생 김영주에 대해 사업의욕이 없고 자신을 잘 도와주지 않는다고 비판했고, 곧 당 전원회의에서 부총리로 강등되었다고 한다. 그리고 당시 김영주의 오른팔 격이었던 선전비서 김도만과 국제비서 박용국의 제거는 그의 기반을 결정적으로 약화시키는 계기가 되었다는 것이다. 이들은 다같이 소련유학 출신으로서 극단의 좌경을 반대했으며 개인숭배를 별로 좋아하지 않았다[12]는 것이다. 김정일은 김영주가 부총리로 있는 것도 껄끄럽게 생각하여 양강도의 어느 작은 산골로 보내 연금시켜 버렸다. 하지만 김일성은 자기 동생문제로 평판이 좋지 않고 김정일의 경쟁 상대가 되지 않는다는 것을 깨닫고 그를 1993년에 형식상의 부주석으로 복권[13]시킨다.

1970년대의 김정일은 크게 세 가지 족적을 역사에 남긴다. 그 하나는 온 사회의 주체사상화를 외치며 세대교체를 시도하여 권력기반을 다지는 것이다. 백과사전은 김정일 국방위원장이 온 사회의 주체사상화 강령을 빛나게 실현하기 위하여 사상·기술·문화의 3대혁명을 심화 발전시키기 위한 투쟁을 현명하게 조직 영도하였다고 기술하면서 3대혁명은 우리 당의 전략적 노선이라고 강조하고 있다. 이 3대혁명은 1975년 11월에는 〈사상도 기술도 문화도 주체의 요구대로!〉라는 구호 밑에 새로운 형태의 공산주의적 대중운동인 '3대혁명 붉은 기 쟁취운동'을 몸소 발기하고 힘 있게 벌려나가도록 하였다[14]고 찬양하고 있다. 이 무렵인 1974년 10월에는 충성의 '70일 전투'를 펼쳐 진두지휘를 하여 속도전의 새 역사를 전개하였다.

---

12) 황장엽, 『나는 역사의 진리를 보았다』, 한울, 1999, 172-173쪽.
13) 황장엽, 위의 책, 같은 쪽.
14) 강경구 외 편, 앞의 책, 23쪽.

둘째, 자력갱생운동과 우리 식 사회주의의 기치를 높이 들었다. 김정일은 1978년 1월 자력갱생의 혁명정신을 더욱 높이 발휘하는 것을 당사업의 총적 방침으로 내세웠으며 전당, 전민을 인민경제의 주체화·현대화·과학화를 다그치기 위한 투쟁에로 힘 있게 불러일으켰다고 강조한다. 이와 함께 1978년 말에는 〈우리 식대로 살아나가자!〉라는 전략적 구호를 제시하였으며, 1979년 10월부터는 김일성이 찾아낸 숨은 영웅들의 모범을 따라 배우는 운동을 친히 발기하였다[15]고 선전하고 있다.

셋째, 1975년 1월 1일에 전군의 주체 사상화할 데 대한 혁명적 방침을 제시하여 인민군대를 당의 군대, 혁명의 군대로서의 면모를 훌륭히 갖춘 불패의 혁명무력으로 강화하였다[16]고 선전함으로써 1990년대의 선군정치의 기틀을 다지게 되었다.

김정일은 1980년대와 1990년대는 향도자로서의 면모를 과시하고 있다. 첫째, '80년대 속도'를 창조할 데 대한 혁명적 방침을 내놓고 〈천리마 대 고조시기의 기세로 '80년대 속도'를 창조하자!〉라는 혁명적 구호 밑에 인민 경제 모든 부문, 모든 단위에서 '80년대 속도' 창조운동[17]을 펼쳤다. 특히 1983년 4월과 1984년 4월 서해갑문 건설장을, 그리고 5월에는 룡성기계련합기업소를, 10월에는 락원기계련합기업소를 비롯한 경제건설의 주요대상들을 현지에서 지도하면서 근로자들을 '80년대 속도' 창조운동에서 새로운 위훈을 세우도록 정력적으로 이끌었다고 미화시키고 있다. 이러한 속도전은 1988년 2월 공화국 창건 40돌을 맞으며 200일 전투를 힘 있게 벌려 사회주의 건설에서 계속 앙양을 일으키도록 증산과 절약을 주문하였으나, 천리마운동부터 지속적으로 펼쳐진 군중노선은 오히려 근로자들과 공장의 기계들의 피로도를 가속시켜 퇴보만을

---

15) 강경구 외 편, 위의 책, 23쪽.
16) 강경구 외 편, 위의 책, 23쪽.
17) 강경구 외 편, 위의 책, 25쪽.

거듭하게 되었다. 아이러니컬하게도 이렇게 속도전을 펼친 이 시기에 남북간의 경제적인 격차가 훨씬 많이 벌어졌다는 현실이다. 그것은 세계화와 개방화라는 국제적인 상호교류 물결의 흐름을 읽지 못하고 우리식 사회주의라는 고립화정책을 편 경제정책의 과오 때문일 것이다. 둘째, 김정일 위원장은 1982년 3월 고전적 논문 「주체사상에 대하여」를 발표했다고 업적을 선전하고 있다. 즉 그는 논문에서 주체사상 창시의 역사적 과정을 밝히고 주체사상의 철학적 원리와 사회역사원리, 지도적 원칙들을 전일적으로 천명하였으며 주체사상의 역사적 의의를 분석했다[18]고 장황하게 설명하고 있다. 하지만 김정일 위원장이 인간 중심의 주체사상을 창시하여 마르크스―레닌사상의 유물론적 허점과 한계를 극복했다는 선전은 모두 거짓말로 사실은 자신의 업적을 도용한 것[19]이라고 남한으로 망명한 황장엽 전 노동당 비서는 분명하게 밝히고 있다.

셋째, 1990년 1월 1일 신년사에서 내놓은 북과 남 사이의 장벽을 마스고 자유래왕을 실현하여 북과 남이 서로 전면 개방할 데 대한 새로운 조국통일방안인 조국통일 5개방안(최고인민회의 제9기 제1차 회의에서의 시정연설에서 제시)을 실현하기 위한 사업을 힘 있게 밀고 나갔다고

---

18) 강경구 외 편, 위의 책, 26쪽.
19) 황장엽, 앞의 책, 207-208쪽.

　　"1972년 여름이라고 기억된다. 새 헌법에 대해 토론하던 중에 당시 과학교육부장이 일어나 말했다. 지금 사회과학원에서 주체사상을 황장엽이 창시했다는 말이 자꾸 나돌고 있는데, 그 대책을 세워야 합니다. 그러자 김일성은 주체사상이야 내가 내놓은 것이고 황장엽은 내 서기라는 사실이 다 알려져 있는데 그게 무슨 문제가 되는가? 그냥 내버려 두라면서 일언지하에 과학교육부장의 말을 눌러버렸다 …(중략)… (1980년인지 1981년인지 정확하지는 않지만~~) 김정일의 책자를 읽어주면서 책을 쓴 날짜가 1974년 4월로 되어 있었다. 내용은 '주체의 유물론', '주체의 변증법'이라는 용어를 사용해서는 안된다는 것이었다. 나는 이 문제로 논쟁할 생각은 없었으나 기분이 묘했다. 마치 주체철학을 예전부터 알고 있기라도 했다는 듯이 날짜까지 김정일이 실질적으로 권력을 잡은 1974년으로 소급하여 조작했던 것이다. 물론 이는 흔히 있는 일이었다."

선전하고 있다. 그리하여 1990년 9월부터 민족분열이래 처음으로 총리를 단장으로 하는 북남 고위급 회담이 열렸다고 그 업적을 찬양하면서 제1차로부터 8차에 이르기까지 북남 고위급 회담에서 조국통일 3대원칙을 철저히 관철하여 통일의 전제를 마련하기 위한 가장 공명정대하고 합리적인 제안들을 주동적으로 제기했다[20]고 주장하고 있다.

『조선대백과사전』은 김정일 위원장이 1991년 12월에 조선인민군 최고사령관으로, 1992년 4월에 조선민주주의 인민공화국 원수로, 1993년 4월에 국방위원장으로 높이 추대되었다[21]고 밝히고 있다. 그리고 김정일은 1997년 10월 8일 노동당 총비서로 취임하였고, 1998년 9월 5일 국방위원장으로 재추대되어 오늘에 이르고 있다.

하지만 김정일에 대한 연구논문을 썼던 이종석 등의 역사적 평가에 의하면 북한의 이데올로그들이 1960년대 후반부터 1980년대 중반까지 김정일이 북한사회에서 쌓은 업적들을 내세우며 인민적 정통성의 확보를 시도하였지만, 이 시기가 바로 북한의 역사에서 '저발전과 침체의 시기'[22]라는 궁극적 모순에 봉착하게 되었던 것이다.

Ⅲ. 김정일 정권의 정치적 이데올로기

북한 김정일 정권의 정치적 이데올로기를 살펴보기 위해서는 김정일 국방위원장을 찬양하거나 그의 정치적 업적을 칭송하는 저작물들을 훑어보는 것이 최우선 작업이 되어야 할 것이다. 김정일 국방위원장을 칭송하는 북측의 저작물은 크게 두 가지 종류가 있다. 한 가지는 북한 당

---

20) 강경구 외 편, 앞의 책, 28쪽.
21) 강경구 외 편, 위의 책, 27쪽.
22) 이종석, 앞의 책, 517-518쪽.

국이 직접 발행한 것이고 다른 한 가지는 일본 기자나 조총련계 인물을 통한 출판물[23]이다. 후자의 경우 김정일이 세계적으로 존경받고 있는 인물이라는 점을 홍보하기 위한 것이지만, 사실상 책을 펴보면 북한 당국에 의해 연출된 것이라는 것을 쉽게 알아차리게 된다.

북한에서 발행된 김정일 국방위원장을 찬양하는 저작물들의 특징은 그의 능력에 대해 크게 두 가지 점에서 비범함을 내세우고 있다. 하나는 위대한 사상이론가로 거론하는 것이고 다른 하나는 그를 위대한 정치가로 칭송하는 경우이다. 전자의 경우 1996년부터 발행되고 있는 경제학 1권에서 4권,[24] 철학 1권과 2권,[25] 그리고 문예학 1권부터 5권[26]까지가 있다. 가장 뒤에 나온 문예학 4권과 5권은 1998년에 평양에서 출판된 것이고 나머지는 1996년에 펴낸 것이다. 모두가 사회과학출판사에서 발간된 것으로 보아 김일성종합대학교와 사회과학원 교수들 및 연구원들이 주동이 되어 펴낸 것으로 판단된다. 문예학의 경우 1권은 한중모, 2권은 리현순과 엄영일, 3권은 김정웅과 리기백, 4권은 김정웅과 조유철, 5권은 서재경과 고철훈이 서술했다.

최근인 2001년에 조선로동당출판사에서 펴낸 『주체혁명위업의 위대한 령도자 김정일동지 1권—위대한 사상리론가』와 2권 『위대한 정치가』는 매우 중요한 의미를 지니는 책이다. 북한을 21세기의 강성대국으로

---

23) 이러한 저술작업에는 다음과 같은 책들이 있다.
    1. 강두만(조국통일 범민족련합재중국조선인본부), 『문학예술에 바친 위대한 사색』, 평양, 평양출판사, 1996.
    2. 송국현(서울에서), 『세계의 김정일』, 평양, 평양출판사, 2001.
    3. 장석(로스엔젤리스에서), 『김정일장군 조국통일론 연구』, 평양, 평양출판사, 2002.
    4. 한재만(한 해외동포 인사), 『김정일 —인간·사상·령도』, 평양, 평양출판사, 1994.
    5. 나다 다까시(일본 기자), 『김정일시대의 조선』, 평양, 외국문종합출판사, 2000.
24) 황한욱, 『위대한 령도자 김정일동지의 사상리론: 경제학 4』, 평양, 사회과학출판사, 1996.
25) 김민, 『위대한 령도자 김정일동지의 사상리론: 철학 2』, 평양, 사회과학출판사, 1996.
26) 서재경, 『위대한 령도자 김정일동지의 사상리론: 문예학 5』, 평양, 사회과학출판사, 1998.

이끄는 견인차인 김정일 국방위원장을 노동당 선전선동부와 조직부가 주축이 되어 위대한 지도자로 부상시킨 저서이기 때문이다. 1권에서는 주로 김정일 위원장을 천재적인 사상이론적 예지를 가졌고 위대한 사상이론 활동을 폈다고 목차를 달고 있다. 그리고 그 예지에 대해 비범한 탐구력과 사색력, 비상한 통찰력과 분석판단력, 특출한 기억력과 해박한 식견 그리고 출중한 저술력[27]으로 나누어 분석하고 있다. 특히 김위원장의 위대한 활동의 예로 주체철학의 정립을 들고 있다. 즉 1970년대로부터 1990년대에 걸쳐 김일성 주석이 밝힌 주체사상의 철학적 원리와 사회역사적 원리들을 더욱 심화발전시켜 전일적으로 체계화하며 그 독창성과 정당성을 논증하기 위한 사상이론활동을 정력적으로 펼친[28] 공로가 있다는 해석이다.

한편 정치가로서의 김정일 위원장에 대한 북한 당국의 총체적 평가는 2권『위대한 정치가』에 담겨 있다. 이 책은 정치가로서의 김정일 위원장에 대해 정치철학과 이념, 비범한 영도력과 영도풍모 그리고 탁월한 정치활동으로 세분하여 기술하고 있다. 요약하면 출중한 령도력은 천리혜안의 과학적 예견성, 비상한 조직동원력, 완강한 실천력, 특출한 창조력에서 나오며, 강철의 정치신념과 의지, 무비의 정치담력과 지략, 숭고한 인민성, 강인한 혁명적 원칙성에 의해 비범한 영도풍모가 나온다[29]고 영웅적으로 그의 영도력을 형상하고 있다.

아울러 김정일 위원장의 정치력에 대해서는 자주정치의 실현, 인덕정치의 구현, 선군정치의 실현, 애국애족의 정치실현이라는 네 가지 국가적 지표와 인간적 덕목을 조합시켜 극적으로 미화시키고 있다. 첫째, 자

---

27) 사회과학원·김일성종합대학 등 편,『주체혁명위업의 위대한 령도자 김정일동지 1권－위대한 사상리론가』, 평양, 조선로동당출판사, 2001, 9-144쪽.
28) 위의 책, 181-183쪽.
29) 사회과학원·김일성종합대학 등 편,『주체혁명위업의 위대한 령도자 김정일동지 제2권－위대한 정치가』, 평양, 조선로동당출판사, 2001, 45-227쪽.

주정치는 자주독립국가의 첫째 가는 징표이며, 인민대중이 혁명의 주체로서의 지위를 차지하고 역할을 다하기 위한 근본조건이라는 것이다. 이러한 자주정치를 펴게 된 배경으로 제국주의자들과 반동들, 현대수정주의자들의 책동이 강화되었기 때문이라고 설명하고 있다. 자주정치의 대표적인 구호가 바로 〈우리 식대로 살아나가자!〉라는 것이다. 둘째, 인덕정치는 인민에 대한 사랑과 믿음의 정치를 하자는 것이다. 이것은 인민에 대한 참된 믿음과 사랑은 영도자의 가장 고결한 천품으로 천하를 얻는 힘이 된다는 신념에서 출발하는 정치라는 것이다. 셋째, 사회주의 사회에서는 그 발생발전의 합법칙성으로부터 정치와 군사, 당과 군대가 서로 뗄 수 없이 결합되어 있다는 것이다. 그것은 사회주의 제도의 수립과 발전의 역사적 과정이 제국주의자들과 그와 결탁한 반혁명세력과의 끊임없는 군사적 대결전을 동반하기 때문이라는 것이다. 김정일의 선군정치는 바로 김일성의 혁명투쟁역사는 총대로 혁명을 개척하고 전진시켜 온 선군혁명영도의 역사라는 것에서 시원을 찾은 것이다. 넷째, 김정일은 "주체는 애국이고 애국은 주체이다"라는 신념에서 조국과 민족의 강성부흥을 위한 애국애족의 정치를 펴나가겠다는 것이다. 그가 김일성 사후 유훈통치를 끝내고 국방위원장에 재취임하면서 세계를 향해 한 첫 발언이 강성대국이었다. 그것은 김 위원장이 조국을 부강번영하는 강성대국으로 건설하는 것은 애국애족의 최고발현이며 사회주의 정치지도자의 기본사명으로 파악하기 때문[30]이라는 것이다.

북한의 이러한 네 가지 국가적 지표에 대한 모순은 엄청난 세계적인 저항에 부딪칠 가능성을 높여주고 있다. 자주정치는 결국 〈우리 식대로 살자〉를 모토로 하기 때문에 세계화에 역행하는 고립주의로 나아갈 수밖에 없고 그것은 결국 인민들에게 고난의 행군의 지속적인 강요로 나

---

30) 사회과학원·김일성종합대학 등 편, 위의 책, 253-375쪽.

타날 수밖에 없다. 인덕정치는 인민성에 바탕하는 정치인데, 그 결과가 식량난이라는 대다수 인민들의 굶주림으로 귀착되고 있는 것 또한 아이러니가 아닐 수 없다. 또 선군정치는 핵과 미사일개발이라는 군사력 증대와 인민군의 증강에만 달러를 쏟아 붓는 경직된 예산운용으로 경제의 저성장과 에너지·전력난 등의 심화에 따른 기간산업의 정체와 퇴보라는 악순환의 늪에 빠져들게 만들고 있다. 끝으로 강성대국을 건설한다는 애국애족의 정치는 결국 주변 강국들에게 핵개발과 미사일개발에 주력한다는 인상을 심어주어 조국통일 3대헌장을 주요 업적으로 내세우는 김위원장의 평화통일 이미지와 크게 상충하고 있어 커다란 모순으로 대두되고 있다.

〈도표 2〉 김정일 정권의 국가적 지향 목표

4대 목표	자주정치 실현	인덕정치 구현	선군정치 추진	애국애족의 정치실현
목표 설정 이유	제국주의자 및 현대수정주의자들의 책동	인민에 대한 사랑과 믿음	반혁명세력과의 부단한 군사적 대결전을 동반하기 때문(김일성의 혁명투쟁 역사 계승)	부강번영 하는 강성대국의 건설
국가적 문화지표와의 연계성	조선 민족제일주의 표방	인민성구현에 따른 전인민의 예술화 추구	인민군에의 예술소조 활동	태양민족문화론 제기 및 '공산주의 낙원론' 지향
한계 및 모순	세계화에 역행하는 고립주의	식량난 등 인민들의 굶주림과 탈북	미사일 등 군사력 증대에 따른 경제난 심화	조국통일 3대헌장 구현 등의 김위원장의 평화통일 이미지와 상충

Ⅳ. 문화·예술분야에서의 북한의 변화양상

김정일이 사실상 통치를 시작한 1994년부터 그 이전의 김일성 시대와는 확연하게 구별되는 몇 가지 현상이 두드러지게 나타났다. 우선 정치적으로는 반미투쟁에 앞장서고 있다는 점을 인민들에게 크게 부각시키고 있다. 이러한 반미투쟁의 노선은 바로 강성대국론으로 이어지게 된다. 강성대국의 케치플레이즈는 미사일 실험과 핵무기의 개발이라는 수단을 앞세우게 되는데 이러한 방안은 바로 미국에 대한 도전으로 인식되어 미국의 강력한 제재를 받게 된다. 김정일이 이러한 대미투쟁에 앞장서는 것은 바로 북한인민들에게 카리스마를 보여주기 위함으로 판단된다. 김일성이 항일투쟁의 이미지로 카리스마를 형성하였다면, 별다른 군대경력과 기반이 없는 김정일로서는 반미투쟁으로 그에 상응하는 토대를 마련할 수밖에 없는 것이다.

또 하나 김정일은 문학예술 분야에서의 경력으로 당·정·군을 장악하고 후계자로 부상한 독특한 경력의 소유자이다. 이러한 이력은 아무래도 김정일 자신의 예술에 대한 해박한 지식과 취향이라는 개인적인 성향과도 관련이 있겠지만, 그것보다도 인민들을 선전·선동하는 전략과 전술이라는 측면에서 바라다볼 필요가 있다. 북한은 소위 조국해방전쟁 이후의 전후 복구사업부터 지금까지 지속적으로 군중노선을 통해 생산성 향상을 부르짖었다. 따라서 인민들의 피로도는 극에 달하였고 오히려 증산에 있어서는 퇴보하는 현상으로 나타났다. 이러한 양상을 타개하는 현명한 전술적 방법으로 김정일은 '예술적 개조'라는 독특한 낭만적 군중문화노선을 취하였던 것이다. 일종의 당근과 채찍이라는 이중적인 방법을 구사한 것이다.

이러한 독특한 두 가지 통치방법을 구사하여 김정일 국방위원장은 그의 아버지인 김일성 시대와 다름없는 유일독재체제를 구축하고 자신의 정치적 구상을 실천에 옮기게 된다.

그러나 21세기의 정보혁명의 시대라는 세계화의 시대에 역행하는 폐쇄적인 정치체제는 결국 정치적으로나 경제적으로 고립화의 현상을 가져왔고 1990년대 말에 있어서는 식량난과 인민들의 굶주림이라는 혹독한 현실로 나타났다. 이러한 경제적 위기를 맞이한 후 21세기에 접어들면서 김정일 정권은 중국식의 개혁·개방을 수용하는 방향으로 서서히 선회하고 있는 것이다. 그러면 김정일 정권의 10년 동안 문화예술적으로 북한이 어떻게 변화하였는가를 구체적으로 살펴보고 앞으로의 전망에 대해서도 생각해보기로 한다.

1. 속도전과 '조선민족제일주의 정신'의 강조

최근의 북한의 문화예술 분야에서의 독특한 변화양상으로 '조선민족제일주의'를 우선적으로 들 수 있다. 이러한 이데올로기는 1980년대의 속도전을 이어받은 것이다. 이 운동은 '90년대 속도 창조운동'으로 계승된다. 이러한 흐름을 구체적으로 살펴보기로 한다. 북한에서 1980년대는 1970년대의 연장선상에 있었다. 그것은 1980년대 후반까지 정치적으로나 사회적으로 커다란 변화양상이 없었기 때문이다. 이러한 현상은 1960년대 말부터 1970년대 초에 이르러 확고하게 자리 잡은 주체사상이나 김정일의 후계자 수업이 어느 정도 정착되어 가고 있었음을 시사하는 것이다.

하지만 1980년대 후반에 가면 국제정세의 변화에 따른 심각한 위기에 봉착하게 된다. 대외적으로는 구소련연방의 해체와 동구권의 자유화 바람, 그리고 중국정부의 시장경제를 발판으로 한 개혁개방정책의 도입 등이 체제 자체를 뒤흔들 수 있는 도화선으로 작용하고 있었고, 대내적으로는 1950년대 말에 기획하여 1970년대에 거의 완성이 된 평양의 신도시 건설사업의 성과와 문제점이 드러나기 시작하여 도농간의 갈등이 시작되었다는 점, 남북한의 무한경쟁에 따른 과학기술의 혁신문제와 인테리의 사회적 위치와 역할문제, 중국과 러시아 유학생들의 귀국과 일본 북송 교포자녀들의 활동 등에 따른 젊은 세대의 등장으로 인한 세대간의 갈등문제, 여성들의 사회적 활동의 증대에 따른 여성의식의 고양(가정과 사회 내에서의 여성들의 위상과 역할 문제) 등이 부각되어 사회의 균열현상이 심각한 지경에 이르게 되었다.

특히 북한은 1980년대 들어와서 러시아와 중국의 에너지 등 경제적인 지원이 사실상 끊어지게 되자 '자력갱생'의 방침을 정할 수밖에 없는 처지에 놓였다. 따라서 1970년대부터 줄기차게 군중노선으로 내세웠던 '속도전'을 '80년대 속도전', '90년대 속도전'이란 슬로건으로 서랍 속에서 다시 끄집어내게 되었다. '속도전'의 개념에 대해 "속도전은 모든 사업을 전격적으로 밀고 나가는 사회주의 건설의 기본 전투형식"31)이라고 김정일은 정의를 내렸다. 김정일은 1974년 사회주의 대건설의 강령을 실현하기 위해 속도전의 혁명적 방침을 제시했는데, 속도전은 최단기간 내에 양적으로나 질적으로 최상의 성과를 이룩하는 것이라고 강조하였다. 2000년에 김정일 국방위원장의 회갑을 맞이하여 펴낸『조선대백과사전』(제14권)은 "속도전을 벌려 사회주의 건설을 최대한으로 다그치기 위하여서는 사상혁명·기술혁명을 힘 있게 밀고 나가며 조직지도사업을 안받침하여야 한다"32)라고 역설하였다. 북한에서 '속도전'의 가장 대표적인 사업이 바로 '평양속도'이다. '평양속도'는 1958년에 평양에 새 살림집(아파트 건설)을 건설하면서 건축에 조립식 방법을 널리 받아들임으로써 살림집 한 세대를 14분 만에 세우는 기적을 이룬 생산성 증대운동을 의미한다.

---

31) 강경구 외 편, 앞의 책, 355쪽.
32) 강경구 외 편, 위의 책, 355쪽.

북한에서는 '평양속도' 외에도 1960년대에 '비날론속도'(1961. 4. 1~
5. 6. 흥남비날론공장 건설과정) 및 '강선속도'(69년 강선제강소) 등 '속
도'라는 용어가 사용되었다. 이러한 '속도'란 용어는 1974년 2월 당중앙
위원회 제5기 8차 전원회의(2. 11~13)에서는 '속도전'이란 사회주의 노
력경쟁을 위한 공식구호로 바뀌게 되었다. 이 회의에서 "달리는 천리마
에 더욱 박차를 가하여 새로운 천리마속도, 새로운 평양속도로 질풍같
이 내달아 6개년 계획(1971~76년)을 당창건 30주년(1975. 10. 10)까지
조기 완수할 것"을 촉구하였다.

북한은 속도전에 대해 "집단의 전성원들이 혁명적 열정을 높이고 일
을 짜고 들어 자기의 모든 예비와 가능성을 집중적으로 동원하며 일단
시작한 일은 전격전·섬멸전으로 전개, 속도를 높이는 가장 우월한 혁
명적 전투원칙"(1974. 2. 18, 노동신문 사설)이라고 설명[33]하고 있다.

이 운동은 1) 김일성에 대한 충성심 고취 2) 주체사상과 배치되는 낡
은 사상 배격 3) 속도와 질의 동시 향상 4) 전격전·섬멸전 적용 5) 기술
혁신운동과 결부 6) 예비의 총동원 등을 내용으로 하며 구체적으로는
'충성의 속도', '70일 속도', '1백일 전투', '2백일 전투', '80년대 속도창
조운동', '90년대 속도 창조운동' 등의 형태로 전개[34]되어 왔다.

문학예술 창작에서 속도전은 사회주의 건설에 따른 인민들의 노력동
원을 촉진하기 위한 목적으로 문화예술을 통해 적극적인 정책 선전이나
선동을 꾀하려는 방침에서 개발된 것이다. 즉 사회 부문에서 개인의 역
량을 최대한 발휘하여 당에서 제시한 과업을 수행하면서 사회주의 건설
에서 "최단기간 내에 양적으로나 질적으로 최상의 성과를 이룩"하듯이
문화예술 분야에서도 전투정신을 발휘하자는 것이다. 한 축으로는 선전,
선동을 기본 이념으로 삼고 다른 한 축으로는 빠른 속도의 예술창작을

---

33) 연합뉴스 민족뉴스 취재본부, 『북한용어 400선집』, 연합뉴스, 1999, 142쪽.
34) 연합뉴스 민족뉴스 취재본부, 위의 책, 143쪽.

통해 따른 부분과 마찬가지로 생산성을 배가하자는 의도를 포함한 것이다. 속도전에서는 빠른 창작 속도와 함께 작품의 질을 높여야 한다는 과제가 따른다.

따라서 북한 문학예술에서 속도전 이론은 속도전의 필요성과 속도전을 올바르게 구현할 수 있는 방법론에 초점이 맞추어져 있다. 북한 문학예술사전에서는 속도전을 "작가, 예술인들의 정치적 자각과 창조적 열의를 최대한으로 동원하여 가장 짧은 기간에 사상예술적으로 훌륭한 작품을 성과적으로 만들어내게 함으로써 문학예술이 비약적으로 발전하는 사회주의사회의 현실적 요구를 제때에 충족시키며 문학예술의 전투적 역할을 결정적으로 높이게 하는 위력한 수단"[35]으로 규정하고 있다.

여기서 규정하듯이 속도전은 '작가, 예술인들의 정치적 자각'과 '창조적 열의'가 있어야 올바르게 구현될 수 있다. 속도전은 창조과정을 통해서 작가, 예술인들의 혁명화, 노동계급화를 촉진시키고 그들의 정치사상적 수준을 높이게 함으로써 창작의 속도를 높이고 작품 수준을 확보하는 것이다. 즉 당의 노선과 정책을 빠른 속도로 문예작품에 반영함으로써 근로대중의 사상의식을 강화하고 인민을 교양하여 당정책을 수행할 수 있도록 하자는 것이다.

작품 창작에서 속도전의 구현은 일차적으로 작가의 문제로 귀결된다. 창작의 속도와 작품의 질은 창작가의 재능과 기량에 의해 담보되는 만큼 작가, 예술가들은 창작에서 끊임없는 비약과 혁신을 이룩할 수 있도록 "사상분야에서 전격전, 집중공세, 섬멸전을 벌여 문화예술 부문 일군들의 사상의식을 좀먹고 속도전을 방해하는 사상적 잡귀신들을 극복"해 나가야 한다. 빠른 창작속도와 함께 작품의 높은 수준을 보장하기 위해서는 작가, 예술가들에게는 문학예술 창작에서 창작적 사색을 중단하지

---

35) 사회과학원 주체문학연구소, 『문학예술사전』 중, 과학백과사전종합출판사, 1991, 278쪽.

않고 집중시키며 창작적 열정을 최대한으로 발양시켜야만 사상미학적 의도를 제때에 관철하여 훌륭한 열매를 거둘 수 있다는 것이다.

결국 속도전의 핵심은 작가, 예술인들의 자각성과 책임성을 높여 창작에 모든 사색과 열정, 온갖 지혜와 재능을 쏟아부어 창작에 전념하도록 하면서 사상적 이탈과 해이를 막고 창작에 전념할 수 있도록 하자는 것으로 귀결된다.

'속도전'을 강화하기 위해 북한이 새롭게 제시한 정책이 바로 '숨은 영웅 찾기 운동'이다. 숨은 영웅(노력영웅)을 찾아내기 운동은 이들에게 영웅 칭호를 부여함을 통해 집단적 경쟁의식을 제고하여 느슨하고 안일한 사회분위기를 일신하고 생산력 저하를 막아보려는 사회통제 방안의 하나로 보여진다. 숨은 영웅의 대표적인 사례로는 정춘실이 있는데, 그녀는 전천군 상업봉사 일꾼으로 전천군의 상업봉사를 엄청난 노력을 들여 모범단위로 꾸림으로써 김일성으로부터 직접 영웅 칭호를 받았다. 이러한 숨은 영웅 찾기의 사회운동은 소설에서는 '숨은 영웅 형상화'로 이어지는데, 1980년대의 대표적인 작품으로는 장편소설 『청춘송가』가 있다.

북한의 1980년대 소설들인 『양심과 운명』(이동구), 『후대의 길』(이호인), 『여당원』(김보행), 『뜨거운 심장』, 『철의 신념』(김리돈), 『영마루』(염단웅), 『생활의 언덕』(김교섭), 『청춘송가』(남대현) 등에서는 인텔리 형상 창조, 노동계급의 전형 창조, 과학기술의 혁신문제와 청년전위의 주체적 등장, 여성의 자주성 문제 등이 집중적으로 다루어진다.

한편 1980년 후반에 들어서서 국제정세의 급변은 북한 체제를 뒤흔들게 되고 국가 존립의 문제로까지 그 심각성이 확대된다. 특히 김정일의 후계구도의 확립과 더불어 문제의 해결책을 찾아야 하는 대안모색이 요구되었다. 그래서 제기된 것이 '조선민족제일주의'의 기치이다. 북한의 사회주의는 우월한 민족적 전통성을 바탕으로 하고 있어 여타 사회주의 국가와는 다르다는 점을 강조하기 시작하였다. 그리고 이를 선전홍보하기 위해 각 예술분야에서 민족적인 요소를 도입한 민족예술을 강화하였다. 아울러 김일성에서 김정일로 이어지는 권력 승계를 민족적 차원의 문제로 확대함으로써 전통적 왕도정치 구현의 방편으로 활용하게 되었다. 우선 전통문화 발굴과 보존정책을 도입하였다. 1985년 7월 11일 조선민주주의 인민공화국 주석명령 제35호로 〈문화유적 보존관리사업을 더욱 강화할 데 대하여〉를 공포하게 되었다. 이 명령에 의해 민족문화 유산 복원 사업이 추진되어 왕건릉의 복원, 동명왕릉의 개건, 단군 유적의 발굴과 복원 사업이 강력하게 추진되었다. 1992년에 들어와서는 발해유적에 대한 대대적인 발굴조사 사업까지 전개된다. 그리고 1980년대 중반부터 폐지되었던 민속명절이 부활하기 시작하여 추석이 1988년부터 휴무일로 지정되었고, 음력설과 한식, 단오가 1989년부터 휴무일로 공포되었다. 그 외에 미술분야에서의 조선화의 개척, 무용분야에서의 민속무용의 개발, 가극에서 평양교예단에 의한 새로운 형식의 민족가극「춘향전」·「박씨부인전」의 창작공연 등이 이어지게 되었고, 평양교예단의 레파토리에 민속놀이인 널뛰기, 밧줄타기, 말타기 등이 교예종목36)으로 변형되어 삽입되었다. 영화분야에서도 그러한 현상은 두드러지는데, 1991년 첫 작품을 내놓은『민족과 운명』은 현재 61부까지 상영되고 있다. 문학분야에서 한설야·박팔양 등이 복권되었으며 한설야의 경우 애국열사릉에 안장된 모습이 확인되는 것 등 작가와 문학작품에 대한 과감한 해금은 1980년대 후반부터 새로운 이념체계로 등장하기 시작한 '조선민족제일주의'의 한 갈래로 볼 수 있는 측면이 있다는 해석37)이 내려지고 있다. 또 계몽기 대중가요(민족 수난기의 가요)의 연구와 보급, 일상복 입기 그리고 전통음식의 강조 등은 민족 전통문화의 되살리기 현상에 해

---

36) 전영선,『북한의 문학예술 운영체계와 문예이론』, 역락, 245-247쪽.

37) 안찬일, "북한의 민족공조의 본질과 전망",『참여정부 — 평화와 번영의 실천과제와 전망』(2003년 북한연구학회 춘계학술세미나 발표논문집), 북한연구학회, 2003. 3,11쪽.

당되는데, 북한 당국이 언론매체를 동원하여 이러한 민족문화의 생활화를 도모하는 것은 북한 체제로 볼 때 상당히 이채로운 일이라고 할 수 있다.

2. 백두산 3대장군의 부각 - 태양민족문학

북한의 『조선문학』 2000년 1월호는 머리글에서 「2천 년대가 왔다 모두 다 태양민족문학건설에로!」라는 테마의 글을 발표하였다. 여기에서 태양이란 말은 태양절이라는 북한 특유의 우상화정책에서 나온 것임을 알 수 있다. 즉 이미 고인이 된 불멸의 영웅 김일성 수령을 태양으로 떠받들고 새로운 문화를 창달하자라는 기치를 든 것이라고 할 수 있다. 그런데 재미있는 것은 태양의 원조로 단군을 들고 나오고 있다는 점이다. 단군 조선의 후손들인 우리 민족도 얼마나 태양을 그리며 반만년을 이어왔고 민족문학의 연륜에 이러한 염원을 새겨 왔던가라고 강조한다. 멀리는 그만두고라도 20세기 말을 돌이켜보자고 제안한다. 조선이 20세기 초에 일제침략자에게 짓밟히고 유린당하게 되어 '시일야방성대곡'이 강토를 적시고 오욕의 '국치일가'를 불러야 했던 민족문학, '울밑에 선 봉선화'에 자기 운명을 비껴보며 '빼앗긴 들에도 봄은 오는가'고 울분을 터뜨리며 비가를 엮어야 했던 조선이었다고 강조한다. 그러면서도 봄의 선구자 '진달래'에 넋을 담아보고 창공을 날아다니는 '산제비'에 낭만을 실어보기도 하면서 사랑과 운명의 빛을 주는 태양을 그려보았으니 장편소설 『고향』의 희준이나 『황혼』의 준식이 등이 사람들을 계몽하고 자각시키려고 고군분투한 그 모든 생활의 연원은 오직 참다운 민족의 앞길을 밝혀주는 삶의 빛에 대한 바람이었다[38]고 문제 제기를 한다.

---

38) 북조선작가동맹, 『조선문학』, 평양, 문예출판사, 2000년 1월호, 4쪽.

그리고 드디어 김일성을 시원으로 제시한다. 시대와 인류가 지향하고 민족과 겨레가 염원하던 그 모든 것이 차려지는 최대의 특전을 우리 문학이 누리게 되었으니 김일성 동지를 모시어 드디어 태양문학의 시원을 맞아 주체사실주의의 새 역사가 펼쳐지게 되었다. 이리하여 우리 문학의 혁명전통이 마련되고 자주시대문학의 휘황한 진로인 주체의 인간학이 태동하여 시대를 반영하게 되었다는 것이다. 불후의 고전적 명작들을 뿌리로 하여 불멸의 첫 혁명송가『조선의 별』에서 주체적 사실주의문학, 태양문학의 가장 성스러운 창조의 길을 탐구 개척한 우리 민족은 조국 광복의 해돋이를 맞이하여 활력을 가지고 승승장구하게 되었고 참다운 인류문학의 가치로 되어 세기의 창공 높이 나래치게 되었다고 강조한다.

동시에 머리글의 필자는 강성대국문학을 새롭게 들고 나온다. 이것은 21세기의 태양인 김정일이 밝혀주는 문학이라는 것이다. 수령형상을 창조하는 것은 새 세기에도 태양민족 문학건설의 기본의 기본이라는 것이다. 문학은 수령을 형상하는 것을 기본으로 틀어쥐고 나가야 강성대국 건설 위업에 적극 이바지할 수 있다. 우리 모두 백두산 3대 장군의 위인상을 최상의 사상예술적 경지에서 형상하는 것을 최대의 성스러운 임무로 자각하고 수령형상 문학창작에서 일대 전변을 일으키자[39]고 선동하고 있다.

이 글의 필자는 다시, 우리는 2000년대에 우리 문학의 모든 형태를 다채롭게 발전시켜야 한다고 강조한다. 소설·시·아동문학·극문학·평론 등 문학의 모든 형태가 전반적으로 비약하여야 하며 그 형상수준을 결정적으로 높여야 한다고 주장한다. 그리고 우리 작가들은 새 세기의 시대적 요구와 지향을 안고 태양민족문학의 높이에서 명작을 창작하

---

39) 북조선작가동맹, 위의 책, 5쪽.

기 위하여서는 시대의 한복판에 뛰어들어야 한다고 끝맺고 있다.

결국 북한이 최근 태양민족문학론을 들고 나온 것은 백두산 3대장군의 혁명성과 영웅성을 부각하기 위한 시도로 보여진다. 즉 김일성·김정숙·김정일의 영웅성을 찬양하는 방법론으로 수령형상창조이론을 활용하려고 하는 것이다. 그리고 이러한 시도는 결국 김정일 국방위원장의 어머니 콤플렉스(mother-complex)를 반영하는 캠페인에 지나지 않는다. 북한의『조선중앙년감』(2002)을 보면, 백두산 3대장군의 혁명전설 수집정리사업이 새로운 미학적 높이에서 추진됨으로써『금수산 기념궁전 전설집』2권,『천지조화』를 비롯하여 6편이 훌륭히 완성되어 수령형상 문학의 보물고를 더욱 풍부히 하였다[40]고 찬양하고 있다.

3. 영화와 장편소설의 중시 그리고 북한문학의 여섯 가지 테마

최근 북한문학은 몇 가지 변화양상이 드러나고 있는데 그중 가장 두드러지는 것은 해방직후의 혁명가극이나 송가 등의 장르를 통해 항일혁명문학을 중시하는 태도에서 장·중편소설 등 문학의 본래적 장르를 강화하는 양상과 영화장르를 대중홍보나 선동의 중용매체로 이용하고 있는 점, 그리고 아동문학과 고전문학에 대한 인식을 새롭게 하는 점 등의 조짐을 보이고 있다는 점이다.

그중 장·중편소설과 영화 장르를 중시하는 태도를 보이는 것은 당 선전 선동사업을 일찍부터 주관하던 김정일의 확고한 예술관에서 비롯된 현상이라고 할 수 있다. 김정일은 주체사상의 정립에 직접 관여하였을 뿐만 아니라 그것을 대중화하는 데 많은 관심을 가지고 있었다. 따라서 그는 소설과 영화장르가 대중을 선동하고 홍보하는 데 다른 어떤 매

---

40) 김동섭 외 편,『조선중앙년감』루계 55호, 평양, 조선중앙통신사, 2002, 182쪽.

체보다도 가장 영향력 있는 매체라는 사실에 대해 분명한 인식을 하게
된다. 김정일이 4·15문학창작단을 1968년 무렵 만들고 그곳에 소속된
작가들의 작품창작에 수정을 가하고 작품의 종자를 잡아주는 행위까지
한 것은 바로 그가 엥겔스의 반영론이나 문학의 계급성과 경향성을 강
조한 주다노프주의에 충실하고 있는 교조주의자임을 입증해주는 것이
다. 그가 소설의 역사성과 대중선동성을 중시하여 처음 착수한 것이『불
멸의 역사총서』발간이고 그 이후의 1980년대에 총돌격전이라는 명칭으
로 두 차례나 밀어붙였던 사업이 '장·중편소설 창작전투'였다. 이러한
소위 '창작전투' 결과 10여 년 사이에 무려 100여 편의 장·중편소설이
만들어졌고 그 이후까지 수백 편의 소설이 창작되는 기현상이 벌어졌다.

　창작전투의 근거지인 남포에서 30리 떨어진 우산장까지 김정일이 작
자들을 위해 직접 자동차까지 보내주는 배려까지 한 결과 쏟아져 나온
장·중편소설의 주제는 다섯 가지로 압축되고 있다. 이것을 통해 우리
는 1980년대 이후 최근의 북한의 사회현상과 예술계의 동향을 파악할
수 있게 된다. 그 주제는 혁명전통의 주제, 조국해방전쟁주제, 사회주의
건설주제, 조국통일주제, 역사 및 계급교양 주제의 다섯 테마이다. 혁명
전통 주제의 작품으로는『찔레꽃』(강효순, 유고 전기영),『우등불』(김원
종) 등이 제시되고, 조국해방전쟁주제의 작품으로는『태백산줄기』(정기
종),『량심과 운명』(리동구) 등이 거론되었다. 그리고 가장 창작작품이
많은 사회주의 건설주제로는『야금기지』(허춘식),『빈터 우에서』(김보행),
『청춘송가』(남대현),『철의 신념』(김리돈) 등의 장편소설이 나열되고 있
으며, 조국통일주제로는『세월을 넘어』(김덕철),『후대의 길』(리호인),
『조국과 운명』(박혁) 등이, 그리고 역사 및 계급교양주제로는『갑오농민
전쟁 3』(박태원, 권영희),『김정호』(강학태),『리순신장군』(김현구)[41] 등이

---

41) 최길상,『주체문학의 새 경지』, 평양, 문예출판사, 1991, 121-124쪽.

〈도표 3〉 북한 문화예술의 6가지 테마

6가지 주제	혁명전통	조국해방	사회주의 건설	조국 통일	역사 및 계급교양	민족애 및 향토애
대표 작품	『불멸의 역사 총서』 및 『찔레꽃』 『우등불』	『태백산 줄기』 『양심과 운명』	『청춘송가』 『평양시간』 『철의 신념』	『후대의 길』 『조국과 운명』	『갑오농민전쟁』 『이순신 장군』 『황진이』	시집 『궤도를 따라』
국가목표와 의 연계성	자주정치 +선군정치	선군정치	인덕정치	애국애족 정치	자주정치 +인덕정치	자주정치

제시되고 있다.

한편 1992년에 나온 시집 『궤도를 따라』(강인철 편)의 목차를 보면, 1980년대 말부터 1990년대 초까지의 북한시문학의 흐름을 알 수 있다. 이 시집에는 여섯 가지의 주제별로 20여 편씩의 시가 실려 있다. 그 테마는 '태양은 빛나라', '우리는 백두산에 올랐다', '90년대의 숨결', '조국과 병사', '내 사랑, 내 조국', '주체의 궤도를 따라'[42]로 되었다.

처음의 '태양은 빛나라'와 '우리는 백두산에 올랐다'는 앞서 소설문학에서의 김일성의 혁명활동과 혁명적 가정을 주로 다룬 '혁명전통주제'와 일치하는 내용이고, '90년대의 숨결'은 〈강철의 음향〉과 〈건설의 교향곡〉의 두 항목으로 세분화되어 있는데, 그것은 소설문학의 주테마의 하나인 〈자력갱생〉의 국가적 정책추진의 의지를 보여주는 '사회주의건설주제'와 상통한다고 할 수 있다. '조국과 병사'와 '주체의 궤도를 따라'는 어느 정도 소설문학의 테마인 '조국해방전쟁주제'나 '조국통일주제'와 연관성이 있다고 볼 수 있으므로, 시장르와 소설장르의 미학적 특성의 차이로 서사성이 강한 '역사 및 계급교양 주제'만이 빠진 것으로 보인다. 그 대신 시문학에서는 특이하게 '내 사랑, 내 조국'이라는 민족애나 향토애를 강조하는 테마가 등장하고 있는 것이 특징이다. 그 내용

---

42) 강인철 편, 『궤도를 따라』, 평양, 문예출판사, 1992, 1-5쪽.

은 주로 부모님에 대한 사랑을 노래하거나 어머니로 상징되는 당과 수령에 대한 충성이나 동지애를 강조하는 내용으로 되어 있으며, 대동강을 소재로 고향에 대한 정을 노래하거나 잘 영근 벼이삭과 햇쌀 냄새를 강조하며 고향의 처녀에 대한 정취를 노래하는 내용 등으로 되어 있어 조국애를 고취시키려는 창작의도가 드러나고 있다. 이것은 소설문학의 다섯 가지 테마에 한 가지를 더 얹어주는 최근 북한문학의 새로운 주제 중 하나라고 할 수 있다.

4. 수령형상 창조 - 『불멸의 향도 총서』 간행

김정일에 대한 수령형상문학은 김일성 주석이 생존해 있던 시기부터 송가, 가사, 단편소설, 장편소설 등 다양한 장르를 통해 시도되었다. 송가를 묶은 종합시집만 보더라도 『향도의 해발 우러러』(1권~13권)가 출판되었고, 가사문학으로는 『친애하는 김정일동지의 노래』, 『친애하는 지도자동지의 만수무강을 축원합니다』, 『대를 이어 충성을 다하렵니다』, 『영원히 한길을 가리라』 등이 발간되었다. 단편소설집으로는 『조선의 행복』, 『백두산의 해돋이』, 『향도의 태양』, 『영광의 시대』, 『봄빛』, 『력사의 순간』 등이 발행되었는데, 여기에만도 55편의 단편소설이 수록[43] 되어 있다. 또 최근에 나온 단편소설집 『소원』(문예출판사, 1992)에 나오는 11편의 단편소설도 모두 김정일에 대한 충성심이나 한없는 사랑을 다루고 있다.

수령형상 창조문학 중에서 김일성 주석에 대한 항일 빨치산 투쟁의 역사를 다룬 소설들은 『불멸의 력사 총서』라고 부른다. 이것은 김정일이 주도한 작업으로 알려져 있다. 1972년에 권정웅이 지은 『1932년』을

---

43) 윤기덕, 「친애하는 지도자 김정일동지를 형상한 문학의 발전」, 『수령형상문학』, 문예출판사, 1994, 424쪽.

시작으로 1994년 김수경의 『승리』까지 총 20편이 제작되었다. 『불멸의 력사 총서』는 1925년 10대의 소년인 김일성이 '타도제국주의 동맹'이라는 단체를 조직하기까지의 과정을 묘사한 김정의 『닻은 올랐다』(1932년 간행)를 시작으로 천세봉의 『혁명의 려명』(1973), 『은하수』(1982), 석윤기의 『대지는 푸르다』(1981)로 이어진다. 이 총서는 북한문학에 내재하는 가장 중요한 창작원리인 '혁명적 수령관'을 바탕으로 삼고 있는 창작물이다. 혁명적 수령관을 세우는 데서 중요한 것은 수령의 위대성에 대한 인식과 체득이라는 것이다. 그런데 재미있는 사실은 북한의 여러 저작물에서 1980년대부터 김정일에게 권력이 집중되면서 '수령을 계승한 문학은 본질에 있어서 수령형상문학이다'[44]라는 대담한 표현까지 등장하고 있다는 사실이다. 이렇게 하여 등장한 것이 『불멸의 향도 총서』인 것이다.

장편소설로는 1989년에 발표된 김일성종합대학 출신의 작가 현승걸(1937~　)의 『아침해』를 필두로 1990년대에는 이종렬의 『예지』(1990)와 박현의 『불구름』(1991)이 창작되었고, 김일성 사후인 1996년에 백남룡의 『동해천리』가 얼굴을 내민다. 1988년 현승걸이 창작한 『아침해』는 김정일이 통 크고 담대하게 결단을 내려 은률의 장거리 벨트콘베아건설을 짧은 기간 내에 완성하게 한 영도력과 공적을 찬양하는 장편소설로서 수령계승 형상 창조의 최초 작품이라는 데 그 의의가 있다. 이 작품은 금속공업부 부총국장 지승하와 은률광산 지배인 박영진, 간석지건설 총국장 장필수 등의 당 일군과 광산의 오랜 일군인 로장권, 새 세대 청년들인 로동민, 지홍실 등의 개성적 성격을 생동감 있게 창조한 점과 광산의 전망과 대자연개조를 위한 웅대한 구상을 펼쳐준 김정일의 수령형상 창조의 탁월성 등으로 북한에서 높은 평가를 받고 있는 작품이다. 『예

---

44) 윤기덕, 『수령형상문학』, 평양, 문예출판사, 1991, 425쪽.

지』는 1990년 리종련에 의해 창작된 장편소설로 김정일의 영화예술에 대한 업적을 찬양하고 북한에서 불후의 고전명작으로 일컬어지고 있는 『꽃 파는 처녀』 등을 영화로 옮기는 과정을 현지지도하면서 영화창조사업을 벌리는 그의 정력적인 활동상을 소개하는 장편소설이다. 특히 서구의 예술사조를 흉내 내어 예술영화 『광풍』을 제작한 영화연출가 최승진의 과오를 둘러싼 모함과 비판을 다루면서 뜨거운 사랑과 자애로움 그리고 크나큰 믿음을 가지고 있는 김정일이 그에게 다시 한번 기회를 주어 작품을 수정, 『나의 길』을 개작 완성케 함으로써 영화예술사업에서 혁명적 전환을 이룩하게 하였다고 그의 영도자로서의 예지를 강조하고 있는 것이 특징이다. 『불구름』은 박현이 1991년에 창작한 작품으로 6·25전쟁(북한식으로는 조국해방전쟁) 중에 온갖 난관과 시련을 이겨내면서 김일성에게 충직한 주체형의 공산주의 혁명가로 성장해 가는 김정일의 어린 시절을 다룬 작품이다. 총 3편을 혁명적 수령관을 매개로 하여 연결하였다고 평가받고 있는 『불구름』은, 1편에서는 3년간의 전쟁 현장에서 목격한 인민군용사들의 승리에 대한 집념과 후퇴과정에서의 남편을 잃은 부녀자들의 투쟁과정에 대한 서술을 통해 준엄한 시련을 체험하는 소년 김정일의 신념을 그리고 있고, 2편에서는 북쪽의 먼 후방인 농촌지방과 최고사령부에서의 어린 김정일의 체험을 다루면서 불철주야 헌신적으로 일하는 아버지 김일성을 보고 아들로서만이 아니라 전사로서 그를 받들어 모셔야 하겠다는 수령관을 형성해가는 과정을 묘사하였으며, 3편에서는 만경대혁명학원에서의 학습을 통해 주체적 혁명과업을 떠맡을 지도자로서의 자질과 풍격을 체득해가는 과정을 그리되 부친에 대한 충성과 효성을 두드러지게 형상함으로써 수령에 대한 남다른 '충실성'을 보여주고 있다는 일종의 성장소설로서의 성격을 지니는 작품이다. 『동해천리』(1996)는 1970년대의 〈70일전투〉와 사상·기술·문화의 3대혁명을 주도한 김정일이 사회주의 건설을 외치면서 서해 은률의 금산포 앞바다의 장거리 벨트콘베아 완공, 무산청진 대규모 정광수송관 건설, 대유색 금속광물 생산기지인 검덕광산의 6만톤의 연 아연 증산정책, 흥남비료기업소의 화학비료 증산정책 등 현지지도에 열중하는 모습을 총체적으로 담은 장편소설이다.

종합하면, 『불구름』이 6·25전쟁의 준엄한 시련의 불구름 속에서 성장해가는 김정일의 어린 시절을 회고적으로 그리고, 『예지』가 혁명가극과 영화사업 등을 통해 주체적 예술관을 정립하고 항일혁명문화유산을 정리하며 민중선동에 앞장서는 김정일의 개성적 성격을 보여주고 있다면, 『동해천리』는 『아침해』의 전통을 계승하여 1970년대 이후 사회주의 건설에 몰두하여 자립적 민족경제의 토대를 마련하는 김정일의 통 큰 사업수완과 북한사회의 미래를 열어가는 지도자적인 전망을 제시함으로써, 북한민중의 방향타로서의 신뢰성을 보여주려는 데 주력한 작품이란 점에 그 의미와 가치가 있다고 할 수 있다.

최근에도 1999년에 나온 권정웅의 『전환』과 안동춘의 『평양의 봉화』가 출판되었다. 『전환』은 1968년 중국에서 문화혁명이 일어나고 그 여파가 북한에도 밀려와 정치적으로 소용돌이 칠 때 김정일이 김일성유일체제 구축에 앞장선 성과를 크게 미화시킨 작품이고, 『평양의 봉화』는 1989년 동구권의 변혁으로 세계적으로 고립되어 있던 북한이 김정일의 '200일 전투'에 힘입어 제13차 세계청년학생축전을 성공적으로 개최하여 위기를 벗어난 것을 영도자로서의 무비의 담력, 비상한 조직력과 전개력을 보여준 쾌거라고 예찬한 작품이다.

그 외에 2000년에는 박태수의 『서해전역』과 리종렬의 『평양은 선언한다』가 간행되었고, 2002년에는 송상원의 『총검을 들고』가 출판되었다. 『평양은 선언한다』는 1992년 4월 20일 평양에서 70여 개국의 정당대표들이 모여 사회주의가 세계적 판도에서 좌절된 역사적 환경 속에서 사회주의를 지향하는 세계 모든 정당들은 단합해야 한다고 선언한 것을 배경으로 삼은 소설로, 소련 유학생 출신의 사회과학원 국제사상연구소 부소장인 유수진 박사가 애초에는 소련의 개혁 돌풍에 방향을 잡지 못하고 흔들렸다가 모스크바에서 열린 대학 동창회에 참석하여 사상이 혼란해지는 체험을 하고 돌아와서는 비과학적인 환상에서 벗어나 주체의 신념이 투철한 학자로 거듭난다는 내용의 소설이다. 『총검을 들고』는 김정일 국방위원장이 선군정치를 앞세워 강성대국 건설을 역설한 것을 형상화한 소설이다. 특히 김일성 주석과 오진우 인민무력부장이 연이어 사망한 위기상황 속에서 김주석의 유훈인 평양-향산 관광도로공사와 금강산 발전소 건설을 독력하는 김정일 국방위원장의 신념과 믿음의 정치가로서의 면모를 형상한 작품이다.

〈도표 4〉『불멸의 역사 총서』와 『불멸의 향도 총서』의 비교

	불멸의 역사 총서 (김일성의 수령형상 창조)	불멸의 향도 총서 (김정일의 수령형상 창조)
대표 작품	『닻은 올랐다』, 『혁명의 려명』, 『은하수』, 『대지는 푸르다』, 『봄우뢰』, 『1932년』, 『근거지의 봄』, 『혈로』, 『백두산 기슭』, 『빛나는 아침』, 『50년 여름』 등	『아침해』, 『예지』, 『불구름』, 『동해천리』, 『전환』, 『평양의 봉화』, 『서해전역』, 『평양은 선언한다』, 『총검을 들고』 등
차이점	1. 항일 투쟁에 역점 2. 영웅적 지도자상 부각	1. 반미 투쟁에 역점 2. 북한사회의 미래를 열어가는 지도자상 부각 3. 강성대국 건설의 역군 이미지 고양

5. 개혁 · 개방에 대비한 내성강화 - 남북 문화 · 예술 교류의 의미

21세기에 들어서서 2002년과 2003년에 걸쳐 남북 문화예술교류는 큰 진전을 거두었다. 우선 2002년 추석에 즈음하여 MBC TV는 북한의 조선중앙 TV와 함께 이미자 · 윤도현 밴드의 평양 공연을 기획하여 상당한

성공을 거두었다. 특히 북한당국이 그토록 비판하던 자본주의의 록밴드의 공연을 허가한 것은 획기적인 현상이었다. 브릿지 머리를 한 윤도현밴드의 공연은 북한 젊은이들에게 상당한 문화적 쇼크를 가져다주었다. 2002년 9월말 부산 아시안게임에는 시드니올림픽 이후 다시 남한선수단이 북한선수단과 함께 공동입장을 하였고 북한미녀응원단이 참가하여 세계적인 이목을 집중시켰다.

이러한 스포츠 분야의 교류는 2003년 8월에도 이어져서 대구 유니버시아드 대회에 북한선수단 197명과 300 여명의 미녀응원단이 참가하였다. 이에 화답하듯 KBS TV 전국 노래자랑 팀이 8·15 광복절을 맞아 평양 모란봉에서 '평양노래자랑'(송해, 주현미 등)을 개최하여 조선중앙 TV가 북한 전역에 생중계하였다. 그리고 2003년 10월에 북한의 평양에서는 류경 정주영 체육관 개관식과 남북농구대회 및 예술단공연(조영남

〈도표 5〉 남·북한의 서양 대중문화 유입 양상 비교

	남 한	체제내의 문화적 충격	북 한	체제내의 문화적 충격
대중문화 유입 양상	미국 대중가수 공연 TV 생중계	박정희 정권 ⇒ 한국식 민주주의 표방	남한 대중가수 평양공연 TV생중계 (윤도현밴드, 베이베복스공연)	김정일 정권 ⇒ 우리식 사회주의 표방
	일본 대중문화 단계적 개방	↔ 미국식 자유주의 물결 유입 우려	패션디자이너 이영희의 평양 초청 패션쇼	↔ 자본주의식 자유주의물결 유입 우려
유입기간	1970년대~2004년 (10~30년간)		1990년 말~2004년 (최근 5년 사이)	
공통적 양상	단계적 도입	문화적 충격 완화 및 체제 안정 도모	단계적 도입	문화적 충격 완화 및 체제 안정 도모

등)이 있었고, 남한의 제주도에서는 민족평화축전에 북측의 김영대 단장과 계순희·정성옥·함봉실 등이 참가하였다. 이러한 남북 문화예술분야와 스포츠 분야의 교류확대는 한반도의 평화정착과 남북간의 화해협력에 커다란 기여를 한 것이 분명하다.

북한에서 대중예술도 주체음악예술론의 기본지침에서 벗어날 수는 없다. 따라서 민족음악의 본색을 살리면서 현대적 미감을 구현해 나가되 자본주의의 광란적 음악요소를 제거하여 사상적 독소를 떨쳐버려야 한다. 그리고 계몽기의 대중가요의 민족적 전통을 수용하되 "정서적 측면에서 어둠침침하고 다소 이질적인 것으로 느껴지는 치명적 약점"[45]을 제거해야 한다.

윤도현 밴드의 락음악과 이미자의 계몽기 대중가요의 감상적 요소는 주체음악에서 제일 먼저 배격해야 할 자본주의적 독소이자 사상을 오염시킬 퇴폐적인 요소이다. 그런데도 왜 북한의 내각 문화성 산하기구인 '조선예술교류협회'(박찬정 회장)와 아·태위원회 등은 김연자의 평양공연과 윤도현과 이미자의 평양공연을 주관했을까?

첫째, 그 이유는 북한의 최고지도자인 김정일 국방위원장의 취향과 무관하지 않다. 지난 2000년 남북정상회담 때의 후일담으로 전한 박재규 전 통일부장관의 말에 따르면 김정일 국방위원장이 가장 좋아하는 남한 가수로는 조용필, 남진, 김연자, 이미자, 최진희, 심수봉 등이고 가장 애창하는 곡은 최진희의 '사랑의 미로'와 이미자의 '동백아가씨'라고 한다. 김위원장은 '사랑의 미로'는 음악대학 성악과 졸업생들의 실기시험용으로 이용할 것을 지시[46]했을 정도라고 한다. 즉 김연자와 이미자의 노래가 민족의 애환과 정서적 동질성을 담아 북한 민중들이 좋아하는 스타일이고 창법과 음색마저도 북한 가수들의 그것과 별반 차이가

---

45) 황룡옥 편,『계몽기 가요 선곡집』, 문예출판사, 2001, 5쪽.
46) 최척호 기자,『연합통신』, 2002년 9월 13일 기사.

없다는 것이다. 그것보다 더 중요한 것은 회갑을 넘긴 김위원장의 음악 취향이 트로트 계열의 다소 애수에 젖게 하면서도 감상적인 스타일의 곡을 좋아하기 때문이고, 또 하나는 항일혁명기의 민족의 수난을 담은 가사의 노래를 애호하기 때문일 것이다. 2001년 4월의 북한의 『노동신문』 등의 보도는 김연자의 평양공연의 평가에 대해 "시대적 정서에 맞게 잘 형상화함으로써 관객들로 하여금 우리 민족의 피눈물 나는 과거를 뼈저리게 되새겨 보게 했다"고 극찬한 데서도 확인된다.

둘째, 이미자의 공연은 녹화방영한 데 비해 윤도현 밴드의 공연은 실황 생중계를 했다는 사실은 어떤 의미를 지닐까? 그것은 이미자의 경우는 이미 김연자의 공연에서 트로트의 맛을 보았기 때문에 생동감이 떨어졌을 수가 있으며, 이미자의 경우 자신의 히트곡을 중심으로 공연을 하였기 때문에 평양시민들에게는 다소 생소한 느낌을 주었을 것으로 해석된다. 그것보다 더 중요한 것은 윤도현 밴드의 공연을 생중계한 것은 7·1 경제관리 조치 이후 개방·개혁으로 방향을 정한 북한당국의 고도의 정치적인 전략에서 비롯되었을 수 있다. 즉 개방에 따른 자본주의 문화의 유입과 그것으로 인한 민중적 충격을 최소화하기 위해 과감하게 생중계의 실험을 단행한 것으로 볼 수 있다. 앞에서 이미 살펴보았듯이 윤도현 밴드의 락음악(Rock Music)은 북한당국의 입장에서는 사회주의의 사상을 오염시키고 자본주의의 광란적이고 퇴폐적인 정신을 유입시킬 독소적인 음악임에 틀림없다. 그런데도 이들의 평양공연을 북한 전역에 생중계한 것은 이러한 해석을 하게 할 분명한 근거가 있다.

셋째, 윤도현 밴드의 공연을 TV로 생중계 한 이유는 부산아시안게임에 선수단과 응원단을 파견한 북한당국의 전술전략과 맞물리어 초청공연 효과의 극대화를 노린 것이라고 생각된다. 즉 언론플레이(북한식으로 '선전선동')에 능한 김정일 국방위원장 특유의 스타일로 해석될 여지가 있다.

끝으로 북한의 김정일 체제가 궁극적으로 지향하고 있는 강성대국의 지향에 따른 축제 분위기의 조성과 밀접한 관련이 있다. 즉 남한 대중가수들의 공연은 북한 주민들이 피부로 민감하게 느낄 수 있는 식량난과 에너지난의 경제적 위기를 상쇄할 수 있는 쾌락적 도구로서는 최고의 수단이라고 판단되었을 것이라는 판단이다. 북한의 문화성 등 정책당국은 대중예술의 마술적 기능을 통해서라도, 북한주민들이 구호로서만이라도 강성대국의 달콤한 행복감에 젖어들게 할 필요성을 강하게 느낀 것이다. 마치 윤도현 밴드의 공연은 제주산 조생종 감귤의 맛과도 같은 것이다. 그것은 시큼하면서도 달콤한 이중성의 묘미를 북한 주민들의 입에 가져다주는 것이다.

6. 예술소조운동의 강화와 자력갱생

예술소조운동이 언제부터 시작되었는지는 정확하지 않지만 김정일 국방위원장이 예술소조운동을 주도한 것만은 분명하다. 물론 그 기원은 1970년대 중반의 3대 혁명소조운동을 토대로 한 것으로 보인다. 3대혁명소조운동은 북한의 상층부의 세대교체를 상징하는 정치적·사회적 운동이었다. 특히 혁명 1~2세대인 김일성 세대를 밀어내고 혁명 3~4세대인 김정일 세대로 세대교체를 이루는 혁명적 운동이었다. 이러한 3대혁명소조운동을 발판으로 김정일은 1970년대 중반부터 자신의 권력기반을 확실하게 다지게 되었던 것이다.

그러나 예술소조운동의 강화는 자력갱생을 다시 강조하기 시작하게 된 1990년대 중반이후의 경제난과 밀접한 관련이 있다. 1980년대 말의 구소련연방의 해체와 동구권의 자유화 바람으로 고립화의 길을 걸었던 북한은 우리식 사회주의를 내세울 수밖에 없었다. 또한 곧이어 밀어닥친 자연재해 등으로 인해 내부적으로 심각한 경제위기를 맞이하게 되었다. 따라서 북한 당국은 경제위기와 식량난 등으로 어수선한 사회적 분위기를 다잡기 위해 붉은 기 쟁취운동과 더불어 예술소조운동에 불을 당기게 된다. 예술소조란 용어는 1993년에 나온『문학예술사전』하권에는 나오지 않는다. 이 사전에는 예술선동이나 예술선전대란 용어는 설명이 되어 있지만, 예술소조란 말은 나오지 않는다. 하지만, 2001년에 북한에서 펴낸『조선대백과사전』에는 '예술소조'란 용어가 분명하게 등장한다. 이 사전에서는 '예술소조'의 개념정의를 "예술에 취미를 가진 비전문가들로 조직되어 창작과 공연활동을 하는 대중적인 소조"[47]라고 설명하고 있다. 1980~90년대에 대중적인 인기를 누렸던 북한영화에는 예술소조운동의 모습이 빈번하게 등장하고 있다. 이를테면 〈도라지꽃〉이나 〈심장에 남는 사람〉 등에 예술소조의 모습이 보이고 있다.

예술소조는 근로자들과 학생들, 인민군 군인들이 일하고 배우는 과정에 체험한 현실생활을 생동하게 반영한 작품들을 만들고 공연함으로써 그들의 예술적 재능을 키우고 문화정서 생활을 꽃 피워 문학예술을 군중적으로 발전시키며 온 나라의 예술화를 실현할 데 대한 노동당의 방침에 따라 조직된다. 그것은 공장, 기업소, 협동농장과 학교, 인민군부대들에 조직되는데, 작업반, 학급, 중대단위의 예술소조뿐 아니라 조국해방전쟁 로병 예술소조, 군인가족 예술소조 등의 이름을 달고 활동하기도 한다. 이러한 예술소조의 활동에 대해 운동을 주창한 북한의 김정일 국방위원장은 "누구나 다 글도 짓고 그림도 그리며 노래도 부르고 악기도 다루며 춤도 출줄 알게 하며 일터에서만 아니라 가정에서도 노래소리, 악기소리가 울려 나오게 하여야 합니다"[48]라고 강조하였다.

『조선대백과사전』은 예술소조운동의 활동 목적과 성과에 대해 다음과 같이 구체적으로 서술하고 있다.

---

47) 강경구 외 편,『조선대백과사전』29권, 평양, 백과사전출판사, 2001, 283쪽.
48) 강경구 외 편, 위의 책, 283쪽.

예술소조들은 대중들 속에서 문학예술창작사업을 진행하며 사회주의 건설장들과 조국보위초소들에 나가 항일유격대식으로 공연활동을 벌리며 근로자들과 학생들, 군인들을 당정책관철과 혁명임무수행에로 힘 있게 불러일으키는 역할을 한다. 예술소조들은 특별한 장치와 도구가 없이 기동성 있고 선동성이 높은 작품들을 가지고 들끓는 생산현장을 거점으로 하여 활동하며 혁명적인 선전과 선동이 배합된 공연활동을 벌린다. 또한 문학예술작품창작과 보급사업, 발표회, 전시회 등도 진행한다. 예술소조들은 그 활동을 통하여 재능 있는 창작가, 예술인을 키워 낸다. 예술소조들의 활동에는 그것이 생산현실과 밀접히 결부된 것으로 하여 시대의 요구와 지향이 민감하게 반영되며 소박하고 통속적이며 생동하고 진실한 것으로 특징지어 진다. 오늘 우리나라에서 예술소조들은 건설장과 초소들에서 혁명의 북소리를 높이 울리며 사회주의총진군운동을 벌리고 있는 근로자들과 초병들을 혁명과 건설에로 힘 있게 불러일으키는 데서 커다란 역할을 하고 있다.[49]

이러한 예술소조는 문예총 소속의 전문 작가나 예술인들과는 달리 공장, 기업소, 협동농장, 각급 학교, 인민군 등에 만들어져 있으며, 직업동맹, 사로청, 농근맹, 여맹 등의 지도 밑에 활동하는 비전문 작가, 예술인 내지 동호인들의 모임이라고 할 수 있다. 예술소조는 문학소조, 연극소조, 음악소조, 무용소조, 사진소조, 교예소조 등 장르에 따라 나뉘어 지며 보통 20명에서 30명 정도를 한 단위로 구성된다. 예술소조는 예술을 통한 인민의 교양과 사상학습에 그 목적[50]이 있다. 북한에서는 인민들의 군중문화사업의 참여율을 높이기 위해 '노래수첩 지참', '노래 보급원 임명', '쉴참 노래경연', '1인 1개 이상 악기 다루기', '그림해설 모임', '영화주인공 따라 배우기' 등을 시행하고 있다. 또한 소조활동을 진작시키기 위해서 김일성 주석·김정일 국방위원장의 생일, 당 창건일

---

49) 강경구 외 편, 위의 책, 283-284쪽.
50) 전영선, 『북한의 문학예술 운영 체계와 문예이론』, 역락, 2002, 56-57쪽.

같은 국가적 명절을 앞두고 문학예술 분야의 전국 단위 현상모집이나 경연대회를 개최한다. 조선 문학예술 총동맹과 같은 단체에서는 주요 계기마다 전국 군중문학작품 현상모집을 실시하며, 조선음악가동맹중앙위원회 같은 단체에서는 가요, 기악곡 등 전국 군중음악작품 현상모집을 실시한다. 1997년 현상공모의 예로는 청년동맹 중앙위원회에서는 '97년도 계급 교양 주제의 글 및 그림 현상모집 요강'과 11월 5일에 중앙방송을 통해 발표되었던 '98년도 영화TV극 현상모집을 위한 요강'이 있었다. 이 공모는 영화문학, 장편영화문학, 중편영화문학, 단편영화문학, TV문학, TV영화문학, TV극, TV소설 등 8개 분야에 걸쳐 실시되었다. 공모에서의 소재로는 백두산 3대 장군이라고 선전하는 김일성·김정숙·김정일의 위인상과 영도 업적 및 덕성에 관한 것, 고난의 행군과 근로자들의 투쟁모습, 국토건설과 환경보호 사업에서의 혁신, 공산주의 미풍양속과 혁명전통 교양, 6·25에서의 영웅담, 김정일의 '8·4 통일노작'에서 제시된 과업의 수행 등51)이 있다.

북한에서 예술소조운동은 '군중문화사업'의 일환이다. 북한의 군중문화사업은 크게 두 가지로 구분된다. 하나는 예술선전대의 활동이고 다른 하나는 직장 내에서 생산효율을 높이고 고취하기 위한 방법으로 활용되는 예술소조의 활동이다. 예술선전대는 "다양한 예술형식들을 이용하여 선전선동사업을 하는 예술단체"52)를 말하는데, 경제선동을 기본으로면서 3대혁명수행에 이바지하는 것을 목적으로 삼는다. 예술선전대는 항일유격대식 예술선동을 통해 당 정책을 힘 있게 관철하라는 김일성의 교시에 따라 1960년대부터 시행되었다. 하지만 구소련연방의 해체 이후 중국이나 러시아로부터 경제적인 원조가 끊어진 채 고립된 북한은 1992년도부터 다시 경제선동을 위해 예술선전대의 활동을 강화시켰다. 그리

---

51) 전영선, 위의 책, 57-58쪽.
52) 강경구 외 편, 『조선대백과사전』 29권, 283쪽.

하여 '전국 시·군 기동 예술선전대 경제선동 경연'과 '전국 청년 기동 예술선동대 집중 경제선동경연' 등의 경연대회를 개최하기도 하였다. 북한의 예술선전대 조직은 중앙단위 조직과 별도로 각 시도별로 '예술선전대'가 꾸려져 있으며, 직업총동맹 산하에 '노동자예술선전대'가 조직[53] 되어 있다.

21세기 들어 북한에서 군중문화사업은 더욱 중시되고 있다. 그것은 김일성에 이어 김정일 정권의 경우도 경제적으로 궁핍한 현실에서 강성대국론과 선군정치 등 허황된 논리를 내세우면서 소위 군사독재를 강화하고 있으므로 이에 따른 인민들의 민심의 이반을 우려하기 때문이다. 따라서 김정일은 "우리는 문학예술사업에서 전문가 본위로 나가는 경향을 없애고 문학예술을 군중적으로 발전시켜 나가야하겠습니다"[54]라고 역설하면서 군중문화사업의 중요성을 부각시키고 있다.

특히 2000년에는 군중문학창작사업에서 커다란 성과가 이룩되었다고 주장하였다. 이 해에 진행된 김정일의 생일에 즈음한 전국 군중문학작품 현상모집, 조선노동당 창건 55돌에 즈음한 전국 군중음악, 아동영화문학작품현상모집, 전국 희곡작품현상모집 등에 각 계층 군중들이 참가하여 사상예술적으로 우수한 작품들을 내놓았으며 그중 수많은 작품들이 당선되었다는 것이다. 당선된 작품들 중에서 시초 「새 세기 앞에서」, 「고향과 나의 노래」, 가사 「군대도 강해 인민도 강해」, 동시초 「대리숲의 자장노래」, 「노을 속에 솟은 마을」, 「노래농사 춤농사」, 동시 「감탄했죠 뚱보오리」, 아동단편소설 「비둘기는 난다」, 단막희곡 「사랑과 행복」, 가요 「태양의 노래 나를 키웠네」, 「장군님 걸으시는 천만리에」, 아동가요 「한마음 잊지 않아요」, 「우리 자랑 끝없어요」, 기악곡 기타 2중주곡 「조국은 영원히 기억하리라」, 아동영화문학 「신기한 검」, 「철이가 기른

---

53) 전영선, 앞의 책, 51쪽.
54) 김동섭 외 편, 『조선중앙년감』 루계 54호, 평양, 조선중앙통신사, 2001, 216쪽.

토끼」, 장편영화문학「구봉령일가」 등이 1등으로, 장막희곡「영원히 모시리」, 중막희곡「꽃시절」, 단막희곡「총대가 우리를 불러요」, 극소품「누구를 위해 흘린 땀인가」, 텔레비전극「삶의 뿌리」 등이 우수한 작품으로 평가되었다고 선전하고 있다. 이러한 문학작품 현상모집에서 중요한 특징은 전국의 문학통신원들과 문학소조원들, 문학을 지향하는 수많은 군중들이 이 사업에 적극 참가하여 강성대국건설에 떨쳐나선 북한인민들의 보람찬 투쟁과 생활모습을 생동하게 반영한 다양한 형식의 작품들을 내놓은 것[55]이라고 자랑하고 있다.

또 2000년에는 태양절과 2월의 명절에 즈음하여 초소와 기관, 공장과 농장, 학교와 가두인민반 등 모든 단위들에서 예술소품공연이 활발히 진행되었다고 『조선중앙년감』은 전한다. 태양절을 계기로 중앙과 지방의 1,400여 개 단체예술소조들이 수백만 명의 근로자들을 대상으로 야외공연을 진행하고 2월의 명절을 맞으며 484개 단위에서 수십만 근로자들을 대상으로 예술소조종합공연을 진행하여 그들 속에 김정일의 선군영도 따라 떨쳐나선 인민들의 신념과 의지를 힘 있게 시원하였다고 역설하고 있다. 또 청년영웅도로건설장과 대흥단군을 비롯한 경제건설의 중요전선들에서 예술선전대 집중경제선동경연이 진행되고 김정일이 현지 지도한 단위들과 전력, 석탄, 철도운수, 금속, 농업 부문을 비롯하여 수십 개 단위들에서 수천회의 화선식 경제선동활동을 벌려 생산과 건설에서 커다란 앙양을 일으켰다[56]고 주장하였다.

---

55) 김동섭 외 편, 위의 책, 216쪽.
56) 김동섭 외 편, 위의 책, 217쪽.

Ⅴ. 추후 김정일 시대의 북한문화예술의 전망

최근 북한의 김정일 정권의 현안은 크게 세 가지로 요약된다. 첫째, 미국의 부시행정부의 등장 이후 지속적으로 진행되고 있는 북경에서의 6자회담을 통해 세계적인 관심사인 핵개발 의혹을 해소시키고 반대급부로 체제인정과 경제적인 실리를 취하는 방안모색이다. 한국은 6월 23일 중국 베이징北京에서 열린 3차 6자회담 본회담에서 기조연설을 통해 북한이 한국이 제시한 조건에 맞게 핵 동결을 개시할 경우 대북 중유 지원에 동참하고 잠정적인 서면 안전보장도 하겠다고 공식 제안했다. 또 미국도 기조연설에서 북한이 3개월의 준비 기간 뒤 핵 폐기에 돌입할 경우 잠정적인 안전보장을 하고, 경제제재 해제를 위한 직접대화에 나서겠다는 협상안을 북측에 제시했다.

한국의 이수혁 차관보는 핵 폐기의 기본 원칙과 관련, ▶북한이 고농축우라늄(HEU)을 포함한 모든 핵 프로그램을 국제적 검증하에 철저하고 투명하게 폐기할 것을 약속하고 ▶핵 폐기의 첫 단계 조치로 국제적 감시하에 즉각 동결에 들어가야 한다고 강조했다. 또 핵 동결의 전제조건에 대해 ▶북한이 모든 핵 프로그램을 일정 기간 내에 신고·동결하고 ▶동결의 구체적 대상을 먼저 제시하며 ▶동결 대상으로 확정된 물질과 시설에 대해서는 활동을 중지시킨 뒤 봉인해 국제적 감시하에 둬야 하고 ▶동결은 단기간에 그친 뒤 곧바로 폐기로 이행돼야 한다[57]고 주장했다.

북한도 이날 핵 동결 대상, 검증 방식, 기간 및 개시 시점 등 동결의 4대 요소에 대해 매우 상세한 방안을 제시했다고 현지 소식통이 전했다. 김계관 북한 수석대표는 인사말에서 "미국 대표단에서 뭔가 새로운 말

---

57) 『중앙일보』 2004년 6월 24일(목) 국제면.

을 듣게 되기를 기대하고 있다"며 "미국이 우리에 대한 적대정책의 포기를 행동으로 보여줄 경우 핵무기 계획을 투명한 방법으로 포기할 준비가 돼 있다"고 말했다. "우리는 미국이 CVID 요구를 철회하는 것을 전제로 핵 동결에 관한 구체적인 안을 내놓을 준비가 돼 있다"[58]고도 했다.

이에 제임스 켈리 미국 수석대표(국무부 동아시아 담당 차관보)는 "우리도 뭔가 제안할 내용을 가져왔다"고 화답했다. 켈리 대표는 인사말에서 CVID라는 용어를 한 번도 쓰지 않고 대신 '포괄적인 비핵화(Comprehensive Denuclearization)'라는 표현을 사용했다. CVID 용어 문제에서도 타협이 이뤄질 수 있음을 시사하는 대목이다. 아울러 그는 "북한이 리비아식 완전한 핵폐기를 할 경우 미국이 빠진 나머지 참가국들의 대북 중유 공급을 이해하고, 잠정적 대북 안전보장도 할 수 있다"[59]는 방안을 제시했다. 한국과 미국 그리고 북한이 이와 같은 새로운 협상안을 들고 나온 것은 세 차례의 6자회담에서 이번이 처음이다.

둘째, 중국식 개혁·개방 정책의 시행 여부이다. 북한의 김정일 국방위원장이 작년의 러시아 방문에 이어 2004년도에 다시 중국을 방문하여 후진타오 국가주석과 정상회담을 펼친 것은 매우 고무적인 현상이다. 이러한 양국간의 정상회담의 의미는 단순히 6자회담에 대비하기 위한 동맹국간의 결속이라는 측면에만 있는 것은 아니라고 본다. 오히려 북한이 중국식 개혁개방정책으로 나아가기 위한 중국 측의 조언을 부탁하고 몸으로 중국의 변화발전 양상을 체득하기 위한 측면이 더 강하다. 최근 비약적인 경제성장을 거듭하고 있으며 2008년 올림픽까지 유치하면서 미래의 경제대국으로 부상하고 있는 중국의 개혁정책을 북한의 최고지도자가 눈으로 확인하였다는 것은 한반도의 평화와 정치적 안정에 있어

---

58) 『중앙일보』 2004년 6월 24일(목) 국제면.
59) 『동아일보』 2004년 6월 24일(목) 종합면.

서 청신호로 볼 수 있다. 특히 몇 달 전 이미 북한은 중국과의 국경무역에 있어서 50세라는 나이 제한은 있지만 자유로운 보따리 무역을 허용함으로써 사실상의 개방정책을 시행한 바 있다.

셋째, 김정일 국방위원장의 서울 답방문제를 슬기롭게 풀어나가는 것이다. 즉 2000년 6월 15일 남북정상회담 때의 서울 답방에 대한 약속을 지키는 것은 한반도의 평화와 안정을 위해 매우 중요하다. 최근 남북간의 관계는 매우 우호적인 것으로 판단된다. 우선 남북장관급 회담이 막판 진통 끝에 군사회담을 개최하기로 극적으로 타결하였다. 그 성과에 힘입어 곧 이어 개최된 남북 군사회담이 휴전선 근처에 설치된 남북한 양쪽의 선전탑의 철거를 결정하면서 끝이 났으며, 서해안 꽃게잡이 성수기를 맞아 양측 해군의 충돌을 막기 위해 상호 송수신 신호체계를 통보하는 등 화기애애한 분위기에서 마무리되었다. 경제부문에서는 개성공단 조성사업이 급진전되고 있다. 또 6·15공동선언 4주년을 맞이하여 북측의 이종혁 아·태위원회 부위원장을 대표로 하는 7명의 대표단이 서울을 방문하여 삼성전자와 SK텔레콤 등의 회사를 둘러보고 국제세미나에 참석하여 연설을 하였으며, 인천 문학경기장에서는 공동선언 4주년 기념 남북민족대회가 열려 북측 대표단이 참석한 가운데 단축마라톤대회와 남북예술단공연 등이 순조롭게 개최되었다. 이러한 남북 사회문화 교류협력의 활성화는 김정일 국방위원장의 답방의 기초를 다지는 역할을 한 것으로 판단된다. 따라서 이제는 김위원장이 스스로의 답방약속을 지키는 순서만이 남았다고 하겠다.

이러한 최근의 남북한간의 급변하는 상황전개는 북한의 문화예술 분야에서도 많은 변화요인으로 작용할 것으로 보인다. 그러면 앞으로의 북한의 문화예술은 어떠한 변모양상을 보여줄 것인가?

1. 남북화해와 협력을 발판으로 한 '통일주제'의 작품 활성화

북한에서는 1980년대 이후 소위 조국통일을 주제로 한 소설이 많이 창작되고 있다. 그리고 그러한 소설들은 주로 남한의 비참하고도 모순된 현실을 상투적으로 다루고 있었다. 4·19나 광주민중항쟁 등을 소재로 한 작품들이 이어졌다. 하지만 최근에 오면서 남한을 배경으로 삼지 않고 북한의 인물들이 겪는 분단현실을 다룬 작품들이 많이 나오는 것이 달라진 점이다. 이러한 작품으로는 림종상의 단편 「쇠찌르레기」(조선문학, 1990. 3), 김명익의 「림진각」(조선문학, 1990. 3), 류도희의 「열쇠」(조선문학, 1990. 4), 남대현의 「상봉」(조선문학, 1992. 7) 등이 있다.

림종상의 「쇠찌르레기」는 남·북으로 갈라져 쇠찌르레기를 연구하는 세계적 조류학자인 원홍길 교수(북)와 그의 막내아들 원병후 교수(남) 사이의 이별의 한과 민족적 슬픔을 다룬 통일염원의 단편소설이다.

특히 이 작품은 예성강 하구에 서식하면서 남북을 자유롭게 넘나드는 쇠찌르레기를 모티프로 하여 실존인물의 분단사를 조명한 점이 특색이며, 평양을 방문한 바 있는 임수경 양의 동정이 소개되고 있는 점도 주목할 만한 현상이라고 할 수 있다.

앞으로는 이러한 통일염원을 담은 작품이 많이 창작될 것으로 보여진다.

2. 조선민족제일주의에 바탕 한 '민족공조' 강조의 작품 등장

북한에서 조선민족제일주의가 처음 등장한 것은 1980년대 말이라고 알려져 있다. 하지만 1990년대 들어서서 이러한 민족주의 색채의 이데올로기가 북한에서 다시 퍼져나가게 된 계기는 김정일 국방위원장이 1992년 2월 4일 조선로동당 중앙위원회 책임일군들과 한 담화인 「일심

단결을 더욱 강화하여 조선민족제일주의 정신을 높이 발양시키자」[60]에서 비롯된다. 또 이보다 약간 앞선 1990년 1월 11일 조선로동당 중앙위원회 책임일군들 앞에서 한 연설인 「당사상교양사업에서 나서는 몇 가지 과업에 대하여」[61]에서도 '조선민족제일주의'를 몇 차례에 걸쳐 강조한다. 당 선전부에서는 사상교양사업에서 형식주의를 결정적으로 없애고 당원들과 근로자들에 대한 사상교양사업을 실속 있게 하여야 한다고 강조하면서 김정일 국방위원장은 당원들과 근로자들에게 우리나라 사회주의 제도의 우월성을 똑똑히 인식시켜야 한다고 역설하였다. 한마디로 북한의 사회주의는 지도이념에서 다른 나라 사회주의와 다르다는 것이다. 즉 북한의 사회주의는 주체사상에 기초한 우리 식의 사회주의로서 근로인민대중의 자주성을 원만히 실현하는 가장 우월한 사회주의라고 역설하였다. 다음으로 김위원장은 북한에서 인권이 충분히 보장되고 있는 데 대하여서도 똑똑히 인식시켜야 한다고 주문하였다. 미국에서 떠들고 있지만 세계적으로 인권이 제일 유린되고 있는 나라가 바로 미국이라고 강조하고 있다. 이어서 김위원장은 당원들과 근로자들을 '조선민족제일주의 정신'으로 교양하는 사업을 실속 있게 하여야 한다고 강조한다. 조선민족제일주의 정신으로 교양하는 사업은 그저 조선민족이 세상에서 제일이라는 식으로 강조하거나 내리먹이는 식으로 하여서는 안된다고 말한다. 자신들이 말하는 조선민족제일주의는 생물학적이나 지리학적 개념, 경제학적 개념이 아니라 정치사상적 개념이라는 것이다. 우리 조선 사람은 체격도 남달리 크지 않으며 우리나라는 땅덩어리도 크지 않고 경제발전수준도 높은 경지에 이르렀다고 말할 수 없으나 우리 민족은 사상과 전통, 역사에서 그 어느 민족보다 우월하다고 역설하였다. 즉 조선민족제일주의란 우리 민족이 월등한 인종이라는 것이 아니라 사

---

60) 김정일, 『김정일선집』 13권, 평양, 조선로동당출판사, 1998, 10-16쪽.
61) 김정일, 『김정일선집』 10권, 28-44쪽.

상과 전통, 역사에서 제일이라는 것[62]을 의미한다고 힘주어 말하였다.

김정일 위원장은 음악분야에서도 조선민족제일주의 정신을 집어넣을 것을 주문하였다. 1993년 11월 13일 조선로동당 중앙위원회 책임일군들과 한 담화인 「민족음악을 현대적 미감에 맞게 발전시킬 데 대하여」에서 "민족음악을 현대적 미감에 맞게 발전시키는 것은 우리 인민들을 조선민족제일주의 정신으로 교양하는 데서 매우 중요한 의의를 가진다"[63]고 역설하였다. 그러면서 아직 조선민족제일주의 교양에 이바지할 수 있는 노래는 '내 나라 제일로 좋아'를 비롯하여 몇 곡밖에 되지 않는다[64]고 분발을 채찍질하였다.

북한이 최근 조선민족제일주의를 유독 강조하는 것은 '민족공조'를 내세워 남한으로부터의 경제적 도움을 받기 위함이다. 1990년대 중반 식량위기로 체제가 붕괴할 정도로 위기에 처했을 때 발 벗고 나선 곳은 남한뿐이었음을 북한당국은 잊지 않고 있다. 우리 민족은 예로부터 여러 형제 중에서 한 형제가 어려움에 처하면 다른 형제들이 십시일반十匙一飯하여 헌신적으로 도운 전통과 규범을 가진 민족임을 강조하고 있다. 따라서 이러한 민족공조를 바탕으로 하여 조선민족제일주의 정신을 담은 작품은 영화나 장편소설로 많이 창작될 가능성이 있다.

3. 소재의 다양성 모색과 대중성 확보의 창작 독려

1990년대 중반 이후 21세기로 접어들면서 북한의 문예이론서들은 소설문학의 주제를 다양하게 발전시키는 문제와 양적인 성장문제에 대해서 고민을 하기 시작하였다. 획일적인 혁명전통의 문학만이 양산되는

---

62) 김정일, 위의 책, 35쪽.
63) 김정일, 『김정일선집』 13권, 평양, 조선로동당출판사, 1998, 374쪽.
64) 김정일, 위의 책, 376쪽.

데에 따른 독자계층의 식상함과 대외적인 비판을 의식하지 않을 수 없게 되었다. 따라서 약동하는 현실생활을 반영하는 문학작품의 창조를 독려하게 되었다. 그리하여 1980년대 말부터 농민영웅 안달수를 원형으로 하는『대지의 아침』등 사회주의 농촌 현실 주제의 작품군과 생산에 직접 참가하는 노동자들을 중심에 놓고 그리는 사회주의 현실주제 소설군이 많이 쏟아져 나오게 된다.

또 김정일 국방위원장은 인민들에게 역사에 대한 해박한 지식을 줄 수 있으며 주체의 사관으로 무장시킬 수 있는 역사주제의 작품들도 많이 창작할 것을 주문하였다. 1978년 박태원의『갑오농민전쟁』(1부와 2부)을 비롯하여 침략선 샤먼호를 격침한 민중들의 투쟁을 반영한『성벽에 비친 불길』, 삼포왜란을 취급한『높새바람』(1부와 2부) 등 역사주제 소설 창작이 활발하게 진행되었다고 한다. 심지어 김정일 국방위원장은 『평양성 사람들』과『개화의 려명을 불러』의 초고를 보고 수정지시를 내릴 정도로 깊은 관심을 보였다고 전해지고 있다. 전자의 경우 주인공 김응서 장군이 군사들을 일당백으로 키워야 한다는 사상을 내놓으면서 형상의 부족점을 바로잡아주었으며, 갑신정변을 다룬 후자에서는 주인공 김옥균을 지나치게 내세우고 있다고 지적하였다고 한다.

1987년 8월 13일에는 김정일 국방위원장이 역사주제 소설 창작을 주체적으로 발전시키는 방안에 대한 기본 방침을 직접 제시하기도 하였다. 이 방침에서 국가간의 관계를 고려하여 취급하지 못했던 을지문덕·연개소문·강감찬·서희 등 애국명장들을 그린 역사물들을 창작할 것에 대한 문제, 우리나라 왕권 내부의 알력과 당파싸움을 비롯한 봉건 지배층 내부의 권력 쟁탈전을 현대성의 견지에서 취급할 것에 대한 문제, 동족싸움을 고려하여 취급하지 못한 고구려·신라·백제 통치배들의 전쟁을 고구려의 강대성을 보여주기 위하여 취급할 것에 대한 문제, 그리고 역사자료를 작가들이 마음대로 이용할 수 있도록 하는 문제 등에 대해 상세하고 과학적인 해명을 하였다[65]고 북한이론서들은 강조하고 있다. 즉 이 방침은 북한 특유의 사실주의적 역사소설을 대량으로 창작할 것을 사실상 주문한 것이라고 할 수 있다. 이 결과 장편소설『높새바람』, 『리순신장군』, 『개화의 려명을 불러』 등의 장편소설과『울릉도』 등의 중편소설이 쏟아져 나왔다는 것이다.

최근 발행되어 북한에서뿐만이 아니라 남한에서도 화제를 뿌렸던『황진이』(2002)는 소설 주제의 다양성을 주문한 김정일 위원장의 요구에 잘 부합되는 작품이다. 즉 장편소설『황진이』도 이러한 역사주제소설의 지침과 무관하지 않다. 남녀간의 성적인 표현을 노골적으로 다룬 작품은 북한의 특성상 김정일 국방위원장의 직접적 검열을 거치지 않고 발간될 수가 없다. 역시 이러한 성애를 표현하고 고려와 조선조 중엽 무렵의 역사자료를 마음대로 사용하여 장편으로 형상화한 배경에는 홍석중이라는 거물이 창작하였기 때문에 가능하였다고도 볼 수 있다. 이미 그는 1510년의 삼포왜란을 배경으로 하여 왜구의 침략과 노략질과 횡포 그리고 이에 맞서는 조선조 봉건왕조의 양반사대부들의 근시안적인 대처와 비리 등에 대해 민중계층의 저항의 모습을 상세하게 다룬『높새바람』1부(1983)와 2부(1990) 창작으로 북한문단에서 커다란 반향을 불러 일으켰었다. 홍석중의 부친 또한 국학자로 유명한 홍기문(1903~1992)이다. 홍기문은 김일성종합대학의 교원을 지냈으며, 사회과학원 부원장으로 활동하였다.

또 하나 홍석중의『황진이』(2002)가 북한문단에서 화제를 불러일으킨 주 요인은 작가의 창작적 개성이 잘 드러나고 있기 때문이다. 우선 이 소설은 인물들의 성격의 성장과정이 생동하게 묘사되고 있다.『황진이』의 스토리는 놈이와 진이의 사랑을 주축으로 삼으면서 한편으로 하인

---

65) 오승련,『주체소설문학건설』, 평양, 문예출판사, 1994, 265쪽.

괴똥이와 황진이의 몸종 이금이와의 사랑을 부선으로 장치하고 있다. 놈이와 진이의 사랑이 독자들의 마음을 움직이는 이유는 기생 황진이에게 접근하는 다른 양반 사대부계층들이 모두 탐욕스럽고 위선적인 인물들로 황진이를 한 인간으로서라기보다는 단순한 섹스 파트너로서의 의미만을 염두에 두고 있는 것으로 묘사되는 데 비해, 놈이의 황진이를 향한 마음은 헌신적이면서도 순수한 연정에 바탕을 두고 있기 때문이다. 놈이와 진이의 사랑을 강조하면 할수록, 조선조의 지방관장을 비롯한 양반 사대부계층의 위선적 행동이 더욱 강하게 부각된다. 한마디로 진실과 거짓의 대립갈등 구조를 이 소설은 기본 축으로 삼고 있음을 알 수 있다. 한마디로 이 작품에서 놈이는 '산 인간'의 전형으로 묘사되고 있는 것이다. 북한 이론서들은 인간세계의 위대성을 깊이 탐구하여 산 인간으로 형상하여야 감명 깊은 인정세계가 펼쳐지고 인간학다운 작품이 창작될 수 있다고 설명한다. 산 인간이 없으면 형상도 없게 되며 형상이 없으면 문학도 없게 된다[66]고 역설한다.

사실 홍석중의 『황진이』는 표현의 섬세함이나 어휘의 풍부함, 그리고 그 구사력에 있어서 타의추종을 불허한다. 하지만 북한소설문학에서 어휘의 문제는 당차원의 개입에 의해서 정책적으로 다루어진 문제라는 것을 알 수 있다. 북한의 김정일 국방위원장은 "최근 우리 작가들이 쓴 몇 편의 소설들을 보면 작품들이 단조롭고 무미건조하여 어휘들이 풍부하지 못합니다. …… 작가들이 색다른 표현을 써도 심의에서 통과되지 못한다고 합니다. 작가들의 창발성을 억제하면 좋은 작품이 나올 수 없습니다"[67]라고 지적하였다. 이러한 비판은 최근 북한문학이 백두산 3대장군을 중심으로 한 혁명전통주제에 편중되거나 김정일 국방위원장을 우상화하는 불멸의 향도 총서 위주의 창작에 치중하는 데 따른 문학의 획

---

66) 김홍섭, 『소설창작과 기교』, 평양, 문예출판사, 1991, 179쪽.
67) 오승련, 『주체소설문학건설』, 평양, 문예출판사, 1984, 267쪽.

일화·교조화 경향에 대한 비판의 성격이 짙다고 할 수 있다.

그런 측면에서 홍석중의 소설에 등장하는 조선조 하층민들이 실제 사용한 일상어중심의 풍부한 어휘는 북한문학이 다양성의 문학으로 나아가는 데에 향도 노릇을 하고 있다고 할 수 있다. "표현이나 어휘까지도 작가가 창발적으로 골라 쓰지 못하게 하면 소설이 신문에 실리는 정론이나 론설과 무슨 차이가 있겠습니까?"[68]라는 김정일 국방위원장의 예리한 지적은 사상적 검열이 당연시되는 북한문단의 풍토와 그에 따른 획일성의 위험성을 동시에 비판하는 것이다. 이러한 최고 권력자의 비판이 창작가들에게 기발하게 착상하고 생신한 표현과 어휘를 골라 쓰게 하는 계기로 작용하게 될지 그 추이를 지켜볼 필요가 있다.

한편 사회주의적 사실주의 문학의 전통을 바탕으로 삼고 있으면서도 예술적 환상에 입각한 허구성을 중시하고 있는 것이 최근의 북한문학의 경향이다. 즉 1990년대 북한의 소설가들은 혁명적 낭만주의의 구현에 심취[69]해 있으므로 낙관적 전망을 가진 긍정적인 인물을 대거 등장시키고 있으며 따라서 그것이 '애정 모티프'가 많이 나타나는 요인으로 작용하고 있다. 또 하나는 3대혁명소조의 활동 이후 새로운 제3∼4세대의 등장으로 인해 청년전위인 이들의 도움 없이는 북한식 사회주의의 건설이 불가능하다고 믿게 되었으며 이들의 취향에 맞는 문학의 창작이 필요하

---

68) 오승련, 위의 책, 280쪽.

69) 김재용도 같은 견해를 보여주고 있다. 김재용, 「위기와 기회 —1990년대 북한 단편소설의 흐름」, 리태윤 외, 『뻐국새가 노래하는 곳』(북한 우수단편선 II), 살림터, 1994, 355쪽. 참조

"해가 더할수록 작품의 경향이 달라지는데 초기의 작품에서는 현실의 모순같은 것이 훨씬 예리하게 그려짐으로써 현실비판적 성격이 강한 반면, 최근의 작품에서는 그러한 것이 숨어들면서 현실변호적 성격이 강해지고 있음을 알아차릴 수 있다. 이는 1990년대 들어 북한 문학계 일각에서 제기된 혁명적 낭만주의의 경향이 점점 강한 비중을 가지게 되어 공식적 이데올로기와 목소리에 의해 작품이 지배되어 가고 있음을 말해 주는 것이다."

게 되었고 따라서 자연스럽게 '애정 모티프'가 대담하게 삽입되게 된 것으로 볼 수 있다. 또 한 요인은 청년 노동계급의 열정이 새로운 사회주의 건설의 원동력이라고 믿는 김정일의 창작 지침과도 연관이 있다고 하겠다. 그 외에도 최근의 북한의 상층부의 테크로크라트로 부상하고 있는 30~50대의 인텔리계층이 모두 러시아나 중국 등 외국에서 유학한 경험을 가지고 있음에 따라 이들을 통한 어느 정도 개방적인 동·서구 문화의 유입도 한 요인이 될 것이다.

북한의 1990년대 소설에는 단편, 중편, 장편을 가리지 않고 '사랑'을 다루는 작품이 쏟아져 나오고 있다. 이러한 현상은 남대현의 『청춘송가』 등 1980년대 문학으로부터 이어지는 경향이기도 하다. 물론 북한에서의 사랑은 남한에서의 개인적 사랑과 차이가 있다. 궁극적으로 청춘남녀의 사랑이 낭만적 사랑의 경향을 지니는 점에서는 일치하지만, 좀더 통속적인 경향을 보이는 남한과는 달리 사회적인 책무를 강조하고 있는 점이 근원적인 차이점이다. 특히 북한 소설에서의 사랑은 반드시 '과학기술문제'로 연결되고 있는 특징을 보인다. 또 하나 북한의 단편소설에서는 사랑의 문제를 통해 세대간의 단절이나 남녀 평등의 문제 등의 새롭게 부각된 사회적 이슈들을 형상화하고 있다는 점이 특이하다.

단편소설인 정현철의 「삶의 향기」(조선문학, 1991. 11)는 아버지와 아들의 애정관 차이로 인한 세대간의 갈등, 남녀의 이성간의 문제, 주부의 역할과 사회적 위상 등에 대해 그 이전 소설에서 볼 수 없었던 새로운 시각을 보여주고 있다.

이태윤의 「사랑」(『조선문학』, 1992. 9)도 신세대적인 애정관과 여성관을 보여주는 작품이다.

장편소설에서도 애정모티프는 중요한 한 몫을 차지한다. 김정일을 우상화한 불멸의 향도총서 중 한 권인 백남룡의 『동해천리』(1996)에서도 세 차례나 사랑의 이야기가 나온다.

북한이 1990년대 말 이후 확고하게 김정일 시대로 접어들면서 문화예술분야에서 점차적으로 정치성, 사상성이 약화되고 서정성과 대중성이 강화되는 양상이 빚어지고 있다. 그것은 아무래도 김정일 위원장이 전통적인 요소에다 현대적 미감을 가미시킬 것을 요구하고 작가의 창발성을 강조하며, 작가적 개성에 바탕하여 창작적 재미를 줄 것을 주문하고 있기 때문일 것이다. 심지어 선군영화의 제작에 있어서도 "이러한 영화들은 생활소재의 특성으로 하여 자칫하면 형상이 딱딱하고 메마를 수 있는 조건이 다분"하므로, "반드시 화면과 장면을 시적으로 그려야 한다"[70]고 요구한 것에서도 드러난다. 이러한 현상은 세기를 넘어서 21세기의 앞으로의 북한사회에서도 좀더 확대될 것으로 판단된다.

Ⅵ. 노무현 정부의 '평화번영정책'과 남북문화예술 교류 정책 방향

노무현 참여정부의 대북 정책의 기본 방향은 '평화번영정책'이라고 할 수 있다. 평화번영정책은 한반도 평화 발전을 위한 기본 구상이자 포괄적이고 입체적이며 융통성 있는 국가발전 전략이라고 통일부는 설명하고 있다. 노무현대통령이 '평화번영정책'의 구상을 처음 밝힌 것은 2003년 2월 25일 오전 11시에 여의도 국회의사당에서 있었던 제16대 대통령 취임식장에서였다. 노대통령은 「평화와 번영과 도약의 시대로」라는 제목의 취임사에서 새정부는 "개혁과 통합을 바탕으로 국민과 함께 하는 민주주의, 더불어 사는 균형발전 사회, 평화와 번영의 동북아시대를 열어나갈 것"이라고 하면서 이러한 목표로 가기 위해 원칙과 신뢰, 공정과

---

70) 김정일, 『주체문학론』, 평양, 조선로동당출판사, 1992, 20쪽.

투명, 대화와 타협, 분권과 자율을 국정운영의 좌표로 삼고자 한다고 밝혔다.

취임사에서 노대통령은 대북정책과 관련된 '한반도 평화-번영정책'의 원칙으로 ▲대화를 통한 해결 ▲상호신뢰 우선 및 호혜주의 ▲남북 당사자 원칙에 기초해 원활한 국제협력 구축 ▲대내외적 투명성 고양 및 국민참여 확대, 초당적 협력(국민과 함께 하는 정책) 등 네 가지를 제시[71]했다.

이러한 '평화번영정책'에 대해 통일부는 정책의 내용을 풍부(화해·협력 → 평화·번영)하면서 한반도 평화번영을 동북아의 공동번영으로 연결할 것이며 남북한이 주변국들과 선린 우호, 공존 공영함으로써 민족의 안전과 번영을 이루어나가자는 정책이라고 부연하여 설명하고 있다. 그리고 이 정책은 「포괄」(통일·외교·안보), 「균형」(안보·경제), 「참여」(투명성, 국민적 합의, 초당적 협력)를 지향하는 정책이라고 컨셉을 밝히고 있다. 그리고 '평화번영정책'의 추진 전략으로 ① 당면 안보 위기 해결, ② 한반도 평화체제 구축, ③ 남북경제공동체 형성(동북아 경제·안보 협력체 추구)을 제시하면서 단계적인 접근[72]을 시도하겠다는 입장이다.

노무현 참여정부의 '평화번영정책'은 김대중 국민의 정부의 '햇볕정책'과 몇 가지 점에서 차별성을 지향하고 있다. 첫째, 호혜주의를 강조함으로써 일방적인 퍼주기를 하지 않겠다는 의지를 밝히고 있다. 둘째, 투명성의 강조와 국민과 함께 하는 정책을 펴겠다는 뜻을 분명하게 천명하고 있는 점을 들 수 있다. 셋째, 한반도의 평화번영을 동북아의 공동번영으로 연결시키기 위해 '남북 경제공동체 형성'에 주력하겠다는 새

---

71) 『조선일보』 2003년 2월 26일(수) 1면 정치면 톱기사.
72) 통일부, 「참여정부의 평화번영정책」, 『회현 로터리클럽 초청 통일부 장관 강연 문건』 (2003. 5. 21), 2쪽.

로운 구상을 밝히고 있다.

그러나 노무현 참여정부의 대북정책의 맹점은 기존의 경제교류 강화 이외에는 새로운 정책제시가 없으며 미국 부시행정부 등장이후에 불거져 나온 북한 핵 위기를 해소하는데 급급한 인상을 주고 있다는 점이다.

다행스러운 것은 통일부의 청와대 업무보고에서 기존의 경제교류협력을 바탕으로 하여 군사 정치분야와 사회문화 분야의 접촉과 교류를 활성화하겠다는 정책을 제시한 점이다. 사실 남북통일을 원만하게 성취해 나가기 위해서는 문화예술분야와 스포츠분야의 교류증진 → 이산가족 상봉과 서신교환 등 사회분야의 교류 확대 → 경제협력의 강화와 증대 → 정치군사회담의 개최와 군비감축 방안 모색 → 민족 통일의 순서로 진행되는 것이 바람직할 것이다. 그런 측면에서 순서가 뒤바뀐 느낌은 있지만 지금부터라도 문화예술분야와 스포츠분야의 교류확대에 치중하여 체제에 우선한 민족 정서의 공감대를 형성하는 것이 급선무라고 하겠다. 한마디로 기본에 충실한 정책을 펴는 것이 민족통일의 미래를 열어 가는 데 절실하다고 할 수 있다.

그런데 남북교류 협력을 위한 정책입안 과정에서 분명하게 짚고 넘어가야 할 점은 남북한간의 문화정책에 있어서 이질성이 존재하고 있다는 점이다. 따라서 그러한 이질성을 전제로 하여 간극을 좁힐 수 있는 대안을 마련해야 한다는 점이다. 우선은 남한은 자유민주주의를 이데올로기로 삼고 있다면 북한은 주체사상을 모든 정책에 앞서 정신적인 토대로 삼고 있다. 또 문화정책의 방향을 정하는 데 있어서 남한의 경우는 통일부나 문화부 등 당국이 정책을 입안하되 학술단체나 NGO단체 등의 자문을 받아 중요한 정책을 결정하는 데 비해, 북한의 경우 노동당과 정부가 모든 문화정책을 결정하고 관장하고 있는 양상을 보이고 있다. 이러한 이질성에도 불구하고 남북한이 공유하고 있는 부분도 있다. 이를테면 다같이 민족주의를 앞세우고 있다는 점이다. 물론 북한의 경우 고구려사를 중심으로 민족문화를 강조하고 있다면, 남한의 경우, 신라사를 중심으로 민족문화를 강조하고 있는 편차는 드러내고 있다. 또 북한은 전통예술의 경우도 민중들의 예술인 농악이나 민요 등은 중시하지만, 궁중예술이나 양반문화 그리고 불교 등의 종교적인 의식의 예술은 부정적인 관점에서 파악하고 있다. 이러한 점은 남한의 문화예술인들이 궁중예술이나 민속예술 모두를 포용하고 보존하려고 하는 태도를 견지하는 것과는 상당히 상반되는 모습이라고 할 수 있다. 하지만 궁극적으로 민족문화에 깊은 관심을 기울이고 있다는 점에서 공통분모가 있다. 이를테면, 조선왕조실록의 번역문제나 팔만대장경의 번역보존문제, 그리고 동명왕릉 등의 고구려 역사에 대한 보존문제 등에 대해서는 이론이 거의 없는 점 등에서 확인이 된다. 따라서 문화정책을 입안할 경우나 남북문화교류를 추진할 경우, 이러한 이질성과 동질성 부분을 감안해야만 한다.

흔히 남북관계를 부부관계나 연인사이로 비유하는 경우가 많다. 즉 사랑을 나누는 남녀관계처럼 사소한 오해로 인하여 극한적인 대치나 관계의 파탄까지 다다를 위험성도 상존하며, 상호 세밀한 부분까지 감정을 교류하여 아주 친밀한 관계로 진전되어 열정의 단계까지 이를 수도 있다고 본다.

〈도표 6〉 남 · 북한 문화정책의 비교

	이념	목표	문화정책의 중요도	문화정책 담당부서	국가의 개입양식	문화정책의 대상	강조되는 문화정책
남한	자유 민주주의	문화 향수권의 확대	낮음	정부 · 민간 단체	간접 + 직접	전문가 중심	민족문화
북한	주체사상	주체사상의 내면화	높음	당 · 정부	직접	인민	민족문화

* 출처: 민족통일연구원, 『남북한 문화정책 비교연구』(서울: 민족통일연구원, 1994), 114쪽.

〈도표 7〉 로버트 스턴버그 교수의 사랑의 삼각형 이론

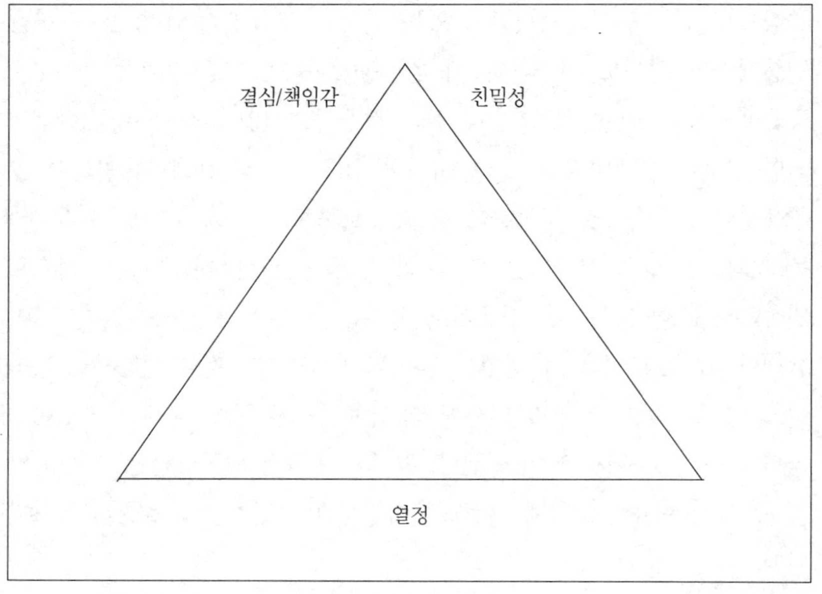

　　그러한 측면에서 미국 예일대학의 로버트 스턴버그 교수(R. Sternberg)
의 '사랑의 심리학' 이론을 참조할 필요가 있다. 스턴버그 교수는 사랑
의 세 가지 요소를 강조하기 위해 삼각형이론을 제시[73]하였다.

　　여기에서 '친밀감'은 사랑하는 관계에서 나타나는 가깝고 연결되어
있고 결합되어 있다는 느낌을 일컫는다. 스턴버그와 그레젝은 가까운
관계에서의 친밀감을 나타내는 열 가지 표식들을 제시하였다. ① 사랑
하는 이의 복지를 증진시키기를 열망함 ② 사랑하는 이와 함께 행복을
경험함 ③ 사랑하는 이에 대해 높은 존경심을 가짐 ④ 필요할 때 그에
게 기댈 수 있음 ⑤ 서로 이해함 ⑥ 상대와 자신 및 자신의 소유를 나눌
수 있음 ⑦ 상대로부터 정서적 지지를 받음 ⑧ 상대에게 정서적 지지를

____

73) 로버트 스턴버그 외, 고선주 외 편역, 『사랑의 심리학』, 도서출판 하우, 1994, 69쪽.

줌 ⑨ 상대와 친밀한 정서적 지지를 받음 ⑩ 자신의 삶에서 사랑하는 이의 가치를 높이 평가함 등이 바로 그러한 요소들이다. 열정요소는 사랑하는 관계에서 낭만, 신체적 매력, 성적인 몰입 같은 것들로 이끄는 욕망74)을 말한다. 스턴버그 교수는 열정의 단계에서는 성적인 욕구만을 의미하는 것은 아니고 다른 요구들 즉 자아 존중감, 타인과의 친화, 타인에 대한 지배, 타인에 대한 복종, 자아실현 같은 욕구들이 열정이라는 경험에 기여하기도 한다고 강조하였다. 끝으로 결심/책임감 요인은 인지적 속성으로서 두 가지 측면으로 구성되어 있다고 하였다. 단기적 측면에서는 누구를 사랑하겠다는 결심을 하며, 장기적 측면으로는 그 사랑을 계속 지키겠다는 책임감75)을 밝히게 된다는 것이다.

이러한 스턴버그 교수의 삼각형 이론을 남북관계에 적용시켜본다면, 친밀의 단계는 상대편에게 정서적 지지를 보내며 상대의 복지를 증진시키기를 원하는 단계를 의미한다. 그에 비해 열정의 단계는 상대의 자아를 존중하며 상대와의 친화를 과시하는 단계를 말한다. 책임의 단계는 그동안의 정서적 교감을 나누던 상황을 진전시켜 상호존중의 단계로 접어든 관계를 지속시키겠다는 의지를 표명하는 단계를 지칭한다고 하겠다. 남북정상회담 이후의 남북관계는 친밀의 단계에서 열정의 단계로 나아가려고 하는 과도기로 볼 수 있다.

따라서 남북의 문화예술 교류의 활성화의 〈실천지침 3단계 방안〉은 친밀의 단계 → 열정의 단계 → 책임의 단계로 점차 업그레이드되어야 할 것이다. 첫째, 친밀의 단계에서는 음악/미술/무용/문학/영화/사진 등의 개별 분야의 상호방문 공연과 인적 교류의 확대를 증진시키는 방안을 모색해야 한다. 둘째, 열정의 단계에 이르면 공동으로 학술 및 문화 기반 연구를 시행하면서 미래지향적인 방안을 모색하는 단계로 발전시켜

---

74) 로버트 스턴버그 외, 위의 책, 69쪽.
75) 로버트 스턴버그 외, 위의 책, 70쪽.

야 한다. 이 단계에서는 북한의 사회과학원과 남한의 정신문화연구원의 통합을 통한 민족 정체성 모색을 위한 공동연구에 착수하여야 할 것이다. 셋째, 책임의 단계에서는 평화정착과 상호체제 보장에 근거하여 아시안게임의 공동 개최 및 문화축전의 공동 주최를 기획하여 전 세계에 평화의 메시지를 전달하여야 한다. 아울러 금강산 구역이나 비무장지대 등에 가칭 '한민족평화 문화센터'나 '한민족 예술의 전당'을 설립하여 상시 공연체제를 구축하여 남북간의 정서적 통합을 적극적으로 추진하여야 할 것이다. 위의 단계 중 현재의 남북관계는 진전 속도로 보아 친밀의 단계로 나아가는 과정에 있다. 따라서 문화예술의 개별 장르별로 상호방문공연(전시회 등)과 인적 교류를 확대하는 데 주력해야 한다.

Ⅶ. 정책적 제언

최근 북한의 김정일 국방위원장은 세 가지 관점에서 딜레마에 빠져 있다. 첫째는 후계자 문제의 매듭이 완결되지 않아서 미래가 불투명하다는 점이다. 김일성 주석으로부터 김정일 국방위원장으로의 권력세습은 쉽게 이루어졌으나 다음세대인 김정철(국방위원이자 군수담당자인 백세봉이 그의 가명이라는 설이 있음)·김정운이나 김정남으로의 권력세습이 쉽지 않을 전망이다. 그것은 러시아나 중국의 권력교체를 목격한 군부실세들이 차기에도 중세봉건왕조에나 있을 법한 권력세습을 용인하겠느냐하는 의문이 남기 때문이다. 둘째는 중국식 개혁·개방을 순조롭게 이루면서 체제유지를 할 수 있겠는가 하는 고민이다. 최근의 김정일 국방위원장의 행보로는 큰 틀에서 중국식 개방정책을 수용하려는 조짐이 나타나고 있다. 셋째, 핵개발 포기와 그것을 지렛대로 한 경제 위기 해소방안을 모색하려고 시도할 것인가의 여부이다. 북경에서 현재 열리고 있는 제3차 북핵문제를 다루기 위한 6자회담에서 미국과 남·북한 삼자 모두가 상당히 전향적인 제안을 내놓을 예정이라는 외신보도가 잇따르고 있어 상당히 고무적이다.

김정일 국방위원장이 안고 있는 이러한 세 가지 고민 모두가 북한의 앞날과 명운을 좌우할 중대 사안이라는 데 이론이 있을 수 없을 것이다. 김위원장이 많은 고민을 안고 있는 것은 분명하지만, 북한이 최근 내부적으로 조금씩 완만하게 변화하고 있다는 점은 명약관화한 일이다. 앞으로의 북한을 전망해 볼 때, 북한당국이 개혁개방으로 나아갈 수밖에 없을 것이라고 판단된다. 그것은 몇 가지 근거에서 비롯되는데, 우선 남한이 2003년도 하반기부터 중국이나 일본을 제치고 북한의 제1의 수출시장이 되었다는 점이다. 이미 1991년 북한의 대남 반출액이 1억 달러를 넘어서면서 '볼륨'을 갖추기 시작했고 1995년에는 2억 2천만 달러를 상회하기도 했다. 외환위기를 거치면서 1998년에는 절반 수준인 9천 200만 달러대까지 떨어지기도 했지만 1999년부터는 5년째 증가하고 있다. 작년에는 북한의 대남 반출액(2억 7천 158만 달러)은 대중국 수출액(2억 7천 86만 달러)을 앞섰다. 하지만 비非거래성을 제외한 거래성 반출액은 2억 7천 19만 달러로, 근소한 차이로 대중 수출에 뒤졌다. 하지만 2003년도는 1~10월 대남 반출액 2억 3천 375만 달러 가운데 거래성 반출액이 2억 3천 364만 달러로, 이 기간 대중 수출액인 2억 3천 152만 달러를 추월했다. 둘째, 2004년도 3월에 중국 국경지역을 개방하고 자유무역을 허용하기 시작했으며 북한 내부에 개인이 토지를 임대할 수 있는 조치를 취했다는 점을 들 수 있다. 셋째, 7·1 경제조치를 내린 이후에 평양에 첫 종합시장이라고 할 수 있는 '통일거래시장'이 형성되어 개장했다는 소식도 북한이 조금씩 자본주의적 시스템으로서의 시장 메커니즘을 구축하기 시작했다는 상징으로 볼 수 있다. 넷째, 개성공단 조성의 토대가 마련되어 남한의 입주업체 '대표자 협의회'가 구성될 단계에 이르렀고 김동근 한국산업단지공단 이사장이 초대 개성공단 관리기관의 이사장으로 내정되었다는 보도가 이루어졌다는 점이다. 따라서 몇 년 내로 수천 개의 중소기업이 개성공단으로 이주하여 북한인민들을 노동자로 고용하여 질 좋은 경공업제품을 생산하여 남한과 중국 등 제3국으로 수출하게 될 것이라는 무지개 빛 전망이 나오고 있다. 다섯째, 작년의 윤도현 밴드의 공연 실황중계에 이어 6·15 공동선언 4주년 기념으로 북측의 예술단원들이 방한하여 인천에서 이루어졌으며, 분단 후 첫 남·북 작가대회가 평양에서 8월중에 이루어질 것이라는 보도가 잇따르고 있다.

따라서 앞으로의 북한의 문화예술 분야는 김정일 국방위원장의 취향과 문예관으로 볼 때, 기존의 혁명문화유산과 고전문화유산 이외에 남한을 비롯한 외국 문화예술의 단계적 개방, 교조적이고 혁명성 성향의 딱딱한 예술을 벗어나 대중성과 서정성을 토대로 한 문화예술 상품의 제공, 영화와 장편소설 중시의 문예정책에 따라 다양하고 예술적인 주제의 작품을 양산·보급할 것으로 추정된다. 즉 〈휘파람〉(대중가요), 〈도라지꽃〉·〈심장에 남는 사람〉(예술영화), 『황진이』(통속적인 역사소설)의 예에서 볼 수 있듯이 전통적인 장르에 현대적인 미감을 담은 진취적이고 통속적인 문예물의 보급 등을 창작집단에게 주문하여 북한인민들의 계급교양사업에 선동적인 매체로 활용할 것으로 판단된다. 따라서 우리 정부는 이러한 북한동향과 정세를 잘 활용하여 민간부문에서의 사회문화교류의 활성화 방안 마련과 북한문화예술상품의 남한시장에서의 개방화의 촉진, 그리고 북한의 인터넷시대를 대비한 사상·문화의 상호 침투전술에 대한 철저한 대비책 등을 마련해야 할 것이다.

결론적으로 구체적인 정책대안을 몇 가지 제시한다면 첫째, 앞서 사랑의 삼각형 이론을 도입해 볼 때 최근의 남북관계는 '친밀의 단계'에 해당한다고 할 수 있다. 따라서 이 단계에서는 개별 분야의 상호방문 행사(공연)와 인적 교류의 확대를 증진시키는 방안을 적극적으로 모색해야 한다. 이러한 활발한 인적 교류는 다음 단계인 '열정의 단계'로 나아가는 역할을 하게 될 것이다. 최근 남북관계에 있어서 일시적인 경색국면은 다음 단계로의 도약을 위한 사소한 다툼이라고 할 수 있다. 둘째, 남북간의 정서적 통합을 도모하기 위해 〈신 남북 문화교류 5원칙〉의 공동선언을 추진해야 한다. 이러한 공동선언은 민족통일의 단계적 추진을 위한 '문화통합론'이라는 큰 틀에서 출발해야 한다. '문화통합론'의 구체적인 방안에 대해서는 다음 논문에서 논하기로 한다. 셋째, 남북한간의 장관급 회담에서 북한의 민족공조에 맞서 '문화공조'를 주장해야 한다. 이를테면 중국의 고구려사 왜곡문제 해소를 위한 문화공조, 일본 교과서 역사왜곡 문제를 해소하기 위한 문화공조 등의 방안이 있다. 또 남북간의 경색국면 타개를 위한 남북한간의 예술교류와 스포츠 분야에서의 공조방안을 모색할 필요가 있다. 남북유도와 탁구교류 등은 상당한 상징적 의미를 지닐 수 있다. 또 북한이 학습하기를 강하게 주문하고 있는 IT분야에서의 문화콘텐츠(애니메이션 분야 등)의 교류문제도 중요한 문화공조의 한 방안이 될 수 있다. '문화공조'는 양날의 성격을 지니고 있다. 문화공조의 내면에는 '민족의 정서적 통합'이라는 평화적 이미지의 구축과 '자본주의식 문화의 침투'라는 공세적 전략의 측면이 동시에 자리 잡고 있기 때문이다.

평화통일을 향한 한 단계의 도약을 앞두고 남북한이 동시에 숨고르기를 하고 있는 현 상황이 앞으로의 전략을 짜는 데 매우 중요한 시기임을 절대적으로 간과해서는 안 된다.

참고문헌

찾아보기

참고문헌

가. 자료

강인철 편, 시집『궤도를 따라』, 평양, 문예출판사, 1992.
권정웅,『북으로 가는 길』, 평양, 문예출판사, 2004.
권정웅,『전환』(소설집), 평양, 문예출판사, 1999.
김순석,『찌플리쓰의 등잔불』, 평양, 조선작가동맹출판사, 1955.
김이라 편,『향도의 빛발 아래』3권(시집), 평양, 문예출판사, 1993.
김형준 편,『신념과 철쇄』(시집), 평양, 문예출판사, 2002.
리동구,『비약의 나래』(불멸의 향도 총서), 평양, 문예출판사, 2002.
리일섭 외편,『영원한 해발』(시집), 평양, 문예출판사, 2002.
리일섭 외 편,『위인열풍』(시집), 평양, 문예출판사, 2002.
리종렬,『평양은 선언한다』(소설집), 평양, 문예출판사, 2000.
박태수,『서해전역』(소설집), 평양, 문예출판사, 2000.
백남룡,『동해천리』(소설집), 평양, 평양출판사, 1996.
백남룡,『계승자』(불멸의 향도 총서), 평양, 문예출판사, 2002.
북한 조선중앙통신사 편,『조선중앙년감 2001년도』, 평양, 조선중앙통신사, 2001.
송상원,『총검을 들고』(소설집), 평양, 문예출판사, 2002.
신지락 편,『태양은 빛나라』(향도의 해발을 우러러, 23권)(시집), 평양, 문예출판
        사, 1995.
신지락 편,『향도의 빛발 아래』(시집), 평양, 문예출판사, 1995.
엄호석 편,『당의 기치 높이』, 평양, 조선작가동맹출판사, 1956.

이기영,『소련기행문집』, 평양, 조선작가동맹출판사, 1960.

정근용 편,『조선의 노래』, 평양, 예술교육출판사, 1995.

최창호,『민요따라 삼천리』, 평양, 평양출판사, 1995.

최창호,『민족수난기의 가요들을 더듬어』, 평양, 평양출판사, 1997.

최창호,『민요따라 삼천리 2』, 평양, 평양출판사, 2003.

「황장엽－신상옥 권말 특별대담」,『월간조선』 제228호, 조선일보사, 1999. 3.

『동아일보』 2002년 9월 17일(화) 8면, 인간 김정일－콘스탄틴 풀리코프스키 저
　　　　　서 출간 기사.

『조선일보』 1998년 9월 7일자(월) 종합면, 김정일 국방위원장 재추대 관련기사.

『조선일보』 2002년 8월 23일(금) 13면, 김정일 관련 세르게예브나 씨 회고

『중앙일보』 1999년 2월 9일자(화) 종합면, 북한 조평통 대변인 담화 관련기사.

조선조의「송도관松都官 편제」에 관한 공문서(발굴자료).

나. 논문 및 단행본

강경구 외편,『조선대백과사전』 1, 평양, 백과사전출판사, 1995.

강경구 외편,『조선대백과사전』 4, 평양, 백과사전출판사, 1999.

강경구 외편,『조선대백과사전』 9, 평양, 백과사전출판사, 1999.

강경구 외편,『조선대백과사전』 17, 평양, 백과사전출판사, 2000.

강경구 외편,『조선대백과사전』 18, 평양, 백과사전출판사, 2001.

강경구 외편,『조선대백과사전』 20, 평양, 백과사전출판사, 2000.

강경구 외편,『조선대백과사전』 24, 평양, 백과사전출판사, 2001.

강경구 외편,『조선대백과사전』 26, 평양, 백과사전출판사, 2001.

강능수,『시대와 문학』(평론집), 평양, 문예출판사, 1991.

강만길,『한국현대사』, 서울, 창작과 비평사, 1994.

강철부 편,『사회주의사회의 성격과 경제발전의 합법칙성』, 평양, 사회과학출판
　　　　　사, 1986.

고승효,『현대조선경제입문』, 서울, 동경, 신천사, 1989.

고태우,『북한사 100장면』, 가람기획, 1996.

고태우, 『한 권으로 보는 북한사 100장면』, 서울, 가람기획, 1996.

과학백과사전 종합출판사 편, 『문학예술사전』(상), 평양, 과학백과사전 종합출판사, 1998.

과학백과사전 종합출판사 편, 『문학예술사전』(상·중·하), 평양, 과학백과사전 종합출판사, 1988~1993.

과학원 문학연구소 편, 『조선문학통사』(현대문학편), 서울, 인동, 1988.

곽승지, 「북한의 '우리식 사회주의'의 논리에 대한 고찰」, 『분야별 남북한 통합 시나리오 구상―1998년 하계학술회의 논문집 3』, 북한연구학회, 1998.

국립국어연구원 편, 『북한문학작품의 어휘』, 서울, 국립국어연구원, 1998.

권오윤, 『북한체제 변화론』, 서울, 다다미디어, 1998.

김덕중, 「남북한 외교 50년 평가와 통합 시나리오 구상」, 『분야별 남북한 통합 시나리오 구상―1998년 하계학술회의 논문집 2』, 북한연구학회, 1998.

김동규, 「4가지 통일 시나리오에 따르는 위기관리 프로그램의 개발연구」, 『북한학 연구』 창간호, 고려대 북한학연구소.

김동규, 『북한학총론』, 서울, 교육과학사, 1999.

김동섭 외편, 『조선중앙년감 주체 90년(2001)』, 평양, 조선중앙통신사, 2001.

김려숙, 「인텔리 형상과 지성세계 묘사」, 『조선문학』 1992년 8월호, 문예출판사.

김명수, 「김정일의 권력승계와 정책변화 전망」, 『통일문제연구』 제28호, 1997년 하반기호, 평화문제연구소.

김명철, 윤영무 옮김, 『김정일의 통일전략』, 서울, 살림터, 2000.

김성훈 외, 『북한의 농업』, 서울, 비봉출판사, 1997.

김용부, 『철학적 심오성과 문학예술작품』, 평양, 문예출판사, 2002.

김윤식, 『한국현대 현실주의 소설 연구』, 서울, 문학과 지성사, 1990.

김윤식·정호웅 편, 『한국 리얼리즘 소설연구』, 서울, 탑출판사, 1987.

김일성, 「현대문학의 시대적 사명」, 『조선문학』 1992년 4월호, 평양, 문예출판사.

김재홍, 『주체의 미론』, 평양, 문예출판사, 1993.

김정수·고경식 외 『사회주의 사회 연구』, 서울, 북한 주체정치학연구학회, 1991.

김정웅, 『주체적 문예리론의 기본』 2, 평양, 문예출판사, 1992.

김정일, 『위대한 령도자 김정일동지의 사상리론―문예학 1』, 평양, 사회과학출

404

　　　　판사, 1996.

김정일, 『주체문학론』, 평양, 조선로동당출판사, 1992.

김정일, 『주체의 음악예술론』, 평양, 조선로동당출판사, 1992.

김종철, 『북한용어 400선집』, 연합뉴스, 1999.

김하명, 『새 문학건설』(평론집), 평양, 문예출판사, 1993.

김학성, 「동·서독 인적교류 실태연구」, 서울, 통일연구원, 1996.

김한길, 『조선현대역사』, 사회과학원 역사연구소, 서울, 일송정, 1988.

김한길, 『현대 조선역사』, 서울, 일송정, 1988.

김홍섭, 『소설창작과 기교』, 평양, 문예출판사, 1991.

나다 다까시, 『김정일시대의 조선』, 평양, 외국문종합출판사, 2000.

도면회, 「북한의 한국사 시대구분론」, 한국역사연구회 편, 『북한의 역사 만들
　　　　기』, 서울, 2003.

도홍렬, 「분단 50년, 북한의 사회학―경제과학과 응용사회학」, 『분단 50년 북한
　　　　의 학문』(1), 북한연구학회 1998년 동계학술회의.

류만·리동수, 『조선문학사』 7권, 평양, 과학백과사전종합출판사, 2000.

류만, 『조선문학사』 8권, 평양, 사회과학출판사, 1992.

류만·리동수, 『조선문학사』 9권, 평양, 과학백과종합출판사, 1995.

리수림, 『위대한 수령 김일성동지 문학령도사』 3권, 평양, 문예출판사, 1994.

리수림, 『혁명송가문학』, 평양, 문예출판사, 1989.

마르크스·엥겔스, 김영기 역, 『마르크스·엥겔스의 문학예술론』, 서울, 논장,
　　　　1989.

문정인·류길재, 유한수·이영선 편, 「북한체제의 변동과 대북 경제협력의 정
　　　　치·경제적 조건」, 『북한진출기업전략』, 서울, 오름, 1997.

민족통일연구원, 「남북한 문화정책 비교연구」, 서울, 민족통일연구원, 1994.

박병석, 「남북한 사회문화교류의 현황과 전망」, 서울, 아태평화재단, 1995.

박종원·최탁호·류만, 『조선문학사』(19세기 말~1925), 평양, 과학백과사전출
　　　　판사, 1980.

박태상, 「북한의 인기소설 『청춘송가』 연구」, 『한국방송대 논문집』 제25집, 1998.

박태상, 「북한 장편소설 『동해천리』 연구」, 『한국방송대 논문집』 제26호, 1998.

박태상, 「북한문학에 나타난 김정일 형상 창조」, 『북한연구학회』 1998년 하반기호, 1998.

박태상, 『북한문학의 현상』, 깊은샘, 1999.

박태상, 「새로 발견된 『북한 서정시선집』 연구」, 『북한연구학회보』 제4권 제2호, 북한연구학회, 2000.

박태상, 「새로 발견된 이기영의 『(소련)기행문집』 연구」, 『북한연구학회보』 제5권 2호, 2001.

박태상, 「북한소설 『평양시간』 연구」, 『한국방송대 논문집』 제34집, 한국방송통신대출판부, 2002.

박태상, 「북한문학상의 김정일 묘사 특징 연구」, 『북한연구학회』 제6권 제2호, 2002년 하반기호, 2002.

박태상, 『박태상의 동유럽문화예술산책』, 서울, 생각의 나무, 2002.

박태상, 『북한문학의 동향』, 서울, 깊은샘, 2002.

박태상, 『북한의 문화와 예술』, 서울, 깊은샘, 2004.

박태상, 「북한소설 『북으로 가는 길』 연구」, 『한국방송대 논문집』 41집, 한국방송대출판부, 2006.

박형중, 「남북한의 위기와 당면과제, 그리고 남북관계의 질적 변화―공존과 통합의 가능성 진단」, 『분야별 남북한 통합 시나리오 구상―1998년 하계 학술회의 논문집 3』, 북한연구학회, 1998.

방연승, 『위대한 수령 김일성동지 문학령도사』 1, 평양, 문예출판사, 1992.

방형찬, 『작가의 창작적 사색과 예술적 환상』, 평양, 문예출판사, 1992.

방형찬 외, 『주체문학의 혁명전통』, 평양, 문예출판사, 2002.

배성인, 「남북한 민족문화 건설과 문화통합 모색」, 『통일정책 연구』 제11권 1호, 민족통일연구원, 2002.

백영철, 「어버이수령님의 인민적 풍모에 대한 빛나는 형상」, 『조선문학』 1992년 4월호, 평양, 문예출판사.

백현숙, 「새로운 민족적 성격 형상에 이바지한 랑만주의 수법」, 『조선문학』 1996년 3월호, 평양, 문예출판사.

북한연구학회 엮음, 『분단 반세기 북한 연구사』, 서울, 한울아카데미, 1999.

사회과학원 역사연구소 편, 『조선통사』(하), 서울, 오월, 1989.

사회과학원·김일성종합대 편, 『주체혁명위업의 위대한 령도자 김정일동지 1권
        －위대한 사상리론가』, 평양, 조선로동당출판사, 2001.

사회과학원·김일성종합대 편, 『주체혁명위업의 위대한 령도자 김정일동지 2권
        －위대한 정치가』, 평양, 조선로동당출판사, 2001.

서대숙, 「정권수립과 변천과정」, 최명 편, 『북한개론』, 서울, 을유문화사, 1990.

서 승, 『옥중 19년』, 서울, 역사비평사, 1999.

성혜랑, 『등나무집』, 서울, 지식나라, 2000.

소련과학아카데미 편, 신승엽 외 옮김, 『마르크스 레닌주의 미학의 기초이론』 I,
        서울, 일월서각, 1988.

송국현, 『세계의 김정일』, 평양, 평양출판사, 2001.

신상옥·최은희, 『김정일왕국』 하권, 「예술청년 김정일의 고백」, 서울, 동아일
        보사, 1988.

신언갑, 『주체의 인테리리론』, 평양, 과학, 백과사전출판사, 1986.

신용하, 『한국근대사와 사회변동』, 서울, 문학과지성사, 1980.

신일철, 『평양의 봄은 오는가』, 서울, 시사영어사, 1999.

신효숙, 「해방후 북한 고등교육체계의 형성과 그 특징」, 『분단 50년 북한의 학
        문』(2), 북한연구학회 1998년 동계학술회의.

안성호, 「남과 북 정치통합 연구－경쟁적, 다원적 정치체제 탐색」, 『분야별 남
        북한 통합 시나리오 구상―1998년 하계학술회의 논문집 2』, 북한 연구
        학회, 1998.

안함광, 『조선문학사』, 연변, 연변교육출판사, 1956.

연세대 대학원 북한현대사연구회 편, 『북한현대사』 I권, 서울, 공동체, 1989.

연하청, 「사회주의 경제 계획」, 최명 편, 『북한개론』, 서울, 을유문화사, 1990.

오승련, 『주체소설문학 건설』, 평양, 문예출판사, 1994.

오영환, 『작가의 문체』, 평양, 문예출판사, 1992.

오정애·리용서, 『조선문학사』 10, 평양, 사회과학출판사, 1994.

와다 화루끼, 『북조선』, 서울, 돌베개, 2002.

유한수·이영선 편, 『북한진출기업전략』, 서울, 오름, 1997.

윤기덕, 『수령형상문학』, 평양, 문예출판사, 1991.

윤명현, 『우리 식 사회주의 100문 100답』, 평양, 평양출판사, 2004.

윤종성 외, 『문예상식』, 평양, 문예출판사, 1994.

이기영, 『땅』(상), 서울, 풀빛, 1992.

이대근, 『한국경제의 구조와 전개』, 서울, 창작과비평사, 1987.

이동순·박승희 편, 『이찬시전집』, 서울, 소명출판, 2003.

이무열 편, 『러시아사 100장면』, 서울, 가람기획, 1994.

이상만, 「남북한 경제통합을 위한 북한경제의 구조조정 모형」, 『분야별 남북한
    통합 시나리오 구상—1998년 하계학술회의 논문집 1』, 북한연구학회,
    1998.

이상숙, 「북한문학의 민족적 특성론 연구—1950~60년대를 중심으로」, 고려대
    박사학위 논문, 2004.

이상조, 「통일준비 5—과학기술」, 이영선 편, 『통일준비』, 서울, 오름, 1997.

이영선 편, 『통일준비』, 서울, 오름, 1997.

이우영, 「북한문화의 수용실태 조사」, 서울, 통일연구원, 2001.

이우정, 「남북한 민간교류협력의 과제와 전망」, 『분단 50년 북한의 학문』(2), 북
    한연구학회, 1998년 동계학술회의.

이종석, 『현대 북한의 이해』, 서울, 역사비평사, 1995.

이지순, 「북한 시문학의 이데올로기적 담론구조 연구」, 단국대 박사학위 논문,
    2005.

이태욱, 「통일준비 2—경제」, 이영선 편, 『통일준비』, 오름, 1997.

이태준, 『소련기행·농토·먼지』, 서울, 깊은샘, 2001.

이홍구 편, 『마르크시즘 100년—사상과 흐름』, 서울, 문학과지성사, 1984.

임규찬, 『한국근대소설의 이념과 체계』, 서울, 태학사, 1998.

장 석, 『김정일장군－조국통일론 연구』, 평양, 평양출판사, 2002.

장우진, 『조선민족의 력사적 뿌리』, 평양, 사회과학출판사, 2002.

전영선, 『북한의 문학예술 운영체계와 문예 이론』, 서울, 도서출판 영락, 2002.

정룡진, 「풍부하고 심오한 내부적 체험세계의 개방과 령도자의 빛나는 형상」,
    『조선문학』 1996년 5월호, 평양, 문예출판사.

정영철, 「북한 사회통제 메카니즘의 변화와 특징」, 평화문제연구소, 『통일문제
　　　　연구』 통권 제28호, 1997년 하반기호.
정창현, 『곁에서 본 김정일』(개정 증보판), 서울, 김영사, 2000.
조선로동당 중앙위원회, 『김정일선집』 1권, 평양, 조선로동당출판사, 1992.
조선로동당 중앙위원회, 『김정일선집』 2권, 평양, 조선로동당출판사, 1993.
조성철, 『김정일장군의 사회주의 재생재건전략』, 평양, 평양출판사, 2001.
조영복, 『월북예술가―오래 잊혀진 그들』, 서울, 돌베개, 2002.
조한범, 「NGOs를 통한 남북 사회문화 교류·협력증진방안 연구」, 서울, 통일연
　　　　구원, 1998.
조한범, 「남북 사회문화 교류·협력의 평가와 발전방향」, 서울, 통일연구원, 1999.
채훈 외 편, 『월북작가에 대한 재인식』, 서울, 깊은샘, 1995.
천재규, 『조선문학사』 14, 평양, 사회과학출판사, 1996.
천재규·정성무, 『조선문학사』 권14, 평양, 사회과학출판사, 1996.
최길상, 「문학예술혁명의 새로운 앙양을 추동하는 불멸의 기치」, 『조선문학』
　　　　1992년 11월호, 평양, 문예출판사.
최길상, 『주체문학의 새 경지』, 평양, 문예출판사, 1991.
최대석·김용현, 「남북 문화예술 교류·협력 활성화를 위한 정부와 민간의 역
　　　　할」, 『북한연구학회』 제6권 제2호 2002년 하반기호, 2002.
최동호 편, 『남북한 현대문학사』, 서울, 나남출판, 1995.
최명 편, 『북한개론』, 서울, 을유문화사, 1990.
최수봉 편, 『영화문학 민족과 운명 제1부―5부』, 평양, 문예출판사, 1992.
최의철, 「남북한 교류·협력 활성화 방안」, 서울, 민족통일연구원, 2000.
최정기, 『비전향장기수―0.5평에 갇힌 한반도』, 책서울, 세상, 2002.
최창호, 『민족수난기의 가요들을 더듬어』, 평양, 평양출판사, 1997.
한국문화정책개발원, 「정상회담 이후의 남북관계와 문화교류」, 서울, 한국문화
　　　　정책개발원, 2001.
한국역사연구회 편, 『북한의 역사 만들기』, 서울, 푸른역사, 2003.
한재만, 『김정일―인간·사상·령도』, 평양, 평양출판사, 1994.
한중모, 『주체적 문예리론의 기본』 1~2, 평양, 문예출판사, 1992.

한중모·김정웅,『주체적 문예리론의 기본』3권, 평양, 문예출판사, 1992.

현종호 외,『우리식 문학예술 사업체계의 확립과 작가·예술인 대오 육성』, 평
　　　양, 문예출판사, 1990.

蕙谷治 외 편,『김정일의 북한, 내일은 있는가』, 김종우 역, 서울, 청정원, 1999.

황장엽,『나는 역사의 진리를 보았다』, 서울, 한울, 1999.

V. J. 레닌, 이길주 옮김,『레닌의 문학예술론』, 서울, 논장, 1988.

찾아보기

바

차

북한문학의 사적 탐구

2006년 3월 20일 1쇄 발행
2007년 2월 25일 2쇄 발행

지은이 박 태 상
펴낸이 박 현 숙
찍은곳 신화인쇄공사

110-320 서울시 종로구 낙원동 58-1 종로오피스텔 606호
TEL : 02-764-3018, 764-3019   FAX : 02-764-3011
E-mail : kpsm80@hanmail.net

펴낸곳 도서출판 **깊 은 샘**

등록번호/제2-69. 등록년월일/1980년 2월 6일

ISBN 89-7416-161-3

※ 잘못된 책은 교환해 드립니다.

값 19,000원